KB194279

Erebos

Original Title : Erebos
Written by U. Poznanski
ⓒ2010 Loewe Verlag GmbH, Bindlach

ⓒ2013 Totobook, Seoul, Korea for the Korean edition
Korean translation arranged through Icarias Agency, South Korea

에 레 보 스

우르술라 포츠난스키 지음

김진아 옮김

팀

들어오라, 아니면 돌아가라. 여긴 에레보스다

1

모든 것은 밤에 시작된다. 나는 밤마다 깨어나 어둠으로 계획을 채워 나간다. 내게 유일하게 넘치는 것이 있다면 그것은 어둠이다. 내가 꿈꾸는 것, 그것을 자라게 하는 영양분이 바로 어둠이다.

나는 언제나 낮보다 밤을 선호했고, 앞뜰보다 지하실을 택했다. 내 절름발이 생각들은 해가 지고 나서야 방구석에서 기어 나와 차가운 공기를 들이마신다. 그리고 내가 그 기형적인 몸에 기괴한 아름다움을 덧입혀 주기를 기다린다.

미끼는 탐스러워야 한다. 미끼에 정신이 팔려 낚싯바늘이 살 속 깊이 박힌 다음에야, 제 몸에 바늘이 든 것을 알아챌 정도로 아름다워야 한다. 내물고기들. 누가 미끼에 걸려들지는 알 수 없지만 나는 벌써부터 그들을 꼭 안아 주고 싶다. 어떤 면에서는 그렇게 하고 있는 것이나 다름없다. 내 정신 안에서 우리는 한 몸이기 때문이다.

나는 굳이 어둠을 찾아다니지 않는다. 어둠은 항상 주변에 있다. 나는 마치 숨을 쉬듯 어둠을 내뿜는다. 어둠은 땀 냄새처럼 퍼져 나가고 사람들은 나를 피해 다닌다. 두려움에 찬 눈빛으로 저들끼리 뭐라고 소곤거리며 내 주위를 맴돈다.

그들은 내게 가까이 오지 못하는 까닭이 냄새 때문이라고 생각하지만 사실은 그렇지 않다. 그건 내가 내뿜는 어둠 때문이다.

3시 10분. 10분이나 지났는데 콜린은 나타날 생각을 하지 않았다. 닉은 아스팔트 바닥에 농구공을 툭 던진 다음, 박자에 맞춰 양손으로 번갈아 가며 공을 튕기기 시작했다. 통통거리는 소리가 경쾌하게 지축을 흔들었다. 스물까지 센 다음에도 콜린이 오지 않으면 연습에는 혼자 가야 한다.

다섯, 여섯…….

연락도 없이 안 오다니 콜린답지 않다. 베타니 팀에서 잘리는 게 얼마나 쉬운지 콜린이 모를 리 없다. 휴대 전화도 꺼져 있다. 또 배터리 충전하는 걸 잊은 거겠지.

열, 열하나…….

하지만 농구까지 잊은 걸까? 친구들은? 팀은? 열여덟, 열아홉, 스물. 콜린은 오지 않았다.

닉은 한숨을 쉬며 농구공을 옆구리에 끼었다. 어쩔 수 없지. 적어도 오늘은 내가 골 넣을 기회가 많겠군.

두 시간의 힘든 연습이 끝난 후 닉은 온몸이 땀에 젖은 채 아픈 다리를 절뚝거리며 샤워실로 갔다. 뜨거운 물을 틀어 놓고 눈을 감았다. 콜린은 끝까지 나타나지 않았다. 베타니 코치는 예상대로 길길이 날뛰었고 마치 콜린이 빠진 게 닉의 잘못이라는 듯 닉에게 소리를 질러댔다. 닉은 샴푸로―베타니의 눈에는 너무나도 긴―머리를 감고 뒤로 몇 번 땋아서, 닳아빠진 고무줄로 묶었다. 샤워실에서 나오니 다 가고 아무도 없다. 닉은 맨 꼴찌로 체육관을 나왔다. 밖은 이미 어두웠다. 닉은 지하철역 계단을 내려가며 다시 콜린의 단축 번호를 눌렀다. 두 번 신호가 간 후 음성 사서함이 튀어나왔다. 닉은 아무 말도 남기지 않고 전화를 끊었다.

엄마는 소파에 누워 미용 잡지를 읽는 동시에 텔레비전을 보는 중이다.

"오늘 저녁은 핫도그로 때우자. 피곤해서 손도 까딱 못하겠어. 부엌에서 아스피린 좀 가져다줄래?"

문을 닫고 들어오자마자 엄마가 심부름을 시켰다. 닉은 가방을 구석에 털썩 내려놓고 부엌으로 가 아스피린 플러스C 하나를 꺼내 물컵 속에 집어넣었다. 에이, 배고파 죽겠는데 핫도그가 뭐야!

"아빠는요?"

"회사 동료 생일이라 늦게 오실 거야."

닉은 소시지보다 나은 게 있지 않을까 하고 냉장고 안을 쓱 훑어

보았다. 먹다 남은 피자 같은 걸 기대했지만 역시 아무것도 없다.

"아들! 샘 로렌스 일 어떻게 생각하니? 완전 쇼킹하지?"

샘 로렌스? 어디서 들은 듯도 하지만 얼굴이 바로 떠오르지 않는다. 특히 오늘처럼 녹초가 된 날에는 엄마의 뜬금없는 질문이 신경을 박박 긁는다. 닉은 엄마에게 진통제 칵테일을 가져다주고 자신도 하나 먹어야 하지 않을까 잠시 고민한다.

"걔 끌려가는 거 너도 봤니? 오늘 길린저 부인이 브리지하러 와서 얘기하더라고. 길린저 부인이랑 샘 엄마가 같은 회사 다니잖니?"

"샘 로렌스가 누군데요? 우리 학교 다녀요?"

엄마는 닉에게 눈을 흘겼다.

"얘는 정말! 너보다 두 학년 아래야. 난리 났었다던데. 정학 당했단 얘기 못 들었어?"

전혀 들은 바 없다. 하지만 엄마가 지금부터 아주 상세히 얘기해 줄 것이다.

"글쎄 사물함에 총이 들어 있었대, 총! 총 한 자루하고 칼도 두 자루나 있었다더라. 아니, 열여섯 살짜리가 어디서 총을 구하냐고? 넌 그런 거 어디서 구하는지 아니?"

"몰라요."

닉은 사실대로 대답했다. 그리고 미국에서 일어난 '묻지 마' 사건을 떠올리다가 믿기지 않는 표정으로 고개를 흔들었다. 정말 그런 사이코가 우리 학교에도 있단 말인가? 닉은 콜린에게 전화를 걸어 물어보고 싶은 생각에 손가락이 근질근질했다. 콜린은 뭔가 더 알고 있을지도 모른다. 하지만 전화를 받아야 말이지, 게으른 놈! 어쩌면 더 잘된 일인지도 모른다. 물총과 주머니칼 나온 거 가지고 엄마가 또 과장해서 얘기하는 걸 수도 있다.

"정말 어렸을 땐 안 그러다가 크면서 망가지는 애들이 왜 그리 많은지!"

엄마는 이렇게 말하며 '어이구, 내 새끼! 우리 아들은 그런 나쁜 짓 안 할 거지?' 하는 표정으로 닉을 바라본다. 닉은 엄마가 이럴 때마다 집을 나가 형에게 얹혀사는 게 낫지 않을까 하는 고민에 빠지곤 한다.

"어제 연습 왜 안 나왔냐? 아팠어? 베타니, 입에 거품 물고 쓰러지는 줄 알았어."

"안 아팠어."

콜린은 닉을 지나쳐 뒤에 있는 복도 벽을 응시했다.

"정말? 얼굴이 말이 아닌데."

"어제 잠을 못 자서 그래."

콜린의 시선은 잠시 닉을 향했지만 곧 다시 복도 벽에 가 박혔다. 닉은 속으로 콧방귀를 뀌었다. 흥, 언제부터 잠이 문제가 됐던 거야!

"시내 돌아다녔어?"

"아니."

고개를 젓자 콜린의 레게 머리가 흔들흔들거렸다.

"그래? 이번에도 너희 아빠 때문이면……."

"우리 아빠랑 상관없어. 됐어?"

콜린은 닉의 어깨를 툭 치고 먼저 교실로 들어가 버렸다. 하지만 자기 자리로 가지 않고 뜨개질 자매 댄과 알렉스가 머리를 맞대고 대화에 심취해 있는 창가로 걸어갔다.

댄과 알렉스? 댄과 알렉스는 콜린이 항상 뜨개질 자매라고 놀리는 지질이다. 뜨개질 소녀 1호는 난쟁이똥자루 댄으로 뚱뚱한 엉덩이를 벅벅 긁는 게 취미다. 뜨개질 소녀 2호인 알렉스는 누가 말만 걸어도 얼굴이 벌겋게 달아오른다. 살색부터 빨간색까지 얼굴색이 자유자재로 바뀐다.

콜린은 무슨 생각일까? 뜨개질 소녀 3호로 지원이라도 하려는 건가?

"아, 정말 이해가 안 되네."

닉이 혼자 중얼거리는데 갑자기 누군가 손바닥으로 어깨를 툭 쳤다.

"혼잣말하냐?"

언제 왔는지 제이미가 옆에 서 있다. 제이미는 다 해진 가방을 볼링공처럼 교실 바닥에 던지더니, 학교에서 둘째가라면 서러워할 고르지 못한 치열로 씩 웃었다.

"혼잣말은 좋은 징조가 아닌데. 자기 분열증의 시초라고나 할까? 머릿속에서 목소리 같은 것도 들려?"

"헛소리 마."

닉은 인사 대신 제이미를 어깨로 툭 쳤다.

"콜린이 이상해. 뜨개질 자매랑 친해지고 싶은가 봐."

닉은 다시 한 번 창가 쪽을 쳐다보다가 몸을 움찔했다. 저건 친하게 지내는 수준이 아니라 구걸에 가깝다. 저렇게 비굴한 표정을 짓는 콜린은 아직 본 적이 없다. 닉은 자신도 모르게 그들에게 몇 걸음 다가갔다.

"살짝 알려 주는 건데 괜찮지 않을까?"

콜린이 애걸하는 소리가 들렸다.

"안 돼. 이유는 너도 알잖아."

댄이 불룩한 배 위에 턱 하니 팔짱을 끼며 말했다. 교복 넥타이에는 아침에 먹다가 흘렸는지 달걀노른자가 묻어 있다.

"그러지 말고 좀 알려 줘라. 대단한 거 물어보는 것도 아니잖아. 네가 알려 줬다고 절대 말하지 않을게."

댄을 쳐다보는 알렉스 얼굴에는 그 상황을 즐기는 듯한 우월감이 역력하게 드러났다.

"어림 반 푼어치도 없어. 평소엔 그렇게 잘난 척하더니 아쉽냐? 네가 알아서 빠져나와."

"그럼, 그거 말고……."

"야, 안 된다면 안 되는 줄 알아! 안 된다는데 왜 이렇게 말이 많아?"

그래, 지금이야! 콜린은 이제 곧 댄의 목덜미를 잡고 개 끌듯이 복도로 끌고 나갈 것이다. 그렇지, 지금! 그러나 콜린은 고개를 숙이고 발끝만 쳐다보았다.

이건 뭔가 잘못됐다. 닉은 성큼성큼 그들에게 다가갔다.

"무슨 얘기하냐?"

"넌 또 뭐야? 할 말 있어?"

댄의 말투는 상당히 공격적이다. 닉은 콜린과 뜨개질 자매 사이를 번갈아 쳐다보았다.

"너한테는 볼일 없어. 콜린이랑 할 얘기가 있어서 그래."

"지금 우리랑 얘기하고 있는 거 안 보여?"

그 말에 닉은 기가 탁 막혔다. 이 난쟁이똥자루 같은 게 간이 부었나?

"아, 그래? 콜린이 너희랑 할 얘기가 뭐가 있을까? 눈꽃무늬 뜨는 방법?"

콜린은 까만 눈을 들어 닉에게 급히 눈치를 주었다. 콜린의 얼굴이 그렇게 검지 않았다면, 분명 벌겋게 달아올랐을 것이다.

콜린이 왜 꼼짝도 못하는 거지? 댄에게 약점이라도 잡힌 걸까?

"콜린, 이따 수업 끝나고 제이미랑 캠든 록에서 보기로 했는데 올 거지? 다른 애들도 몇 명 더 올 거야."

콜린의 입에서 대답이 나오기까지는 한참 걸렸다.

"글쎄, 잘 모르겠어. 못 가기가 쉬울 것 같아."

콜린은 굳은 표정으로 창밖만 바라보았고 댄과 알렉스는 의미심장한 눈빛을 교환했다. 닉은 속이 뒤집힐 것만 같았다.

"도대체 왜 이러는 거야, 콜린? 무슨 일 있어?"

닉은 답답한 마음에 콜린의 어깨를 잡아 흔들었다. 그때 댄이 닉의 손을 콜린의 어깨에서 떼어 내며 말했다.

"넌 모르는 일이야. 네가 상관할 바도 아니고."

오후 5시 반의 노던라인은 발 디딜 틈 없이 빽빽하고 사람들의 땀 냄새로 진동했다. 닉과 제이미는 하루 일에 지친 사람들 사이에 겨우 발만 붙이고 서서 영화관으로 향했다. 키가 큰 닉은 그나마 위쪽의 비교적 신선한 공기를 마실 수 있었지만, 제이미는 양복 입은 아저씨와 가슴 큰 아줌마 사이에 끼어서 숨도 제대로 쉬지 못했다.

"분명 뭔가 잘못됐어. 댄이 콜린을 꼭 하인 부리듯 하더라니까. 그리고 그 자식, 나까지 애 취급했어. 다음번에 걸리기만 하면 그냥……."

다음번에 걸리면 어떻게 할까? 아구통을 날려 줄까? 닉은 잠시 생각하다가 이 사이로 내뱉듯 말을 맺었다.

"주제도 모르고 까부는 놈의 최후가 어떤 건지 보여 주겠어."

제이미는 한쪽 어깨만 으쓱했다. 몸이 끼어서 더 이상은 움직이지 못했다.

"괜히 혼자 착각하는 거 아냐? 스페인 어 도와 달라고 부탁했을 수도 있지. 걔 스페인 어 잘해서 가끔 다른 애들도 도와주잖아."

제이미는 태평하기만 하다.

"아냐, 네가 직접 안 봐서 그래. 분명히 뭔가 있어!"

그 말에 제이미는 무슨 생각이 났는지 어금니가 보일 정도로 헤벌쪽 웃었다.

"혹시 무슨 다른 생각이 있는 거 아닐까? 걔네 엿 먹이려고 계획 짜는 걸 수도 있어! 미쉘이 알렉스 좋아한다고 믿게 만든 적 있었잖아. 그때 진짜 재밌었는데!"

닉은 자신도 모르게 웃음이 나왔다. 콜린이 알렉스를 어찌나 구워삶았는지 알렉스는 한동안 수줍음 많은 미쉘을 열심히 쫓아다녔다.

물론 나중에 사실이 밝혀졌고, 알렉스는 며칠간 얼굴색 바꾸는 특기를 발휘하지 못했다. 얼굴이 홍당무처럼 빨개져서 돌아오지 않았던 것이다.

"벌써 2년 전이잖아. 그때 우린 열다섯 살이었어. 그런 건 애들이나 하는 장난이지."

닉에게는 그 말도 신빙성 있게 들리지 않았다.

문이 열리고 몇몇 사람이 내렸다. 그리고 내린 사람보다 훨씬 많은 수의 사람이 밀려 들어왔다. 그중 높은 구두를 신은 여자가 닉의 발을 사정없이 밟고 지나갔다. 닉은 너무 아파서 콜린의 이상한 행동을 까맣게 잊어버렸다.

영화관에 앉아 거대한 스크린 위로 지나가는 광고를 보고 있노라니, 다시 콜린과 오타쿠들의 모습이 떠올랐다. 부지런히 반짝이던 알렉스의 눈빛, 댄의 거만한 미소, 콜린의 당황스러운 표정.

한낱 스페인 어 때문에 그런다고? 말도 안 돼. 주말 내내 콜린은 코빼기도 보이지 않았고 아무런 소식도 없었다. 월요일에 만났을 때도 꼭 필요한 말만 몇 마디 주고받았을 뿐이었다. 콜린은 매번 무척 바쁘다는 듯 행동했다. 그러다 쉬는 시간에 제롬에게 뭔가 건네주었다. 반짝이는 플라스틱 판 같은 것이었다. 제롬은 크게 관심 없는 표정이었지만, 콜린은 몸짓까지 해 가며 진지하게 제롬을 설득했다. 그러더니 급히 어디론가 가 버렸다.

"야, 제롬!"

닉은 한껏 밝은 표정으로 제롬에게 다가갔다.

"방금 콜린이 준 거 뭐냐?"

제롬은 어깨를 으쓱했다.

"별거 아냐."

"좀 보여 줘."

제롬은 곧 주머니에서 물건을 꺼낼 기세였지만 갑자기 생각을 고쳐먹었는지 닉을 빤히 쳐다보았다.

"왜 보여 달라고 그러는데?"

"그냥 궁금해서."

"별로 중요한 거 아냐. 그리고 궁금하면 콜린에게 직접 물어보면 되잖아."

제롬은 그 말과 함께 몸을 돌렸다. 그러고는 축구 얘기가 한창인 아이들 틈으로 끼어들었다.

닉은 사물함에서 영어책을 꺼내 가지고 교실로 들어갔다. 눈은 언제나처럼 에밀리를 먼저 찾았다. 에밀리는 고개를 푹 숙인 채 그림 그리는 데 열중하고 있었다. 길게 늘어뜨린 잿빛 머리카락이 책상에까지 닿았다. 닉은 에밀리에게서 시선을 거두고 콜린의 책상으로 갔다. 그런데 콜린 자리에 뜨개질 소녀 알렉스가 떡 하니 앉아 있는 것이 아닌가! 둘은 머리를 맞대고 뭔가 열심히 속닥거렸다. 닉은 혼잣말로 중얼거렸다.

"엿 먹어라."

다음 날 콜린은 학교에 나오지 않았다.

"무슨 이유가 있겠지. 그런데 원래는 내가 의심하는 쪽인데, 이번엔 어째 너랑 나랑 바뀐 거 같다!"

제이미는 자신의 말에 박자를 맞추듯 사물함 문을 쾅 닫았다.

"혹시 좋아하는 여자애 생긴 거 아닐까? 여자 좋아하기 시작하면 애들 완전 이상해지잖아. 음……. 예를 들어, 글로리아? 아니면 브린? 아냐, 브린은 오매불망 닉 도련님뿐이지."

닉은 저만치 화장실 앞 복도에 서 있는 7학년 두 명을 관찰하느라 그 말을 건성으로 들었다. 한 명은 데니스고, 다른 한 명은……. 갑자기 이름이 생각나지 않았다. 어쨌든 데니스는 다른 아이에게 얇은 정사각형 상자를 들이대며 뭐라고 열심히 지껄였다. 어디서 많이 본 듯한 풍경인데……. 결국 다른 아이는 웃으면서 데니스가 준 얇은 상자를 슬쩍 주머니에 넣었다. 눈에 띄지 않게 행동한다는 것을 상대에게 보여 주려는 듯 과장된 몸짓이다.

"아니면 귀여운 에밀리 카버에게 반했나? 한때 에밀리 때문에 끙끙 앓았잖아. 그렇다면 이상하게 구는 게 이해가 되지. 아니면, 우리 예쁜이 헬렌 때문인가?"

제이미는 막 교실로 들어가려고 그들 옆을 비집고 지나가는 헬렌의 뚱뚱한 엉덩이를 탁 쳤다. 그러자 헬렌이 홱 돌아 양손으로 제이미를 힘껏 밀었다.

"이게 미쳤나?"

헬렌이 사나운 표정으로 노려보았다. 저만치 밀려난 제이미는 정신을 차리고 다시 비꼬기 시작했다.

"하긴 네 얼굴을 보니 불가능하단 생각이 들긴 해. 그래도 여드름과 비곗살 하면 역시 헬렌이지!"

"적당히 해 둬."

닉이 한마디 하자 제이미는 놀란 표정을 지었다.

"넌 또 갑자기 왜 그러냐? 언제부터 범생이가 됐어? 너 혹시 그린피스에 가입해서 고래를 살립시다, 뭐 그런 거 하는 거 아냐?"

닉은 아무 대답도 하지 않았지만, 제이미가 헬렌을 놀릴 때마다 기름통 옆에서 불장난하는 아이를 보는 듯한 기분이 드는 것도 사실이었다.

텔레비전에는 '심슨'이 틀어져 있고, 닉은 편한 트레이닝복 차림으로 앉아 미지근한 라비올리 통조림을 먹었다. 엄마는 아직 오지 않았다. 오늘도 짐을 대충 싸 가지고 갔는지 미용 도구가 거실 여기저기 흩어져 있다. 집 안으로 들어서던 닉은 파마 마는 롤을 밟아 하마터면 쭉 미끄러질 뻔했다. 칠칠치 못한 엄마. '방해하지 마시오. 잠 비축 중.'이라는 팻말이 걸린 안방에서는 코 고는 소리가 규칙적으로 들렸다.

어느새 라비올리 통조림은 바닥이 드러났고, 호머 심슨의 자동차는 다시 나무를 들이받았다. 닉은 하품을 늘어지게 했다. 재방송이라 재미가 없다. 어차피 농구 연습에 갈 시간도 다 됐다. 닉은 심드렁한 표정으로 가방을 챙겼다. 지난번에 빠졌으니 오늘은 콜린이 나올지도 모른다. 전화해서 물어볼까? 나쁠 건 없지. 닉은 세 번이나 전화를 걸었지만, 매번 음성 사서함이 튀어나왔다. 콜린이 음성 메시지를 확인하는 건 가뭄에 콩 나기보다 드문 일이다.

"농구를 진지하게 생각하지 않는 사람은 팀에 남을 필요가 없다!"

베타니의 고함 소리가 체육관에 쩌렁쩌렁 울렸다. 수가 확 줄어 버린 농구반 아이들은 말없이 바닥만 쳐다보았다. 베타니는 왜 애먼 사람에게 화를 내는 걸까? 연습에 빠진 사람들에게 할 말을 연습에 나온 사람들에게 하고 있지 않은가! 원래 열일곱 명인데, 오늘 출석 인원은 여덟 명뿐이다. 여덟 명으로는 선수 교체는커녕 두 팀을 만들수도 없다. 콜린이 안 나온 건 그렇다 치고 오늘은 제롬까지 빠졌다. 이상한 일이다.

"뭐야, 갑자기 단체로 전염병에라도 걸린 거야?"

베타니가 고래고래 소리를 질렀다. 닉은 속으로 베타니의 목이 쉬어서 더 이상 소리가 안 나오기만을 바랐다.

"분위기가 만날 이런데 누가 나오고 싶어 해?"

닉은 베타니의 귀에 들리게 구시렁거린 대가로 팔굽혀펴기 25회를 해야 했다.

집에 가는 길에도 콜린에게 두 번이나 전화해 봤지만, 받지 않았다. 빌어먹을! 왜 이렇게 마음이 불안한 걸까? 콜린이 이상한 짓을 하고 다녀서? 잠시 생각해 본 결과 그건 아니다. 이상해지기만 했다면 그리 큰 문제가 아니다. 문제는 콜린이 어느 날 갑자기 닉을 자기 세계에서 지워 버린 것이다. 그렇다면 적어도 이유가 뭔지는 말해 줘야 할 게 아닌가. 집에 돌아온 닉은 흔들거리는 회전의자에 털썩 주저앉아 컴퓨터를 켰다. 그리고 메일함으로 들어갔다.

보내는 사람 : 닉 던모어 〈nick1803@aon.co.uk〉

받는 사람 : 콜린 해리스 〈colin.harris@hotmail.com〉

제목 : 무슨 일 있어?

친구야, 안녕! 어디 아프냐? 아니면 내가 서운하게 한 거라도 있어? 만약 있다면 일부러 그런 건 아니니까 잊어버려. 그런데 댄하고는 어떻게 된 거야? 걔 요새 완전 이상하더라. 예전엔 너도……. 내일은 학교 올 거지? 문제가 있다면 말로 풀자. CU~.

– 닉

닉은 '전송'을 누르고 농구반 채팅 사이트로 들어갔다. 그러나 방문자가 한 사람도 없었다. 그래서 '데비안트아트'에 가서 에밀리 블로그에 새 만화나 시가 올라왔는지 봤다. 에밀리는 정말 예술적 감각이 뛰어나다.

스케치 두 장과 일기가 새로 올라왔다. 닉은 스케치를 컴퓨터에 저장한 후 일기를 읽어도 되는지 잠시 망설였다. 자신에게 개방된 공간이 아니라는 걸 알기 때문에 매번 양심의 가책을 느꼈다. 에밀리는 익명을 유지하려고 무척 애썼지만, 그 블로그에 드나드는 친구 중에는 수다쟁이가 너무 많았다. 닉은 양심의 가책을 떨쳐 버리려는 듯 고개를 흔들었다. 이곳에 오면 에밀리와 가까워지는 느낌이 든다. 마치 어둠 속에서 그녀를 만지는 것 같다.

일기에는 머릿속이 텅 빈 것 같다며, 이 괴물 같은 도시를 떠나 조용한 시골로 가고 싶다고 씌어 있었다. 그 말이 닉에게는 바늘로 찌르는 듯 아프게 다가왔다. 에밀리가 자신의 삶에서 멀어진다는 것은 상상할 수도 없었다. 닉은 일기를 세 번 반복해서 읽은 후 블로그 창을 닫았다.

다시 한 번 메일함을 열어 보았지만 콜린의 답장은 없다. 트윗도 없다. 트윗에는 이미 며칠째 새 글이 올라오지 않았다. 닉은 한숨을 푹 쉬었다. 그리고 괜히 애먼 데 화풀이하듯 마우스를 탁 내려놓고 컴퓨터를 껐다.

화학은 신이 인간에게 내린 벌임에 틀림없다. 닉은 갠터 선생님이 내 준 시험 문제와 열심히 씨름했지만, 여간해서 답은 보이지 않았다. C만 받아도 된다면 문제가 없지만 사실 B도 간당간당하다. 아니, 사실은 A여야만 한다. 의대에서 화학 바보를 뽑아 줄 리 없으니까.

닉은 고개를 들어 앞자리에 앉은 에밀리를 보았다. 하나로 땋은 머리가 어깨 위로 가지런히 내려와 있다. 보통 여자애의 가냘픈 어깨가 아니다. 수영 연습을 열심히 한 티가 나는 어깨다. 다리도 마찬가지다. 길죽하고 단단하고……. 닉은 다시 시험 문제에 집중하려고 짧게 머리를 흔들었다. 빌어먹을, 19그램 CH_4가 대체 몇 몰인 거야?

시험 볼 때는 종이 너무 빨리 친다. 닉은 맨 마지막까지 남아 있다가 거의 꼴찌로 답안을 제출했다. 갠터 선생님은 절대 잘했다고 하지 않을 것이다. 복도로 나간 닉은 자동으로 에밀리를 찾아 두리번거렸다. 에밀리는 저만치에서 라시드와 이야기를 나누고 있었다. 라시드의 거대한 코가 벽에 새 부리 같은 그림자를 드리웠다. 닉은 책에서 뭔가 찾는 척하며 어슬렁어슬렁 그들에게 다가갔다.

"아무에게도 말하면 안 돼. 절대 비밀로 하는 게 중요해. 보면 정말 놀랄 거야. 완전 대박이거든."

라시드는 신문지로 싼 납작한 상자를 에밀리에게 들이댔다. 이번에도 역시 정사각형이다. 에밀리는 미심쩍은 표정을 감추지 않았다.

"나 이런 거 할 시간 없어."

닉은 몇 걸음 떨어져서 벽에 붙은 체스 클럽 게시판을 보는 척했다.

"시간이 없다니! 말도 안 돼! 자, 가져가서 일단 한번 해 봐."

곁눈질로 보니 라시드가 그 물건을 에밀리 앞에 바짝 들이대고 있었다. 그러나 에밀리는 한 발짝 뒤로 물러서며 머리를 흔들었다.

"다른 사람 줘."

에밀리는 그 말만 남기고 뒤돌아 가 버렸다.

'그래, 나 줘.'

닉이 속으로 외쳤다. 뭔가 돌고 있기는 한데 도대체 무슨 물건이기에 다들 저렇게 쉬쉬하는지 알 수가 없다. 그리고 빌어먹을, 왜 평소 잘나간다고 자부하는 그에게는 물건을 주는 사람이 없단 말인가?

라시드는 물건을 재킷 주머니에 숨기고 천천히 복도를 걸어갔다. 그러다 막 친구와 헤어진 브린을 발견하고 다가가 말을 걸었다. 라시드가 주머니에서 막 물건을 꺼내고…….

"뭘 그렇게 멍청히 보고 계셔?"

누군가 닉의 어깨를 탁 쳤다. 제이미다.

"공포의 화학 시험은 어땠냐?"

"어떻긴? 공포 그 자체지. 뭐, 다를 거라고 생각했어?"

"아니, 막 시험 보고 나온 사람 입으로 직접 듣고 싶어서."

그때 아이들 몇이 복도 한가운데에 멈춰 서는 바람에 브린과 라시드는 닉의 시야에서 사라졌다. 닉은 어떻게 됐는지 보려고 가까이 다가갔다. 그러나 이미 접선이 끝났는지 특유의 질질 끄는 걸음걸이로 저만치 걸어가는 라시드와 막 모퉁이를 돌아가는 브린의 뒷모습만 보였다.

"에이!"

"왜 그래?"

"뭔가 수상한 일이 벌어지고 있어. 저번에 콜린이 제롬에게 뭔가를 줬거든. 엄청 비밀스럽게 굴더라고. 그런데 방금 라시드가 에밀리에게 또 뭔가를 주려고 했어. 그런데 에밀리가 안 받는다고 가 버리니까, 이번엔 브린에게 말을 걸었어. 그다음은 못 봤어. 뭔지 정말 궁금해 죽겠네."

닉은 안타까운 듯 뒤로 묶은 머리를 만졌다.

"CD야. 무슨 불법 복제 CD인 것 같은데, 나도 오늘 두 번이나 봤어. 애들이 어떤 애 한 명을 구석으로 데려가더니 CD를 주면서 열심히 뭐라고 지껄이더라고. 뭐, 그렇게까지 이상할 건 없는 것 같은데."

CD라……. 라시드가 가지고 있던 상자도 납작한 게 딱 CD 사이즈였다. 불법 복제 CD가 이 사람 저 사람에게 돌아다니고 있다. 금지곡 리스트에 올라 있는 노래인지도 모른다. 그렇다면 에밀리가 딱 잘라 거절한 것도 이해가 된다. 충분히 가능성 있는 얘기다. 그렇게 생각하니 닉의 호기심도 어느 정도 가라앉았다. 하지만 만약 그게 정말 CD라면 왜 아무도 그 얘기를 하지 않는 걸까? 지난번에 금지된 영화 복사본이 돌아다녔을 때는 하루 종일 그 이야기뿐이었다. 이미 영화를 본 사람은 그 내용을 자세히 묘사하느라 바빴고, 아직 못 본 사람은 부러움에 찬 얼굴로 열심히 귀를 기울였다.

이번 것은 완전히 다르다. 마치 침묵 놀이라도 하듯 입을 굳게 다물고 저희끼리만 속닥거린다. 닉은 생각에 잠긴 채 영어 교실로 향했다. 영어 수업은 너무 지루해서 도저히 딴 생각을 하지 않고는 버틸 수가 없었다. 수업이 시작된 지 20분쯤 지났을 때 문득 생각해 보니 오늘 결석한 사람이 콜린뿐이 아니었다. 제롬도 학교에 나오지 않았다.

책, 공책, 문제집으로 어질러진 닉의 책상 위로 가을 햇살이 따스하게 내리쬐었다. 30분째 붙잡고 있는 영어 작문 숙제는 아직 세 줄을 넘기지 못했다. 반면, 공책 가장자리에는 온갖 모양의 낙서가 빼곡하다. 에이. 닉은 자꾸만 생각이 삼천포로 빠져서 도무지 집중할 수 없었다. 부엌에서 엄마가 혼자 뭐라고 구시렁거리며 라디오 채널을 바꿨다. 휘트니 휴스턴이 '아이 윌 올웨이즈 러브 유'를 열창한다. 내가 전생에 무슨 죄를 지었기에!

닉은 볼펜을 팽개치고 일어나 문을 쾅 닫았다. 이런 식으로는 안 된다. 아무리 해도 머릿속에서 그 CD가 지워지지 않았다. 왜 아직까지 닉에게 CD를 준 사람이 없단 말인가? 그리고 왜 아무도 CD에 대한 얘기를 안 하는 거지? 닉은 다시 한 번 콜린에게 전화를 걸어 보았다. 이번에는 전화를 받았ー메롱!ー으면 했지만 역시 받지 않았다. 닉은 음성 사서함에 욕을 잔뜩 퍼붓고 스크롤바를 죽 내려 제롬의 전화번호를 눌렀다. 신호음이 한 번, 두 번, 세 번 울리더니 뚝 끊겼다.

이런 빌어먹을! 닉은 깊은 숨을 들이마셨다. 뭐 이런 개뼈다귀 같은 경우가 다 있담? 닉은 배낭 속에 휴대 전화를 던져 넣으려고 팔을 획 쳐들다가 순간적으로 멈추었다. 불현듯 보송보송한 아이디어가 떠오른 것이다. 이 전화기에는 에밀리 번호도 저장돼 있다.

닉은 전화를 걸지 않는 게 좋을 여러 가지 이유가 떠오르기 전에 얼른 통화 버튼을 눌렀다. 다시 신호음이 들렸다. 한 번, 두 번…….

"여보세요?"

"에밀리니? 아, 저……. 나 닉인데 뭐 좀 물어볼 게 있어서 전화했어. 저기 오늘 학교에서 말이야…….."

닉은 두 눈을 질끈 감으며 숨을 훅 들이마셨다.

"뭐? 화학 시험?"

"아니, 그건 아니고. 저……, 아까 우연히 봤는데, 라시드가 네게 뭔가 주려고 하는 것 같아서. 그게 뭐였어?"

에밀리의 대답이 돌아올 때까지는 약간 시간이 걸렸다.

"그건 왜 묻는데?"

"아, 그게 그러니까…….. 요즘 이상하게 행동하는 애들이 많더라고. 결석하는 애들도 많잖아. 그거 눈치챘니?"

휴, 드디어 제대로 된 문장을 말했다.

"내 생각엔 그게 아까 라시드가 주려고 한, 그 물건하고 관계가 있는 것 같거든. 그래서 물어보는 거야. 어떻게 된 일인지 알고 싶어서."

"글쎄, 나도 잘 모르겠는데."

"라시드가 그게 뭔지 말 안 했어?"

"아니, 그런 말은 안 하고 자기랑 상관없는 걸 꼬치꼬치 묻더라고. 부모님이 자유롭게 놔두는 편이냐, 혼자 쓰는 컴퓨터가 있느냐……."

에밀리는 웃음기 없이 픽 웃었다.

"아, 그래?"

닉은 이 정보를 어떻게 받아들여야 할지 몰라 열심히 머리를 굴렸지만 좋은 생각이 떠오르지 않았다.

"컴퓨터가 어디에 필요한지 얘기했어?"

"아니. 자기가 주려고 하는 건 이제까지 어디서도 볼 수 없었던 엄청난 거라면서 꼭 나 혼자만 봐야 한다고 했어."

에밀리가 그 일을 어떻게 생각하는지는 말투에서 금방 드러났다.

"아주 급하다는 듯이 막무가내로 떠넘기려고 했어. 하긴 너도 봤다고 했지."

마지막 말은 약간 새침하게 들렸다. 닉은 얼굴이 빨갛게 달아오르는 것을 느꼈다.

"응."

잠시 침묵이 흐른 후 에밀리가 물었다.

"넌 그게 뭐라고 생각하는데?"

"글쎄. 콜린이 다시 학교에 나오면 물어보려고. 아니면 다른 좋은 생각 있니?"

에밀리는 잠시 말이 없다.

"없어. 사실 생각해 본 적도 없고."

닉은 다음 말을 하기 전에 다시 한 번 크게 숨을 들이마셨다.

"그게 뭔지 알아내면 내가 전화해서 알려 줄까? 물론 재미있는 거면."

"그래. 그런데 나 지금 할 일이 있어서 그만 끊어야 해."

에밀리와 통화를 하고 나니 세상이 달라 보였다. 흥, 콜린 같은 자식 엿이나 먹으라고 해! 드디어 에밀리에게 줄이 생겼다. 다시 전화할 구실도 생겼다. 새로운 사실을 알아내면 다시 전화할 수 있다!

콜린은 마치 아무 일도 없었다는 듯 다시 학교에 나타났다. 콜린은 사물함에 기대고 서서 길게 내려온 레게 머리를 어깨 뒤로 넘기더니 닉을 향해 씩 웃었다.

"진짜 내 평생 그렇게 목이 심하게 아파 본 적은 없어. 목이 완전히 쉬어서 전화도 못 받았다니까."

콜린이 목에 두른 목도리를 가리켰다. 닉은 거짓말인지 아닌지 보려고 콜린의 얼굴을 빤히 쳐다보았지만 딱히 거짓말이라는 증거는 찾지 못했다.

"베타니 있잖아. 꼭지 돌아서 게거품 물고 난리도 아니었어. 아프면 아프다고 전화하지 그랬어?”

“어유, 진짜 많이 아팠다니까. 코치 양반에게는 미안하지만 어쩔 수 없었어.”

닉은 너무 비꼬는 것처럼 들리지 않게 하려고 조심스럽게 단어를 골랐다.

“그 병 상당히 전염성이 강한 것 같은데. 그저께 여덟 명밖에 안 나왔어. 완전 마이너스 기록이잖아.”

콜린은 전혀 놀란 기색이 없다. 아니면 놀라지 않은 척하는 걸까?

“그런 날도 있는 거지, 뭐.”

“제롬도 안 나왔어.”

순간 콜린의 눈이 빠르게 깜박였다. 콜린은 그 말에 급 관심을 보이는 듯했지만, 얼굴에 드러나지는 않았다. 닉은 물어보고 싶던 것을 재빨리 물었다.

“제롬 얘기가 나와서 말인데, 지난번에 네가 제롬에게 준 게 뭐야?”

“아, 린킨파크의 새 CD야. 미안, 네 건 깜빡했어. 하나 새로 구워 줄게.”

콜린의 입에서 기다렸다는 듯 대답이 튀어나왔다. 콜린은 사물함 문을 쾅 닫더니 수학책을 옆구리에 끼고 닉을 힐끔 쳐다보았다.

“자, 가자.”

멍하니 생각에 잠겨 있던 닉은 잡생각을 떨치려고 고개를 부르르 떨었다. 린킨파크! 그동안 혼자 음모론을 펴고 소설을 썼단 말인가?

정말 아무 일도 없었고, 그저 독감이 돌아서 결석생이 그렇게 많았던 것뿐일까? 하긴 그러고 보면 그렇게 많이 빠진 것도 아니다.

교실에 들어서면서 닉은 몇 명이나 오지 않았는지 휘 둘러보았다. 뜨개질 소녀 2가 안 보이고, 그 밖에 제롬, 헬렌, 말없는 그렉이 결석이다. 다른 애들은 잠을 못 잔 듯 피곤한 얼굴로 의자에 축 늘어져 있다.

좋아, 내가 착각한 거야. 대단한 비밀 같은 건 없어. 그냥 린킨파크였어. 닉은 그런 생각을 한 자신이 우스워져서 혼자 계면쩍게 웃었다. 그러고 나서 어제 베타니가 어떻게 폭발했는지 말해 주려고 콜린에게 고개를 돌렸다. 그러나 콜린은 다른 데 정신이 팔려 있었다. 콜린이 창가 옆 자리에 서 있는 댄을 빤히 쳐다보자 댄이 배에 살짝 가리면서 손가락 네 개를 펼쳐 보였다. 콜린은 대단하다는 듯 양 눈썹을 치키더니 손가락 세 개를 들어 보였다.

닉의 시선은 빠르게 두 사람 사이를 왔다 갔다 했다. 그러고 나서 바로 포나리 선생님이 들어왔기 때문에 손가락의 의미가 무엇인지 콜린에게 물어볼 시간이 없었다. 그 후 선생님은 한 시간 동안 복잡하고 어려운 수학 문제를 귀가 아프게 설명했기 때문에 손가락 세 개와 네 개의 다른 점이 무엇인지와 같은 단순한 문제는 생각할 겨를이 없었다.

2

집에 와 보니 식탁 위에 길고 긴 장보기 목록과 돈이 놓여 있다. 엄마는 요즘 파마 손님이 많아서 바쁘다. 마치 런던 여자들에게 가을맞이 파마 바람이라도 분 것 같다. 닉은 미간을 찡그리며 장보기 목록을 읽어 내려갔다. 냉동 피자 종류가 끝없이 이어지더니 냉동 라자니아, 냉동 생선살 튀김, 인스턴트 스파게티가 이어진다. 보아하니 엄마는 당분간 스스로 요리할 생각이 없어 보인다. 닉은 한숨을 푹 쉬며 빈 봉지 세 개를 들고 마트로 향했다. 슬렁슬렁 걷다 보니 댄과 콜린이 서로 손짓하던 모습이 다시금 머릿속을 채웠다. 제이미의 의견은 단순했다.

"야, 심심해서 그러는 거야. 지금 너한테 필요한 건 취미 아니면 여자 친구야. 내가 에밀리랑 데이트 주선해 볼까?"

닉은 카트를 하나 빼들고 매장으로 들어가며 학교 생각을 떨쳐 버렸다. 제이미 말대로 현실적인 일에 집중하는 게 옳은지도 모른다. 예를 들면, 엄마가 사 오라는 생수 스무 병을 집까지 어떻게 들고 갈 것인가와 같은 것 말이다.

다음 날 학교에 가 보니 분위기가 심상치 않았다. 본관 로비에 평소보다 훨씬 많은 사람이 모여 웅성거리고 있었다. 끼리끼리 모여 다들 뭐라고 속닥거리는데, 무슨 말인지 분명히 알아들을 수가 없었다.

사람들의 시선은 교장실로 성큼성큼 걸어가는 경찰관 두 명에게 고정되었다.

자세히 보니 계단 근처에 제이미가 서 있다. 제이미는 뜨개질 소녀 알렉스, 라시드, 그리고 이름이 생각나지 않는 하급생 한 명과 열심히 토론 중이다. 아니, 생각났다. 이름은 아드리안이고 열네 살이다. 상급생이랑 어울려 다니는 아이는 아니지만, 2년 전 전학 왔을 때 퍼진 소문 때문에 기억하고 있다. 그때 한참 아드리안의 아빠가 목을 매 죽었다는 소문이 돌았다.

"닉!"

제이미는 팔을 높이 흔들며 닉을 불렀다.

"오늘 아주 재미있겠는데!"

"짭새들이 학교에 왜 온 거야?"

제이미는 고르지 못한 이를 드러내며 무서운 표정을 지었다.

"학교에 도둑이 들었어. 새 컴퓨터 아홉 대가 사라졌어. 이번에 컴퓨터실에 새로 들어온 노트북 말이야. 경찰이 컴퓨터실에서 증거를 찾고 있어."

아드리안이 고개를 끄덕이며 끼어들었다.

"그런데 문이 잠겨 있었대요. 가스 선생님이 경찰에게 얘기하는 거 똑똑히 들었······."

"시끄러, 꼬맹이."

알렉스가 으르렁거렸다. 얼굴에 여드름이 반짝였다. 여드름도 흥분한 모양이군.

닉은 갑자기 알렉스의 면상을 한 대 치고 싶은 충동을 느꼈다. 닉은 꼴 보기 싫은 얼굴을 보지 않으려고 아드리안 쪽으로 고개를 돌렸다.

"문을 부순 흔적이 있대?"

"아니요. 열쇠로 문을 열었다는 게 문제예요. 누군가 열쇠를 훔친 거죠. 그런데 가스 선생님 말로는 그건 불가능하대요. 컴퓨터실 열쇠가 세 개인데, 다 제자리에 있었다는 거예요. 그중 하나는 가스 선생님이 들고 다니고요……."

"닉?"

아드리안이 신 나서 말하는데 누군가 다가와 나지막하게 닉의 이름을 불렀다. 닉은 자신의 어깨에 얹힌 투명 매니큐어가 칠해진 손을 보고 순간적으로 에밀리를 떠올렸다. 그러나 손가락에 반지를 세 개나 낀 것을 보니 에밀리는 아니다. 그리고 에밀리는 이런 오리엔탈 향수를 바르지 않는다. 고개를 돌리니 브린의 연푸른 눈동자가 닉을 쳐다보고 있었다. 마치 물웅덩이 같다.

"니키, 우리 저기 잠깐만……. 둘만 얘기 좀 했으면 하는데……."

알렉스는 히죽히죽 웃으며 혀로 입술 핥는 흉내를 냈다. 닉은 정말 한 대 때려 주고 싶은 걸 겨우 참았다.

"알았어. 그런데 시간이 별로 없어."

닉은 귀찮은 기색을 숨기지 않았지만 브린은 개의치 않았다. 아니면 기분 나쁜 티를 안 내는 것일까? 사실, 브린은 예쁘다. 하지만 무엇보다 수다스럽다. 그리고 머리가 돌덩어리다. 브린은 엉덩이를 흔드는 걸음걸이로 또각또각 구둣발 소리를 내며 앞장서 걸었다. 브린이 닉을 데려간 곳은 체육관으로 내려가는 계단 앞이다. 이 시간에는 여길 지나다니는 사람이 거의 없다.

"닉, 내가 따로 보자고 한 건 뭘 주고 싶어서야. 이거 정말 죽이거든."

브린은 어깨에 멘 가방에 손을 집어넣었다가 다시 빈손을 꺼냈다. 닉은 이미 감을 잡고 브린의 가방을 열심히 쳐다보았다. 하마터면 브린을 보고 미소 지을 뻔했다.

"그전에 뭘 좀 물어봐야 해."

브린은 꾸민 동작으로 천천히 머리를 넘겼다.

제발 널 어떻게 생각하는지 묻지는 말아 주라! 나도 괜히 나쁜 놈 되기 싫거든.

"물어봐."

"너 컴퓨터 있어? 네 방에서 혼자 쓸 수 있는 거? 아주 중요한 거야."

그럼 그렇지!

"응, 있어."

브린은 만족스러운 듯 고개를 끄덕였다.

"어, 그리고……. 부모님이 네 물건 막 보고 그러시지는 않니?"

"우리 엄마 아빠는 그런 이상한 짓 안 해."

"좋아."

브린은 미간에 주름을 잡으며 기억을 더듬었다.

"그리고 또 뭔가 있었는데……. 아, 맞다!"

브린은 닉에게 한 걸음 다가와 얼굴을 가까이 댔다. 껌 냄새와 하렘 향수가 섞여 묘한 냄새가 났다.

"내가 지금 주는 거 다른 사람한테 절대 보여 주면 안 돼. 그럼 작동이 안 될 수도 있어. 받으면 바로 숨기고 내가 줬다고도 말하면 안 돼. 알겠니?"

이건 또 뭐람? 닉은 인상을 찌푸렸다.

"왜 안 되는데?"

"규칙이야. 그렇게 안 하겠다고 하면 줄 수 없어."

브린이 딱 잘라 말했다. 닉은 과장된 한숨을 지으며 어쩔 수 없다는 표정을 지었다.

"뭐, 그렇담 할 수 없지. 알았어, 규칙 지킬게."

"명심해야 해. 알았지? 안 그러면 내가 곤란해질 수도 있어."

브린이 손을 내밀었다. 닉은 약속의 뜻으로 그 손을 잡았다. 브린의 손은 뜨거웠다. 그리고 약간 축축했다.

"좋아, 그럼 약속한 거다."

브린은 낮은 소리로 속삭이며 의미심장한 시선을 던졌다. 아마 유혹적으로 보이려고 그러는 듯싶었다. 이윽고 브린은 가방에서 납작한 플라스틱 상자를 꺼내 닉의 손에 쥐어 주었다.

"잘해 봐."

브린은 속삭이듯 말하고 그 자리를 떴다.

닉은 브린의 뒷모습을 쫓지 않았다. 정신이 온통 손 안에 들린 CD

에 쏠려 있었기 때문이다. 상자에는 아무것도 적혀 있지 않았다. 닉은 호기심 가득한 얼굴로 뚜껑을 열었다. 역시 린킨파크는 아니다. CD에는 뭐라고 씌어 있는데, 볕이 들지 않아 잘 보이지 않았다. 닉은 CD를 들어 브린의 꼬불꼬불한 글씨를 햇빛에 비춰 보았다. 그것은 닉이 한 번도 들어 본 적 없는 단어였다.

에레보스.

제이미는 하루 종일 브린과의 일로 닉을 놀려 댔다. 그건 원래 그런 놈이니까 하고 참을 수 있었지만, CD를 제이미에게 보여 주고 싶은 유혹은 정말이지 참기 힘들었다. 그래도 닉은 매번 그 유혹을 이겨 냈다. 일단은 혼자 보고 다들 그렇게 비밀스럽게 구는 이유를 알아낼 생각이었다. 하지만 절대 다른 아이들처럼 쉬쉬하는 짓은 하지 않을 것이다.

시간은 굼벵이처럼 느리게 흘렀다. 닉은 재킷 주머니 속 물건에 정신이 팔려 수업에 통 집중하지 못했다. 자꾸만 주머니로 손이 갔다. 옷감 세 겹을 통해 각진 모서리와 무게가 느껴졌다.

"어디 아프냐?"

마지막 수업 종이 울리기 전 제이미가 물었다.

"아니. 왜?"

"요상한 표정을 짓고 있어서."

"그냥 생각 좀 하느라고."

제이미의 입꼬리가 위로 올라가며 살짝 조소가 비쳤다.

"내가 맞혀 볼까? 브린 생각하는 거지? 데이트하기로 했냐?"

브린 같은 애와 사귈 거라고 생각하다니, 닉은 도저히 제이미가 이
해되지 않았다. 하지만 입 아프게 부인하고 싶은 생각도 없었다.

"남이야 뭘 하든."

닉은 심드렁하게 대꾸하며 그럴 줄 알았다는 표정을 못 본 척했다.

"그럼 내일 자세한 걸 알 수 있겠네."

"응. 뭐 확실하진 않지만."

3

집에 돌아오니 아무도 없다. 썰렁하다. 엄마는 오늘도 급히 나가느
라 창문 닫는 걸 깜빡한 모양이다. 닉은 재킷을 입은 채 집 안의 창문
을 모두 닫고, 방으로 들어가 히터를 있는 대로 틀었다. 그리고 재킷
주머니에서 CD를 꺼냈다.

에레보스.

닉은 인상을 찌푸렸다. 에레보스. 왠지 에로스를 연상시킨다. 혹시
데이트 프로그램 같은 건가? 브린이라면 그런 데 관심이 있을 법하
다. 행여나 그런 생각이라면 일찌감치 접는 게 좋을걸. 닉은 컴퓨터
를 켜고, 거실에서 담요를 한 장 가져와 어깨에 둘렀다.

닉은 습관대로, 그리고 기대감을 높이기 위해 먼저 이메일을 체크
했다. 광고 메일 세 개, 스팸 메일 네 개, 연습에 나오지 않은 아이들

에게 무시무시한 보복을 예고하는 베타니의 경고 메일이 하나 들어
와 있다.

페이스북에 로그인하려는 찰나 닉의 형, 핀이 ICQ 메신저로 쪽지
를 보냈다.

"싸랑하는 동생! 잘 지내냐?"

닉의 입가에 미소가 번졌다.

"응, 잘 지내."

"엄마는?"

"바쁘셔. 하지만 별일 없어. 형은 어때?"

"나도 똑같아. 가게도 아주 잘돼."

"오, 대박."

닉은 가게가 얼마나 잘되는지 물어보고 싶었지만 참았다.

"참 니키, 그 티셔츠 있잖아. 내가 어떤 거 얘기하는지 알지?"

닉이 그걸 모를 리 없다. 핀에게 있어서는 단연 세계 최고의 밴드
'헬 프로즌 오버' 티셔츠다.

"그게 왜?"

"네 치수를 구하지 못했어. 주문은 했는데, 4주나 기다려야 나온
대. 네가 다른 사람보다 기럭지가 좀 길잖아. 괜찮겠어?"

순간 닉은 자신이 왜 그토록 실망하는지 의아하게 느껴졌다. 아마
2주 후 형과 함께 똑같은 티셔츠를 입고 헬 프로즌 오버의 콘서트장
에서 '다운 더 라인'을 목청껏 따라 부르는 상상을 해 왔기 때문일 것
이다.

"뭐, 어쩔 수 없지."

닉이 자판을 두드렸다.

"꼭 구해 줄게. 걱정하지 마. 그리고 지난번처럼 가게에 한번 들러."

"알았어."

"형이 보고 싶어 하는 거 알지?"

"나도 보고 싶어."

닉이 형을 얼마나 보고 싶어 하는지 형은 모른다. 하지만 그런 얘기를 자세히 하면 형은 또 죄책감을 느낄 것이다.

형과 채팅을 끝낸 닉은 데비안트아트에 가 보았다. 어제와 달라진 것은 아무것도 없다. 당연한 거 아닌가? 닉은 자신을 탓하며 인터넷에서 나왔다. 마음의 소리는 먼저 영어 작문부터 해야 한다고 말했지만, 닉의 호기심을 누르기에는 역부족이었다. 닉은 브린의 글씨를 보고 다시 한 번 얼굴을 찌푸린 다음 CD를 꺼내 컴퓨터에 넣었다. 조금 기다리니 창이 열렸다.

영화도 아니고, 음악도 아니다.

게임이다.

설치 창에는 암울한 그림이 깔려 있다. 화재로 초토화된 배경 위로 무너져 가는 성이 보이고, 성 앞에 칼이 하나 꽂혀 있다. 칼자루에 묶인 빨간 천은 마치 죽음의 땅에서 삶을 상기시키는 유일한 물건인 양 바람에 흔들린다. 그 위에 역시 빨간 색으로 '에레보스'라는 글씨가 휘갈겨져 있다.

닉은 기분이 이상했다. 스피커 볼륨을 높였지만 음악 소리는 들리지 않고 멀리서 천둥 칠 때처럼 낮은 굉음만 반복해서 들렸다. 닉은 마우스를 설치 버튼 위로 가져갔다. 가만, 뭔가 잊어버린 것 같은데……. 그렇지, 바이러스 스캔을 깜빡했다. 백신 두 개를 돌려 보고 아무 이상이 없자 닉은 안도의 한숨을 쉬었다.

자, 이제 됐다. 진행 상황을 나타내는 파란색 막대기는 굼벵이 기어가듯 느릿느릿 앞으로 나아갔다. 마치 먹통이 된 것처럼 아무런 움직임이 없을 때도 있었다. 닉은 시험 삼아 마우스를 이리저리 움직여 보았다. 뚝뚝 끊기지만 그나마 움직이기는 했다. 닉은 의자에 가만히 앉아 있질 못하고 꿈지럭거렸다. 25퍼센트. 이게 말이 돼? 이렇게 느릴 거면 부엌에 가서 물을 마시고 와도 되겠다.

물을 마시고 돌아와 보니 아직도 31퍼센트다. 닉은 의자에 털썩 주저앉아 눈을 비볐다. 에이, 뭐 이런 게 다 있담? 이윽고 100퍼센트 설치 완료가 끝났다. 느낌에 한 시간은 된 것 같다. 기다린 보람이 있구나 하며 속으로 쾌재를 부르는데, 화면이 까맣게 변했다. 그리고 그 상태로 움직일 줄 몰랐다.

뭘 해도 소용이 없었다. 때려 보고 단축키 조합을 눌러 보고 분통을 터뜨려 봐도 검은 화면은 바뀔 줄 몰랐다. 결국 포기하고 리셋 버튼을 누르려는 찰나, 화면이 바뀌었다. 검은 화면을 뚫고 나오듯 붉은 글씨가 나타났다. 마치 보이지 않는 심장에서 피와 생명을 보내기라도 하듯 글씨가 벌떡벌떡 숨을 쉬었다.

들어오라. 아니면 돌아가라. 여긴 에레보스다.

드디어! 닉은 기대감에 부풀어 '들어오라'를 눌렀다. 컴퓨터 화면은 다시 검게 변했고 몇 초간 그대로 움직이지 않았다. 닉은 의자에 등을 기대고 앉아 생각했다. 게임도 이렇게 느리면 안 되는데······. 컴퓨터에는 문제가 있을 리 없다. 모든 게 최신이고, 프로세서와 그래픽 카드도 엄청 빨라서 이제까지 해 본 게임은 모두 문제없이 잘 돌아갔다.

화면이 점점 밝아지더니 매우 사실적으로 묘사된 숲 속 빈터가 나타났다. 하늘에는 휘영청 밝은 달이 떠 있고 화면 한가운데 쭈그리고 앉은 캐릭터가 보였다. 찢어진 셔츠에 허름한 바지, 무기도 없이 달랑 지팡이 하나뿐이다. 보아하니 이 캐릭터로 게임을 해야 하는 것 같다. 닉은 시험 삼아 마우스로 캐릭터의 오른쪽을 눌러 보았다. 그랬더니 캐릭터가 벌떡 일어나 오른쪽으로 움직였다. 좋았어! 조작법은 여느 게임과 다를 바 없어 보인다. 다른 조작법을 익히는 데도 그리 오랜 시간이 걸리지 않을 것이다. 게임을 처음 해 보는 것도 아니지 않은가.

자, 시작해 볼까! 그런데 어느 쪽으로 가야 하지? 길도 없고 방향을 알려 주는 지표도 없다. 혹시 지도가 있나? 닉은 선택 상자나 메뉴가 있나 해서 찾아보았지만, 그런 것은 어디에도 보이지 않았다. 도움말이나 목표도 없고 다른 캐릭터도 눈에 띄지 않았다. 있는 거라곤 목숨을 나타내는 빨간 막대기와 체력을 의미하는 듯한 파란 막대기뿐이다. 닉은 다른 게임에서 사용하던 단축키를 눌러 보았지만 여기서는 듣지 않았다.

혹시 이거 날림으로 만든 쓰레기 게임 아냐? 닉은 속으로 짜증을 내며 캐릭터에 대고 마우스를 눌러 보았다. 캐릭터 머리 위로 '이름 없는 자'라는 글씨가 나타났다.

"흠, 신비에 휩싸인 이름 없는 자란 말이지!"

닉은 초라한 행색의 캐릭터를 일으켜 정면으로 죽 걸어가게 한 다음, 오른쪽 왼쪽으로도 이동시켜 보았다. 하지만 모두 잘못된 방향인 듯싶었다. 길을 물어볼 사람도 나타나지 않았다.

'이거 정말 죽이거든.'

닉은 속으로 브린의 말투를 흉내 내며 입을 비죽거렸다. 하지만 콜린도 이 게임에 완전히 빠진 것 같았다. 콜린은 아무 게임에나 열광하는 바보가 아니다. 닉은 정면으로 죽 걸어가 보기로 했다. 만약 닉 자신이 그런 상황에 처한다면 그렇게 할 듯싶었다. 한 방향으로만 죽 가는 거다. 가다 보면 뭔가 나올 것이고, 숲은 언젠가는 끝나게 되어 있다.

닉은 자신의 캐릭터에 집중했다. 이름 없는 자는 능숙하게 나무 기둥을 피하고 앞길을 막는 나뭇가지를 쳐 내며 앞으로 나아갔다. 발자국 소리 하나하나가 선명하게 들렸다. 나뭇가지 밟는 소리, 마른 낙엽이 발밑에서 바스락거리는 소리. 절벽을 오를 때에는 돌멩이 굴러 떨어지는 소리까지 생생했다. 절벽을 넘어가니 땅이 질퍽해졌다. 이름 없는 자는 발목까지 진창에 빠지는 통에 처음처럼 빨리 걸을 수 없었다.

닉은 놀라움을 금치 못했다. 모든 게 믿기지 않을 정도로 사실적이었다. 진창에 빠질 때 나는 철퍽 소리까지도 진짜 같았다. 이름 없는 자는 점점 힘이 드는지 숨소리가 거칠어졌다. 파란색 막대기도 3분의 1까지 줄어들었다. 다시 절벽이 나타나자 닉은 잠시 캐릭터를 쉬게 했다. 이름 없는 자는 숨을 몰아쉬는 자세로 손으로 무릎을 짚고 고개를 떨구었다.

'이 근처에 시냇물이 있을 거야.'

어디선가 속삭이는 소리가 났다. 닉은 바로 캐릭터를 일으켜 오른쪽으로 이동시켰다. 아니나 다를까 작은 시냇물이 나타났다. 그러나 이름 없는 자는 가쁜 숨을 몰아쉬며 그 앞에 멍청히 서 있기만 했다.

"자, 어서 마셔!"

닉은 안타까운 마음에 자판에 있는 하단 화살표를 눌렀다. 그랬더니 정말로 허리를 굽혀 두 손으로 물을 떠 마시는 게 아닌가!

그다음부터는 길이 훨씬 수월해졌다. 진창도 심하지 않고 나무도 그렇게 빽빽하게 들어차 있지 않았다. 그러나 여전히 어디가 어딘지 모른 채 앞으로만 나가고 있었다. 닉은 이렇게 '앞으로, 앞으로'만 계속하다가 끝나는 것 아닌가 하는 불길한 생각에 사로잡혔다. 뭔가 방향을 잡을 만한 게 있을 텐데. 지도라든가 아니면 한눈에 볼 수 있는…….

그렇지! 닉은 빙긋 미소를 지었다. 허리를 굽힐 수 있다면 위로 기어 올라갈 수도 있을 것이다! 닉은 기둥 아래까지 가지가 난 튼튼한 나무를 골라 그 아래로 이름 없는 자를 데려갔다. 그리고 상단 화살표를 눌렀다. 이름 없는 자는 지팡이를 내려놓고 조심스레 나무를 오르기 시작했다.

이름 없는 자는 닉이 화살표를 놓으면 바로 동작을 멈췄고, 화살표를 누르면 다시 나무 위로 기어 올라갔다. 닉은 더 이상 올라갈 수 없는 데까지 높이 올라갔다. 약한 나뭇가지를 밟았다가 하마터면 떨어질 뻔했지만 곧 중심을 잡았고, 어느 정도 숨을 고른 다음 아래를 내려다보았다. 발아래로 숨 막히는 장관이 펼쳐졌다.

높이 뜬 보름달 아래로 나무의 바다가 은빛으로 넘실거렸다. 왼쪽으로는 산맥의 끝자락이 보이고, 오른쪽으로는 평지가 끝없이 이어졌다. 앞으로 죽 뻗은 길은 구릉 지대로 변하는데 언덕배기에 점처럼 보이는 것은 마을인 것 같았다.

앞으로만 계속 걸어온 것은 역시 올바른 선택이었다. 닉은 승리감에 휩싸여 미소 지었다. 막 하단 화살표를 누르려는데, 멀지 않은 나무숲 사이에서 스며 나오는 주홍색 빛이 보였다. 따뜻한 느낌을 주어 그쪽으로 가면 좋은 일이 있을 듯했다. 사람이 사는 집일까? 원래 가던 길에서 왼쪽으로 조금만 방향을 틀면 몇 분 내에 빛의 진원지에 도달할 것이다. 닉은 서둘러 캐릭터를 내려오게 했다. 이름 없는 자는 땅에 내려놓았던 지팡이를 들고 다시 걷기 시작했다. 닉은 아랫입술을 잘근잘근 씹으며 지금 가는 방향이 제대로 된 방향이기를 바랐다.

얼마 가지 않았는데도 나무 기둥 사이로 쏟아져 나오는 빛이 보였다. 그와 동시에 눈앞에 장애물이 나타났다. 발밑 땅이 갈라져 입을 쩍 벌리고 있는데, 이름 없는 자가 건너뛰기에는 폭이 너무 넓었다. 길이도 엄청 길어서 양쪽 끝은 어둠 속에 묻혀 보이지도 않았다. 에둘러 간다면 시간이 너무 오래 걸리고 방향을 잃을 위험이 컸다. 쓰러진 나무가 닉의 눈에 띈 것은 혼자 한참을 그렇게 구시렁거리고 난 후였다. 저걸 저쪽으로 옮기면……

스페이스 바가 성공의 열쇠였다. 이름 없는 자는 닉이 가리키는 마우스 방향에 따라 나무를 여러 방향으로 밀고 끌고 했다. 드디어 나무가 갈라진 땅 위에 놓였을 때는 녹초가 되어 숨을 헐떡거렸고, 빨간색 막대기도 더 짧아졌다. 닉은 게임 속 주인공이 조심조심 나무다리를 건너가게 했다. 하지만 생각처럼 쉽지 않았다. 다섯 번째 걸음을 옮겼을 때 나무가 오른쪽으로 굴렀고, 닉은 거의 곡예에 가까운 도약으로 캐릭터를 살려낼 수 있었다.

빛은 아까보다 훨씬 더 밝아졌고, 이제 깜박거렸다. 바로 앞에 좁은 오솔길이 나 있고, 그 한가운데 누군가 모닥불을 바라보며 앉아 있었다. 닉은 마우스에서 바로 손을 뗐다. 이름 없는 자도 갑자기 걸음을 멈췄다. 모닥불 앞에 앉은 사람은 꼼짝도 하지 않았다. 별다른 무기는 없었지만 검은 망토를 입은 것으로 보아 마술사일 가능성도 있었다. 캐릭터를 클릭하면 정보를 얻을 수 있을지도 모른다. 닉이 마우스를 대자마자 캐릭터가 고개를 들었다. 좁고 긴 얼굴에 유난히 입이 작았다. 그와 동시에 모니터 아래쪽에 대화창이 나타났다.

"어서 와라, 이름 없는 자. 꽤 빨리 왔구나."

검정색 바탕 위에 은회색 글씨가 나타났다. 닉은 마우스를 망토 입은 캐릭터에게 가까이 가져갔다. 하지만 캐릭터는 아무 반응 없이 긴 나뭇가지로 모닥불을 쑤실 뿐이었다. 닉은 크게 실망했다. 이 외딴 숲에서 드디어 사람을 만났는데, 뻔한 인사 한마디뿐 정보를 얻지도 못하다니!

닉은 대화창의 다음 줄에 커서가 깜박이는 것을 보고 나서야, 대답해야 한다는 것을 알고 자판을 두드렸다.

"안녕."

검은 옷을 입은 남자가 고개를 끄덕였다.

"나무에 올라간 건 잘한 거다. 이름 없는 떠돌이 중에 그렇게 영리한 자는 많지 않아. 넌 에레보스의 큰 희망이다."

"감사."

닉이 대답을 자판에 쳤다.

"계속 갈 생각이냐?"

남자의 작은 입에 기대감 섞인 미소가 떠올랐다. 닉은 곧바로 '당연한 말씀!'이라고 치려고 했다. 그러나 상대방 쪽에서 아직 말이 끝나지 않은 듯싶었다.

"잘 알아 둬라. 그와 대적하려면 반드시 에레보스와 연합해야 한다."

"오케이."

닉이 대답했다. 남자가 긴 막대기로 다시 모닥불을 쑤시자 불똥이 튀었다. 진짜 같다! 정말 사실적이야.

닉은 다음 말을 기다렸지만 이미 정해진 텍스트가 다 나왔는지 남자는 꼼짝도 하지 않았다. 닉은 어떤 반응이 나오는지 보려고 'p#434⟨3xxq0jolk⟨fi0e8r'이라고 대화창에 쳤다. 그러자 남자는 재미있다는 듯 고개를 들고 닉을 향해 미소 지었다.

정말 내 눈을 쳐다보는 것 같아. 닉은 캐릭터가 모니터 화면을 뚫고 자신을 쳐다보는 것만 같아 기분이 이상했다. 이윽고 남자는 다시 모닥불로 고개를 돌렸다. 그제야 닉은 어디선가 작은 음악 소리가 나기 시작했음을 알았다. 여리지만 마음을 울리는 멜로디를 듣고 있노라니 묘한 기분이 들었다.

"넌 누구냐?"

닉이 대화창에 질문을 입력했다. 물론 대답은 돌아오지 않았다. 캐릭터는 생각하는 듯 고개를 갸웃했다. 그리고 잠시 후 놀랍게도 대화창에 대답이 떴다.

"나는 사자다."

캐릭터는 반응을 보려는 듯 다시 닉을 쳐다보았다.

"난 죽었지만 넌 살아 있다. 아직은 이름 없는 떠돌이지만 곧 이름, 임무, 새로운 목숨을 얻게 될 거다."

닉은 마우스를 쥔 손에 힘이 빠지는 것을 느꼈다. 이런 일이 일어나다니! 게임 캐릭터가 즉석에서 유저의 질문에 답을 하다니 흔치 않은 일이다. 아니, 무서운 일이다. 어쩌면 우연의 일치인지도 모른다.

"죽은 사람은 말을 하지 않아."

닉은 그렇게 치고 의자 등받이에 몸을 기댔다. 그것은 질문이 아니라 반대 의견이었다. 그런 대답이 프로그래밍되어 있을 리 없다.

"맞는 말이다. 하지만 이것이 에레보스의 힘이다."

사자는 불이 붙은 채로 막대기를 불 속에서 꺼냈다.

닉은 인정하고 싶지 않았지만 무서운 생각이 들어 인터넷 접속 상태를 확인했다. 혹시 누군가 장난을 치는 게 아닌가 싶었다. 하지만 오프라인이 분명했다. 사자의 손에 들린 막대기에서는 불이 활활 타올랐고, 그 불꽃 그림자가 사자의 눈에 비쳤다. 닉은 다음 질문을 입력했다. 마치 손가락이 저절로 움직이는 것 같았다.

"죽는다는 건 어때?"

사자는 기침 같은 소리를 내며 웃었다.

"이름 없는 자 중 그런 질문을 한 건 네가 처음이다."

그는 막대기를 불 속에 던졌다.

"외롭지. 아니면 수많은 혼령에게 둘러싸여 있다고 해야 하나?"

사자가 손으로 이마를 쓸었다.

"내가 만약 사는 건 어떠냐고 물으면 넌 뭐라고 대답할 거지? 누구나 나름의 방법대로 살고 나름의 방법대로 죽는 거다."

그는 자신의 말을 강조하려는 듯 망토에 달린 모자를 머리 위로 뒤집어썼다. 눈과 코가 거의 가려지고 이제 작은 입만 보였다.

"너도 언젠가는 알게 될 테니 걱정 마라."

언젠가는.

닉은 손바닥에 축축이 밴 땀을 바지에 닦았다. 점점 무서운 생각이 들었다.

"이제 어디로 가야 하지?"

닉은 대답을 기대하는 자신이 조금 우습게 느껴졌다.

"계속 갈 생각이냐? 경고하는데 여기서 그만둬라."

"당연히 계속 간다."

"그럼 왼쪽으로 돌아서 시내를 따라 죽 가라. 계곡이 하나 나올 거다. 계곡을 지나면 그다음엔……. 그때 가면 알게 된다."

사자는 추운 듯 망토 속으로 파고들었다.

"노란 눈을 가진 전령이 있는지 잘 보거라."

4

닉은 콸콸 소리를 내며 흐르는 시내를 왼쪽에 끼고 걷기 시작했다. 이름 없는 자가 지치지 않도록 가벼운 걸음걸이로 조금 빠르게 걸었다. 지금까지 파악한 바로는 '체력'은 이름 없는 자의 강점이 아니다. 조금만 높은 곳을 올라도 금방 숨을 헐떡거린다. 그래서 닉은 모니터 오른쪽 아래, 목숨 표시에 파란빛이 들어올 때까지 캐릭터를 쉬게 했다가 다시 가곤 했다. 이름 없는 자는 그렇게 언덕을 넘고 장애물을 뛰어넘으면서도 주위를 잘 살폈다. 그러나 계곡도, 노란 눈을 가진 전령도 보이지 않았다.

시내 양쪽 길은 점점 가팔라졌고, 숲에 깔린 검은 흙은 어느새 자갈로 바뀌었다. 돌무더기도 심심치 않게 나타나서 이름 없는 자는 그 돌에 걸려 넘어지기 일쑤였다. 주변 지형이 캐릭터 키의 두 배나 되도록 높아지고 나서야, 닉은 그들이 이미 계곡에 들어와 있음을 알았다. 그리고 주위에 다른 누군가가 있었다. 길 양쪽 풀숲에서 바스락거리는 소리가 나더니 그게 신호라도 된 듯 갑자기 두꺼비 비슷한 것들이 일제히 튀어나와 닉의 캐릭터를 공격했다. 이름 없는 자는 물갈퀴와 긴 발톱을 가진 적에게 여러 군데 상처를 입었다. 닉은 곧 정신을 차리고 지팡이로 적에 맞서 싸웠다. 두꺼비 두 마리는 도망가고, 한 마리는 닉이 작정하고 휘두른 지팡이에 맞아 쓰러졌다.

"스트라이크!"

닉이 나지막하게 중얼거렸다. 그런데 마지막 한 마리가 이름 없는 자의 왼쪽 다리에 붙어 떨어질 줄 몰랐다. 두꺼비의 발톱 밑에서 붉은 핏자국이 점점 커졌고, 목숨을 표시하는 막대기는 거의 절반에 가깝게 줄어들었다. 닉은 깜짝 놀라 얼른 스페이스 바를 눌렀다. 이름 없는 자가 펄쩍 뛰었지만 두꺼비는 꿈쩍도 하지 않았다.

성공의 열쇠는 이스케이프 키에 있었다. 이름 없는 자는 번개처럼 빠르게 몸을 돌려 두꺼비를 떨쳐 내고 닉의 명령에 따라 지팡이로 해치웠다. 그러는 동안 목숨 막대기는 반도 못 되게 줄어들었다. 닉은 주위에 적이 더 있는지 확인한 다음, 뻗어 버린 두꺼비에게 마우스를 가져다 댔다. '시체 4구'라는 글자가 나타났다.

"이것만 해도 어디냐."

닉은 혼잣말로 중얼거리며 지쳐 버린 캐릭터를 일으켜 세워 전리품을 챙긴 다음 계속 길을 갔다. 한동안 닉은 다시 발톱 달린 두꺼비가 나올까 봐 초긴장했지만, 적은 다시 나타나지 않았다. 그 대신 규칙적인 리듬 소리가 계곡 벽면을 울리며 우렁차게 들려왔다. 말발굽 소리였다.

닉은 이름 없는 자를 천천히 이동시켰고, 모퉁이가 나타나면 조심스럽게 살폈다. 그러나 거친 절벽과 돌무더기 말고는 아무것도 없었다. 잠시 후, 말발굽 소리가 뚝 그쳤다. 닉은 절벽을 따라 조심스럽게 이동했다. 사람 키만 한 가시덤불을 지나 다음 절벽이 나올 때까지 갔다. 절벽 중간쯤, 이름 없는 자의 키보다 훨씬 높은 곳에 납작하고 널찍한 돌이 계곡 위로 툭 튀어나와 있는 것이 보였다. 그 뒤에 동굴이 있고 동굴로 들어가는 좁은 입구 앞에 갑옷을 두른 말이 서 있었다.

말 위에 앉은 회색 망토를 입은 깡마른 남자가 이름 없는 자와 닉에게 가까이 오라고 손짓했다. 머리털이 없는 뾰족한 두상과 과장되게 길고 가느다란 손가락도 특이했지만 닉의 관심은 온통 창백한 노란 눈에 가 있었다.

"솜씨가 좋은걸."

"감사합니다."

"하지만 목숨이 많이 남지는 않았어."

"알고 있어요."

"앞으로는 주의해라."

전령의 사근사근한 말투는 무시무시한 겉모습과 묘한 대비를 이루었다.

"이제 이름을 받을 때가 됐다. 그리고 첫 번째 의식을 치를 시간이
야."

전령은 허물없는 몸짓으로 뒤에 있는 동굴을 가리켰다.

"그럼 옳은 판단을 하길 바란다. 잘되길 빈다. 또 보자."

전령은 그 말만 남기고 말머리를 돌려 사라졌다. 닉은 말발굽 소리
가 사라질 때까지 기다렸다가 이름 없는 자를 이동시켰다. 절벽을 따
라 납작한 돌 밑으로 가니 위로 올라가는 돌계단이 있었다. 첫 번째
의식이라! 닉은 다시 손에 땀이 나는 것을 느끼며, 어두운 동굴 입구
에 대고 왼쪽 마우스를 눌렀다. 그러자 이름 없는 자가 그 안으로 들
어갔다. 그의 모습이 사라지자 화면이 까맣게 변했다.

어둠. 침묵. 닉은 의자에서 초조하게 몸을 뒤척거렸다. 왜 이렇게
오래 걸리는 거지? 자판을 두드려 보았지만 아무런 변화도 없었다.

"에이, 왜 이러는 거야? 자, 게임 좀 하자."

닉이 컴퓨터 본체를 툭툭 쳐 보았지만 역시 아무런 변화가 없었다.
어둠이 계속 이어지자 닉은 점점 더 초조해졌다. CD를 꺼내서 다시
넣거나, 리셋 버튼을 누를 수도 있지만 그러면 처음부터 다시 시작해
야 하거나 자칫 게임이 시작되지 않을 위험이 있었다.

그때 갑자기 무슨 소리가 났다. 톡톡! 문 두드리는 소리가 꼭 심장
소리 같다. 닉은 책상 서랍에서 헤드폰을 꺼내 컴퓨터에 연결했다.
헤드폰을 끼니 소리가 더욱 선명하게 들렸다. 그리고 멀리서 짧은 간

격으로 나팔 소리 같은 것도 들렸다. 사냥 대회에서 울리는 소리처럼 희망에 찬 소리였다. 그가 없는 사이 게임이 본격적으로 펼쳐지고 있는 게 아닐까?

닉은 볼륨을 높이며 진작 헤드폰을 사용하지 않은 것을 후회했다. 중요한 정보를 놓쳤을 수도 있다. 경고나 힌트 같은 게 있었는지도 모른다! 혹시 게임을 계속하는 방법을 못 들은 건 아닐까? 닉은 문제가 해결될 거라는 희망보다는 초조함을 견디다 못해 엔터키를 세게 내리쳤다. 문 두드리는 소리가 멈추더니, 아까처럼 검은 화면을 뚫고 붉은 글씨가 나타났다.

"여기는 에레보스다. 너는 누구냐?"

닉은 오래 고민하지 않았다. 그전에도 컴퓨터 게임에서 몇 번 사용한 적이 있는 이름을 댈 생각이었다.

"가르고일."

"이름을 말해라."

"가르고일!"

"진짜 이름을 말해라."

닉은 이상한 생각이 들었다. 진짜 이름이 왜 필요하지? 좋아, 아무거나 이름과 성을 쓰면 되겠지, 뭐.

"사이먼 화이트."

검은 화면에 붉은 글씨로 나타난 이름 옆에서 커서가 깜박거렸고, 잠시 아무 일도 일어나지 않았다.

"진짜 이름을 말하라니까."

닉은 믿기지 않는 눈으로 모니터를 응시했다. 누군가 그 안에서 쳐다보고 있는 듯한 느낌이 들었다. 닉은 숨을 크게 들이마신 다음, 다른 이름을 쳤다.

"토마스 마틴슨."

이번에도 커서만 깜박거리고 아무 일도 일어나지 않았다.

"틀렸다. 게임을 하고 싶으면, 진짜 네 이름을 말해라."

이건 논리적 설명이 불가능하다. 어쩌면 소프트웨어에 문제가 있어서 모든 이름을 틀렸다고 하는 것인지도 모른다. 대화창에는 닉이 쓴 글씨가 사라지고 붉은 커서만 깜박거렸다. 닉은 문득 프로그램이 다운됐거나 휴대 전화 비밀번호처럼 세 번 틀리면 잠겨 버리는 것이 아닐까 두려워졌다.

"닉 던모어."

닉은 진짜 이름도 거부당할 거라고 생각하며 실명을 쳤다.

그러나 예상과 달리 그의 이름을 속삭이는 소리가 귓전에 맴돌기 시작했다.

"닉 던모어, 닉 던모어, 닉 던모어……."

마치 수많은 이가 돌림 노래하듯 이름을 반복했다. 보이지 않는 공동체의 환영 인사였다. 누군가에게 감시당하는 느낌에 닉은 더럭 겁이 났다. 그러나 귀에서 헤드폰을 빼냈을 때는 이미 글씨도 목소리도 사라진 뒤였다. 그 대신 매혹적인 멜로디가 들리기 시작했다. 비밀스러운 모험을 약속하는 듯한 멜로디.

"안녕, 닉. 에레보스의 세계에 온 걸 환영한다. 게임을 시작하기 전에 규칙을 알려 주마. 규칙이 마음에 들지 않으면 아무 때나 게임을 중단할 수 있다. 알겠니?"

닉은 모니터를 빤히 쳐다보았다. 컴퓨터는 그의 거짓말을 알아챘다. 그리고 그의 진짜 이름도 알고 있었다. 이제는 대답을 재촉하기라도 하듯 커서가 점점 빠르게 깜박거린다.

"예."

닉은 시간을 너무 많이 끌면 다시 화면이 검게 변할까 봐 걱정되어 서둘러 대답했다. 생각은 나중에, 나중에 하자.

"좋아. 첫 번째 규칙을 말해 주마. 에레보스 게임은 딱 한 번만 할 수 있다. 게임을 잘 못하면 끝나는 거다. 네 캐릭터가 죽어도 끝나고, 규칙을 어겨도 끝난다. 알겠니?"

"예."

"자, 두 번째 규칙이다. 게임은 반드시 혼자 해야 한다. 게임 안에서는 절대로 네 진짜 이름을 말해선 안 돼. 그리고 게임을 안 할 때는 닉네임을 말해선 안 된다."

왜 그래야 하는 거지? 닉은 평소 신중함과는 거리가 먼 브린조차 게임에 대해 함구했다는 사실을 떠올렸다. 브린이 게임에 대해 한 말은 '이거 정말 죽이거든.'이 전부였다.

"자, 세 번째 규칙. 게임 내용은 비밀로 해야 한다. 다른 사람과 게임에 대해 얘기하면 안 돼. 특히 등록 안 한 사람에게는 절대 비밀이다. 게임하는 사람끼리는 게임 속에서 불을 피우고 정보를 주고받을 수 있다. 하지만 친구나 가족, 인터넷에 정보를 누설하는 것은 절대 안 된다."

닉은 속으로 네가 그걸 어떻게 알겠냐 하면서 '예'라고 쳤다.

"네 번째 규칙. 게임을 시작하려면 필요하니까, 에레보스 CD를 잘 보관해야 한다. 전령이 지시하기 전에는 절대 복사해서는 안 돼."

"예."

닉이 엔터를 치자마자 해가 떠오르기 시작했다. 적어도 해가 뜨는 것처럼 느껴졌다. 검은 화면에 점차 붉은색이 많아지더니 곧 노란색과 황금색으로 바뀌었다. 이름 없는 자는 그 속에서 그림자로 서 있었다. 다른 배경과 함께 이름 없는 자의 윤곽이 점점 드러나기 시작했다. 풀이 높게 자란 숲 속 빈터에 햇빛이 흘러넘치고, 풀숲 사이로 난 작은 오솔길은 성을 향해 나 있었다. 성은 이끼에 점령당하다시피 했고, 성문은 경첩 하나에만 의지한 채 거의 떨어져 나가기 직전이었다. 이름 없는 자는 왼쪽 바윗돌에 앉아 해를 향한 채 눈을 감았다. 닉은 잘 나온 여행 사진을 볼 때처럼 아련한 질투심을 느꼈다. 순간적으로 숲에서 나는 송진 냄새와 성 근처에서 자라는 허브 냄새가 코끝을 간질이는 것 같았다. 귀뚜라미 우는 소리가 들리고 바람이 풀숲을 부드럽게 훑으며 지나갔다.

삐뚜름하게 매달린 성문이 큰 소리를 내며 성벽에 가 부딪쳤다. 여전히 허름한 차림인 이름 없는 자는 기지개를 켜며 일어났다. 그리고 손을 얼굴에 대더니 가면을 잡아떼듯 얼굴을 잡아 뜯었다. 그 뒤에는 아무것도 없었다. 그냥 달걀껍질 같은 매끈한 얼굴이다. 다시 바람이 불더니 성 위에 꽂힌 깃발이 펄럭였다. 깃발에는 빛바랜 글씨로 숫자

'1'이 씌어 있었다. 저기로 가면 레벨 1인가 보다. 닉은 얼굴 없는 캐릭터가 영 마음에 들지 않았지만 성을 향해 움직이기 시작했다.

성 안은 고요했다. 바람 소리도 들리지 않고, 성문도 삐걱거리지 않았다. 바닥에 흩어져 있는 지푸라기와 뼈다귀 사이에는 금속 부분에 녹이 슨 궤짝이 드문드문 보이고, 벽에는 구리판이 걸려 있었다. 구리판에는 글씨가 씌어 있는데, 모든 문장은 '고르시오'로 끝났다.

닉은 벽을 따라가며 문장을 하나씩 읽었다.

"성별을 고르시오."

첫 번째 문장을 읽은 닉은 망설임 없이 남자를 골랐다. 그러나 곧 여자 캐릭터도 재미있겠다는 생각이 들었다. 하지만 이미 버스는 떠난 다음이다.

"종족을 고르시오."

두 번째에서는 한참을 고민했다. 일단 자이언트와 뱀파이어는 제쳐 놓았다. 슬쩍 몸에 대 보기는 했지만 마음에 들지 않았다. 닉은 자이언트의 어깨 근육에 기름기가 좔좔 흐르는 것을 보고 입을 비죽 내밀었다. 도마뱀 인간은 잠깐 생각해 볼 여지가 있었다. 몸에 붙은 비늘이 은은하게 반짝이는 게 매력적이고 빛에 따라 색깔이 변하는 것도 멋졌다. 고를 수 있는 보기 중에는 인간도 있었다. 하지만 너무 평범하고 약해서 싫었다.

드워프, 늑대인간, 고양이인간, 다크엘프. 남은 네 개는 모두 괜찮았다. 먼저 드워프를 대보았다. 땅딸막하고 울퉁불퉁하고 다부지다.

아담한 건 마음에 들지만 구부러진 다리와 잔뜩 찡그린 얼굴은 별로였다. 닉은 결국 다크엘프를 선택했다. 잘해 봐야 보통 키를 넘지 않겠지만 민첩하고 우아하고 신비스런 느낌이 마음에 들었다.

"외모를 고르시오."

닉이 선택을 누르자 세 번째 구리판이 나왔다. 닉은 되도록 자신과 닮지 않은 캐릭터를 만들고 싶었다. 위로 솟구친 짧은 금발, 뾰족한 코, 옆으로 긴 녹색 눈. 닉은 이름 없는 자와 닮은 구석이 전혀 없는 새 캐릭터를 찬찬히 뜯어보았다. 그리고 신중하게 의상을 골랐다. 녹색과 금색이 섞인 재킷, 검정색 바지, 접어 신는 장화, 가죽 모자. 가죽 모자라도 없는 것보다는 나을 것이다. 사실 헬멧을 씌우고 싶지만 엘프족에게는 헬멧이 제공되지 않았다. 이제 캐릭터의 얼굴을 다듬을 차례. 닉은 눈을 조금 크게 하고 인중을 짧게 하고 눈썹을 치켜올렸다. 마지막으로 광대뼈를 두드러지게 하고 나니 저주받은 왕자님처럼 귀티가 흘렀다.

"직업을 고르시오."

네 번째는 직업을 고르는 것이다. 자객, 음유 시인, 마술사, 사냥꾼, 정찰꾼, 파수꾼, 기사, 도둑. 선택 범위가 꽤 넓었다. 닉은 각 사명에 대한 설명을 자세히 읽었다. 늑대인간은 마술사의 재능이 있고, 뱀파이어는 자객이나 도둑에 소질이 있고, 다크엘프 역시 도둑에 잘 어울린다고 되어 있었다. 뭘 고를지 몰라 망설이던 닉은 갑자기 성문이 삐거덕 소리를 내자 소스라치게 놀랐다.

문이 열리고 들어온 것은 짜리몽땅한 검은 그림자였다. 흰 다리,

빨간 주먹코, 등에는 혹, 목에는 시퍼런 종창 같은 것이 나 있었다. '놈'이라고 불리는 난쟁이 녀석이 다리를 절며 다가오더니 말 타는 자세로 궤짝 위에 앉아 입술을 핥았다.

"또 다크엘프네! 널린 게 다크엘프야."

"정말?"

방금 태어난 다크엘프에게 듣기 좋은 말은 아니었다. 여럿 중 하나라는 건 썩 기분 좋은 일이 아니니까.

"그럼 내가 거짓말하냐? 직업은 골랐어?"

닉은 직업이 나열된 리스트를 빤히 쳐다보았다.

"도둑이나 파수꾼? 아니면 기사도 괜찮을 것 같아."

"마법사는 어때? 마술도 부릴 수 있고 강하잖아."

닉은 잠시 생각해 본 후 마술사는 역시 별로라는 결론에 도달했다. 주문 외우는 것보다는 칼싸움 쪽이 훨씬 구미가 당겼다.

"마법사는 싫어. 기사로 할래."

"나중에 후회 안 하겠어?"

물론이다. 기사, 얼마나 멋진가! 거의 왕자와 비슷한 수준이잖아.

"기사."

닉이 못 박듯이 말했다.

"능력을 고르시오."

다섯 번째 구리판에는 수없이 많은 보기가 나열되어 있었다. 닉은 멀리 보는 능력, 힘, 지구력, 주위 환경과 하나가 되는 능력, 불을 만들어 내는 능력, 민첩성, 도약력을 골랐다. 가질 수 있는 능력이 총 몇 개나 되는지 몰라 선택에 신중을 기해야 했다. 하나를 선택하면 다른 것을 선택 못하게 될 가능성이 있었다. '치유 능력'을 고르자 '죽음의 저주' 옵션이 사라졌고, '크래프트 방패'를 고르자 '갑옷 피부' 옵션이 사라졌다. 선택할 수 있는 능력은 모두 열 개였다. 한참 고르는 데 재미가 들렸을 때 갑자기 구리판의 글씨가 모두 사라져 버렸다.

"지금 고르지 않은 능력 몇 개는 나중에 무척 아쉬울걸."

놈이 이죽거리며 말했다.

"그럴 수도 있겠지."

닉은 못생긴 놈이 갑자기 나타나 방해하는 것이 영 마음에 들지 않았다. 혼자 조용히 고르고 싶었기 때문이다. 자, 이제 여섯 번째다.

"무기를 고르시오."

구리판 밑에 있던 거대한 궤짝이 열리고 수많은 무기가 드러났다. 칼, 창, 방패, 별 모양의 철구가 달린 쇠사슬도 다양한 크기로 있고, 무시무시한 갈고리가 달려 보기에도 끔찍한 단도, 갈퀴 달린 채찍, 가시 달린 몽둥이도 있었다.

"내가 좀 도와줄까?"

놈이 물었다.

흥, 누구 좋으라고!

"아냐, 괜찮아."

닉은 자신에게 맞는 무기를 스스로 고르고 싶었다. 그래서 조심스럽게 칼을 꺼내 차례로 벽에 세워 놓은 다음 얼마나 무거운지, 얼마나 빨리 휘두를 수 있는지 하나씩 시험하기 시작했다. 그리고 결국 폭이 좁고 손잡이에 검붉은 천이 감긴 장검을 선택했다. 공중을 가를 때 나는 소리가 무척 매혹적이었다.

방패는 모두 나무로 만들어져 그리 큰 도움이 될 것 같지 않았다. 게다가 크기가 클수록 무거워서 동작이 느려지는 단점이 있었다. 그래서 방패는 가장 작은 것으로 골랐다. 나무판에 파란색 그림이 그려진 청동 보호대가 달린 원형 방패였다.

"어깨에 메는 거야."

놈은 그렇게 말하고 말에 박차를 가하듯 짧은 다리를 내둘렀다. 다크엘프는 그 말을 못 들은 척하고 일곱 번째이자 마지막인 구리판 앞으로 갔다.

"이름을 고르시오."

조금 전에는 가르고일이라는 이름을 사용하려 했지만 그 이름은 이제 더 이상 어울리지 않았다. 닉은 혹시 궤짝 안에 이름이 적힌 두루마리가 있는지 보려고 주위를 두리번거렸다. 없다. 이름은 혼자 알아서 지어야 하는 모양이다. 놈은 이번에도 역시 나름의 도움말을 빠뜨리지 않았다.

"엘프궁뎅이, 엘프밍크, 굼벵이꼬맹이, 뾰족귀여우, 족제비얼굴! 아니면 고전적인 거 좋아해? 모모스, 에리스, 케르, 포노스, 모로스! 어때, 이중에 마음에 드는 거 있어?"

닉은 칼을 휘둘러 놈을 없애 버릴까 하고 잠시 생각했다. 그러면 조용히 생각할 수 있을 듯싶었다. 그리고 놈을 없애는 것이 그렇게 어려운 일도 아니다. 하지만 놈이 생난리를 치며 소리 지르고 바닥에

피가 흥건할 것을 생각하니, 선뜻 내키지 않았다. 고전적인 이름이
라……. 나쁘지 않은 생각이다. 고전적이고 로마적인 이름은 어떨까?
마리우스? 아니, 사리우스. 그래, 이게 딱이야. 닉은 오래 망설이지 않
고 이름을 입력했다.

"사리우스, 싸리우스, 사―리―우스. 환영한다, 사리우스!"

닉의 이름이 성 안에 울려 퍼졌다.

"사리우스? 으, 재미없어! 재미없는 애들은 빨리 죽어, 사리우스.
그거 모르니?"

놈은 궤짝에서 훌쩍 뛰어내려 가슴까지 닿게 길고 뾰족한 녹색 혀
를 쭉 빼물었다.

사리우스는 놈을 따라 성에서 나왔다. 들판에 햇빛이 넘실거렸다.
놈은 다리를 절뚝거리며 숲 속으로 사라졌다. 사리우스는 그제야 방
패를 어깨에 멨다.

5

숲가에 이른 사리우스는 나무 그늘에서 자라는 앵두를 발견했다.
솜털 난 나뭇잎 사이에 작은 앵두가 붉은 보석처럼 매달려 있었다.
앵두를 모을까? 그래! 그러고 보니 아이템을 넣어 두는 인벤토리도
생겼다. 그 안에는 이름 없는 자가 잡은 두꺼비 시체가 들어 있다. 그

것 말고 다른 것은 없으니까 앵두가 들어갈 자리는 충분했다.

사리우스는 바스락거리는 소리에 놀라 벌떡 일어났다. 수풀 속에 뱀이 있나? 재빨리 주변을 둘러보았지만, 아무것도 보이지 않았다. 아무도 없군. 사리우스는 다시 앵두를 모으는 데 열중했다. 이곳에서 앵두가 자라는 이유는 분명 식량으로 쓰라는 것이리라.

공격은 너무 순식간에 일어나서 사리우스는 놀랄 틈도 없었다. 갑자기 뒤에서 남자 둘이 덮쳤다. 하나는 사리우스의 팔다리를 등 뒤로 꺾어 묶었고, 다른 한 명은 사리우스의 목에 단도를 들이댔다. 단도에는 말라붙은 피와 털이 붙어 있었다. 사리우스는 벗어나려고 애썼지만 꼼짝도 할 수 없었다. 할 수 있는 일이라고는 겨우 발버둥이나 치는 정도였다. 둘 중 덩치 큰 남자가 그를 번쩍 들어 어깨에 둘러멨다.

이게 끝인가? 다크엘프―기사―사리우스―앵두에 정신이 팔려 산적에게 당하다! 이렇게 끌려가서 단도에 찔려 죽는다면 모험이고 뭐고 없다. 젠장, 바보 등신! 이렇게 멍청하게 당하다니!

그들은 숲을 가로질러 갔다. 사리우스를 둘러멘 녀석은 어깨 위 짐이 미끄러질까 봐 걱정하는 듯 가끔씩 자세를 고쳤다. 그러나 비탈길에 이르자 사리우스를 짐짝처럼 털썩 바닥에 내려놓고, 발로 밀어서 비탈 아래로 굴려 떨어뜨렸다. 사리우스는 두 바퀴 구른 다음 편평한 바닥에 도착했다. 앞선 두 녀석과 비슷한 세 놈이 밑에서 기다리고 있었다. 찢어진 옷, 꼬질꼬질 때 긴 피부, 흉터까지 똑같은데, 셋중 한 놈은 애꾸눈이고 한 놈은 꼽추다. 그들이 유일하게 손질하는 건 무기인지 무기에서는 반짝반짝 윤이 났다.

"어디서 잡아 왔어?"

"성 근처 바닥을 기웃거리고 있더라고. 비둘기보다 잡기 쉬웠어."

꼽추가 다가와 사리우스의 멱살을 잡아 일으키더니 나무 기둥에 세웠다.

"어때? 도둑으로 써먹을 수 있을까?"

애꾸눈은 그렇게 하면 더 잘 보인다는 듯이 고개를 비스듬히 하고 사리우스를 쳐다보았다.

"아니야. 우리와 어울리지 않아. 저 녀석 옷을 봐. 오톨란과 싸우는 놈들 중 하나야."

"그럼 죽이자!"

꼽추가 기뻐하며 외쳤다.

사리우스는 뭐라고 말하고 싶었다. 예를 들어, 난 오톨란이 누군지도 모르고 목숨을 살려 준다면 도둑이 될 생각도 있다고 말이다. 하지만 말이 나오지 않았다. 성에서 놈과 말할 때는 분명 괜찮았는데, 지금은 벙어리다. 마치 영화에서처럼 닉의 의지와 상관없이 상황이 흘러갔다. 큰 모자에 얼굴을 가린 채 이제까지 아무 말도 없이 서 있던 세 번째 남자가 다가왔다.

"아냐. 죽이지 마. 이 녀석은 다른 녀석들과 달라."

그는 사리우스의 주머니에 손을 집어넣었다.

"이것 봐. 독약도 없고 현상 수배 전단도 없고 금도 없잖아. 그냥 풀어 줘."

"에이, 그런 게 어디 있어? 재미 하나도 없잖아!"

꼽추가 잔뜩 실망해서 말했지만, 모자 쓴 남자는 손을 내둘렀다.

"난 마지막에 가서는 저런 아이가 이겼으면 좋겠어. 그런데 사리우스, 미안하지만 너처럼 몸집이 작은 녀석은 빨리 죽게 돼 있어."

꼽추가 사리우스의 전리품을 건드리려 하자, 모자 쓴 남자가 겁을 줘 쫓아 버렸다.

"그래도 조언 하나 해 주지. 지금 네가 할 수 있는 최선의 선택이 뭔지 아니?"

몰라! 말이 나온다면 그렇게 대답했을 것이다. 그러나 상대도 대답을 기대한 것 같지는 않았다. 그는 사리우스 손에 묶인 밧줄을 풀어 주었다.

"에레보스를 떠나라. 그리고 다시는 기웃거리지 마. 이런 곳이 있다는 것 자체를 잊어버려. 그렇게 할 수 있겠니?"

절대 안 될 말씀! 사리우스는 속으로 어림없다고 생각하며 모자 밑에 숨겨진 얼굴을 자세히 들여다보았다. 그러나 얼굴을 알아볼 수 없었다.

"에레보스를 떠나려거든 지금 가라. 바로 성으로 돌아가면 돼."

과연 도망칠 수 있는 기회일까, 아니면 함정일까? 지금 여기서 도망치면 영영 에레보스 문이 닫히는 건 아닐까? 사리우스가 망설이며 그 자리에 서 있자, 모자 쓴 도둑은 그것을 결정으로 받아들인 것 같았다.

"그럴 거라고 생각했다."

도둑은 한숨을 푹 쉬었다.

"내 말 잘 들어. 여기선 아무도 믿으면 안 돼. 아무리 친구로 생각되더라도 절대 믿지 마라. 널 도와주는 사람은 아무도 없으니까. 모두 이너서클에 들려고 혈안이 되어 있어. 하지만 거기까지 가는 사람은 몇 안 되지."

사리우스는 그가 하는 말을 도무지 알아들을 수 없었다. '이너서클'이라니?

"끝까지 남는 사람은 다섯 손가락 안에 든다. 오툴란에 대항해 싸울 정예 부대지. 괴물을 죽이고 보물을 찾을 엘리트들. 누구나 그 안에 들 수 있는 건 아니야."

사리우스는 도둑의 말이 농담인지 진담인지 구분이 되지 않았다. 하지만 물어볼 수가 없어 답답했다.

"내가 지금 한 말은 다른 놈들에게 절대 해선 안 돼. 그리고 작은 이익에 연연하지 마라. 그럴 만한 가치가 없어. 위시크리스털을 찾아라. 그럼 만사형통이야. 내 말 무슨 뜻인지 알겠니?"

"걔한테 위시크리스털 얘기를 왜 해?"

꼽추가 불만스러운 듯 끼어들었다.

"왜 안 되는데? 얘한테 꼭 필요한 거야. 사리우스, 내 말 잘 들어라. 위시크리스털은 에레보스 세계의 가장 큰 비밀 중 하나야. 그걸 갖기만 하면 크리스털은 너에게 복종한다. 모든 게 네 뜻대로 이루어지는 거야. 불가능한 것이 가능해진다고."

"그런 소리 했다가, 전령이 알면 모가지 날아가."

꼽추가 불퉁거렸다.

"이런 소리 안 해도 난 전령 손에 잡히는 순간 모가지야."

도둑 떼의 두목으로 보이는, 큰 모자를 쓴 남자는 몸을 돌려 관목 사이로 사라졌다. 다른 도둑들도 그 뒤를 따랐다. 애꾸눈은 가기 전에 얼른 사리우스의 얼굴에 침을 뱉었다. 하지만 다른 도둑들은 머리카락 하나 건드리지 않았다. 그리고 뭘 어떻게 하라고 말해 주는 이도 없었다.

사리우스는 일단 비탈길을 다시 올라가 좌우를 살폈다. 성은 왼쪽에 있지만 다시 그리로 갈 생각은 없었다. 어디로 가야 할지 몰라 두리번거리는데, 어디선가 챙 하는 소리가 났다. 숲 속 가장 어두운 곳에서 나는 소리였다.

사리우스는 소리가 나는 쪽으로 걷기 시작했다. 발걸음을 옮길 때마다 소리는 가까워졌다. 쇠와 쇠가 부딪치는 소리, 나무, 돌에 부딪치는 소리, 낮은 기합 소리, 비명 소리, 전투다. 사리우스는 점차 심장이 빨라지는 것을 느끼며 계속 걸었다. 이것은 호기심일까? 아니면 두려움? 아니면 두 가지가 섞인 것일까? 그러다 갑자기 벽이 앞을 가로막았다. 사리우스는 걸음을 멈추고 가로로 길게 뻗은 시커먼 벽을 황당한 표정으로 바라보았다. 번쩍번쩍 윤이 나는 까만 벽이다.

나무를 훌쩍 넘는 높이라 담을 넘는 것은 불가능해 보였다. 그렇다면 중간에서 문을 찾거나 끝도 보이지 않는 벽의 끝을 찾아 둘러가야 한다는 소리다. 사리우스는 싸움 소리가 나는 왼쪽으로 걷기 시작했다. 체력이 다할 때까지 걸었지만 문은 나타나지 않았다. 사리우스는 화가 나서 칼로 벽을 내리쳤다. 그러자 검은 외장이 조금 부서졌다. 그 밑에 '속'이라는 글자가 보였다.

벽 밑에 메시지가 숨겨져 있는 게 분명하다. 사리우스는 칼이 부러지지 않기를 바라며 부지런히 벽을 깨기 시작했다. 칼은 그렇게 쉽게 부러지지 않았고, 벽에는 예상대로 문장 하나가 씌어 있었다. 이중적 의미가 담긴 메시지다.

'접속하시오.'

닉은 픽 웃으며 인터넷에 접속했다. 부처님 손바닥 안이 따로 없군. 그 순간 벽 한 부분이 와르르 무너지면서 전투 장면이 나타났다. 자이언트 둘, 고양이인간 여자 하나, 늑대인간 하나, 드워프 여럿, 뱀파이어 셋, 다크엘프 둘이 엄청나게 못생긴 트롤 네 놈과 맞서 싸우고 있었다. 그중 한 놈은 이미 목에 화살이 세 개나 박혔는데, 활을 든 것은 고양이인간 여자뿐이니 분명히 그녀의 성과이리라. 다른 트롤은 늑대인간을 향해 바윗돌을 냅다 던졌다. 늑대인간은 멀리 도약해 공격을 피했다.

드워프 셋은 도끼로 세 번째 트롤의 다리를 공략하고 있었다. 자이언트 중 덩치 큰 녀석이 몽둥이로 등을 가격하며 드워프를 도왔다. 그들 머리 위에는 푸른색의 타원형 물체가 떠 있었다. 잘 다듬어진 거대한 사파이어처럼 보였는데, 중심축을 따라 혼자 천천히 돌았다. 저것도 위시크리스털일까? 그런데 주머니에 넣고 다니기에는 너무 크지 않나? 그들은 싸우는 데 정신이 팔려 그 물건에 신경도 쓰지 않았다.

사리우스는 허리에 찬 칼에 손을 가져갔다. 갑자기 칼이 너무 작고 보잘 것 없게 느껴졌다. 전장으로 뛰어들어야 할 듯싶은데 선뜻 용기가 나지 않았다. 드워프 하나의 헬멧 밑으로 붉은 피가 주르륵 흐르더니, 턱을 타고 수염 속으로 스며들었다. 그런데도 드워프는 실성한 사람처럼 트롤에게 달려들었다.

사리우스는 크게 숨을 들이마셨다. 아무리 진짜처럼 보여도 여기서 입은 상처가 통증을 불러일으키진 않을 것이다. 사리우스는 한 발 앞으로 내디뎠다가 곧바로 제자리로 돌아왔다. 무작정 나설 게 아니라 전략을 짜야 할 듯싶었다. 가만 보니 네 번째 트롤만 한가하다. 철구가 달린 쇠사슬을 빙빙 돌리며 여자 뱀파이어를 궁지에 몰아넣는 중인데 여자 뱀파이어는 긴 검을 휘두르며 가까이 오지 못하게 필사적으로 막고 있었다. 트롤은 아직 사리우스의 존재를 눈치채지 못했다.

좋다, 저 트롤을 향해 돌진! 사리우스는 빠른 동작으로 어깨에 멘 방패를 내렸다. 그리고 칼을 치켜들고 전장으로 뛰어들었다. 별것도 아닌데 왜 그렇게 겁먹었을까? 사리우스의 칼이 조금 전 벽을 쳤을 때처럼 트롤의 몸에 가 박혔다. 아까처럼 작은 상처로는 안 되는데⋯⋯. 트롤은 가소롭다는 듯 짧은 비명을 내뱉었다.

그러는 사이 한 손으로는 여자 뱀파이어를 잡아 멀리 던져 버렸다. 하늘로 붕 뜬 뱀파이어는 허공에서 버둥거리더니 검을 떨어뜨리고 엄청난 소리와 함께 바닥에 가 부딪쳤다. 그녀의 붉은 허리띠가 진회색으로 변했다. 붉은색은 아주 조금 남아 깜박거렸다. 목숨 표시로군.

사리우스는 속으로 생각했다. 그러고 보니 싸우는 이들 모두 몸 어딘가에 붉은색을 띠고 있었다. 대부분 가슴이나 허리에 붉은 띠를 둘렀는데, 사리우스의 경우는 허리띠가 붉었다.

뱀파이어는 목숨이 다한 것을 아는지 부러진 다리를 질질 끌며 수풀 속으로 기어 들어갔다. 부러진 다리가 바깥쪽으로 돌아가 버려 마치 마네킹 다리 같았다. 트롤은 이제 뱀파이어에게는 관심이 없었다. 몸을 돌려 흐리멍덩한 눈으로 사리우스를 훑어보는데, 입에서는 침이 질질 흘렀다.

사리우스는 자기도 모르게 뒤로 한 걸음 물러났다. 머릿속에서는 게임을 할 수 있는 기회가 단 한 번뿐이라는 말이 맴돌았다. 절대로 허망하게 죽는 일은 없어야 한다. 트롤이 사리우스를 향해 다가오기 시작했다. 사리우스는 재빨리 트롤의 몸을 훑었다. 예민한 부분을 공략해야 한다. 지체할 시간이 없다. 사리우스는 공룡 다리 같은 트롤의 다리 힘줄을 노리고 달려가 칼로 가격했다.

트롤이 다시 비명을 질렀다. 이번에는 고통에 울부짖는 소리다. 상처에서 시럽처럼 되직한 검붉은 피가 쏟아져 나왔다. 피는 바닥으로 흘러내려 시내를 이루었다. 그 모습에 정신이 팔린 사리우스는 적의 철구가 머리 위에서 빙빙 도는 것을 미처 눈치채지 못했다. 철구가 떨어지는 것을 본 순간 그는 본능적으로 몸을 피했다.

삐죽삐죽 돌기가 솟은 철구가 사리우스의 어깨를 스쳤다. 순간, 고막을 찢을 듯 비명 소리가 귓가에 울려 퍼졌다. 사리우스는 불에 달군 철사로 뇌를 찌르는 고통을 느끼며 쓰러졌다. 저만치 높은 곳에서 트롤은 차가운 회색 눈동자로 그를 내려다보다가 다시 무기를 주워 올렸다. 사리우스는 머릿속에서 울리는 날카로운 소음에 시달리는 와중에도 천둥소리 같은 굉음을 들었다. 그 순간 트롤의 몸이 흔들렸다. 그 뒤에는 언제 왔는지 덩치 큰 자이언트가 서서 막 몽둥이로 트롤의 등을 후려치고 있었다.

몽둥이를 맞은 트롤은 아파서 몸부림쳤다. 자이언트가 다시 몽둥이를 휘둘렀다. 트롤은 소리 한 번 지르지 못하고 무릎을 꿇었다. 자이언트는 마지막으로 한 번 더 목덜미를 가격했고, 트롤은 쿵 소리를 내며 바닥에 쓰러졌다. 사리우스는 일어나 앉으려 했지만, 움직일 때마다 비명을 질러야 할 정도로 아팠다. 천천히 움직이면 그나마 나았다. 허리띠의 붉은색은 4분의 1로 줄어들었다. 조용히 움직이지 않고 있으면 다시 늘어날까?

사리우스는 풀 위에 똑바로 누웠다. 전투도 거의 끝나 가고 있으니 우선은 안심해도 될 듯싶었다. 트롤 둘은 이미 해치웠고, 세 번째는 도망쳤고, 네 번째는 아직 똑바로 서 있지만 이미 자이언트 둘에게 큰 상처를 입었다. 게다가 걸을 수 있는 무사는 모두 달려들었기 때문에 수적으로도 열세였다. 트롤은 몸을 기우뚱하더니 손으로 허공을 휘저으며 앞으로 쿵 쓰러졌다. 어깨에는 드워프의 도끼 한 자루가 박혀 있었다.

"승리."

형체 없는 목소리가 속삭였다. 그 순간 노란 눈의 전령이 숲가에 나타나 말을 멈추었다.

"타원체는 너희 것이다."

전령은 뼈만 남은 손가락으로 빛나는 물체를 건드렸다.

"자, 그럼 상을 줘야지. 블러드워크!"

블러드워크? 사리우스는 무슨 뜻인지 모르다가 덩치 큰 자이언트가 전령 앞으로 나가 고개를 숙이는 것을 보고서야 그의 이름인 것을 알았다.

"너는 전투에서 가장 큰 공을 세웠다. 그러므로 27점짜리 헬멧을 주마. 이것으로 독약, 번개, 고열, 마법을 막아 낼 수 있다."

전령은 블러드워크에게 뿔 달린 금빛 헬멧을 내밀었다. 블러드워크는 평범한 철 투구를 벗어 버리고 얼른 새 헬멧을 썼다. 그 헬멧을 쓰니 키가 더욱 커 보였다.

"케스코리안!"

전령의 호명에 덩치 작은 자이언트가 앞으로 나섰다.

"너도 최선을 다한 것은 알지만 망설이는 순간이 너무 많았다. 그래도 상은 받을 만하다. 블러드워크의 철 투구를 가져라. 네 것보다는 좋은 거니까."

케스코리안은 전령의 말에 따랐다.

"사리우스!"

벌써? 전투에도 느지막이 참여했고, 딱히 영광스러운 성과를 내지는 못했는데. 사리우스는 움직일 때마다 고통스럽게 신음하며 겨우 일어섰다. 어깨에서 다시 피가 흐르자 허리띠의 붉은색이 약간 더 줄어들었다.

"첫 번째 전투인데도, 구경만 하지 않고 용감하게 잘 싸웠다. 용기는 최고의 덕목이다. 지금 너에게 가장 필요한 것을 주겠다. 자, 마셔라. 상처를 낫게 하고 면역력을 높이는 약이다."

황금빛 액체가 든 병이 눈앞에 떠 있었다. 사리우스는 얼른 집어 뚜껑을 열었다. 내용물을 꿀꺽 삼켰더니, 어깨의 상처가 씻은 듯이 낫고 허리띠도 신선한 붉은색으로 빛났다. 상처를 입었을 때 들리기 시작해 머릿속에서 신경을 박박 긁어 대던 고주파 소리도 뚝 그쳤다. 대신 성에서 들었던 편안한 음악 소리가 들려왔다. 그 음악을 들으니 모든 것이 원하는 대로 될 것 같고, 그렇게 마음이 편할 수가 없었다.

"사푸야푸, 끝까지 전투를 잘 치러 냈다. 너에게는 새 도끼를 주마."

드워프는 얼른 나와 도끼를 받았다. 잠시 침묵이 흘렀다. 전령은 잠시 생각해 봐야겠다는 듯 무사를 한 명씩 돌아보았다.

"골로르!"

전령은 뱀파이어 한 명을 불러내 25분간 눈에 보이지 않게 하는 능력을 주었고, 라코르라는 다른 뱀파이어에게는 금화 50개를 주었다. 늑대인간 누락스는 칭찬과 함께 가슴받이 갑옷을, 고양이인간 사미라는 두 배로 강화된 칼을 상으로 받았다. 두 번째 드워프에게는 루네 문자 마법이 가능한 방패, 다크엘프 불카노스에게는 독이 묻은 단도가 상으로 주어졌다. 이제 남은 것은 다크엘프 한 명과 사리우스 옆에 누워 있는 여자 뱀파이어뿐이다.

"렐란트, 너는 비겁하게 뒤로 물러서서 칼을 휘두르는 척만 했다. 상이 아니라 한 등급 강등시키는 걸 생각해 봐야겠다."

머리 색이 검은 렐란트는 나무 뒤에 몸을 반쯤 숨기고 그 말을 들었다. 다른 무사들이 싸울 때에도 그는 숨어 있었다. 사리우스는 묘한 우월감에 사로잡혔다. 자신이 썩 잘하지 못한 건 알지만 자신보다 더 못한 사람이 있는 게 위안이 됐다.

"경고한다, 렐란트. 그렇게 비겁해서는 아무것도 얻지 못한다. 다음 전투에서는 투지를 가지고 적극적으로 싸우는 모습을 보여 주기 바란다."

전령은 마지막으로 쓰러져 있는 여자 뱀파이어에게 말했다.

"재퀴나, 넌 이대로 있으면 얼마 안 있어 죽는다. 죽으려거든 마음의 준비를 하고 아니면 나를 따라오거라."

재퀴나는 힘들게 일어나 무릎을 꿇었다. 상처에서 검은 피가 흘러나왔다. 재퀴나가 무릎으로 기어 전령 가까이 가자, 전령은 그녀를 끌어 올려 말에 태웠다.

"자, 남은 전사들은 이제 불을 피워도 좋다."

전령은 말머리를 돌려 어둠 속으로 사라졌다.

불을 피우는 데는 사푸야푸가 가장 빨랐다. 나뭇가지 세 개와 손끝을 튕겨 얻은 불티 약간으로 금방 활활 타는 모닥불을 만들었다. 전사들은 숲 속 빈터 한가운데 피운 모닥불 근처로 모여들었다.

"재퀴나를 데려다 뭘 하려는 걸까?"

누락스가 물었다.

"항상 똑같지, 뭐. 다시 돌아온다고 해도 별거 없어. 어차피 레벨 4

일 텐데, 뭐."

케스코리안이 시큰둥하게 말했다.

"정말 돌아온다면 그렇겠지."

사푸야푸가 덧붙였다.

전사들은 하나둘씩 불가에 자리를 잡고 앉았지만 사리우스는 모두 낯선 이들뿐이라 어디에도 선뜻 끼지 못했다. 사실 그중 몇몇은 아는 사람인지도 모른다. 아니, 어쩌면 모두와 아는 사이일지도 모른다. 알 수 없는 일이다……

"신입도 있네. 사리우스."

사미라가 사리우스를 알아보고 말했다.

"그러게. 또 다크엘프야. 어딜 가나 파리 떼처럼 쫙 깔렸어."

잠자코 있던 블러드워크가 비꼬아 말했다.

"그래도 자이언트처럼 못생기진 않았어."

렐란트가 툭 내뱉었다.

"넌 입 다물고 있어. 겁쟁이 주제에!"

그 말에 렐란트는 정말 입을 다물었다. 블러드워크는 다시 사리우스에게 관심을 돌렸다.

"왜 하필 다크엘프냐? 차고 넘친다고 말해 준 사람 없었어?"

"너랑 상관없잖아."

"너도 정찰이냐? 다크엘프는 하나같이 다 정찰꾼이더라."

"난 기사야. 블러디라고 불러도 돼?"

뱀파이어 라코르는 그 말에 배꼽을 잡고 웃었다.

"기사? 야, 너 빨리 죽고 싶어서 환장했냐? 게다가 블러드워크에게 애칭을 붙이려고 해?"

기사가 뭐 어쨌다고 저러는 거지? 사리우스는 이유를 물어보고 싶었지만 그랬다가는 더 놀림을 당할 것 같았다. 그제야 성에 나타났던 놈에게 조언을 구할걸 잘못했다는 생각이 들었다. 사리우스는 얼른 화제를 돌렸다.

"전령이 재퀴나를 어디로 데려간 거야?"

"그건 너도 곧 알게 될 거야."

사푸야푸가 야박하게 받아쳤다.

"그냥 말해 주면 안 되는 거야?"

"안 돼. 넌 레벨 1이잖아."

레벨 1. 그렇다, 막 시작했으니 레벨 1이다. 모두가 어서 죽어 나자빠지기를 바라는, 라코르의 표현대로라면 죽고 싶어 환장한 레벨 1이다. 사리우스는 사푸야푸와 사미라를 주의 깊게 관찰했다. 그러나 그들의 레벨이 몇인지 알 만한 표시는 어디에도 보이지 않았다. 내가 초보자인 걸 어떻게 알았지? 사리우스가 그런 생각을 하는 동안 대화는 다른 곳으로 흘러가고 있었다.

"오늘은 드리즐이 안 보이네. 본 사람 있어?"

"난 못 봤어. 다른 그룹이랑 어울리나 보지."

"솔로 퀘스트를 받은 거 아닐까?"

"아니야, 바깥 세계에서 할 일이 있을 거야."

사리우스에 대한 관심은 어느새 연기처럼 사라졌다. 사리우스는 그 사실에 기뻐했다. 그런데 드리즐은 누구일까? 바깥 세계에서 할 일이 있다는 건 뭐지? 그들이 하는 말을 다 알아들을 수는 없지만 사리우스는 차츰 분위기에 익숙해졌다. 그리고 머릿속에서 꿀처럼 천천히 흐르는 매혹적인 음악에 휩싸여 긴장도 서서히 풀렸다. 음악을 들으니 마치 큰 싸움을 성공적으로 마친 것처럼 만족감이 들고 몸이 나른했다.

사미라는 계속 사리우스 옆에 앉아서 말을 걸고 싶은데, 어떻게 걸어야 할지 모르겠다는 표정을 지었다.

"블러드가 쓰던 헬멧은 완전 장난감이야. 차라리 괜찮은 칼을 줄 것이지."

케스코리안이 불평했다.

"그럼 더 열심히 싸웠어야지."

누락스가 타박했다.

"그래, 넌 가슴받이 받아서 좋겠다. 그런데 그것도 별거 아냐. 방어 점수 몇이나 돼? 14점? 그냥 종이로 하나 만들어 입고 말겠다."

"아니야! 14점이면 오크족 화살도 막을 수 있어. 그것 때문에 어제 하마터면 목숨 날아갈 뻔했단 말이야!"

누락스가 발끈해서 말했다.

사리우스는 토론에 끼지 않고 잠자코 듣기만 했다. 그러고 보니 방어 점수 5점인 자신의 바지가 한없이 허술하게 느껴졌다. 주변에 오크가 돌아다니지 말아야 할 텐데.

"블러드 거 가슴받이 좀 봐라! 그거 몇 점짜리야?"

블러드워크는 잠시 뜸을 들이다가 대답했다.

"52."

"그거 받으려고 무슨 짓을 했는지 알 게 뭐야?"

사푸야푸가 툭 던지듯 말했다.

"씨발, 너랑 상관없으니까 신경 꺼."

자이언트가 사푸야푸를 무섭게 노려보았다.

"야, 욕하면 경고 먹는 거 몰라? 저번에 어떤 드워프가 욕설 때문에 경고 먹는 거 봤어."

누락스의 말이 채 끝나기도 전에 캐릭터 하나가 불가로 다가왔다. 엘프족 여자인데 등 뒤에 활을 멨다. 쫀쫀히 땋아 내린 검은 머리카락이 에밀리를 연상시켰다. 이름을 보니 오웬스차일드다.

"어서 와, AC. 와우, 이제 레벨 3이네. 축하해."

누락스가 오웬스차일드를 반겼다.

"고마워. 별거 아니었어. 오늘은 전투가 없나 봐?"

"막 끝났어. 트롤 네 마리 해치우느라 진땀 뺐어. 여기 있는 사람들 다 알던가? 다른 사람은 몰라도 블러드워크는 알지?"

케스코리안이 물었다.

"응, 같이 외계인을 찾으러 다닌 적 있어. 안녕, 블러드!"

블러드워크는 모닥불 앞에 떡 버티고 서서 대답 없이 불 속을 응시했다.

"그런데 라코르는 몰라. 사푸야푸, 사미라, 사리우스도 처음 보고. 요즘은 '사'로 시작하는 이름이 유행인가 보네."

"〈반지의 제왕〉에서 베낀 이름보다는 낫지."

사리우스가 받아치자 옆에서 사미라가 손뼉을 치며 거들었다.

오웬스차일드는 사리우스에게 몇 걸음 다가왔다.

"너 레벨 1이구나."

"응."

"여기 레벨 1인 사람 또 있어?"

"난 오늘 네 명이나 봤어."

렐란트가 불쑥 끼어들었다. 사리우스는 통 말이 없는 렐란트를 까맣게 잊고 있었다. 다크엘프인 렐란트가 좀처럼 눈에 띄지 않는 것은 '검은'이라는 말에 너무 충실했기 때문이다. 온통 검은 옷에 머리카락도 검고, 얼굴도 우유를 아주 조금만 넣은 커피색이다. 사리우스는 문득 렐란트가 콜린이 아닐까 하는 의심이 들었다.

"레벨 1이 엄청 많아지고 있어. 난 오늘 사리우스까지 합해서 다크엘프 두 명, 늑대인간 여자 한 명, 인간 한 명을 봤다니까."

"인간은 잘 없는데."

사푸야푸가 말했다.

"있을 필요도 없어."

블러드워크가 무뚝뚝하게 한마디 덧붙였다.

사리우스는 대화 사이에 짬이 생길 때마다 궁금한 것을 물어보고 싶어서 조바심이 났다. 그들 머리 위에 떠 있던 타원형 물체가 위시크리스털인지, 이런 허술한 무장으로 다음 전투를 어떻게 치러내야 하는지, 다음 레벨로 빨리 올라가려면 어떻게 해야 하는지……. 궁금한 게 한두 가지가 아니었다. 보아하니 레벨 1은 파리 목숨보다 못한 듯했다.

"충고할 말 있으면 좀 해 줘."

"살아남는 게 관건이지. 너처럼 약한 놈은 힘센 놈 옆에 붙어 있는 게 장땡이야."

누락스가 나서서 말했다.

"내 옆에는 얼씬도 하지 마. 엘프족은 재수 없어."

블러드워크가 으르렁거렸다.

"너 왜 초짜한테 정보를 주고 그러냐? 우린 모두 경쟁 상대야. 그걸 몰라서 그래? 나중에 네가 상 받고 싶어, 아니면 쟤가 받기를 원해? 난 초짜들 다 개죽음 당한다고 해도 불만 없어. 지금도 인원이 너무 많아."

케스코리안의 말에 블러드워크가 맞장구를 쳤다.

"맞아."

"뭘 하는데 인원이 많다는 거야?"

사리우스가 물었다. 자이언트에게 욕을 먹은 누락스는 바로 입을 다물었지만 사푸야푸는 그런 말에 신경도 쓰지 않았다.

"뭐긴 뭐야, 마지막 싸움이지. 오톨란과 벌이는 대전투에는 대여섯 명 정도만 참여할 수 있어. 거기서 이기면 일종의 잭팟을 터뜨리는 거야. 블러드워크는 그 상을 타고 싶어서 안달이 났어."

그 말을 들은 자이언트 덩치는 주먹 한 방으로 드워프를 때려눕혔다. 사푸야푸의 허리띠 일부가 검은색으로 변했다.

"이 멍청이들아, 주둥이 닥치고 가만있어. 아무것도 모르면서 떠들지 말라고."

블러드워크는 그 말과 함께 불가를 떠나 숲 쪽으로 가 버렸다. 케스코리안은 주인을 따르는 개처럼 그 뒤를 따랐다.

"이래도 되는 거야? 이거 규칙 위반 아니야?"

사푸야푸가 정신을 차리는 동안 누락스가 흥분해서 말했다.

"아닌 거 같은데. 만약 규칙 위반이었으면 전령의 부하인 놈이 나타났을 거야. 조금만 규칙을 어겨도 득달같이 달려와서 경고를 먹이잖아."

오웬스차일드가 말했다. 그 순간 숲 속에서 뭔가 툭 튀어나왔다. 전령의 부하 놈이다. 피부가 오렌지색인 것만 빼면 성에서 본 놈과 똑같다. 아, 저 덩치 혼 좀 나겠군. 사리우스는 속으로 생각했다. 그러나 전령의 부하는 블러드워크의 돌출 행동에 대해서는 한마디도 하지 않았다.

"너희 주인님이 전하는 소식이다. 무덤 도굴범이 성지를 훼손시키고 있어. 도둑을 찾아내서 죽여라. 보물은 너희 차지다. 자, 어서 움직여! 각자 다른 곳으로 흩어지라고! 서둘러, 서두르란 말이야!"

전령의 부하는 손짓 하나로 모닥불을 꺼 버리고는 다시 숲 속으로 껑충껑충 뛰어서 사라졌다. 이제 어떡하지? 사리우스는 그렇게 묻고 싶었지만 모닥불이 꺼졌으니 대화의 가능성도 사라졌다. 쟤들은 성지가 어딘지 알고 있을까? 모두 다른 방향으로 흩어지는 것을 보니 그렇지는 않은 듯싶다. 블러드워크는 왼쪽 덤불 속으로 들어갔고, 케스코리안이 그 뒤를 바짝 따랐다. 라코르와 오웬스차일드는 오른쪽으로 갔고, 누락스, 골로르, 렐란트도 이미 자이언트가 간 방향으로 사라졌다.

사리우스는 혼자 남는 것이 싫어서 사푸야푸에게 바짝 붙었다. 드워프의 걸음걸이는 그리 가벼운 편이 아니고, 사리우스의 능력 중에는 민첩성이 있다. 그들은 똑바로 걸어서 숲 속으로 들어갔다. 숲 속은 어두웠고 여기저기서 으스스한 소리가 났다. 사리우스는 사푸야푸를 놓치지 않으려고 뒤에 바짝 붙어 따라갔지만, 시간이 지날수록 점점 체력이 약해졌다. 레벨 1이기 때문일까? 사푸야푸는 느릿느릿 걸었지만 지치는 기색이 전혀 없었다. 만약 휴식을 취한다면 사푸야푸가 기다려 줄까? 기다려 줄 이유가 없지.

체력 막대기는 점점 줄어들었다. 사리우스는 숨을 헐떡거렸고 걷다가 돌에 걸려 비틀거리는 일이 잦아졌다. 잠시 쉬어갈 수만 있다면……. 하지만 사푸야푸는 증기기관차처럼 쉼 없이 앞으로 나아갔다. 사리우스는 혼자 남겨지는 것이 싫어 파란색 막대를 주시하며 계속 걸었다. 그러다 오르막길이 나왔다. 그리 길지도 가파르지도 않았지만 사리우스에게는 무리였다. 사리우스는 그대로 바닥에 넘어졌고, 죽어 가는 새처럼 숨을 헐떡거렸다. 그러는 사이 사푸야푸는 숲 속으로 유유히 사라졌다.

그리 멀지 않은 곳에서 싸움 소리가 들렸다. 역시 블러드워크가 택한 길이 옳았다. 그는 지금쯤 자신의 이름이 부끄럽지 않도록 열심히 싸우고 있을 것이다. 사리우스는 천천히 일어났지만, 몸이 심하게 비틀거렸다. 너무 무리한 것이다. 어쨌든 어느 방향인지도 알고 싸움 소리를 따라가면 되니 다행이다. 사리우스가 잡을 도둑이 남아 있다면 좋고, 만약 아니라도 어쩔 수 없는 일이다.

사리우스는 체력이 소진되지 않도록 주의하며 조심조심 걸었다. 얼마 가지 않아 왼쪽 길에 다시 검은 벽이 나타났다. 사리우스는 잠시 쉬었다가 지난번처럼 도움이 되는 글귀가 나타나기를 바라며 칼로 벽을 깼다. 검게 빛나는 벽은 잘 깨졌지만 검은 돌 밑에 다시 검은 돌이 나타날 뿐 글자는 보이지 않았다. 사리우스는 벽을 따라 조금 걸어간 다음, 다시 돌을 깼다. 검은 돌 밑에는 역시 검은 돌뿐이었다.

심통이 난 사리우스는 칼로 옆에 있는 나무를 툭 쳤다. 그러자 나무 꼭대기에서 커다란 새가 무거운 날갯짓을 하며 날아올랐다. 그런데 사리우스가 놀래킨 건 새뿐이 아니었는지, 몇 발짝 떨어지지 않은 수풀에서 바스락거리는 소리가 나더니 뭔가 반짝 하고 빛났다.

사리우스는 손에 칼을 든 채로 후다닥 뛰어가 에라 모르겠다, 하고 수풀 속을 푹 찔렀다. 그랬더니 날카로운 비명 소리와 함께 금속성의 물체끼리 부딪치는 소리가 났다. 그 순간, 수풀에서 고블린 비슷한 것이 튀어나왔다. 양피지처럼 누렇고 주름투성이인 놈은 어깨에서 피가 철철 흐르는데도 반짝이는 물건을 팔에 꼭 껴안고 놓지 않았다.

사리우스는 놈을 쫓으며 칼을 휘둘렀지만 닿지 못했다. 놈은 은빛 열쇠처럼 보이는 것을 떨어뜨렸는데, 그것도 모르고 계속 달렸다. 사리우스는 다시 칼을 휘둘러 도둑의 다리에 깊은 상처를 입혔다. 도둑은 꽥 소리를 지르며 쓰러졌다. 하지만 보물만은 품에 꼭 안고 놓지 않았다. 사리우스는 지체 없이 칼을 휘둘렀다. 두 번 내려치자 도둑은 더 이상…….

"닉?"

더 이상 움직이지 않았다. 도둑의 팔이 옆으로 툭 떨어지고 헬멧 하나가 바닥으로 데구르르 굴렀다. 그 밖에 작은 단도 하나…….

"닉, 무슨 게임하니?"

"나중에요."

부적 목걸이 하나, 그리고 정강이에 덧대는 용도로 보이는 갑옷 하나. 사리우스는 급히 보물을 그러모았다. 그러고 보니 뭔가 하나 더 있었던 듯싶은데…….

"새 거야? 어디서 났니?"

"잠깐만요. 금방 끝나요."

맞아, 아까 도둑이 떨어뜨린 열쇠! 열쇠가 어디로 갔지? 어디로 굴러가 버린 모양인데. 젠장! 아니야, 찾을 수 있을 거야. 사리우스는 수풀 속을 더듬었다.

"뭐 좀 먹었어?"

"에이, 잠깐이면 된다니까 왜 이렇게 귀찮게 해요?"

저기 있다! 나무 기둥 앞으로 굴러갔구나. 그때 갑자기 뒤에서 요란한 소리가 났다. 닉은 깜짝 놀라 뒤를 돌아보았다.

엄마다.

엄마가 문을 쾅 닫고 나간 것뿐이다.

6

부엌에 나가 보니 큰 냄비에 물이 끓고 있었다. 엄마는 마지막 한 모금 남은 와인 잔을 옆에 두고 식탁에 팔꿈치를 괸 채 여성 잡지를 읽고 있었다.

"방금 짜증 낸 거 죄송해요."

닉은 엄마의 뒷모습을 찬찬히 살폈다. 검은 머리카락에 오렌지색 브리지 두 가닥이 새로 생겼다. 영 마음에 들지 않는다.

"저녁은 스파게티야. 너무 피곤해서 다른 건 못하겠다."

엄마는 잡지에 시선을 고정시킨 채 말 중간에 하품을 했다.

"엄마가 그렇게까지 귀찮았어? 무슨 게임인데 그래?"

"그냥 게임이에요. 아까는 제가 멍청하게 굴었어요."

"알긴 아네."

엄마는 뒤돌아보며 미소를 지었다.

"한참 재밌었나 보지"

"네."

닉은 뭔가 설명을 덧붙여야 할 것 같은 의무감을 느꼈다.

"오늘 새로 받은 어드벤처 게임인데, 꽤 괜찮아요."

엄마는 끓는 물에 면을 넣었다.

"숙제는 다 하고 하는 거겠지?"

"그럼요."

닉은 양심의 가책을 느꼈지만 겉으로는 빙그레 웃었다.

밤 11시. 책상 위에는 스탠드가 켜져 있고, 창밖에서는 주차하는 소리가 났다. 집 안에 떠 있는 토마토소스와 마늘 냄새에서 힘든 하루를 마친 이의 노곤함이 묻어났다. 닉은 저녁 식사 후, 영어 작문 숙제를 대충 해 놓고 컴퓨터를 켰다. 에레보스 CD를 넣고 검은 화면에서 붉은 글씨가 나타나기를 기다렸다. 그동안 숨을 참고 있던 닉은 게임이 시작되고 나서야 안도의 한숨을 내쉬었다.

한밤중의 풍경은 생소했다. 도굴범을 쫓아가던 숲도 아니고 트롤과 싸우던 곳도 아니었다. 약간 경사진 지형의 초원이고 군데군데 나무가 서 있었다. 참, 도굴범! 그러고 보니 도굴범에게 뺏은 보물이 잘 등록됐는지 확인하지 못했다. 사리우스는 인벤토리를 확인하고 안도의 한숨을 쉬었다. 열쇠, 헬멧, 단도, 부적 목걸이, 모두 있다. 헬멧은 바로 써 보려고 했지만 웬일인지 머리에 들어가지 않았다.

사리우스는 서걱거리는 억센 풀 사이로 무작정 걸었다. 이번에도 어디로 가야 하는지 몰랐다. 지난번처럼 음악이나 목소리가 들리기를 기다렸다. 하지만 초원의 적막감 속에 들리는 것이라고는 바람 소리와 어렴풋이 들리는 물소리뿐이다. 사리우스는 망설임 없이 물소리가 나는 쪽으로 향했다.

얼마 지나지 않아서 강이 나타났다. 강은 새까만 풍경 속에서 신기할 정도로 연푸른빛을 냈다. 사리우스는 주위를 두리번거리며 불빛이 있는지 살폈다. 불이 있어야 대화를 할 수 있고, 정보도 얻을 수 있다. 하긴 스스로 불을 피우는 방법도 있다. 사리우스에게는 불 피우는 능력도 있지 않은가. 불을 피우면 사람들이 모여들지도 모른다. 정말이지 궁금한 것이 한두 가지가 아니다. 그런데 다시 생각해 보니 사푸야푸도 노란 눈을 가진 전령이 허가를 내린 다음에야 불을 피웠다. 규칙은 되도록 어기지 않는 게 좋겠지.

한참을 걷다 보니 멀리서 불빛이 보였다. 사리우스는 기쁜 한편 무서운 생각이 들었다. 혼자서 숲길을 가다가 적의 공격에 노출되는 것이 아닌가 싶어 칼을 쑥 빼들었다. 하지만 곧 그런 자신이 우습게 느껴져 도로 집어넣었다. 그러나 자신의 발자국 소리까지도 너무 크게 느껴질 정도로 긴장되었다.

모닥불이 시야에 들어오자 그제야 안도의 한숨이 나왔다. 일렁이는 불 앞에 캐릭터 두 명이 서 있는 풍경은 지극히 평화로워 보였다. 다크엘프와 뱀파이어인데, 둘 다 처음 보는 얼굴이다.

"여기 자리 있어?"

사리우스가 묻자 크소후라는 이름의 다크엘프가 한 발짝 옆으로 가며 자리를 비켜 주었다.

"그럼, 레벨 1이긴 하지만 뭐 상관없어. 그런데 넌 이름이 뭐니…… 엥, 사리우스? 에이, 라틴어 시간이 떠오르잖아."

"에레보스 외 다른 세계에 대한 얘기는 하지 말 것. 전령에게 걸렸다간 칼도 들지 못할 정도로 혼난다."

드리즐이라는 이름의 뱀파이어가 위협하듯 말했다. 드리즐이라……. 어디서 들어 본 이름인데. 어디서 들었지? 사리우스는 연푸른색으로 빛나는 강을 보며 생각에 잠겼다.

"뭐 좀 물어봐도 돼?"

사리우스의 물음에 드리즐은 긴 송곳니를 드러내 보였다.

"그럼, 뭐든 물어봐. 하지만 대답한다는 보장은 없어."

사리우스는 머릿속에서 질문을 정리했다.

"내가 레벨 1이라는 걸 어떻게 알았어? 난 너희 레벨이 안 보이는데."

대답은 크소후 쪽에서 나왔다.

"우리가 너보다 레벨이 높기 때문이야. 자기보다 낮은 레벨만 보이게 되어 있거든."

"그럼 내가 레벨 2가 되면 레벨 1이 보이는 거야?"

"그래, 바로 그거야."

드디어 쓸 만한 정보가 나왔다. 사리우스는 기뻐하며 다음 질문을 쏟아냈다.

"어떻게 하면 레벨이 올라가는 거야? 점수도 없고 레벨 표시도 없던데."

"그런 식으로 되는 게 아니야. 때가 됐다고 판단하면 레벨을 한 단계 올려 주는 거야."

"누가?"

크소후는 아무 대답도 하지 않았다. 대신 드리즐이 흡족한 표정으로 말했다.

"그래 이쯤에서 입을 다물어야지. 그렇게 주둥이 나불거리다간 큰 일 나지."

"못할 말 한 건 없어."

크소후가 억울한 듯 변명했다. 그때 뒤에서 발자국 소리가 나더니 여자 자이언트가 나타났다. 키와 덩치는 사리우스보다 훨씬 큰데 치마는 한 뼘도 안 되게 짧아서 우락부락한 허벅지가 다 드러나 보인다. 어깨에는 거대한 도끼를 메고 있다. 이름을 보니 티라니아다. 속이 훤히 들여다보이는군.

"조용하네. 오늘은 퀘스트 없어?"

티라니아가 인사 대신 물었다.

"보면 모르냐?"

크소후가 뚱한 얼굴로 대꾸했다.

"좋아. 누구 나랑 결투할 사람?"

티라니아는 어깨에 멘 도끼를 내려 한 바퀴 휘 돌렸다. 도끼는 사리우스의 가슴 바로 앞으로 지나갔다. 드리즐이 티라니아에게 핀잔을 주었다.

"미쳤냐? 여긴 도시도 아니고 아레나도 아니야! 그리고 자이언트 여자하고 결투를 하다니. 너희 자이언트처럼 머리가 텅 비지 않고서야 누가 그런 짓을 하겠냐? 싸우고 싶으면 너희 종족을 찾아. 서로 치고받다 보면 목숨이 하늘에서 뚝 떨어지는 게……."

적은 강 쪽에서 순식간에 치고 들어왔다. 아니, 강물 자체가 공격을 해 왔다. 푸른색으로 빛나던 강물이 갑자기 산더미 같은 파도로 변하더니, 거대한 여자의 형체로 변해 한 걸음에 땅 위로 뛰어 올라왔다. 주위는 순식간에 인공적인 푸른빛에 휩싸였다.

사리우스는 걸음아 날 살려라 하고 도망치고 싶었지만 애써 용기를 내 칼을 빼들었다. 이건 물이야. 그냥 물이야. 칼로 베어도 아무 소용없는 걸 보니 정말 물이 맞다. 물귀신은 모두 일곱으로 티라니아, 드리즐, 사리우스와는 수적으로도, 덩치로도 비교가 되지 않았다. 크소후는 어느새 도망갔는지 코빼기도 보이지 않았다.

사리우스는 일곱 중 가장 작은 괴물을 골라 칼을 휘둘렀다. 급소를 찾으려고 다리, 배, 가슴을 칼로 찔러 보았지만 물이 찰랑거리는 소리만 날 뿐, 그야말로 칼로 물 베기였다. 게다가 가슴 위로는 아무리 애를 써도 손이 닿지 않았다.

그래도 서로에게 해를 끼치지 않으니 다행이라고 생각했다. 사리우스가 물귀신을 해치지 못하듯 물귀신도 그를 해치지 못할 테니까. 그러나 다음 순간 물귀신이 사리우스 쪽으로 성큼 다가섰다. 아니, 사리우스 위로 올라섰다. 물귀신의 다리가 푸른빛의 거대한 물줄기처럼 사리우스를 감쌌다.

머리가 깨질 것 같은 날카로운 소리가 다시 귓전을 때렸다. 사리우스는 목숨이 다해 가고 있음을 알아차렸다. 익사당하는 건가? 옆으로 몇 걸음 도망가 보지만, 물귀신은 떨어질 줄 모른다. 물속에 갇힌 것이다. 아무리 칼을 휘둘러도 소용없다.

티라니아를 힐끗 보니 똑같은 신세다. 반면 드리즐은 나무 사이로 교묘히 빠져나가 숲의 어둠 속으로 사라졌다. 사리우스도 그 뒤를 쫓고 싶었지만, 도저히 물귀신을 떼어 낼 재간이 없었다. 상대를 찾지 못한 물귀신 다섯은 다시 강물 속으로 미끄러져 들어갔다. 사리우스의 머릿속은 곧 날카로운 고음으로 가득 찼다.

그렇지, 불 마법을 사용하자! 그런데 어떻게 해야 하지? 아직 한 번도 불을 사용해 본 적이 없는데. 시간이 얼마 없다. 허리띠가 거의 검정색으로 변했어. 빨리!

쉭 하는 소리와 함께 김이 확 피어올랐다. 물귀신은 폭풍우 치는 소리와 함께 사리우스에게서 떨어져 나가더니 여러 갈래로 흩어져 강물로 합류했다. 잠시 후, 티라니아도 똑같은 마법을 써서 물귀신을 물리쳤다. 흥, 나를 따라했군. 사리우스는 왠지 기분 나빴다.

그런데 티라니아는 체력이 반쯤 소진되었을 뿐 사리우스보다 상태가 훨씬 나았다. 자신의 허리띠에 체력이 거의 남지 않은 것을 확인한 사리우스는 움직일 엄두도 내지 못했다. 게다가 부상당할 때마다 들리는 고음으로 온몸이 마비되는 것만 같았다. 허리띠에 남은 마지막 붉은색이 사라지면 그 소리도 그치리라. 하지만 그런 일이 일어나서는 안 된다. 절대 안 된다. 그렇다면 지금은 무조건 몸을 사려야 한다. 사리우스는 꼼짝 않고 서 있었다. 한번 넘어지기라도 하면 바로 저세상으로 갈 것 같았다.

그런데 적은 그를 쉽게 내버려 두지 않았다. 멀리서 말발굽 소리가 나는 것이 아닌가. 한 명일까? 아니면 여러 명? 사리우스는 어쩔 수 없이 걸음을 옮기기 시작했다. 숲 가장자리로 걸어가며 칼을 빼들었다. 아까 드리즐이 도망친 방향이다. 여기서 더 용기를 낸다는 것은 불가능했다. 빌어먹을, 왜 좀 더 조심하지 않았단 말인가!

사리우스가 나무 그늘 밑에 이르렀을 때 전령의 무장한 말이 나타났다.

"사리우스, 이리 나오너라."

전령은 모닥불이 꺼진 자리에 말을 세우고 속삭이듯 말했다. 모자 밑으로 드러난 노란 눈은 사리우스가 숨은 곳을 똑바로 쳐다보았다.

사리우스는 쭈뼛쭈뼛 나무 뒤에서 나왔다.

"물귀신 자매에게 크게 당했구나."

"네."

"티라니아와 둘이서 적을 상대한 거냐?"

"네."

"다른 전사들은 아무도 없었니?"

사리우스는 아무 대답도 하지 않았지만 티라니아는 바로 일러바쳤다.

"아까 드리즐과 크소후도 있었는데, 도망갔어요."

"그래?"

전령은 두 사람이 도망친 숲을 바라보더니 옷 속에서 작은 주머니를 꺼냈다.

"티라니아, 금화 44개다. 이걸 가지고 가서 좋은 장비를 사거라. 물길을 따라 죽 내려가면 마을이 하나 나올 거다. 늦은 시간이라고 망설이지 말고 문을 두드려라. 그리고 상인에게 내가 보내서 왔다고 해라. 물가에 자라는 붉은 약초를 찾아 먹으면 부상이 나을 거다."

티라니아는 낚아채듯 돈주머니를 받아 급히 자리를 떴다.

"사리우스, 넌 상태가 좋지 않으니 나와 함께 가자."

전령은 말 위에 앉은 채 앞으로 몸을 내밀더니 뼈만 남은 손을 내밀었다. 그 몸짓이 왠지 탐욕스러워 보여 사리우스는 선뜻 나서지 못했다.

"도와줄 건가요?"

사리우스는 말해 놓고 바로 후회했다. 너무 유치한 질문처럼 느껴졌다.

"우리 둘이 서로를 돕는 거다."

전령은 손을 쭉 뻗었다. 이번에는 그냥 옷자락 속에서 약을 꺼내 줄 것 같지 않았다. 선택의 여지가 없는 사리우스는 내키지 않았지만 전령의 손을 잡았다. 전령이 사리우스를 말 위로 끌어 올리자 말은 뒷다리를 축으로 삼아 방향을 돌려 내달리기 시작했다.

사리우스는 바로 상태가 좋아졌다. 머릿속에서 윙윙거리던 소리가 사라지고 아름다운 멜로디가 들렸다. 그 멜로디는 아무 일도 없을 거다, 모든 게 잘될 거라고 말하는 듯했다. 이 영웅담의 주인공은 사리우스 자신이며, 모든 것이 그를 중심으로 돌아간다는 느낌을 갖게 했다. 사리우스는 드리즐과 크소후처럼 도망가지 않고 물귀신과 맞서 싸우기를 잘했다고 생각했다.

전령의 말은 무척 빨랐다. 그들은 숲길을 따라 오르막길로 내달았다. 오른쪽에서는 숲이 사라지고 바위산이 시작되었다. 바위산은 구정물처럼 탁한 색이다. 전령은 숲길에서 빠져나가 바위산으로 말을 몰았다. 가까이 가 보니 바위에 알 수 없는 글이 잔뜩 새겨져 있었다.

전령은 어느 동굴 앞에서 말을 멈추었다. 말에서 내린 사리우스는 전령이 가리키는 대로 동굴로 들어갔다. 말에 오를 때 느꼈던 의심과 회의는 완전히 사라지고 없었다. 동굴 안으로 들어가니 성당처럼 넓은 내부가 나타났다. 걸음을 내딛을 때마다 높은 천장에 부딪쳐 소리가 울렸다.

"아주 잘 싸웠다, 사리우스."

전령이 말했다.

"노력했어요."

"그렇게 심한 부상을 입다니 안타깝구나. 그 상태로는 다음 싸움을 견디지 못할 거다."

사리우스도 그것을 모르는 바는 아니지만, 전령의 말을 들으니 정말 돌이킬 수 없다는 생각이 들었다. 죽음을 목전에 둔 것이다. 사리우스는 어떻게 말해야 할지 고민하다가 질문 형식을 택했다.

"우리 둘이 서로 돕는 거라고 하지 않았어요?"

"그래, 그것이 내 제안이다. 너도 이제 초보가 아니니, 두 번째 의식을 치를 준비를 해야 하지 않겠니?"

사리우스의 기대를 훌쩍 뛰어넘는 말이었다. 두 번째 의식을 치르고 나면 레벨 2가 된다.

"내가 너를 낫게 하고 더 강한 힘과 체력과 장비를 주겠다. 어떠냐? 그렇게 하고 싶으냐?"

전령이 떠보듯 물었다.

"그럼요."

사리우스가 얼른 대답했다.

이제 그 모든 것에 대한 대가로 전령이 무엇을 요구하는지 들어 볼 차례다. 그런데 전령은 긴 손가락을 깍지 낀 채 아무 말이 없었다. 사리우스가 말하기를 기다리는 듯했다.

"내가 할 일은 뭐죠?"

침묵이 너무 길어지자 사리우스가 물었다.

전령의 노란 눈이 반짝 빛났다.

"별거 아니다. 하지만 아주 중요한 일이지. 심부름을 하나 해 주면 된다."

괴물이나 용과 싸워야 하는 줄 알았던 사리우스는 심부름이라는 말에 기뻐해야 할지, 실망해야 할지 알 수 없었다.

"문제없어요."

"좋아. 그럼 지금 내가 말하는 대로 해라. 내일 토터리지(런던 북부의 오래된 마을—옮긴이)에 있는 세인트 앤드류 교회로 가거라. 거기에 오래된 주목이 하나 있다. 그 나무 주변에 '갈라리스'라고 쓰인 상자가 있을 거다. 봉인되어 있으니 열어 보지 말고, 상자를 가방에 넣어서 돌리스 로드 고가 철도가 지나는 곳으로 가서 길가 쪽 다리 밑에 숨겨라. 모르는 사람이 지나가다 발견하지 못하도록 풀 속에 잘 숨겨라. 일을 마치면 뒤돌아보지 말고 가거라. 무슨 말인지 알겠지?"

사리우스는 전령을 빤히 쳐다보았다. 무슨 말인지 전혀 알 수가 없었다. 토터리지와 돌리스 로드라고? 그건 에레보스의 세계가 아니라 진짜 런던에 있다. 아닌가? 사리우스는 머뭇거리다 전령에게 물었다.

"그 말은 런던에서 심부름을 하라는 건가요? 현실 세계에서요?"

"그래, 바로 맞혔다. 현실이라는 게 뭘 의미하는지는 모르겠다만."

전령은 대답을 기다리는 듯했으나 사리우스는 바로 대답할 수가 없었다. 말도 안 되는 소리다. 세인트 앤드류 교회에 그런 상자가 있을 리 없다. 어떻게 그런 일이 가능하단 말인가? 하지만 다른 한편으로 생각해 보면 손해 볼 것도 없다. 말한 대로 임무를 수행했다고 하면 그냥 믿지 확인이라도 하겠는가?

"좋아요. 할게요."

"그래, 잘 생각했다. 오래 끌지 마라. 임무를 마치고 내일 정오 전에 다시 만나기로 하자. 만약 나를 실망시키면……."

전령의 입가에 미소가 떠올랐다. 전령이 웃은 건 처음이다. 전령은 마치 사리우스의 속마음을 읽었다는 듯 그를 넌지시 쳐다보았다.

"만약 나를 실망시키면 우리가 좋은 얼굴로 보는 건 이게 마지막인 줄 알아라."

전령이 손짓으로 인사를 하고 나가자 동굴 문이 닫혔다. 그러자 빛이 사라지고 암흑만이 주위를 감쌌다. 너무 어두워서 내가 어둠속에 있는 건지, 아니면 존재하기를 멈춘 건지 알 수 없을 정도였다.

결국 누구나 죽는다. 조금 빨리, 혹은 늦게 죽는 걸로 난리법석 떠는 걸보면 우습기도 하다. 시간은 물과 같이 흐른다. 시간의 흐름은 아무리 거스르려 해도 거스르지 못하는 법. 모든 것을 잊고 밤과 낮이 흘러가는 대로 두는 것. 시시각각 변하는 세상을 보지도 듣지도 느끼지도 않는 것은 얼마나 편안한가. 나만의 세계에서 살며, 내가 세상의 규칙을 만들고, 원하는 일만 하고, 오직 하나의 목표를 향해 끊임없이 나아가는 것. 그리고 그냥 사라져 버리지 않는 것.

그렇다. 나의 많은 부분이 사라졌지만 나는 여전히 영향력을 발휘한다. 내가 만들어 낸 세계는 그 자체로서 훌륭할 뿐 아니라 나 자신을 능가한다. 내가 삶에서 조금이라도 의미를 두는 게 있다면, 그것은 나를 능가하는 세계를 만드는 것이다. 그 세계는 끊임없이 성장하고 발전한다.

다시 생각해 보니 사람이 얼마나 오래 사는지 중요하지 않다고 한 건 틀린 말이다. 왜 중요하지 않겠는가. 그러나 나는 수명 연장에는 관심 없다. 오히려 반대다. 내가 여기 앉아 연장을 갈고 닦는 것은 단축시킬 것이 있으면 단축시키기 위해서다.

ᄀ

아는 조합키를 다 눌러 봐도 소용이 없자, 닉은 한숨을 쉬며 리셋 버튼을 눌렀다. 다행히 컴퓨터는 아무 문제없이 부팅됐다. 그러나 닉은 컴퓨터가 완전히 켜질 때까지 걸리는 시간이 너무도 길게 느껴졌다. 닉은 초조하게 발목을 까딱거리며 손목시계를 보았다. 새벽 1시 48분. 내일은 토요일이니 게임을 더 해도 된다. 만약 에레보스가 다시 켜진다면 말이다. 다시 켜지지 않을 이유도 없다. 그러면 다른 캐릭터로 게임을 계속하는 거다. 오호, 참 좋은 생각인데! 이번엔 자이언트나 뱀파이어를 선택하리라. 특히 자이언트는 웬만한 공격에는 끄떡도 없어 정말 부러웠다.

닉은 바탕화면에서 에레보스의 아이콘, 빨간 E를 찾아 눌렀다. 마우스 표시가 화살표에서 모래시계로 바뀌는가 싶더니 금세 다시 화살표로 돌아왔다. 그리고 아무 일도 일어나지 않았다. 닉은 다시 한 번 E를 더블 클릭해 보았다. 역시 아무 변화가 없다. 이번에는 CD를 빼서 다시 넣어 보았다. 이번에도 변화가 없기는 마찬가지였다.

닉은 컴퓨터를 두 번이나 다시 껐다 켜 보고 나서야 게임을 포기했다. 다른 프로그램은 멀쩡하게 잘 돌아가는데 유독 에레보스만 안 되는 이유가 뭐란 말인가? 젠장, 빌어먹을. 잠을 자기엔 너무 흥분한 상태다. 이렇게 멍청히 앉아 있는 동안 푸른 강과 검은 벽에서는 흥미진진한 전투가 벌어지고 있겠지. 만약 그렇지 않다고 해도 불가에 앉아 다른 게이머와 수다를 떨 수도 있을 텐데.

CD에 오류가 있는 게 틀림없다. 순간, 힌트를 얻으려고 댄 앞에서 머리를 조아리던 콜린의 모습이 떠올랐다. 그럼에도 불구하고 댄은 답을 주지 않았다. 콜린도 그때 게임이 다운돼서 다시 켜는 방법을 몰랐던 것일까?

닉은 인상을 구기며 '지뢰 찾기'를 켰다. 세 번 연달아 폭발하고 나니 도저히 계속할 맛이 나지 않았다. 닉은 상황에 걸맞지 않다 싶을 정도로 심하게 짜증이 났다. 에이, 잠이나 자야겠다. 아니면 에밀리

블로그에 잠깐 들를까? 아니다. 지금은 그럴 기분이 아니다. 좀 더 느긋하고 로맨틱한 기분이 들어야 한다. 에밀리에 대해 알고 싶은 마음이 생겨야 한다.

닉은 평소와 달리 아침 7시가 되자 잠에서 깼다. 마치 시험 보는 날 아침처럼 기분이 꿀꿀했다. 거기다 눈꺼풀이 딱 붙어서 눈도 잘 떠지지 않았다. 일어날 생각을 하니 피로감이 물밀듯이 밀려왔다. 사실 꼭 일어나야 할 이유도 없었다. 아직은 일어나지 않아도 된다. 아니, 하루 종일 일어나지 않아도 된다. 닉은 아무 생각도 하고 싶지 않아 베개에 얼굴을 묻었다. 하지만 어느새 손가락은 어제 게임에서 익힌 단축키를 연습하고 있었다. 컨트롤+f는 불 피우기, b는 방어하기, 스페이스 바는 도약, 이스케이프는 흔들기.

콜린은 지금쯤 에레보스를 하고 있을까? 말도 안 되는 소리. 이 시간이면 자는 게 당연하지. 닉은 쓸데없는 생각을 떨치려는 듯 짧게 고개를 흔들었다. 게임 속에서 콜린은 아마도……. 닉은 짚이는 데가 있었다. 트롤과 싸울 때 뒤로 물러나 있던 다크엘프의 이름이 뭐였더라? 그래, 렐란트! 콜린은 농구 경기를 하다가 더 이상 승산이 없다고 생각되면, 뒤로 빠져서 손가락 하나 까딱하지 않는다. 트롤과 싸울 때 렐란트도 꼭 그렇게 뒤로 빠져 있었다.

좋아. 닉은 콜린이 렐란트라는 의중을 굳혔다. 하지만 무엇보다 궁금한 것은 블러드워크가 실제로 누구냐 하는 것이다. 분명 쓰레기장 주변에서 얼쩡거리다가 저학년 애들이 나타나면 겁이나 주는 싸움꾼 중 하나일 거다. 그 애들 중 이름을 제대로 아는 애는 하나도 없다.

댄? 댄이야 뭐 사푸야푸 같은 난쟁이똥자루겠지. 아니면 일부러 날씬하고 잘생긴 캐릭터로 골랐을까? 뱀파이어? 아니면 다크엘프 중 한 놈인가? 정말이지 다크엘프는 너무 많아서 길 가다 발에 치일 지경이다. 어쨌든 댄은 입만 열면 잘난 척, 헛소리를 해대기 때문에 금방 알아낼 수 있을 거다. 손에 잡히기만 하면 그냥 단칼에 요절을 내야지!

닉은 한숨을 푹 쉬고 기지개를 켠 다음 이불을 걷고 일어났다. 계속 게임 생각이 나서 다시 잠이 올 것 같지 않았다.

토터리지는 그리 멀지 않다. 노던라인도 학교에 갈 때 항상 이용하는 노선이다. 잠깐 세인트 앤드류 교회에 갔다 오는 건 어려운 일도 아니고, 오히려 기분 전환이 될 것이다. 물론 그러고 나서 게임을 계속할 수 있는 건 아니지만.

닉은 혹시 모른다는 생각에 책상 앞에 앉아 컴퓨터를 켰다. 하지만 어젯밤과 마찬가지로 에레보스는 작동하지 않았다. 다행히 인터넷은 잘됐다. 닉은 구글 지도에서 세인트 앤드류 교회를 검색했다. 몇 초 지나지 않아 교회 위치가 나타나고, 2000년이나 됐다는 주목의 사진도 나왔다. 와우, 2000년이면 런던에서 가장 오래된 생물이 아닐까? 이 나무는 가지가 밑동부터 자라 맨 아래 가지가 마치 땅에서 자라는 거대한 덤불 같다.

아빠는 일찌감치 일하러 가셨고, 엄마는 분명 10시까지 주무실 것이다. 닉은 머리를 빗어 하나로 묶고 어제 입었던 옷을 그대로 다시 입었다. 나가는 김에 아침 식사거리도 사 와야겠다. 엄마가 좋아하는 초콜릿 머핀을 사 오면 칭찬을 듬뿍 받겠지. 닉은 준비물 주머니를 접어 점퍼 주머니에 쑤셔 넣고 식탁 위에 쪽지를 남겼다.

'콜린에게 갖다 줄 게 있어서 잠깐 나가요.'

닉은 자신의 귀에도 들리지 않을 정도로 조용히 문을 닫고 밖으로 나왔다. 엄마는 콜린에게 전화를 걸어 쪽지 내용을 확인하려 들지는 않을 것이다. 그리고 만약 전화를 한다 해도 걱정 없다. 며칠째 전화를 받지 않는 콜린이 갑자기 전화를 받을 리 없지 않은가.

닉은 토터리지—웨트스톤 역에서 내려 10분간 버스를 기다렸다. 토터리지 레인을 따라 교회로 가는 버스다. 주목은 바로 알아볼 수 있었다. 하지만 그 주변은 인터넷에서 본 것처럼 한적하지 않았다. 노부부 한 쌍과 유모차를 끌고 가는 여자 둘이 산책중이었고, 정원사도 한 명 있었다. 닉에게 관심을 두는 사람은 아무도 없었다. 하지만 거대한 나무 밑에서 뭔가를 찾아 얼쩡거린다는 게 영 바보같이 느껴졌다. 나무 밑에는 어차피 아무것도 없을 텐데.

그러고 보니 정말 우스꽝스러운 상황이라는 생각이 들었다. 지금 여기 와 있는 이유가 뭔가? 컴퓨터 게임 속 캐릭터가 나무 밑에서 뭘 찾으라고 해서 아닌가! 맙소사, 이런 우스꽝스러운 일이!

다행히 이 사실을 아는 사람은 없다. 그냥 이대로 집에 가서 엄마와 함께 아침을 먹고 제이미와 함께 놀러 나가면 된다. 아니면 조용히 게임을 하거나. 젠장, 문제는 그 빌어먹을 게임이 작동을 안 한다는 거다.

닉은 세인트 앤드류 교회를 한 바퀴 돌았다. 가만히 서 있는 것도 이상하고 어차피 나왔으니 산책이나 하자는 생각에서였다. 붉은 벽돌 건물에 얹혀진 뾰족한 하얀 탑을 올려다보며 닉은 마음을 굳혔다. 여기까지 와서 그냥 돌아갈 수는 없다.

거대한 나무 그늘 밑에는 오래된 비석들이 비스듬히 박혀 엄숙한 분위기마저 났다. 닉은 조심스럽게 아름드리나무를 만져 보았다. 네 사람이 팔을 벌리고 서면 나무를 다 안을 수 있을까? 아니면 다섯 사람? 어쨌든 나무가 이렇게 크니 안에 뭔가 숨기는 건 일도 아닐 것이다. 하지만 나무 안에 뭔가 있을 리 없다. 그리고 언뜻 봤을 때도 아무것도 보이지 않는다. 닉은 나무 기둥에 난 넓은 틈새 속으로 손을 집어넣어 보았다. 흙 말고는 아무것도 만져지지 않았다. 목을 빼고 들여다보아도 마찬가지다. 당연하지, 여기 흙 말고 다른 게 있을 리 없잖아.

닉은 나무를 빙 둘러 뒤편으로 가서 낮게 드리워진 나뭇가지 사이로 안을 들여다보았다. 거친 나무껍질 바로 옆에 자라난 덤불 사이로 연갈색의 뾰족한 모서리가 보였다. 닉은 덤불을 옆으로 치웠다. 상자는 두꺼운 책 정도 크기였고, 옆면은 검정색 테이프로 봉해져 있었다. 닉은 믿기지 않는 표정으로 상자를 들어 올렸다. 묵직한 느낌이 들었다. 닉은 무엇에 홀린 듯 상자에 묻은 흙을 털었다.

나무 상자에는 멋 부린 글씨체로 '갈라리스'라는 글자가, 그 밑에는 '0318'이라는 숫자가 씌어 있었다. 갑자기 현실에서 멀어지는 듯

한 느낌이 들어 닉은 적잖이 당황했다. 3월 18은 닉의 생일이다.

닉은 상자가 든 가방을 무릎 위에 놓고 앉아, 내려야 할 역을 놓치지 않으려고 주의했다. 하지만 정신은 온통 딴 데 가 있었다. 도대체 이게 어떻게 된 일이지? 전령이 상자 얘기를 한 것은 새벽 2시가 다 되어 갈 무렵이었다. 상자는 그 시간에 이미 그곳에 있었던 걸까? 그건 그렇다 치고 어떻게 해서 그 상자가 거기 있는 거지? 그리고 왜 상자에 닉의 생일이 적혀 있는 걸까? '갈라리스'는 무슨 뜻일까?

닉은 그 어느 때보다도 콜린과 얘기하고 싶은 생각이 간절했다. 콜린은 에레보스에 대해 꽤 많이 알고 있을 것이다. 콜린도 그 주목 밑으로 심부름을 간 적이 있을까?

닉은 웨스트 핀칠리에서 내렸다. 15분 정도 걸어야 하지만 녹지를 가로질러 가는 길이 있다. 예전에 산책하러 다니던 곳인데, 조깅하는 사람도 많고 개를 데리고 산책하기에도 좋다. 닉은 돌리스 브룩 위로 난 작은 다리를 건너며 콜린에게 전화를 걸었다. 콜린은 신호음이 두 번 울리고 나서 바로 전화를 받았다. 닉은 너무 놀라서 순간적으로 왜 전화를 걸었는지 잊어버렸다.

"나 지금 바쁘거든. 중요한 거 아니면 학교에서 얘기하자. 알았지?"

"잠깐만! 에레보스에 대해서 물어볼 게 있어. 아주 이상한 퀘스트를 받았거든. 글쎄 나더러……."

"야, 입조심해. 규칙 몰라? 아무리 친구라고 해도 정보를 누설하지 말 것! 게임 내용에 대해 말하지 말 것. 너 바보냐?"

콜린이 야멸치게 말을 끊자 닉은 한동안 대꾸할 말을 찾지 못했다.

"하지만 그걸……. 그렇게까지 진지하게 받아들일 필요가 있는 거야?"

"당연하지. 주둥아리 함부로 놀리지 마. 안 그랬다간 눈 깜짝할 새에 아웃당하는 수가 있어."

닉은 아무 말도 하지 않았다. 게임에서 배제되는 건 생각만으로도 기분 나빴다. 뭔가 모욕적인 느낌이다.

"난, 난 그냥……. 아냐."

콜린의 다음 말은 훨씬 부드럽게 나왔다.

"규칙은 규칙이야. 그리고 규칙을 지킬 만하니까 지키라고 하는 거야. 이런 게임은 다시없어. 그리고 갈수록 점점 재미있어져. 정말이야."

닉은 수수께끼 같은 상자가 든 가방이 문득 무겁게 느껴졌다.

"그래, 알았어. 그럼……."

닉이 전화를 끊으려는데, 콜린이 급히 말을 이었다.

"아직 들어온 지 얼마 안 돼서 그러는데 곧 얼마나 대단한 게임인지 알게 될 거야. 넌 그냥 규칙만 잘 지키면 돼. 그리고 그 규칙 중 하나가 입조심하는 거야."

닉은 분위기가 부드러워진 틈을 타 궁금한 것을 물었다.

"혹시 게임하다가 컴퓨터 다운된 적 있어?"

그 말에 콜린은 소리 내어 웃었다.

"다운됐냐고? 아니, 그런 적은 없지만 그게 무슨 뜻인지는 알아."

곧이어 콜린은 누가 듣기라도 하듯 목소리를 죽였다.

"때로는 일부러 못하게 해. 널 시험하면서 기다리는 거야. 가끔은 게임이 살아 있는 것 같다니까."

닉은 양쪽으로 펼쳐진 꽃밭을 뒤로 하고 소리도 없이 흐르는 돌리스 브룩을 따라 계속 걸었다.

'가끔은 게임이 살아 있는 것 같다니까.'

미친놈!

막 숲길로 들어서려 할 때 구름 뒤에서 해가 나왔다. 닉은 따뜻한 햇살이 비치는 쪽으로 고개를 돌렸다. 숲길에 들어선 다음 한적한 곳에 앉아서 상자에 붙은 테이프를 조심스럽게 떼어 내고 살짝 열어 볼까? 그냥 상자 안에 든 게 뭐길래 이렇게 무거운지 잠깐 들여다보는 거지.

닉은 조깅하는 사람 세 명이 지나갈 때까지 기다렸다가 주위를 둘러보았다. 아무도 없다. 저 멀리 개를 데리고 나온 여자가 보이긴 하지만 뭘 하는지 보이지 않을 정도로 멀리 있다.

닉은 긴장감이 뒷목을 타고 흐르는 걸 느끼며 상자를 꺼냈다. 크기는 딱 시가 상자만 하지만 분명 담배는 아니다. 상자를 비스듬히 기울이자 안에 든 내용물이 왼쪽으로 미끄러져 부딪치며 툭 소리를 냈다.

무게감이 있는 것으로 보아 아마도 금속으로 만들어진 물건일 것이다. 그리고 한쪽 끝에서 다른 쪽 끝으로 미끄러지는 시간을 고려할 때 내용물은 상자의 반도 차지하고 있지 않는 듯하다. 닉은 상자가 봉해진 부분에 살짝 손톱을 대 보았다. 어찌나 단단하게 붙였는지 손톱도 들어가지 않았다. 여는 것도 쉽지 않고 테이프를 다시 붙여 놓으면 흔적이 남을 것이다. 역시 좋은 생각이 아니다.

갑자기 등 뒤에서 개 짖는 소리가 났다. 고개를 돌려 보니 래브라도 한 마리와 연갈색 사냥개 한 마리가 서로 비호감이라고 느꼈는지 사납게 으르렁거리고 있었다. 주인들은 개를 떼어 놓으려고 줄을 팽팽히 잡아당겼다.

닉은 상자를 도로 가방에 집어넣고 숲 속으로 들어갔다. 뒤에서 개한 마리가 낑낑거리는 소리가 들려왔다.

돌리스 브룩 철교를 찾는 것은 어렵지 않았다. 도로와 숲 위로 우뚝 솟아 있고, 그 위로 노던라인이 다니기 때문이다. 땅에서 18미터나 떨어진 높은 곳에서 햇빛을 받으며 달리는 지하철이다. 그러나 철교 아래는 축축한 습기가 느껴졌다.

전령은 길가에서 가까운 데 있는 다리받침 밑에 상자를 두라고 했다. 길가에서 가까운 곳이라……. 그다지 정확한 표현은 아니다. 닉은 거대한 다리받침 중 길가에서 두 번째를 선택하고 유난히 높이 자란 풀숲 사이에 상자를 내려놓았다. 이 정도면 찾는 사람이 헤매지 않을 수 있고, 길 가던 사람 눈에 띄지도 않을 것이다. 만족한 얼굴로 주위를 둘러보는데 문득 전령의 말이 생각났다.

'일을 마치면 뒤돌아보지 말고 가거라.'

그러지 않으면 큰일 날까? 논리적으로 생각하면 아무 일도 일어날 리 없다. 그러나 달리 생각해 보면 닉의 이름도 알았고, 상자가 어디에 숨겨져 있는지, 상자 위에 '갈라리스'라는 말이 씌어 있는 것도 알았다. 밀스엔드 방향으로 가는 열차 한 대가 머리 위로 지나갔다. 뭐, 뒤돌아볼 일도 없다. 피해망상증이라면 모르겠지만, 그런 병에 걸리지 않은 건 분명하지 않은가. 닉은 준비물 주머니를 작게 접어 주머니에 넣고 그 자리를 떴다. 뒤는 돌아보지 않았다.

닉이 머핀 네 개가 담긴 종이봉투를 들고 집에 돌아왔을 때는 정오가 다 되어 갈 무렵이었다. 엄마는 막 두 잔째 커피를 마시고 있었다.

"얘기하다가 늦었어요."

닉이 머핀을 접시에 담으며 말했다. 음식을 보니 갑자기 허기가 느껴졌다.

"커피 마실 거니?"

"네, 빨리 되면요."

어머니는 에스프레소 머신을 조작하면서도 자꾸 머핀 접시를 돌아보았다.

"그거 초콜릿 칩 든 거니?"

"네, 여기 갈색 두 개요. 코코스 머핀 두 개는 제 거니까 넘보지 마세요."

엄마는 카푸치노가 든 머그컵을 닉 앞에 내려놓았다.

닉은 사흘 굶은 사람처럼 머핀 하나를 집어삼키고 카푸치노를 꿀

꺽꿀꺽 마셨다.

"행크 삼촌이 오늘 집수리한대. 오후에 갈 건데 너도 갈래? 사다리 안 놓고도 천장 닿는 사람이 아빠랑 너뿐인데, 아빠는 당직 바꿔서 못 간대. 천장만 빼놓고 칠할 수는 없잖아."

닉은 입안에 머핀이 가득해서 바로 대답할 수 없었다. 하지만 속으로는 오히려 생각할 시간이 생겨서 기뻤다.

"정말 가고 싶기는 한데 며칠 뒤에 아주 어려운 화학 시험이 있거든요. 과제도 내야 하고. 준비 안 해 놓으면 영 찝찝할 것 같아요. 오늘은 그 시험공부 하려고 했는데."

엄마는 재미있다는 표정을 지었다. 그리고 약간 의심스럽다는 듯 물었다.

"농구하러 가거나 영화 보러 가는 게 아니라 시험공부 하겠다고?"

"정말이에요. 오늘은 농구나 영화는 생각도 못해요."

닉은 순진무구한 얼굴로 미소를 지었다. 게다가 마지막 말은 100 퍼센트 사실이다.

컴퓨터 켜고, CD 넣고, 헤드폰 쓰고. 닉은 긴장감에 숨을 죽인 채 프로그램이 시작되기를 기다렸다.

"사리우스."

으스스한 목소리가 속삭이듯 말했다. 지난번에 전령과 함께 있던 동굴이다. 그런데 어두컴컴했던 지난번과 달리 크리스털처럼 잘 다듬어진 투명한 벽으로 밝은 빛이 쏟아져 들어왔다. 위시크리스털인가? 사리우스가 금화처럼 생긴 것을 발견하고 주우려고 몸을 굽힌 순간, 동굴 문이 열리고 전령이 들어왔다. 전령은 노란 눈으로 사리우스를 찬찬히 살폈다.

"임무를 잘 수행했더구나."

"네."

"이건 그저 궁금해서 묻는 거다만, '갈라리스' 말고 상자에 뭐라고 씌어 있더냐?"

"숫자 0318이요."

"그렇지. 아주 잘했다. 자, 여기 새 장비가 있으니 한번 보거라. 가슴받이 갑옷, 헬멧, 쓸 만한 검이다."

전령은 크리스털 벽 바로 옆 탁자처럼 생긴 바위를 가리켰다. 사리우스는 궁금한 마음에 곧장 그곳으로 갔다. 청동색으로 빛나는 헬멧엔 이빨을 드러낸 늑대 그림이 새겨져 있었다. 가장 좋아하는 동물 중 하나다. 가슴받이 갑옷을 입으니 점수가 떴다. 방어 점수 9점! 칼도 원래 것보다 길고 어두운 금속 빛이다. 사리우스는 마지막으로 늑대 헬멧을 썼다. 음, 훨씬 멋진데!

"어때, 마음에 드니?"

전령의 물음에 사리우스는 크게 고개를 끄덕였다. 레벨 2가 되고,

이렇게 멋진 장비까지 받았는데 기쁘지 않을 리 없다.

"아직 더 있다."

전령이 깡마른 몸에 걸친 망토를 가슴께로 잡아당기며 말했다.

"여기는 에레보스다. 충실한 임무 수행이 어떤 결과를 가져오는지 보여 주겠다. 닉 던모어에게 이곳엔 아무도 들어오지 못하게 해 놓고, 옆집 마당으로 나가 보라고 해라. 마당엔 환풍구가 여러 개 있는데, 그중 하나는 나사가 헐겁게 조여져 있다. 환풍구 문을 떼어 내고 손을 넣어 보면 뭔가 있을 거다."

환풍구 속에 뭔가 있을 거라고? 사실 사리우스는 게임을 중단하고 싶지 않았다. 어서 전장에 나가서 새 칼의 성능을 시험해 보고 싶었다.

"지금 당장이요?"

"그래. 돌아올 때까지 기다리마."

전령은 크리스털 벽에 등을 기대고 느긋하게 팔짱을 꼈다.

에이, 게임은 대체 언제 할 수 있는 거야? 닉은 짜증스럽게 헤드폰을 뺐다. 혹시 모르니 문을 잠그는 게 좋겠지. 하지만 엄마가 알면 뭐라고 할 텐데. 게다가 엄마 앞으로 지나가야 하는데, 어디 가냐고 물으면 뭐라고 하지?

재빨리 해치우는 수밖에 없다. 닉은 방을 나가 조심스럽게 문을 잠그고 거실에서 나는 소리에 귀를 기울였다. 엄마 목소리는 부엌에서 났다. 전화 통화 중이다. 이런 뜻하지 않은 행운이! 닉은 얼른 복도로

나가 운동화를 신고 외투를 집어 들었다. 그러고는 재빨리 밖으로 나
갔다.

옆집 마당은 정돈되지 않은 친밀함을 풍겼다. 몇 년 전엔가 이 비
좁은 땅에 식물을 가꾸겠다고 시도한 사람이 있었다. 그때 심은 것
중 대부분은 말라 죽고 살아남은 것만 사방으로 퍼져 무성하게 자
랐다.

환풍구는 모두 세 개로 사람 무릎 높이에 창문 모양으로 나 있었
다. 첫 번째 것은 벽에 단단히 붙어서 꿈쩍도 하지 않았다. 살짝 흔들
어 보아도 아무런 변화가 없었다. 닉은 환풍구 틈 사이에 눈을 대고
안을 들여다보았다. 어두컴컴하고 오래된 먼지 냄새가 났다. 두 번째
는 헐겁게 고정되어 힘을 들이지 않고도 쉽게 빠졌다. 세 번째까지는
갈 것도 없었다.

닉은 그제야 안에 무엇이 들어 있는지 궁금해졌다. 아까처럼 생일
이 적힌 상자일까? 아니면 새로운 임무? 아니면 전령이 암시한 대로
정말 상일까? 초콜릿? 아니면 젤리? 밤늦게까지 에레보스를 하다가
배고프면 먹으라고 군것질거리를 넣어 놓았는지도 모른다. 닉은 사
각형의 구멍에 손을 넣었다가 바로 다시 꺼냈다.

겁쟁이! 이게 뭐야? 쥐라도 있을까 봐? 닉은 그런 자신에게 화가
났다. 정신 차려, 여긴 현실 세계야! 그럼에도 불구하고 닉은 목덜미
털이 곤두서는 긴장감에 휩싸였다. 다시 손을 넣어 보니 처음에는 먼
지만 만져지다가 곧 비닐의 촉감이 느껴졌다.

꺼내 보니 노란색 셀프리지스 백화점 봉지다. 안에 부드러운 뭔가

가 들어 있다. 닉은 레벨 2부터 입는 유니폼이 아닐까 하고 잠시 생각하다가 어이없는 상상을 한 자신을 나무랐다. 그러나 정작 봉지에서 나온 것을 보니 유니폼 쪽이 훨씬 타당해 보였다. '헬 프로즌 오버'라는 글씨가 파란색으로 선명하게 박혀 있고, 그 밑에 얼어붙은 해골 그림이 웃고 있는 검정색 티셔츠다.

닉은 얼이 빠져서 잠시 그대로 서 있었다. 이건 말도 안 된다. HFO는 형과 닉만 아는 얘기다. 전령은 고사하고 형을 제외하고는 그 누구에게도 말하지 않았다. 닉은 옷에 붙은 치수를 확인했다. XXL. 구할 수 없다더니만…….

닉은 형에게 전화해 보리라 다짐했다. 분명 논리적 해명이 있겠지. 티셔츠를 가져다 놓은 사람은 형일지도 모른다. 혹시 형 집의 차가운 담배 냄새가 나는지 셔츠에 대고 코를 킁킁거려 보았다. 약간의 세제 냄새와 창고 냄새만 났다. 형도 에레보스를 하는 걸까? 그러지 말란 법도 없다. 가끔은 믿기 힘든 우연도 존재하는 법이니까.

"어디 갔다 오니?"

거실로 들어가자마자 엄마가 물었다. 천만다행이다. 티셔츠를 외투 속에 숨기고 오길 잘했다.

"요 앞에 잠깐 껌 사러 갔다 왔어요."

주머니에는 실제로 껌도 한 통 들어 있다. 하지만 엄마는 껌을 보자고 하지는 않았다. 방으로 돌아온 닉은 전령이 아직 그 자리에 있는지 서둘러 확인한 다음, 휴대 전화로 형 핀에게 전화를 걸었다.

"어이, 니키! 잘 지냈니? 무슨 일이야?"

"형, 헬 프로즌 오버 티셔츠 구했지?"

짧은 침묵.

"아니. 내가 이메일에 썼잖아. 지금은 도저히 안 된대. 하지만 걱정 마. 형이 꼭 구해 줄게. 근데 네가 그걸 그렇게까지 중요하게 생각하는지 몰랐네."

"아냐, 그런 거 아냐. 괜히 신경 쓸 필요 없어."

핀의 말은 거짓말로 들리지 않았다. 거짓말을 할 이유도 없지 않은가.

"그렇다고 삐치지 말고. 가게에 손님이 많아서 그만 끊어야겠다."

"알았어. 참, 형, 혹시 요즘 게임해? 컴퓨터 게임, 어드벤처 그런 거?"

"전혀 안 하는데. 내가 그럴 시간이 어디 있나? 나도 이제 어엿한 사장님이거든!"

핀은 호탕하게 웃으며 전화를 끊었다. 닉은 전화를 걸기 전보다 머릿속이 더 복잡해져 버렸다.

전령은 전혀 초조해 보이지 않았다. 사리우스가 다시 움직이기 시작하자 세상의 시간을 모두 가진 듯 태연한 모습으로 천천히 벽에서 등을 뗐다.

"선물은 잘 찾았니?"

"네, 고맙습니다."

"마음에 들었으면 좋겠구나."

"네, 무척 마음에 들어요. 질문 하나 해도 되나요?"

"당연하지. 뭐가 알고 싶으냐?"

"제가 원하는 게 뭔지 어떻게 알았어요? 아무에게도 말 안 했거든요."

"그게 바로 에레보스의 힘이다. 에레보스가 네 편인 걸 다행으로 여겨라."

전령은 고개를 갸웃하며 힘없이 웃었다. 깡마른 얼굴이 일그러졌다.

"나를 실망시키지 마라. 그러면 계속 네 편으로 남을 거다. 자, 이제 뭘 하고 싶은지 말해 봐라. 오크 마을을 부수는 데 합류하면 금을 얻을 수 있다. 아니면 백색도시로 향하는 비밀 통로를 찾으러 가도 된다. 내일 그곳에서 아레나 시합이 있을 거다. 레벨 2에서 3으로 올라갈 수 있는 절호의 기회지. 잘하면 레벨 4까지도 올라갈 수 있다."

"정말이요?"

"두말하면 잔소리지. 아레나 시합은 전사의 기량을 마음껏 드러낼 수 있는 기회다. 위시크리스털, 무기, 레벨, 모든 걸 얻을 수 있지. 하지만 모든 걸 잃을 수도 있다. 물론 지는 것보다는 이기는 편이 좋겠지. 지난번 시합에서는 드리즐이라는 뱀파이어가 블랙스펠이라는 다른 뱀파이어에게서 레벨을 세 단계나 빼앗았다. 단 한 번의 시합에서 말이야."

"정말 그게 가능해요?"

사리우스는 갑자기 눈앞에 펼쳐진 가능성에 흥분을 감추지 못했다.

"물론이다."

그렇다면 생각하고 자시고 할 것도 없다. 오크 마을 따위 지옥으로 꺼지라고 해.

"도시를 찾아가겠어요."

"잘 생각했다. 그럼 제 시간에 찾기를 바란다. 내일 탑시계가 세 번 울릴 때까지 선수 등록을 해야 한다. 행운을 빈다."

전령은 인사 대신 뼈만 남은 손가락을 까딱했다. 동굴 밖으로 나오니 꽃이 만발한 들판에 햇볕이 가득 내리쬐고 있었다. 다시 혼자 시작해야 하는 것이다.

사리우스는 사방을 둘러보았다. 나무에도 풀밭에도 꽃송이가 만발했지만 백색도시를 알리는 힌트 같은 것은 어디에도 보이지 않았다. 하릴없이 서 있기가 뭣해서 무작정 앞으로 걷기 시작했다. 지난번에도 이렇게 해서 길을 찾았으니 다시 시도해 봄직하다.

새들이 지저귀는 소리가 귀에 거슬렸다. 위험천만한 모험을 기대하고 있는데, 피크닉 분위기라니! 비밀 통로는 대체 어디에 있는 걸까? 아무리 봐도 그런 것은 보이지 않는데……. 사방을 둘러봐도 두더지 구멍 하나 없다. 가만, 저 앞에 있는 게 뭐지? 천 조각이나 깃발 같은데……. 가까이 가서 보니 피에 젖어 있다. 사리우스는 잔뜩 긴장해서 붉은 피가 뚝뚝 떨어지는 천 조각을 들어 올렸다. 셔츠다.

멀리서 낮게 으르렁거리는 소리가 났다. 사리우스는 셔츠를 내려놓고, 소리가 나는 쪽 반대 방향으로 걷기 시작했다. 괴물도 아니고

인간도 아니고, 괴물과 인간을 합쳐 놓은 듯한 무시무시한 소리. 사리우스는 언덕을 올라가며 지구력이 훨씬 강해졌음을 느꼈다.

정상에 이르자 갑자기 낭떠러지가 나타났다. 한 발만 더 내딛었어도 떨어졌을 텐데. 바로 앞에서 걸음을 멈춘 건 거의 우연이었다. 아래를 내려다보니 거대한 분화구가 아가리를 떡 벌리고 있었다. 여기저기 갈라지고 거친 바위가 튀어나와 있어 별로 내려가고 싶은 생각이 들지 않았다.

뒤에서는 정체를 알 수 없는 괴물의 으르렁거림이 계속 들려왔다. 아무리 궁금해도 그게 뭔지 알고 싶은 생각은 없었다. 오른쪽으로 몇 발자국 움직이니, 녹슨 사다리 하나가 보였다. 그리 튼튼해 보이지는 않지만, 괴물을 피할 수 있는 길이다. 사리우스는 피가 뚝뚝 떨어지던 셔츠를 떠올리고는 조심스럽게 사다리에 발을 내디뎠다. 그러자 삐걱 하는 소리가 났다. 하지만 동시에 그 아름다운 멜로디가 시작되어 이 길이 옳은 길임을 확인시켜 주었다. 사실 이런 상황에서는 어느 길을 택하든 크게 실수할 일은 없다.

사리우스는 더 망설이지 않고 내려갔다. 밑에서 펼쳐질 모험 생각에 가슴은 점점 부풀어 올랐고, 아름다운 음악은 용기를 북돋았다. 밑으로 내려갈수록 점점 어두워졌다. 완전히 다 내려가니 벽에 붙어 껌벅거리는 횃불 말고는 아무것도 알아볼 수 없었다. 눈앞에 거친 바위벽과 수많은 길, 회랑, 갈림길이 있는 미로가 나타났다. 사리우스는 무작정 걷다가 단 몇 초 만에 방향 감각을 잃었다.

끈이나 분필이 있으면 싶었지만, 인벤토리에는 길을 표시할 만한 물건이 없었다. 이럴 때는 벽에 금을 그으며 가는 수밖에 없는데, 거기에 새 칼을 사용하기는 싫었다. 위를 올려다보니 아까 내려온 곳에서 한참이나 떨어졌다. 지상의 빛이 여기까지 닿지는 않았지만 군데군데 횃불이 있어서 길을 알아볼 수 있었다. 횃불과 횃불 사이에는 여러 단계의 어둠이 존재했다. 사리우스는 계속 걸었다. 발자국 소리가 이중 삼중으로 울렸다. 누군가 더 있는 걸까? 문득 걸음을 멈추니 메아리 소리도 멈추었다.

아름다운 음악 소리에 용기를 얻은 사리우스는 계속해서 앞으로 나아갔다. 그러다 첫 번째 갈림길이 나타났다. 사리우스는 왼쪽을 택했으나 바로 후회했다. 그다음 횃불이 나타날 기미가 보이지 않았기 때문이다. 다음 횃불을 찾아 부지런히 걷던 사리우스는 벽에서 뭔가 반짝이는 것을 보고 문득 걸음을 멈추었다.

위시크리스털일까? 그는 기대감 가득한 눈으로 반짝이는 것을 향해 손을 뻗었다. 그러나 그것은 손을 대자마자 벽을 타고 녹아내렸다. 사리우스는 징그러운 느낌이 들어 얼른 손을 떼고 가던 길을 재촉했다. 드디어 횃불이 나타났다. 그러나 그 뒤는 다시 갈림길이다. 오른쪽으로 갈 것인가, 왼쪽으로 갈 것인가?

왼쪽이 더 밝아 보인다. 사리우스는 칼을 꽉 움켜쥐고 조심스럽게 모퉁이를 돌았다. 걸을 때마다 미로 안에 발자국 소리가 울려 퍼졌다. 만약 괴물이 있다면 진즉에 그의 존재를 알아챘을 것이다. 다시 갈림길이 나타났다. 왠지 모를 불안감이 엄습했다. 아레나 시합 등록 마감까지는 아직 시간이 충분하다. 그러나 온통 돌덩어리로 된

벽, 횃불, 물웅덩이뿐이고 다른 게이머는 코빼기도 보이지 않았다. 사리우스는 딴생각을 하며 모퉁이를 돌다가 뭔가에 걸려 넘어졌다. 소스라치게 놀란 그는 얼른 일어나 길을 막은 물체를 향해 칼을 빼 들었다.

고양이인간이다. 이름은 오로라. 허리띠에는 붉은색이 아주 약간만 남았고, 나머지는 목탄처럼 시꺼멓게 변했다. 즉 아직 완전히 죽지 않았다는 뜻이다. 살짝 건드려 보니, 손가락이 가늘게 떨렸다. 무슨 말을 하려는 것 같긴 한데 알아들을 수가 없었다. 사리우스는 한참 뒤에야 그녀의 말뜻을 알아듣고 불을 피웠다.

"고마워. 난 죽기 직전이야. 나 좀 도와줄 수 있니?"

"누구한테 당한 거야?"

"왕전갈. 여러 마리 돌아다니는데 걸리면 끝장이야."

왕전갈이라……. 사리우스는 쉽게 상상이 되지 않았다.

"여기 우리 둘밖에 없는 거야?"

"아니. 엄청 많아. 그런데 너 혹시 치유 능력 있니?"

사리우스는 잠시 대답을 망설였다. 이 정도로 당했으면 머릿속의 날카로운 소음을 견디기 힘들 것이다.

"치유 능력은 있는데, 해 본 적은 없어."

"젠장! 난 치유 능력도 없고 어떻게 하는지도 모르는데."

어쩌면 불 피우기와 비슷할지도 모른다. 사리우스는 그렇게 생각하면서 이것저것 실험해 보았다. 아니나 다를까. 잠시 후, 번개가 번쩍하더니 오로라의 허리띠에 붉은색이 돌기 시작했다. 반면 사리우스의 허리띠에서는 많은 부분이 검은색으로 변했다. 사리우스는 전혀 생각하지 못한 결과에 당황했다. 여기서 살아남으려면 목숨을 소중히 해야 하는데!

"미리 말해 줬어야지!"

"뭘?"

오로라는 그새 기운을 차리고 일어나 무기를 들었다. 꼬리 아홉 달린 채찍이다. 이렇게 잘 어울릴 수가!

"내 목숨도 사라진다는 거 말이야."

"걱정 마. 좀 있으면 다시 채워지니까. 그건 진짜 부상하고는 달라."

사리우스는 여전히 화난 얼굴로 자신의 허리띠를 내려다보았다. 오로라의 말대로 조금씩 붉은색이 돌아오고 있긴 했지만, 그 속도는 굼벵이처럼 느렸다.

"너도 도시를 택한 거니?"

"응, 오크랑 싸우기 싫었거든."

"나도. 그런데 여기 있는 왕전갈에 비하면 차라리 오크가 나을 뻔했어. 직접 보면 얼마나 징그러운지 몰라."

사리우스는 에레보스 밖에서 오로라와 아는 사이일까 하고 생각해 보았다.

"너도 그 소리 들었니? 아까 위에서 난 소리 말이야."

"그럼, 들었지."

"그거 무슨 괴물인지 알아?"

"괴물이 아니라 좀비야. 사다리 내려오기 전에 두 놈이나 해치웠는데 진짜 징그러웠어. 칼로 찌르니까 가루처럼 부서지더라고."

사리우스는 좀비를 만나지 않아서 참 다행이라고 생각했다. 밑으로 내려오는 길을 택한 것도 잘한 일이다. 물론 퀘스트를 위해서도 옳은 선택이었다. 순간, 단단한 돌바닥 위를 걸어오는 발소리가 들렸다.

"너 아직 레벨 2구나?"

오로라가 말했다.

"응. 넌?"

그들 머리 위에서는 마치 소나기가 쏟아지기 직전처럼 시끄러운 소리가 났다.

"말할 수 없어. 규칙이잖아."

요란한 발소리는 점점 더 커졌다. 여러 개의 발이 움직이는 소리다. 오로라에게는 이 소리가 들리지 않는 걸까? 아니면 대수롭지 않은 걸까?

"그럼 여기에 우리 말고 또 누가 있는지 얘기해 봐. 그건 말해도 되겠지?"

"너도 가 보면 알아. 처음 보는 애들도 몇 있고, 오래전부터 있던 애들도 있어. 아까 노트하그르, 듀크, 누락스를 봤어. 처음 보는 앤데 사미라는 애도 있고, 웬 뱀파이어도 하나 있던데."

"사미라는 누군지 알아."

아는 이름이 나오자 사리우스가 얼른 아는 체를 했다.

"그러니? 그런데 걔 아까 도망가던데……."

순간 오로라 뒤쪽 모퉁이에서 거대한 검은 전갈이 쏜살같이 튀어나왔다. 전갈의 철갑 다리가 돌바닥에 부딪치는 소리가 요란하게 울렸다. 사리우스는 전갈의 독침을 피해 옆으로 물러서며 얼른 칼을 빼들었다. 만약, 가까이 다가오면 앞발을 잘라 버리리라. 그러나 전갈은 거기까지 오지 않았다.

대신 너무 늦게 위험을 감지한 오로라 옆에서 걸음을 멈추더니, 자세를 잡고 꼬리의 독침으로 오로라를 찔렀다. 오로라는 바로 바닥으로 고꾸라졌다. 허리띠에 붉은색이 남아 있던가? 사리우스는 오로라가 죽었는지 확인할 여유가 없었다. 다시 귀한 목숨을 나눠 주고 싶은 생각도 없었다. 소리로 미루어 보건대 반대편에서 전갈 한 마리가 더 오고 있었다. 만약 그렇다면 앞뒤로 전갈에 포위당해 꼼짝할 수 없다.

사리우스는 더 망설이지 않고 전갈의 왼쪽 앞발을 향해 칼을 휘둘렀다. 쇠와 쇠가 부딪치는 소리가 났고, 전갈은 한 걸음 뒤로 물러섰다. 사리우스는 전갈의 작은 머리 부근을 칼로 푹 찔렀다. 그러자 전갈은 앞발을 휘두르며 다시금 독침을 곧추세웠다. 독침 끝에서 피인지 독인지 모를 액체가 돌바닥으로 주르륵 흘러내렸다. 그 액체가 흥건하게 고인 자리에서 뜨거운 김이 피어올랐다.

사리우스는 머리 위에서 왔다 갔다 하는 독침을 겨냥해 칼을 휘둘렀다. 이윽고 두 번째 휘두른 칼로 독침을 베는 데 성공했다. 전갈은 뒤로 주춤하더니 휙 도망쳐 버렸다. 사리우스는 꼼짝도 하지 않는 오로라를 한번 쳐다본 후, 그 자리를 떴다. 도와주는 건 한 번으로 됐다.

사리우스는 주위를 경계하며 계속 걸었다. 그런데 왜 오로라는 전 갈이 오는 소리를 듣지 못했을까? 다시 생각해 보니 어렴풋이 알 듯 도 싶었다. 오로라는 부상당한 상태였다. 아마 머릿속에서 나는 끔찍 한 소음이 듣기 싫어서 다른 소리에도 귀 기울이지 않았을 것이다. 크나큰 실수가 아닐 수 없다.

사리우스는 작은 소리 하나도 놓치지 않으려고 신경을 잔뜩 곤두 세웠다. 오로라처럼 넋 놓고 있다가 갑자기 당하는 일은 없어야 한 다. 레벨 2로 죽을 수는 없다. 전갈 한 놈이 쫓아온다. 보이지는 않지 만 느낄 수 있다. 물론 들을 수도 있다. 사리우스는 오감을 총동원해 경계를 늦추지 않았다. 그러나 어떻게 이 미로에서 빠져나가야 할지 대책은 전혀 없었다.

사리우스는 잠시 걸음을 멈추고 귀를 기울였다. 싸우는 소리도 들 리지 않고, 뒤쫓아 오던 전갈의 발자국 소리도 들리지 않았다. 거 참 이상하다. 사리우스는 불안한 마음을 안고 천천히 발걸음을 옮겼다. 오른쪽으로 난 길을 따라가다 보니 다시 갈림길이 나타났다. 이러다 미로에 갇혀 굶어 죽는 건 아닐까?

사리우스는 직관에 따라 왼쪽 길을 택했다. 가다 보니 거미처럼 벽 에 딱 달라붙어 있는 전갈 한 마리가 보였다. 아까보다 큰 놈인데, 검 은 등껍질이 횃불에 비쳐 반질반질하게 빛났다. 그놈은 최면이라도 걸리는 듯 독침이 든 꼬리를 천천히 좌우로 흔들고 있었다. 사리우스 는 생각할 겨를도 없이 칼부터 뺐다. 그리고 칼을 휘두를 새도 없이 몸 한가운데, 등껍질과 등껍질이 만나는 부분을 겨냥하고 푹 찔렀다.

빠지직 하는 소리가 나면서 칼이 전갈의 몸을 꿰뚫었다. 전갈은 독침으로 반격하려고 꼬리를 마구 흔들어 댔지만, 칼이 벽에 박혀 꼼짝도 하지 못했다. 칼을 잡은 팔이 덜덜 떨렸다. 미친 듯이 발버둥치는 전갈을 칼로 찌른 채 버티는 것은 가파른 언덕을 오르는 것보다 힘들었다. 이러다 지구력이 다하면 무슨 일이 벌어질까? 상상도 하고 싶지 않았다.

죽어, 제발 죽으라고.

몇 시간처럼 길게 느껴지던 시간이 지나고, 이윽고 전갈의 움직임이 멈추었다. 독이 든 꼬리는 옆으로 처지고 몸은 축 늘어졌다. 사리우스는 드디어 벽에서 칼을 뺐다. 그러나 칼을 빼면 전갈의 몸뚱이도 벽에서 떨어진다는 생각은 미처 하지 못했다. 전갈의 몸뚱이는 사리우스를 덮쳤고, 방심하고 있던 사리우스는 전갈에 깔리기 직전 가까스로 몸을 피했다. 죽어 가는 전갈의 다리 중 하나가 바르르 떨렸다.

사리우스는 벽에 등을 기대고 앉아 죽은 전갈을 바라보았다. 그러고는 혹시 다른 전갈이 접근하지 않는지 귀를 기울였다. 전갈의 발자국 소리는 들리지 않았다. 대신 들릴 듯 말 듯 작은 소리로 음악이 시작되었다. 처음 들어 보는 음악인데도, 왠지 친숙했다. 그 음악을 듣고 있노라니 위험이 멀리 있다는 확신이 들었다.

전갈의 시체를 찬찬히 살피다 보니, 생각보다 쉽게 시체를 해체할 수 있겠다는 생각이 들었다. 예를 들어, 앞발을 잘라 내는 것은 문제도 아니다. 사리우스는 앞발 두 개와 등껍질 하나를 전리품으로 챙겼다. 꼬리도 챙길까 했지만 만지기만 해도 무슨 일이 생길 것만 같아 망설여졌다. 머릿속이 날카로운 소음으로 가득 차는 것만은 제발 피하고 싶었다. 사리우스는 꼬리의 넓적한 부분을 들고 조심스럽게 인벤토리에 집어넣었다.

사리우스가 다시 몸을 일으켰을 때, 얼마 떨어지지 않은 곳에 다크 엘프가 서 있었다. 한눈에 봐도 렐란트임을 알 수 있었다. 그동안 새 무기를 얻었는지 무시무시하게 긴 철구가 달린 쇠사슬을 이리저리 흔들었다. 둘은 멀뚱멀뚱 서로를 쳐다보기만 할 뿐, 아무도 불 피울 생각을 하지 않았다. 레벨 2인 사리우스는 아직 초보니까, 자신이 먼저 손 내밀 필요는 없었다. 그리고 과연 렐란트가 콜린인지……. 아니 렐란트는 콜린이다. 그 사실을 확인하고 싶은 생각이 앞서 선뜻 말을 걸지 못했다. 물론 불을 열 개 피운다고 해도 렐란트에게 무슨 대답을 들을 수는 없을 것이다.

반쯤 해체된 상태의 전갈은 보는 것만으로도 역겨웠다. 하물며 분홍빛과 회색이 도는 축축한 살점을 만지고 싶은 생각은 더더욱 들지 않았다. 렐란트는 그림자처럼 벽에 붙어서 꼼짝하지 않았다. 사리우스는 렐란트 쪽으로 한 걸음 내딛었다.

대체 뭘 기다리는 걸까? 길동무라도 하려고 기다리는 건가? 만약 그렇다면 환영이다. 안 그래도 멀리서 다시 칼 부딪치는 소리와 쿵쾅거리는 소리가 들려오기 시작했다. 사리우스는 자신의 허리띠를 확인했다. 오로라를 치유하면서 써 버린 목숨이 거의 다 회복되었다. 전갈과 싸울 때는 손끝 하나 다치지 않았다. 그렇다면 이제 새 전투를 찾아 떠날 일만 남았다.

전갈을 뒤로 하고 걷던 사리우스는 마지막으로 한 번 더 렐란트에게 시선을 던졌다. 이윽고 벽에서 떨어진 렐란트는 전갈 쪽으로 어슬렁어슬렁 걸어갔다. 설마 징그러운 전갈 고기로 비상식량을 마련하려는 건 아니겠지? 전갈 고기가 일곱 끼를 해결할 수 있는 양이라고 나오긴 했지만 사리우스는 그걸 먹느니 굶는 게 낫다고 생각했다.

싸우는 소리에 정신이 팔려 걷다 보니 천장이 매우 낮은 통로가 나왔다. 칠흑처럼 어두운 통로를 지나자 조금 넓은 길이 나타났다. 벽이 온통 검푸른 곰팡이로 뒤덮인 듯 푸석푸석한 느낌이 드는 길이었다. 그다음 갈림길에서 사리우스는 오른쪽으로 꺾었다. 막다른 골목이다. 빌어먹을 미로! 사리우스는 짜증이 치밀어 오르는 것을 누르고 온 길을 되짚어 가다가 다시 오른쪽으로 꺾었다. 이 길에는 횃불하나 켜 있지 않았다. 만약 이 어둠 속에 전갈이 기다리고 있다면, 등에 독침을 맞고 나서야 전갈의 존재를 알아챌 것이다.

하지만 여러 정황으로 볼 때, 이 길이 맞는 것 같기는 했다. 싸우는 소리도 더 커졌고, 바닥을 두드려 대는 듯한 전갈 발자국 소리도 요란하게 들렸다. 사리우스는 시커먼 어둠 속으로 발을 들여놓았다. 그러고는 갑자기 누군가 뒤에 있는 것처럼 느껴져, 칼을 빼들고 제자리에서 한 바퀴 빙 돌았다. 옆에 누가 있나? 아니면 뒤에? 아니, 아무도 없다.

계속 가려면 이 길을 지나가야만 한다. 사리우스는 방패를 몸에 바짝 붙이고 언제라도 칼을 휘두를 수 있는 자세를 취한 뒤 한 발 한 발

조심스럽게 내딛었다. 안으로 들어갈수록 길이 좁아지는 느낌이 들었다. 그렇게 한참을 가다 보니 멀리서 작은 빛줄기가 보였다. 사리우스는 저거다 싶은 생각에 발걸음을 빨리했다. 그 순간, 뭔가에 걸려 넘어지고 말았다.

두려움에 사로잡힌 사리우스는 어둠에 대고 정신없이 칼을 휘둘렀다. 급작스러운 공격, 부상, 귀청을 찢는 듯한 날카로운 소음을 각오했지만 예상했던 끔찍한 일은 일어나지 않았다. 사리우스는 다시 일어났다. 얼마 안 되는 빛이었지만 주위에 아무도 없다는 걸 확인하는 데는 충분했다. 물론 길을 가로막은 장애물은 빼고 말이다. 사리우스는 허리를 굽혀 장애물을 확인했다. 뼈만 남은 시체 옆에 빨간 머리칼 한 줌, 커다란 활, 부러진 화살 두 개가 있고, 벽 쪽으로 굴러갔는지 저만치 떨어진 곳에 해골바가지가 보였다.

전사 중 한 명인가? 뭐, 그러면 어떻고 아니면 어떻단 말인가. 우선 여길 뜨자. 사리우스는 침통한 표정으로 유골을 한번 쳐다본 후 계속 길을 갔다. 싸우는 소리가 커지고 빛의 양이 점점 많아졌다. 혼자 방향도 모른 채 시커먼 어둠 속을 헤매는 것보다는 훨씬 나았다.

빛이 어디로 가 버린 거지? 설마 길을 잘못 든 건 아니겠지? 왜 다시 벽 앞에 서 있는 거지? 사리우스는 뒤를 돌아보았다. 이렇게 영영 여기 갇히는 걸까? 순간 풀밭에서 발견한 피 묻은 셔츠가 뇌리를 스쳤다. 지하로 내려오지 않았다면 지상에서 좀비와 싸워야 했을 것이다. 하지만 적어도 밝은 데서 싸웠겠지.

그때, 갑자기 누군가의 그림자가 벽에 어른거렸다. 사리우스는 칼

126

로 벽을 힘껏 내리쳤다. 그러나 다음 순간 그것이 자신의 그림자임을 깨달았다. 바위에 부딪친 쇳소리는 메아리를 남기며 미로 안에 울려 퍼졌다. 싸우는 소리의 진원지가 지척이라는 걸 알 수 있을 정도로 커졌다. 이제 금방이다. 벽을 짚어 가며 소리가 나는 쪽으로 걸어가는 사리우스의 갑옷이 바위벽에 스치며 쇳소리를 냈다.

그러다 갑자기 벽이 없어지고, 막다른 골목이 나타났다. 드디어 커다란 문이 보였다. 물론 문은 닫혀 있다. 사리우스는 문을 요리조리 살피다가 빗장을 들어 올리고 온몸으로 문을 밀었다. 문이 빠끔히 열린 순간, 안에서 엄청난 양의 빛이 쏟아져 나왔다. 싸우는 소리도 요란하게 들렸다. 털 달린 장화, 달그락 소리를 내는 시커먼 전갈 다리도 보였다.

마음 같아서는 바로 문을 닫아 버리고, 싸움이 끝날 때까지 기다리고 싶었다. 설마 그 짧은 사이에 알아본 사람은 없겠지? 그러나 전령은 이 모든 것을 지켜보고 있을 테다. 전령의 노란 눈을 생각하니 정신이 번쩍 들었다.

사리우스는 문을 밀고 안으로 뛰어 들어갔다. 전갈 세 마리와 전사 여섯, 아니 일곱 명이 싸우고 있었다. 그중 아는 얼굴이 있었던가? 갑자기 전갈 한 마리가 달려들어 그걸 파악할 시간조차 없었다.

사리우스는 뒤로 물러서며 전갈에게 칼을 겨누었다. 전갈은 독침이 있는 꼬리를 한껏 쳐들고, 이리저리 흔들었다. 사리우스는 전갈의 옆구리를 향해 칼을 내리쳤다. 챙 하는 소리가 났다. 그다음에는 꼬리를 겨냥해 칼을 휘둘렀다. 첫 번째 만난 전갈은 꼬리를 공격하자 바로 도망쳤는데, 이번 놈은 그렇지 않았다. 전갈은 뒤로 한 발짝 물러서더니 두 배나 빠른 속력으로 공격해 왔다.

사리우스는 오른쪽으로 풀쩍 뛰어오르며 전갈의 독침을 피했다. 그러고는 재빨리 전갈에게 다시 한 방을 먹였다. 이윽고 전갈은 몸의 균형을 잃고 기우뚱거렸다. 잘하면 지난번 놈처럼 벽에 꽂아 버릴 수도 있을 것 같았다. 그때 전갈의 날카로운 집게발이 쉭 소리를 내며 달려들었다. 사리우스는 머릿속에 끔찍한 소음이 들릴 것을 각오했지만, 전갈의 공격은 아슬아슬하게 사리우스를 비껴갔다. 사리우스는 철갑 같은 전갈의 몸뚱이를 향해 다시 칼을 휘둘렀고, 전갈의 몸은 오른쪽으로 꺾였다. 사리우스는 연이어 맨살이 드러난 전갈의 배를 공격했다. 적중. 그때 갑자기 누군가 옆으로 오더니, 미늘창으로 전갈을 푹 찔렀다. 엘프족 여자다.

혼자 어둠 속을 헤매며 길동무를 그리워했지만, 이런 경우라면 정말 사양하고 싶었다. 힘든 일을 다 해 놓으니까, 불쑥 나타나서 자기 몫을 챙기다니! 이런 염치없는 경우가 어디 있단 말인가! 그녀는 저항하는 사리우스를 아랑곳 않고 계속 전갈을 공격했다. 무기도 사리우스 것보다 강한지 세 번 찌르자 전갈은 그대로 쭉 뻗어 버렸다.

사리우스는 속이 부글부글 끓었다. 걸쭉한 회색 액체가 묻은 칼을 내려다보니, 거기에 염치없는 그녀의 피를 섞고 싶다는 생각마저 들었다. 실컷 어려운 일을 다 해 놨더니, 불쑥 끼어들어 쉬운 일만 처리했다. 마치 도움이 필요했다는 듯이, 마치 사리우스가 혼자 해치우지 못했을 거라는 듯이 말이다.

사리우스는 엘프족 여자의 이름을 확인했다. 페니엘. 흥! 그런데 이 염치없는 여자는 또 무슨 짓을 하고 있단 말인가. 사리우스가 집게발과 꼬리를 챙긴 것과 달리 페니엘은 전갈 몸뚱이를 여러 조각으로 쪼개더니 정신없이 그 속을 뒤졌다. 정신 나간 거 아냐?

'승리.'

누군가 귀에 대고 속삭이는 소리가 들렸다. 사리우스는 주위를 둘러보았다. 싸움은 끝난 듯싶었다. 그리고 모두 페니엘처럼 전갈을 조각내 그 속을 뒤지는 데 여념이 없었다. 순간, 사리우스는 뭔가 놓치고 있음을 깨달았다.

멀리서 말발굽 소리가 들렸다. 이제는 사리우스도 그게 무슨 신호인지 잘 안다. 곧이어 말을 탄 전령이 나타나 손을 들어 인사했다.

"잘 싸웠으니 상을 주겠다. 어디, 먼저 드리즐부터 시작할까?"

그때까지도 전갈의 몸속을 뒤지던 뱀파이어 드리즐이 전갈의 배에서 손을 빼고 일어났다. 사리우스는 그 손에 뭐가 묻었을지 생각하고 싶지 않았다.

"특별히 잘한 건 아니지만, 그래도 잘 싸웠다, 드리즐. 네게는 새 방패를 주마. 특별히 좋은 건 아니다. 하지만 꽤 좋은 방패다."

드리즐은 끈적끈적한 손으로 새 방패를 받았다. 그리고 헌 방패는 미로 구석으로 던져 버렸다. 챙 소리와 함께 방패가 바닥에 떨어졌다.

"페니엘."

페니엘은 사리우스를 밀치고 앞으로 나갔다.

"괜히 겸손한 척하지 않고 원하는 것을 얻은 것은 잘한 일이다. 원하는 장비를 살 수 있도록 금화 50개를 주마. 네 마음에 드는 것을 사거라."

사리우스는 페니엘을 베어 버리고 싶은 충동이 일었지만 애써 참았다. 남의 공을 가로채고 칭찬까지 듣다니 말도 안 돼!

"사리우스."

사리우스는 의기양양하게 앞으로 나섰다. 나 완전 잘했죠? 레벨 2 치고는 정말 선방한 거지. 그렇죠?

"부상 없이 싸움을 치른 것은 정말 잘했다. 하지만 느지막이 싸움에 가세했고, 손수 전갈을 죽이지는 못했다. 그래도 상은 주마. 치유 능력을 높여 주마. 앞으로 다른 사람을 더 많이 도와줄 수 있을 거다."

쉬익 하는 소리가 자그맣게 났다. 그게 끝이다. 어, 이게 다야? 사리우스는 황당한 표정으로 전령을 쳐다보았다. 이게 무슨 상이란 말인가? 다른 사람을 치유하면 스스로가 다치는데 앞으로 더 많이 다치라는 뜻인가? 사리우스는 이 멍청한 능력을 다시는 사용하지 않으리라 다짐했다. 누굴 바보로 아나?

"블랙스펠."

전령이 다음 사람을 불렀다. 전령은 뱀파이어 블랙스펠을 입에 침이 마르게 칭찬했고, 포도주처럼 검붉은 빛이 도는 투명한 칼을 상으로 주었다. 보기만 해도 탐나는 칼이다. 그러고 보니 사리우스도 오늘에야 새 칼을 받긴 했다. 그렇지, 치유 능력이 높아진 것도 빼놓으면 안 되지. 흥, 겨우 치유 능력이라니!

사리우스는 모든 이에게 화가 치밀어 견딜 수가 없었다. 방금 지구력 장화를 받은 늑대인간 누락스도, 에레보스에서 만난 첫 번째 인간 그로톡도 마음에 들지 않았다. 그로톡은 두루마리 서류 같은 것을 받았다. 그다음도 아는 사람이다. 오웬스차일드는 약간의 부상을 당했는데, 치유약을 마시고 금화 10개를 받았다. 뭐든 사리우스가 받은 치유 능력보다는 나아 보였다.

"가그나르!"

전령의 부름에 온몸이 만신창이가 된 도마뱀인간이 전갈 시체 밑에서 기어 나왔다.

"넌 목숨이 붙어 있는 게 다행이다. 이대로 두면 죽는다. 나와 함께 가자."

가그나르는 애써 자리에서 일어났다. 찢어진 바지와 얼룩진 모자에 분명하게 1이라는 숫자가 보였다. 숫자는 마치 인두로 지진 낙인처럼 찍혀 있었다. 드디어 사리우스보다 더 초짜가 나타난 것이다. 사리우스는 가그나르에게서 눈을 뗄 수가 없었다. 도마뱀인간 가그나르는 전령의 도움을 받아 말에 올라탔다.

"자, 남은 전사들은 불을 피워도 좋다."

전령은 그렇게 말하고는 말을 달려 사라졌다.

사리우스는 누구보다 빨리 움직였다. 사리우스가 불을 피우자 오웬스차일드와 블랙스펠이 느릿느릿 다가왔다. 하지만 다른 이들은 다시 전갈 시체를 뒤지는 데 여념이 없었다.

"쟤네는 뭘 저렇게 찾는 거야?"

사리우스가 말문을 열었다. 블랙스펠은 묵묵부답, 오웬스차일드가 흔쾌히 대답했다.

"뭐긴 뭐야, 위시크리스털이지."

"전갈 시체 속에서?"

사리우스는 마치 뒤통수를 얻어맞은 기분이었다. 전갈 몸속에 크리스털이 있으리라고는 꿈에도 생각하지 못했다. 그러고 보니 드리즐과 다른 녀석들이 저렇게 앞뒤 안 가리고 전갈 시체에 달려든 데는 다 이유가 있었다. 순간적으로 그들에게 달려가 합세하고 싶다는 생각까지 들었다.

"넌 위시크리스털 찾은 적 있니?"

사리우스가 오웬스차일드에게 물었다.

"아니, 아직까지는 없어. 그거 진짜 귀한 거야. 여기서 찾을 수 있는 아이템 중에 가장 값진 거라고 보면 돼. 한번은 블러드가 왕거미 몸속에서 꺼내는 걸 본 적이 있어. 파란색 크리스털이었어. 블러드가 그걸 어디에 썼는지는 모르겠지만."

사리우스는 혀를 날름거리는 불꽃을 보며 생각에 잠겼다. 음악은 언제부터 다시 시작된 걸까? 어느새 머릿속을 가득 메운 감미로운 음악에 사리우스는 마음이 든든했다. 새로운 용기가 솟아 당장이라도 전장에 나갈 수 있을 듯싶었다. 물론 이번에는 페니엘이 끼어들도록 놔두지 않을 테다.

"크리스털로 뭘 하는 건데?"

오웬스차일드는 잠시 뜸을 들인 후 대답했다.

"그걸 찾은 사람의 소원을 들어줘. 원하는 건 다 들어준대. 죽은 사람 살리는 거 빼고. 물론 이너서클에 드는 것도 안 되고."

"이너서클이 뭐야?"

사리우스는 머릿속에 흐르는 음악 때문에 자신의 무지가 부끄럽다는 생각도 들지 않았다. 마치 왕이 된 듯한 기분이었다. 감미로운 음악은 '네가 주인공이고 다른 사람은 모두 들러리야.'라고 말하는 듯했다.

"네가 스스로 알아내. 우리도 다 그렇게 했거든."

잠자코 있던 블랙스펠이 불쑥 끼어들어 말했다.

"알았어. 그냥 한번 물어본 거야."

드리즐과 누락스는 전갈 몸속을 뒤지다가 지쳤는지 불가로 다가왔다.

"아우, 지저분해. 손이라도 좀 닦으면 안 돼?"

오웬스차일드가 옆으로 피하며 핀잔을 주었다. 그러나 드리즐은 들은 척도 하지 않았다.

"야, 사리우스. 너 끝난 줄 알았는데 아니었구나. 그때 물귀신한테 당한 거 아니었어?"

"보다시피."

"싸움은 어땠어? 오래 걸렸나?"

"도망치지 않았으면 물어볼 필요도 없겠지."

"레벨 2인 주제에 입은 살아 가지고."

그 말에 사리우스는 입을 다물었다. 다른 사람은 그의 레벨을 볼 수 있지만, 정작 그는 볼 수 없었다. 그렇게 생각하니 갑자기 벌거벗겨진 느낌이 들었다.

"그냥 놔둬. 아니면 내가 너에 대해 알고 있는 거 다 말해 버릴까?"

오웬스차일드가 사리우스를 두둔하고 나섰다.

"할 테면 해 봐. 혼자 잘났다고 나불거리고 다니는 거 전령이 얼마나 싫어하는지 알지?"

드리즐이 지지 않고 받아쳤다.

그때 렐란트가 모퉁이를 돌아 나왔다. 렐란트는 흠칫 놀라 걸음을 멈추더니 허리춤에서 재빨리 철구 달린 쇠사슬을 꺼냈다.

"어딜 가나 다크엘프뿐이네."

블랙스펠이 비웃듯이 말했다.

"시끄러."

사리우스가 핀잔을 주었다. 사리우스는 렐란트를 보니 반가운 마음이 들었다. 친구야, 난 네가 누군지 알아. 사리우스는 어서 와 앉으라는 시늉을 하며 자리를 비켜 주었다. 그러나 렐란트는 옆에 와 앉을 생각이 없어 보였다. 아직도 전갈 몸속을 뒤지고 있는 페니엘과 그로톡을 보더니 그쪽으로 몇 걸음 다가갔지만, 다시 생각을 바꾸었는지 불 쪽으로 걸어왔다. 하지만 되도록 사리우스와 멀리 떨어지려는 듯 멀찌감치 자리를 잡았다.

"안녕, 렐란트."

사리우스가 먼저 인사를 건넸다.

"저 둘은 위시크리스털을 찾는 거야?"

렐란트가 인사 대신 물었다.

"두말하면 잔소리지. 그런데 저기서 뭐 나오긴 글렀어."

블랙스펠이 대꾸했다.

"그래? 안됐네. 난 하나 찾았는데."

렐란트가 주머니에서 크리스털을 꺼냈다. 크리스털에서 녹색 빛이 뿜어져 나왔다.

"어때? 죽이지?"

"그거 어디서 났어?"

오웬스차일드가 물었다.

"신경 꺼."

크리스털을 노려보는 사리우스의 마음속에서는 뜨거운 화가 치밀어 올랐다. 그게 어디서 난 것인지는 물을 필요도 없었다. 크리스털은 사리우스가 해치운 전갈에서 나온 것임에 틀림없다. 내 전갈이야. 내 전리품이라고. 사리우스가 두고 간 크리스털을 렐란트가 날름한 것이다. 이런 사기꾼!

"그거 원래 내 거라는 거 알지?"

"그게 무슨 자다가 봉창 두드리는 소리냐?"

"나 혼자 전갈을 해치웠잖아. 양심이 있다면 내게 돌려줘."

"미쳤냐? 내가 너한테 이걸 왜 줘?"

그 순간, 사리우스는 자신도 모르게 칼을 뽑았다. 사실 렐란트를 공격할 생각은 없었다. 그저 자신의 몫인 크리스털을 찾으려는 것뿐이었다. 때문에 칼을 겨누고 있는 상황이 당황스러웠다. 렐란트도 내가 누군지 알면 그냥 크리스털을 넘겼을 텐데.

"야, 그만둬. 도시 밖에서는 결투 금지야!"

드리즐이 외쳤다.

"오, 무서운데. 레벨 2가 하룻강아지 범 무서운 줄 모르고 대드네! 어디, 찌를 테면 찔러 봐. 바로 전령이 와서 잡아갈걸. 어서 해 보라니까. 난 더 좋아."

칼을 뺐으면 무라도 자르라고 했던가. 머쓱해진 사리우스는 바로 칼을 거두기가 뭣해서 잠시 렐란트의 가슴을 겨냥한 채로 있다가 내렸다. 속으로는 렐란트와 싸우지 않아도 되어서 기뻤다.

"네 몫이 아니라는 거 잘 알잖아."

"네가 꼬리하고 집게발만 챙기고 그냥 가는데 나더러 어쩌라고? 아, 다른 사람들도 봤어야 하는 건데! 세상에, 그 큰 집게발을 인벤토리에 쑤셔 넣고는 그냥 가는 거야. 그걸로 뭐 할 거냐? 연탄집게라도 만들려고?"

사리우스는 렐란트를 노려보았다. 암갈색 피부, 검은 스포츠머리, 검게 반짝이는 눈동자. 나쁜 자식, 제대로 갚아 줄 테니 기다려라.

"그래, 그럼 가져라. 이 비겁한 자식아."

"비겁하면 어때? 위시크리스털이 있는데. 야, 누구 도시로 가는 길 아는 사람 있어?"

"왜, 네 크리스털한테 물어보지 그러냐? 아니면 한 번쯤 스스로 찾아내 보시든가."

사리우스가 빈정거렸다. 그러고는 렐란트의 다음 말을 기다리지 않고 홱 돌아 미로 속으로 걸어가 버렸다. 저런 멍청이들하고 어울리느니 차라리 혼자 가는 게 낫다.

잘하면 위시크리스털을 가질 수도 있었는데. 바로 눈앞에 있었는데! 미로 속은 여전히 어두웠지만, 렐란트 때문에 화가 나서 걸음을 멈출 수가 없었다. 만약 지금 전갈이 나타난다면 가루로 만들어 버릴 텐데. 가자, 가자. 아직 시간은 많다. 다른 녀석들을 다 제쳐 버리는 거다.

아까와 똑같은 미로가 계속 이어졌다. 백색도시가 가까워졌다는 표시는 눈을 씻고 봐도 없었다. 한참이나 미로를 헤맸지만 친구와 적을 불문하고 개미 새끼 한 마리 나타나지 않았다. 얼마나 걸었을까. 사리우스는 문득 걸음을 멈추었다. 머리끝까지 치밀었던 화는 어느새 사그라지고 작은 불씨만 남았다.

이제 어쩌지? 사리우스는 자신의 경솔함에 스스로 따귀를 때리고 싶은 심정이었다. 오웬스차일드라도 데리고 왔어야 하는 건데. 편을 들어주었으니, 거기 남겨 두는 게 아니라 같이 가자고 하는 게 옳았다. 그럼 지금쯤 둘이서 불을 피울 수 있을 텐데. 이렇게 철저하게 혼자가 아니어도 될 텐데.

사리우스는 한 번 더 방향을 잡아 보려고 애썼다. 분명 무슨 표시가 있을 것이다. 갈림길에 하얀색 돌멩이가 있다든가, 매 시간 종 치는 소리가 난다든가. 사리우스는 청각을 곤두세우고, 눈을 반짝이며 주위를 살폈다. 갈림길이 나타날 때마다 귀를 쫑긋거리다 보니, 세 번째 갈림길에서 드디어 무슨 소리가 들렸다. 종소리는 아니지만, 시냇물 소리 같은 것이 들렸다. 희미했지만 쫓아가 볼 가치가 있었다.

소리가 나는 쪽으로 가다 보니 물소리가 점점 커졌다. 왠지 위험하지 않다는 생각이 들고 경계심도 사라졌다. 사리우스는 잠시 걸음을 멈추고 어디서 이런 안정감이 오는지 생각해 보았다. 음악 때문이었다. 큰 변화는 아니지만 안정감을 주는 온화한 음악으로 바뀌었다. 음악은 이 길이 옳은 길임을 확인시켜 주었다.

얼마 가지 않아 물소리의 진원지가 나타났다. 땅 밑으로 흐르는 시냇물이다. 희미한 횃불에 비친 물은 검은색으로 보였지만, 가까이 가서 보니 검붉은 색이었다. 머릿속에 달갑지 않은 그림이 스쳐 지나갔다. 전쟁터, 켜켜이 쌓인 시체, 희생 제물. 이 피가 어디선가 흘러나왔을 것이 아닌가. 이게 정말 피일까? 확실히 말하기는 힘들다. 바닥에 깔린 돌 색깔이 비쳐서 그렇게 보일 수도 있고, 아니면……. 어쨌든 이 물을 마시는 일은 없을 것이다. 당장 음료를 마시는 게 좋을 듯싶긴 하지만.

사리우스는 시냇물을 바라보았다. 물은 운하처럼 직선으로 곧게 흘렀다. 도시는 물가에 짓는 법이니, 이 시냇물을 이정표 삼아 따라가면 도시가 나올지도 모른다. 그런데 상류로 가야 하나, 하류로 가야 하나? 힌트가 될 만한 것을 찾아 열심히 주위를 둘러보았다. 그러나 그런 것은 없었다. 결국 사리우스는 상류로 올라가기로 했다.

얼마 지나지 않아 빛이 많아지기 시작했다. 물가에 일정한 간격으로 화로가 설치돼 있어서 길이 훤히 잘 보였다. 사리우스는 신이 나서 걸음을 빨리 했다. 눈앞에 위로 오르는 거대한 계단이 나타났다.

하지만 사리우스는 계단 바로 앞에서 멈춰야 했다. 지구력을 염두에 두지 않았기 때문이다. 잠시 쉬면서 지구력을 회복한 후 층계를 올랐다. 음악은 승리의 멜로디를 들려주었고, 태양빛이 얼굴을 적셨다.

드디어 층계 끝에 이르자 황홀한 풍경이 펼쳐졌다. 하얀 대리석으로 만든 성벽, 탑, 구름다리가 햇빛 아래서 눈부시게 빛났고, 도시로 이어진 도로마저 상아빛으로 반짝였다. 사리우스는 더 이상 서두르지 않았다. 도시는 그를 기다리는 듯했고, 그는 한눈에 들어오는 풍경을 감상하며 천천히 걸었다.

사리우스가 성문 앞에 이르자 문을 지키던 네 명의 파수꾼은 창을 내려 길을 터 주었다. 곧이어 팡파르가 울리고, 성벽 위에 앉은 배불뚝이 전령이 새로운 소식을 알렸다.

"기사이며 다크엘프족인 사리우스, 백색도시 입장이요!"

9

"좀 더 줄까?"

엄마는 닭고기 수프로 그득한 국자를 닉 눈앞에 대고 이리저리 흔들었다.

"아니요, 됐어요."

"왜? 맛이 없니? 왜 그렇게 깨작거리고만 있어?"

닉은 엄마 말이 귀에 잘 들어오지 않았다. 사리우스는 백색도시의 한 여관에 들었는데, 여관 주인이 세 시간 동안은 의무적으로 쉬어야 한다고 말했다. 그런 다음 바로 화면이 까맣게 변해 버렸다.

"닉! 엄마가 묻잖아?"

"네, 아빠. 아니요, 맛있어요, 엄마. 그냥 좀 피곤해서 그래요."

아빠는 맥주를 한 모금 마시고 미간을 찌푸렸다.

"오늘은 학교도 안 갔는데 뭐가 피곤해?"

"화학 숙제했대요. 우리 닉은 공부를 열심히 하니까 다행이죠. 어제 팔크너 부인을 만났는데, 그 집 아들은 집에 통 붙어 있질 않고 학교에서도 말썽만 부린대요……."

엄마가 때마침 닉의 편을 들어주었다. 엄마의 수다가 이어지자, 닉의 생각은 다시 에레보스로 달려갔다. 아레나 시합은 아직 등록도 하지 않았고, 어디서 등록해야 하는지도 모른다. 만약 등록하는 곳을 제대로 찾지 못하면 어쩌지? 아니면 그 전에 무슨 과제가 주어진다면? 그러면 시간이 빠듯할 것이다.

이제 한 시간만 지나면 휴식 시간도 끝이다. 엄마는 분명 텔레비전을 보다가 잠들 테고, 아빠는 맥주를 한 잔 더 마시려고 술집으로 갈 것이다. 좀 더 있다가 휴식을 취했더라면 좋았을 텐데. 밤이면 어차피 피곤해질 테니까 자정 무렵 휴식 시간을 주는 게 나을 뻔했다. 닉은 다른 전사들이 그새 붉은 강을 발견했을지, 아니면 아직도 미로를 헤매고 있을지 궁금했다.

닉은 피곤한 눈두덩을 문질렀다. 여관 주인은 백색도시에 산다는 유명한 대장장이 이야기를 하며 사리우스의 장비를 쓱 훑어보았다. 사리우스에겐 돈도 없고 위시크리스털도 없다. 여관비조차 없었지만, 의무적으로 방을 빌려야 한다고 해서 어쩔 수 없었다. 전령의 서면 명령이 내려왔단다. 빌어먹을 렐란트 자식. 월요일에 학교에 가면 콜린 녀석의 멱살을 잡고 따질 테다.

"……. 다음 주까지라고?"

질문 뒤에 갑자기 침묵이 이어졌다. 닉은 그 질문이 자신을 향한 걸 알고는 정신이 번뜩 들었다.

"죄송해요. 방금 뭐라고 하셨어요?"

"그 화학 숙제가 다음 주까지냐고 물었다. 닉, 너 도대체 정신을 어디다 놓은 거냐? 갑자기 왜 그래?"

아빠가 흥분해서 상체를 앞으로 빼자, 뚱뚱한 배가 식탁 모서리에 걸렸다.

"지금 딴 얘기도 아니고 네 얘기 중인데, 그렇게 넋 놓고 있는 게 잘하는 짓이냐?"

"아니요. 죄송해요."

이럴 때는 절대로 '왜요? 내가 뭘 어쨌는데요?'라고 물어서는 안 된다.

"숙제는 다음 주까지 내야 해요. 잘하면 그때까지 될 것 같아요. 병원에서는 별일 없으셨어요?"

아빠에게 병원 일을 물어보는 건 대화 주제를 바꾸는 무척 좋은 방법이다. 간호조무사로 일하는 아빠에게는 언제나 얘깃거리가 있다. 오늘은 5파운드를 주며 피시앤칩스를 사다 달라고 한 환자의 얘기다.

"문제는 그 양반 콜레스테롤 수치가 여기서 네팔까지 닿을 정도로 높다는 거야."

아빠는 그렇게 말하며 닭고기 수프를 한 그릇 더 떴다.

"보통은 콜레스테롤 때문에 병원에 입원까지 했다고 하면 이제 정신 차렸겠지 하는데, 그게 아니라니까."

닉은 예의상 웃었다. 마음속에는 어서 백색도시로 돌아가고 싶다는 생각뿐이었다.

"먼저 일어날게요."

"그래. 어서 가서 네 할 일 해."

엄마가 흔쾌히 대답했다.

"엄마 설거지하는 거 도와드려."

아빠가 우물거리며 말했다.

닉은 벌떡 일어나 상을 치우고, 접시와 컵을 식기세척기에 넣었다. 그러고는 바쁜 걸음으로 2층 방으로 올라갔다. 혹시나 하면서 컴퓨터를 켜 보았지만 역시 안 된다. 앞으로 화학 숙제를 할 수 있는 시간은 45분. 그 생각만으로도 얼굴이 찡그려지지만, 공식을 다만 몇 개라도 들여다보자고 스스로를 달랬다. 마음속에 치밀어 오르는 거부감을 누르고 막 책을 펼친 순간, 문이 열리고 아빠가 들어왔다.

"닉, 아까는 깜빡했는데, 너 내일……. 어? 정말 공부하는 거냐?"

"아……. 네."

"어렵니?"

"완전 어려워요."

아빠는 기특하다는 듯 책상 위에 펼쳐진 책을 들여다보았다. 그러나 호의적인 관심은 단 몇 초 만에 당황하는 기색으로 바뀌었다.

"이런, 도와주고는 싶은데, 이건 좀 힘들겠다."

"괜찮아요. 저 혼자 할 수 있어요."

아빠는 닉의 어깨를 다독거렸다.

"방해해서 미안하다. 난 우리 아들이 아주 자랑스럽다. 그래도 아들내미 둘 중 하나는 성공하는 거니까."

닉은 아빠 손을 홱 뿌리치고 싶은 충동을 느꼈지만, 애써 참으며 입을 앙다물었다. 곧 어깨에 느껴지던 무게감이 사라졌다.

"난 좀 나갔다 오마. 너무 무리하지 말고."

아빠가 나가고 문 닫히는 소리가 났다.

이제 43분 남았다. 닉은 두 손으로 얼굴을 문지른 다음, 책에 고개를 처박고 공식을 노려보았다. 리포트의 첫 문장을 시작하기만 해도 오늘 할 일은 다한 셈이다. 닉은 눈을 감고 방금 읽은 것을 머릿속으로 반복했다. 현실 세계에도 위시크리스털 같은 게 있다면 좋을 텐데. 그러면 골칫덩어리 화학도 문제없을 텐데. 지금으로서는 화학에서 A를 받는 건 거의 불가능하다. 그리고 앞으로도 불가능할 것이다.

닉은 종이 한 장을 꺼내 리포트 제목을 썼다. '색층 분석을 통한 아미노산 성분 확인.' 자, 이제 시작은 했다. 물론 이런 식으로 공부가 되진 않겠지. 제대로 하려면 충분히 시간을 갖고, 집중해서 파야 한다. 내일, 그건 내일 아침 먹고 나서 하는 거다. 그때쯤이면 전갈이 머릿속을 돌아다니지도 않을 거고, 콜린에게 화난 마음도 연기처럼 사라질 테니까.

닉은 한 번 더 화학책을 쳐다본 후, 다시 컴퓨터를 켰다. 먼저 버릇처럼 에밀리의 블로그를 들러 본다. 아무런 변화도 없다. 순간 실망감이 번졌다. 하지만 곧이어 좋은 생각이 떠올랐다. 왜 여태 그 생각을 못했을까? 닉은 구글로 들어가 검색창에 '에레보스'라고 쳤다. 당연히 이 게임을 개발한 회사의 홈페이지가 있겠지? 게임 포럼, 업데이트를 다운로드하고 힌트와 속임수를 나누는 사이트도 있을 것이다. 검색 결과 맨 윗줄에 위키피디아 링크가 떴다. 뭐야, 아주 유명한 게임인가 본데? 닉은 링크를 클릭하고 내용을 읽었다.

'에레보스(Ἔρεβος)'는 《그리스 신화》에서 태초부터 있던 신들 중 하나다. 그리스 어인 에레보스의 뜻은 '어둠' 또는 '암흑'이며, 그것을 의인화한 신을 가리킨다. 그리스 시인 헤시오도스에 의하면 에레보스는 가이아, 닉스, 타르타로스, 에로스와 함께 카오스에서 태어났다. 먼저 카오스가 생기고, 거기서 깊은 어둠 에레보스가 생겨났다. 에레보스는 밤의 여신인 닉스와 교합하였는데, 거기서 잠과 꿈이 생기고 부정, 노화, 죽음, 싸움, 화, 비참, 실패, 복수의 여신인 네메시스, 운명의 여신인 모이라이, 달의 여신의 위험한 면을 보여 주는 헤스페리데스(축복받은 정원을 지키는 요정—옮긴이)가 생겼고, 기쁨, 연민, 우정과 친밀함의 여신인 필로테스도 생겨났다. 후세에 전하는 바에 의하면 에레보스가 지하 세계의 한 부분, 즉 죽은 사람이 사망 직후 지나가야 하는 곳을 가리킨다고도 한다. 가끔은 죽음의 신인 하데스와 동의어로 쓰인다.

닉은 내용을 두 번 읽고 위키피디아 창을 닫았다. 《그리스 신화》에 관심 있는 사람이라면 좋아하겠지만, 닉에게는 전혀 쓸모없는 얘기다. 게임 힌트가 필요하단 말이다, 게임 힌트! 닉은 검색을 계속했지만 순 《그리스 신화》에 대한 것뿐이고, 달랑 하나만 데스메탈 밴드(헤비메탈 하위 장르 중 하나—옮긴이)에 관한 것이었다. 그러다 맨 끝줄 링크를 본 순간, 닉의 입에서는 숨죽인 환호성이 새어 나왔다.

에레보스 : 게임.

이렇게만 되어 있고, 아무런 설명도 없다. 닉은 기대에 가득 차 링크를 클릭했다. 페이지가 완성될 때까지 약간의 시간이 걸렸다. 드디어 검은 바탕에 붉은 글씨가 나타났다.

"좋은 생각이 아니다, 사리우스."

왜 아니에요? 순간적으로 되받아치려던 닉은 이 상황의 기괴함을 깨닫고 얼른 창을 닫았다. 그러고는 마치 상대가 보지 못하게 하려는 듯 브라우저도 꺼 버렸다. 이건 현실이 아니야. 그냥 착각한 거야. 인터넷이 말을 하다니! 다시 인터넷 창을 열고 확인해 보는 게 좋을지도 모른다. 착각인 게 분명하니까. 그건 아마도……. 갑자기 울린 휴대 전화 소리에 닉은 심장이 덜컥 내려앉았다. 창을 닫지 말았어야 했나? 제이미? 닉은 휴대 전화에 뜬 발신인 이름을 보고 안도의 숨을 내쉬었다.

"바쁠 때 전화한 거니? 정신없어 보인다."

"아니야. 괜찮아."

"저기 우리 내일 자전거 타고 공원 가지 않을래? 자전거 탄 지 오래됐잖아. 날씨도 좋대."

닉은 적당한 핑계거리를 생각하느라 잠시 뜸을 들였다.

"응, 좋은 생각이야. 그런데 나 지금 화학 숙제 때문에 꼼짝도 못해. 이번 리포트는 제대로 해서 내야 하거든. 그래서 좀 그래."

"그래?"

제이미는 실망한 듯했지만 금세 목소리가 밝아졌다.

"그럼 내가 도와줄게. 내일 우리 집에 와서 같이 인터넷으로 찾아보자. 그럼 훨씬 빨리 끝낼 수 있어!"

젠장.

"글쎄……. 혼자 하는 게 집중이 더 잘될 것 같긴 한데. 그리고 이게 좀 중요한 일이거든."

닉은 자신이 듣기에도 민망해서 눈을 질끈 감았다. 너무 위선적이다. 이런 멍청한 소리를 하다니! 제이미는 황당하다는 듯 침묵을 지켰고, 휴대 전화 너머로 텔레비전 소리가 났다. 한참이 지난 다음 제이미가 입을 열었다.

"지금 한 말 진심이야? 이제까지는 그렇지 않았잖아. 그리고 지금까지 우리……. 아, 알겠다!"

제이미는 갑자기 웃음을 터뜨렸다.

"야 인마, 그냥 말해도 돼. 너 데이트하지? 그런데 내가 알면 1년

내내 놀릴까 봐 말 못하는 거지?"

"아니야."

"야, 그냥 사실대로 말해도 돼. 좋은 시간 보내고, 월요일에 자세히 보고해야 한다. 그럼 나도 달렌한테 데이트 신청해서 다음 주말에는 우리 넷이 더블데이트할까?"

"달렌?"

닉은 통화를 길게 하고 싶지 않았지만, 달렌이 누군지는 궁금했다.

"교향악단에서 클라리넷 부는 귀여운 금발 애 있잖아. 우리보다 한 학년 아래고 짧은 청치마 잘 입고 다니는. 그래도 누군지 모르겠어?"

"응, 알 듯도 하다. 저기……. 엄마가 불러서 전화 끊어야겠어."

의도하지 않았는데도 거짓말이 술술 잘 나온다. 컴퓨터 시계가 9시 5분을 가리켰으니까. 이제 곧 다시 게임을 시작할 수 있다.

비좁은 방에는 열리지 않는 작은 창문 하나뿐이고, 침대는 조금만 몸을 움직여도 삐걱거린다. 금방이라도 무너져서 돈을 물어 주어야 하면 어쩌나 걱정될 정도다. 휴식을 취해서인지 지구력과 건강 상태는 더 바랄 게 없을 만큼 좋다.

사리우스는 문 쪽으로 걸어가다가 그제야 혼자가 아님을 알았다. 방 벽지처럼 지저분한 하얀 놈이 등받이 없는 의자에 무릎을 껴안고 앉아 있었다.

"호, 사리우스, 호!"

놈이 반갑다는 듯 꽥 소리를 질렀다.

"이제부터 전령의 전갈을 전하겠다. 난 말하자면 전령의 전령이야."

사리우스는 비뚤어진 코를 가진 방문객을 내려다보았다. 만면에 웃음을 띠었지만, 뭔가 석연치 않았다.

"우리 주인님은 네가 너무 호기심이 많다고 생각하셔. 무슨 말인지 알지? 물론 네가 에레보스에 대해 더 알고 싶어 하는 건 이해하시지만, 몰래 등 뒤에서 스파이 짓 하는 건 좋지 않아."

놈은 기다란 손톱으로 이빨 사이를 후비더니, 녹색의 뭔가를 끄집어내 자세히 살폈다.

"주인님은 네가 궁금해하는 물음에 대답해 줄 의향이 있으셔. 그리고 너에게 질문도 있으시고!"

놈은 녹색 덩어리를 다시 입안에 넣고 질경질경 씹기 시작했다. 사리우스는 역겨움을 참고 그 모습을 바라보았다.

"무슨 질문인데?"

"아, 아주 간단해. 예를 들어, 닉 던모어는 라시드 살레라는 사람을 아는가 하는 거지."

사리우스는 속으로 뜨끔했다. 이건 또 뭔가 싶었다. 한편으로는 이렇게 간단한 질문이라면 대답하기 쉽겠다는 생각도 들었다.

"응, 알아."

"좋아. 그럼 닉은 라시드 살레가 뭘 좋아하는지도 아니?"

그건 정말 어렵지 않다.

"스케이트보드, 힙합, 스티븐 킹."

놈은 여전히 입안의 덩어리를 질경질경 씹으며 흡족한 듯 고개를 끄덕였다.

"아주 잘 알잖아. 그럼 닉은 라시드 살레가 뭘 두려워하는지도 아니?"

그걸 내가 어떻게 알아? 아, 그러고 보니 생각나는 게 하나 있다. 라시드는 고소 공포증이 있다. 언젠가 템즈 강변으로 소풍을 가서 런던아이(바퀴 모양으로 생긴 대형 관람차—옮긴이)를 탄 적이 있다. 라시드는 함께 타기는 했지만 얼굴이 허옇게 질려서 어쩔 줄 몰라 했고, 나중에는 토할 뻔했다.

"라시드는 높은 곳을 싫어해. 전망대나 그런 거."

놈은 생각하는 표정으로 혀 차는 소리를 냈다.

"응, 우리가 이미 들은 바와 같군. 주인님께서는 너의 과도한 지적 욕구를 용서하실 거다, 사리우스. 이젠 내가 정보를 줄 차례군."

놈은 친한 척하며 사리우스에게 얼굴을 쓱 들이댔다.

"아레나 시합 등록처는 아트로포스 식당이야. 할머니에게 안부 전해."

그러고는 의자에서 폴짝 뛰어내린 놈은 절까지 하며, 과장되게 정중한 인사를 하고 나갔다. 사리우스는 헬멧을 쓰고 방패를 어깨에 둘러멨다. 그런 다음 방을 나가는데, 놈이 질문에 답해 준다더니 아무런 얘기도 없이 사라진 게 생각났다. 하긴 사리우스 쪽에서 질문을 하지도 않았다.

도시는 늦은 시간인데도 사람들로 북적거렸다. 사리우스는 지하 미로를 연상시키는 컴컴한 골목길을 피하고, 큰길을 이용했다. 큰길 구석구석에는 불이 활활 타는 화로가 있어 크림색 담벼락이 금빛으로 빛났다. 가끔 전사들의 모습도 보이는데, 개중에는 사리우스가 아는 얼굴도 있었다. 사푸야푸와 라코르는 지나다가 봤고……. 드리즐, 블랙스펠, 렐란트도 이미 도시에 들어와 있을까? 아마도 그렇겠지. 붉은 물줄기를 찾는 게 그리 어렵지는 않았을 것이다. 아니면 그새 왕전갈의 공격을 받았을지도? 왠지 그러면 좋겠다는 생각이 들었다.

놈에게 아트로포스 식당 위치를 자세히 물었어야 했다. 큰길을 따라 죽 걸었지만, 식당은 보이지 않았다. 누군가에게 길을 물어야 할 것 같은데, 이곳의 불은 야외에서 피우는 불과 달라서 대화가 불가능했다.

사리우스는 길 양쪽으로 늘어선 크고 작은 가게를 지나치면서도 별 생각이 없었다. 그러다가 어떤 가게 앞에서 육중한 나무문을 열려고 애쓰는 한 드워프를 보고는 문득 가게에 들어가서 물어봐도 된다는 사실을 깨달았다. 드워프가 들어가려는 가게 옆에는 '정육점'이라고 적힌 큰 나무 간판이 붙어 있었다.

잠시 후, 사리우스는 중고 가게에 들어갔다. 진열대에는 요상한 물건들이 빼곡히 들어차 있었다. 그중 뱀파이어 해골이 눈에 들어왔다. 송곳니에는 실타래가 걸려 있었다. 제대로 잘 찾아왔다는 생각이 들었다. 뱀파이어 송곳니처럼 전갈 꼬리에도 실타래를 걸 수 있지 않을까?

가게의 가장 어두운 구석에서 회색 수염을 기른 남자가 어슬렁어슬렁 걸어 나왔다.

"팔 거유, 살 거유?"

가게 주인은 인사 한마디 없이 물었다.

"팔려고요."

사리우스는 인벤토리에서 집게발 두 개, 등껍질, 꼬리를 꺼내 계산대 위에 올려놓았다. 다시금 자신이 위시크리스털의 소유자일 수도 있었다는 아쉬움이 되살아났다.

"아, 해부한 곤충 부위로구먼. 이거 얼마 안 돼요. 꼬리에 독침이 남아 있다면 그거나 좀 나갈까."

가게 주인은 돋보기를 들고 홱 꼬부라진 검정색 꼬리를 들여다보았다.

"얼마나 받을 수 있죠? 위시크리스털을 사고 싶은데."

그 말에 가게 주인은 고개를 쳐들고 사리우스를 쳐다보았다.

"위시크리스털을 어디서 사? 직접 찾아야지. 이 꼬리는 금화 3개, 나머지는 다 해서 금화 2개."

왠지 잘 쳐 주는 것 같진 않았다. 물귀신과 싸웠을 때 티라니아는 금화 40개를 받지 않았던가. 사리우스는 밑져야 본전이라는 생각으로 흥정을 했다.

"금화 10개. 아니면 도로 가지고 갈 겁니다."

가게 주인은 전갈과 사리우스를 번갈아 쳐다보았다.

"금화 6개. 그 이상은 안 돼."

흥정은 금화 7개로 끝났다. 사리우스는 뿌듯한 기분으로 가게를 나왔다. 그러나 그 기분은 그다음 다음 가게 쇼윈도에 진열된 전갈 꼬리를 보자 연기처럼 사라졌다. 거기에는 금화 55개라는 가격표가 붙어 있었다. 게다가 흥정하는 데 정신이 팔려서 식당 위치를 묻는다는 걸 깜빡했다. 그다음 가게는 신발 가게로 독을 막아 주는 신발, 칼날이 달린 신발, 번개가 나가는 신발 등 별의별 신발이 다 있었다. 신발 가게 주인은 흔쾌히 길을 가르쳐 주었다.

사리우스는 신발 가게 주인 말대로 세 번째 갈림길에서 왼쪽으로 꺾었다. 칠이 벗겨진 문이 비뚜름하게 매달린 가게가 보였다. 간판에는 가위가 그려져 있고, 그 밑에 '마지막 집'이라고 씌어 있었다. 가게 안은 밤길보다 더 어두웠다. 탁자 위에 놓인 전등은 그 앞에 앉은 사람 손만 보일 정도로 빛이 약했다. 얼굴은 어둠에 가려서 전혀 보이지 않았다. 사리우스가 계산대 앞으로 가서 섰지만, 호호백발의 여주인은 눈길 한번 주지 않았다. 노파는 굽은 검지로 나뭇결을 문지르며 혼자 뭐라고 중얼거렸다.

"아레나 시합에 등록하려고요."

노파는 잠시 고개를 들었으나, 대답은 하지 않았다.

"등록 명부는 어디에 있어요? 아트로포스 할머니 맞죠?"

자신의 이름을 들은 노파는 그제야 정신이 드는 듯했다.

"그래, 내가 아트로포스야. 등록 명부는 지하에 있다. 그런데 정말 시합에 나갈 생각이니?"

노파는 사리우스를 위아래로 훑어보더니 미심쩍은 표정을 지었다.

"네."

"레벨 2가 시합에 나가는 건 썩 좋은 생각이 아니야. 하지만 나가고 싶으면 나가렴. 내가 무슨 상관이겠니."

노파는 그렇게 말하고 다시 계산대의 나뭇결에 집중했다. 사리우스는 지하로 내려가는 계단을 찾아 내려갔다. 활활 타는 벽난로가 지하의 둥근 천장을 훤히 비추고 있어서, 위보다 훨씬 밝았다. 등록 명부를 찾는 것도 어렵지 않았다.

군인 한 명이 벽에 걸린 명부를 지키고 있었다. 사리우스가 가까이 다가가자 군인이 물었다.

"시합 등록하려고?"

"네."

"이름은?"

"사리우스."

사리우스는 군인 등 뒤로 보이는 명부를 눈으로 빠르게 훑었다. 블러드워크, 크소후, 케스코리안, 사푸야푸, 티라니아 등 아는 이름도 꽤 많았다. 그러나 렐란트라는 이름은 어디에도 없었다. 미로에서 만난 사람들 이름도 없었다.

"사용하는 무기는?"

"칼이요."

"내가 보기엔 아직 레벨 2인 것 같은데?"

사리우스는 계속 레벨 2 소리를 듣는 게 지겨웠다.

"그래서요? 그래요, 나 레벨 2예요. 시작한 지 얼마 안 됐으니까,

빨리 올라가려고 시합에 나가는 거 아니에요!"

그때 어두운 지하실 구석에서 뭔가 움직였다. 검은 머리카락을 길게 늘어뜨린 키 큰 남자가 의자에서 일어나 빛 속으로 성큼 들어왔다.

"그렇게 급하면 어디 나랑 한번 싸워 볼 테냐?"

결투를 신청한 남자는 매우 낯선 인상을 주었다. 뭔가 분명 잘못됐는데, 그게 뭔지 바로 떠오르지 않았다. 잠시 생각해 보니 등줄기에 소름이 끼친 데는 다 이유가 있었다. 그 남자는 닉 던모어의 10년 후 모습 같았다! 검고 곧은 머리카락, 가느다란 눈, 턱 보조개, 모든 게 닉과 똑같았다. 다만 다른 점은 지금처럼 앳된 얼굴이 아니고, 얼굴에 파랗게 면도 자국이 있었다. 이름을 보니 로드닉이다. 이건 절대 우연이 아니다.

"어때? 싸워 볼 테냐?"

"여기서 싸우는 게 허용된다면……."

로드닉의 레벨을 볼 수 없는 게 마음에 걸리긴 했다. 레벨 7이나 8이면 어쩌지? 3 정도라면 어떻게 해 볼 텐데. 사리우스는 전갈을 어떻게 해치웠는지 떠올리며 겨우 용기를 냈다.

"결투는 허용된다. 하지만 레벨이 낮은 사람이 먼저 결투 신청을 해야 한다. 즉, 이 경우에는 사리우스에게 결투 신청 권한이 있다."

군인은 등록 명부 지키는 일을 뒷전으로 미루고, 이제 막 시작되려는 결투에 관심을 보였다. 사리우스는 좀처럼 확신이 서지 않았다. 이제까지는 괴물하고만 싸워 봤지, 다른 전사들과 싸운 적은 없다. 하지만 달리 생각해 보면 어차피 아레나에서 싸울 테니 미리 연습해 두는 것도 나쁘지 않을 것 같았다.

"좋아, 로드닉에게 결투를 신청한다."

"그렇지! 잘 생각했다, 꼬맹이."

로드닉이 빙글빙글 웃으며 외쳤다. 그래, 넌 웃음이 나오겠지. 내가 레벨 2인 걸 알 테니까. 사리우스는 벌써부터 공격 태세로 들어간 로드닉을 피해 뒤로 한 걸음 물러섰다.

"뭘 걸 거냐? 난 네 늑대 헬멧이 마음에 드는데, 어떠냐? 난 이 방패를 거마. 방어력 30점이다."

"이 헬멧은 절대 안 걸어."

흥, 어림 반 푼어치도 없다. 네가 누군지 밝히고, 왜 나랑 똑같이 생겼는지 말해 준다 해도 이것만은 절대 안 돼.

"그럼 뭘 걸 건데?"

사리우스는 자신이 무엇을 가졌는지 잠시 생각해 보았다.

"금화 4개."

"뭐? 그럼, 괜히 고생할 필요 없지."

너무 똑같아서 친숙하면서도 낯선 느낌을 주는 결투 상대는 별 볼일 없다는 듯 자기 자리로 돌아갔다.

"할 필요가 있어. 결투에서 이기면 경험 점수와 목숨이 늘어난다. 그걸 간과해서는 안 돼."

군인의 말에 막 자리에 앉으려던 로드닉은 동작을 멈추었다.

"까짓 거, 금화 4개면 어때. 좋아, 하자."

두 사람은 벽난로 앞에 자리를 잡고 섰다. 사리우스는 로드닉의 얼굴에서 도저히 시선을 뗄 수가 없었다. 그러니 상대의 일격이 적중하는 건 당연했다. 상대의 칼이 사리우스의 옆구리를 스쳐 지나갔고, 사리우스는 방패를 너무 늦게 쳐들었다. 머릿속에서 바로 비명 소리가 들리기 시작했다. 사리우스는 허리띠를 살펴볼 시간도 없이 로드닉을 향해 달려들었다. 만약 두 번째 부상을 입게 된다면 견딜 수 없을지도 모른다. 첫 번째는 헬멧을, 두 번째는 허벅지를 공격했다. 그렇지! 로드닉의 허리띠에 검은색이 나타나기 시작했다.

그러나 사리우스의 승리는 오래가지 못했다. 상대는 가슴 앞으로 방패를 쳐들더니 칼로 사리우스의 배를 가격했다. 사리우스는 그대로 바닥에 쓰러졌다. 비명 소리는 신경을 갈가리 찢듯이 머릿속을 울렸다. 너무 아파.

"정지!"

갑자기 두 사람 사이에 검은 그림자가 끼어들었다. 군인이다.

"사리우스의 부상이 너무 심하다. 계속할지 패배를 인정할지 사리우스가 결정해라."

이 상황에선 결정하고 말고 할 게 없다. 일어나기조차 힘들고, 머릿속에선 거대한 전기톱이 돌아가는 것만 같다. 전기톱을 꺼 버리고 싶지만 다른 위험 신호나 힌트를 듣지 못할까 봐 그럴 수도 없다.

"내가 졌다."

로드닉은 의기양양하게 사리우스 앞에 섰다.

"자, 약속대로 금화 4개 내놓으시지."

사리우스는 인벤토리에서 금화를 꺼내면서도 부상이 심해질까 봐 움직임을 최대한 자제했다. 이제 남은 것은 금화 3개뿐이다. 도굴범에게서 뺏은 물건을 돈으로 바꿔야 할 때가 왔다. 아직 늦지 않았다면 말이다. 이제 허리띠에 보이는 붉은색은 정말 조금밖에 남지 않았다.

사리우스는 주위를 둘러보았다. 희미한 빛 속에 탁자와 의자가 늘어서 있다. 어느새 로드닉은 제자리로 돌아가 있었다. 그때 다른 탁자에서 누군가 쏙 일어났다. 얼굴까지 가린 망토 사이로 친숙한 노란 눈이 보였다.

"교훈 하나, 모르는 자에게는 절대 결투 신청하지 말 것. 이미 한번이라도 싸우는 모습을 본 자와 싸워라."

그러고는 전령이 쓰러진 사리우스에게 다가와 머리 위에 손을 얹었다. 그러자 전기톱 소리가 작아졌다.

"교훈 둘, 가치 없는 것을 놓고 싸우지 말 것. 금화 4개를 걸고 싸우는 건 가소로운 짓이다. 자, 어서 일어나라."

전령은 사리우스에게 뼈만 남은 앙상한 손을 내밀었다. 그 손이 불현듯 가느다란 전갈 다리처럼 보여 망설여졌지만 구원의 손길을 뿌리칠 수는 없었다.

"자, 얘기할 게 있으니 함께 가자."

전령은 사리우스를 데리고 옆방으로 갔다. 작은방에 둥근 탁자가 덩그러니 놓여 있고, 그 위에 달랑 초 하나가 타고 있었다. 둘은 의자에 앉았다.

"또 치유가 필요하게 됐구나. 이 세계의 규칙을 잘 알고 있겠지?

여기서는 목숨이 단 하나뿐이다. 두 번의 기회는 없어. 그런데 너는 그 규칙을 진지하게 여기지 않는 것 같구나."

사리우스는 아무 대답도 하지 않았다. 몸을 사려도 싫어하고 몸을 아끼지 않아도 싫어하니, 전령의 뜻에 맞추기란 쉽지 않아 보였다.

"내 말을 오해하지는 마라. 네 용기를 가상히 여기니까 이렇게 도와주는 거다."

사리우스의 속마음을 읽기라도 한 듯 전령이 말했다. 그러고는 황금빛 액체가 든 작은 약병을 탁자 위에 올려놓았다. 사리우스는 트롤과 싸운 뒤 받았던 약임을 바로 알아보았다.

"자, 이 약을 주마. 내일 아레나 시합이 있다는 걸 알고 있겠지? 날이면 날마다 오는 기회가 아니야. 앞서 나가고 싶으면 그 기회를 놓쳐서는 안 된다."

"저도 놓치고 싶지 않아요."

"암, 그래야지."

전령은 중요한 이야기를 다른 사람이 듣지 못하게 하려는 듯 사리우스에게 상체를 기울였다.

"아레나 시합은 정오에 시작된다. 등록을 마친 사람은 그때까지 아레나에 가 있어야 해. 시간을 지키지 못하면 시합에 참여할 수 없으니 명심해라!"

"알았어요."

사리우스는 약병을 집으려고 손을 뻗었다.

"잠깐."

전령은 빛이 없는 노란 눈을 깜박이더니 사리우스의 어깨를 잡고 제지했다. 그러자 즉시 전기톱 소리가 커졌다.

"난 너에게 그걸 주겠다고 했지, 네가 마음대로 가져가도 된다고 하지는 않았어."

사리우스는 얌전하게 손을 거두었다. 전령이 다시 입을 열 때까지는 약간의 시간이 걸렸다.

"어떠냐, 시합에 나가려면 레벨 2보다는 레벨 3이 낫겠지?"

"레벨 3이요? 그럼요."

"좋아, 그럼 이 자리를 세 번째 의식이라고 생각해라. 사리우스, 지금부터 너에게 임무를 주겠다."

전령은 가느다란 손에 약병을 들고 무심코 이리저리 돌렸다.

"에레보스에 들어올 수 있게 해 준 은반 말이다. 아직 보관하고 있겠지?"

사리우스는 잠시 생각하고 나서야 전령이 의미하는 게 뭔지 알았다.

"좋아, 네 임무를 말해 줄 테니 잘 들어라. 남자든 여자든 상관없으니 새 전사를 영입해라. 은반을 구워서 네가 괜찮다고 생각하는 사람에게 주어라. 하지만 규칙을 어겨서는 안 된다!"

전령의 노란 눈에 약간의 붉은 기가 내비쳤다.

"에레보스에 대해서는 단 한 마디도 해서는 안 된다. 그저 큰 선물이라고만 얘기해라. 어쨌든 새로운 세계를 선물하는 거니까. 다른 사람에게 발설하지 않겠다는 다짐도 받아라. 아무에게도 보여 줘서는 안 된다고 잘 설명해야 한다. 또 에레보스에 들어올 때는 보는 사람

없이, 반드시 혼자 들어와야 한다는 것도 말해 주어라. 그리고 은반을 받은 사람은 되도록 빨리 에레보스에 들어와야 한다."

전령은 약병을 가볍게 흔들었다.

"네가 영입한 전사가 들어오지 않으면 너도 들어올 수 없다. 그런데 넌 아레나 시합을 놓쳐선 안 되겠지?"

그 말에 사리우스는 마른침을 꼴깍 삼켰다.

"하지만 지금은 한밤중이고 내일은 일요일인데 어떻게 그렇게 빨리……."

"그건 내 알 바 아니다. 넌 꾀가 있으니, 레벨 3이 되고 싶다면 잘 생각해 보아라. 만약 안 돼도 어쩔 수 없다. 널 빼놓은 채 시합을 시작하는 수밖에."

사리우스는 갑자기 뒤통수를 얻어맞은 느낌이다. 시합을 놓칠 수는 없다. 하지만 어떻게 하지? 지금 레벨 3이 되고 시합에서 잘 싸우면 내일은 레벨 4가 될 수도 있는데!

"누구 떠오르는 사람 있니?"

"네, 한 명 있긴 해요."

"그게 누구냐?"

"제이미 콕스라는 친구인데, 아직 여기 안 들어온 것 같아요."

"아, 제이미 콕스. 만약 그 애가 안 된다면?"

순간 에밀리가 떠올랐다. 그 누구보다 함께하고 싶은 사람은 에밀리다.

"물어볼 만한 애가 있긴 해요."

"그 애 이름이 뭐지?"

그건 말할 수 없다. 밝히고 싶지 않다.

"에밀리 카버냐?"

전령은 호기심에서라기보다는 그냥 지나가는 말처럼 물었다. 사리우스는 믿기지 않는 얼굴로 전령을 쳐다보았다.

"만약 그 애라면 더 큰 행운을 빌어야겠구나. 이제까지 시도했던 세 명보다 운이 좋아야 할 테니까."

신경을 긁는 소음, 전령에 대한 의구심, 갑자기 닥친 시간의 압박 때문에 사리우스는 제대로 생각할 수 없었다. 모든 것을 제쳐 놓고, 세 번째 의식을 위한 임무를 어떻게 수행할 것인지에만 집중해야 한다.

제이미, 에밀리…… . 또 누가 있지? 댄과 알렉스는 이미 전염됐고, 브린도 마찬가지고, 콜린, 라시드, 제롬…… . 아마 여자애들 쪽이 승산이 크겠지. 미쉘, 아이샤, 아니면 카렌. 그것도 안 되면 다른 학년으로 넘어가야 한다.

"아드리안 맥배이도 괜찮을 것 같아요. 아직 여기 들어오지 않은 것 같고 이런 세계가 있는 줄 알면 아마 좋아할 거예요."

사리우스의 말에 전령은 보일 듯 말 듯 고개를 저었다.

"아마 그 애도 들어오지 않을 거다."

방 안에는 한동안 침묵이 흘렀다. 전령은 시종일관 사리우스에게 시선을 고정시킨 채, 손으로는 약병을 이리저리 굴렸다. 약병 안의 황금빛 액체, 누런빛에 가까운 전령의 눈, 희미한 촛불. 어두운 방 안에서 밝은 빛을 내는 것은 이 세 가지뿐이다.

"그래도 아드리안에게 한번 말해 볼게요. 이 게임에 관심 있을 것 같아요."

"좋다, 그럼 시도해 보렴. 제이미 콕스, 에밀리 카버, 아드리안 맥배이. 이 셋 중 하나가 곧 들어온다고 생각하면 되겠지? 만약 다른 사람에게 줄 거면 미리 얘기하도록 해라."

전령은 사리우스에게 약병을 주고, 사리우스가 약을 다 마신 뒤에야 방을 나갔다. 사리우스 허리띠에 다시 붉은 기가 돌고 머릿속에서 전기톱 소리가 사라졌다. 바로 그 순간, 문 닫히는 소리와 함께 암흑이 찾아들었다.

10

컴퓨터 시계가 12시 43분을 가리켰다. 제이미에게 전화를 걸기에는 너무 늦은 시간이다. 제이미에게는 혼자만 사용하는 컴퓨터가 있으니까 조건 하나는 맞춰진 셈이다. 제이미는 컴퓨터를 자주 하는 편이 아니지만, 그건 에레보스가 얼마나 재미있는 게임인지 설득하면 된다. 화학 숙제를 할까? 잠깐 생각했지만, 이제 와서 공부한다는 것은 말이 안 된다. 아레나 시합은 꽤 오래 걸릴 테니까, 미리 공부를 해 두면 훨씬 마음이 편할 것이다.

그러나 지금 그보다 훨씬, 훨씬 중요한 일은 게임을 굽는 일이다. 닉은 CD를 찾아 서랍을 뒤졌다. 분명히 새 CD가 있었는데……. 어디 둔 거지? 잠시 후, 종이와 책 더미 밑에서 새 CD 한 장이 나왔다. 책 무게 때문에 은반이 상하지는 않았겠지?

CD를 굽는 것은 생각보다 오래 걸렸다. 진행 상황을 보여 주는 파란 막대기는 아주 천천히 앞으로 나아갔고, 닉은 그렇게 하면 빨라지기라도 한다는 듯 모니터를 뚫어지게 쳐다보았다. 그러나 달리 생각해 보면 이렇게 안절부절할 필요가 없었다. 어차피 내일까지 기다려야 하는데 빨리 돼서 좋을 게 뭐람? 사실 지금은 잠을 좀 자야 한다. 그러나 풀리지 않은 의문으로 머리가 꽉 차서 도저히 잠이 올 것 같지 않았다.

무엇보다도 궁금한 것은 도대체 누가 닉의 모습을 본뜬 캐릭터를 만들었느냐는 것이다. 누가, 왜 그런 짓을 했단 말인가? 닉은 무너져 가는 성에서 사리우스를 만들 때를 떠올렸다. 단 한순간도 누군가 아는 사람을 닮게 만들 생각은 없었다. 더구나 주변 사람 얼굴을 그대로 따라한다는 것은 상상할 수도 없는 일이다.

누군지는 모르지만 분명 나를 아는 사람이야. 내가 아는 사람이라고. 혼자 속으로 생각하다 보니 흥분되다가도 기분 나빴다. 누굴까? 친구 중 한 명? 콜린? 콜린이 렐란트가 아니라 로드닉이었단 말인가? 파란 막대는 굼벵이 기어가듯 천천히 앞으로 나아갔다. 닉의 생각도 그렇게 굼뜨게만 느껴질 뿐 이렇다 할 진전이 없었다.

게임하는 애들 중에 닉을 아는 애들은 '로드닉'을 '닉'이라고 생각할 것이다. 게임 캐릭터 친구들(물론 적이라고 생각할 수도 있다. 관점에 따라 충분히 다르게 생각할 수 있는 문제다.) 중 적어도 하나는 그 정체가 밝혀졌다고 생각할 것이다. 어쨌든 닉은 '사리우스=닉'이라는 등식을 세울 수 있는 사람은 아무도 없다고 확신했다. 그러나 그게 좋은 일인지 아닌지는 확신이 들지 않았다.

컴퓨터는 여전히 CD를 굽는 중이다. 제이미는 어떤 이름을 고를까? 종족은? 닉은 순간적으로 드워프를 떠올렸다가 제이미에게 약간 미안하다는 생각이 들었다. 닉에 비해 작을 뿐 제이미가 절대 작은 키는 아니다. 그밖에 중요한 건 어떤 캐릭터를 만드느냐다. 뱀파이어처럼 비밀에 휩싸인 듯한 어둠의 캐릭터? 아니면 우아한 엘프족? 근육질 몸에 위협적인 느낌을 풍기는 자이언트?

그 무엇도 제이미에게 딱 어울리지는 않는다. 제이미는 그냥 제이미일 뿐이다. 그러나 제이미가 어떤 캐릭터를 선택하든 바로 알아볼 수는 있을 것이다. 여신이든 도마뱀 여전사든 제이미 특유의 분위기가 사라지지는 않을 테니까. 그렇게 생각하니 저절로 웃음이 나왔다. 제이미에게 전화해 볼까? 늦은 시간에 했다고 뭐라고 할 놈도 아니고, 휴대 전화니까 다른 사람을 깨우지도 않겠지.

그래도 혹시 모른다. 문자를 보낼까? 뭐라고 보내지? 급히 만날 일이 있어. 당장 보자. 아니면 내일 아침 7시. 아니다. 녀석이 일요일 아침에 늦잠 자는 걸 얼마나 좋아하는지 잘 알면서 그럴 수는 없다. 아침 9시 전에는 절대 일어나지 않겠지. 9시! 그건 너무 늦다. 제이미가 바로 게임을 시작할지 알 수 없는 일 아닌가!

드디어 CD가 다 구워졌다. 닉은 CD를 꺼내 유성 사인펜으로 '에레보스'라고 쓴 뒤 플라스틱 케이스에 도로 넣었다. 자, 이제 자자. 닉은 스스로에게 명령하듯 말했다. 하지만 이를 닦고, 오줌을 누고, 섬유 유연제 냄새가 나는 이불 속에 들어가서도 머리는 바삐 움직였다.

만약 시합 시작 시간에 맞추지 못하면 어쩌지? 아레나 시합에 나가지 못하는 것뿐이다. 그게 뭐 중요한가?

물론 중요하다. 드디어 위로 올라갈 수 있는 기회가 생겼는데, 이 기회를 놓치면 평생 후회할 거다. 전령도 그의 편이 아닌가. 닉은 전령이 자기편이라고 느꼈다. 그렇지 않았다면 힌트를 주지도 않았을 것이다. 그리고 전령의 말이 옳다. 이미 한번 싸우는 걸 본 적이 있는 상대를 골라야 한다. 로드닉은 그런 상대가 아니다. 블러드워크도 싸우는 걸 본 적이 없다. 하지만 렐란트 그 녀석은 손에 걸리기만 하면 아주 요절을 내줄 테다. 페니엘도 마찬가지다. 물론 둘 다 백색도시를 찾아오고 나서의 일이지만.

닉은 베개에 얼굴을 파묻었다. 그래, 내일 아침 9시에 바로 제이미네 집 초인종을 누르는 거다. 그러면 시간을 절약할 수 있고, 제이미도 바로 게임을 시작할 수 있다. 그래, 완벽해. 닉은 제이미가 좋아서 어쩔 줄 모르는 모습을 상상하며 잠이 들었다.

"지금 농담하냐?"

반쯤 열린 문 사이로 제이미의 반쯤 감긴 눈이 보였다. 제이미는 이상한 줄무늬 가운을 입고, 발에는 짝짝이 양말을 신었다. 급히 나오느라 아무거나 걸친 모양이다.

"어쨌든 들어와. 부모님은 아직 주무시니까, 조용히 하고."

닉은 양심의 가책을 느꼈지만 워낙 기분이 고조되어 별로 미안한 마음도 들지 않았다. 초인종을 누르지 않고 휴대 전화로 제이미를 깨운 것은 잘한 일이다. 닉은 제이미의 엄마 아빠가 깨지 않도록 조용히 신발을 벗고 녀석을 따라 부엌으로 갔다. 모든 것이 완벽한데 이제 와서 망쳐서는 안 된다. 부엌에서는 희미하게 기름 냄새가 났다. 레인지 위에는 바닥에 눌어붙은 고기를 떼다 만 프라이팬이 놓여 있었다. 제이미는 물을 한 잔 따라 가지고 닉 앞에 와서 앉았다. 눈빛이 흐리멍덩한 것으로 보아 아직도 잠이 덜 깬 듯하다.

"그런데 지금 몇 시냐?"

제이미가 웅얼거리듯 물었다.

"이제 곧 8시야."

"미친 거 아냐?"

제이미는 절대 불가능한 일이 일어났다는 표정으로 물 한 잔을 단숨에 마셨다.

"내가 어제 전화해서 만나자고 했을 때 시간 없다고 했잖아. 뭐, 그건 괜찮아. 그런데 왜……. 왜 이런 꼭두새벽에 남의 집에까지 찾아온 거야?"

닉은 비밀스러우면서도 기대감을 갖게 하는 표정을 지으려고 노력했다.

"줄 게 있어."

닉이 점퍼 주머니에서 CD를 꺼냈다.

"그런데 그 전에 할 얘기가 있어."

"이게 뭔데?"

제이미는 잠이 덜 깬 눈을 한번 쓱 문지르더니 CD를 집으려고 손을 뻗었다. 닉은 얼른 CD를 가로챘다.

"잠깐, 그 전에 얘기할 게 있다니까."

순간 제이미의 미간에 주름이 잡혔다.

"뭐야? 중요한 일이라고 사람을 다짜고짜 깨우더니, 이제는 숨바꼭질하자는 거야?"

순간 닉은 자신의 접근 방식이 잘못됐음을 깨달았다. 전사 영입 임무를 왜 하필 주말에 받았을까? 주중이었다면 훨씬 쉬웠을 텐데.

"좋아, 다시 얘기할게. 너에게 줄 게 있는데, 정말 엄청난 물건이야. 다른 말로는 표현할 수가 없어. 말 그대로 엄청 나. 너도 직접 보면 이해될 거야. 그런데 그 전에 잠깐 내 얘기를 들어 줘."

제이미의 얼굴에서는 호기심도 감탄의 표정도 읽을 수 없었다.

"이거 요새 학교에 돌아다니는 그 CD 맞지? 그 불법 복제 CD."

"어……. 그거랑 같다고 해야 하……."

"내가 언제 그 CD에 관심 있다고 했어?"

"직접 보면 달라. 이거 진짜 물건이야. 나도 처음엔 그저 그럴 거라고 생각했는데, 직접 보니까 정말 죽여줘."

닉은 자신이 며칠 전 브린과 똑같은 말을 하고 있다는 사실을 깨닫고 말을 멈추었다.

"아, 그래? 그 CD 정체가 뭔데?"

"그건 말할 수 없어."

"왜?"

"그냥 안 돼!"

닉은 너무 많은 정보를 누출하지 않으면서 제이미의 관심을 부추길 수 있는 단어를 찾으려고 애썼다.

"그냥 이 물건을 받으려면 그렇게 해야 해. 난 말을 해서는 안 되고, 넌 이 사실을 발설해서는 안 돼. 네가 다른 사람에게 보여 주지 않겠다고 해야만 이…… 이 CD를 줄 수 있어."

닉은 말을 다 마치기도 전에 일이 글렀다는 것을 알았다. 제이미의 미간에 잡힌 주름은 더욱 깊어졌다.

"말해서는 안 된다고? 누가 못하게 하는데?"

닉은 전령의 노란 눈이 떠올라 진저리 치듯 가볍게 머리를 흔들었다. 정말 미치고 환장할 노릇이군. 전령의 명령을 제쳐 둔다고 해도 이걸 제이미에게 어떻게 설명한단 말인가? 제이미가 직접 해 보는 것 말고는 에레보스가 얼마나 특별한지 설명할 길이 없다. 게다가 규칙을 어길 용기도 나지 않았다. 전령은 규칙을 어긴 사실을 바로 알아낼 것이다. 에밀리 카버를 생각하고 있다는 것도 알아채지 않았는가.

"누가 못하게 하든, 그건 중요하지 않아. 규칙이기 때문에 말할 수 없어."

"규칙? 닉, 나 좀 기분이 이상해지려고 하거든. 너 내가 어떤 사람인지 잘 알잖아. 새로운 걸 싫어하는 사람도 아니고, 그 CD가 뭔지도 정말 알고 싶어. 하지만 그 CD 한 장 놓고 쉬쉬하고 비밀스럽게 구는 건 내가 보기에 정말 아니거든. 그냥 주든가 아니면 말든가. 조건은 무슨 조건이야?"

"그렇지만 이건……."

닉은 할 말을 찾지 못했다. 브런이 그를 구워삶는 데는 채 3분도 안 걸렸는데!

"다른 애들도 다 그 규칙을 지켜. 왜 너만 그렇게 까다롭게 구는 거야?"

"나, 참!"

제이미는 의자에서 일어나 다시 물 한 잔을 쭉 들이켰다.

"닉, 너 완전히 변한 거 알아? 다른 애들 얘기를 왜 해? 전에는 다른 애들이 어떻든 상관 안 했잖아."

제이미는 다시 식탁 앞에 앉았다. 아까보다 훨씬 정신이 든 것 같았다.

"그거 이리 줘 봐. 도대체 뭔데 그러는지 한번 보자."

"규칙 지킬 거야? 아무한테도 말 안 하고 보여 주지도 않을 거야?"

제이미는 웃음 띤 얼굴로 어깨를 으쓱했다.

"일단 한번 보고 그다음에 결정할게."

"그건 안 돼."

"그럼 말고. 난 다시 잠이나 자야겠다."

"멍청한 자식."

닉의 입에서는 자신도 모르는 새에 의도하지 않은 말이 튀어나왔다. 제이미의 고집 때문에 완벽한 계획이 무너졌다는 실망감이 너무 컸다. 그래서 자제력을 잃은 것이다. 하지만 이게 말이 된단 말인가? 왜 해 보지도 않고 그러는지, 어떻게 친구의 호의를 이렇게 무시할 수 있는지 도대체 이해가 되지 않았다. 그리고 무엇보다도 이제 어떻게 시간을 맞춰야 할지 막막하기만 했다. 멍청하다는 말은 바로 효과를 나타냈다. 제이미는 미간의 깊은 주름이 사라지고, 무표정한 얼굴이 됐다.

"생각해 보니까 왓슨 선생님 말이 맞는 것 같아. 나도 믿고 싶지 않지만, 방금 네 얘기를 듣고 보니 우리 학교에 위험한 물건이 도는 게 사실인 듯해. 내가 잘못한 것 같다. 차라리 아까 그 CD를 빼앗았더라면 무슨 내용인지 알 수 있었을 텐데."

개소리. 닉은 또 생각 없이 말이 튀어나올까 봐 입술을 지그시 깨물었다. 화가 목구멍까지 치밀었다. 제이미의 아니꼬운 태도가 거슬려 견딜 수가 없었다. 흥, 위험한 물건이라고? 기가 막혀서!

"재미있는 건 모두 그 규칙이라는 걸 목숨 걸고 지킨다는 거야. 이제까지 그런 얘기를 한 사람이 없었거든. 그런데 왓슨 선생님 말로는 슬슬 정보가 새고 있대. 에레보스라는 게임이라고 하던데."

"아, 그래? 그게 다 개소리라고 하면 어쩔래?"

"그건 네 주장이고. 어쨌든 난 그런 데 관여하고 싶지 않아. 그렇게 생각하는 사람은 나뿐이 아니야."

순간 제이미의 입가에 특유의 장난스러운 미소가 스쳤다.

"야 인마, 너도 얼른 손 떼. 그거 마약이나 마찬가지로 한순간이야. 그 게임하는 애들은 너무 빨리, 너무 깊이 빠져든다는 게 문제거든."

"충고해 주셔서 감사합니다, 제이미 박사님. 앞으로 조심하겠습니다."

닉이 비꼬자 제이미 얼굴에서 웃음기가 싹 가셨다. 닉은 속으로 고소해하며 한마디 덧붙였다.

"야, 너 지금 그러는 거 얼마나 웃긴지 알아?"

그러고는 자리에서 일어나 소리가 나든 말든 신경 쓰지 않고 밖으로 나갔다. 이제 어떡하지? 플랜 B가 뭐였지? 에밀리에게 전화하기. 에밀리에게 전화할 생각을 하니 금세 용기가 사라졌다. 아드리안에게 먼저 전화하는 게 낫지 않을까? 하지만 아드리안의 전화번호를 모른다. 젠장, 왜 어제 그 생각을 못한 거지?

"그 쓰레기 같은 게임에서 손 떼면 다시 연락해라."

문이 닫히기 직전 등 뒤에서 제이미의 목소리가 들렸다.

흥, 다시는 말 섞나 봐라. 바보 같은 자식. 눈앞에서 뭘 놓치는지도 모르고 잘난 척하기는! 그냥 주는 대로 받고 게임이나 할 것이지, 친구에게 그렇게 훈계를 해?

이제 제이미가 거절한 선물을 다른 누군가에게 주어야 한다. 닉은 초조한 얼굴로 주머니에서 휴대 전화를 꺼냈다.

'안녕, 에밀리.'라고 할까? 아니면 좀 쿨 하게 '하이, 에밀리. 나야, 닉. 잠깐 시간 되니? 너희 집에 잠깐 들를게.'라고 할까? 그런 생각을 하는 것만으로도 손에 땀이 배었다. 닉은 에밀리가 그 CD를 이미 세 번이나 거절한 사실을 알고 있었다. 라시드가 거절당할 때는 심지어 옆에서 직접 목격하기도 했다. 하지만 이번에는 다른 방식으로 접근하리라. 그러자 순식간에 어떻게 말해야 할지 선명하게 떠올랐다. 할 말은 있다. 그렇게 하면 규칙에 어긋나지도 않는다.

"여보세요?"

에밀리의 목소리는 약간 쉰 듯했다. 자다 일어났거나 감기 걸린 목소리다. 아차, 그러고 보니 시간에 대해서는 아무 생각도 하지 못했다. 빌어먹을, 빌어먹을! 닉은 도로 전화를 끊어 버리고 싶은 기분이었다. 하지만 그러면 더 이상해 보일 것 같았다. 서둘러 목을 가다듬은 다음 인사했다.

"안녕, 에밀리. 아침 일찍 전화해서 미안해. 할 얘기가 있는데, 시간 되니?"

"지금?"

에밀리의 반응은 시큰둥했다.

"아, 그게……. 지금이면 아주 좋겠는데."

"무슨 얘긴데?"

닉은 준비한 말을 하려고 큰 숨을 들이마셨다. 그건 '너에게 새로운 세상을 선물하고 싶어.'로 끝나는 말이다. 그러나 닉이 막 입을 떼려는 순간, 다시 에밀리가 말을 이었다.

"아, 알았다. 그 CD 얘기하려는 거지? 뭐 좀 알아냈니? 어제도 어떤 애가 그 CD를 떠넘기려고 했어. 그런데 무슨 국가 기밀이라도 된다는 듯 구는 게 다 똑같아."

닉의 입에서 김빠지는 소리가 났다. 준비한 말은 한숨에 파묻혀 날아가 버리고, 이제 무슨 말을 하려고 했는지 기억도 나지 않았다.

"닉? 듣고 있니?"

"응. 저기……. 그런데 왜 매번 준다는 걸 거절했어?"

"아마 너랑 비슷한 이유일 것 같은데. 별것도 아닌 걸로 그렇게 비밀스럽게 구는 게 싫어. 그리고 CD 주는 애들은 하나같이 느끼한 애들뿐이더라고. 그런 애들한테 뭐 받고 싶은 생각 없어."

닉은 눈을 질끈 감았다. 하마터면 느끼한 애들 대열에 낄 뻔했다.

"그래서 뭘 알아냈는데?"

"알아낸 거 없어. 사실은 완전히 다른 용건 때문에 전화했어."

"그래? 뭔데?"

닉은 머릿속이 텅 빈 것처럼 아무 생각도 나지 않았다. 그래서 아무거나 생각나는 대로 내뱉었다.

"저기, 그 아드리안이라는 애 있지? 아드리안 맥배이. 혹시 그 애 전화번호 아니?"

바로 찾아든 침묵에서 에밀리가 황당해하는 게 느껴졌다. 닉은 바보 같은 말만 하는 자신이 너무 싫었다.

"그 머리카락 가늘고 금발인 애 얘기하는 거니? 항상 겁먹은 표정이고, 아빠가 스스로 목숨을 끊었다는 애?"

닉은 잠시 말문이 막혔다. 스스로 목숨을 끊어? 에밀리가 언제부터 그런 표현을 썼지?

"응, 그래. 그 애 아빠가 자살했다는 얘기가 있지."

"난 얼굴밖에 모르는데. 왜 내가 그 애 번호를 알 거라고 생각했어?"

그러게 말이다. 닉은 남의 집 담벼락에 머리를 기댔다. 마음 같아서는 벽에 이마를 쾅 찧고 싶었다.

"어, 그냥. 난 너희 둘이 아는 사이인 줄 알았어. 내가 뭘 잘못 알았나 보다. 미안해."

이제 곧 통화가 끝난다는 생각에 닉은 한시름 놓으면서도 마음은 끝없이 우울했다. 통화하는 내내 멍청이처럼 굴었으니까. 그래서 실수를 조금이라도 만회해 보려는 생각에 다른 얘기를 꺼냈다.

"다른 별일은 없니? 화학 숙제는 잘돼 가?"

침묵. 에밀리는 닉이 당혹스러움을 감추려고 갑자기 화제를 바꾼 걸 간파한 듯싶다.

"닉, 그러지 말고 얘기해 봐. 전화한 이유가 뭐야?"

너에게 에레보스를 선물하려고. 아니면 네 목소리라도 듣고 싶었어.

"말했잖아, 아드리안 번호 물어보려고 한 거라니까."

젠장, 방금 한 말 쌀쌀맞게 들렸을 것 같은데…….

"미안해. 네가 아드리안에게 과외해 준 적이 있다고 생각했는데, 내가 착각했나 봐."

"응, 그런 적 없어."

다행히 에밀리는 닉의 말을 믿는 듯했다. 그때 뒤에서 시끄러운 소리가 났다. 손으로 휴대 전화를 가리는지 지직거렸다. 곧이어 에밀리의 목소리가 들렸다.

"닉, 아빠가 30분 뒤에 데리러 오기로 했거든. 그리고 그전에 엄마 일도 도와야 해서 그만 끊어야겠어."

"아, 그래? 알았어. 그럼 주말 잘 지내."

12시까지 아레나에 가야 하는데, 아무 성과도 없이 9시가 돼 버렸다. 아드리안, 그래, 아드리안의 번호를 알아내야 해. 닉은 휴대 전화 주소록을 열어 이름을 하나씩 훑기 시작했다. 혹시 친구 중에 아드리안과 관계있는 사람이 있을지도 모른다. 닉은 헨리 스코트에서 멈칫했다. 헨리 스코트는 농구부이면서 아드리안과 같은 반이다. 빙고! 헨리는 신호가 두 번 울리고 나서 바로 전화를 받았다.

"혹시 아드리안 맥베이 번호 알면, 좀 가르쳐 줄래?"

"그럼요. 잠깐만 기다리세요."

헨리는 아드리안의 집 전화번호를 불러 주었다. 휴대 전화 번호가 아니지만, 뭐 상관없다.

"그런데 아드리안은 왜요?"

헨리가 흔쾌히 번호를 알려 주어서, 알 필요 없다고 딱 잘라 버릴 수는 없었다.

"아, 아드리안에게 줄 게 있어서."

그 말에 헨리는 태도를 바꾸면서 갑자기 큰 관심을 보였다.

"그거 나 줘도 되는 거예요?"

오호! 닉의 입가에 웃음이 번졌다.

"뭐, 그러지 말란 법도 없긴 한데……."

"그거 겉은 사각형이고 안은 둥근데 은빛 나는 거 아니에요?"

닉은 풋 소리를 내며 웃었다.

"응, 맞아."

"그럼 나한테 주는 게 훨씬 나을 거예요. 아드리안은 한 번 거절한 적이 있거든요. 다시 한 번 물어보는 건 시간 낭비예요."

역시 전령의 말이 옳았다. 닉이 고른 후보 모두 에레보스에 적대감을 가졌다! 하지만 게임을 해 보지도 않고 왜 미리부터 싫어한단 말인가?

"좋아, 정 그렇다면 너한테 줄게. 집이 어디니?"

"길링햄 로드요. 중간에서 만나도 돼요!"

헨리는 예상치 못한 적극성을 보였다.

"좋아, 그럼 골더스그린 역에서 만나자. 거기서 멀지 않지?"

그로부터 30분 뒤 닉의 에레보스 CD는 주인이 바뀌었다. 헨리는 아무런 의심도, 질문도 하지 않았다. 침묵할 것, 비밀을 지킬 것, 떠들고 다니지 말 것. 무슨 말을 해도 열심히 고개를 주억거렸다. 게다가 개인 노트북도 있고 게임을 하고 싶어 안달이 난 상태였다.

닉은 헨리가 에레보스에 대해 어느 정도 알고 있다는 인상을 받긴 했지만, 굳이 물어보지는 않았다. 사실 어디서 어떻게 알았든 별로 상관하고 싶지도 않았다. 중요한 건 전사 영입 임무를 완수한 것이다. 헨리는 하고 싶은 게임을 할 수 있게 됐고, 닉은 이제 레벨 1을 만나면 녀석이 자신이 영입한 녀석인지 유심히 보게 될 것이다.

11

"임무는 완수했니?"

사리우스가 다시 아트로포스 식당 뒷방에 들어섰을 때, 시계는 정각 11시를 가리키고 있었다. 전령은 앙상한 손가락으로 탁자에 흘러내린 촛농을 긁어내고 있었다.

"네, 완수했어요. 그런데 어제 말한 세 명 말고 다른 사람에게 주었어요."

전령이 손동작을 멈추었다. 눈에도 못마땅한 빛이 도는 듯했다.

"그게 누구지?"

"헨리 스코트라고 열다섯 살이고 우리 학교에 다녀요."

"그 애에 대해 더 자세히 얘기해 봐라."

더? 더 얘기하고 자시고 할 것도 없는데. 그저 사소한 것뿐이다.

"머리는 금발이고 나이에 비해 키가 꽤 커요. 농구를 좋아하고 길링햄 로드에 살아요. 그런데 에레보스를 받고 싶어 안달이 나 있었어요. 에레보스에 대해 뭔가 아는 눈치예요."

전령은 한동안 말이 없더니, 촛농을 모아 작은 공을 만들었다.

"좋다, 네 임무는 완수한 것으로 쳐 주마. 그런데 왜 어제 말한 세명, 제이미 콕스, 에밀리 카버, 아드리안 맥배이를 데려올 수 없었지?"

전령은 왜 시간을 질질 끄는 걸까? 어서 아레나를 찾아야 하는 사

리우스는 마음이 바빴다. 아레나를 찾아가는 길에 다시 미로가 나타
나거나 트롤이 공격할지도 모르는 일이다. 그 밖에 무슨 일이든 일어
날 수 있다. 그리고 사실 지난번에 레벨이 올라갈 때 그랬던 것처럼
이번에도 새 장비를 받고 싶었다. 지금처럼 싸움을 앞둔 시점에서 새
장비를 받는다면, 금상첨화겠지.

"제이미와 에밀리는 받기 싫다고 했어요. 이미 헨리에게 주기로
해서 아드리안에게는 얘기도 꺼내지 않았고요."

센 바람에 불씨가 일어나듯 전령의 눈에서 불꽃이 튀었다.

"제이미 콕스가 거절한 이유가 뭐지?"

이제 와서 그게 무슨 상관이람? 사리우스는 조바심이 났다. 어서
등록 명부를 훑어보고, 싸울 상대를 골라야 한다. 그리고 제이미 얘
기는 하고 싶지 않았다.

"비밀스럽게 구는 게 싫대요. 그것뿐이에요."

"다른 얘기는 안 했니?"

전령은 쉽게 놓아주지 않을 기세다. 젠장, 대화 내용을 다 적어 올
걸 그랬지!

"비밀스럽게 구는 게 마음에 안 들고, 나도 한심하고, 선생님들도
위험한 물건이 학교에 돈다고 말했대요."

"선생님들? 누구?"

사리우스는 대답을 망설였다. 전령이 그런 걸 알아서 뭘 하려는 거
지? 물어보고 싶은 마음이 컸지만 대화가 더 길어질까 봐 그만두었
다. 그리고 왔슨 선생님은 어차피 에레보스에 들어오고 싶은 생각이

없을 테니, 접근 금지를 당해도 상관없을 것이다.

"사실 선생님'들'이 아니라, 한 명이에요. 왓슨 선생님이라고 영어 선생님이에요."

전령은 알았다는 듯 크게 고개를 끄덕였다.

"에밀리 카버는 문제가 뭐였니?"

에밀리와의 통화를 생각하니 마음 한구석이 찌릿하게 아파 왔다.

"이미 몇 번 거절한 적이 있고……. 그런 선물을 받는 게 싫대요."

"선물 받는 게 싫다……?"

전령은 그 말을 곱씹듯이 되뇌었다.

됐어요, 이제? 사리우스는 그렇게 물어보고 싶었다. 바빠 죽겠는데, 이렇게 길게 시간을 끌다니! 게다가 오늘 따라 전령의 얼굴이 더 무섭게 느껴져서 어서 빨리 이 자리를 뜨고 싶었다.

"좋아, 그럼 헨리 스코트가 빠른 시간 내에 접속하기를 기대해 보자. 네가 영입한 전사가 쓸 만한 인물이기를 바란다."

전령은 사리우스에게서 시선을 떼지 않은 채 자리에서 일어섰다.

"다른 전사와 싸우는 건 이번이 처음이지?"

"네."

사리우스는 조언을 기대하며 대답했다.

"네가 이 싸움을 어떻게 해낼지, 상대를 어떻게 고를지 무척 기대가 된다. 우리 전사들 중 최고의 전사들, 이너서클의 다섯 명도 모두 이 안에 들어 있다."

드디어 전령이 사리우스에게 답변할 차례가 왔다.

"이너서클이 뭐예요?"

전령은 미소를 지었다. 볼 때마다 머리끝이 쭈뼛해지는 미소다.

"이너서클, 그건 최고 중 최고의 모임이지. 그 전사들만이 마지막이자 가장 큰 퀘스트를 치를 수 있다. 만약 그 싸움에서 승리하면 최고의 보상을 받게 될 것이다."

사리우스는 어떻게 하면 이너서클에 들어갈 수 있는지 묻지 않았다. 묻지 않아도 알기 때문이다. 그 누구보다 약삭빠르고 그 누구보다 강해야 하며 전투에서 이기고 위시크리스털을 갖고 있어야 한다. 사리우스에게는 아직 멀게만 느껴지는 일이다.

문을 열자 밖에서 빛이 쏟아져 들어왔다. 밝은 노란색의 빛 속에서 먼지들이 춤추는 것이 보였다. 사리우스는 한 번 더 전령을 돌아보았다.

"새 장비는 안 주나요?"

"제이미 콕스를 데려왔으면 줬을 거다. 시합에서 좋은 성과를 얻기 바란다. 무척 기대가 되는구나. 아까 말했던가?"

전령이 여전히 싸늘한 미소를 띤 채 말했다.

식당 앞에는 어제보다 훨씬 사람이 많았다. 사리우스는 중무기로 무장한 자이언트 한 무리를 따라 걸었다. 그들도 분명 아레나로 가는 길이리라. 잠시 후 도마뱀인간 둘, 뱀파이어 셋, 다크엘프 셋, 드워프 하나가 대열에 합류했다. 드워프는 이미 친분이 있는 샤푸야푸다. 샤푸야푸는 어느새 새 무기를 장만했는지, 기다란 미늘창과 몸 전체를 숨기는 방패를 들었다. 레벨이 보이지 않는 걸 보니 레벨 3보다 높은 것 같다. 반면 뱀파이어 중에는 레벨 2도 있고, 다크엘프 중에는 레벨 1도 보인다. 사리우스는 혼자 빙그레 웃었다.

"어이, 사리우스!"

사푸야푸가 먼저 말을 걸었다.

"아, 사푸야푸."

사리우스는 깜짝 놀라 인사를 했다.

"불도 안 피웠는데 대화할 수 있는 거야?"

사푸야푸는 기다란 미늘창을 다른 어깨로 옮겨 멨다.

"도시의 규칙은 숲 속이나 야외와 달라. 너도 아레나 시합에 가는 거지?"

사푸야푸의 수다스러운 친절에 사리우스는 이게 웬 떡이냐 싶어 얼른 대꾸했다.

"응, 이 길이 맞는 거지?"

"맞아. 난 어제 미리 가 봤거든. 엄청나게 크고 멋져. 너도 보면 알 거야."

"넌 시합 나가 본 적 있어?"

사리우스가 물었다.

"뭐? 당연하지! 난 왕릉 옆에 있는 아레나에서 두 번이나 싸워 봤어. 넌 처음인가 보네?"

이럴 때는 사실을 말해야 더 많은 정보를 얻을 수 있다.

"응, 처음이라 완전 기대돼. 어떤 식으로 하는 건지도 모르겠고."

그때 크소후가 옆으로 지나갔다. 곧이어 누락스가 뒤를 따랐다. 누락스는 지나가면서 인사인지 위협인지 모를 몸짓으로 늑대 이빨을 드러냈다. 흠, 이것 봐라. 모두 이곳까지 잘도 찾아왔군.

"어떤 식으로 하는 거냐면, 네가 누군가에게 도전을 하거나, 아니면 누군가 너에게 도전을 하는 거야. 그래서 둘이 싸우는데 주위가 엄청나게 시끄러워. 모두 발을 구르고 손뼉을 치고 소리를 지르고……."

그때 블러드워크가 지축을 쿵쿵 울리며 다가오더니 사푸야푸를 어깨로 툭 치고 지나갔다. 사푸야푸의 말이 끊겼고, 두 사람은 블러드워크의 뒷모습을 멍하니 바라보았다. 무시무시하게 생긴 커다란 칼을 등 뒤로 멨는데, 그 위로 땋아 내린 꽁지머리가 이리저리 흔들렸다. 무슨 얘기를 하고 있었지? 사푸야푸에게 들을 얘기가 아직 많은데.

"상은 뭐야? 상을 받으려면 어떻게 해야 해?"

"그건 싸우기 전에 둘이서 정하는 거야. 내 칼을 네 방패와 바꾸자든가, 내 위시크리스털을 네 레벨 하나 내지 두 개와 바꾸자든가 하는 거지. 이번 시합은 좀 걱정돼. 내 미늘창이 아주 좋은 건 아니거든. 게다가 두 손으로 다뤄야 해서 방패를 사용할 수가 없어."

사푸야푸의 무기는 실로 엄청나게 무거워 보였다. 기다란 손잡이도 결코 다루기 쉽지 않을 듯싶었다. 그러나 창끝에 달린 날카로운 칼날은 마치 손질이 잘된 무쇠처럼 반짝반짝 윤이 났다.

"하지만 일단 한번 맞히기만 하면 그대로 보낼 수 있겠는걸."

사리우스가 위로삼아 말했다.

"응, 맞히는 게 문제지."

모퉁이를 돌자 긴 대로 끝에 아레나가 보였다. 아레나는 눈처럼 하얀색의 둥근 건물인데, 로마의 콜로세움처럼 수많은 기둥을 거느리고 있었다. 그 웅장한 모습에 사리우스는 자신도 모르게 경외감을 느꼈다. 아니면 어느새 다시 시작된 음악 때문일까? 음악은 항상 언제 시작됐는지 모르게 마법처럼 사리우스를 감쌌다. 그 음악을 들으면 자신감과 용기가 샘솟고 지금처럼 아무런 설명 없이도 모든 것이 분명해지곤 했다. 사리우스는 잘되든 못되든, 아레나 시합에 나가는 게 자신의 사명이라는 확신이 들었다.

시합 참가자 이름은 아레나 입구에 세워진 거대한 동판에 새겨져 있었다. 사리우스는 노트하그르와 티라니아 사이에서 자신의 이름을 발견했다. 티라니아는 강가에서 물귀신에 맞서 함께 싸운 적이 있다. 사리우스는 녹색 피부의 놈이 이름을 적는 동안 동판에 또 아는 이름이 있는지 빠르게 훑어보았다. 케스코리안, 누락스, 사푸야푸, 크소후 외에 사미라와 로드닉도 보인다. 미로에서 만난 전사들 이름도 있다. 오웬스차일드, 블랙스펠, 드리즐, 페니엘, 렐란트. 전갈 밥이 된 줄 알았더니 용케도 백색도시로 가는 길을 찾아냈구나.

"사리우스! 등록됐으니 다크엘프 대기실에 가서 기다려!"

놈이 꽥꽥 소리를 질렀다.

아레나 안에는 다행히 이정표가 많아서 쉽게 길을 찾을 수 있었다. 다크엘프 대기실은 고양이인간 대기실 옆이라 남자 고양이도 처음으로 구경했다. 남자 고양이의 육중하면서도 유연한 몸은 호랑이를 연상시켰다. 다크엘프 대기실은 예상대로 붐볐다. 사리우스는 벽 쪽에 빈자리를 찾아서 귀가 유난히 긴 빨강머리 엘프와 베이지색 머리카락을 가진 레벨 2가 나누는 대화에 귀를 기울였다. 흐흐, 레벨 2다!

"만약 지면 어떻게 되는 거야?"

"그럼 빨리 항복해. 안 그러면 상대한테 죽을 수도 있거든. 내가 직접 본 적도 있어."

"그다음엔 어떻게 되는데? 아웃당하는 거야?"

"당연하지. 규칙 알지?"

"그럼."

사리우스는 대기실 반대편에 서 있는 크소후를 발견하고 그쪽으로 갔다. 아직까지는 다크엘프 중에서 가장 반가운 녀석이다. 엘프들 사이로 길을 내며 걷는 와중에도 여러 대화가 들려왔다.

"오늘 블러드워크가 시도할 거라며?"

"미쳤어. 아무리 강하다고 해도 그렇지…….."

안으로 들어갈수록 더 움직이기가 힘들었다.

"정말 큰일이야. 그래서 오늘 꼭 위시크리스털을 따야 해."

"난 레벨 두 단계는 올릴 거야. 지난번 의식 때 임무가 너무 힘들었거든. 그런 일은 다시는 하고 싶지 않아."

거의 반대편에 도달했다. 크소후는 혼자 구석에 서서 비뚤어진 헬멧을 똑바로 고쳐 쓰고 있었다.

"안녕, 크소후."

"안녕, 사리우스."

"긴장되니?"

"응, 조금. 넌?"

"나도. 이런 시합은 처음이거든."

"아, 그래? 해 보면 알아. 하지만 쉽진 않아. 아레나잖아."

사리우스는 위를 올려다보았다. 둥근 지붕이 사람들 소리로 가득
했다. 떠드는 소리, 웃는 소리, 발 구르는 소리. 아, 청중이구나. 그렇
게 생각하니 갑자기 가슴이 두근거렸다. 아무것도 모르고 무작정 뛰
어드는 게 아니었다. 먼저 다른 이들이 싸우는 걸 보고 나서 결정해
야 했다. 또 로드닉이 싸우자고 하면 어쩌지? 만약 블러드워크와 맞
장 떠야 한다면? 그럼 그냥 죽은 목숨이라고 생각하는 편이 낫겠지.

"지난번에는 누구랑 싸웠니?"

사리우스가 크소후에게 물었다.

"듀크. 개한테는 이겼어. 그런데 드리즐을 고른 건 큰 실수였어. 그
자식 완전 비열하거든."

"아, 그러니까 상대를 고를 수 있는 거구나."

"응, 그런데 항상 그런 건 아니야. 어? 이제 시작할 듯싶은데."

쿵—쿵—쿵! 머리 위에서 발 구르는 소리가 들려왔다. 관중이 더
이상 참지 못하고 초조함을 표출한 것이다. 몇 명이 소리치는 것을
시작으로 점점 하나로 모아진 목소리가 "피, 피, 피!"를 합창했다.

"전사들은 아레나로!"

누군가 밖에서 우렁찬 목소리로 외치자 관중의 요란한 박수갈채

가 쏟아졌다. 사리우스는 대기실 한구석에 선 채 다른 엘프가 먼저 나가기를 기다렸다. 그러나 다른 엘프도 주저하기는 마찬가지로 선뜻 나서는 이가 없었다.

"자, 영웅들, 어서들 나가라고!"

양쪽에 소뿔이 달린 헬멧을 쓴 거구의 군인이 외쳤다. 그의 손에 들린 채찍이 한 번, 두 번, 바닥을 치며 요란한 소리를 냈다.

"시합에 나가겠다고 등록했잖아. 어서 나가서 영웅 전사의 진가를 보여 줘!"

군인은 앞에 선 엘프들의 등을 떠밀었다. 다른 엘프들은 주저하며 그 뒤를 따랐다.

"피! 피! 피!"

밖에서는 관중의 함성이 점점 커졌다.

난 영웅이 아니야. 난 관중에 가깝다고. 관중석에 앉아 소리 지르고 발을 구를 수 있다면 얼마나 좋을까……. 사리우스는 다른 엘프들 틈에 끼어 출구로 나갔다. 좁은 복도를 따라 걷다 보니 빛과 소리로 가득한 둥근 경기장이 나타났다. 거대한 짐승이 아가리를 벌린 듯한 모양이다.

"엘프족이다!"

관중석에서 환호가 쏟아졌다.

사리우스는 경기장의 모래판 속으로 숨어 버리고 싶은 심정이었다. 수천, 아니 수만 명은 되어 보이는 관중이 하늘까지 닿을 듯 둥글게 늘어선 자리를 가득 메웠다. 관중의 외모는 천차만별로 사리우스가 아직 한 번도 본 적 없는 종족도 섞여 있었다. 앞줄 오른쪽 끄트머리에 앉은 남자는 거미 모양 머리로, 귀가 있어야 할 자리에 다리가 여덟 개 나 있었다. 다리는 흥분해서 제각기 다른 방향으로 움직였다. 보기만 해도 징그러워서 사리우스는 바로 고개를 돌렸다.

그러다 이번에는 혀를 날름거리는 뱀과 비슷하게 생긴 종족과 시선이 마주쳤다. 그 옆 옆자리에 앉은 여자는 이마에 눈이 하나 툭 튀어나와 있었다. 그리고 그 주변은 온통 드워프, 엘프, 뱀파이어, 피부가 투명해서 속이 다 들여다보이는 종족으로 가득했다. 사리우스는 크게 숨을 들이마셨다. 순간적으로 튜브 모양의 관중석이 소음과 육체로 이루어진 거대한 올가미처럼 느껴졌다. 올가미는 사리우스가 아레나로 나오기만을 기다렸다가 그를 옭죄어 올 것만 같았다. 사리우스는 그런 생각을 떨쳐 버리려고 무대 위 다른 두 그룹에게 시선을 돌렸다. 무대 위 고양이인간과 도마뱀인간은 다크엘프보다 그 수가 훨씬 적었다.

"드워프다!"

군중이 외치는 소리에 돌아보니 다른 출구에서 키가 작고 팔이 짧은 근육질 인간이 한꺼번에 쏟아져 나왔다. 검은 외투를 입은 진행 요원 다섯 명이 드워프를 지휘해 정해진 자리에 세웠다. 마치 도처에 깔린 흉측한 얼굴로부터 보호해 주는 부적이라도 된다는 듯 미늘창을 앞에 세워 놓은 사푸야푸도 보였다. 여자 드워프도 몇 되는데, 수염을 빼고는 남자와 전혀 다르지 않았다.

그다음 차례는 뱀파이어다. 뱀파이어의 입장을 알리는 우렁찬 소리가 들리자 뱀파이어들이 우르르 몰려나와 아레나의 어두운 곳에 정렬했다. 수적으로는 거의 다크엘프와 맞먹는 수준이다. 그중에는 드리즐과 블랙스펠도 끼어 있었다. 둘 다 어서 싸우고 싶어 안달 난 듯 맨 앞줄에 서 있었다. 사리우스는 블랙스펠이 자기 쪽을 보는 듯한 느낌을 받았다. 설마 블랙스펠이 날 지목하진 않겠지?

그 순간 사리우스의 눈에는 모든 전사가 자신보다 월등하고, 강하고, 빠르고, 경험도 많아 보였다. 난 죽을 거야. 이 모든 일이 나 없이 계속될 테고, 난 대단원을 장식하는 마지막 임무가 뭔지 영원히 알지 못할 거야. 밖에서는 모두 입을 다물 테니까. 이게 마지막인지도 몰라. 에레보스에서 보내는 마지막 순간. 단, 전령이 여기 어딘가에 있다면, 그래서 날 다시 한 번 구해 준다면…….

사리우스는 사방을 두리번거리며 으스스하지만 그간 많이 친숙해진 전령의 모습을 찾았다. 그러나 사리우스의 시선은 수많은 군중 속에서 길을 잃었다. 그때 인간 입장을 알리는 소리가 나고 인간들이 입장했다. 인간은 모두 해서 셋뿐이다. 그중 로드닉 말고는 아는 사람이 없었다. 곧이어 지축을 울리는 굉음과 함께 자이언트가 등장했다. 군중은 그 어느 종족에게보다 우렁찬 박수와 환호를 보냈다.

흠, 저기 승자들이 나오는군. 어차피 쟤네가 이길 텐데, 괜한 고생이지. 햇빛 가득한 무대를 가로지르는 자이언트는 실로 거대했다. 무기도 엄청나게 커서 그중 하나라도 들고 싸우기는커녕 들 수 있는 게 있을지 의문이었다. 케스코리안이 어깨에 멘 도끼는 거짓말 안 보태고 사리우스 키만 했다.

자이언트가 자리를 잡자 북소리가 크게 울렸다. 이제 시작이야. 난 곧 죽어. 이제 시작이야. 난 곧 죽어. 그러나 군중의 환호성이 나지막이 속삭이듯 낮아지고 나서도 시합이 시작되지 않았다. 그때 다른 문보다 유난히 큰 문이 열리더니, 피부가 황금빛이고 키가 전봇대만 한 네 명의 타이탄이 황금빛 동그란 이동식 무대를 들고 나왔다. 그 위에는 다섯 명의 전사가 타고 있었다. 자이언트 둘, 다크엘프 여자 한 명, 인간 한 명, 고양이인간 한 명.

관중의 환호성은 모든 소리를 삼켜 버릴 정도로 컸다. 그 외에 들리는 것이라고는 말없이 이야기를 들려주는 음악뿐이었다. 음악은 평범한 전사가 꿈도 꾸지 못할 무용담과 비밀스러운 이야기를 들려주었다. 이동식 무대는 아레나 한가운데에 놓였다. 밝은 햇빛 아래 놓인 동그란 무대는 마치 또 하나의 태양처럼 찬란하게 빛났다.

"이너서클의 전사들을 맞이하라."

그때 갑자기 사방에서 한꺼번에 말하는 것처럼 하나의 목소리가 들렸다.

"이 전사들은 최고 중의 최고이며 가장 강하고 용감한 자들이다. 그러나 모든 도전자를 물리쳐야만 최고 중의 최고로 남는다. 그러니 시합에 나가는 자들은 명심해라. 최고가 될 자격이 있다는 걸 입증하는 사람은 누구나 최고가 될 수 있고, 이너서클에도 들 수 있다."

사리우스는 무대 한가운데 우뚝 선 다섯 명이 그렇게 부러울 수가 없었다. 선택받은 자들은 모두 절대 강자로 보였고, 그중 누구라도 좋으니 바꿀 수만 있다면 당장 바꾸고 싶었다. 그리고 보면 그중에는 자이언트뿐 아니라 엘프족도 끼어 있었다. 그렇다면 사리우스라고 해서 기회가 없으리라는 법도 없다. 사리우스도 언젠가는 저 위에 설 수 있다. 물론 레벨 3으로서는 불가능하겠지만.

이동식 무대는 아레나 한쪽에 VIP석으로 꾸며졌고, 다섯 명의 전사들은 자리에 앉았다. 그러자 관중석이 일시에 조용해졌다. 나지막이 속삭이는 소리, 초조한 듯 부스럭거리는 소리, 흥분을 고조시키는 조용한 음악 소리에 사리우스의 심장 박동이 빨라졌다.

그리고 땅속에서 솟은 듯 갑자기 한 남자가 나타났다. 허리에 두른 천 조각을 빼면 알몸이고, 근육질의 몸은 오래된 가죽 같은 갈색이다. 손에는 긴 지팡이를 들었는데, 지팡이를 바닥에 대고 두 번 두드리는 것이 마치 궁정 의식의 사회자인 듯싶다. 사리우스의 관심은 이상한 디테일에 가 꽂혔다. 귀가 엘프족 저리 가라 싶게 긴데, 그 귀 위, 즉 이마 바로 옆에는 북실북실한 털이, 코 밑에는 수평으로 길게 콧수염이 나 있다. 그래도 이건 봐줄만 하다. 더 희한한 것은 두꺼비처럼 툭 튀어나온 하얀색 눈이다. 유리구슬 같은 커다란 하얀색 눈은 금방이라도 밖으로 튀어나올 것만 같았다.

그는 그 눈으로 사방을 둘러보았다. 관중은 그와 시선을 마주치는 게 부담스러운지 모두 피하는 기색이다. 뭔가 잘못됐어. 그게 뭐지? 사리우스는 더욱 집중해서 그를 관찰했다. 그러고 보니 이상한 것이 또 하나 있다. 발! 사람 발인데 매나 독수리 같은 발톱이 달렸다.

그러나 이상한 생김새로 치면 거미 머리를 가진 남자가 한 수 위다. 무심코 쳐다보게 될까 봐 그쪽은 애써 외면할 정도다. 그러나 머리 옆에서 꿈틀거리는 거미 다리는 흉측했지만, 뭔가 잘못됐다는 느낌은 들지 않았다. 오히려 이 장소에 어울린다는 느낌이다. 그런데 두꺼비눈을 가진 남자는 마치 실수로 에레보스에 떨어진 듯한 낯선 인상을 주었다. 그가 입을 열자 물소리 같은 잡음이 섞여 나왔다.

"규칙은 다들 알고 있겠지? 지금부터 싸울 전사를 호명하겠다. 도전자가 자신보다 낮은 레벨에게 도전하는 것은 금지다. 자, 첫 번째 전사는 드워프 중에서 뽑겠다. 배하니어!"

호명된 드워프가 중앙 무대로 나오기까지는 약간 시간이 걸렸다. 옷자락 어디에도 숫자가 보이지 않는 것을 보니 높아 봐야 레벨 3이다.

"싸울 상대를 골라라."

두꺼비눈 사회자 말에 드워프는 주위를 둘러보며 주저주저할 뿐 선뜻 결정을 내리지 못했다. 드워프는 다크엘프들이 서 있는 곳을 주시했다. 저 녀석이 나를 찍는다면 똑같이 레벨 3일 거야. 레벨이 낮은 자에게는 도전할 수 없으니까. 그렇다면 할 만하지. 레벨 3인 드워프쯤이야 상대할 만하다. 그러나 배하니어는 엘프족에게서 고개를 돌리더니 이번에는 고양이인간과 뱀파이어를 주시했다. 사회자는 초조하게 지팡이로 모래 바닥을 쳤다.

"어서 결정을 내려라."

다시 시간이 흘렀다. 관중석이 소란스러워지기 시작했다. "약골! 겁쟁이! 쥐 오줌!"이라고 외치는 소리가 여기저기서 튀어나왔다. 사리우스는 배하니어의 입장이 아니어서 다행이라는 생각뿐이었다.

"블랙스펠에게 도전하겠습니다."

이윽고 배하니어가 결정을 내렸다.

블랙스펠이 뱀파이어 무리에서 빠져나와 힘찬 걸음걸이로 무대로 나왔다. 배하니어가 운이 좋은 것 같지는 않았다. 도전자를 갈기갈기 찢어 버릴 것 같은 기세로 보아 블랙스펠은 배하니어보다 두 단계 내지 세 단계 정도 레벨이 높을 듯하다. 그러고 보니 전에 동굴에서 전령에게 들은 말이 생각났다. 블랙스펠이 드리즐에게 져서 레벨 세 단계를 뺏겼다고 하지 않았던가. 그때 빼앗긴 레벨은 지금쯤이면 회복됐겠지. 어쨌든 드리즐은 무척 강한 게 틀림없다. 절대 도전하지 말아야 할 상대다.

블랙스펠은 기세 좋게 칼을 빼들었다. 붉은 유리로 만든 듯해 사리우스가 부러워마지 않는 칼이다. 한편, 드워프 배하니어는 금방이라도 통통 뛰어 관중석으로 도망치고 싶은 눈치다. 배하니어의 칼은 블랙스펠 칼에 비하면 장난감 같다.

"무엇을 놓고 싸우겠는가?"

배하니어는 쭈뼛거리며 무게 중심을 다른 다리로 옮겼다.

"레벨 한 단계와 금화 20개."

"그건 너무 적어. 레벨 두 단계와 금화 30개."

뱀파이어가 어림없다는 듯 말했다. 배하니어는 아무런 대꾸도 하지 않았다. 얼굴에는 이미 후회하는 기색이 역력했다.

"동의하는가?"

사회자가 배하니어에게 대답을 재촉했다.

"금화 가진 게 25개뿐이에요."

홍정은 거기서 끝났다. 레벨 두 단계와 금화 25개. 딱 봐도 배하니어가 불리하다.

"시작!"

두꺼비눈이 외쳤다.

배하니어는 바로 세 발짝 뒤로 물러섰고, 블랙스펠은 어디 한번 와봐라 하는 식으로 방패를 옆으로 치우고 다가갔다.

똑똑똑!

다른 세계에서 들리는 소리다.

"닉?"

젠장, 지금은 안 돼. 제발! 닉은 헤드폰을 빼지 않은 채 후다닥 뒤를 돌아보았다. 문고리가 돌아가고 문이 열렸다. 아빠다. 왜 자식을 그냥 놔두지 못하는 걸까? 닉은 급한 마음에 몸으로 컴퓨터 화면을 가리려다가 그러면 더 이상해 보일 듯해 얼른 모니터를 끄고 화학책을 폈다. 헤드폰 속에서는 칼 부딪치는 소리가 울려 퍼졌다.

"엄마랑 영화 보러 갈 건데 같이 갈래? 오후 상영을 보면 밤 당직 시간에 딱 맞춰 갈 수 있을 것 같아. 셋이 같이 외출한 지도 오래됐잖니."

헤드폰에서는 고통스러운 신음이 들려왔다. 배하니어가 틀림없다. 곧이어 쉭 하는 소리가 나더니 뭔가 부딪치는 소리가 났다.

"이 녀석아, 지금 아빠가 얘기하고 있잖아! 귀에서 그거 빼지 못해? 그렇게 음악 크게 틀어 놓고 공부가 되니?"

아빠는 얼굴이 붉으락푸르락해져서 야단을 쳤다.

빌어먹을, 빌어먹을, 빌어먹을! 닉은 어쩔 수 없이 헤드폰을 벗었다.

"그래, 그래야지. 자, 영화 보러 갈 건데 갈 거냐, 말 거냐?"

"전 못 갈 것 같아요. 숙제가 생각한 것보다 어려워서요."

아들의 말에 아빠는 머리를 설레설레 흔들었다.

"아니 두 시간도 못 낸단 말이냐? 무슨 영화를 볼 건지 묻지도 않았잖아."

지금쯤 싸움은 끝났을 테고, 보나마나 블랙스펠이 이겼을 것이다. 그러나 장담할 수는 없다. 그새 두꺼비눈이 사리우스를 호명했으면 어쩌지? 그런데 꼼짝도 안 하고 가만히 서 있으면 어떻게 되는 거지? 닉은 아빠를 우주선에 태워서 달로 날려 버리고 싶은 심정이었다.

"무슨 영화든 상관없어요. 전 집에 있을래요."

아빠는 의심스러운 눈빛으로 책상과 컴퓨터와 책을 훑어보았다.

"이제 다 커서 엄마 아빠랑 영화 보러 가는 건 창피하다 이거냐?"

'하지만 돈 대 주는 건 아무 상관없지? 여기에도 돈, 저기에도 돈, 이건 뭐 자식이 아니라 돈 먹는 하마야. 그런데 아무리 돈을 대 줘도 뭐 하나 돌아오는 게 없어.' 아빠의 다음 말은 이렇게 이어질 것이다. 아빠가 가끔씩 넋두리처럼 하는 말이다. 그런데 왜 하필 오늘이어야 하느냐 그 말이다. 닉은 웃는 모습을 보이려 했지만, 도저히 미소가 지어지지 않았다.

"저도 이 지겨운 화학책을 들여다보는 것보다 엄마 아빠랑 영화 보러 가는 게 훨씬 좋아요. 그런데 과제가 너무 어렵고 복잡해요. 어젯밤엔 잠도 잘 못 잤단 말이에요."

이건 거짓말 하나 안 보탠 진실이다. 아빠가 그 말에 마음이 움직인 눈치다. 항상 하는 말인 '힘들면 욕이 절로 나오는 법'이라고 생각하는 듯싶다. 그러나 이건 얼마나 큰 착각인가.

"흠……. 네가 그 과제를 그렇게 진지하게 생각한다면 어쩔 수 없지. 사실 좀 의외긴 하다만, 열심히 한 만큼 결과도 잘 나오겠지?"

그렇게 될 가능성은 거의 없다.

"그러기를 바라야죠."

"자, 그럼 화학 박사님, 수고 많이 하십쇼."

배하니어는 무대에서 사라졌다. 블랙스펠도 자취를 감추었다. 어쨌든 둘 중 하나는 이겼겠지. 지금은 다크엘프와 도마뱀인간 여자가 싸우는 중이다. 둘 다 처음 보는 얼굴이다. 사리우스는 위치를 전혀 바꾸지 않은 채 크소후 옆에 서 있었다. 자신이 없는 동안 무슨 일이 있었는지 물어보고 싶지만 대화를 할 수 없었다. 아레나에서는 대화가 금지인 모양이다. 어쩌면 더 잘된 일이다. 그가 없어진 것을 아무도 모른다면 뭐라고 할 사람도 없을 테니까.

도마뱀인간 여자는 무기 없이 번개를 쏘며 싸웠다. 마법사인가? 엘프족 남자는 두 번이나 번개를 능숙하게 피했다. 이번에는 도마뱀인간 여자가 뒤로 물러섰다. 아마 마력이 다해 쉬어야 하는 모양이다. 다크엘프는 곧 그것을 알아채고 창으로 공격했다. 그러나 그새 마력을 회복한 도마뱀인간이 번개를 쏘아 상대를 쓰러뜨렸다.

"드래고네스 승! 자코어는 드래고네스에게 레벨 한 단계와 금화 15개를 준다."

사삭 하는 소리가 나더니 자코어의 옷에 2라는 숫자가 나타났다. 드래고네스에게서는 아무런 변화도 없었다. 사리우스의 눈에는 보이지 않지만 이동식 무대 위에 앉아 있는 사람들에게는 보이겠지. 아마 4가 5로 변하든가 했을 것이다.

"크소후!"

두꺼비눈이 크소후의 이름을 부르자 다크엘프들 사이의 분위기가 잠시 술렁거렸다. 크소후는 오래 망설이지 않았다. 칼과 방패를 잡은 손에 힘을 주더니 엘프들 사이를 걸어 나가 무대 중앙에 당당히 섰다.

잘해라.

사리우스는 속으로 건투를 빌었다.

"상대를 골라라."

크소후는 이미 생각해 두었는지 인원수가 몇 되지 않는 인간에게로 고개를 돌렸다.

"로드닉에게 도전하겠습니다."

바보, 왜 하필이면 로드닉이야? 개한테는 죽어도 못 이겨! 그러나 달리 생각해 보면 그러지 말란 법도 없다. 사실 사리우스는 크소후의 레벨이 뭔지 모른다. 그런데 왜 이렇게 조바심이 날까? 어쩌면 크소후 캐릭터의 주인은 실제로 닉 던모어를 아는 사람인지도 모른다. 닉 던모어가 에레보스의 세계에 발을 들여놓은 지 얼마 되지 않았고, 그렇기 때문에 절대 레벨이 높지 않다고 단정할지도.

로드닉은 크소후를 한번 쳐다보더니 앞으로 나왔다. 로드닉을 보고 있노라니 어젯밤과 같은 불편한 감정이 스멀스멀 기어 올라왔다. 로드닉을 보는 것만으로도 마음이 불안했다. 아마도 거울을 보는 듯 똑같은 모습인데, 통제가 불가능하다는 데서 오는 불안감이리라.

너 누구야, 이 나쁜 자식, 응? 사리우스는 순간적으로 너무 자명한 사실을 깨달았다. 에레보스 밖에서 닉 던모어를 한 번이라도 본 사람은 로드닉 뒤에 닉 던모어가 숨어 있다고 생각할 것이다. 스스로를 '로드(lord)'라고 칭하는 건방진 녀석이 이상한 짓을 할 때마다 사람들은 닉 던모어를 욕할 것이다. 나쁜 자식, 누구 허락받고 내 행세를 하느냐고!

"무엇을 걸고 싸우겠는가?"

"레벨 한 단계와 금화 20개."

크소후가 말했다.

"너무 적어."

이제라도 크소후가 눈치채지 않을까? 크소후는 약간 불안한 얼굴로 상대가 다른 제안을 해 오기를 기다렸다. 하지만 로드닉은 아무 반응도 보이지 않았다. 크소후가 다시 말했다.

"레벨 한 단계와 금화 25개?"

"어림도 없어. 금화는 25개로 하고 싶으면 그렇게 하는데, 레벨은 무조건 두 단계로 해야 해."

"내게는 너무 벅차."

"흥, 안됐군. 그럼, 애당초 내게 도전하지 말았어야지. 레벨 두 단계를 내주고도 죽지 않는다면 하는 거고, 아니면 말고. 나 참, 그 정도도 안 되면서 결투는 무슨?"

아, 로드닉이 저렇게 오만방자한 재수덩어리만 아니라면! 아니, 학교에서 난 로드닉과 아무 상관없다고 공표할 수만 있다면! 하지만 그건 규칙에 어긋난다.

두꺼비눈이 지팡이를 높이 쳐들었다.

"시작!"

로드닉은 번개처럼 빠르게 크소후에게 달려들었다. 크소후는 그렇게 빠른 공격을 예상하지 못한 듯했다. 로드닉의 긴 칼이 크소후의 허벅지를 스치자 피가 솟구치기 시작했다.

"피! 피! 피!"

관중의 합창도 바로 뒤를 이었다.

사리우스는 입 닥치고 크소후에게도 기회를 달라고 외치고 싶었지만, 도저히 소리가 나오지 않았다. 소리가 나온다 해도 무슨 소용이겠는가? 크소후도 공격을 시도했다. 하지만 이미 다리 하나를 절고, 허리띠도 반 이상 검은색으로 변한 상태에서는 성공할 수가 없었다. 레벨과 헤어질 준비나 해야겠군. 사리우스는 크소후가 불쌍해 견딜 수가 없었다. 로드닉이 어떤 녀석인지 몰랐다면, 사리우스도 로드닉에게 도전해서 그 낯짝을 뭉그러뜨리고 싶었을 것이다.

크소후는 점점 약해졌다. 몸 여러 부분에서 피가 흘렀고, 로드닉의 공격을 막아 낼 의지도 별로 없어 보였다. 결국 로드닉이 방패로 툭 치자 크소후는 바닥에 고꾸라졌다.

"로드닉 승! 레벨 두 단계와 금화 25개를 크소후에게 받는다."

크소후의 갑옷에 로마자로 숫자 2가 나타났다. 크소후는 그것을 보고 충격을 받았는지 다시 일어나 로드닉의 다리를 찔렀다. 공격을 예상하지 못한 로드닉은 뒤로 펄쩍 뛰며 피했지만, 모래밭에 이미 피를 쏟은 뒤였다. 정신이 번쩍 든 로드닉은 크게 칼을 휘둘러 크소후의 배를 베었다. 칼이 두 번 스치자 크소후의 허리띠에는 붉은색이 남김없이 사라졌고, 크소후는 소리 없이 모래밭에 쓰러졌다. 관중은 고막을 찢을 듯 크게 소리를 질러 댔다. 로드닉은 거친 숨을 몰아쉬며 뒤로 한 걸음 물러섰다.

설마 죽은 건 아니겠지? 사리우스의 마음속에 불안이 번졌다. 아니다, 크소후의 허리띠에는 아주 조금이라도 붉은색이 남아 있을 것이다. 전령이 곧 무대에 나타나 크소후를 데려갈 것이다. 그리고 낫게 해 줄 것이다.

그때 누군가 귀에 대고 "이 게임을 할 기회는 단 한 번뿐이다."라고 말하는 것 같았다. 실제로 들린 건가? 아니면 착각인가? 어쨌든 크소후는 쓰러진 채 움직일 줄 몰랐다. 사회자가 지팡이로 처음에는 살짝, 나중에는 세게 밀어 보아도 마찬가지였다. 사회자의 얼굴에 심술궂은 미소가 스쳤다. 그는 관중을 향해 손으로 목을 긋는 시늉을 했다.

전령은 도대체 어디 있는 거지? 자이언트 뒤에도 도마뱀인간 뒤에도 없고……. 어쩌면 엘프족 뒤에 있는지도 모른다. 사리우스는 고개를 뒤로 빼고 전령을 찾다가 거미 머리를 가진 남자와 시선이 부딪쳐 얼른 고개를 돌렸다. 그 순간, 세 번째 줄에 메두사 머리를 가진 여자와 눈 세 개 달린 남자 사이에 앉은 전령의 모습이 눈에 들어왔다. 망토에 가려 얼굴이 보이지 않았지만, 노란 눈만은 무덤가에서 깜박이는 도깨비불처럼 빛났다. 전령은 크소후를 죽게 내버려 두었다. 진행요원 둘이 크소후의 다리를 하나씩 잡고 아레나 밖으로 끌고 나갔다. 시체가 지나간 자리에 길게 핏자국이 생겼다.

사리우스는 멍청하게 그 모습을 지켜보았다. 이건 정말이지 너무 사실적이야. 젠장, 너무 진짜 같잖아! 아레나에서 살아 나가지 못할 거라는 두려움은 두 배로 증폭되었다. 사회자가 다시 중앙 무대로 나왔을 때, 사리우스는 제발 자신의 이름이 불리지 않기를 빌고 또 빌었다. 사리우스의 소원은 이루어졌다. 이윽고 사회자가 다음 전사를 호명하자, 관중석 전체가 숨을 죽였다.

"블러드워크."

칼과 도끼를 들고 방패를 등에 멘 블러드워크가 나왔다. 사리우스는 순간적으로 블러드워크가 자신을 부르면 어떡하나 걱정에 휩싸였다. 그러나 고작 레벨 3이 그런 걱정을 할 필요는 없었다. 블러드워크는 한 95레벨쯤 되려나? 거인 블러드워크와 사회자는 거의 키가 같았다. 블러드워크는 에너지가 넘치는지 한시도 가만히 서 있지를 못했다. 무기를 든 손이 자꾸 꿈틀거려서 마치 무기가 살아 움직이는 듯했다.

"상대를 골라라."

블러드워크는 1초도 망설이지 않았다.

"베록사르에게 도전하겠습니다. 이너서클의 자리를 원합니다."

그 말에 아레나 전체가 조용해졌다. 튜브 모양의 관중석은 마치 숨 죽인 채 노려보는 거대한 짐승 같았다. 만약 모래판이 아니었다면 바늘 떨어지는 소리도 들렸을 것이다. 황금빛 쟁반 같은 이동식 무대에 앉아 있던 자이언트 두 명 중 한 명이 일어섰다.

바보, 나 같으면 고양이인간이나 다크엘프 여자를 선택했을 텐데. 둘은 덩치가 비슷했다. 베록사르는 끝이 갈고리처럼 휘어진 칼과 문짝만 한 방패를 들고 나왔다. 헬멧은 상어 머리를 연상시키는데, 어깨를 감싸고도 모자라 등까지 내려왔다.

"블러드워크에게 이기면 무엇을 요구하겠는가?"

"2주간 노예처럼 부리기와 레벨 여섯 단계."

레벨 여섯 단계! 블러드워크는 짧게 고개를 끄덕이고 전투 자세를 취했다. 속으로는 놀랐는지 모르지만 겉으로 보기에는 태연했다. 베록사르가 갈고리 모양의 칼을 허공에 대고 휘두르자 벌이 앵앵거리는 소리가 났다.

곧 손에 땀을 쥐게 하는 사투가 벌어졌다. 사리우스는 두려움도 잊고 두 거인의 싸움에 빠져들었다. 둘은 서로에게 빈틈을 보이지 않았다. 서로를 에워싸고 돌면서 번개처럼 빠른 공격을 주고받았다. 수비도 빈틈없이 했다. 베록사르는 갈고리 칼로 공중에 은빛 문양을 그리며 블러드워크의 몸뚱이 근처를 배회했다. 블러드워크는 도끼로 상대의 머리를 위협하면서 칼로는 허점을 노렸다.

그러나 베록사르에게는 허점이 없어 보였다. 두 거인은 마치 춤추듯이 번갈아 가며 싸움을 리드했다. 그러다 갑자기 블러드워크가 뒤로 돌았다. 베록사르는 그 틈을 놓치지 않고 상대의 어깨를 가격했다. 순간, 블러드워크가 빠르게 몸을 돌리자 나무 방패에 박힌 갈고리 칼이 함께 딸려 왔다. 칼을 놓친 베록사르에게는 더 이상 기회가 없었다. 블러드워크가 도끼로 다리를 찍고 칼로 옆구리를 베자 베록사르는 그대로 바닥에 고꾸라졌다.

"블러드워크 승!"

블러드워크는 사방의 관중을 향해 양팔을 들어 올렸다. 관중은 갑자기 마비 상태에서 깨어난 듯 환호성을 질러 댔다. 거기에 웅장한 음악이 더해졌고, 블러드워크의 이름을 외치는 관중 소리는 그칠 줄 몰랐다. 두꺼비눈이 무대 중앙으로 나와 손짓하자 환호성이 잠잠해졌다.

그는 쓰러진 베록사르에게 몸을 굽혀 목걸이를 떼어 냈다. 금속 줄에 병 바닥만 한 크기의 반지가 달린 목걸이다. 반지는 루비처럼 붉은빛으로 빛났고, 반지 안쪽에는 휘어진 'V' 자 모양의 장미 가시 같은 장식이 붙어 있었다. 사회자가 목걸이를 블러드워크의 목에 걸어 주자 관중석은 다시 환호성으로 넘쳤다. 겨우 일어난 베록사르가 사회자의 지시에 따라 자이언트 그룹에 가서 설 때까지도 환호성은 그치지 않았다. 언제 왔는지 모르게 무대에 나타난 전령이 블러드워크에게 앙상한 손을 내밀었다.

"이너서클의 일원이 된 것을 축하한다. 앞으로 그 명예로운 이름에 걸맞게 행동해 주기 바란다.”

블러드워크는 고개 숙여 절을 하고 베록사르의 자리에 가서 앉았다. 가슴에 매달린 붉은 동그라미가 막 생긴 낙인처럼 빛났다. 전령은 베록사르에게도 당부를 아끼지 않았다.

“베록사르는 서약을 잊지 말기 바란다. 비밀을 폭로하는 자는 제명에 죽지 못한다는 것을 명심해라. 물론 이너서클의 자리를 되찾을 기회는 얼마든지 있다. 베록사르뿐 아니라 여기 있는 전사들 모두에게 해당되는 말이다. 싸워서 이기면 누구나 이너서클에 들어갈 수 있다.”

전령은 아레나 전체를 품을 듯 넓게 팔을 벌리며 말했다. 다음 전사는 이 말을 깊이 새겨들었는지, 이너서클의 엘프족 여전사 위르다나에게 도전장을 내밀었다. 위르다나는 불덩어리를 뿜고 번개를 쏘고 창으로 찌르며 도전자를 묵사발로 만들었다. 도전자는 눈 깜짝할 사이에 모래판에 쓰러졌고, 어깨가 축 늘어진 레벨 1로서 무대를 떠났다.

흥, 다크엘프가 쓸모없다고 누가 그랬어? 방금 그 여전사 발뒤꿈치라도 따라갈 수 있으면 따라가 보라고! 사리우스는 뿌듯한 기분에 젖어 가슴을 쑥 내밀었다. 블러드가 엘프족을 놔두고 같은 덩치를 택한 데에는 다 이유가 있었다. 세 번의 결투가 뒤따랐지만 모두 재미가 없어서 사리우스는 자꾸 딴생각을 했다.

잠시 귀를 쫑긋한 것은 처음으로 위시크리스털이 걸린 싸움이 벌어졌을 때다. 뱀파이어 라코르와 여자 고양이인간 마이마이는 둘 다 위시크리스털에 욕심을 냈다. 하지만 둘 다 위시크리스털을 갖고 있지는 않았다. 그러자 두꺼비눈이 마법으로 위시크리스털을 만들어내, 그것을 놓고 싸우게 했다. 결국 마이마이가 위시크리스털을 가져갔고, 라코르는 레벨 한 단계를 잃었다. 누군가의 차지가 된 게 아니고, 그저 사라졌을 뿐이다.

"페니엘!"

수많은 엘프들 사이에 묻혀 보이지 않던 페니엘이 인형 같은 들창코를 쳐들고 뽐내며 지나갔다. 전갈은 왜 저 멍청한 낯짝을 먹어 버리지 않은 걸까? 사리우스는 페니엘이 무대 중앙에 서는 것을 보며 속으로 '재수 옴 붙어라, 드리즐 같은 상대 만나서 레벨 다 뺏겨라.' 하고 저주를 퍼부었다.

"상대를 골라라."

대답은 아직 나오지 않았지만 사리우스는 누군지 알 수 있었다.

"사리우스와 싸우겠어요."

아레나에서 질질 끌려 나가던 크소후가 떠오르면서 불현듯 두려움이 되살아났다. 그러나 지금은 그런 생각을 할 때가 아니다. 페니엘은 사리우스의 레벨이 보이지 않아서 사리우스를 골랐을 것이다. 사리우스도 페니엘의 레벨을 볼 수 없다. 둘 다 레벨 3이라는 뜻이다. 그렇다면 해 볼만 하다. 관중의 수군거리는 소리에 정신을 차리고 보니, 아직도 제자리에 꼼짝도 않고 서 있었다. 사리우스는 얼른 정신을 차렸다. 자, 나가자!

페니엘은 사리우스의 레벨을 모른다. 그런데 왜 사리우스를 선택한 것일까? 아마 전갈과 싸울 때 쉽게 따돌렸기 때문일 테지. 그래, 그럴 것이다. 사리우스는 앞만 똑바로 쳐다보며 다른 엘프들 사이로 지나갔다. 페니엘의 창에 맞설 전략이 필요했다. 페니엘은 긴 창으로 사리우스를 가까이 오지 못하게 할 것이다. 사리우스는 벌써부터 아무 성과 없이 허공에 대고 칼을 휘두르는 자신의 모습이 눈에 선했다. 그러는 사이 페니엘의 창이 갈비뼈 사이를 푹 찌르며 들어오겠지.

"뭘 놓고 싸우겠느냐?"

페니엘은 망설이지 않고 대답했다.

"레벨 한 단계와 금화 20개."

모두 금화를 가진 모양이지만, 사리우스에게는 금화가 없다. 그 대신 전갈 껍질과 도굴범에게 뺏은 보물이 있다. 보물을 금화로 바꿨어야 했는데. 왜 이제야 그게 생각나는 거지? 지금 그런 생각을 해 봤자 방해만 될 뿐이다.

"전 금화가 없어요. 위시크리스털을 놓고 싸우고 싶은데요."

사리우스가 밑져 봐야 본전이라는 생각으로 말했다.

두꺼비눈을 가까이서 보니 쳐다보기가 힘들 정도로 흉측했다. 사리우스는 오래된 유화처럼 갈라지고 튼 갈색 피부를 보며 역시 뭔가 잘못됐다는 생각을 굳혔다. 두꺼비눈은 도무지 이곳에 어울리지 않았다.

"위시크리스털은 안 돼. 너희는 레벨 한 단계면 충분할 것 같은데."

두꺼비눈이 근육질의 팔을 들어 올려 시작을 알렸다.

페니엘의 창을 피하려면 전술이 필요하다. 사리우스는 권투 선수처럼 몸을 이리저리 움직이며 가볍게 뜀을 뛰기 시작했다. 조금이라도 느려져서는 안 된다. 적에게 공격할 틈을 주어선 안 된다. 그러나 사리우스의 전술은 페니엘에게 잘 먹히지 않았다. 페니엘은 양손으로 창을 잡은 채 남아도는 게 시간이라는 듯 느긋하게 서 있었다. 물론 창끝은 사리우스를 향했다. 사리우스는 시험 삼아 공격하는 척하다가 다시 안전거리로 돌아왔다. 잠시 창끝이 움찔했을 뿐 아무 일도 일어나지 않았다.

그러다 사리우스가 지쳤다기보다는 어찌할 바를 몰라 칼을 내린 순간, 페니엘이 거침없는 공격을 감행했다. 크게 두 번 뛰어오르더니 어느새 창끝이 사리우스의 가슴 바로 앞까지 왔다. 사리우스는 깜짝 놀라 방패를 쳐들었다. 그러나 이미 머릿속에는 비명 소리가 울려 퍼졌다. 사리우스는 칼로 페니엘의 창을 밀어냈다.

칠판에 분필 긁히는 소리, 포크로 그릇 긁는 소리, 청신경 바로 옆에 전기톱 들이대는 것 같은 소리가 귓가에 가득했다. 그 소리에 분노한 사리우스는 칼에 온 힘을 실어 다시 한 번 페니엘의 창을 밀어냈다. 그렇게 칼로 창을 제지한 상태에서 방패를 버리고 자유로워진 손으로 창 자루를 붙잡았다.

"사리우스! 사리우스! 사리우스!"

나를 응원하는 건가? 그것은 외침이라기보다는 속삭임에 가까웠다. 여럿의 합창 소리가 마치 유령 소리처럼 아련하게 들려왔다. 최면이라도 거는 건가? 사리우스는 바닥에 내던진 방패에 걸려 하마터면 넘어질 뻔했다. 하지만 페니엘의 무기를 놓치지는 않았다. 절대 안 될 말이다. 페니엘은 무방비 상태다. 지금을 놓치면 안 된다. 그러면 창이 그의 몸을 뚫을 것이고, 비명 소리는 유리가 깨지듯 고막을 찢어 놓을 것이다.

사리우스는 칼로 페니엘의 가슴을 찌른 다음, 다시 배를 가격했다. 피가 쏟아졌다. 창을 잡은 손에서 힘이 빠지더니 페니엘이 바닥에 쓰러졌다. 사리우스는 다시 공격 자세를 취했다. 페니엘의 허리띠에는 이미 붉은색이 다 사라졌다. 마지막 한 방이면……

"사리우스 승!"

싸움에 도취된 사리우스는 그 소리에 정신이 번뜩 들었다. 페니엘은 바닥에 누워 꼼짝도 하지 않았다. 그는 칼을 거두었다. 순간, 귓가에 울리던 전기톱 소리가 사라지고 음악이 시작되었다. 영화 속 주인공이 중요한 전투에서 이겼을 때 나오는 음악이다. 블러드워크가 이겼을 때도 이런 음악이 나왔다. 다른 전사의 경우에는 들리지 않았다. 왜일까? 그건 본인에게만 들리는 소리이기 때문이리라. 페니엘의 가죽조끼에 2라는 숫자가 나타났듯, 다른 이들은 지금쯤 사리우스에게서 4라는 숫자를 볼 것이다. 음악 또한 승자에게 주어지는 상의 일부다.

페니엘이 무대에서 실려 나갔다. 크소후처럼 질질 끌려 나가지 않고 조심스럽게, 그리고 신속하게 들것으로 옮겨졌다. 아마도 전령과의 상담이 뒤따르겠지. 사리우스는 이제 레벨 4, 부상 없이 결투를 끝낸 승자다. 사리우스는 제자리로 돌아가 주위를 둘러보았다. 레벨 3이 잘 보인다. 꽤 많다. 사회자가 막 호명한 늑대인간 여자도 레벨 3이다.

"갈라리스!"

잠깐, 갈라리스라고? 어디서 들어 본 이름인데. 나무 상자. 토터리지. 돌리스 브룩 철교. 저 갈라리스가 그 이상한 상자를 주목 밑에 숨긴 장본인일까? 궁금하지만 물을 수가 없다. 갈라리스는 지금 결투 상대를 고르느라 바쁘다. 게다가 그런 호기심이 전령이나 전령의 놈에게 좋게 비칠 리 없다.

초콜릿처럼 반짝이는 진한 갈색 머리의 갈라리스는 싸움 상대로 라할라라는 이름의 자이언트 여자를 골랐다. 용감하기도 하지. 아니면 무모하다고 해야 하나? 그러나 결국에는 그 선택이 옳았다. 갈라리스는 활을 쏘기 때문에 작은 덩치라도 유리했다. 라할라 역시 레벨 3인데, 갈라리스 근처에는 가 보지도 못하고 싸움을 끝냈다.

그다음에는 레벨 높은 전사들이 나와서 서로 잡아먹을 듯이 으르렁거리며 맹렬하게 싸웠다. 사리우스는 처음에는 각 전사의 이름을 외우고 허점을 기억하려 애썼지만, 곧 그만두었다. 전체적인 분위기도 시들해졌고, 시합에 이긴 전사들은 무대 밖으로 하나둘씩 모습을 감추었다. 사리우스도 드리즐과 케스코리안의 싸움만 지켜본 후 대기실로 갔다. 이 싸움에서 자이언트 케스코리안은 드리즐에게 레벨 세 단계를 빼앗겼다. 드리즐이 교활하다는 것은 소문대로 사실이었다. 다크엘프 대기실에 가 보니 렐란트와 오웬스차일드가 와 있었다.

"지고 나서 다시 공격하다니 그런 바보가 어디 있어?"

렐란트가 말했다.

"좋은 애였는데……. 죽다니 너무 안됐어. 난 크소후가 한 번 더 기회를 가져야 한다고 생각해."

오웬스차일드가 애석한 듯 말했다. 사리우스도 같은 생각이다. 왜 하필이면 크소후가 죽어야 했단 말인가? 크소후는 정말 괜찮았는데. 입만 살아서 떠들어 대는 겁쟁이 렐란트가 죽었다면 모를까.

"넌 안 싸우니?"

"네가 무슨 상관이야?"

사리우스의 질문에 렐란트가 삐딱하게 되물었다.

"걔는 절대 일대일 결투 안 해. 나중에 시합이 끝날 때 큰 싸움이 있는데, 그걸 기다리는 거야. 위험도 덜하고 전리품도 더 쉽게 챙길 수 있거든."

"야, 아예 방송에 내보내지 그러냐?"

렐란트가 오웬스차일드에게 핀잔을 주었다.

렐란트는 새 장비를 장만하지 못했는지 지난번에 봤을 때와 바뀐 게 없었다. 아직 위시크리스털을 가지고 있을까? 지금 렐란트에게 달려들어 인벤토리를 뒤지면 안 되겠지?

"끝날 때 큰 싸움이 있다고?"

사리우스는 그렇게 말하며 보라는 듯 렐란트에게서 등을 돌렸다.

"이 자식 진짜 아무것도 모르네."

오웬스차일드가 대답하기 전 렐란트가 뒤에서 한마디 던졌다.

"응, 시합이 끝날 때마다 큰 전투가 벌어져. 마구잡이로 아무나 잡고 싸우는 건데, 레벨이 높은 애들하고 붙으면 위험할 수도 있지만 먹을 수 있는 게 많아서 수입이 쏠쏠해."

"위시크리스털도 먹을 수 있어?"

사리우스가 곁눈질로 렐란트를 보며 물었다.

"있으면 가능하지. 하지만 그런 걸 막 들고 다니는 사람이 있을까?"

사실 사리우스는 다시 싸우고 싶은 생각이 별로 없었다. 이미 레벨한 단계를 올렸는데, 싸우다가 레벨이 다시 낮아지기라도 하면 말짱 도루묵이다. 그러나 달리 생각해 보면 오늘 레벨 두어 단계를 더 높일 수 있을지 누가 안단 말인가?

"정말 쩔지 않냐? 크소후 그 자식 영영 뻗어 버렸어."

렐란트가 툭 끼어들며 화제를 바꾸었다. 지겨운 자식, 입 다물고 가만있을 때가 없네. 두고 보자, 콜린. 렐란트는 사리우스의 속마음도 모른 채 계속해서 나오는 대로 지껄였다.

"멍청한 자식. 어차피 끝까지 가지도 못했을 텐데 왜 그런 짓을 해? 죽고 싶어서 안달이 났지. 그 자식 입 싸고 말만 많지, 허당이었어. 사리우스, 너도 똑같아. 이따가 싸움 시작되면 각오해라. 바로 묵사발로 만들어 버릴 테니까. 미리 오웬에게 작별 인사라도 하지 그래?"

"내 이름은 오웬스차일드거든, 이 바보야."

"그거나, 그거나."

아레나에는 긴장감이 감돌았다. 마치 각자 다른 방향으로 달리는 달리기 시합을 하려고 출발 신호라도 기다리는 듯싶었다. 그 말은 일면 맞는 말이기도 했다. 두꺼비눈은 아레나 끄트머리에 자리를 잡더니 지팡이를 높이 들어 올렸다. 사리우스는 다시 한 번 주위를 둘러보았다.

멀지 않은 곳에 레벨 2인 뱀파이어가 서 있었다. 그 정도면 쉽게 이길 수 있을 듯싶었다. 그 옆에는 로드닉이 서 있었다. 로드닉은 피하는 게 상책이다. 사회자는 이미 싸우기 시작한 사람은 공격할 수 없다고 분명히 말했다. 그렇다면 레벨 9가 잡아먹으려고 덤비기 전에 얼른 쉬운 상대를 골라 싸움을 시작하는 게 낫다.

역시 가까운 데 서 있는 저 뱀파이어가 딱이다. 사회자가 지팡이를 내리자마자 사리우스는 뱀파이어 쪽으로 열심히 달렸다. 그런데 갑자기 오른쪽에서 렐란트가 쑥 끼어들었다. 초록색 광택이 도는 헬멧을 썼는데, 투명한 안면 보호대까지 내려 꼭 철갑 개구리 같다. 렐란트의 칼끝은 사리우스를 향했지만, 너무 급히 달려 제대로 맞히지는 못했다. 칼이 사리우스의 팔을 살짝 스쳤지만, 녹슨 철문이 삐걱거리는 정도의 소리만 날 뿐 아무런 아픔도 느껴지지 않았다. 그러나 사리우스 마음속에서는 이글거리는 불덩이처럼 분노가 치솟았다.

좋다, 정 원한다면 받아 주마. 사리우스는 먼저 방패로 렐란트의 옆구리를 치고 빠르게 칼을 휘둘렀다. 처음에는 헬멧을, 그다음에는 갑옷을 맞혔다. 렐란트는 몸의 중심을 제대로 잡지 못하고 휘청거렸다.

이번에는 승전을 알리는 영화 음악은 필요 없었다. 렐란트가 어정쩡하게 뒷걸음질 치다가 발을 헛디뎌 뒤로 벌렁 나자빠지는 모습을 보는 것만으로도 승리한 장군처럼 느끼기에 충분했다. 넘어지면서 방패를 놓친 렐란트는 누운 자세에서 칼을 높이 쳐들었다. 마치 벌이 땅 위에서 침을 쏙 내밀고 희생자를 기다리는 모습이다. 사리우스가 다시 칼을 두 번 휘두르자 렐란트의 칼은 멀리 날아갔다. 사리우스는 어깨와 가슴에 부상을 입고 피를 흘리는 렐란트를 흐뭇하게 바라보았다. 저 정도 상처면 끔찍한 비명 소리가 들릴 것이다.

사리우스는 갑옷 바로 위로 드러난 렐란트의 목에 칼을 갖다 댔다. 그냥 찔러 버리고 싶은 유혹을 느꼈다. 이제 어떡하지? 여기서는 말할 수도 없는데. 언제나와 같이 전령의 놈이 해결사를 자처하고 나타나 푸르스름한 얼굴 가득 의뭉스러운 미소를 지었다.

"오! 정말 사리우스가 이겼네!"

놈이 꽥꽥거리더니 렐란트의 인벤토리를 열었다.

"자, 갖고 싶은 걸 가져."

사리우스는 물론 위시크리스털을 먼저 찾았다. 하지만 눈을 씻고 봐도 없었다. 렐란트가 그걸로 뭘 했는지 알 게 뭐람? 아니, 사리우스는 그걸로 뭘 할 수 있는지조차 모른다. 렐란트는 금화 130개를 저장해 두고 있었다. 이 정도면 나쁘지 않다. 사리우스가 금화를 챙기는데, 놈이 끼어들어 제지했다.

"반 이상은 안 돼."

뭐, 65개면 어떤가? 이것도 나쁘지 않다. 그 밖에도 렐란트의 인벤토리에는 에머랄드가 박힌 장화 한 켤레와 단도, 치유약 한 병이 들어 있었다. 사리우스는 그걸 모두 챙겼다. 놈은 아무 말도 하지 않다가, 사리우스가 전리품을 다 챙기고 나서야 한마디 했다.

"어린 것이 욕심도 많군. 레벨을 마음대로 가져갈 수 없다는 것 정도는 알고 있겠지? 패자의 전투 장비에 손대지 않으면 레벨 두 단계를 올릴 수 있어."

물론 사리우스는 렐란트의 무기나 갑옷보다 레벨을 원했다. 곧 렐란트의 갑옷에 로마 숫자 5가 나타났다. 그럼 렐란트는 레벨 7이었던 거야. 레벨 4인 나는 식은 죽 먹기라고 생각했겠지. 그러나 세상일은 뜻대로 되는 게 아니야. 흥, 잘났다고 깝죽대더니 잘됐다. 사리우스는 얄미운 렐란트에게 확실하게 복수해 속이 시원했다.

렐란트는 천천히 일어나 다리를 절며 그 자리를 떴다. 싸움에 진 다른 전사들도 하나둘씩 일어나 아레나를 나갔다. 사리우스는 이제 전체의 3분의 1 정도 레벨을 알아봤다. 그러나 그중 아는 얼굴은 몇 되지 않았다. 블랙스펠, 로드닉, 케스코리안, 오웬스차일드는 사리우스보다 높거나 똑같은 레벨 6일 것이다. 한편, 아직도 싸우느라 여념이 없는 사푸야푸와 누락스는 레벨 5임이 드러났다. 멀리 아레나 저편에서는 드리즐이 블러드워크를 이너서클에서 끌어내리려고 애썼다.

"한 판 더 할래?"

푸르스름한 얼굴의 놈이 물었다.

그럴까? 사리우스는 잘 판단이 서지 않았다. 몇 레벨 더 올리고 싶은 유혹도 강했다. 하지만 운이 그렇게 오랫동안 따라 줄지 슬며시 걱정됐다. 레벨 3으로 하루를 시작해 레벨 6으로 마감한다면 절대 나

뻔 성과가 아니다.

"아니, 오늘은 됐어."

"그럼 아레나 밖으로 나가도록 해."

사리우스는 처음에 들어온 문으로 나가며 다크엘프들이 서 있던 자리를 쳐다보았다. 그곳에는 개미 새끼 한 마리도 보이지 않았다. 사리우스는 들뜬 기분으로 문을 통과했다. 언제 이렇게 기분이 좋았던 적이 있었나? 잘 모르겠다. 오래전이다. 1년 전? 2년 전? 사리우스는 주머니에 가득한 금화를 느끼며 씩씩하게 거리로 나섰다. 어디, 백색도시에서 또 뭘 할 수 있는지 한번 볼까?

12

닉은 뻐근한 목을 문지르며 어두워진 창밖을 내다보았다. 거실에서는 텔레비전 뉴스 소리가 시끄럽게 들려왔다.

사리우스는 가진 물건을 모두 금화로 바꾸었다. 렐란트의 단도는 예상 외로 비싼 값을 받았다. 그런 다음 아트로포스의 식당으로 갔는데, 아트로포스는 사리우스를 다짜고짜 문 밖으로 쫓아냈다. 사리우스는 영문을 알지 못했고 아트로포스는 이유를 말해 줄 생각이 없어 보였다. 백색도시의 거리에는 천천히 어둠이 내리고 있었다. 곳곳에 횃불이 켜지고 화로에서도 불이 활활 타올랐다.

에레보스의 밤은 흥미진진하다. 밤은 전령의 시간을 의미하기도 한다. 그러나 전령의 모습은 어디에도 보이지 않았다. 닉은 소독 냄새 나는 물에서 하루 종일 수영한 것처럼 눈이 아팠다. 아마 지금쯤 렐란트의 단도에 박힌 루비처럼 빨갛게 충혈 되었을 테지.

잠시 쉬는 게 좋을 듯싶다. 뭔가 먹어야 한다. 일어나서 문을 열고 나가 부엌을 한번 들여다보는 거다. 엄마는 지금쯤 요리를 하겠지. 틀림없다. 닉은 금방이라도 무슨 일이 일어날 것만 같아서 화면 속 거리 풍경과 엘프족의 모습을 한 자신의 분신에게서 눈을 떼지 못했다. 지금 자리를 뜨면 오크가 습격해 오든 전령이 과제를 주든 퀘스트나 수수께끼가 주어지든 뭔가를 놓칠 것만 같았다.

한 시간만 쉴까? 한 시간 동안 쉬면서 뭔가를 먹고 엄마 아빠와 얘기도 하고 화장실에도 가는 거다. 닉은 그제야 얼마나 오랫동안 오줌을 참았는지, 방광이 받는 압박을 최소화하려고 얼마나 몸을 비비꼬고 앉아 있었는지 깨달았다. 자, 어서 일어나! 아니다, 그 전에 먼저 게임을 끝내야 한다. 닉은 화면 위로 마우스를 움직였다. 그런데 어떻게 저장하고 어떻게 끝내야 하는 거지? 그러고 보니 스스로 게임을 끝낸 적이 한 번도 없었다. 이제까지는 항상 게임이 먼저 쫓아내거나 강제로 쉬도록 했다. 어쩌면 아예 그런 기능이 없는지도 몰랐다.

닉은 어떻게 할까 곰곰이 궁리해 보았다. 아예 컴퓨터를 꺼 버리는 방법도 있지만, 만약 전령의 마음에 들지 않으면 힘들게 높인 레벨을 다 깎아 버릴지도 모른다. 아니면 더 무서운 벌이 기다리고 있거나. 다른 방법은 컴퓨터의 모니터만 끄는 것이다. 하지만 그러면 사리우스는 대로에 굳은 듯 혼자 서 있게 될 테고, 지나가는 레벨 1이 재산을 다 털어 가도 모를 것이다. 이것 역시 좋은 생각이 아니다.

어서 화장실에 가야만 한다. 다른 방법이 없다. 방광이 터져 버리기 직전이다. 빨리 사리우스를 안전한 곳으로 피신시켜야 한다. 하지만 어디로 데려가야 하지? 그때 무언가 섬광처럼 뇌리를 스쳤다. 참, 여관에 방을 빌렸지! 사리우스는 두꺼비눈이 바로 뒤에 쫓아오기라도 하듯 밤거리를 달리기 시작했다. 여기가 맞나? 빵집 옆에 난 좁은 계단을 올라가면 오른쪽에 있었는데. 도대체 이 젠장 맞을 좁은 계단이 어디에 있단 말인가?

사리우스는 달리고, 달리고 또 달렸다. 체력을 가리키는 파란 막대가 짧아지기 시작했다. 레벨 6인데도 이렇게 빨리 닳다니! 몇 초 내로 찾지 못하면 사리우스를 그냥 두고 화장실로 달려가야 할 판이다. 안 돼. 여긴 어두컴컴해서 이상한 녀석들이 무리지어 돌아다닌다고. 그렇지! 빵집이다! 계단도 있다! 여관 문턱을 통과한 사리우스는 삐걱거리는 나무 층계를 올라가 방으로 들어갔다.

문 잠그고 모니터 *끄고.* 자, 이제 빨리, 오 제발, 빨리빨리……. 닉은 벌떡 일어나 미친개에게 쫓기듯 정신없이 화장실로 달려갔다. 아, 다행이다.

"닉! 누가 그렇게 문을 세게 닫으랬니? 한 번만 더 그러면 혼난다!"

거실에서 아빠의 고함 소리가 들렸다.

저녁은 라자니아다. 고기 대신 두부가 들어갔지만, 닉은 불평하지 않았다. 맛이 어떤지 통 알 수가 없었다. 부모님은 오늘 보고 온 영화에 대해 이야기하며, 닉의 건성인 반응에 별로 개의치 않았다. 하지만 닉이 허겁지겁 음식을 집어삼키자 적잖이 놀랐다. 닉은 아침 식사이후 먹은 게 아무것도 없다는 사실을 그제야 깨달았다. 마음이 바빴다. 사리우스를 온라인 상태로 혼자 여관방에 남겨 뒀으니까. 만약불이라도 나면 어쩌지? 강도가 쳐들어오면? 설마 렐란트가 사리우스의 거처를 알아낸 건 아니겠지?

인터넷 연결을 끊고 올걸. 닉은 속으로 후회를 거듭했다. 물론 그럴 경우 무슨 일이 생길지는 알 수 없다. 놈들이 앙심을 품고 전령에게 이를 수도 있다. 닉은 마지막 남은 음식을 입안에 몰아넣으며 식탁에서 일어섰다.

"맛있게 잘 먹었습니다!"

닉이 엄마를 향해 씩 웃자 엄마도 미소를 지었다. 모든 게 잘되는 듯했으나, 이번에도 역시 아빠가 못마땅한 듯 끼어들었다.

"왜 벌써 또 공부하려고? 이제 그 변명은 안 통한다."

"아니요. 오늘은 공부 그만할 거예요. 책 좀 읽다가 자려고요. 너무 피곤해요."

"네가 마지막으로 이 시간에 자러 간 건 여덟 살 때였거든."

"그 전에 책 읽는다고 했잖아요!"

이 말은 의도보다 훨씬 신경질적으로 나왔다.

"죄송해요. 화학 숙제 때문에 신경이 예민해졌어요."

아빠는 접시에 대고 알아듣지 못할 말을 중얼거렸다. 닉은 무슨 말인지 묻지 않았다. 어서 가서 사리우스를 돌봐야 하니까.

여관 창문으로 보이는 달도 런던의 달과 똑같은 모양으로 지고 있었다. 그러나 이곳에서 런던은 멀기만 하다. 사리우스는 팔베개를 한 채 침대에 누워 천장을 쳐다보았다. 누가 언제 가져다 놓았는지 편지도 한 장 있다. 편지 봉투를 봉한 노란 촛농은 사람의 눈 모양이다. 사리우스는 편지를 뜯어보기 전에 재산이 잘 있는지 확인하고, 안도의 한숨을 쉬었다. 금화와 치유약 모두 안전했다.

'너만 빼고 모두 떠났다. 우린 도움을 청했지만 너는 거절했다. 실망이다, 사리우스. 이번 일은 그냥 넘어갈 수 없다. 무슨 뜻인지 알겠지?'

서명도 노란 눈 모양이다. 더 이상 무슨 말이 더 필요하랴? 사리우스는 큰 실수를 저지른 것이다. 사리우스가 편지를 내려놓는 순간, 촛불이 꺼지더니 달도 사라졌다. 에레보스의 세계는 암흑과 침묵 속에 묻혔고, 사리우스는 다시 게임에서 배제되었다. 순간 이번이 마지막이 아닐까 하는 두려움이 엄습했다. 물론 그럴 리 없다. 오늘 그는 그 누구보다 잘 싸웠다. 전령은 최고 중의 최고를 찾는다고 했다. 사리우스가 바로 그 최고가 될 만한 전사다. 사리우스는 왠지 그런 느낌이 들었고, 그렇다고 굳게 믿고 싶었다.

저녁으로 먹은 라자니아 때문에 속이 더부룩했다. 조금 덜 먹었더라면, 조금만 더 빨리 먹었더라면 퀘스트를 놓치지도 않았을 텐데. 정말 미치고 팔짝 뛸 노릇이다. 닉은 절망적인 얼굴로 시꺼먼 화면을 바라보았다. 이건 정말 해도 너무한다. 컴퓨터를 수십 번 껐다 켜 보고 혼잣말로 욕하고 별 쇼를 다 해 보았지만 시꺼먼 화면은 돌아올 줄 몰랐다.

다른 전사들은 지금쯤 어디에서 뭘 하고 있을까? 렐란트도 퀘스트를 받았을까? 밤새 사리우스를 따라잡는 게 아닐까? 빌어먹을, 빌어먹을, 빌어먹을! 이게 다 게임을 어떻게 멈추는지 몰라서라니! 닉은 시큰둥하게 이메일을 확인했지만 착잡한 기분을 달래 줄 만한 소식은 없었다. 그다음에는 별로 궁금하지도 않으면서 버릇처럼 데비안트아트로 들어가 에밀리의 블로그를 클릭했다. 새로 시가 올라와 있다.

밤

침대에 누워 홀로 불침번을 선다.

베개와 이불을 울타리 삼아

몸을 숨기고 눈을 크게 뜬다.

그리고 내 생각의 쌍둥이,

태양빛을 싫어하는 은밀한 존재의

속삭임에 귀를 기울인다.

익숙한 것을 찾아 주변을 더듬어 본다.

그러나 내 자신마저도 손에 잡히지 않는다.

그저 이해할 수 없는 미친 생각만이

머릿속에서 쳇바퀴 돌듯 돌아간다.

그러면 나는 어둠과 빛의 화해를 간절히 기원한다.

어서 잠의 요정이 찾아와 주기를,

네 모습을 닮은 창백한 새벽빛이

내 창 앞에 와 주기를.

에밀리의 시는 닉의 우울함을 잠시 잊게 해 주었다. 시를 읽고 나니 에밀리와 이야기를 해 봐야겠다는 생각이 들었다. 요즘 어떻게 지내는지, 고민이 있는지 물어볼 수 있지 않을까? 잠시 생각하던 닉은 바로 그 생각을 접었다. 별로 친하지도 않은데 그런 말을 했다가 괜히 어색해지고, 창피만 당할 게 빤하다.

"안녕, 에밀리. 저기 뭐 좀 물어보려고. 너 요새 별일 없니? 뭐 고민 같은 거 있으면 말해 봐."

"없는데. 왜?"

"아, 그냥 네 시를 읽었더니 그런 생각이 들어서."

"그래? 어디서 읽었는데?"

"데비안트아트에서."

"뭐? 내 닉네임 어떻게 알았어?"

"아, 그게……. 저번에 미쉘이랑 얘기하는 거 들었어. 미안해, 일부러 엿들은 건 아니야."

"그래도 기분 나빠. 앞으로 인터넷에서든 학교에서든 내 주변에 얼쩡거리지 마."

에밀리와의 대화는 이런 식으로 끝나겠지. 그 시는 에밀리의 마음 상태와는 상관없는지도 모른다. 그저 예술인지도. 닉은 마우스를 던지듯 세게 밀어 놓고 꽁지머리를 다시 묶었다. 에레보스를 다시 한번 켜 보자. 이제 10분 정도 지나지 않았을까? 전령은 이 정도로 벌을 다 주었다고 생각할지도 모른다. 닉이 얼마나 끈질기게 게임에 매달리는지 보려고 시험한 걸지도.

한 번, 두 번…… 다섯 번을 시도해도 에레보스는 켜지지 않았다. 정말 해도 해도 너무 한다. 기분 완전히 잡쳤다. 그날 저녁, 유일한 즐거움은 갑자기 문을 열고 닉의 방을 들여다본 아빠의 반응이었다. 아빠는 정말로 책을 읽는 닉을 발견하고 눈이 휘둥그레졌다.

9시 34분. 자명종 시계의 빨간 숫자가 9시 34분을 알렸다. 닉은 오늘 밤 일찍 잠자리에 들기로 하고 10분 전 침대에 누웠다. 내일 잘하면 오늘 놓친 걸 다 만회할 수 있을지도 모른다. 내일 밤을 새려면 미리 잠을 보충해 두어야 한다. 다른 방법은 아픈 척하고 학교에 빠지는 것이다. 콜린도 분명히 이 방법을 썼다. 의심의 여지가 없다. 콜린뿐이겠는가? 헬렌, 제롬, 알렉스……. 모두 이 방법을 썼다.

그러나 닉은 학교를 빼먹고 싶은 생각은 없었다. 적어도 내일은 학교에 갈 생각이다. 내일은 브린에게 CD를 받은 금요일 이후 처음으로 학교에 가는 날이다. 게임 속 적을 살과 피를 가진 인간의 모습으로 만나는 날이다. 닉은 콜린과 함께 게임 속 캐릭터의 주인공을 유추해 볼 생각이었다. 누구보다 로드닉의 정체를 알아내야 한다.

지금쯤 아이들은 뭘 하고 있을까? 최고의 퀘스트를 수행하고 있을지도 모른다. 그런데 나 혼자 여기서 뭘 하고 있지? 젠장! 닉은 이리저리 뒤척거렸지만 도저히 잠이 오지 않았다. 눈을 감으면 게임 속에서 본 것이 영화의 한 장면처럼 눈앞에 펼쳐졌다. 두꺼비눈이 지팡이를 높이 들어 올리며 성큼성큼 다가오는 모습, 크소후가 모래밭에 핏자국을 남기며 끌려 나가던 모습…….

닉은 깊은 한숨을 쉬며 머리 뒤로 손깍지를 꼈다. 시계는 10시 13분을 가리켰다. 평소 자는 시간에 거의 가까워졌지만, 닉은 그 어느 때보다 정신이 말짱했다. 크소후는 그런 식으로 게임에서 탈락한 걸 어떻게 받아들였을까? 내일 학교에 가면 누군지 알아볼 수 있을까? 물론 크소후가 같은 학교 학생이라면 말이다. 에레보스의 전사들이 모두 같은 학교에 다니지는 않겠지. 닉은 바보 같은 생각이라고 스스로를 나무라며 눈을 감았다.

오늘 아레나에 몇 명이나 모였지? 다크엘프가 40명 내지 50명, 뱀파이어 약 30명, 드워프 약 20명. 자이언트는 얼마나 됐지? 한 20명은 될 거다. 늑대인간은 그보다 약간 적었다. 한 15명? 그 정도는 됐을 거다. 고양이인간과 도마뱀인간도 늑대인간과 얼추 비슷해 보였다. 거기다 인간 세 명까지 합하면 다 해서 160명 내지 170명이 되겠군.

다른 인터넷 게임과 비교하면 새 발의 피지만, 이 정도면 꽤 많다. 물론 에레보스 게이머들이 전원 아레나에 모이지는 않았을 것이다. 하지만 대다수가 참여했겠지. 그리고 챔피언들, 그 이너서클이란 것 말이다. 과연 드리즐이 그중 한 명을 황금 권좌에서 끌어내리는 데 성공했을까? 아마도 그러지 못했겠지. 그러기는커녕 누군가에게 호되게 한 대 얻어맞았을 테지. 닉은 입가에 미소를 띠며 생각했다. 당해도 싸지, 당해도 싸.

10시 21분. 한 번 더 시도해 볼까? 혹시 그사이에 금지령이 거두어졌을지도 모르지. 어차피 잠도 안 오는데 한 번 더 해 보자. 닉은 침대 옆에 놓인 스탠드를 켜고 일어나 가슴을 조이며 컴퓨터를 켰다. 바보, 긴장하지 마.

빨간 'E'에 대고 더블 클릭을 해 본다. 역시 안 된다. 한 번 더 시도. 이번에도 감감 무소식. 닉은 깊이 생각할 것 없이 구글 사이트로 들어갔다. 게임에 대해 잘 알아보면 소프트웨어를 작동시키는 방법을 알게 될지도 모른다. 지난번에 에레보스에 대해 알아봤을 때, 어떻게 알았는지 몰라도 전령이 끼어든 게 영 찝찝하기는 하다. 이 두 번째 시도가 전령의 진노를 살 수도 있는 일이다.

닉은 갑자기 좋은 생각이 난 듯 아마존 사이트로 들어갔다. 그가 받은 CD는 불법으로 복제됐다. 그렇다면 틀림없이 오리지널이 있을 것이다. 닉은 검색창에 '에레보스'라고 치고 엔터를 눌렀다. 마음 한 구석에서는 전령의 경고가 빨간색 글씨로 나타나 어두컴컴한 방 안을 비추는 상상을 했다.

좋은 생각이 아니다, 사리우스. 어리석은 생각이야. 아니, 매우 위험한 생각이지. 아마존 검색 결과는 닉의 예상과 달리 일련의 오페라 CD를 토해 내는 데 그쳤다. 〈오르페우스와 에우리디케〉라는 오페라가 여러 가지 녹음 버전으로 검색됐다. 왜 그렇지? 아하, 그 오페라 중에 무슨 뜻인지는 모르겠지만 'Chi Mai Dell'Erebo'라는 제목의 아리아가 있다. 어쨌든 아무 도움이 안 된다. 에레보스라는 이름의 게임은 어디에도 나오지 않는다. 앞으로 출시될 CD 중에도 그런 것은 없다. 어떻게 오리지널 없이 복제할 수 있단 말인가? 오리지널을 가진 사람은 도대체 누구지?

닉은 오페라 CD 커버를 하나하나 자세히 살폈다. 대부분 옛날 그림을 사용했는데, 그 그림을 보니 무언가 연상됐다. 닉은 한참을 생각하고 나서야 그림 속 인물이 두꺼비눈과 닮았다는 걸 깨달았다.

10시 57분. 다시 침대에 눕는다. 이젠 정말 지겹다. 게임을 할 수 없다면 잠이라도 자야 한다. 너무 피곤해서 몸도 제대로 가눌 수 없다. 어디서도 살 수 없는 게임. 게임이 내게 말을 걸고 나를 지켜본다. 내 행동에 보상을 하고 나를 위협하기도 하고 임무를 주기도 한다.

"가끔은 게임이 살아 있는 것 같다니까."

콜린이 한 말이다. 콜린은 노벨상을 탈 정도로 머리가 좋진 않지만, 그렇다고 순진해 빠진 바보도 아니다. 물론 게임이 살아 있을 리없다. 하지만 특별한 것만은 사실이다. 특별해도 너무 특별하다.

사리우스는 바닥에 누워 있다. 로드닉이 징그럽도록 친숙한 얼굴로 사리우스를 짓누르며 서 있다.

"내가 먼저 왔거든. 하룻강아지 범 무서운 줄 모르고!"

로드닉은 사리우스의 얼굴 바로 앞에 자루를 들이댔다. 자루 속에는 제이미, 에밀리, 댄, 형 핀의 머리가 들어 있다.

"하나 골라. 아니면 계속 그 멍청한 엘프 얼굴을 달고 다닐 거냐?"

마음속에서 로드닉에 대한 증오가 치밀어 오른다. 벌떡 일어나서 로드닉에게 칼을 들이대고 싶지만 움직일 수가 없다. 게다가 동굴처럼 깜깜해서 아무것도 보이지 않는다.

"결투하는 게 어때? 레벨 두 단계를 걸고 싸우자. 그러니 날 일으켜 세워 줘."

"레벨을 놓고 싸우자고? 흥, 턱없는 소리. 목숨을 놓고 싸우는 건 어때? 목숨 10년 걸자, 어때?"

그러고 보니 적의 목소리를 실제로 듣는 건 처음이다. 이제까지는 왜 실제 목소리를 들을 수 없었던 거지? 그리고 왜 갑자기 목숨을 걸라고 하는 거지? 그건 불가능하잖아. 그런 생각을 하니 문득 두려움이 밀려왔다.

"싫어. 그런 걸 걸진 않아. 걸 수도 없고."

이제 자신의 목소리도 들린다. 울음 섞인 고음이다.

"좋아, 그럼 넌 아웃이야."

자루를 내던진 로드닉은 두 손으로 칼을 높이 쳐들더니 사리우스의 몸 위에 똑바로 내리꽂았다. 사리우스는 핀에 꽂힌 나비처럼 땅에 못 박힌 채 비명을 지르고 고함을 쳤다. 죽고 싶지 않아!

닉은 자신이 우는 소리에 놀라 잠에서 깼다. 심장은 100미터 달리기라도 하고 난 것처럼 거칠게 두방망이질 친다. 꿈에서 깼는데도 여전히 어둡다. 어쩌면 아직도 꿈속인지도 모른다. 아, 저기 자명종 시계가 보인다. 다행이다.

3시 24분. 닉은 도로 침대에 누워 안도의 한숨을 내쉬었다. 귓가에는 아직도 자신의 비명 소리가 쩡쩡 울리는 것 같았다. 설마 꿈속에서만 소리를 질렀겠지? 진짜 소리를 질러서 온 가족을 다 깨운 건 아니겠지? 집 안은 조용하다. 엄마도 아빠도 아들이 왜 실성한 사람처럼 비명을 질러댔는지 몰라 허둥지둥 달려오지 않았다. 다행이다.

닉은 눈을 감았다가 바로 다시 떴다. 잠자는 것이 아직은 두렵다. 로드닉이 머리가 든 자루와 칼을 들고 아직 꿈속에서 기다리고 있을 것만 같다. 게다가 화장실에도 가야 한다. 닉은 천천히 일어나 부모님이 깨지 않도록 조심조심 욕실로 갔다. 꿈에서 들은 로드닉의 목소리를 떠올려 본다. 아는 목소리는 아니었다. 그냥 모르는 사람 목소리다. 그런데 왜 에레보스에서는 다른 인터넷 게임처럼 라이브로 대화하면서 게임할 수 없는 거지?

답은 단순하다. 이 정신없는 와중에도 선명하게 떠오른다. 게이머들이 서로 누군지 알아서는 안 되니까. 지금 내가 누구와 싸우는지 드러나서는 안 된다. 하지만 자신의 역할을 발설한 사람이 정말 한 명도 없을까? 닉은 가만히 물을 내리고 살금살금 걸어 방으로 돌아왔다. 전혀 피곤하지 않았다. 멀쩡하다. 다시 한 번 해 보는 거다. 에레보스에 다시 도전하는 거다. 만약 에레보스가 다시 작동한다면 몇 시간 뒤 편안한 마음으로 학교에 갈 수 있을 것이다.

한밤중 침묵 속이라 컴퓨터 켜지는 소리가 엄청나게 크게 느껴졌다. 하드드라이브와 쿨러 돌아가는 소리만으로도 엄마 아빠가 잠에서 깰 것 같다. 닉은 전혀 기대하지 않는 마음, 제발 됐으면 하는 마음이 반반인 채로 붉은 글씨 'E'를 클릭했다. 그리고 에레보스가 실제로 다시 열린 것을 보고 믿기지 않는 표정을 지었다.

　사리우스가 있는 곳은 더 이상 여관방이 아니다. 처음에 이름 없는 떠돌이로 시작했을 때처럼 어두운 숲 속에 혼자 서 있다. 공기 중에는 불길한 느낌을 주는 음악이 들릴 듯 말 듯 떠돈다. 처음에는 어두워서 몰랐지만, 잘 살펴보니 나무 사이로 작은 오솔길이 나 있다. 그 길을 따라가니 얼마 지나지 않아 나무가 듬성듬성한 빈터가 나왔다.

　빈터 너머로 보이는 게 뭔지는 한눈에 봐도 알겠다. 쇠 울타리가 높이 쳐진 공동묘지다. 달빛 아래 비석이 밝게 빛난다. 비뚤어진 것도 있고 담쟁이 넝쿨에 뒤덮인 것도 있다. 모두 뭔가를 기다리는 듯 보인다.

　사리우스는 마음 같아서는 그대로 뒤돌아가고 싶었지만 용기를 내어 숲 속 빈터를 벗어나 묘지 쪽으로 걸음을 옮겼다. 부엉이인지 올빼미인지가 울자 음악은 바로 여자의 구슬픈 노랫소리로 바뀌었다. 전령은 항상 용기를 칭찬하고 용감한 자에게 상을 주었다. 사리우스는 그것을 상기하고 묘지 쪽으로 두어 걸음 더 다가갔다. 다른 전사들이 이 근처에 있을지도 모를 일이다. 아니면 혼자 퀘스트를 받게 될까? 묘지에 무슨 비밀이 숨겨져 있는지도 모르지. 사리우스는 첫 번째 비석 앞으로 가서 비문을 읽었다.

오로라 : 고양이인간

사망 원인 : 부주의함

　오로라? 사리우스는 미로에서 만난 고양이인간 여자를 바로 기억해 냈다. 부상당한 상태였다. 뒤에서 전갈이 다가오는데도 그 소리를 듣지도, 알아채지도 못했다. 사리우스가 전갈을 쫓아 버리긴 했지만, 그때는 이미 오로라가 독침을 맞은 뒤였다. 난 정말이지 죽을 줄은 몰랐어. 분명 전령이 데려가서……. 부주의함이란 그냥 당사자의 부주의함을 뜻할까? 아니면 이웃을 돌보지 않는 주변 사람의 부도덕함을 뜻할까? 비문에는 그런 말이 자세히 나와 있지 않았다. 사리우스는 양심의 가책을 떨쳐 버리려는 듯 서둘러 그 자리를 떴다.

라벨라 : 다크엘프

사망 원인 : 수다스러움

　라벨라라는 이름은 처음 들어 보지만 수다스러움은 매우 흔한 사망 요인인 듯하다. 뱀파이어 샤말리아와 자이언트 바흑스도 그 때문에 죽었다. 구슬픈 노랫소리는 점점 더 애절해졌다. 무릎을 꿇고 앉은 여인이 양손으로 얼굴을 가리고 몸을 앞뒤로 흔들며 노래를 부르는 모습이 눈앞에 그려진다. 사리우스는 음울한 심상을 떨쳐 버리고 발걸음을 재촉했다. 사실 찾고자 하는 비석이 있었다. 사리우스는 그 다음 다음 비석 앞에서 다시 걸음을 멈추었다.

카스카르 : 뱀파이어

사망 원인 : 배신

비뚤게 세워진 비석에 누군가 비웃음이 담긴 얼굴을 아무렇게나 휘갈겨 놓았다. 길게 자란 풀잎이 사리우스의 발밑에서 사각사각 소리를 냈다. 가자.

오갈푸르 : 드워프

사망 원인 : 게으름

베레날리스 : 다크엘프

사망 원인 : 수다스러움

줄라노 : 인간

사망 원인 : 불복종

트로야바스 : 뱀파이어

사망 원인 : 부주의함

그리고 결국은 나왔다. 찾고 있었지만 없기를 바랐는데…….

크소후 : 다크엘프

사망 원인 : 자제력 부족

크소후가 정말 죽다니. 이건 너무……. 슬프다. 주위를 둘러싼 어둠, 여인의 노랫소리, 크소후의 죽음을 애도하는 사람이 자신 말고는 아무도 없다는 사실. 사리우스는 이 모든 것이 갑자기 참기 힘들어져 크소후의 비석에서 억지로 눈길을 떼고 발걸음을 옮겼다.

아이르디 : 다크엘프
사망 원인 : 호기심

나도 죽는다면 저걸로 죽겠군. 사리우스는 씁쓸함을 삼키고 비석을 지나쳐 걸어갔다. 요스타반─늑대인간─부주의함. 그루날피아─드워프─호기심. 루고르─드워프─게으름. 그로톡─자이언트─불복종. 이제 그만. 여기서 모험이나 퀘스트를 기대하는 건 무리다. 사리우스는 묘지가 기분 나쁘고 으스스했다. 금방이라도 땅에서 손이 쑥 올라와 발목을 잡을 듯했다. 여기서 나가자.

사리우스는 더 이상 비문을 읽지 않고 지나쳤다. 아는 이름이 있을지도 모르지만, 이제 관심도 없다. 물론 드리즐이나 로드닉의 이름이 나온다면 해 볼 만하겠지만. 나가겠다는 의지와 나갈 수 있다, 없다는 별개의 문제다. 줄지어 선 비석 너머로 쇠창살 달린 문이 하나 보였다. 하지만 그 뒤로 펼쳐진 것은 컴컴한 숲뿐이다. 백색도시는 거기서도 수천 킬로미터는 떨어져 있을 것이다.

갑자기 바람이 바뀌더니 들리지 않던 소리가 들렸다. 바람에 춤추는 나뭇가지가 사리우스에게 어서 오라고 손짓했다. 아니면 저리 가라는 뜻인가? 알 수 없다. 사리우스는 그 자리에 주저앉아 무릎에 얼굴을 묻고 싶은 생각뿐이었다. 하지만 누군가 보고 있을 게 틀림없다.

사리우스—다크엘프—두려움과 겁에 질려 죽음. 안 되겠다. 정신 차리자. 어둠과 궁상맞은 노랫소리에 현혹되어서는 안 된다. 어서 탈출구를 찾아야 한다. 그래, 저 문을 통과하는 것부터 시작하자. 사리우스는 벌떡 일어나 문을 향해 걸었다. 지나는 길에 세워진 비석은 잡초에 묻히거나 비바람에 심하게 훼손되어 비문을 읽을 수 없는 것도 많았다. 하지만 상관없다. 어서 여길 뜨자.

문을 통과하자마자 여인의 노랫소리가 작아졌다. 아, 다행이다. 그런데 이제 어디로 가야 하지? 그냥 이대로 에레보스를 떠날 엄두는 나지 않았다. 다음번에 어디서 어떻게 시작하게 될지, 아니 다시 시작이나 할 수 있는 건지 보장이 없지 않은가. 그때 어디선가 쿵쾅거리는 소리가 들려왔다. 마치 석탄 캐는 곳에서 나는 소리 같다. 사리우스는 칼을 빼 들고 소리가 나는 쪽으로 갔다. 자신의 발자국 소리마저도 너무 크게 들리는 어둠 속에서 그 소리는 숲 전체를 뒤흔들 듯 위협적이고 우렁차게 느껴졌다. 갈수록 소리는 가까워지고 선명해졌다. 다행히 불빛도 함께 밝아졌다.

그럼, 그렇지! 역시 이번에도 놈이다. 전령의 부하 중 하나가 등을 돌린 채 나무로 만든 간이 의자에 앉아 일하고 있었다. 끌과 망치를 들고 돌덩이를 다듬는 것을 보니 묘지의 수많은 비석이 어디서 나왔는지 알겠다.

저 뒤에 가서 보면 분명 내 이름을 새기고 있을 거야. 깜짝 놀래키려고 말이지. 사리우스는 살금살금 놈 뒤로 가서 어깨 너머로 돌덩이를 쳐다보았다. 다른 이름이 새겨져 있다. 쉬조. 모르는 이름이다. 더잘됐지, 뭐. 사리우스가 바로 등 뒤에까지 가자 놈이 흉물스러운 얼굴을 휙 돌렸다.

"이상한 시간에 돌아다니는구나, 사리우스."

"나도 알아. 사실 나도 여기 있고 싶어서 있는 건 아니야."

"그래, 누가 이런 데 있고 싶겠니?"

"어떻게 하면 돌아갈 수 있는지 좀 알려 줄래?"

"돌아가다니, 어디로?"

'어디로 가긴?'

사리우스는 적당한 표현을 골랐다.

"잠깐 에레보스를 떠나고 싶은데, 그것 때문에 불이익을 받고 싶진 않거든."

놈은 생각하는 표정으로 망치를 몇 번 내리쳤다.

"그렇게 간단한 문제는 아니야."

내가 그걸 모르냐? 알면 물어보지도 않지! 사리우스는 속으로만 그렇게 생각하고 놈이 털이 북실북실한 귀를 다 긁을 때까지 참을성있게 기다렸다.

"좋아, 그럼 가 봐. 내일 오후에 다시 오는 걸로 알고 있을게. 우리를 실망시킬 생각은 아니지?"

"당연하지."

사리우스는 속으로 안도의 한숨을 내쉬었다.

"그리고 닉 던모어에게 규칙 잊지 말라고 전해. 어차피 우리 귀에 다 들어오게 돼 있어. 그리고 눈 똑바로 뜨고 주위를 잘 살피라고 해."

"알았어. 안 그러면 네가 내 이름을 거기에 새겨야 할 거 아냐? 그건 나도 싫거든."

사리우스가 눈짓으로 돌덩이를 가리키며 말했다.

"아, 네 건 이미 만들어 놨어. 너희 거 다. 어차피 몇 명 빼고는 다 필요하거든."

화면이 어두워지는 동안에도 놈은 빙글거리는 웃음을 멈추지 않았다.

4시 42분. 일어나기엔 너무 이르고 다시 잠들기엔 너무 늦은 시간이다. 닉은 잠이 올 것 같지 않았다. 그래도 침대에 누워 이불을 머리 끝까지 뒤집어썼다. 눈을 감고 천천히 숨을 쉬려고 노력했다. 머릿속에서는 비석이 춤을 추었다.

다른 아이들은 아직도 어디선가 싸우고 있을까? 몇 시간 뒤에 학교에 가면 콜린에게 물어봐야겠다. 아니, 안 된다. 그건 규칙에 어긋난다. 젠장. 하지만 렐란트가 아레나에서 당한 것 때문에 우울할 테니 그건 숨기지 못하겠지. 닉은 그렇게 자신을 위로하며 드디어 잠이 들었다.

13

　한밤중의 묘지 산책을 비롯한 지난밤의 흔적은 아침에도 고스란히 남았다. 감기에 걸렸을 때처럼 관자놀이에 가벼운 압박이 느껴졌는데, 학교에 갈 때부터 시작해서 하루 종일 사라지지 않았다. 물론 가끔씩 통증을 잊게 하는 순간이 찾아오기도 했다. 아침에 교문 앞에서 제이미, 에밀리, 에릭 부가 머리를 맞대고 서 있는 걸 목격했을 때도 그랬다.

　에릭은 에밀리에게 바짝 얼굴을 들이대고 열심히 뭐라고 지껄였다. 에밀리는 피하기는커녕 살며시 미소까지 지었다. 제이미는 그 옆에 서서 고개를 끄덕거렸다. 닉은 가방에서 뭘 찾는 척하며 곁눈질로 계속 그 셋을 관찰했다. 에릭이 농담을 했는지 갑자기 모두 와 하고 웃음을 터뜨렸다. 그러고 보니 에밀리는 웃는 일이 잘 없다. 닉은 그런 에밀리를 웃게 한 사람이 에릭이 아니라 자신이면 좋겠다고 생각했다.

　에릭이 저렇게 원숭이 똥구멍 같은 녀석만 아니라면! 그런 생각을 하느라 닉은 하마터면 가방 뒤지는 것을 잊어버릴 뻔했다. 흠, 에밀리가 좋아하는 남자가 저런 타입이란 말이지. 멀대같이 키만 크고, 아시아인 혼혈에, 범생이 안경에, 헤어스타일은 왕자병 말기, 독서 클럽에 드나들며 잘난 척하는 저런 녀석이라고? 흥, 저런 녀석은 느끼하지 않다 이거지? 저 녀석이 주면 CD든 선물이든 다 받겠군. 이런 해삼 멍게 말미잘 같은 경우가 있나!

닉은 그들이 하는 말을 들을 수 있다면 레벨 두 단계, 아니 한 단계 정도는 기꺼이 내놓을 듯싶었다. 어제 제이미와 싸우지만 않았다면 아무렇지도 않게 옆에 가서 낄 수도 있을 텐데.

"야, 닉! 길 막고 멍청하게 서 있지 마!"

제롬이 지나가면서 확 밀치는 바람에 닉은 손에 든 가방을 떨어뜨릴 뻔했다.

"꺼져, 새끼야!"

닉은 제롬의 등 뒤에 대고 소리를 버럭 질렀다. 마음 같아서는 뒤따라가서 멱살을 잡고 낯짝을 한 대 갈겨 주고 싶었다. 에밀리, 에릭, 제이미는 이미 닉의 존재를 알아차렸다. 제이미는 잠시 쳐다보다가 고개를 돌렸고, 에밀리는 억지 미소를 지으며 손 흔드는 시늉만 했다. 하필이면 에릭만 친절하게 웃어 주었다.

닉은 몸을 돌려 학교로 향했다. 왜 이렇게 화가 치밀어 오르는 걸까? 뭐, 어젯밤을 새우다시피 했으니까. 수학 교실은 월요일 아침 치고는 무척 조용했다. 갑자기 브린이 문가에 나타나 길을 가로막았다.

"어땠어? 응? 어땠냐니까?"

브린이 작은 소리로 속삭였다. 닉은 손가락을 입술에 갖다 댔다. 말해서는 안 된다는 규칙이 이렇게 유용할 때도 있군. 싱글벙글하던 브린은 알았다는 듯 공모자의 표정을 지었다.

"좋아할 줄 알았어."

"응, 바로 맞혔어."

닉은 고개를 끄덕이며 억지웃음을 지었다. 자세히 보니 브린도 무척 피곤해 보였다. 화장으로 최대한 가리려는 노력이 어느 정도 성공했을 뿐이다. 반면, 헬렌은 그런 노력이 전혀 성과를 보지 못할 정도로 상태가 심했다. 보통 때에도 자꾸 보고 싶어지는 얼굴은 아니지만 오늘은 상상을 초월했다. 머리는 빗지 않아 사방으로 뻗쳤고, 눈은 반쯤 감겼고, 입은 금방이라도 침이 흘러내릴 것처럼 헤 벌어졌다. 제롬과 콜린은 헬렌에게서 눈을 떼지 못했다. 헬렌의 표정을 하나하나 흉내 내면서 저희끼리 배꼽을 잡고 웃었다.

그런 줄도 모르고 멍하니 허공만 쳐다보던 헬렌은 그것도 모자라 가볍게 비틀거리기까지 했다. 닉은 한줄기 동정심이 솟았다. 묘지에서 본 비석 중 하나가 헬렌이었는지도 모른다. 아니면 사리우스가 미로에 두고 온 오로라일지도 모른다.

닉은 헬렌에게 다가가 말을 걸었다.

"헬렌?"

헬렌은 눈썹만 까딱할 뿐 별 반응을 보이지 않았다. 제롬과 콜린은 허리를 꺾으며 웃어 젖혔다.

"헬렌, 괜찮니?"

그제야 헬렌이 고개를 들었다. 눈 밑에 시커멓게 그늘이 졌다.

"뭐라고?"

"괜찮으냐고. 너 완전히……."

맛이 갔어. 닉은 입술을 지그시 다물며 다른 표현을 골랐다.

"너 좀 아파 보여."

헬렌은 가소롭다는 듯 킥킥거리며 웃었다.

"남의 일에 상관 말고 네 일이나 잘하셔!"

"알았어. 그럼 계속 침 질질 흘리면서 멍 때리고 있어라. 쟤네 아주 좋아 죽는다."

닉이 눈짓으로 제롬과 콜린 쪽을 가리켰다.

갑자기 웬 착한 사마리아인 행세람? 그것도 헬렌에게 그런 친절을 베풀다니! 짜식, 다 알면서. 닉의 마음 한편에서 작은 목소리가 들려 왔다. 그렇다, 헬렌에게 듣고 싶은 말이 있었다. 예를 들면, 어젯밤에 무슨 일이 있었는지, 헬렌이 어떻게 죽었는지 그런 것 말이다. 그러면 캐릭터의 이름을 물어봤을 테고, 여러 인물 중 하나는 그 정체가 분명해졌을 테다.

닉은 양손으로 얼굴을 문질렀다. 우와, 나도 완전히 맛이 갔구나. 그래도 닉의 노력에 힘입어 헬렌은 아까보다는 정상으로 돌아왔다. 입도 벌리지 않고 주먹을 꼭 쥔 채 바른 자세로 앉았다.

"야, 허당! 너 헬렌한테 작업 거냐?"

콜린이 다가와 시비 걸 듯 물었다.

"시끄러. 힘들어 보여서 괜찮은지 물어본 거야. 넌 꼭 그렇게 초딩 처럼 굴어야겠냐?"

"알았다, 알았어. 그건 그렇고 뭐 특별한 소식 같은 거 없냐?"

"없어."

닉은 콜린을 유심히 살폈다. 물론 까만 피부라 얼굴이 창백해 보이지는 않았지만 전에 없던 회색빛이 섞여서 안색이 좋지는 않았다.

"어제 완전 죽여줬지?"

"밤은 또 어떻고."

닉은 마치 어젯밤 그 자리에 있었다는 듯 두루뭉술하게 받아쳤다. 묘지에서 혼자 질질 짰다는 말을 하기는 싫었다.

"그렇지, 밤엔 더 끝내줬지. 난 정말 그렇게 될 줄은 몰랐거든. 넌 알았냐?"

콜린이 그 순간을 떠올리는 듯한 표정으로 말했다.

"아니, 나도 몰랐어."

더 자세히 말해 봐. 제발!

"그런데 그건 시작일 뿐이야. 앞으로 기대해도 좋을걸."

"그래, 어떻게 될지 정말 궁금하다. 네 생각엔 어떻게 될 것 같아?"

콜린은 갑자기 어이없다는 듯 양팔을 들어 올렸다.

"내가 뭐 점쟁이냐?"

이래선 도저히 안 되겠다. 희미한 암시 말고는 콜린에게 알아낼 수 있는 게 없다. 그렇다면 단순한 추리 쪽은 어떨까?

"헬렌이 어느 캐릭터일지 궁금하지 않아?"

닉이 콜린에게만 들리도록 작은 소리로 속삭였다.

"그러게 말이야. 자기 얼굴을 달고 다니는 사람이 흔하지는 않거든. 헬렌도 그러진 않았을 거야."

닉은 그 말뜻을 알아듣고 뭐라고 말을 하려다가 곧 입을 다물었다. 그것을 본 콜린이 빙긋 웃었다.

"걱정 마라. 너 아니라는 거 다 알아. 걔는 시작한 지 한참 됐어. 그런데 그걸 눈치챈 사람이 많지는 않은 것 같더라.”

콜린은 제롬이 어슬렁어슬렁 걸어오는 것을 보고 얼른 입을 다물었다.

“비밀 얘기하냐?”

“미쳤냐? 내가 규칙을 몰라서 그런 짓을 해?”

“아, 난 또 그런 줄 알고.”

콜린이 딱 잡아떼자 제롬은 히죽 웃으며 지나갔다. 헬렌은 그런 제롬을 눈으로 쫓았다.

“그 말이 맞아. 입 처닫고 있는 게 상책이야. 그런데 아까 제롬도 몇 마디 나불거렸거든. 그러니까 우리한테 뭐라고 하지는 못해. 그리고 난 아웃당할 걱정은 없거든.”

콜린이 빙글빙글 웃으며 말했다.

1교시 종이 울리자 닉은 교실을 죽 훑어보며 반 아이들의 출석 상태를 확인했다. 알렉스는 있고, 댄은 결석, 아이샤는 나왔고, 미쉘이 빠졌다. 그런데 자세히 보니 아이샤는 얼굴이 창백하고 끊임없이 눈을 깜박거리는 게 이상했다. 머리에 두른 두건도 비뚤어졌다.

제이미는 있고, 제이미가 빠질 이유는 없지. 에밀리도 있고, 글로리아가 빠졌다. 평소 말이 없는 그렉은 교실을 둘러보며 아이들의 상태를 스캔하고 머릿속에 메모하는 듯한 표정이 닉과 비슷했다. 그러다 포나리 선생님이 들어와 수학 수업이 시작되었고, 닉의 은밀한 연구 활동은 강제로 종결되었다.

닉은 마지막 구원자라 여기며 커피 자판기를 향해 달려갔다. 그러나 멀리서도 길게 늘어선 줄이 바로 눈에 띄었다. 젠장, 앞으로 세 시간을 버티려면 커피가 꼭 필요한데……. 그때 창가에 서 있던 제롬이 다 마신 레드불 캔을 한 손으로 구기는 게 보였다. 약삭빠른 녀석. 내일은 나도 에너지 드링크를 사 와야겠다.

닉은 늘어지게 하품을 하며 강당 벤치에 몸을 던졌다. 쉬는 시간을 혼자 보내는 것은 정말 오랜만이다. 제이미는 또 에릭 부와 붙어서 조잘거리고 있다. 이번에는 에밀리가 끼지 않아서 그나마 다행이다. 콜린은 말없이 눈에 띄기로 작정한 듯 복도를 거닐며 아이들을 관찰하는 중. 마지막으로 봤을 때는 한 학년 아래의 여자아이를 유심히 관찰했는데, 그 아이 손에 작은 상자가 들려 있었다. 닉이 기억하기로는 이름이 로라였다. 닉은 손목시계를 들여다보았다. 다음 수업 시작 전까지 5분 남았다. 화장실에 갔다가 들어가면 딱 맞다. 화장실은 열면 토론의 장으로 변해 있었다. 닉은 이미 문손잡이를 잡은 상태였지만 뒤로 한 걸음 물러섰다.

"안 된다는 거 너도 알잖아. 귀찮게 좀 하지 마."

"그게 말이 돼? 그냥 아무도 모르게 하나 구워 주면 되잖아. 아무한테도 말 안 할게, 형."

"안 된다면 안 되는 줄 알아."

"와, 아무것도 아닌 걸로 진짜 치사하게 구네! 아무 일도 없을 거라니까."

"그렇지 않으니까 문제지. 왜 내가 너 때문에 규칙을 어겨야 하는

데? 아무리 숨겨도 다 들통 난다고. 다 알아낸단 말이야."

문이 벌컥 열리더니 동급생 한 명이 나왔다. 이름은 모른다. 그 뒤로 저학년 중 하나인 마르틴 가리발디라는 아이가 시뻘게진 얼굴로 안경이 비뚤어진 채 따라 나왔다.

"좀 기다려 봐!"

마르틴이 앞의 아이를 쫓아가며 외쳤다.

닉은 그 둘이 계속 말다툼을 하며 다른 아이들 사이를 헤집고 걸어가는 모습을 지켜보았다. 구경하는 아이들 중에 누가 게이머이고 누가 아닌지는 바로 알 수 있었다. 무슨 일인지 몰라 뜨악한 표정을 지으면 게임을 안 하는 사람이고, 빙글빙글 웃으며 어깨를 으쓱하면 내막을 아는 사람이다. 그들에게서 막 고개를 돌리자 아드리안 맥배이가 말을 걸려고 기다리는 모양새로 옆에 서 있었다.

"아, 아드리안."

닉은 아드리안을 볼 때마다 이상한 기분이 들었다. 인생에 태클당한 아이라는 건 아는데, 그게 고스란히 밖으로 드러난다는 게 특이하다. 뭐랄까 보호막이랄까, 쿨한 척하는 허영이 없다. 닉은 아드리안을 볼 때마다 양팔을 벌리고 그 앞에 서 주고 싶은 마음이 들곤 했다.

"형, 뭐 좀 물어봐도 돼요?"

"응."

"요즘 아이들이 주고받는 CD, 그거 뭐예요?"

닉은 숨을 한 번 들이마시며 시간을 벌었다. 그리고 일단 머릿속에 떠오르는 대로 말했다.

"그냥 주고받는 건 아닌데."

암, 그렇고말고. 그냥 주고받는 것과 구워서 퍼뜨리는 것에는 분명한 차이가 있다.

"아, 그런가요? 아무튼 요즘 학교에 돌아다니는 거 있잖아요. 그 CD에 든 게 뭔지 말해 줄 수 있어요?"

"왜 하필이면 나한테 물어보니?"

"아, 그냥요. 사실은 형한테 처음 물어보는 건 아니에요."

아드리안은 입꼬리를 치키며 억지로 미소를 지었다.

"그런데 다른 애들은 대답을 안 해 줬구나?"

아드리안이 고개를 끄덕였다.

"보아하니 형도 마찬가지일 듯싶은데요."

"응, 미안하지만 나도 말해 줄 수 없어."

콜린이 지나가며 무슨 일이냐는 듯 눈썹을 치켜 올렸다. 안 돼, 안 되고말고. 내 입이 그렇게 쉽게 열릴 것 같아? 그런데 콜린이 지금 날 감시하는 건가? 이제부터 누구와 무슨 얘기를 하던 규칙을 어기는지 감시하는 사람이 따라붙는 건가?

아드리안은 멍하니 자기 손바닥만 내려다보았다.

"다들 안 된다고만 하잖아요. 정말 안 되는 거예요? 아니면 그냥 말하기 싫어서 그러는 거예요?"

"내가 듣기로는 너한테도 누군가 그 CD를 줬다고 하던데. 그렇게 궁금하면 받지 그랬어?"

그 말에 아드리안은 미소를 싹 거두었다.

"전 받을 수 없어요."

"그 안에 뭐가 들어 있는지도 모르면서 받을 수 없다고? 그건 이해하기 힘든데."

아드리안은 잠시 말이 없다가 낮은 목소리로 말했다.

"이상하게 들린다는 거 알아요. 왜 받을 수 없는지 설명하기는 힘들어요. 하지만 그 내용을 아는 건 제게 무척 중요해요."

그때 수업종이 울렸다. 휴, 다행이다. 닉은 점점 난감해지는 대화에서 풀려난 것이 반갑기만 했다. 닉은 심각한 아드리안에게 한번 웃어 주고 빈말 몇 마디를 남긴 후 쌩하니 도망쳤다.

물리 시간과 심리학 시간은 졸다 보니 어느새 지나갔다.

"아드리안이랑 무슨 얘기한 거야?"

영어 시간이 시작되기 전 쉬는 시간에 콜린이 물었다.

"별거 아니야. 그냥 잡담한 거야."

닉은 자신도 모르게 다시 아드리안을 보호해야 한다는 생각이 들었다. 두말하면 잔소리지만 물론 자신을 보호하기 위함이기도 하다. 콜린은 더 이상 따져 묻지 않았다. 다시 눈썹을 치켜 올리긴 했지만, 그러라지 뭐. 정말이지 닉이 콜린에게 미안해해야 할 이유는 없다. 더구나 콜린이 규칙 지킴이로 나선 지금은 더욱 그렇다. 또라이 자식.

맥배이라는 이름이 나왔을 때 에밀리는 잠깐 고개를 돌려 미심쩍은 표정으로 닉을 쳐다보았다. 경멸이 담긴 눈빛이다. 갑자기 왜 그러는지 알 게 뭐람? 아뿔싸! 제이미다. 제이미가 닉도 그새 그 문제의

CD를 갖고 있다는 걸 알린 것이다. 에밀리는 어제 닉이 전화한 이유가 맥배이 전화번호를 알려고 한 게 아님을 유추했을 것이다. 빌어먹을! 제이미 녀석, 왜 그 주둥이를 한시도 닫치지 못하는 거지?

왓슨 선생님이 책을 한 무더기 들고 교실로 들어오더니, 무언가 살피는 눈빛으로 교실을 한 바퀴 둘러보았다. 닉이 보기에는 빈자리가 많은 것을 보고, 그럼 그렇지 하는 표정을 짓는 듯싶었다.

"잘들 있었니?"

왓슨 선생님은 아이들의 웅얼거리는 대답에 만족하지 않고 계속 물었다.

"결석이 여섯 명이나 되네. 왜 그런지 아는 사람? 다른 반에도 병결이 유난히 많아서 양호 선생님에게 물어봤어. 그런데 독감이 유행하는 것도 아니고 장염이 퍼진 것도 아니라더라. 혹시 이유 아는 사람 없어?"

"없어요."

제롬이 불퉁거렸다.

"너도 지난주에 아파서 안 나왔지? 뭣 때문이었니?"

제롬은 뜻밖의 질문에 당황해서 겨우 대답했다.

"두통이요."

"아, 그래? 이제 다 나았니?"

"그러니까 나왔죠."

"자, 그럼 책 펴라. 지난 시간에 말한 대로 〈18번 소네트〉 다 읽어왔겠지? '그대를 여름날과 비교할 수 있을까요…….'"

아이들은 모두 책을 꺼냈다. 물론 닉은 시 읽어 오라는 숙제를 잊어버렸다. 오늘처럼 머리가 멍한 날에는 벼락치기 해석이 불가능하다. 이름이 불리지 않기를 바라는 수밖에 없다. 그때 별안간 날카로운 비명 소리가 났다. 닉은 전기 충격을 받은 것처럼 깜짝 놀랐다. 닉뿐 아니라 반 아이들 전체가 채찍을 맞은 듯 몸을 움찔했다. 아이샤가 떨리는 손으로 자신의 입을 틀어막은 채 얼굴이 허옇게 질려 있었다. 금방이라도 쓰러질 듯한 표정이다.

"왜 그러니?"

왓슨 선생님이 놀라서 아이샤에게 물었다. 아이샤는 그제야 정신이 번쩍 드는지 얼른 책 속에 끼워 두었던 종이쪽지를 집어 손 안에 숨겼다.

"아무것도 아니에요. 거미가 있는 줄 알았는데 잘못 봤나 봐요. 괜찮아요."

그러나 흔들리는 목소리와 재빨리 눈가의 눈물을 훔치는 모양이 누가 봐도 심상치 않다.

"손 안에 든 거 뭐니? 좀 봐도 되겠니?"

왓슨 선생님은 단호한 걸음걸이로 아이샤에게 다가갔고, 아이샤는 말없이 고개를 저으며 하염없이 눈물만 흘렸다.

"아이샤, 선생님은 널 도우려는 거야."

"진짜 아무것도 없어요. 그냥 혼자 놀란 거예요. 정말이에요."

"어디 손 안에 든 것 좀 보자."

"안 돼요."

왓슨 선생님은 아이샤 앞에 손을 내밀었다.

"선생님만 보고 다른 사람에게는 절대 안 보여 줄게. 자, 어서."

하지만 아이샤는 고집을 꺾지 않았다. 결국 왓슨 선생님은 전략을 바꿔 반 아이들을 향해 말했다.

"아이샤가 왜 그렇게까지 놀랐는지 말을 안 하려고 하는구나. 무슨 이유에선지는 모르겠지만 아이샤가 말할 수 없는 피치 못할 사정이 있다면, 너희 중에 대신 얘기해 줄 사람 있니?"

왓슨 선생님은 아이들의 얼굴을 하나하나 살폈다.

"모두 친구잖아. 친구가 이렇게 괴로워하는데 너희는 아무렇지도 않니?"

대답하는 사람은 아무도 없었다. 유난히 조용한 교실에 아이샤의 훌쩍이는 소리만 간간이 들렸다. 그렉이 휴지를 내밀자 아이샤는 누군지 쳐다보지도 않고 휴지를 받았다.

"오늘이 그날인가 봐요."

라시드의 말에 여기저기서 쿡쿡거리는 웃음이 터져 나왔다. 그 반응에 힘입은 라시드는 한술 더 떠서 능청스럽게 말했다.

"마법이네."

왓슨 선생님은 강렬한 눈빛으로 라시드를 응시했고, 결국 라시드는 말없이 고개를 숙였다. 닉은 영어 수업 시작 전에 여자아이들이 립스틱을 덧바르는 이유가 뭔지 그제야 이해했다.

"너희에게 물어봐야 소용없겠다는 생각이 드는구나. 이 자리에서 말해 두는데, 아이샤가 저렇게 힘들어하는 이유가 뭔지 선생님이 꼭 알아내겠다. 너희 중 그 일에 관련된 사람이 한 명도 나오지 않았으면 좋겠다."

왓슨 선생님은 책상에 앉아 책을 펼쳤다.

"라시드, 〈소네트 18번〉 읽고 해석해 봐. 방금 일을 설명하는 것을 보니 이 시 해석도 아주 잘할 것 같은데."

영어 시간이 끝나고 교실을 나가려는데, 문간에서 제이미가 길을 막았다.

"아이샤가 왜 저러는지 넌 알지?"

"아니. 내가 그걸 어떻게 알아? 네가 본 것 말고는 나도 본 게 없어."

"그런 게 아니라 더 큰 맥락에서 말이야. 그 CD, 그 게임하고 관계있는 거 아냐?"

"몰라."

닉은 그렇게 말하고 지나가려 했다. 그러나 제이미가 닉의 팔을 꽉 붙잡았다.

"뭔가 심상치 않은 일이 일어나고 있어. 닉, 다른 거 다 잊고 나랑 이성적으로 얘기해 보자. 오늘 우는 여자애들을 한두 명 본 게 아니야. 아이샤뿐이 아니라고. 7학년 여자 선배한테도 비슷한 일이 있었어. 가방 속에서 뭔가를 발견하더니 정신 못 차리고 울었대. 그런데 왜 그러는지 절대 말도 안 하고 그게 뭔지 보여 주지도 않는 거야."

"그래서 뭐 어쨌다고?"

닉은 제이미의 손을 툭 치고 팔을 빼냈지만 그 자리에 계속 서 있었다. 콜린과 라시드는 주변에 없고, 교실도 시끄러워서 그들이 하는 말을 엿들을 사람은 없었다. 제이미가 어이없다는 듯 말을 이었다.

"설마 아이샤가 한 말을 액면 그대로 믿는 건 아니겠지? 거미는 무슨 거미? 책 속에서 쪽지 꺼내는 거 너도 봤잖아. 안 그래?"

"쪽지에 거미 그림이 있었나 보지, 뭐."

닉은 농담을 한다고 해 놓고도 이건 좀 아니다 싶어 손을 내둘렀다.

"그래 나도 봤어. 하지만 왜 그러는 건지는 정말 몰라. 남자 친구가 쪽지로 헤어지자고 했나 보지, 뭐."

제이미는 씁쓸한 미소를 지었다.

"아무것도 모르는 척하기로 작정했냐? 한 열흘 전부터 그 게임이 돌기 시작했고, 그 이후로 학교 분위기가 이상해졌어. 그건 너도 느꼈을걸?"

"야, 그거 피해망상증이야."

제이미는 심각한 표정으로 닉을 찬찬히 쳐다보았다.

"네가 어제 CD 준다고 했을 때, 바로 낚아채야 했는데, 잘못했다. 그럼 지금 그걸 왓슨 선생님에게 가지고 가서 보여 드릴 텐데."

"그래, 그러지 그랬냐. 그런데 너 완전히 잘못 생각하고 있어."

닉은 혼자 속으로 중얼거렸다. 안됐지만 그 게임은 너보다 훨씬 똑똑해, 제이미 콕스. 너 하나 속여 먹는 건 일도 아니야.

병결이 그렇게 많다는데도 식당은 만원이다. 닉은 딱히 양보 정신을 발휘하기도 싫고 해서 큰 키를 활용해 5분 내에 샐러드 한 접시와 정체를 알 수 없는 스파게티를 선점했다. 이제 어쩌지? 평소 같으면 제이미나 콜린 옆에 앉았을 텐데. 오늘은 둘 다 같이 밥 먹는 상대로 는 부적합하다.

닉은 멍하니 서서 식당을 두리번거리다가 식판을 든 채로 몸의 중 심이 기울어졌다. 에밀리가 작은 탁자에 앉아 이쪽을 보고 손짓했다. 자기도 모르게 손을 흔들려던 닉은 하마터면 쟁반을 놓칠 뻔했다. 하 지만 알고 보니 전혀 그럴 필요가 없었다. 에밀리가 손짓한 사람은 닉이 아니라 에릭이었다. 에릭은 곧장 가서 에밀리 맞은편에 앉았고, 두 사람은 마치 방금 전까지 나누던 대화를 이어 가듯 바로 이야기 속으로 빠져들었다.

방금 전까지만 해도 배고팠던 닉은 순간적으로 입맛이 뚝 떨어졌 다. 아무 빈자리에나 앉아서 음식이 든 쟁반을 털썩 내려놓았다. 성 의 없는 식당 밥이 정말 맛없어 보였다. 이걸 그냥 에릭 머리 위에다 확 부어 버렸어야 하는데.

"여기 자리 있어?"

하늘이시여, 왜 닉 던모어를 버리시나이까. 브린이 샐러드와 물 컵 을 내려놓으며 가식적인 미소를 지었다. 그러고는 마치 태어나서 스 파게티를 처음 보는 사람처럼 과장된 말투로 외쳤다.

"어머, 스파게티네! 맛있게 먹어."

맛없는 음식이라도 좋은 점은 있다. 음식이 입안에 가득 있으면, 상대가 쏟아내는 헛소리에 일일이 대꾸하지 않아도 된다.

"아이샤 걔는 어쩜 그렇게 수선을 떠는지! 걔가 손에 뭐 감췄는지 봤어?"

닉은 말없이 고개를 저으며 포크로 스파게티를 돌돌 말았다. 스파게티에 묻은 하얀 소스에서는 희미하게 버섯 맛이 났다.

"그게 뭐든 나라면 절대 그런 수선은 떨지 않았을 거야."

브린은 닉이 동의해 주길 바라는 눈치였다. 하지만 닉은 식초에 푹 잠긴 샐러드를 건져 올리는 데만 집중했다. 왜 난 콜린처럼 못하는 거지? 콜린이라면 "야, 시끄러. 꺼져." 이렇게 말하고 혼자 조용히 먹었을 텐데. 그러나 닉은 브린의 상처받은 표정과 그 뒤에 찾아올 양심의 가책을 생각하니 벌써부터 머리가 지끈거렸다.

"여보세요! 거기 누구 있어요?"

브린이 닉의 얼굴 바로 앞에서 손을 좌우로 흔들어 댔다.

"아, 미안해. 뭐라고 했어?"

난 빌어먹을 겁쟁이 소심남이다.

"내가 뭐 물어봤거든."

"아, 뭔데? 오늘 좀 피곤해서."

"나한테 할 말 없어?"

할 말이라니 무슨 말?

"아, 그거 줘서 고맙다는 말 하라는 거야? 고마워. 됐냐?"

브린은 천천히 미소를 거두고 입을 샐쭉했다. 뭐야, 얘 갑자기 왜 이러는 거야? 친절하게 대하더니…….

"그런데 제이미랑 무슨 문제 있니?"

브린이 한참 있다가 물었다.

"아니, 아무 문제도 없는데."

브린은 다 안다는 표정을 지었다.

"문제없긴. 둘이 그…… 그것 때문에 싸웠잖아. 그렇지?"

닉이 아무 대답을 하지 않자 브린은 긍정의 뜻으로 받아들였는지 제멋대로 계속 지껄였다.

"너무 신경 쓰지 마. 걔 말고도 친구 많잖아. 사실 걔는 잘나가는 축에도 못 들잖아. 오늘 걔가 신고 온 신발 봤니?"

브린이 킥킥거렸다. 농담 같지는 않았다. 정말 100퍼센트 진심으로, 단지 옷을 못 입는다는 이유로 닉의 베스트 프렌드를 욕했다. 닉은 푹 퍼진 면 위에 포크를 탁 내려놓고 의자를 뒤로 뺐다.

"난 다 먹었어. 그리고 제이미 욕하려거든 다음번엔 다른 애 찾아 봐."

"어머, 그건 그냥……."

브린이 변명했지만 닉은 이미 일어나 출구를 향해 걸어가고 있었다. 그런데 밖으로 나가려면 에밀리 옆을 지나가야 한다. 에밀리는 닉이 지나가는지도 모르고 에릭 이야기에 심취해 있었다. 손으로 턱을 괴고 고개를 갸웃한 채 듣는 에밀리에게 에릭은 연기에 심취한 배우처럼 열심히 떠들어 댔다.

집에 가자. 집에 가서 하드드라이브에 김 날 때까지 싸우는 거야. 문제는 아직 오후 수업이 두 시간이나 남았다는 거다. 어떻게 도망갈 방법이 없을까? 오늘 결석한 아이들이 얼마나 앞서 나갈지 생각하면 머리가 어찔하다. 아니다. 오늘을 잘 버티면 내일은 꾀병 핑계 대고 쉴 수 있을지도 모른다. 그런데, 으악, 내일은 화학 숙제 내는 날이다.

내일이 벌써 제출일이라니!

좋아, 그렇다면 남은 점심시간에 뭘 해야 하는지는 확실해졌다. 닉은 가방을 들고 도서실로 가서 창가에 자리를 잡았다. 그리고 책장에서 책 두 권을 골라 최대한 표현을 바꿔 가며 내용을 베끼기 시작했다. 흠, 그럴 듯한데! 이미 반 쪽이나 썼다. 이 정도면 괜찮을 듯싶다. 공들인 느낌을 주려면 그림도 하나 붙이고…….

닉은 계속해서 책을 베꼈다. 어느새 두 쪽을 완성했다. 잘 쓴 건 아니지만 썼다는 게 중요하다. 닉은 흐뭇한 마음으로 창밖을 내다보았다. 남은 두 쪽에 대한 영감을 떠올리려는 듯 창밖을 응시했다. 하지만 영감은 떠오르지 않고 뜨개질 소녀 댄이 눈에 들어왔다. 댄은 오늘 결석인데 왜 컴퓨터 앞이 아니라, 저기서 얼쩡거리는 거지? 댄은 운동장과 주차장 사이 나무 울타리 뒤에 서 있었다. 손에 뭔가 들었는데, 저게 뭐지? 쌍안경인가? 아니, 카메라다.

닉은 더 잘 보려고 눈을 가늘게 떴다. 주차장에 있는 뭔가를 카메라로 찍고 있었다. 그런데 옆 건물에 가려서 뭘 찍는지 보이지 않았다. 잠시 후 사진 찍기를 멈추고 학교 건물 쪽으로 와서 1층 안을 슬쩍 들여다보았다. 그러더니 어느 창문 앞에서 다시 사진을 찍었다. 그런 다음 건물 안으로 들어가 시야에서 사라졌다.

계단을 껑충껑충 뛰어 내려가 댄을 붙잡고 뭐 하고 다니느냐고 물어볼 수도 있지만, 댄이 쉽사리 실토할 리 없다. 그러면 카메라를 빼앗아서 마지막에 찍은 사진을 확인할 수도 있다. 어려운 일은 아니지만 그렇게 하고 싶지는 않았다.

닉은 막 새로 꺼내 놓은 종이를 뒤집었다. 그리고 왼쪽에 '댄'이라고 쓰고 등호를 그렸다. 그로부터 15분 뒤 종이에 긴 등식 리스트가 만들어졌다. 수학 시간에 배우는 것과는 거리가 있지만, 훨씬 더 재미있기는 하다.

'댄=사푸야푸? 아니다, 댄이라기에는 너무 친절하다. 그럼 드리즐? 그럴 만하지. 아니면 블랙스펠일 수도 있다.

알렉스=모르겠다. 도마뱀인간 중 하나가 아닐까? 가그나르? 아니면 다크엘프일까? 불카노스? 에이, 잘 모르겠다. 뭐를 갖다 대도 다 어울린다.

콜린=누락스. 하지만 그러기엔 오늘 기분이 너무 좋아 보였다. 불사신이라도 된 듯한 기세였는데. 하지만 어젯밤에 무슨 일이 있었는지 누가 안단 말인가? 혹시 블러드워크나 누락스일지도 모른다.

헬렌=오로라. 그렇다면 이미 죽었다. 티라니아? 가능하다. 오웬스차일드? 내가 웃다 배꼽 빠져 죽지.

제롬=로드닉? 하지만 왜?

브린=페니엘. 왜냐고? 완전 비호감이니까. 아니면 오웬스차일드이거나 티라니아일 수도 있다.

아이샤=아마 죽었을 거다. 그러니까 저렇게 맛이 갔지. 오로라?

라시드=드리즐? 블러드워크? 블랙스펠? 크소후?'

닉은 신경질적으로 볼펜을 내던졌다. 등식 끝에 물음표가 안 붙은 게 없다. 확실하게 알 만한 캐릭터가 하나도 없다. 사실 게임을 하면서 콜린을 단 한 번도 만나지 못했을지도 모른다. 묘지에서 본 이름,

이너서클의 구성원도 마찬가지다. 베록사르와 위르다나가 대체 누구란 말인가?

백날 해 봐야 아무 소용없는 짓이다. 쓸데없는 일에 머리를 쥐어짜느니 지금 화학 숙제를 더 하고, 집에 가서 편한 마음으로 에레보스에 빠져드는 게 낫다. 닉은 새 종이를 꺼내 다시 책을 베끼기 시작했다. 지금 쓰는 게 무슨 뜻인지도 모르고 계속 베끼다 보니 수업종이 울렸다. 세 쪽 반을 채웠다. 음, 나쁘지 않다. 이제 남은 건 저녁에 후딱 해치우고 워드 작업만 하면 된다. 어떻게든 숙제는 낼 수 있다.

날이 갈수록 현실은 그 의미를 잃어 간다. 현실은 시끄럽고, 무질서하고, 예측 불가능하고, 괴롭다. 현실에서 얻는 것이 뭔가? 배고프고 목마르고 불만만 쌓일 뿐이다. 통증을 수반하고 병을 달고 다니며 가소롭기 그지없는 법의 지배를 받는다. 그리고 무엇보다 유한하다. 그 끝에는 언제나 죽음이 있다.

정말 가치 있고 힘이 있는 것은 다른 것이다. 이상, 열정, 심지어 광기까지. 이성을 뛰어넘는 모든 것이 거기에 해당된다. 나는 현실을 부정한다. 나는 현실에 조력하기를 거부하며, 세상을 등지는 도피의 유혹과 무한한 비현실 세계에 기꺼이 나를 바친다.

14

"어서 오너라. 기다리고 있었다."

사리우스가 오후 늦게 에레보스에 들어가자 전령이 여관에서 기다리고 있었다. 해는 뉘엿뉘엿 지고 창문으로는 황금빛 햇살이 쏟아져 들어왔다.

"듣자 하니 오늘 흥미로운 사건이 많았다고 하던데 네 얘기를 한번 들어 보자, 사리우스. 특별한 일이 있었니?"

그런 일이 없었다고 하면 전혀 먹힐 것 같지 않은 분위기다.

"오늘 아이샤라는 애가 신경 발작 비슷한 걸 일으켰어요."

"왜 그런 건지 아니?"

"아니요. 영어책 속에서 뭘 발견하더니 꽥 소리를 질렀어요. 그게 뭔지는 못 봤어요."

전령은 그 대답에 만족하는 듯싶었다.

"또 무슨 일이 있었지?"

글쎄, 또 무슨 일이 있었나?

"댄 스미더가 남들 몰래 사진 찍는 걸 봤어요. 주차장에서 뭘 찍더라고요."

"그래? 또?"

또 뭘 말해야 하지? 사리우스는 잠시 생각에 잠겼다.

"에릭 부나 제이미 콕스에 대해 얘기해 보렴."

전령이 힌트를 주었다.

모든 걸 알고 있구나. 지금 날 시험하는 거야.

"같이 무슨 얘기를 하던데요."

"무슨 얘기?"

"그건 모르겠어요."

"알면 좋을 텐데, 안타깝구나."

전령은 유연한 몸짓으로 의자에서 일어났다. 좁은 방 안에서 전령은 비정상적으로 커 보였다. 전령은 방을 나가다가 뭔가 생각난 듯 뒤를 돌아보았다.

"요즘 에레보스의 적이 생겨서 걱정이다. 적의 힘이 점점 강해지고 있어. 그중 몇은 너도 알지? 그렇지?"

사리우스의 머릿속은 순식간에 아수라장이 되었다. 에밀리나 제이미의 이름은 절대 입에 올리지 않을 테다. 에릭 부에 대해서 말할까? 아니다, 별로 좋은 생각이 아니다. 하지만 전령의 초조한 기색을 보니 뭐라도 얘기해야 할 듯싶었다.

"제가 보기엔 왓슨 선생님이 에레보스에 적대감을 가진 것 같아요. 잘 알지도 못하면서 아이들에게 이것저것 캐묻고 그래요."

"큰 도움이 되는 얘기구나. 고맙다, 사리우스."

전령의 미소에서 거의 따스함에 가까운 느낌이 들었다.

"자, 어서 서둘러라. 내게 황금매의 깃털을 가져온 자에게는 큰 보상이 있을 것이다."

"황금매요?"

사리우스가 물었지만 전령은 아무 말 없이 방을 나갔다.

사리우스는 여기저기 수소문해서 정보를 알아냈다. 빵집 주인에게 물으니 남쪽으로 가되 양을 조심하라고 했다. 헐, 양을 조심하라니? 사리우스는 에레보스에 들어온 뒤로 처음으로 이건 좀 아니라고 생각했다.

길에서 만난 여자 거지에게 금화 한 닢을 주고 물으니, 분홍색 울타리를 찾으라고 했다. 사리우스는 오랜 시간을 들여 힘들게 정보를 모았고, 정말 옳은지는 알 수 없지만 결국 황금매가 있는 곳을 알아냈다. 막 그리로 출발하려는데 방해 전파가 들어왔다. 역시 이번에도 출처는 바깥세상이다.

휴대 전화다. 제이미. 사리우스는 전화벨을 무시했다. 지금은 도시를 빠져나가는 게 급선무다. 과연 이 칼로 황금매를 대적할 수 있을까? 한 시간쯤 지나자 옳은 길로 가고 있다는 게 더 확실해졌다. 성문을 지키는 경비원에게 물으니 남쪽으로 가라고 했다. 사리우스는 걷고 또 걸었다. 그러나 눈을 씻고 봐도 양이나 매는 찾을 수 없었다.

대신 얼마 지나지 않아 매가 사리우스를 찾아냈다. 갑자기 하늘에서 황금빛으로 빛나는 물체가 어떤 예고도 없이 일직선으로 달려들었다. 마치 떨어지는 혜성처럼 번쩍번쩍 빛이 났다. 사리우스는 얼른 숨으려 했지만 텅 빈 들판에서 매의 공격을 피할 수는 없었다. 황금매는 거대한 갈퀴로 사리우스를 덥석 집어 올려 공중으로 날아오르다가 밑으로 떨어뜨렸다. 사리우스의 허리띠는 금세 회색으로 변했고 점차 검정색이 많아졌다.

너무 늦기 전에 기어서라도 도망쳐야 한다. 날카로운 매의 울음소리와 부상 때문에 시작된 소음에 고막이 찢어질 듯했다. 그렇지만 사리우스는 살아야 한다고 생각하며 이를 악물었다. 아직 치유약이 있다. 매에게 다시 잡히기 전에 인벤토리가 있는 곳까지만 가면 된다.

그러나 적은 그럴 여유를 주지 않았다. 하늘 높이 날아오른 매는 빛나는 용처럼 공중을 맴돌며 다시 하강할 준비를 했다. 사리우스는 칼을 빼들었다. 매가 무서운 속도로 내려오기 시작했다. 눈이 부시게 번쩍거린다. 한 번 더 잡히면 죽는다.

금속성의 강한 충돌이 있은 후 머릿속의 날카로운 소음은 참을 수 없을 정도가 되었다. 하지만 그 소리가 들린다는 건 아직 살아 있다는 증거다. 매는 세 번째 공격을 준비했다. 이번에는 정말 끝이다. 지금은 모기가 물기만 해도 뻗어 버릴 정도로 약하다.

안 돼, 안 돼. 제발 안 돼. 사리우스는 급히 인벤토리를 뒤졌다. 아, 여기 약이 있다. 매는 다시 하늘로 올라갔다. 어쩌면 시간이 될지도 모른다. 빨리……. 그러나 약이 효과를 나타내는 데는 시간이 걸렸다. 허리띠 색깔은 조금씩 천천히 변했고, 소음도 차츰 줄어들었다. 그새 매는 충분한 높이까지 올라갔고 다시 내려올 채비를 했다. 사리우스는 소용없는 짓인 줄 알면서도 나무 위로 기어 올라갔다. 올라가는 동안 하강하는 매의 모습이 점점 사리우스의 시야를 채웠다.

"내가 막아 줄까?"

전령이다. 역시 언제나처럼 갑자기 뿅 하고 나타났다.

"네. 빨리요!"

잘됐다. 전령은 사리우스를 도와줄 것이다. 살 수 있다.

"날 위해 해 줄 일이 있다."

"뭐든 하겠어요."

뭐든 하겠다는데 왜 전령은 저 날짐승을 쫓아 버리지 않는 거지? 속도가 너무 빨라…….

"약속할 수 있니?"

"네! 네! 네!"

전령이 아무렇지도 않게 팔을 들어 올렸다. 그러자 그렇게 무서운 속도로 내려오던 매가 왼쪽으로 급선회했다. 매는 날개를 파닥거리며 위로 올라가더니 점차 사리우스 시야에서 멀어져 갔다.

"자, 이리 오너라."

약 효과가 나타났다. 허리띠는 거의 붉은색을 회복했고, 머릿속의 소음도 낮게 윙윙거리는 정도만 남았다. 전령은 사리우스를 근처에 있는 나무 그늘로 데려갔다.

"레벨이 올라갈수록 내가 요구하는 것도 많아진다는 거, 이해하지?"

"네."

"이번 일은 닉 던모어가 해 줘야 한다. 닉 던모어가 일을 잘하면 네가 레벨 7로 올라가는 거다. 레벨 7이면 이미 상위권이라 할 수 있지."

"아, 네."

"임무는 닉 던모어가 브린 판햄에게 데이트 신청을 하는 거다. 브린을 기분 좋게 하고, 즐거운 저녁 시간을 보내면 된다. 닉 던모어가 브린 판햄을 좋아하는 느낌이 들도록 해야 한다."

브린? 왜? 그게 에레보스와 무슨 상관이지? 사리우스는 대답을 망설였다. 왜 그런 걸 해야 하는지 납득이 힘들었다. 게다가 브린과 데이트할 생각을 하니 거부감이 먼저 들었다. 모두 그 사실을 알게 될 것이다. 물론 에밀리 귀에도 들어갈 것이다. 브린이 동네방네 떠들고 다닐 테니까…….

"왜 대답이 없지?"

"제가 잘 이해한 건지 모르겠네요. 왜 브린을 만나라는 거죠? 왜 그래야 하는지 이유를 모르겠어요."

갑자기 구름이 해를 가린 것처럼 주위가 어두워졌다.

"별로 똑똑하지 못한 처신이구나, 사리우스. 쓸데없는 호기심은 화를 부르는 법이다."

"네, 알았어요. 할게요. 한다니까요."

사리우스가 얼른 대답했다.

"임무를 다하지 못하면 들어올 생각하지 마라."

전령은 아까 매를 쫓아 보낼 때처럼 팔을 번쩍 들었다. 그러자 이번에는 어둠이 내렸다.

브린을 만나라니! 닉은 양손으로 얼굴을 문지르며 한숨을 푹 쉬었다. 차라리 미쉘이나 글로리아 같은 수더분한 애들이면 괜찮을 텐데. 중증 공주병인 브린의 비위를 맞춰야 하다니 정말 눈앞이 캄캄했다.

전령이 원하는 대로 하면 브린은 껌딱지처럼 딱 달라붙어서 떨어지지 않겠지. 게다가 여기저기 소문내고 다닐 게 뻔하다. 그러다가 에밀리 귀에 들어가면, 에밀리는 영영 닉에게 등을 돌릴 것이다. 물론 등을 돌리려면 조금이라도 닉에게 마음이 있었어야 하지만. 닉은 망연자실한 상태로 시커먼 모니터 화면만 쳐다보았다. 도대체 전령이 그런 부질없는 임무를 준 이유가 뭘까? 벌을 주려는 것일까? 아니면 충성심을 확인하려는 건가?

만약 브린과 그 데이트라는 걸 한다면 어디 가서 뭘 해야 하는 거지? 카페에 앉아서 헛소리 지껄이기? 맥도널드에 가서 햄버거 먹기? 아니면 손잡고 템즈 강변 거닐기? 아니면 영화관? 윽, 영화관은 안 된다. 도망갈 데도 없이 두 시간 동안 꼼짝없이 앉아 있다 보면 브린의 향수 냄새에 정신이 몽롱해질 것이다.

좋아. 카페와 헛소리로 낙점. 브린이 마음껏 떠들게 놔두고 가끔 고개를 끄덕이거나 한 번씩 웃어 주면 되겠지. 브린을 기분 좋게 하고, 즐거운 저녁 시간을 보내면 되는 거잖아. 닉은 그런 희생에 비해 레벨 1단계는 너무 박하다고 생각하며 휴대 전화를 뒤졌다. 혹시나 했는데 정말 브린의 전화번호가 있었다. 닉은 통화 버튼을 누르고 신호가 가기를 기다리다가 중간에 끊어 버렸다. 그냥 하기 싫었다. 내일도 날인데 오늘 저녁까지 망칠 필요는 없지 않은가.

제이미에게 전화해 볼까? 에레보스는 위험하다고 귀 아프게 잔소리를 해댈 텐데……. 에이, 하지 말자. 닉이 정말 하고 싶은 건 단 하나, 게임이다. 하지만 오늘도 그 생각은 일찌감치 접어야 한다. 닉은 아이팟을 꺼내 이어폰으로 귀를 틀어막고 에밀리를 생각했다. 에밀리와 데이트하라면 그거야 말로 괜찮은 임무일 텐데.

　브린 때문에 정신이 없어서 화학 숙제를 까맣게 잊었다. 저녁을 먹고 나서야 숙제 생각이 난 닉은 부리나케 컴퓨터 앞에 앉아 손으로 쓴 내용을 워드로 옮겼다. 그리고 인터넷에서 자료를 찾아 모자라는 부분을 대충 채우고, 그림도 몇 개 더 붙여 넣은 다음 인쇄했다. 완전히 이성에 반대되는 일이긴 하지만 혹시나 갠터 선생님이 이 짜깁기한 숙제에 A를 주지 않을까 하는 바람을 지울 수는 없었다. 화학은 정말 싫다. 그리고 브린도 너무 싫다.
　닉은 다음 날 화학 시간이 끝난 뒤 주위에 에밀리가 있는지 살핀 다음, 브린에게 말을 걸었다.
　"브린, 뭐 좀 물어볼게."
　닉은 억지로 웃느라 온 얼굴 근육이 다 아팠다.
　"어, 뭔데?"
　브린은 동그란 푸른 눈을 헤드라이트처럼 빛내며 기대감에 찬 표정을 지었다.
　"오늘 수업 끝나고 나서 말이야……. 같이 어디 갈까? 카페 같은 데 말이야."
　"어머, 정말? 좋지! 죽이는데!"
　브린의 마지막 말은 닉에게 하는 말이라기보다는 자신에게 하는 말인 듯했다.

"카페 비앙코는 어때? 학교 끝나고 나서 바로 가면 될 것 같은데."

"어……. 사실은 집에 가서 옷도 갈아입어야 하는데."

오, 그건 안 될 말씀! 두 시간 동안 얼굴에 화장을 떡칠하고 최대한 꽉 끼는 초미니스커트를 골라 입고 나올 게 빤하다.

"넌 그런 거 안 해도 예뻐. 그냥 바로 출발하자."

닉은 턱이 아프도록 크게 미소를 지었다. 그리고 난처한 표정을 지으며 덧붙였다.

"그리고 나 요즘 잠을 통 못 자서 집에 가면 바로 곯아떨어질지도 몰라."

이건 너무 변명처럼 들리려나? 브린이 킥킥 웃으며 다 안다는 듯 눈을 찡긋하는 걸 보니 그렇지는 않은 듯싶다.

"어머, 난 안 그럴 것 같니? 나도 요즘 잠이 뭔지 모르고 살아."

그래서 결국 미술 시간이 끝나고 지하철역에서 만나는 것으로 결정 났다. 닉은 지하철이 붐벼서 브린과 함께 있는 것을 아무도 못 봤으면 하고 간절히 바랐다. 하지만 불과 몇 분 안 돼서 물리 교실 앞에서 글로리아와 사라에게 뭐라고 열심히 떠들어 대는 브린의 모습을 포착했다. 그 셋이 닉이 있는 쪽을 계속 쳐다보지 않았어도 무슨 얘기를 하는지는 빤했다.

나중에 닉이 식당 뒤편에서 혼자 참치 샌드위치를 꾸역꾸역 먹는데, 제이미가 다가왔다. 제이미와는 오늘 들어 아직 한 마디도 나누지 않았다. 화학 숙제니 브린과의 데이트니 해서 정신없는데 제이미와 싸울 생각을 하니 말 걸기가 부담스러웠다.

하지만 반드시 싸우리라는 법은 없다. 오래된 친구 사이에 그런 일이 있었다고 해서 우정이 무너지진 않는다. 아니다. 그래, 이 점을 분명히 하는 거다. 제이미는 수척한 얼굴에 근심 서린 모습이다.

"어제 전화 기다렸는데, 안 하더라."

"응, 좀 바빴어."

"그랬겠지."

"달렌에게 데이트 신청한다더니?"

닉은 대화를 다른 방향으로 유도했다.

"아니. 닉, 보여 줄 게 있어."

보여 줄 거? 에레보스에 대해 계속 캐묻겠다는 뜻으로 들리지는 않는다.

"그래? 뭔데?"

제이미는 바지 주머니에서 꼬깃꼬깃 접은 종이쪽지를 꺼내 닉의 손에 쥐어 주었다.

"어제 내 자전거 짐받이에 끼워져 있었어."

쪽지를 펼친 순간 닉은 자기 눈을 의심했다. 썩 잘 그리지는 않았지만 비석 그림에 다음과 같은 비문이 적혀 있었다.

제이미 고든 콕스.

호기!심과 쓸데없는 간섭으로 사망함.

고인의 명복을 빕니다.

글씨 옆으로는 비석을 따라 피가 흘러내렸다.

"누가 이런 유치한 장난을 하지? 누군지 짐작 가는 애 없어?"

"아니. 그쪽은 나보다 네가 더 잘 알 것 같은데."

닉은 제이미의 비꼬는 말에 흔들리지 않았다.

"못 보던 글씨첸데. 이렇게 봐서는 여자 글씨인지 남자 글씨인지도……."

"사태 파악이 그렇게 안 돼? 이건 협박 편지야. 죽이겠다고 협박하는 거라고. 장난이 아니야. 남의 일에 간섭 마라, 이 게임에 더 상관했다간……"

제이미가 흥분하면서 손으로 목 긋는 시늉을 했다.

"뭘 그렇게 심각하게 생각해? 그냥 유치한 장난이야! 누가 널 죽인다는 거야?"

제이미는 심각한 표정으로 어깨를 으쓱했다.

"그리고 그…… 그거 하고 상관있다고 누가 그래? 그렇다고 장담하는 이유가 뭐야?"

말은 그렇게 했지만 닉도 그 문제의 그림이 에레보스에서 나온 걸 잘 알았다. 한밤중에 에레보스의 공동묘지를 걸어 본 사람이 아니면 그런 비석을 그릴 수 없다.

"내가 바보냐? 그럼 '쓸데없는 간섭'이 뭘 의미하겠어? 학교 식당에서 면 삶는 물에 소금을 너무 적게 넣는다고 불평한 거?"

제이미는 흥분해서 씩씩거렸다.

"그래, 그럴 수도 있겠지. 하지만 그렇다고 이렇게 심각하게 받아들일 건 아니잖아? 그냥 애들 장난이야. 누군가 널 겁주려고 꾸민 짓이라고. 그런데 정말 겁먹으면 어떡해? 그럴 필요 전혀 없어."

제이미는 닉을 빤히 쳐다보다가 입을 열었다.

"그럼 아이샤는 왜 그런 거야? 7학년의 조라는 선배는?"

"그건 나도 모르지. 네가 직접 물어봐."

제이미는 쓴웃음을 지었다.

"이미 물어봤어. 뭣 때문에 그렇게 놀랐는지 물었는데 어떻게 됐을 것 같아? 둘 모두 입을 꾹 처닫고 아무 말도 안 해."

"그냥 장난이라는 걸 알았나 보지."

"아니야. 겁먹은 거야. 어제 게임에서 쫓겨난 애 둘하고 얘기해 봤는데, 걔네도 말을 안 해. 그래도 둘 중 하나는 마음이 움직이는 것 같더라고. 조만간 왓슨 선생님에게 갈 수도 있어. 내가 그렇게 하라고 했어."

그런 말 하지 마, 제이미. 제발 입 다물어. 전령이 너에 대해 물어보면 난 어떡하라는 거야? 닉은 서둘러 주위를 둘러보았다. 옆에는 아무도 없고 멀리 떨어져 앉은 아이들은 모두 자신들의 대화에 심취해 있었다.

"봐, 너도 지금 완전히 피해망상이잖아. 왜 그런 건데? 나한테 설명해 봐!"

"시끄러!"

닉은 자기도 모르게 낮게 소리 질렀다.

"나 피해망상 아니야. 그리고 네가 이해를 못해서 그렇지, 이건 아주 복잡하면서도 흥미진진한 일이야. 하지만 조금만 잘못해도 다 망칠 수 있어. 그래서 재미있는 일이 다 틀어질까 봐 몇몇 애들이 민감하게 반응하는 것뿐이야.

"뭐? 재미있는 일? 이게 재미있어?"

제이미는 닉의 코앞에 종이쪽지를 불쑥 들이밀며 따지듯이 물었다. 그러고는 다시 쪽지를 접어 바지 주머니에 넣었다.

"이거 왓슨 선생님에게 보여 드릴 거야. 아이샤 일 이후로 그 일에 신경을 많이 쓰셔. 다른 애들하고도 얘기했고, 부모님하고도 상담할 거래. 이 낙서 쪼가리가 도움이 될지도 모르지. 왓슨 선생님이 글씨체를 알아볼 수도 있고."

"야, 과장 좀 하지 마라!"

왜 제이미는 이게 다 게임이라는 걸 이해하지 못할까? 가끔씩 이렇게 경계가 현실로 넘어오니까 더 재미있는 건데. 그렇다고 해서 게임하는 애들 중 누군가 제이미의 털끝 하나라도 건드리지는 않을 텐데.

"뭐 하나 물어볼게. 만약의 경우 정말 심각해지면 어떻게 할 거야? 너 믿어도 되는 거지? 우리 아직 친구 맞지?"

"그럼, 친구 맞지. 하지만 또라이 한두 명이 쓴 장난 편지 때문에 이렇게 수선 떠는 건 웃겨. 내 말 잘 들어. 그 쪽지 왓슨 선생님에게 갖다 줘 봐. 괜히 일만 커지고 우린 우리대로 귀찮아진다고."

"귀찮아지는 사람이 우리가 아니라 범인이면 괜찮겠지."

제이미는 바지 주머니를 탁 치더니 자리에서 일어났다. 그리고 돌아서기 전에 다시 한 번 닉에게 몸을 굽혔다.

"너도 그만두는 게 어때? 그만둬. 이건 내 예감인데, 그거 절대 좋게 끝나지 않아."

닉은 고개를 저었다.

"네가 괜히 과민 반응하는 거야. 난 이거 재미있어. 그냥 모험 같은 거야. 이해 못하겠어?"

"봐, 지금 너 그게 게임이라고 대놓고 말하지도 못하잖아."

닉은 화난 얼굴로 말없이 제이미를 노려보았다. 잘 알지도 못하면서……. 드러나지 않게 조심하는 게 규칙이라고! 제이미가 그날 에레보스를 받아서 직접 해 봤다면 절대 이런 소리 못했겠지. 닉과 똑같이 열광했을 테니까.

"에밀리도 네가 그 게임 그만하면 좋겠다고 했어."

"내 일에 간섭 말고 에릭 부하고나 잘해 보라고 해."

제이미는 어이없다는 듯 콧방귀를 뀌었다. 그리고 마지막 한마디를 툭 던지고 가 버렸다.

"한심한 자식."

15

카페 비앙코에는 탁자 세 개에만 손님이 있었다. 그중 아는 얼굴이 없음을 확인한 닉은 가볍게 한숨을 쉬었다. 브린은 지하철을 타고 오는 동안 숨도 안 쉬고 재잘거렸다. 닉은 그것만으로도 이미 피곤할 대로 피곤했다. 이제 마실 것을 주문하고 브린의 콜라값을 내주고 집에 가면 된다. 그리고 레벨 7로 전투에 나가는 것이다.

"어제 제정신 아니었어. 아마 전투에 나가서 된통 깨졌나 봐."

누구 얘기하는 거지? 닉은 누구 얘기냐고 물었다가 질책의 눈초리를 받았다.

"내 얘기 듣는 거야, 마는 거야? 조, 7학년의 그 뚱뚱한 선배 있잖아. 울고불고 난리였어. 콧물 질질 흘리고."

브린은 역겨운 듯 얼굴을 찡그렸다.

"그러다 콜린이 귀에 대고 뭐라고 속닥속닥하니까 조용해지더라."

콜린은 요즘 상관하지 않는 일이 없어 보인다.

입술에 피어싱을 세 개나 한 여자가 주문을 받으러 왔다. 브린은 닉의 예상과 달리 맥주를 주문했다.

"난 맥주가 좋더라. 넌 안 마셔?"

"안 마셔."

닉은 대답을 하는 둥 마는 둥하고 다른 곳으로 시선을 돌렸다. 언제까지 여기 이러고 앉아 있어야 하는 거지? 제대로 된 데이트로 인정받으려면 몇 분이나 지나야 하는 거지? 이제 겨우 5분 지났는데 이걸로는 턱도 없겠지? 젠장.

"콜린은 정말 쿨한 것 같아. 거의 너랑 비슷한 수준이야."

브린이 생각하는 표정을 꾸며 내어 말했다. 닉의 입에서는 자신도 모르게 낮은 신음 소리가 새어 나왔다. 하지만 곧 활짝 웃는 얼굴로 무마했다. 브린을 기분 좋게 해 줘야 한다. 그게 조건이다. 가만, 아슬아슬한 걸 좋아할지도 모르지. 닉은 다시 한 번 주위를 둘러보며 아는 얼굴이 없는지 확인했다. 확실히 없다. 자, 그럼 시도해 볼 만하다.

"콜린이 어떤 이름으로 게임하는지 궁금하지 않니? 난 참 궁금하더라. 넌 그런 생각 안 해 봤어?"

"얘는? 내가 바보인 줄 아니?"

브린이 뜨겁고 축축한 손으로 닉의 팔을 잡았다.

"그게 무슨 소리야?"

"난 규칙을 어기지 않아. 다 들통 나게 돼 있거든. 들통 나면 끝이 좋지 않아. 너도 알잖아."

닉은 브린의 손이 닿은 팔을 빼고 싶은 충동을 느꼈다.

"여긴 듣는 사람도 없잖아."

"아냐. 또 몰라."

그때 주문한 음료가 나왔고, 닉은 그 틈을 타 브린이 눈치채지 못하게 팔을 빼냈다.

"끝이 좋지 않다는 게 무슨 뜻이야? 아웃되긴 하겠지만 그게 그렇게……."

"배신자가 끌려가는 거 본 적 있어? 난 있어. 배신자를 데려가서 처형시켜. 오톨란 쪽에 붙는 사람은 모두 그렇게 돼."

브린은 닉에게서 눈을 떼지 않은 채 맥주를 한 모금 마셨다. 닉은 콜라 잔 깊숙이 시선을 처박았다.

"넌 오톨란이 누군지 알아? 그런 얘기는 해도 되는 거 아냐?"

"여기 어디에 불이 보이니?"

얘가 미쳤나? 불은 웬 불?

"불이라니?"

브린은 대답 대신 가방에서 다 헤진 종이쪽지를 꺼냈다.

"난 규칙 적은 걸 항상 들고 다녀. 여기 씌어 있잖아. 게임하는 동안 다른 게이머와 불가에서 정보를 교환할 수 있다."

브린이 라이터를 꺼내 불을 당기자 딱 소리와 함께 작은 불꽃이 튕겨 나왔다.

"자, 이제 우린 게임만 하면 돼."

브린이 다른 손으로 닉의 손등을 천천히 간질였다. 그것이 브린 손이라는 것만 제외하면 기분이 나쁘지 않았다. 닉은 눈을 감았다.

"내 생각에 오톨란은 마법사나 머리가 세 개 달린 용일 것 같아. 어쨌든 무척 강해. 이너서클의 전사들은 오톨란에게 맞서기 위해 특별 훈련을 받아."

브린이 닉의 귓가에 대고 속삭였다. 브린의 향수 냄새만 아니었다면 손을 쓰다듬는 사람이 에밀리라고 믿을 수도 있을 듯싶었다. 그러나 그 생각은 곧 닉의 마음을 아프게 찔렀다. 에밀리와 에릭이 함께 있는 모습이 떠올랐다. 눈을 뜨자 여전히 타고 있는 라이터 불과 기대감에 가득 찬 브린의 눈빛이 시야에 들어왔다. 아니, 난 너에게 키스하지 않을 거야.

"뭐, 나중에 알게 되겠지."

닉은 그렇게 말하며 콜라 잔을 입으로 가져갔다.

브린은 잠시 당황한 빛을 보였으나 곧 원래 모습으로 돌아왔다.

"오늘 제이미는 왜 그런 거야? 하루 종일 죽을상으로 다니더라. 원래도 잘생긴 얼굴은 아니지만 말이야. 너한테 무슨 얘기했어?"

브린이 떠보듯이 물었다.

"아니."

"어머, 난 너희 둘이 죽고 못 사는 사이인 줄 알았어. 그런 건 아니구나, 그치? 다행이다. 난 걔 너무 별로더라."

브린을 기분 좋게 해 줘야 한다, 기분 좋게……. 닉은 속으로 그 말을 반복하며 마음을 다스렸다. 아, 재수 없어.

"걔는 게임도 안 하잖아. 걔 만날 에릭이랑 붙어 다니더라. 콜린은 에릭을 꼭 '스시'라고 불러. 내가 스시는 원래 일본 음식이라고 얘기해 줬는데도, 무조건 그게 재미있다는 거야. 에릭은 요새 에밀리랑 사귀는 것 같던데. 그 재미없는 애 있잖아. 진짜 재수 떡이야. 콜린도 그런 재수덩어리는 처음이라고 했어. 하루 종일 말 한 마디 안 하고 얼굴은 항상 우거지상이고……. 집에서 키우던 햄스터라도 죽었나?"

브린은 혼자 깔깔대고 웃었다. 기분 좋게, 기분 좋게 해 줘야 한다.

"누군가를 재수덩어리라고 생각하는 건 각자의 취향에 따라 다른 거 아냐? 여자 보는 데 있어선 콜린하고 내 취향이 많이 달라."

닉은 얼굴 가득 억지 미소를 지었다. 이번에는 브린도 아무 대꾸를 하지 못했다. 무슨 뜻인지 알아챈 듯했지만, 닉은 신경 쓸 여유가 없었다. 에밀리가 에릭과 사귄다는 말을 곱씹기에 바빴다. 그게 사실일까? 만약 사실이라면 브린은 어디서 그런 얘기를 들은 걸까? 대놓고 물어보지도 못하고, 이런 바보 같은 상황이 또 있을까? 게다가 에밀리를 게임에 끌어들이려 하다니, 왜 그런 바보 같은 짓을 했을까? 정말 머리털을 다 뽑고 싶은 심정이다.

"우리가 이러는 동안 뭔가 중요한 걸 놓치고 있는 거 아닐까?"

침묵이 불편해질 무렵 닉이 입을 열었다.

"중요한 일은 계속해서 일어나. 언제 들어가든, 언제 나오든 상관없이 뭔가는 놓치게 돼 있어. 나도 그것 때문에 항상 불안해. 지금쯤 다음 아레나 시합 일정을 발표했는지도 모르지."

"지난번 시합에 나갔니?"

브린은 입을 삐죽거리며 의심스러운 눈초리를 보냈다.

"지금 날 떠보는 거야? 나중에 다 일러바치려고? 규칙이 어떤지 너도 잘 알잖아. 만약 내가 그 시합에 나갔고 두 번 싸워서 레벨 한 단계를 땄다고 말한다면 내가 누군지, 아니면 내가 누가 아닌지 정도는 금방 알아낼 수 있겠지. 전령은 그런 데 있어서는 용서를 몰라. 전령이 내게 직접 말했어."

"그래그래. 무슨 말인지 알겠어."

"그런데 너 내가 에레보스 준 거 좋게 생각하니?"

브린이 시선을 맞추지 않은 채 물었다.

"그럼, 두말하면 잔소리지. 진짜 멋지잖아."

브린은 일부러 천천히 머리카락 한 가닥을 귀 뒤로 넘겼다.

"가끔은 무섭다는 생각 안 들어?"

완전 무섭지. 호러 수준이야.

"아, 뭐 괜찮아. 그것도 게임의 일부인걸."

"응, 맞아."

브린은 맥주잔을 이리저리 돌렸다.

"그런데 게임이 어떻게 내 생각을 읽는지 그건 정말 모르겠거든."

생각을 읽다니 그런 과장이 어디 있단 말인가. 닉은 지하철을 타고 집으로 돌아가는 길에 생각해 보았다. 브린은 바로 전 역에서 내렸다. 물론 내리기 전에 닉을 껴안고 입 바로 옆에 입맞춤하는 것을 잊지 않았다.

게임이 생각을 읽을 수는 없다. 적어도 모든 생각을 다 읽는 건 아니다. 물론 임무를 잘 수행한 대가로 '헬 프로즌 오버' 티셔츠를 선물받은 사실은 제외다. 그리고 전에 한 번도 언급한 적이 없는데 먼저 에밀리에 대한 얘기를 꺼낸 것도.

지하철 문이 스르륵 열렸다. 닉은 어둠이 내리는 거리를 걸으며 집에 가면 이미 밥이 차려져 있기를 바랐다. 사리우스를 너무 오랫동안 방치해 둬서 밥이 다 될 때까지 느긋하게 기다릴 수 없을 듯싶었다.

"넌 이제부터 레벨 7이다, 사리우스. 자, 내가 준 임무를 잘 수행했으니 상을 주마."

전령이 뼈만 남은 손가락으로 어두운 회랑 구석을 가리켰다. 그들은 지난번 식당 지하와 비슷한 곳에 있었다. 하지만 거기보다 훨씬 좁고 어둡고 아주 오랫동안 사용하지 않은 것처럼 낡았다. 회랑에 늘어선 아치형 기둥은 거미줄에 점령당했고, 바닥에는 구석마다 녹색의 작은 버섯이 자랐다.

전령이 가리킨 곳에는 새 칼 한 자루와 코끝이 금속으로 장식된 긴 장화가 놓여 있었다. 칼은 황금색으로 반짝이는데, 마치 빛을 뿜어내는 것처럼 보이기도 했다.

"고맙습니다."

"내가 더 고맙다. 보고할 만한 새 소식이 있니?"

사리우스는 대답을 망설였다. 제이미가 왓슨 선생님에게 갈 거라는 말은 꺼내지 않을 테다. 그건 무슨 일이 있어도 안 된다. 비석이 그려진 협박 편지에 대해 얘기할까? 아니, 안 하는 게 낫겠다. 닉은 제이미와 브린 둘 다에게 들은 이야기를 생각해 냈다.

"조라는 여자 선배가 울고불고 난리쳤다는 말을 들었어요. 더 자세한 건 모르고요."

"그것보다는 에릭 부에 대한 얘기를 듣고 싶구나. 네가 에릭 부의 행동을 자세히 관찰했으면 좋겠다. 듣자 하니 우리에게 적대감을 가진 듯싶다. 자, 이제 가도 좋다."

닉은 착잡한 마음으로 밖으로 나갔다. 밖으로 나가는 길은 동굴처럼 좁은 복도가 지하 밖으로 연결되는 형태다. 에릭이 에밀리에게 딱 붙어 다니는 꼴은 정말이지 보고 싶지 않다. 그런데 거기다 대고 브린과 데이트까지 했다. 어쩌다 이런 일이!

어두운 복도는 점점 넓어져 횃불이 환히 밝혀진 출구로 연결되었다. '아, 드디어!' 밖으로 나가려던 닉은 마치 뭔가에 홀린 듯 그 자리에 우뚝 섰다. 벽이 이상하다! 닉은 확인차 뒤로 몇 걸음 물러섰다.

역시 착각이 아니다.

벽에 누군가 그림을 그려 놓았다. 벽 전체를 차지하는 커다란 그림은 교회의 프레스코화를 연상시킨다. 그림에는 머리를 맞대고 앉은 두 사람이 그려져 있다. 여자는 한 손에 불이 켜진 라이터를 들고 다른 한 손은 맞은편에 앉은 남자의 손등 위에 올려놓았다. 남자는 긴 머리를 뒤로 땋아서 묶었고…….

누군가 사진을 찍은 게 분명하다. 그림 속의 두 사람은 꼭 연인 사이처럼 보인다. 사리우스는 등을 돌려 밖으로 나가다가 출구에서 발을 헛디뎌 넘어질 뻔했다. 벌거벗겨진 느낌, 이상한 두려움이 엄습했다. 물론 그림일 뿐이지만 언젠가는 저 그림이 실물 크기로 학교 벽에 그려질지도 모른다는 생각이 들었다.

"로드닉이 위시크리스털을 찾았대."

"정말? 와, 그걸로 뭐 할 거래?"

"바보냐? 그런 걸 말하게."

불가에 모여 앉은 이들은 모두 아는 얼굴이다. 드리즐, 페니엘, 블랙스펠, 사푸야푸, 누락스, 그리고 특별 손님처럼 약간 떨어진 곳에 앉은 블러드워크. 블러드워크의 목에는 이너서클의 구성원임을 알리는 표식, 루비처럼 붉은 링이 매달려 있다.

해는 하늘에 붉은색과 푸른색의 긴 빛줄기를 드리우며 지평선 뒤로 넘어가고 있었다. 곧 어둠이 찾아올 것이다. 사리우스는 다른 사람들 곁으로 가서 앉았다. 새로운 얼굴이 둘 있었다. 레벨 1인 다크엘프 샤롤과 레벨 2인 도마뱀인간 브라코다. 그들은 조용히 앉아 뱀파이어 드리즐과 블랙스펠이 나누는 대화에 귀를 기울였다.

"나도 위시크리스털 하나 있었으면 좋겠다. 이제까지 두 개 찾았는데 정말 요긴했거든."

블랙스펠이 말하자 블러드워크가 끼어들었다.

"야, 입 다물어. 여기 초짜들도 있잖아. 쟤넨 쟤네 나름대로 경험을 쌓아야 해. 네가 그렇게 씨부리면 괜히 헷갈린다고. 알았어?"

"야, 너 언제부터 그렇게 다른 사람들 일에 신경 썼냐, 블러드?"

"그건 네가 알 바 아니고. 그냥 내가 시키는 대로 해. 너 아니어도 씨부리고 다니는 놈들이 너무 많아. 전령도 그것 때문에 울적해하신단 말이야."

거대한 블러드워크는 새 헬멧을 썼다. 코까지 덮는 앞부분과 비스듬하게 트인 눈구멍 때문에 블러드워크는 이전보다 훨씬 더 위협적으로 보였다.

"아, 그래? 우리 전령님이 울적해하셔? 노란색 눈탱이에 그런 해골 바가지라면 나라도 울적하겠다."

블랙스펠이 비꼬았다. 그 말에 블러드워크는 옆에 둔 도끼를 집으며 반쯤 몸을 일으켰지만, 금방 마음이 바뀌었는지 도로 앉았다.

"꼭 목숨 아까운 줄 모르고 떠들어 대는 놈들이 있어. 그런 놈 하나 더 늘었군."

"우, 무서워라."

블랙스펠은 계속 비꼬았다. 사리우스는 그런 대화를 듣고 있노라니 짜증이 났다. 그리고 보아하니 모두 한 번씩은 위시크리스털을 찾은 것 같은데, 자신만 아직도 찾지 못한 것 같아 화가 치밀었다.

"오늘 임무가 뭐야? 아니면 그냥 이렇게 노닥거리다 끝나는 거야?"

"그렇지, 이제야 제대로 된 소리를 듣네. 지금 기다리는 중이야. 곧 소식이 올 거야."

블러드워크가 말했다. 그러나 곧 온다는 소식은 아무리 기다려도 오지 않았다. 그러다 갑자기 이빨까지 중무장한 오크족이 덤불 뒤에 숨어 있다가 쳐들어왔다. 수적으로 훨씬 우세였고, 기습 공격이라는 면에서도 그들이 유리했다.

사리우스는 벌떡 일어나 황금 검을 휘둘렀다. 순식간에 세 놈을 해치웠는데도 사리우스는 털끝 하나 다치지 않았다. 블러드워크는 신들린 것처럼 싸우며 적을 산산조각 냈다. 드리즐은 어느새 불을 사용해 마법을 부렸다. 개중에는 심하게 당한 사람도 있었다. 신입인 브라코는 피를 철철 흘리며 바닥에 쓰러졌다.

황금 검은 휘두를 때마다 노래하듯 울렸다. 사리우스는 이렇게 싸움이 즐거운 적이 없었다. 레벨 7이 된 이후로 몸이 훨씬 가볍고, 더 민첩하고 강하게 느껴졌다. 싸움이 아니라 축제라 할만 했다. 전투가 끝나고 승리가 선포되었을 때 사리우스는 오크족 여섯 명을 해치웠고, 상처를 거의 입지 않았다. 곧이어 도착한 전령도 그 점을 높이 샀다.

"사리우스, 정말 많이 발전했구나. 금화 50개를 상으로 주마."

다른 전사들도 이런저런 보상을 받았다. 브라코는 오크족 시체 위를 기어 전령의 말에 탔다.

"아직 싸울 힘이 남은 전사들은 도망간 양 떼를 찾아라. 이미 양치기 네 명이 희생됐다."

전령은 그 말만 남기고 비틀거리는 브라코를 뒤에 태운 채 바람같이 사라졌다.

"난 양을 찾으러 가겠어."

사리우스가 말했다.

"나도."

"나도."

사푸야푸와 누락스가 바로 따라나섰다. 둘 다 레벨 6인 것을 보니, 아레나 시합 이후 한 레벨씩 올린 모양이다. 하지만 아직은 사리우스가 높다. 드리즐도 아무 말없이 합류했다. 살이 허연 뱀파이어 드리즐은 사리우스보다 머리 하나가 더 크다.

"블러드워크, 같이 안 갈 거야?"

사리우스가 물었지만 블러드워크는 멍하니 모닥불을 바라보며 아무 대답도 하지 않았다.

"블러드?"

"놔둬. 잠들었나 봐."

드리즐이 말했다.

그들은 초원을 지나갔다. 밤이 이슥해져서 앞이 잘 보이지는 않았지만 장애물이 별로 없어서 빠르게 앞으로 갈 수 있었다. 사리우스는 다른 이들과 이야기를 나누고 싶었다. 예를 들어, 임무가 정확히 뭔지 궁금했다. 무작정 양을 찾으라니! 그러나 아쉽게도 불이 없었다. 불이 없으면 대화도 할 수 없다. 순간 라이터 불이 뇌리를 스쳤다. 사리우스는 머릿속에 떠오른 그림을 떨쳐 버리려는 듯 머리를 세차게 흔들었다.

걷다 보니 분홍색 울타리가 나왔다. 날이 어두운데도 울타리에 핀 밝은 분홍색 꽃이 눈에 확 들어왔다. 그러나 꽃구경을 제대로 하기도 전에 뭔가 이상한 것이 눈에 띄었다. 울타리에 걸린 뭔가가 예쁜 꽃을 뒷전으로 밀어 버릴 정도로 사리우스의 시선을 사로잡았다.

시체다. 그들은 누가 명령이라도 한 듯 한꺼번에 걸음을 멈추었다. 사리우스는 그제야 페니엘과 블랙스펠이 뒤따라온 것을 알았다. 울타리에 걸린 시체의 상태를 보니 수적으로 한 명이라도 많은 게 잘 됐다 싶었다. 시체는 마치 햇볕에 말리려고 널어놓은 듯이 걸쳐 있는데, 뭔가가 살을 뜯어먹다 말았다. 아니, 거의 다 먹고 뼈와 가죽만 남았다. 그리고 시체 밑에는 구부러진 지팡이가 나뒹굴었다.

희생당한 양치기 중 한 명이군. 사리우스는 그렇게 생각하며 고개를 돌렸다. 순간, 첫 번째 양이 눈에 들어왔다. 지저분한 하얀색 털을 가진 힘 세 보이는 양이 나무 밑에서 풀을 뜯고 있었다. 사리우스는 경험상 남에게 양보할 필요가 없음을 알았다. 발견한 사람이 임자다. 전령이 원하는 대로 양을 잡아 가두면 된다. 그런데 양을 가둘 울타리가 보이지 않아 좀 이상했다.

사리우스는 일단 몸을 낮추고 양에게 접근했다. 어둠이 깔리고 있어서 접근하기에는 용이했다. 그런데 가까이 가서 보니 평화롭게 풀을 뜯는 양의 털에 불그스레한 얼룩이 잔뜩 묻어 있는 게 아닌가! 신선한 피가 굳은 듯싶었다. 사리우스는 아마도 양치기의 피려니 하다가, 양이 눈치채고 고개를 든 순간 실상을 파악했다.

양의 얼굴은 한마디로 악몽이었다. 툭 튀어나온 거대한 입에 스테이크 칼처럼 긴 금속성의 이빨이 날카롭게 번뜩였다. 양은 공격 직전의 상어처럼 주둥이를 오므리며 이빨을 드러냈다. 싸움에 대비하지 못한 사리우스는 양이 달려오기 시작하자 그제야 칼을 빼들었다. 양의 이빨 사이에서 양치기의 외투 조각이 펄럭였다.

사리우스는 칼을 휘둘렀지만 빗나갔다. 양은 갑자기 방향을 바꿔 사리우스의 왼쪽 팔을 향해 달려들었다. 빌어먹을! 어깨에서 방패를 내렸어야 했는데, 잊어버렸다. 왼쪽 몸 전체가 그대로 드러났다.

뒤에서도 칼 휘두르는 소리, 사푸야푸의 도끼가 쉭쉭 공중을 가르는 소리가 들렸다. 다른 양이 나타난 모양이지만 뒤돌아볼 시간이 없었다. 눈앞에 달려드는 놈만으로도 벅찼다. 식인 양은 무섭도록 빠른 속도와 보기만 해도 오싹한 이빨로 사리우스의 정신을 쏙 빼놓았다. 사리우스는 흉측한 양머리에서 눈을 떼지 못한 채 계속해서 칼을 휘둘렀다.

드디어 적중하는가 싶더니 털만 베고 빗나갔다. 양은 다시 무방비 상태인 사리우스의 왼쪽을 공격했다. 사리우스는 공격을 잘 막아 냈고, 양의 한쪽 귀를 베었다. 귀에서 피가 흐르기 시작했다. 사리우스는 제대로 집중할 수가 없었다. 전갈, 오크, 트롤과도 싸워 봤지만, 이 돌연변이 식인 양만큼 힘든 상대는 처음이었다. 양은 어느새 다시 공격해 왔다. 부상당한 귀에서 흘러내린 피가 주둥이를 적시고 금속성 이빨 위에서 반짝였다.

사리우스는 그 끔찍한 모습이 꿈에 나올까 무서워 얼굴을 돌렸다. 그러고는 모든 전략을 버리고 무작정 양을 향해 달려들어 가슴팍을 찔렀다. 양의 무서운 이빨이 허벅지 바로 옆으로 지나갔지만, 사리우스는 칼을 빼서 다시 양의 몸뚱이를 찔렀다. 그리고 다시 찌르기를 반복했다. 윙 하는 소리가 머릿속에 울렸다. 어딘가에 부상을 입은 모양이다. 하지만 가벼운 상처다.

양은 비틀거렸지만 죽지는 않았다. 왜? 양이 아니라 괴물이니까. 그것도 지옥의 괴물, 악마다. 사리우스는 칼을 최대한 높이 들어서 양의 뒷덜미를 가격했다. 그렇게 세 번 찌르자 양의 모가지가 떨어져 나갔다. 사리우스는 욕지기가 났다. 양 시체가 그냥 땅속으로 사라져 버리길 간절히 바랐다. 시체에서 피가 흘러나와 땅속으로 스며들었고, 황금 검에도 그 흔적이 남았다. 사리우스는 칼에 붙은 양털과 피를 보자 속이 뒤집힐 것만 같았다. 마치 그렇게 하면 시체가 사라진다는 듯 사리우스는 시체를 마구 찌르기 시작했다.

그러다 고개를 돌리는데, 산산조각 난 양의 갈비뼈 사이에서 뭔가가 초록색으로 빛났다. 사리우스는 욕지기가 나는 것을 참고 허리를 굽혀 그 물건을 집어냈다. 안에서부터 초록빛이 뿜어져 나오는 보석이다. 드디어 찾았다!

사리우스는 얼른 뒤를 돌아보았다. 다른 양을 찾으려는 게 아니라 혹시 본 사람이 없는지 확인하기 위해서다. 아무도 못 봤겠지? 다른 사람들은 아직 전투에 열심이다. 사리우스는 귀중한 전리품을 인벤토리에 넣었다. 위시크리스털을 얻었다는 생각에 속이 니글거리는 것도 잊었다.

드리즐도 싸움을 마치고 양을 토막 치고 있었다. 그러나 헛수고인 듯했다. 사리우스는 속으로 쾌재를 불렀다. 블랙스펠과 누락스는 양한 마리를 상대로 아직도 고군분투 중이고, 사푸야푸는 기다란 도끼로 혼자 시꺼먼 양을 상대했다. 뒤에는 엘프족 여자가 쓰러져 있었다. 페니엘이다. 만날 남의 공을 가로채려 하니까 그런 거야. 사리우스는 속으로 심술궂게 웃었다.

페니엘의 허리띠에는 붉은색이 아주 약간 남았다. 저 상태라면 부상 소음이 엄청나겠지. 사리우스는 순간적으로 자신에게 치유 능력이 있음을 떠올렸다. 하지만 페니엘에게 나눠 줄 생각은 추호도 없다. 사푸야푸라면 혹시 모를까. 페니엘 같은 얌체를 도와줄 생각은 없다.

블랙스펠과 누락스도 양을 처치했다. 이제 곧 전령이 나타나 소원을 들어주겠지. 사리우스는 레벨이 몇 단계나 더 올라갈지 기대감에 부풀었다. 마지막 양이 숨을 거두자마자 말발굽소리와 함께 전령이 나타났다.

"쉽지 않은 상대였는데, 다들 잘 싸웠다."

"별거 아니었어요."

전령의 칭찬에 드리즐이 빼기며 말했다.

"그래? 그럼 너는 별거 아닌 보상으로도 충분하겠구나. 드리즐에 게는 들쥐 식량 세 끼 분량을 주마."

사리우스는 속으로 좋아서 어쩔 줄 몰랐다. 페니엘이 당하더니 드리즐까지! 이보다 더 좋을 순 없다.

"사푸야푸, 네게는 새 장비를 주마."

사푸야푸는 양쪽에 빨간 뿔이 달린 검정색 바이킹 헬멧을 받았다. 붉은색으로 빛나는 뿔에서는 번개가 나간다고 했다. 전령은 각 전사에게 금화, 물약, 무기를 나눠 준 다음, 마지막에서 두 번째로 사리우스를 불렀다.

"사리우스, 너의 불 마법을 강력하게 만들어 주마. 이제부터는 불을 피우는 것뿐 아니라 불로 싸울 수도 있다. 그리고 가장 큰 선물은 네가 이미 찾았지?"

사리우스는 뽀로통해져서 아무 말도 하지 않았다. 위시크리스털을 찾은 사실에 대해서는 비밀로 하려고 했는데, 전령은 그런 배려는 전혀 하지 않는 듯했다.

"네."

결국 사리우스가 작은 소리로 답했다.

"그래. 그럼 그 크리스털로 어떤 소원을 이루고 싶은지 잘 생각해 보렴."

전령은 마지막으로 페니엘을 향했다.

"그대로 죽겠느냐, 아니면 나를 따라오겠느냐?"

페니엘은 주저하며 고개를 들었다.

"따라가겠어요."

"그럴 줄 알았다. 자, 이리 오너라."

전령은 페니엘을 번쩍 끌어 올려 말에 태우고 그대로 뒤돌아 가 버렸다.

내 크리스털은요? 사리우스는 그렇게 물어보고 싶었지만, 이미 전령은 사라지고 없었다. 실망해서 불가로 가니 드리즐이 빈정댔다.

"위시크리스털을 발견하고는 아무 말도 안 하다니, 수줍음을 너무 많이 타는 거 아냐?"

"난 아직 한 번도 못 찾았어. 뭘 잘못하고 있는 거지?"

사푸야푸가 푸념했다.

"적을 해치우고 나서 그 시체를 다 헤집어야 해. 밥맛 떨어지는 건 나도 아는데 어쩔 수 없어. 크리스털을 찾은 건 나도 이번이 처음이야. 지난번에도 하나 가질 뻔했는데 렐란트 그 재수떡이 바로 코앞에서 가로채는 바람에 놓쳤어."

사실과 완전히 같지는 않지만 렐란트가 재수떡이라는 건 의심의 여지가 없는 사실이다.

"소원으로 뭘 빌 건데?"

블랙스펠이 물었다.

"아직 생각 안 해 봤어. 그리고 내가 왜 너한테 그걸 알려 주냐?"

"어디 한번 보자."

늑대인간 누락스가 큼직한 털투성이 손을 내밀자 사리우스는 자신도 모르게 뒤로 주춤 물러섰다.

"싫어."

대화는 활기를 잃었고, 모두 묵묵히 모닥불만 쳐다보았다.

"난 가서 자야 할까 봐. 너무 피곤해."

사푸야푸가 불쑥 말했다.

그 말을 듣고 보니 사리우스도 무척 피곤했다. 피로가 마치 호명된 짐승처럼 고개를 들었지만, 크리스털로 뭘 할 수 있는지 알기 전에는 자러 가고 싶지 않았다.

"지금 가면 재미있는 거 다 놓쳐. 진짜배기 퀘스트는 항상 밤에 나온다고!"

누락스가 사푸야푸를 말렸다.

"그럼 뭐 해? 내가 이러다 잠들면 바로 당할 텐데. 오늘은 정말 안 되겠어."

사푸야푸의 말이 끝나기 무섭게 수풀에서 전령의 놈 둘이 튀어나왔다. 그리고 언제나처럼 사람들을 정신없이 몰아세웠다.

"경보! 오톨란이 새로운 괴물을 보냈어. 남쪽 마을에 사는 대장장이를 공격하고 있다. 지원이 필요해. 어서 우릴 따라와!"

드리즐이 바로 튀어 나갔다. 누락스도 바로 그 뒤를 따랐다. 블랙스펠은 사리우스에게서 시선을 떼지 않았다. 뭘 기다리는 거지? 위시크리스털을 훔칠 기회라도 엿보는 건가? 사리우스는 혹시 모른다는 생각에 칼을 빼들었다. 그러자 블랙스펠은 바로 등을 돌려 앞서 간 이들을 따라갔다.

"사푸야푸, 정말 같이 안 갈 거야?"

이제 불가에 남은 사람은 사푸야푸와 사리우스뿐이다.

"미안한데, 오늘은 정말 안 되겠어. 눈 뜨고 있기도 힘들어. 이 상태로는 괴물한테 당할 게 뻔해. 내일 보자."

사푸야푸는 장미 울타리 쪽으로 터벅터벅 걸어갔다. 분홍색 꽃송이는 어둠 속에서도 환하게 빛났다. 사리우스는 아쉬운 듯 그 뒷모습을 바라보았다. 사푸야푸는 정말 괜찮은 녀석인데. 다른 미친놈들하고는 다르다. 그래도 지금은 어쩔 수 없이 그 미친놈들을 따라가야 한다.

사리우스도 불가를 떠나 먼저 간 사람들의 뒤를 따랐다. 그들은 무척 시끄러운 소리를 내면서 갔기 때문에 멀리서도 놓칠 염려는 없었다. 조금 서두르면 따라잡을 수 있을지도 모른다. 그때, 어디선가 짐승의 울음소리가 들려왔다. 까만 밤하늘에 뭔가가 금빛으로 빛났다. 둥근 금빛 물체는 마치 하늘을 나는 거대한 별 같았다. 다시 울음소리가 들렸다. 사리우스는 그제야 황금매가 나타났음을 깨닫고 본능적으로 자세를 낮추었다.

"사냥 중인 거 아니니까 걱정 마라."

사리우스는 깜짝 놀라 외마디 비명을 내질렀다. 전령이 몇 걸음 앞에 서서 앙상한 손가락으로 가까이 오라고 손짓했다.

"네가 가장 바라는 것이 무엇이냐, 사리우스? 마법의 크리스털을 찾았으니 현명하게 사용하도록 해라. 네 소원이 무엇이냐?"

가질 수 있는 모든 것이요. 사리우스는 그렇게 생각하며 전령의 노란 눈을 똑바로 쳐다보았다.

"레벨을 여러 단계 올리거나 이너서클에 드는 것도 되나요?"

전령은 소리 없이 미소를 지었다.

"이너서클에 드는 것은 스스로 쟁취해서 얻어야 한다. 타인의 사랑이나 친구의 신뢰 같은 것도 마찬가지고. 하지만 그런 것만 제외하면 다른 건 전부 된단다. 네가 생각하는 것보다 훨씬 많은 걸 할 수 있지."

사리우스의 머릿속은 바쁘게 움직였다. 동화 속에서처럼 소원 한 가지를 이룰 수 있게 됐다. 요정이 좀 못생겼을 뿐 동화와 똑같다.

"혹시 닉 던모어가 바라는 것이 있을 수도 있지 않을까? 뭔가 아주 특별한 소원 말이다."

전령이 힌트를 주었다.

닉 던모어의 소원이라면 화학 천재로 변신하는 게 아닐까? 아무것도 안 하고도 A급 리포트를 척척 써 내는 화학 천재. 하지만 그건 스스로 쟁취해야 하는 일에 해당된다. 그리고 잘 생각해 보면 그게 가장 큰 소원도 아니다. 그것보다는 에밀리가 문제다. 흠, 그것도 불가능하기는 마찬가지다. 에밀리가 닉을 사랑하게 해 주세요. 하하, 그건 전령이 처음부터 안 된다고 못 박지 않았는가.

하지만 혹시 거꾸로 비는 소원은 이루어지지 않을까? 사랑이 시작되는 것은 불가능하지만 사랑이 끝나는 것은 가능하지 않을까? 한번 말해 볼까? 사리우스는 주저하며 선뜻 말을 꺼내지 못했다. 이건 옳지 않아. 하지만 어차피 안 될 건데, 뭐. 차라리 다른 단순한 소원을 빌까? 아니야.

"닉 던모어는 에밀리 카버가 에릭 부와 헤어지기를 원해요. 두 사람이 사귀지 말았으면 좋겠어요."

침묵.

전령은 깊은 생각에 잠긴 듯 긴 손가락을 턱에 갖다 댔다.

자, 어때? 어서 말해. 그런 건 못한다고. 전령은 그 자세에서 꼼짝달싹도 하지 않았다. 생각하는 걸까? 너무 오래 걸리는데. 게다가 화면이 점점 어두워진다. 뭔가 잘못된 건가? 안 돼, 하필이면 이럴 때! 사리우스는 자신이라도 움직여 보려고 했지만, 그것 역시 쉽지 않았다. 마치 꿀단지 속에 갇힌 것처럼 몸이 마음대로 움직여지지 않았다.

사리우스가 거의 포기했을 무렵 전령이 다시 입을 열었다.

"에밀리 카버 말이지? 알았다. 에밀리 카버와 에릭 부가 사귀지 않도록 해 주마."

그 말을 들은 사리우스의 마음속에서는 온갖 감정이 뒤섞여 들끓었다. 무엇보다도 믿어지지 않는 마음이 가장 컸다. 죄의식은 승리감의 물결에 가려 잘 느껴지지도 않았다.

"정말이요?"

"기다려 보면 알게 되겠지. 자, 이제 가거라. 많이 뒤쳐졌으니 어서 서둘러라."

16

"닉? 닉! 세상에, 얘가 무슨 일이래? 어서 일어나!"

눈꺼풀 들기가 너무 힘들다. 그런데 상체를 일으키는 건 더욱 힘들다. 뭔가 탁 소리를 내며 책상 위로 떨어졌다. 뺨에 붙은 키보드다. 닉은 모니터 화면부터 쳐다보았다. 온통 검은색이다. 다행이다.

"여기서 앉은 채로 잠든 거니?"

"어……. 그랬나? 그런 것 같아요."

입안이 바싹바싹 타 들어가고 관자놀이에서는 맥박이 크게 뛴다.

"닉, 너 갑자기 컴퓨터 폐인이 된 건 아니지? 도대체 밤새 뭘 한 거야?"

왕거미 다리 잘랐어요.

"채팅했어요. 재미있어서 시간 가는 줄 몰랐어요. 미안해요, 엄마. 앞으로는 안 그럴게요."

엄마는 이마로 내려온 닉의 앞머리를 쓸어 넘겼다.

"이래 가지고 학교를 어떻게 가니? 밤새 이러고 있었으니 얼마나 피곤하겠어? 도대체 왜 그러니, 닉? 엄마는 네가 하는 일은 무조건 믿어. 알지? 학교 공부가 얼마나 힘든데, 잠을 충분히 자도 부족할 판에……."

"괜찮아요. 찬물로 샤워하고 나면 멀쩡할 거예요."

닉이 엄마의 말을 끊었다. 엄마의 끝없는 잔소리에 숨은 결석의 유혹이 크긴 했지만, 안타깝게도 오늘은 안 된다. 어젯밤 왕거미가 어찌나 드셌던지 사리우스는 다시 전령의 도움을 필요로 했고, 도움의 대가로 임무를 받았다. 즉, 집에 있어도 게임을 할 수 없다. 그리고 에밀리와 에릭이 어떻게 됐는지, 벌써 뭔가 일어나고 있는지 궁금해서어서 학교에 가고 싶었다.

닉은 세면대 거울 앞에 서서 키보드 자국이 선명한 얼굴을 들여다보았다. 언제 잠이 들었지? 전령에게 임무를 받고 나서 메모하려고 피곤한 눈을 비비며 종이를 찾았던 기억이 난다. 그리고 나서 바로 잠이 든 듯싶다.

닉은 뜨거운 물로 샤워한 다음 찬물로, 그다음에 다시 뜨거운 물로 샤워를 했다. 어지럼증이 확 일었다. 부엌으로 나오니 커피 냄새와 샤워 젤 냄새가 섞여서 금방이라도 속이 뒤집힐 것 같았다. 엄마 말대로 집에서 쉬는 게 나을지도 모른다. 하지만 쉬는 날은 귀하다. 아무렇게나 써서는 안 된다. 닉은 어제 메모한 종이를 고이 접어 지갑 속에 넣고 카메라를 챙겼다. 왜 이렇게 해야 하는지 모르겠지만, 이 임무가 끝나면 레벨 8이 되어 있겠지.

학교에 가는 동안 닉의 머릿속에서는 어제 말한 소원이 떠나지 않았다. 물론 그런 소원이 이루어질 리 없다. 며칠 후면 전령이 따로 불러서 다른 소원을 말해 보라고 하겠지. 그럼 그때 말할 수 있게 뭔가 괜찮은 걸 생각해 두어야 한다. 그러니까 죄의식을 느낄 필요는 없다.

닉은 그런 생각을 하며 학교 앞 골목으로 접어들었다. 학교 앞은 이상하리만치 조용했다. 마치 누군가 리모컨으로 음량을 줄여 놓은 듯했다. 건물 앞 여기저기에 아이들이 서 있었는데, 모두 속삭이듯 낮은 소리로 얘기했다. 교문 앞에는 저학년 여자애 둘이 서서 들어오는 학생들과 일일이 눈을 맞추며 뭔가를 기다린다는 신호를 보냈다. '나 그거 필요해요.'라고 이마에 씌어 있는 것 같았다.

잎이 붉게 변해 가는 말밤나무 밑에 에밀리가 서 있었다. 에릭이 그 옆에 없다는 사실에 닉은 심장이 콩닥콩닥 뛰었다. 유치하게 굴지 마. 저건 네가 빈 소원과 아무 상관없어. 전혀 아니야. 그러나 에밀리는 혼자는 아니었다. 에밀리는 아드리안과 대화를 나누고 있었다. 아드리안은 팔로 몸을 감싸듯 하고 서서 고개를 숙인 채 눈을 맞추지 않고 이야기했다. 에밀리는 고개를 끄덕이며 아드리안의 말을 듣다가 갑자기 손을 뺨으로 가져가며 등을 돌렸다. 닉은 그들의 대화에 끼고 싶었지만, 선뜻 그럴 엄두가 나지 않았다. 가까이 가기만 해도 대화가 뚝 끊길 게 뻔했다.

교문 앞에 서 있던 여학생 중 하나는 그새 CD를 얻는 데 성공했다. 남학생 하나가 한쪽으로 부르더니 뭐라고 속닥거렸고, 여학생은 웃으며 고개를 끄덕였다. 남학생은 몇 마디 더 하고 나서 주머니에서 얇은 상자를…….

"닉?"

언제 왔는지 늘 말이 없는 그렉이 뒤에서 닉을 불렀다. 닉은 깜짝 놀라 고개를 돌렸다. 심장이 미친 듯이 뛰었다. 왜 이렇게 놀라는 거지?

"닉, 나 좀 도와줘. 부탁이야."

그렉의 아랫입술이 바들바들 떨렸다. 손도 마찬가지였다. 손에는 포장을 뜯지 않은 새 CD가 들려 있었다.

"나 어제 쫓겨났어. 그런데 그건 착오야. 정말이야. 전령을 꼭 만나야 해. 그러니까 네 CD 좀 복사해 주라. 제발 부탁이야!"

닉은 그렉이 내미는 CD를 보고 뒷걸음질 쳤다. 그러자 그렉이 바로 뒤쫓아 왔다.

"난 거의 다 갔었어. 조금만 더 가면……."

"듣기 싫어!"

닉이 소리쳤다.

주위 학생들이 뒤를 돌아봤다. 닉은 아무 말 없이 학교를 향해 걸었다. 하지만 건물에 들어서자마자 그렉이 팔을 붙들었다.

"정말 착오였다니까! 난 하라는 대로 다 했어. 그런데 조금 늦었다는 이유로……."

그렉은 입술을 지그시 깨물었다.

"어쨌든 명백한 착오야. 그러니까 게임 한 번만 구워 줘. 제발 부탁이야!"

시간을 지키지 못해 사망함. 닉은 속으로 씁쓸하게 웃었다.

"안 된다는 거 너도 잘 알잖아. 규칙상 게임은 한 번만 할 수 있어. 미안하지만 안 되겠어."

닉이 딱 잘라 말했다. 그런데 저기서 쳐다보는 게 콜린인가?

"그래, 알아. 하지만 내 경우는 달라. 정말 착오라니까! 나중에 도움이 필요하면 내가 도와줄게, 응? 화학 어려우면 그것도 도와줄게. 아니면 CD를 구워서 팔래? 20파운드 줄게, 어때? 이 정도면 괜찮지 않아?"

닉은 그렉을 혼자 놔두고 돌아서 걷기 시작했다. 뒤에 서 있는 사람은 정말 콜린이었다. 벽에 기댄 채 두 사람을 구경했다.

"나쁜 자식! 혼자 잘 먹고 잘살아라, 이 나쁜 자식아!"

그렉은 더 이상 말이 없는 소심한 그렉이 아니었다.

닉이 옆으로 지나가는데 콜린이 히죽 웃으며 말을 걸었다.

"그렉이 뭐 부탁해?"

"너랑 상관없어."

"안 들어준 것 같은데."

"눈치는 빠르네."

그냥 집에 있을걸. 바로 후회가 밀려왔다.

사물함에서 책을 꺼내려는데, 1교시가 뭔지 생각이 나지 않았다. 생물인가? 아니면 영어였나? 오늘이 무슨 요일이지? 닉은 하품을 하며 아이샤에게 인사를 건넸다. 그러나 아이샤는 인사도 받지 않고 멍한 얼굴로 지나갔다. 여기 잠 못 잔 사람이 또 하나 있군. 아이샤는 사물함 열쇠 구멍에 열쇠를 맞히는 것도 힘들어했다. 몇 번 실패하고 나서야 사물함 문을 열었다. 책을 꺼내는데, 갑자기 책무더기가 복도로 와르르 쏟아져 내렸다. 누군가 비웃으며 지나갔다. 아이샤는 책을 주울 생각도 하지 않고 팔을 늘어뜨린 채 멍하니 서 있었다.

"저기, 내가 도와줄까?"

아이샤는 세차게 머리를 흔들더니, 천천히 책을 한 권씩 주웠다. 그러나 다시 일어나지 않고, 그 책을 품에 안은 채 그대로 주저앉아 버렸다. 아이샤 어깨가 들썩였다.

"어디 아프니?"

닉이 조심스레 물었지만 아무 대답도 돌아오지 않았다. 닉은 도움을 구하려고 주위를 둘러보았다. 다 어디로 갔지? 제이미도 없고, 항상 주변을 맴돌던 브린도 오늘따라 보이지 않는다. 닉은 어떻게 해야 할지 몰라 일단 책을 주워 아이샤의 사물함에 집어넣었다. 라시드가 하품을 하며 지나갔다. 아이샤에게는 눈길도 주지 않았고, 옆구리에는 생물책이 끼워져 있었다.

아, 생물이구나. 닉은 한 번 더 아이샤를 쳐다보았다. 아이샤는 눈을 감고 있었다. 닉은 답답한 마음도 들었지만 한편으로는 다행이라고 생각하며 책과 공책을 챙겨 라시드의 뒤를 따랐다. 졸지 않고 깨어 있는 것은 너무 힘들었다. 닉은 왼손으로 턱을 받치고 칠판을 바라보았다. 눈이 너무 아파서 가만있어도 저절로 눈물이 났다.

절대 오른쪽을 쳐다봐서는 안 된다. 그렉이 원망의 눈초리를 레이저빔처럼 쏘아 대니까. 절대 왼쪽을 쳐다봐서는 안 된다. 에밀리와 제이미가 한 책상에 앉아서 열심히 뭔가 속닥거리니까. 아이샤는 다시 제정신을 차린 듯싶다. 다행이다. 눈을 감으면 아프지 않고 편했다. 그 순간뿐이지만 눈을 감으면 정말 좋은 느낌이, 정말 편안한 느낌이……. 그때, 갑자기 누군가 닉의 옆구리를 세게 쳤다. 닉은 너무 아파서 의자에서 굴러 떨어질 뻔했다.

"졸지 마, 바보야. 눈에 안 띄게 행동해야 한다는 거 벌써 잊어버렸어?"

콜린이 타박을 주었다.

"응? 아니……."

"정신 똑바로 차려, 인마."

"또 때리기만 해 봐. 가만 안 둔다."

콜린은 재미있다는 듯 눈썹을 치켰다.

"예, 마님. 알아서 모십죠."

닉은 1교시와 2교시를 겨우 버텼다. 그리고 그다음 쉬는 시간에 커피 자판기 앞에 줄을 섰다. 누군가 어깨를 툭툭 쳤다. 브린일 테지. 브린은 닉이 고개를 돌리자마자 뺨에 뽀뽀를 쪽 했다.

"어제는 정말 재미있었어."

브린이 속삭였다.

"응, 그래."

닉은 보라는 듯 크게 하품을 했다. 자신의 시큰둥한 반응을 피로 탓으로 돌리고 싶었지만, 브린의 미소는 이미 엷어져 있었다.

"커피 없으면 안 되겠지?"

닉은 일반적인 주제를 찾아 말을 돌렸다. 그러나 브린이 대답할 틈도 없이 뒤에서 날카로운 비명이 터져 나왔다. 구경꾼이 속속 모여들었다. 아이샤가 에밀리에게 매달려 있고, 그 앞에는 에릭 부가 어안이 벙벙한 얼굴로 서 있었다.

"손대지 마! 다시는 내 몸에 손대지 마!"

아이샤가 빽 소리 질렀다.

닉은 자판기 줄을 포기하고 사고 현장에 불려 가는 의사처럼 구경꾼 사이를 뚫고 달렸다. 입안이 바싹바싹 탔다.

아이샤는 에밀리 어깨에 얼굴을 묻고 서럽게 울었다.

"네가 착각하는 게 분명해. 분명 다른 사람이었을 거야."

에밀리는 아이샤의 머리를 쓰다듬는다는 게 잘못해서 두건을 벗겨 버렸다.

"아냐. 확실해. 독서 클럽 끝나고 나서 지하철역까지 데려다 준다면서…… 공원을 가로질러 가면 더 운치 있다고 했어."

아이샤는 아까보다 더 큰 소리로 울음을 터뜨렸다.

에밀리는 떨리는 손으로 두건을 바로잡으려 했지만 잘되지 않자 결국 포기했다.

"내 브, 블라…… 우스를…… 찌, 찢고…… 오, 온몸을…… 더, 더듬었단 말이야……."

아이샤는 한 자, 한 자 더듬듯이 말을 토해 냈다. 그러더니 팔을 걷고 팔꿈치에 난 멍든 상처를 보여 주었다.

"이거 봐!"

닉은 피가 날 정도로 아프게 입술을 깨물었다. 저건 나와 상관없어. 상관없고 말고. 어떻게 이렇게 빨리!

"그런 일 없었어. 다 거짓말이야."

에릭은 얼굴이 창백해져서 쉴 새 없이 고개를 흔들었다.

"너희 둘이 같이 나가는 거 내가 봤는데."

라시드가 말했다.

"나도 봤어."

알렉스가 맞장구 쳤다. 에밀리는 눈을 가늘게 뜨고 뜨개질 소녀 알렉스를 응시했다.

"재미있네. 너희는 독서 클럽도 아니잖아."

"독서 클럽 아닌 사람은 학교에 남으면 안 된다는 법이라도 있냐?"

알렉스가 받아쳤다. 에밀리는 미심쩍은 표정으로 알렉스, 에릭, 아이샤를 번갈아 쳐다보았다.

"아이샤가 거짓말하는 거야."

에릭이 이번에는 한층 큰 소리로 외쳤다.

아이샤는 몸을 홱 돌리며 소리쳤다.

"남자들은 항상 똑같이 말하잖아!"

"남자들이 뭘 똑같이 말해?"

갑자기 뒤에서 왓슨 선생님 목소리가 들렸다. 왓슨 선생님은 아이들 사이를 뚫고 들어오며 옆에 서 있는 알렉스에게 작은 보온병과 한 입 베어 먹은 샌드위치를 맡겼다.

"아이샤, 무슨 일이니?"

"손대지 마세요."

왓슨 선생님이 어깨에 손을 대자, 아이샤는 얼른 뿌리치며 에밀리 품으로 더 깊이 파고들었다.

"그래, 알았다. 미안하다. 다른 사람들은 얼른 교실로 가. 수업 시작하는데 여기서 뭐 하고 있어?"

하지만 움직이는 사람은 아무도 없었다. 에릭이 앞으로 한 걸음 나섰다.

"아이샤가 어제 제가 공원에서 자기를 건드렸다고 주장하고 있어요. 팔에 멍든 상처도 제가 그랬다는데 전 모르는 일이에요."

아이샤는 다시 큰 소리로 울음을 터뜨렸다.

"에릭이 절 서서…… 성폭행했어요. 제 치마를 찢고 강제로 바닥에 눕혔어요……."

"그럴 리 없어. 난 그 말 못 믿겠어."

에밀리는 자신의 셔츠를 꽉 부여잡은 아이샤의 손가락을 부드럽지만 단호하게 떼어 놓았다. 그리고 울고 있는 아이샤에게서 떨어졌다. 기댈 곳을 잃은 아이샤는 그 자리에 주저앉아 무릎에 얼굴을 묻었다.

내가 원한 건 이런 게 아니야. 닉은 차가워진 손으로 주먹을 쥐었다. 이런 걸 원한 게 아니라고. 나하고는 상관없는 일이야. 정말 아니야. 그런데 만약 아이샤의 말이 사실이라면? 정말 에릭이 아이샤를 성폭행했다면, 그리고 전령이 그 사실을 알고 있었다면? 그렇다면 왜 전령이 그런 약속을 그렇게 쉽게 할 수 있었는지 설명이 된다.

할 말을 잃은 채 멍하니 서 있던 왓슨 선생님은 차츰 정신이 드는 듯했다.

"아이샤, 지금 네가 말한 대로라면 보통 큰일이 아니야."

"다 거짓말이에요! 정말이에요! 말도 안 되는 소리예요!"

에릭의 목소리에서 처음으로 절망 비슷한 것이 느껴졌다.

"어쨌든 여기서 이러고 있을 건 아닌 것 같다. 둘 다 날 따라와."

두 사람은 서로 최대한 멀찌감치 떨어져서 왓슨 선생님을 따라갔다. 그들이 사라지자마자 아이들 사이에는 왁자한 토론이 벌어졌다.

"아이샤가 거짓말하는 거야!"

"걔가 왜 그런 거짓말을 해?"

"내가 잘 아는데, 에릭은 절대 그런 짓 할 애가 아니야."

"저 터키 년을 따먹으려고 했다잖아."

"저 기집애 미친 거 아냐?"

"와, 완전 대박 스캔들인데!"

"왓슨이 짭새를 불러올까? 요새 어째 조용하다 했지."

그러는 동안 닉은 에밀리에게서 시선을 떼지 않았다. 에밀리는 무심한 얼굴로 눈물로 구겨진 셔츠를 매만졌다. 닉은 바로 지금이 에밀리에게 다가가 말을 걸고 위로해야 하는 타이밍이라는 걸 알았지만 선뜻 용기가 나지 않았다. 그러는 사이 제이미가 선수를 쳤다. 제이미가 에밀리에게 다가가 말을 걸었고, 둘은 몇 마디 얘기를 나누더니 함께 층계를 올라갔다.

다음은 수학 시간이다. 이런 기분에 수학이라니! 어쨌든 수학 시간이라는 사실은 바로 떠올랐다. 더 이상 졸리지도 않는다. 아이샤의 등장은 잠 깨는 효과에 있어서 더블 에스프레소에 비할 바가 아니었다.

점심시간에 식당에 들어서려는데, 제이미가 길을 막아섰다.

"별일 없냐?"

흠, 요 며칠 새 제이미의 입에서 이런 평범한 인사가 나온 적이 있던가. 이건 100퍼센트 함정이다. 내기를 걸어도 좋다.

"응, 그냥 그래. 넌 어때?"

"난 요즘 돌아가는 꼴이 상당히 걱정스러워."

제이미는 이마에 주름을 잔뜩 잡으며 그 말에 걸맞은 표정을 지었다.

"오늘 에릭 일 말이야……. 아이샤가 왜 에릭에게 그런 짓을 했다고 생각하니? 에릭 지금 완전히 맛 갔어. 왓슨 선생님이 조퇴하라고 해서 집에 갔어."

닉은 그 자리에서 도망치고 싶은 충동을 느꼈다.

"글쎄……. 왜 그런 짓을 했을까? 정말 에릭이 아이샤를 건드렸을 수도 있지."

"말도 안 돼. 그렇지 않다는 건 너도 잘 알잖아."

"왜 말이 안 돼? 그럼 아이샤가 아무 일도 없이 에릭을 모함하는 건 말이 돼? 걔 통곡하는 거 못 봤어? 그리고 팔에 난 상처도."

"내 생각엔 누군가 에릭에게 해코지를 하고 있어. 에릭은 너희가 하는 게임에 호의적이지 않잖아."

"말도 안 돼! 너 그 장난 편지 받은 다음부터 완전히 피해망상이야."

닉은 제이미를 밀쳐 내고 식당 안으로 들어갔다. 산처럼 쌓인 쟁반

더미에서 쟁반 하나를 꺼내 드는데, 누군가 뒤에서 어깨를 쳤다. 돌아보니 제이미가 금방이라도 울 것 같은 표정을 하고 있었다.

"그것뿐이 아니야. 그 얘기 들었어? 학교 운동장 쓰레기통 뒤에서 권총하고 실탄이 발견됐대. 교장 선생님은 우리가 한 짓이 아니라고 못 박았지만, 그건 경찰이 학교에 찾아오는 게 싫어서 그런 것뿐이야."

닉은 피시앤칩스를 쟁반에 담았다. 생선튀김과 감자튀김은 허여멀건 하니 기름에 절어서 맛이 없어 보였다.

"아, 그런데 너는 다 안다 그거지? 그 배후에는 못된 게임 폐인이 숨어 있고?"

닉은 입술을 잘근잘근 씹으며 콜라 한 병을 쟁반 위에 놓았다. 이 대화는 여기서 끝나야 한다.

"나는 그저 몇 가지 이상한 점이 있다고 생각하는 것뿐이야. 왓슨 선생님도 전문가의 짓은 아닌 것 같다고 하셨어. 전문가라면 그렇게 허술하게 숨기지 않았을 거라는 거야. 그냥 낡은 시가 상자에 넣어서 쓰레기통 뒤에 놔뒀거든."

"아, 그러니까 왓슨 선생님이 원래는 닥터 왓슨이고, 넌 셜록 홈즈라 이거네? 제이미, 나 좀 그냥 놔둬. 난 권총하고도 아무 상관없고 성폭행에 대해서도 아는 바 없어."

"그리고 시가 상자에는 일종의 코드 내지는 암호 같은 게 씌어 있었어. 왜 컴퓨터 게임에서 그런 거 많이 하잖아. 숫자 몇 개하고 단어인데, 뭐라더라? 갈락시스? 아니, 아니, 그거 비슷한 단어였는데."

챙그랑! 닉은 갑작스러운 소음에 화들짝 놀랐다. 식당 안 사람들도 놀라서 쳐다보았다. 닉이 자기도 모르게 쟁반을 떨어뜨린 것이다.

갈라리스. 모든 게 들어맞는다. 시가 상자, '갈라리스'라는 단어, 자신의 생일을 나타내는 숫자. 안 돼! 그 상자는 꽤 묵직했고, 상자 안에 든 물건은 작은 크기였다……. 그게 권총일까? 그럴 가능성은 충분하다. 그게 권총이라니!

"어유, 조심 좀 해라! 바닥에 엎어진 건 네가 직접 치워!"

식당 아줌마가 화를 냈다.

"네, 알았어요."

닉은 식당 아줌마에게 작은 빗자루와 쓰레받기를 받았다.

제이미의 눈총이 등 뒤에서 따갑게 느껴졌다. 하지만 절대 뒤돌아보지 않으리라. 권총이라니……. 하지만 왜 그런 걸? 전령은 왜 권총을 돌리스 브룩 철교에 갖다 놓으라고 시켰을까?

"넌 뭔가 알고 있어. 그렇지?"

등 뒤에서 제이미 목소리가 들렸다.

"아니, 몰라."

만약 그 그림이 존재한다면? 브린과 카페에 있는 모습을 그린 그림처럼 말이다. 닉은 쭈그리고 앉아 바닥에 떨어진 감자튀김을 쓸어 담았다. 바닥에 아무것도 없는데도, 계속해서 비질을 했다. 눈앞에서 까만 점이 춤을 추었고, 닉은 일어날 수가 없었다.

"그럼, 방금 그건 뭐야? 너 방금 엄청나게 놀랐어. 뭔가 알고 있는 거지?"

"시끄러."

닉은 입안으로 중얼거리며 겨우 몸을 추슬러 일어났다. 까만 점이 촘촘해지더니 이내 까만 벽으로 변했다. 닉은 빗자루를 식당 아줌마에게 주고 배식대에 몸을 기댔다.

"나랑 같이 왔슨 선생님에게 가자. 사건의 진상을 백일하에 드러내는 거야. 그러면 너도 훨씬 마음이 편할 거야. 지금 일어나고 있는 일은 정말이지……."

"시끄럽다니까!"

닉이 버럭 소리 질렀다. 에밀리, 에릭, 권총, 아이샤, 갈라리스……. 더 이상 이해할 수가 없다. 더 이상은…….

식당 안에 가득한 음식 냄새에 닉은 위장이 뒤틀리는 듯했다. 이 많은 사람이 보는 가운데 식당 바닥에 토한다면 다시는 얼굴을 들고 다니지 못하겠지. 만약 그런 사진이 존재하고 학교에서 그 사진을 입수한다면? 바로 퇴학이다. 의심의 여지가 없다.

닉은 식당에서 뛰쳐나갔다. 마주 걸어오는 아이들과 어깨를 부딪쳤고, 어깨를 부딪친 아이들은 짜증을 내며 닉을 밀쳐 냈다. 닉은 복도 저쪽에 열린 창문을 발견하고 얼른 달려가 머리를 창밖으로 내밀었다. 신선한 공기를 마시니 살 것 같았다. 다행이다.

생각을 해 봐야 한다. 전령과 얘기하는 것도 좋을 듯싶다. 전령은 정보를 준 것에 분명 고마워하겠지. 어쩌면 권총에 관해 얘기해 줄지도 모른다. 하지만 전령을 만나려면 먼저 임무를 완수해야 한다. 왜 그런 걸 해야 하는지 알 수 없지만 임무는 임무다.

17

닉은 저녁 5시가 되어 갈 무렵 블랙프라이어스 역에 도착했다. 지하철에서 내린 닉은 루드게이트 힐에 있는 주차장으로 가려고 뉴브리지 가를 따라 걸었다. 주차장 찾기는 어렵지 않은데, 눈에 띄지 않게 들어가는 게 문제였다. 닉은 최대한 키가 커 보이도록 허리를 곧게 펴고 열쇠 꾸러미에서 차 키를 찾는 척했다. 하지만 모두 괜한 걱정이었다. 닉을 가로막는 사람은 아무도 없었다. 경비원은 초소 안에서 신문을 읽느라 닉이 들어가는 것조차 눈치채지 못했다.

닉은 바지 주머니에서 쪽지를 꺼냈다. 찾아야 하는 차량 번호는 LP60HNR이다. 전령은 차를 바로 찾지 못하면 매일 5시부터 6시 사이에 그곳에 가서 기다리라고 했다. 차는 3층에 있었다. 닉은 LP60HNR 번호판을 단 은색 재규어를 발견하고, 이 사이로 나지막한 휘파람을 불었다. 은색 재규어는 평범한 차들 사이에서 왕가의 보석이라도 되는 양 티끌 하나 없이 빛났다. 진흙이 튄 자국 같은 것은 눈을 씻고 봐도 없었다. 닉은 카메라를 꺼내 차 사진을 몇 장 찍었다. 물론 이 정도로는 부족할 것이다. 하지만 시작이 반이라고 하지 않던가.

이제는 숨어서 기다릴 곳을 찾아야 한다. 재규어가 잘 보이는 자리여야 하지만 닉 자신은 보이지 않아야 한다. 닉이 찾아낸 곳은 오래된 포드와 주차장 벽 사이에 생긴 좁은 틈이었다. 그 사이에 누우면 웬만해서는 눈에 띄지 않을 듯했다. 닉은 카메라 플래시를 끄고 감도를 최대치로 맞추었다. 그리고 주차장 바닥에 누워 최대한 편한 자세를 취했다. 현재 시각 5시 12분. 자, 이제 차분하게 기다리기만 하면 된다.

갑자기 휴대 전화에서 요란한 소리가 났다. 심장이 거세게 두방망이질 쳤다. 문자 메시지가 도착했다는 알림 음이다. 휴대 전화를 꺼놓지 않다니 이렇게 멍청할 수가! 차와 벽 사이에 긴 불편한 자세에서 바지 주머니에 든 전화기를 꺼내는 데는 한참이 걸렸다. 드디어 메시지를 확인한 닉의 심장은 다시금 두근거렸다. 에밀리다.

'안녕, 닉! 만나서 소개해 주고 싶은 사람이 있어. 이름은 빅토어, 우리 모두에게 도움이 될 거야. 연락 줘. 에밀리.'

빅토어라는 이름은 들어 본 적도 없다. 그게 누구든 관심도 없다. '우리 모두에게 도움이 될 거야.'라니 대체 무슨 소리지? 에밀리가 돕고 싶은 사람은 아마도 난관에 빠진 에릭일 것이다. 하지만 에밀리가 닉을 만나고 싶어 한다. 이유는 뭐든 상관없다. 중요한 건 에밀리에게 만나자는 문자가 왔다는 거다.

쾅! 문 닫는 소리가 나더니 발자국 소리가 들리기 시작했다. 닉은 숨을 멈추고 몸을 최대한 바닥에 붙였다. 그러고는 재규어의 주인이 나타나면 바로 셔터를 누를 수 있도록 카메라를 들이댔다. 검은 바지 차림의 남자가 재규어를 지나쳐 벽 쪽으로 다가왔다. 경비원이 방범 카메라에서 닉을 보고 잡으러 온 것일까? 제발 그것만은! 그리고 은신처를 가려 주는 포드의 주인도 아니기를…….

그가 은신처에는 눈길도 주지 않고 지나쳐 가자 닉은 안도하며 가슴을 쓸어내렸다. 잠시 후 빨간색 마츠다가 출구를 향해 미끄러져 나갔고 주차장에는 다시 침묵이 찾아왔다. 그로부터 5분이 지났다. 닉은 겨우겨우 몸을 움직여 불편한 자세를 바꾸고 잠시 카메라를 내려놓았다. 다시 발자국 소리가 들려왔다. 그러나 이번에는 닉이 있는 곳까지 오지 않고 멀리서 멈추었다. 곧 차 문이 열리고 시동 거는 소리가 났다.

그로부터 다시 5분이 지나자 왼쪽 다리에 쥐가 나기 시작했다. 닉은 저릿한 느낌을 애써 외면하고 주차장에서 나는 소리에 정신을 집중했다. 환풍기 돌아가는 소리, 희미하게 들리는 거리의 소음. 다시 육중한 철문이 열렸다가 닫히는 소리가 났다. 여자 웃음소리. 곧 남자 웃음소리도 났다. 하이힐이 시멘트 바닥에 부딪치는 소리, 리모컨으로 차 문 여는 소리가 이어졌다. 몇 미터 떨어지지 않은 곳이다. 이윽고 재규어의 헤드라이트가 켜졌다. 닉은 심장이 빠르게 뛰는 것을 느끼며 자동차에 카메라 초점을 맞췄다. 남자와 여자가 카메라 프레임 안으로 들어왔다. 남자는 엄청나게 긴장한 모습이다.

찰칵!

여자는 주말 연속극에 나오는 여배우처럼 생겼다. 번쩍거리는 귀걸이에 짧은 모피 코트를 입고 긴 금발은 뒤로 틀어 올렸다. 남자는 키가 크고 짙은 잿빛 머리인데, 구레나룻은 이미 희끗희끗하다. 양복과 넥타이 차림의 남자는 의사나 변호사처럼 보인다.

찰칵!

남자는 차 뒷문을 열고 가방을 집어넣었다.

찰칵! 찰칵!

"다음엔 레페토리오로 가요. 비비안이 그러는데 거기 양고기 요리가 맛있대."

여배우처럼 생긴 여자가 말했다.

"그래, 자기가 원하면 그렇게 해야지."

찰칵!

여자가 차에 탔다.

찰칵!

갑자기 남자가 동작을 멈추더니 주위를 둘러보았다. 카메라 셔터 소리를 들었나? 닉은 구석으로 몸을 잔뜩 웅크렸다.

"왜 그래요?"

"아니야."

남자는 난감한 듯 머리를 쓸어 넘겼다.

"아무것도 아니야. 내가 착각했나 봐. 요즘 들어 좀……."

남자가 차로 들어가 문을 닫아 버려서 다음 말은 들을 수 없었다. 그는 머리를 절레절레 흔들다가 어깨를 한 번 으쓱하더니 차에 시동을 걸었다. 잠시 후 재규어는 주차장을 빠져나갔다.

됐다.

닉은 카메라를 품에 꼭 안았다. 어서 여길 뜨자. 아니야, 그 전에 사진이 잘 찍혔는지 확인해야. 초점이 약간 흔들린 데다 선명하지도 않지만, 플래시 없이 이것보다 더 선명하게 찍기는 힘들 것이다. 어쨌든 여자, 남자, 차 번호까지 다 알아볼 수 있으니 됐다. 열두 장은 건졌다.

붐비는 지하철 안에서 닉은 휴대 전화를 꺼내 다시 한 번 에밀리의 문자 메시지를 읽었다. 빅토어라는 사람이 우리 모두에게 도움을 줄 거라니, 이건 데이트하자는 말로 들리지는 않는다. 그것보다는 에릭을 구해 줘야 한다는 뜻으로 들린다. 닉은 답장을 쓰기 시작했다. 그러나 다 쓰고 나서 읽어 보니 너무 식상한 듯해 지워 버렸다. 그러고는 눈을 감았다.

만약 닉이 갈라리스 상자와 연관 있다는 것이 밝혀지면 에밀리도 그 사실을 알게 될 것이다. 상자 속에 뭐가 들어 있는지 몰랐다고 하면 아무도 믿지 않을 것이다. 신문에서는 사전에 계획된 학교 총기 난사 사건에 대해 보도할 것이다. 사전에 충분히 방지할 수 있었다면서 말이다. 그리고 아빠는 닉을 반쯤 죽여 놓겠지.

닉은 눈을 뜨고 피로에 찌든 사람들의 얼굴을 관찰했다. 그들도 신문에 난 닉의 사진을 볼 것이다. 에밀리도 신문에서 닉의 사진을 보겠지. 닉은 다시 답장을 썼다가 바로 지웠다. 빅토어라는 사람이 경찰이면 어쩌지? 닉은 다시 눈을 감았다. 어쨌든 에레보스의 눈 밖에 나는 일은 없어야 한다.

"네가 올린 사진은 잘 받았다."

전령은 습지 가장자리에 있는 바위에 앉아 긴 다리를 쭉 뻗었다. 흡족해하는 표정이다. 닉은 그제야 마음이 놓였다. 전령이 알려 준 서버에 사진을 올리는 데는 시간이 꽤 걸렸다. 인터넷 연결이 두 번이나 끊어졌기 때문이다.

"저녁은 먹었니?"

"네."

언제부터 전령이 그런 데 관심을 가졌지?

"부모님과 대화도 하고 있겠지? 잘 웃고 잘 지낸다는 인상을 주고 있니?"

"네, 그럼요."

사실 엄마 아빠가 숙제에 대해 물어볼까 봐 미친놈처럼 쉴 새 없이 떠들어 댔다.

"잘했다. 이런 때일수록 조심해야 한다. 에레보스 밖에서 말이 너무 많이 돌고 있어. 적이 집결하고 있으니 몸가짐에 조심하고 절대 공격할 빌미를 줘서는 안 된다. 꼬박꼬박 학교에 나가고 눈에 띄지 않게 행동해라. 의심할 만한 짓은 하지 말고."

"알았어요."

"이제 넌 레벨 8이다. 체력과 화염 마법력을 높여 주마. 그럼, 마지막으로 네 소원이 잘 이루어지고 있는지 한번 물어보자. 어떠냐, 위시크리스털이 효과를 나타내기 시작했니?"

몰라요. 사리우스는 속으로 생각했다. 나랑은 아무 상관도 없는 일인걸요. 그 끔찍한 일이 나 때문에 생긴 거라고 믿고 싶지 않아요.

"질문에 대답해라."

"확실히는 모르겠어요. 그런 것 같아요. 효과가 나타나는 것 같기도 해요."

전령은 만족한 표정으로 고개를 끄덕였다.

"그러면 그렇지. 조금만 더 기다려 봐라. 앞으로 더 확실한 효과가 나타날 테니까."

내가 두려워한다는 걸 전령이 알 리 없어. 아니야, 그런 것까지 읽을 수는 없을 거야. 시리우스는 전령의 입에서 어서 가도 좋다는 말이 떨어지기를 기다렸다. 그러나 전령은 시리우스를 찬찬히 뜯어보며 앙상한 손가락을 쫙 폈다.

"아이샤에게 증인이 있었으면 좋겠는데 말이야. 누군가 그 말을 뒷받침해 줄 수 있는 사람 말이다. 누구 떠오르는 사람 없니, 시리우스?"

저게 지금 제정신으로 하는 소리란 말인가? 난 그런 거 안 해. 젠장, 왜 나한테 그런 걸 시키는 거야?

"전 어제 그 시간에 브린과 함께 카페에 있었어요. 그러니까 증인으로는 부적합할 것 같은데요."

"그건 나도 안다. 그러니까 누구 떠오르는 사람 없냐고 묻지 않니? 너더러 하라는 게 아니고."

"떠오르는 사람 없어요."

"알았다. 그만 가 봐라."

전령이 가도 좋다는 손짓을 했다. 닉은 노란 눈의 시야에서 사라질 수 있다는 사실에 기뻐하며 지시에 따랐다. 갈라리스 상자에 대해서는 둘 다 한 마디도 입에 올리지 않았지만, 전령은 이미 모든 것을 알고 있겠지. 의심의 여지가 없다.

거대한 모닥불이 뿜어내는 환한 빛은 멀리서도 잘 보였다. 오른쪽에는 습지가 있고, 왼쪽으로는 밤하늘에 우뚝 솟은 아레나 건물이 보였다. 그 사이에 들판이 있는데, 삐뚤빼뚤 자란 나무 몇 그루와 가시덤불 말고는 아무것도 없다.

"안녕, 사리우스!"

오웬스차일드가 가장 먼저 알아보고 인사를 건넸다. 오웬스차일드는 조끼처럼 생긴 새 갑옷을 입고 로드닉 옆에 앉아 있었다. 새 갑옷에 모닥불이 반사되어 환하게 빛났다. 둘 다 사리우스보다 레벨이 높은지 숫자가 보이지 않는다. 그들로부터 조금 떨어진 곳에는 렐란트가 앉아 있다. 아레나 시합 이후로 열심히 했는지 다시 레벨 7이 됐다.

"다음 시합 등록했어? 저기서 하면 돼."

오웬스차일드가 손가락으로 아레나를 가리켰다.

"등록하는 거 말고는 별로 할 일도 없어. 지금 우리도 여기 30분째 죽치고 앉아 있는 거거든. 오늘은 정말 조용하네."

닉은 아레나 시합이 있다는 사실을 전혀 몰랐다. 하지만 시합에 나가는 것은 당연하다. 당연하게 생각하지 않은 것 중 하나는 두꺼비눈이 아레나에서 직접 참가 신청을 받는다는 사실이다. 두꺼비눈은 어두운 아레나 한복판에 서 있었는데, 주변에 놈들이 들끓다시피 해서 더욱 거대해 보였다. 키가 사리우스의 두 배는 돼 보였다. 두꺼비눈은 다시 봐도 역시 이상했다. 거의 알몸인 데다 에레보스에서 만난 그 누구와도 닮지 않았다.

"여기에 이름을 써라."

두꺼비눈은 이상한 지팡이로 담벼락에 걸린 리스트를 가리켰다.

"시합은 일주일 후 자정 두 시간 전에 시작된다."

사리우스는 브라코의 이름 밑에 자신의 이름을 썼다. 어라, 이 녀석 살아 있네. 블랙스펠, 블러드워크, 렐란트, 로드닉, 드리즐의 이름도 보인다.

"조그만 녀석이 호기심도 많군. 어서 다른 애들 있는 데로 가."

사리우스는 리스트를 열심히 보다가 두꺼비눈에게 핀잔을 듣고 물러났다. 아레나에서 나오니 페니엘이 다가오는 게 보였다. 밤낮 게임만 했는지 지난번과 많이 달라진 모습이다. 지난번에 봤을 때는 큰 부상을 입은 레벨 4였는데, 지금은 레벨이 보이지 않는다. 레벨 8 이상이라는 얘기다. 거기다 장비도 모두 새것이고 칼을 두 자루나 들었다. 사리우스는 이번에 페니엘과 싸우게 되면 왠지 질 듯한 예감이 들었다.

큰 모닥불 주변에는 화기애애한 분위기가 감돌았다. 서로의 도끼를 비교하느라 왁자지껄한 드워프 사이에 사푸야푸가 앉아 있다가 사리우스를 알아보고 바로 인사를 건넸다.

"오늘은 퀘스트가 없나?"

"그런 모양이야."

"가끔은 그런 날도 있어야지."

둘은 아레나 시합에 대해 짧게 몇 마디 나누었다. 물론 사푸야푸도 아레나 시합을 준비하고 있었다. 사푸야푸와 헤어져 가다 보니 나무 밑에 혼자 앉아 모닥불을 응시하는 블러드워크가 보였다. 목에 걸린 빨간 링이 모닥불에 비쳐 붉은 보석처럼 빛났다. 사리우스는 잠시 망설이다가 말을 걸었다.

"혹시 오늘 일정이 어떻게 되는지 알아?"

"몰라."

"아, 그래? 방해해서 미안."

블러드워크가 고개를 들었다.

"피곤해 죽겠어."

"피곤하지 않은 게 더 이상하지. 여기 있는 사람들 다 수면 부족일걸."

"네가 뭘 알겠냐?"

사리우스는 혼자만 다 안다는 듯한 그 말투가 오늘따라 비위에 거슬렸다.

"그럼, 오늘은 그만 폐업하고 퍼져 자."

블러드워크는 역시나 농담을 이해하지 못했다.

"쥐방울만 한 게 입만 살아서! 까불지 말고 저리 꺼져."

블러드워크는 육중한 몸을 일으키더니 다른 자이언트와 고양이인간이 앉아 있는 곳으로 어슬렁어슬렁 걸어갔다. 둘 다 목에 붉은 목걸이를 하고 있다. 그러고 보니 저 고양이인간은 지난번 시합 때 이 너서클에 없었다.

"야, 넌 꿈도 꾸지 마."

언제 왔는지 드리즐이 사리우스를 어깨로 툭 쳤다.

"넌 죽었다 깨나도 이너서클의 전사가 될 수 없어. 하지만 난 다르지. 내기할래? 다음 시합 때 잘 봐라. 그동안 몸조심하고."

드리즐이 긴 송곳니를 드러내 보였다.

사리우스는 혹시 몰라 슬며시 칼을 빼려다가 갑자기 나타난 연두색 놈에게 정신을 빼앗겼다. 놈은 모닥불 옆 바위 위에 올라가 소리 질렀다.

"새로운 소식이 있으니 이너서클은 비밀 회합 장소로 모인다!"

블러드워크, 그 옆에 있던 자이언트와 고양이인간, 엘프족 여자 마법사 위르다나가 일어나 왼쪽에 있는 시커먼 숲 속으로 들어갔다. 다섯 번째 구성원만 안 보인다. 그때 아레나 옆 어둠 속에서 블랙스펠이 소리 없이 일어나더니 뒤를 따랐다. 그의 검은 망토 위에서 붉은 목걸이가 반짝 빛났다.

"블랙스펠이 이너서클이었어?"

사리우스가 깜짝 놀라 외쳤다.

"이런 제길! 나도 몰랐어. 흠, 더 잘됐지, 뭐. 아레나에서 묵사발을 만들어 주마!"

사리우스는 속으로 기뻤다. 두 뱀파이어 모두 좋아하지 않으니까, 둘 중 누가 묵사발이 되든 잘됐다 싶었다. 숲 속으로 사라지는 블랙스펠을 보니, 사리우스는 그 자리에 가만히 서 있기가 힘들었다. 냉큼 따라가서 이너서클에서 무슨 일이 벌어지는지 보고 싶었다.

연두색 놈이 다음 소식을 전했다.

"전사들이여! 마지막 전투가 다가오고 있다. 아직 때가 되진 않았지만 이런 때일수록 불순분자를 가려내고 정신 자세를 가다듬어야 한다."

놈은 일부러 뜸을 들였다. 그러고 나서 다시 말을 이었다.

"여기 이 진지는 오톨란의 요새에서 멀지 않다. 우리는 한 발 한 발 천천히 오톨란에게 접근할 것이다. 주인님이 말씀하시길, 오톨란은 이미 우리 존재를 느끼고 있지만 쉽사리 공격해 오진 않을 거라고 하셨다. 그 이유는 우리가 누군지 모르기 때문이다."

다시 휴지부가 이어졌다.

"반면, 우리의 미션이 성공하지 못하도록 방해하는 자들이 있다. 그자들은 우리를 염탐하고 비방하고 우리에게 해를 끼치려 한다. 우리가 똘똘 뭉치지 않으면 언제 우리 틈으로 잠입해 올지 모른다. 그들은 우리 세계를 파괴하려 들 것이다. 그러므로 이 시점에서 가장 중요한 것은 입을 다물 것, 침착할 것, 비밀을 노출시키지 말 것, 그리고 적을 적으로 대하는 것이다."

놈은 그 말을 끝으로 바위에서 내려와 구부정한 다리를 끌며 아래 나로 돌아갔다.

전사들은 한동안 명령이 내려오기를 기다리며 그렇게 앉아 있었다. 그러나 명령을 전하는 이도 없고 공격해 오는 이도 없었다. 오톨란의 괴물이 쳐들어오지도 않았다. 그래서 그들은 금 부스러기와 고기 식량을 놓고 주사위 놀이를 하며 평화로운 시간을 보냈다. 모두 즐거워했고, 옆 사람을 공격하려는 이도 없었다. 사리우스는 시간이 어떻게 가는지도 모르고 놀이를 즐겼다.

다른 전사들과 헤어지고 나서 시계를 보니 새벽 2시였다. 적당히 노곤한 게 기분이 좋았다. 에레보스에서 이렇게 편안한 시간을 보낸 것은 이번이 처음이었다.

보내는 사람 : 프랑크 베타니 〈fbettany@gmail.co.uk〉

받는 사람 : 닉 던모어 〈nick1803@aon.co.uk〉

제목 : 트레이닝

닉, 선생님은 너희 모두에게 크게 실망했다. 너뿐 아니라 다른 아이들도 연습에 여러 차례 빠졌는데, 그 누구도 연락 한번 하지 않았다. 지난주 연습에 나온 사람은 딱 네 명이었다. 나를 얕잡아 보는 모양인데, 더는 이런 행태를 두고 볼 수 없다. 앞으로 또 한 번 연락 없이 빠지는 사람은 팀에서 제명시키겠다.

– F. 베타니

"꼴이 왜 그래?"

"병원 갔었니?"

"진짜 아프겠다."

브린과 몇몇 여자애들이 말없는 그렉 주변에 모여 수선을 떨었다. 그렉은 힘겹게 사물함에서 책을 꺼내고 있었다.

"에스컬레이터에서 굴렀어."

그렉이 힘들게 미소를 지었다. 말투로 보아 여러 번 한 말을 똑같이 반복하는 듯싶었다.

"발을 헛디뎌서 미끄러졌는데 그대로 밑으로 굴러 떨어졌어. 보이는 것처럼 심하진 않아."

그렉은 딱지 앉은 콧등의 상처를 어루만지며 어정쩡하게 웃었다.

심하든 심하지 않든 아픈 건 아픈 거지. 닉은 속으로 혼자 생각했다. 그렉은 왼쪽 손목에 붕대를 감았고, 다리도 살짝 절었다.

"내가 가방 들어 줄까?"

닉이 묻자 그렉은 급히 손사래를 쳤다.

"아니야, 괜찮아. 심한 것도 아닌걸, 뭐."

닉은 그렉의 뒷모습을 보며 의미심장한 표정을 지었다. 오늘 그렉을 봤을 때부터 이상한 생각이 들어서 꺼림칙했다. 아니야, 발을 헛디뎌서 굴렀다고 하잖아. 누구에게나 그런 일은 생긴다. 닉도 농구를 하다가 상대 선수랑 부딪쳐서 일주일간 갈비뼈에 깁스를 하고 다닌 적이 있다. 그래, 그냥 평범한 사고일 거야.

"닉?"

에밀리다. 에릭도, 제이미도, 아드리안도, 그 누구도 옆에 없다.

"아, 에밀리. 문자에 답장 못해서 미안해."

"괜찮아. 별로 중요한 것도 아니었어."

에밀리가 미소를 지었다.

"그런데 그 빅토어라는 사람이 누구야?"

"아, 별로 중요하지 않아. 뭐 물어볼 게 있는데, 잠깐 시간 괜찮아?"

"그럼."

"저쪽으로 가서 얘기하자."

에밀리가 눈짓으로 사람이 없는 계단 입구를 가리켰다.

에밀리를 따라가는데 등에 와 꽂히는 브린의 따가운 시선이 느껴졌다. 닉은 브린에게 짧게 미소를 지어 보이고 돌아서며 스스로에게 바보 멍청이라고 욕을 퍼부었다.

"넌 어떻게 생각해? 아이샤가 에릭에 대해서 한 말 사실이라고 생각해?"

에밀리가 단도직입적으로 물었다.

에밀리는 알고 있어. 닉은 속으로 되뇌며 얼굴이 달아오르는 것을 느꼈다. 에밀리는 내 위시크리스털을 아는 거야. 그러나 에밀리의 진지한 얼굴에서 비난의 의도는 읽을 수 없었다. 그저 닉의 의견에만 관심이 있는 듯했다.

닉은 하릴없이 손을 내둘렀다.

"글쎄, 난 잘 모르겠어. 사실일 수도 있겠지. 내 말은 난 에릭을 잘 알지도 못하고……. 그러니까 그게……."

흔들림 없는 에밀리의 시선 앞에서 닉은 말을 더듬고 말았다.

"안다는 건 언제나 상대적인 거니까. 어제는 혹시 아이샤의 주장 뒤에 다른 뭔가 숨겨져 있는 건 아닐까 하는 의심도 들었어. 처음엔 너무 어처구니가 없고 황당했는데. 글쎄, 또 모르지."

닉은 마치 뒤통수를 한 대 얻어맞은 느낌이 들었다.

"그럼 아이샤가 한 말을 믿는 거야?"

"아니. 글쎄……. 사실은 잘 모르겠어. 열 길 물속은 알아도 한 길 사람 속은 모른다잖아. 가끔은 멀쩡해 보이는 사람도 상상 못할 일을 저지르곤 하니까."

명중! 닉은 부끄러워서 얼굴이 화끈거렸다. 역시 에밀리는 모든 걸 알고 있던 거다.

에밀리는 닉이 당황한 것을 눈치챘을까? 어쨌든 겉으로는 그런 티를 전혀 내지 않았다. 그저 생각에 잠긴 표정으로 옷 보관소 쪽을 쳐다보는데, 그 앞에서는 브린이 아까부터 두 사람을 끈질기게 노려보고 있었다.

"나도 에릭을 잘 알지는 못해. 우리 둘 다 고전 문학을 좋아해서 주로 그런 얘기를 많이 했어. 에릭은 아는 것도 많고 영리해. 사실 그런 짓을 하기엔 너무 영리하지. 그런데 이제 증인까지 나타났다고 하니까……."

"그게 누군데?"

에밀리는 어깨를 으쓱했다.

"그건 나도 몰라. 제이미가 오늘 아침에 왔슨 선생님에게 들었대. 제이미는 다 짜고 치는 거라면서 엄청나게 화를 냈어."

닉은 '아이샤에게 증인이 있었으면 좋겠는데 말이야.'라고 한 전령의 말이 떠올라 눈을 질끈 감았다.

"왜 내게 그런 얘길 하는 거야?"

에밀리는 대답 대신 바닥만 내려다보았다.

"그날, 일요일 아침에 말이야. 왜 전화했어?"

닉은 자신도 모르게 미소를 지었다. 너에게 새로운 세계를 선물하려고! 이제껏 어디서도 보지 못한 세계, 재미, 흥분, 서스펜스가 존재하는 세계. 신비하고, 무섭기도 하고, 악몽 같기도 하고……. 모든 게 다 있는 그런 세계를 선물하려고 했어.

"이미 감 잡지 않았어? 아드리안의 전화번호를 물어보려고 한 건 아니었어. 그건 내가……."

"응, 알겠어. 내 태도가 너무 부정적이었지? 나도 알아. 네가 싫어서 그런 건 아니야. 지금이라면 다르게 반응할 텐데. 네가 그렇게 좋아하는 걸 보면 그만큼 매력이 있겠지."

에밀리는 닉에게 한 번 더 미소를 지어 보이고 그 자리를 떴다.

닉은 말없이 에밀리의 뒷모습을 바라보았다. 이게 위시크리스털의 효과라면 정말 겁을 먹어야 할 판이다. 이런 일이 어떻게 가능하지? 게다가 에밀리와 에레보스라니! 에밀리는 왜 갑자기 마음을 바꾸었을까? 닉은 이상하다고 생각하며 머리를 쓸어 넘겼다.

에밀리가 갑자기 에레보스에 관심을 보이는 게 왠지 마음에 들지 않았다. 사실 얼마 전까지만 해도 에밀리가 게임하길 바랐다. 고양이 인간이나 엘프, 아니면 뱀파이어 모습을 한 에밀리와 함께 게임 세계를 누비는 상상을 했다. 그런데 CD는 이미 헨리 스코트에게 줘 버렸으니, 이제 에밀리가 원한다고 해도 줄 수 없다.

"내가 바로 옆에 서 있는데 어떻게 다른 여자랑 노닥거릴 수가 있어?"

언제 왔는지 브린이 허리춤에 손을 턱 올리고 화난 목소리로 따졌다.

"뭐라고?"

"우리 데이트한 거 아무 의미도 없는 거야?"

"그게 아니고……."

젠장, 또 변명하고 있다.

"매일매일 다른 여자랑 놀아나도 된다고 생각하는 거야? 난 뭐 감정도 없는 줄 알아?"

"내가 언제 놀아났다고 그래? 그냥 얘기한 것뿐이야!"

닉도 화가 나서 언성을 높였다.

"난 꿔다 놓은 보릿자루처럼 싹 무시하고! 네가 에밀리를 어떤 눈빛으로 쳐다보는지 내가 못 느낄 것 같아? 닉, 너 정말 실망이다!"

브린은 연기하는 배우처럼 머리를 뒤로 탁 넘기더니 휙 뒤돌아 가버렸다. 닉은 눈두덩을 문지르며 깊은 한숨을 내쉬었다. 바보 멍청이! 에밀리와 얘기하는 건 내 마음인데 마치 못할 짓을 한 것처럼 평계를 대고 말았다.

이상한 대화는 다른 이상한 대화로 이어졌다. 자율 학습 시간에 왓슨 선생님이 닉에게 얘기할 게 있으니 빈 교실로 오라고 했다. 닉은 그 말을 듣자 심장이 덜컥 내려앉는 듯했다. 권총. 그 권총 얘기를 하려는 거야. 내가 그 일과 상관있다는 걸 알아낸 거야.

"선생님이 너랑 얘기하자고 한 건 네가 똑똑한 아이라는 걸 알기 때문이다."

왓슨 선생님은 보온병을 책상 위에 놓고 창밖을 내다보았다.

"그런데 너 요즘 이상한 데 빠진 것 같더구나."

이제 곧 권총 얘기를 꺼내겠지.

"우리 학교 애들 중에 요즘 에레보스라는 컴퓨터 게임에 빠진 학생이 많다는 거 안다. 내가 이런 얘기를 한다고 해서 오해하지 않았으면 좋겠다. 난 컴퓨터 게임을 무조건 반대하진 않아. 수업할 때 월드 오브 워크래프트 시나리오로 작문 숙제를 낸 적도 있잖니? 하지만 이건 그런 게임과는 완전히 달라. 내가 보기에 이 게임은 아주 위험해. 그래서 조만간 조치를 취할 생각이다."

닉은 말없이 선생님을 쳐다보았다. 콜린, 라시드, 그 밖에 다른 애들 몇이 보는 앞에서 왓슨 선생님에게 붙들려 왔으니 전령이 물어보면 모두 사실대로 말해야 한다.

"닉, 네가 선생님을 좀 도와줬으면 좋겠다. 솔직히 말하면 이제까지 이 싸움에서 성과라고 할 만한 게 없어. 게임을 그만둔 아이들 몇과 상담을 하긴 했다만, 그 애들 컴퓨터에는 이미 그 게임이 지워지고 없었어. 내 생각엔 경찰 쪽 전문가가 보는 게 좋을 듯싶은데, 문제는 경찰을 부르려면 뭔가 사건이 터지고 난 뒤라야 한다는 거야."

왓슨 선생님은 길게 한숨을 뽑았다.

"선생님은 꼭 무슨 일이 일어날 것만 같아서 걱정이 많이 된다. 넌 안 그러니?"

닉의 입에서는 기침 소리도 아니고 숨소리도 아닌 애매한 소리가 새어 나왔다. 왓슨 선생님이 대답을 기다리는 듯해 무슨 말이라도 해야 할 것 같았다.

"일은 무슨 일이 일어나요?"

왓슨 선생님은 날카로운 눈빛으로 닉을 쏘아 보았다.

"난 에릭에게 일어난 일만 해도 정도가 심각하다고 본다. 물론 넌 에릭이 아이샤를 건드린 거 아니냐고 할지도 모르겠다만. 아이샤는 절대 경찰서엔 가지 않겠다고 고집을 피우고 있어. 이상하지 않니?"

닉은 다시 어깨를 으쓱했다. 이번에는 더 긴장하고 움츠러든 느낌이다.

"남에게 알리기가 창피해서 그러나 보죠. 전 이해되는데요. 그건 아이샤가 결정할 문제잖아요."

"그래, 모두 자기 일에만 관심 있지. 네 친구 제이미만 빼고 말이야. 제이미는 이 일을 어떻게든 해결해 보려고 발 벗고 나섰다. 그거 알고 있니?"

"이제 가도 되나요? 제가 선생님을 도와드릴 방법은 없는 것 같아요."

왓슨 선생님은 체념하는 표정으로 고개를 끄덕였다.

"도움이 필요하면 언제든 선생님을 찾아와라. 알지? 다른 아이들도 마찬가지고."

교실을 나온 닉은 아무 일 없다는 듯 일부러 빠른 걸음걸이로 힘차게 걸었다. 그러는 자신이 좀 민망하기도 했지만 어쩔 수 없었다.

왓슨 선생님은 권총 얘기는 한 마디도 꺼내지 않았다. 중요한 건 그거다.

"새로운 소식은?"

사리우스가 전령과 마주한 장소는 아직 한 번도 가 보지 않은 곳이라 낯설었다. 그들은 언덕에 서 있었고, 언덕 위에는 다 쓰러져 가는 성이 한 채 서 있었다. 성의 폐허는 불길한 느낌으로 주변 풍경을 제압하면서 이상한 매력을 풍겼다. 사리우스는 폐허가 되기 전 성의 규모가 어떠했을지 상상해 보았다. 하지만 성이 금방이라도 무너질까 봐 걱정스럽기도 했다.

왼쪽으로는 허허벌판 사이로 이상하게 생긴 생울타리가 길게 뻗어 있었다. 생울타리는 뚝 잘라 반은 노란색이고 반은 녹색이다. 노란색은 나팔 모양의 꽃이 잔뜩 피어서 그렇게 보였고, 녹색 부분에는 꽃이 한 송이도 없었다. 사리우스의 머릿속에는 돌덩어리가 굴러다니는 거친 황야에 노란색과 녹색의 생울타리를 만들어 놓고 좋아하는 미친 정원사의 모습이 그려졌다.

왓슨 선생님 일은 전령이 묻지 않으면 입에 올리고 싶지 않았다. 사리우스는 스스로도 이해할 수 없었지만 긍정적인 소식을 전하기로 했다.

"제가 보기엔 에밀리 카버가 에레보스에 관심을 갖기 시작한 것 같아요. 전혀 관심 없었는데, 오늘은 생각이 바뀌었다는 뜻을 비치더라고요."

"아, 그래? 잘됐구나. 오늘은 그걸로 됐다. 이제 어서 가 보렴. 우린 오툴란의 요새에 접근하는 중이다. 알고 있겠지? 여기선 조심, 또 조심해야 한다. 울타리를 따라 서쪽으로 가다 보면 동상이 나올 거다. 허허, 동상치고는 좀 크지. 기념탑이라고 하는 편이 낫겠지."

전령이 키득거리는 소리에 사리우스는 소름이 쫙 끼쳤다.

"거기 가면 다른 전사도 있고 물리쳐야 할 적도 있을 거다. 그럼, 건투를 빈다."

울타리는 어둠 속에서도 환하게 빛났다. 일직선으로 죽 따라가기만 하면 되니 편했다. 사리우스는 그 울타리를 본 순간 뭔가 떠올랐지만, 그 생각은 정체가 분명해지기 전에 사라져 버렸다. 마치 매직 아이처럼 숨겨진 그림을 잠시 본 듯했는데, 다음 순간 아무것도 보이지 않았다.

사리우스는 울타리를 따라 한참을 걸었다. 길이 꽤 길었다. 하지만 울타리를 따라가라고 했으니 잘못된 길은 아닐 터이다. 계속 가다 보니 저 멀리 거대한 물체가 보였다. 전령이 말한 기념탑이리라. 그런데 문제는 기념탑이 움직인다는 것이었다. 가까이 가 보니 어디서 많이 본 그리스 시대 조각이다. 이름은 모르겠는데, 어떤 남자가 아들 둘과 함께 거대한 바다뱀에게 죽임을 당하는 장면이다. 받침돌 위 높은 곳에서 돌로 된 세 남자는 그들의 몸을 휘감고 목을 조르는 뱀에 대항해 사투를 벌였다.

드리즐, 로드닉, 페니엘, 사푸야푸 등 전사 한 무리가 그 기념탑 주변에 모여 있었다. 렐란트, 베록사르, 누락스는 약간 떨어진 곳에 서서 성큼성큼 다가오는 기념탑을 쳐다보았다. 사리우스는 사푸야푸 옆으로 가서 그들 머리 위에서 벌어지는 고통스러운 돌조각의 연기를 지켜보았다. 이게 대체 뭘까? 사푸야푸에게 물어보고 싶었지만 불이 없어서 대화할 수가 없었다. 먼 곳에서 깜박이는 작은 불꽃은 뱀에게 배배 꼬인 남자들의 절망적인 얼굴을 알아볼 정도 밖에 되지 않았다.

혹시 저 뱀을 죽여야 하는 걸까? 하지만 저 높은 곳까지 어떻게 올라간단 말인가? 다른 전사들도 그런 시도는 하지 않았다. 시도해 본 전사도 있을지 모르지만 이제는 모두 멍하니 구경만 했다. 돌로 된 주인공들의 움직임을 보고 있으니 최면에 걸릴 것만 같았다. 뱀이 남자들의 몸을 휘감고 꽉 조일 때마다 숨이 막히는 착각에 빠졌다.

그때 눈처럼 하얀 피부를 가진 놈이 나타났다. 전령의 전령이다.

"어때, 볼 만하지? 이게 무슨 뜻인지 아는 사람?"

놈이 위협하듯 잇몸을 훤히 드러내며 물었다. 그러나 그 질문에 대답하는 이는 아무도 없었다. 뭐지? 수수께끼인가? 정답을 맞히면 보상이 있나?

"없는 게 당연하지. 주인님도 그럴 거라고 하셨어. 자, 숲에 가서 오크족이나 잡아라. 오크족 머리통을 세 개 가져오면 상을 줄게."

사리우스는 돌조각의 끔찍한 연기를 더 이상 보지 않아도 된다는 사실에 기뻐하며 숲으로 달려갔다. 언제나처럼 아름다운 음악이 시작되었다. 절대 패배는 없다는 자신감을 심어 주는 고무적인 음악이다.

오크족 세 놈 잡는 것쯤이야 식은 죽 먹기지.

19

탕!

공은 30센티미터 차이로 보기 좋게 빗나갔다. 베타니는 욕설을 퍼부었고, 닉은 발로 애꿎은 벽만 찼다. 빌어먹을! 짜증 나! 닉은 땀 냄새 진동하는 강당에서 무의미하게 뛰어다니는 것이 지겨웠다. 어서 집에 가서 사리우스의 레벨을 올려야 하는데.

지난 나흘은 정말 실망스러웠다. 머리 아홉 개 달린 용, 거대한 지네, 어제는 깜깜한 납골당에서 펄펄 날뛰는 해골과 싸웠다. 사리우스는 싸움을 잘 치렀지만 특별히 공을 세우진 못해서 여전히 레벨 8을 벗어나지 못했다. 아무리 열심히 해도 보상으로 돌아온 것은 금화, 물약, 새 장갑 정도다. 전령이 다른 임무를 주지 않아 사리우스는 실력 발휘할 기회를 얻지 못했다.

닉은 제롬에게 공을 가로채 드리블하면서 코트를 가로질렀다.

겨냥, 던져! 탕!

이번에도 빗나갔다.

"내가 안아서 들어 올려 주랴? 아니면 사다리라도 필요해?"

베타니가 고래고래 소리를 질렀다.

아니, 닉이 필요한 건 사다리가 아니다. 새 칼과 사리우스의 특수 능력 업그레이드이다. 아레나 시합은 점점 다가오고 다른 애들은 자꾸 발전해 가는데, 사리우스는 며칠째 제자리걸음만 하고 있다. 전령이 임무를 주고 사리우스가 실력 발휘만 한다면 얘기는 달라질 텐데…….

제롬은 다시 공을 빼앗아 닉 옆으로 지나갔다. 닉은 자동으로 제롬의 캐릭터와 레벨을 추측했다. 렐란트? 누락스? 드리즐? 사리우스보다 강할까? 아니면 약할까?

"닉! 자냐? 잠 깨게 윗몸일으키기 좀 할래?"

베타니가 소리 질렀다.

이윽고 농구 연습이 끝났다. 닉은 드디어 연습 시간이 지나간 것에 감사했다. 이제 집에 가자. 물론 집에 가도 영어 작문 숙제가 기다리고 있긴 하지만 그 정도는 금방 해치울 수 있다. 아니면 인터넷이 뭐하러 있단 말인가? 두 쪽 정도 베껴서 워드로 치면 끝이다. 그다음 게임에 매진하면 된다. 오늘은 반드시 제자리걸음만 하는 이 지지부진한 상황을 타개하리라. 왠지 게임이 잘될 것 같은 예감이 들었다.

어둠은 마치 부피와 중량을 가진 물체처럼 세상을 무겁게 짓눌렀고, 전사들은 급히 어디론가 뛰어가고 있었다. 전령의 놈이 나타나 적의 손에서 다리를 탈환하라는 명령을 전한 것이다. 전사들이 달리는 길은 쪽빛 바다를 연상시키는 짙은 파란색이다.

사리우스는 다른 이들보다 앞서 가려고 열심히 달렸다. 드리즐, 누락스, 오웬스차일드는 이미 제쳤다. 로드닉이 비슷한 줄에서 달렸고, 한참 뒤처져서 사푸야푸, 가그나르, 렐란트가 달려왔다. 맨 끝에 처진 이들은 레벨 1이나 2다. 그들은 아레나에서 만나도 해를 끼치지 못하므로 이름을 외울 필요도 없다.

이제 목적지에 가까워졌다는 느낌이 들었다. 긴장감이 팽팽했지만 나쁜 느낌은 아니었다. 오히려 호기심이 솟구치고 어서 피를 보고 싶은 생각에 기분이 고조되었다. 다리를 지키는 적은 누구일까? 오크 족? 아니면 전갈이나 왕거미? 뭐든 좋다, 다 해치워 주마. 이번에는 반드시 큰 공을 세워서 전령이 상을 주지 않고는 배기지 못하게 할 테다. 아레나 시합까지는 사흘 남았다. 그때까지 적어도 레벨 10으로 올려야 한다.

달리기는 이제 사리우스의 취약점이 아니다. 전에는 언덕을 올라갈 때마다 쉬어야 했지만 이제는 언덕을 아무리 오르내려도 체력 게이지에 영향을 끼치지 않는 수준까지 왔다. 힘이 있다는 것은 얼마나 좋은가! 레벨이 높아서 정말 좋다.

자연에서 생겨났다고 하기엔 너무 균일하게 경사진 길이 나타났다. 사리우스는 고개를 빼고 앞을 내다보았다. 길이 땅에서 솟아 있고, 진한 파랑색 무지개처럼 어둠 속으로 뻗은 것을 보니 다리다. 한참 앞에서 쇠와 쇠가 부딪치는 소리가 들려왔다. 벌써 싸움이 시작된 것일까? 사리우스는 칼을 빼들었다. 로드닉도 똑같이 했다. 적이 어떻게 생겼는지 볼 수 있다면 좋을 텐데. 어둠 속에서 알아볼 수 있는 것이라고는 거대한 윤곽뿐이었다. 댕! 종소리 같은 소리가 나고 곧 뭔가 다리 밑으로 떨어졌다. 물건인가? 아니면 사람?

갑자기 싸우는 소리가 커지더니 어둠 속에서 거대한 금속성의 육체가 그 윤곽을 드러냈다. 은빛 갑옷으로 무장한 기사가 다리를 지키고 있었다. 빌딩만 한 기사를 보자 사리우스의 기세는 바로 꺾였다. 옆에서는 드리즐이 나무 기둥만 한 기사의 칼을 가까스로 피하며 요리조리 칼을 휘둘렀지만 쉬이 적중시키지는 못했다. 누락스의 사정도 별반 다르지 않았다.

뭔가 트릭이 있을 법도 한데. 분명 어딘가에 급소가 있을 테다. 가까이 가면 찾을 수 있을까. 그때 로드닉이 사리우스를 지나쳐 거인에게 달려들더니 무릎 뒤 오금을 명중시켰다. 그러나 거인은 꿈쩍도 하지 않았다. 로드닉은 긴 칼날에 두 동강이 나지 않으려고 필사적으로 몸을 피했다.

그렇다면 이 거인을 지나쳐 가 보자. 임무는 다리 탈환이지 거인 기사를 없애는 것이 아니지 않은가. 가까이서 보니 기사는 웬만한 빌딩보다 크고 힘도 엄청났다. 하지만 동작이 그리 빠르다고는 할 수 없었다. 사리우스는 첫 번째 기사를 통과하고 두 번째도 잘 통과했다. 세 번째 기사가 가로막으며 칼을 내리쳤다. 사리우스는 칼을 피해 다리 가장자리로 달려갔다. 조심해야 한다.

댕!

그때 기사가 사리우스 쪽으로 한 걸음 성큼 다가오며 칼을 휘둘렀다. 칼날이 사리우스 몸에 살짝 닿았다. 다치진 않았지만, 아주 살짝 스치기만 했는데도 균형을 잡을 수 없었다. 사리우스는 이제 어쩔 수 없음을 직감했다. 다리에는 난간도 없고 보호석 같은 것도 없었다.

사리우스는 다리 밑으로 떨어졌다. 기사가 멀어지고 파란 무지개 같은 다리도 머리 위로 멀어졌다. 오늘밤 레벨 9가 되겠다는 야심도 떨어져 갔다. 사리우스는 다리 밑에 뭐가 있는지도 모르고 하염없이 추락했다. 물이나 풀밭이라면 좋겠지만 머릿속에는 돌밭과 가시밭길만이 떠올랐다. 바람 소리가 빠르게 귓가를 스쳤다.

사리우스—멍청한 죄로 사망.

안 돼. 이렇게 죽을 수는 없어. 발을 헛디뎌 죽다니 말도 안 돼!

이윽고 땅에 떨어지자 부상 소음이 너무 심해서 입에서 저절로 신음이 새어 나왔다. 처음에는 제발 이 소음이 멈췄으면, 당장 멈췄으면 하는 마음뿐이었다. 그러나 문득 고통을 느낀다는 것은 살아 있다는 뜻이라는 생각이 들었다. 아직 끝나지 않은 것이다. 아직 기회가 있다. 참고 견뎌야 한다.

사리우스는 되도록 움직이지 않으려고 노력하며 싸움이 끝나기를 기다렸다. 곧 머리가 깨질 듯이 아파 왔고 전기톱 소리에 가려 싸우는 소리도, 그 어떤 소리도 들리지 않았다. 왜 이렇게 오래 걸릴까? 아직 싸우는 건가? 아마도 그런 듯하다. 그런데 사리우스 말고는 추락한 전사가 아무도 없었다.

"썩 잘했다고는 할 수 없구나, 사리우스."

아, 드디어 왔다! 사리우스는 전령의 노란 눈과 마주하는 게 그렇게 기쁜 적이 없었다.

"내 도움이 필요할 것 같구나, 그렇지?"

"네, 도와주세요."

"한두 번도 아니고 계속 도와줘야 하는 것도 지겹다."

사리우스는 아무 대꾸도 하지 못했다. 도와주는 게 지겹다는데 뭐라고 한단 말인가? 하지만 전령이 대답을 기다리는 듯해 뭐라도 말해야 했다. 더 지겹게 하면 안 되지 않겠는가.

"죄송해요. 제가 조심하지 않았어요."

"알긴 아는구나. 경솔한 행동은 레벨 2에게는 일어날 수 있는 실수지만, 레벨 8에게는 일어나서는 안 된다. 창피한 줄 알아야지."

레벨이 한 단계 떨어지겠군. 사리우스는 속으로 한숨을 쉬었다. 어쩌면 그보다 더한 벌을 내릴지도 모른다.

"사리우스, 이제까지 난 네가 어려울 때마다 어김없이 나타나 도와줬다. 그렇지?"

"네."

"너도 날 도와줄 수 있겠니? 어려운 일이어도 괜찮니?"

"그럼요."

"좋다. 그럼 다시 한 번 도와줄 테니 너도 해 줘야 할 일이 있다. 이번에는 정말 조심해서 잘해야 한다."

부상 소음은 차츰 작아졌고, 사리우스는 천천히 자리에서 일어났다. 휴, 큰일 날 뻔했다. 다음에는 정말 조심해야지. 이런 일은 다시는 일어나서는 안 된다. 이틀 뒤가 시합이다. 컨디션을 조절해야 한다.

"시키는 대로 다 할게요. 어려운 일이어도 괜찮아요. 문제없어요."

전령은 신중한 표정으로 고개를 끄덕였다.

"그 말을 들으니 기쁘구나. 그럼 먼저 질문을 하나 하겠다. 너희 영어 선생님이 왔슨 맞니?"

"네."

"그가 항상 보온병을 들고 다닌다는데 사실이냐?"

사리우스는 잠시 생각해 보았다.

"네, 그런 것 같아요. 보온병에 차를 타서 가지고 다니실걸요."

"그래, 알았다. 내일 3교시가 시작된 후 5분 뒤에 2층에 있는 화장실로 가라. 세면대 거울에 금이 간 화장실 있지? 거울 옆에 쓰레기통을 보면 작은 약병이 하나 들어 있을 거다. 그 안에 든 걸 왓슨이 들고 다니는 보온병에 털어 넣으면 된다. 내용물이 뭔지에 대해서는 신경 쓸 것 없다. 아주 신중하게 처리해야 한다. 절대 보는 사람이 있어서는 안 돼."

사리우스는 믿기지 않는 표정으로 전령의 설명을 들었다. 그냥 못 들은 척하고 도망치고 싶은 마음이 굴뚝같았다. 하지만 움직일 수 없으니 그대로 누워 전령이 농담이라고 말해 주기를 기다려야 할 판이다. 그러나 전령은 앙상한 가슴 위로 팔짱을 끼고 그를 내려다볼 뿐이었다.

"내 말 잘 알아들었니?"

사리우스는 마른침을 꼴깍 삼키며 가까스로 대답했다.

"네."

"어떠냐? 할 수 있겠니? 어려운 일이기 때문에 큰 보상이 있을 거다. 이 일을 잘 끝내기만 하면 새로운 마법력을 주고 레벨 세 단계를 올려 주마. 그럼 레벨 11이 되는 거다, 사리우스. 레벨 11이면 이너서클에도 충분히 도전할 수 있다. 이너서클에서 가장 약한 게 누군지도 귀띔해 주마."

사리우스는 숨을 깊이 들이마셨다. 이건 게임이다. 전령은 단지 사리우스의 용기를 시험해 보려는 걸 테다. 그리고 그 약병 속에는 분명 우유나 포도당 캔디가 들어 있겠지.

"하겠어요."

"잘 생각했다. 그럼 내일 보고를 기다리마."

주위는 빠른 속도로 어두워졌고, 사리우스는 한 번도 겪어 보지 못한 참담한 기분에 빠져들었다.

창조. 유지. 파괴.

인도에는 이 세 가지를 관장하는 신이 다 따로 있다. 나는 이 모두를 혼자 다스린다. 나는 이제껏 존재하지 않던 것을 창조했다. 하지만 세상은 내 증인이 아니며 앞으로도 그러할 것이다. 그 후 나는 내가 만든 창조물을 유지하고 보호하려고 애썼다. 온 힘과 정성을 다했다. 그 과정은 고통스러웠고 눈물을 흘린 적도 많았다. 분명한 것은 거기에 큰 희생이 따랐다는 것이다.

이제 나는 파괴하려 한다. 누가 나를 욕할 텐가? 하늘 아래 정의라는 게 있다면 내가 이 세 번째만이라도 성공시킬 수 있도록 놔둬야 할 것이다. 나도 창조자로서 머물고 싶었다. 내 창조물을 보며 즐거워하고 그것을 아끼고 다른 이들과 나누고 싶었다.

그러나 파괴도 그렇게 나쁘지만은 않다. 파괴의 가장 큰 매력은 끝이 있다는 거니까.

20

어젯밤 닉은 잠을 설쳤다. 이리 생각해 보고 저리 생각해 보고, 불안에 떨며 겨우 마음을 진정시켜 봐도 뽀족한 수는 나오지 않았다. 다음 날 임무를 어떻게 수행할지 머릿속으로 수백 번도 더 그려 보았다. 어떻게 할지 끊임없이 반복하며 계획을 짰으나, 항상 정체 모를 약병을 보온병에 쏟아 붓는 장면에서 화면이 끊겨 버렸다.

그런데 어느새 그 시간이 와 버렸다. 2분 전 3교시 시작을 알리는 종이 쳤다. 닉은 두방망이질 치는 가슴을 안고 2층으로 올라갔다. 3교시에는 수업이 없다. 6학년이 되어서 좋은 점 중 하나다. 이 시간에 수업이 없는 다른 아이들은 도서실이나 휴게실에 있다. 따라오는 사람이 없다는 것을 알면서도 닉은 자꾸만 주위를 두리번거렸다. 알렉스나 댄, 혹은 다른 누군가가 카메라를 들고 구석진 곳에 숨어 있을 것만 같았다.

닉은 화장실 앞까지 와서 걸음을 멈추었다. 멀리멀리 도망치고 싶은 마음이 간절했지만 도망친다고 해서 문제가 해결되지는 않는다. 자, 문을 열고 들어가. 금간 거울을 흘깃 쳐다보니 얼굴은 백짓장처럼 하얗고 눈 밑에는 시커멓게 그늘이 졌다.

세면대 왼쪽에 전령이 말한 쓰레기통이 있다. 쓰고 버린 휴지, 빈 음료수 캔, 바나나 껍질, 먹다 만 빵 조각, 구겨진 종이로 반쯤 찼다. 닉은 구겨진 종이 사이를 살짝 헤집어 보았다. 없다. 음료수 캔을 하나 들어 보아도 약병 같은 것은 보이지 않았다.

더 깊이 손을 집어넣으니 구겨진 종이가 잔뜩 있다. 솜씨 없는 여자의 나체 그림이다. 닉은 더 깊이 파고들었다. 이렇게 해도 안 나오면 쓰레기통을 들어서 바닥에 쏟고 집돼지처럼 그 속을 헤집어야 할 판이다. 아니면…… 전령에게 가서 아무리 찾아도 약병 같은 건 없었다고 말하는 방법도 있다. 그게 가장 좋은 방법인지도 모른다. 정말 그렇게 할까, 생각하는 사이 작은 종이 상자가 나왔다. 파란색과 하얀색 포장에 '디고탄 50정, 0.2mg'이라고 씌어 있다. 손으로 집어 올리는데 비어 있는 느낌은 아니다. 젠장.

닉은 맨 끝 화장실에 들어가 상자를 열어 보았다. 상자 안에는 작은 갈색 병이 들어 있고 병에는 알약이 3분의 2쯤 차 있다. 닉은 병에 대고 냄새를 맡아 보았다. 별다른 이상은 없어 보인다. 가운데 길게 줄이 그어진 하얀색 알약이다.

닉은 내용물에는 신경 쓸 것 없다던 전령의 말을 똑똑히 기억했다. 하지만 도저히 사용 설명서를 읽지 않을 수 없었다. 이 작은 알약의 성분 중 하나인 베타아세틸디곡신은 심장 허약 증상에 쓰인다고 되어 있다.

'디고탄은 심장 기능을 원활하게 합니다. 심장을 천천히, 힘차게 뛰게 하고 혈액 순환에도 좋습니다.'

여기까지는 문제없어 보인다. 닉은 뒷장으로 넘겨 부작용을 읽었다.

'복용 시 주의사항. 강심배당체가 함유된 의약품은 미네랄 대사 교란이나 다른 약물과의 상호 작용에 의해 강한 부작용을 야기할 수 있습니다. 정량을 지키지 않을 시 생명이 위험할 수 있습니다. 다음 증상이 나타날 때는 신속하게 의사와 상의하십시오. 오심, 구토, 시각 장애, 환각, 불규칙한 심장 박동 수.'

생명이 위험할 수 있다고? 닉의 손에 들린 설명서가 파르르 떨렸다. 강한 부작용을 야기할 수 있다고 분명히 씌어 있다. 만약 약병에 든 걸 전부 왓슨 선생님의 보온병에 넣으면 어떻게 되는 거지? 차를 한 모금만 마셔도 죽는 건가?

닉은 눈을 감고 화장실 벽에 몸을 기댔다. 이런 짓은 할 수 없다. 사람을 죽일 수는 없다. 그래, 전령에게 가서 다른 임무를 달라고 하는 거다. 예를 들어, 사진 찍기 같은 것 말이다. 그 정도는 괜찮지만 이건 명백한 미친 짓이다. 어차피 프로그램이 잘못된 것일 테니, 전령은 오히려 알려 줘서 고맙다고 할 것이다.

하지만 닉 자신조차 그렇지 않다는 것을 잘 알고 있다. 그러고 보니 이틀 전 피부가 하얀 놈이 모닥불 옆에 와서 한 말이 기억난다. 놈은 적을 적으로 대하라고 했다. 에레보스를 파괴하려는 자가 적이라면 적을 적으로 대하라는 건 그들을 죽이라는 뜻인가?

닉은 손 안에 든 작은 약병을 물끄러미 내려다보았다. 그냥 이대로 변기 속에 쏟아 버리고 싶었지만 차마 그럴 수가 없었다. 혹시 약이 필요할지도 모른다. 뭔가 대책을 세워야 한다. 닉은 남은 시간에 유령처럼 복도를 돌아다녔다. 좋은 방법을 생각해 내야 한다. 왓슨 선생님과 사리우스 둘 다 살려 내는 방법이 분명 있을 것이다.

다음 쉬는 시간 감독이 왓슨 선생님이다. 닉은 왓슨 선생님이 옆구리에 긴 크롬 재질의 보온병에서 눈을 떼지 못했다. 저렇게 계속 옆에 끼고 다닌다면 보온병에 접근이 아예 불가능하다. 보온병을 내려놓을 때까지 기다려야 하는데, 그건 아마 선생님이 교무실에 들어간 다음이겠지. 그러나 교무실에는 항상 사람이 바글바글하다. 아무렇지도 않게 교무실에 들어가서 선생님의 보온병에 약을 탈 수는 없는 일이다.

이런 식으로는 도저히 안 된다! 이건 너무 불공평하다. 실행 자체가 불가능한 임무를 주다니! 하물며 양심의 소리를 완전히 무시한다고 해도…….

"형."

닉은 자신도 모르게 낮은 비명을 질렀다. 어느새 아드리안이 뒤에 와 있었다.

"놀래라. 간 떨어질 뻔했네. 야, 넌 제발 소리 좀 내고 다녀라."

"미안해요."

그러나 미안해하는 얼굴은 아니다. 창백한 얼굴로 연신 혀로 입술을 축이는 모습이 초조해 보이지만, 표정엔 결연한 의지가 담겼다.

"왜?"

"그 CD에 담긴 게 컴퓨터 게임이라는 게 사실이에요?"

아드리안이 애원하는 눈길로 쳐다보았지만 닉은 대답하지 않았다. 왓슨 선생님이 저학년 여자애 둘의 싸움을 말리려고 보온병을 막 창가에 내려놓는 것을 목격했기 때문이다. 하지만 이렇게 사람이 많은 로비에서 저걸 집어 올 수는 없다.

"형! 정말 게임 맞아요?"

닉은 깜짝 놀라 고개를 돌렸다. 엄지손톱을 잘근잘근 깨무는 아드리안을 보니 갑자기 짜증이 확 치밀었다.

"아, 왜 이렇게 귀찮게 해? 궁금하면 네가 직접 해 보면 될 거 아냐? 난 해 줄 말도 없고, 설사 있다고 해도 말하기 싫어. 그러니까 제발 좀 꺼져!"

그리 멀지 않은 곳에 서 있던 콜린과 제롬이 고개를 돌렸다. 콜린의 입가에 희미한 미소가 스쳤다. 닉은 참지 못하고 화낸 것을 바로 후회했다. 아드리안도 에스컬레이터에서 굴러떨어지는 걸 원치 않았으니까.

"나 좀 귀찮게 하지 마. 관심 있으면 그 CD를 구하면 되잖아. 어려운 일도 아니잖아. 그렇지 않으면 아예 관심 끄는 게 낫고."

닉이 조용히 말했다.

"그게 만약 게임이면 당장 그만둬요. 진심으로 말하는 거예요. 제발 거기서 손 떼요."

"왜? 이유를 말해 봐."

"그건 못해요. 하지만 그냥 내 말 믿고 그렇게 해요. 다른 애들은 내 말을 안 믿어요. 우리 반 애들조차도요."

"누가 그 말을 믿겠어?"

왓슨 선생님은 다시 창가로 가서 보온병을 집어 들었다. 젠장. 왓슨 선생님에게 빼앗긴 시선이 다시 아드리안을 향했다.

"네 말을 믿을 이유가 없지. 넌 그게 뭔지도 모르잖아. 네 말만 듣고 그 재미있는 걸 그만둘 사람이 어디 있어? 왜 한참 재미있는데 초 치려고 하니?"

재미. 방금 내가 정말 '재미'라는 표현을 썼나?

"초 치려는 건 아니에요. 그냥 제 느낌에……."

"느낌? 지금부터 내가 하는 말 잘 들어. 괜히 느낌 운운하면서 사람 귀찮게 하지 말고 몸조심해. 그렇지 않으면 안 좋은 일이 생길 수도 있어. 농담 아니니까 조심해."

이런! 결국 다른 게이머들 앞에서 아드리안에게 충고를 하고 말았다. 이제 그 말이 전령의 귀에 들어갈 테고, 전령은 절대 웃으며 넘어가지 않을 테다. 약병 건도 어떻게 될지 모르는데……. 아직 이 상황을 타개할 좋은 생각이 떠오르지 않는다.

닉은 아드리안을 세워 두고 말없이 그 자리를 떠났다.

한 시간 뒤 닉은 카페테리아로 향했다. 배는 전혀 고프지 않았지만, 뭔가 해야만 했다. 가만히 앉아서 점심시간을 보낸다면 미쳐 버릴 것만 같았다.

다시 학교에 나온 에릭이 독서 클럽 아이들 세 명과 함께 복도 구석에 서 있었다. 그들은 열띤 토론을 벌이다가 닉이 지나가자 목소리를 낮췄다. 하지만 닉의 귀에는 아이샤라는 이름이 분명히 들렸다. 에밀리는 어디 있는지 아무리 둘러봐도 보이지 않았다.

대신 왓슨 선생님이 눈에 들어왔다. 왓슨 선생님, 제이미, 어느 뚱뚱한 여자애, 이렇게 셋이서 생물 교실 맞은편 창문 앞에서 얘기를 나누고 있었다. 닉은 왓슨 선생님을 자세히 관찰했다. 보온병이 없다. 창가에도 없다. 닉은 자신이 무슨 짓을 하는지도 모르고 그대로 발길을 돌려 교무실로 향했다. 전령이 준 임무를 실행할 생각은 없었다. 하지만 전령에게 이 임무가 실행 불가능임을 증명하려면 정말 그런지 확인해야 한다. 만약 정말 실행이 불가능하다면 말이다.

교무실 문은 반쯤 열려 있었다. 닉은 고개를 쏙 들이밀고 안을 살폈다. U 자 형으로 늘어선 책상에는 선생님 두 명만 자리를 지키고 있었다. 닉이 교무실에 한 발 들여놓았지만 선생님들은 고개조차 들지 않았다. 한 명은 시험지를 채점하는 중이고, 한 명은 샌드위치를 먹으며 신문을 읽는 중이다. 왓슨 선생님의 보온병은 어디에도 보이지 않았다.

닉은 반은 실망하고 반은 안심하며 밖으로 나왔다. 이제 어쩌지? 임무를 실행하려고 노력하는 척이라도 해야 하는데. 분명 누군가가 전령에게 보고하려고 닉을 지켜보고 있을 테다. 그때 댄이 지나갔다. 이쪽을 보진 않았지만 괜히 이쪽으로 지나가는 것은 아니리라.

닉은 왔던 길을 천천히 되짚어 갔다. 그러다 문득 걸음을 멈추었다. 교무실 말고 선생님이 개인 물건을 두는 곳이 어디지? 그렇지, 교사 휴게실! 닉이 서 있는 곳은 교사 휴게실 바로 앞이다. 닉은 확신으로 가슴을 두근거리며 문을 열었다. 문을 열자마자 마치 자석에 이끌린 것처럼 왓슨 선생님의 보온병에 시선이 갔다. 옷걸이에 나란히 걸린 외투 사이로 가죽 가방이 보이고 그 안에 보온병이 삐죽이 드러나 있었다.

닉은 재빨리 안으로 들어가 문을 닫았다. 교사 휴게실에 학생이 들어가는 것만으로도 크게 문제 삼을 만한 행동이다. 하지만 보는 사람은 아무도 없다. 댄도, 콜린도, 제롬도 없다. 닉은 가방에서 보온병을 꺼냈다. 쿨럭이는 소리가 나는 것을 보니 내용물이 반쯤 들어 있는 듯했다. 보온병 마개를 여는 닉의 심장은 널을 뛰듯 거칠게 뛰었다. 차에서 페퍼민트 향이 났다. 바지 주머니에 든 약병이 어서 나를 꺼내라고 말하는 듯 불룩하게 느껴졌다.

절호의 기회다. 순식간에 재빨리 해치울 수도 있다. 아니다. 내가 미쳤나? 대체 여기서 뭘 하는 거지?

닉은 마개를 열 때보다 더 급하게 닫고 보온병에 묻은 지문을 스웨터로 닦은 다음 도로 가방에 집어넣었다. 하지만 이 방에 들어온 닉을 본 사람이 분명 있을 테다. 중요한 건 그거다.

교사 휴게실을 나가는 것은 들어가는 것보다 훨씬 힘들었다. 갑자기 왔슨 선생님이라도 마주칠까 봐 겁이 났다. 하지만 정작 휴게실에서 나와 문을 닫는데 딱히 이상하게 보는 사람은 없었다. 단, 헬렌이 발을 질질 끌고 지나가며 애매모호한 표정으로 닉을 뚫어지게 쳐다보았다.

집에 가는 길에 지하철 쓰레기통에 약병을 버렸다. 그러고 나니 마음이 편했다. 세세한 것까지 고려해서 일을 잘 처리했다는 생각에 마음이 흐뭇했다. 닉이 교사 휴게실에서 뭘 했는지 본 사람은 아무도 없다. 그 누구도 닉의 임무 소홀을 증명하지 못하겠지.

왓슨 선생님도, 사리우스도 죽지 않을 것이다. 그뿐인가, 사리우스는 곧 레벨 11이 된다.

21

어둠의 성전. 전령 앞에 선 사리우스는 거대한 교회 건물을 둘러보며 속으로 생각했다. 천장이 높고 뾰족한 창문이 많이 나 있어서 겉으로 보기에는 희미하게 빛이 드는 듯한데, 실제로는 햇빛 한 점 들지 않았다. 창문과 창문 사이에는 사리우스보다 두 배는 커 보이는 조각상이 서 있는데, 악마의 얼굴과 천사의 날개를 동시에 가졌다.

전령은 정교한 장식이 새겨진 나무 의자에 앉아 있다. 일종의 왕좌다. 그 뒤에는 땅이 갈라진 것처럼 보이는 거대한 구멍이 있다. 낭떠러지 같기도 한데 사리우스가 있는 곳에서는 잘 보이지 않는다. 전령은 긴 손가락으로 턱 밑에 깍지를 끼고 앉아 말없이 사리우스를 응시했다. 주변에는 회색 초가 잔뜩 켜져 있다.

"임무가 있었지?"

"네."

"임무를 완수했니?"

"네."

전령은 의자에 등을 기대고 앉아 다리를 꼬았다.

"어디 어떻게 했는지 얘기해 봐라."

사리우스는 자세한 사항을 놓치지 않으면서 짤막하게 요약해서 보고했다. 약병을 발견한 것, 보온병을 찾아다닌 것, 약을 보온병에 쏟아 넣은 것까지 순서대로 얘기했다.

"전부 다?"

"네."

"빈 약병은 어떻게 했지?"

"버렸어요. 지하철 쓰레기통에요."

"아, 그랬구나."

다시 침묵이 이어졌다. 초 하나가 칙 소리를 내며 저절로 꺼졌다. 꺼진 초에서 피어오른 가느다란 연기는 공중에 해골 모양을 그리며 흩어졌다. 전령은 몸을 앞으로 쑥 내밀었다. 노란 눈에 붉은 기가 번졌다.

"그런데 해명해야 할 것이 하나 있다."

멍청이. 전령은 다 알아. 다 아는 거야…….

"내 정찰꾼 중 하나가 그 약병을 발견했는데, 약이 그대로 들어 있었다는구나."

사리우스는 두려움에 가슴이 졸아드는 것만 같았다. 어서 해명해, 빨리…….

"그 정찰꾼이 다른 약병을 찾은 게 아닐까요?"

"거짓말. 다른 정찰꾼 말에 의하면 왓슨은 건강에 아무런 이상도 없고 지금도 학교에 있다는데?"

"왓슨 선생님이 차를 아직 안 마셨을 수도 있잖아요. 아니면 약 때문에 쓴맛이 나서 버렸을 수도 있고요."

사리우스가 재빨리 변명했다.

"거짓말 마라. 이제 너에게 낭비할 시간은 없다."

"아니요, 잠깐만요! 그, 그런 게 아니고…….."

사리우스는 전령을 설득할 방법을 찾아 필사적으로 머리를 굴렸다. 분명 모든 게 완벽했다. 중간에 사기를 쳤다고 증명할 수 있는 사람은 아무도 없다.

"전 시킨 대로 다 했어요. 선생님이 차를 안 마신 건 제 잘못이 아니잖아요. 전…….."

"망설이는 자, 우유부단한 자, 겁쟁이, 인정에 연연하는 자는 내 주인님을 받들 자격이 없다. 그렇게 약해 빠져서는 오톨란을 물리칠 수 없어. 잘 가거라."

잘 가라고?

전령이 손짓하자 창문 사이에 서 있던 악마 조각상 두 개가 벽에서 떨어져 나와 날개를 펼쳤다.

"잠깐만요. 이건 오해예요! 불공평해요! 난 시키는 대로 다 했다고요!"

사리우스가 절망적으로 외쳤다.

악마가 날카로운 발톱으로 사리우스의 양어깨를 붙잡아 공중으로 들어 올렸다. 사리우스는 악마의 발톱에서 빠져나가려고 필사적으로 몸부림쳤다. 전령은 사리우스에게 왜 이런 짓을 할까? 이제까지 그렇게 잘 도와줬는데……. 이번 일 하나로 단 한 번의 실수로…….

"잠깐만요. 이건 오해예요. 다시 할게요. 이번엔 잘할 수 있어요. 꼭 성공시킬게요!"

사리우스가 애절한 목소리로 외쳤지만 전령은 검은 망토를 얼굴까지 푹 뒤집어쓰며 외면했다.

"에레보스에 대해 떠들고 다니지 마라. 우리에게 반기를 들지도 말고 다른 전사를 귀찮게 하지도 마라. 적의 편에 섰다가는 크게 후회하게 될 거다."

"제발 부탁이에요! 다시 할 수 있어요. 이번엔 실수 안 할게요!"

악마는 사리우스를 전령 뒤 낭떠러지로 데려갔다. 한눈에 봐도 그 밑으로 떨어지면 살아남지 못할 듯싶었다. 사리우스는 젖 먹던 힘까지 내서 발버둥 쳤지만 악마의 발톱을 벗어날 수는 없었다.

"닉 던모어, 닉 던모어, 닉 던모어."

교회 건물 가득히 닉의 이름이 울려 퍼졌다. 그 순간, 사리우스는 낭떠러지 아래로 떨어졌다. 회오리바람 같은 소리가 귓가에 가득했고, 간간히 닉 던모어를 외치는 소리가 들렸다. 사리우스는 끝없는 추락을 계속했다. 아직 남은 한줄기 빛이 공포에 질려 뻣뻣하게 굳은 손의 윤곽을 비추었다.

그리고 충돌. 짧은 비명.

그 어느 때보다 크고 날카로운 소음이 비명처럼 울려 퍼졌다.

그리고 침묵. 암흑. 끝.

닉은 키보드를 쾅쾅 내려치고 마우스를 마구 휘두르다가 홱 내동댕이쳤다. 그것으로도 모자라 모니터, 컴퓨터, 책상을 사정없이 내려쳤다. 사리우스는 죽지 않았다. 죽어서는 안 된다! 좋아, 진정하자. 자, 천천히 다시 한 번 해 보자. 일단 컴퓨터를 끄고, 다시 켜고, 화면이 나타나기를 기다린다. 절대 자제심을 잃고 흥분해서는 안 된다. 생각을 해라, 생각을.

누가 꼰지른 거지? 그 빌어먹을 약병을 주워 낸 사람이 누구냔 말이다. 주위에는 아무도 없었다. 물론 주의하지 않은 건 사실이다. 하지만 학교 밖까지 따라오리라고는 생각하지 못했다.

바보 멍청이. 게이머 중 누군가 뒤따라온 게 틀림없다. 아마 그 대가로 금화 한 자루를 받았겠지. 아니면 거기 보태어 레벨도 올라갔을지 모른다. 아무리 그래도 전령은 닉의 임무 수행 거부를 증명하지 못한다. 증명도 못하면서 쫓아내 버리다니! 어제만 해도 이너서클에 들 자격이 있다고 말하지 않았던가. 그런 생각을 하니 더욱 마음이 아팠다. 내일이 시합인데! 반드시 그 시합에 나가야 한다. 전령을 만나서 착오라는 걸 이해시키면 가능할지도 모른다.

순간 그렉이 떠올랐다. 또 하나의 착오. 닉의 경우 사실은 착오가 아니라는 것이 다를 뿐이다. 하지만 난 그렉이 아니다. 이렇게 쫓겨나지는 않을 거다. 돌아갈 길은 있다. 분명히 있다. 다시 게임에 접속하기만 하면 된다. 닉은 초조한 듯 손가락으로 책상을 두드렸다. 부팅하는 데 시간이 왜 이렇게 오래 걸리는 거지?

만약 전령이 똑같은 일을 다시 하라고 한다면 이번에는 정말 하게 될까? 왓슨 선생님을 독살한다고? 난 지금 놓쳐 버린 기회를 후회하고 있나? 그렇다. 빌어먹을. 후회막심이다. 왓슨 선생님이 왜 사리우스의 앞길을 막느냐 말이다.

닉은 인상을 찡그리며 눈을 감았다. 어쩌면 아무 일도 일어나지 않았을 수도 있다. 왓슨 선생님은 차 맛이 쓰다고 생각해 도로 뱉었을 테고. 그럼 아무 일도 없었겠지. 어쩌면 전령은 거기까지 생각했는지도 모른다. 그 약을 다 털어 넣었는데 차 맛이 이상한 게 당연한 거 아닌가? 즉, 전혀 위험할 게 없었다. 그런데 닉은 마음이 약해 빠져서 사사로운 정에 연연하고 말았다.

드디어 컴퓨터가 켜졌다. 평소와 똑같은 화면이 나타났다. 닉은 자동으로 에레보스 아이콘이 있던 곳으로 마우스를 가져갔다. 그런데 이게 뭔 조화람? 붉은 글씨 'E'가 사라졌다. 이런! 닉은 급히 에레보스 CD를 꺼내 컴퓨터에 넣었다. 곧 설치 창이 떴다. 그렇지, 완벽해. 설치. 처음에 그랬던 것처럼 이번에도 시간이 걸렸다. 하지만 괜찮다. 닉은 인내심을 갖고 기다렸다. 자, 됐다. 아이콘이 어디 있지? 아이콘은 어디에도 없다. 설치한 프로그램도 찾을 수 없다. 하드드라이브를 다 뒤져도 없다. 두 번, 세 번을 뒤져도 마찬가지다. 다시 설치.

잠깐! 먼저 CD를 구워야 하나? 다른 사람에게 줄 때도 그렇게 하지 않았는가. 닉은 CD를 구워서 다시 설치해 보았다. 그러나 두 번, 세 번 반복해도 효과가 없었다. 닉은 이기지 못할 절망감에 주먹으로 책상을 쳐 가며 모두 합해 일곱 번, 가능한 모든 방법을 시도해 보았다. 그러나 게임을 다시 설치할 수는 없었다. 닉은 되지 않을 걸 알면서도 시도를 멈출 수 없었다. 여기서 멈추면 끝이다. 정말 끝나는 거다. 닉은 솟구치는 눈물을 억누르며 설치를 반복했다. 사리우스는 닉의 일부분이었다. 개인의 일부분을 누군가가 제 마음대로 빼앗아 간다는 것은 말이 되지 않는다. 다시 한 번 해 보는 거다. 한 번 더.

그렇게 세 시간이 지나자 진이 빠졌다. 실패다. 빌어먹을 영어 선생 때문에 사리우스를 죽이고 말았다. 남의 일에 간섭하지 못해 그렇게 안달하는 사람을 뭐가 예쁘다고 구해 줬을까? 이번에 호되게 당해서 정신 차리게 했어야 하는 건데. 하지만 그러기에 닉은 너무 나약했다.

나약함으로 인해 사망함?

비석에 쓰일 문구를 생각하니 참았던 눈물이 주르르 흘렀다. 비문에 정말 나약함이라고 새겨질까? 아니면 불복종? 우유부단?

이제는 그것조차 알 수 없다.

"라자니아 먹을래, 니키?"

오븐용 장갑을 낀 엄마 손에 김이 모락모락 나는 알루미늄 그릇이 들려 있다. 고소한 치즈 냄새와 이탈리아 허브 냄새가 코를 자극했다. 하지만 닉은 전혀 입맛이 없었다.

"네, 조금만 주세요."

닉은 배가 고프지 않은데도 그렇게 말했다. 눈에 띄지 않게 행동해야 한다. 이것도 임무의 일부다. 가만, 이제는 다 소용없잖아. 닉은 손으로 머리를 감쌌다. 눈이 타는 듯이 아팠다.

"왜 그러니? 어디 아프니?"

"아니요. 그냥 좀 피곤해서 그래요."

"날씨 때문일 거야. 오늘 브리커 부인은 파마 말다가 거의 잠들 뻔했지 뭐니……."

엄마의 수다가 시작되었다. 닉은 엄마 얘기를 제대로 듣지 않아 무슨 말인지도 모르면서 미소 짓거나 엄마가 웃으면 따라 웃었다. 아까 질질 짜다가 새로운 아이디어가 떠올랐다. 다른 컴퓨터에 설치한다면 분명히 게임을 시작할 수 있을 거다. 새로 등록해야 하는 게 문제지만. 다시 사리우스로 등록할 수는 없다. 그렇게 할까? 그렇게 해서라도 할 수만 있다면 좋은 건가?

아뿔싸, 그러고 보니 이 게임에는 실명이 필요하다는 걸 잊고 있었다. 지난번에도 가짜 이름은 먹히지 않았다. 뭐, 상관없다. 그래도 한번 해 보는 거다. 그러면 전령도 닉 던모어가 얼마나 진지하게 이 게임을 다시 하고 싶어 하는지 알게 되겠지. 어쩌면 다시 받아들여 줄지도 모른다.

사리우스는 아레나 한가운데 서 있다. 목에 붉은 링이 매달려 있다. 그런데 루비가 아니라 불로 된 링이다. 관중이 환호성을 지른다. 이번에는 관중이 거미인간뿐이다. 사리우스는 머리 옆에서 다리가 꿈틀거리는 흉측한 모습이 역겨워 고개를 돌렸다. 앞에는 로드닉이 서 있다. 그런데 몸뚱이에 창이 꽂혀 있다.

"까짓 거 아무것도 아냐."

로드닉이 어깨를 으쓱하자 창이 뱀으로 변해서 상처 속으로 쏙 들어갔고, 곧 상처도 깨끗이 나았다. 마법이다. 사리우스는 사푸야푸를 찾아 주위를 두리번거렸다. 그런데 사푸야푸는 보이지 않고 렐란트가 시야에 들어왔다. 렐란트는 히죽 웃으며 가운뎃손가락을 쳐들었다. 허리춤에 왔슨 선생님의 보온병이 대롱대롱 매달려 있었다.

"시작!"

두꺼비눈이 지팡이로 땅을 세게 내리쳤다. 그러자 땅이 갈라졌다.

뭐야? 또? 에이, 이제 겨우 되돌아왔는데……. 위를 보니 황금매가 빙빙 맴을 돌고 옆을 보니 돌로 된 악마 둘이 서 있다. 저들 눈에 띄어선 안 된다. 땅에 생긴 틈은 점점 커지고 깊어졌다. 자진해서 그 속으로 뛰어드는 미친놈도 몇 있었지만, 사리우스는 속으로 진저리를 치며 점점 넓어지는 구멍을 피해 뒷걸음질 쳤다. 하지만 구멍은 순식간에 아레나 전체만큼 커져 이제 아레나와 관중석 사이의 울타리를 뛰어넘어야 할 판이다. 그런데 관중석에는 징그러운 거미인간만이 득시글거린다. 먹이를 기다리는 짐승처럼 사리우스를 향해 수없이 많은 다리를 뻗쳐 온다. 사리우스는 다시 구멍 속으로 떨어졌다. 끝없는 낭떠러지가 이어졌다.

괜찮아, 이젠 어떻게 돌아가는지 아니까.

낭떠러지로 떨어지던 닉은 시끄러운 자명종 소리에 정신이 들었다. 처음에는 잠결에 꿈인 줄도 모르고 에레보스로 돌아온 것이 마냥 기뻤다. 그러나 곧 현실임을 깨달았다. 닉은 다시 꿈속으로 빠져들기를 바라며 베개에 얼굴을 묻었다.

얼굴에 다 나타나나? 학교에 들어서니 모두 자신의 얼굴만 쳐다보는 듯했다. 콜린은 비웃음 담긴 얼굴로 닉을 쓱 훑어보았고, 라시드는 마치 앞에 아무것도 없다는 듯 눈도 마주치지 않고 지나갔다.

저 둘은 절대 날 도와주지 않을 거야. 닉은 속으로 생각하며 누구에게 도움을 청해야 할지 궁리했다. 닉에게 필요한 사람은 이미 낭떠러지를 경험했고 다시 에레보스로 돌아가려는 그렉 같은 애다. 닉은 보는 사람이 없자 바로 그렉에게 달라붙었고 거의 화장실까지 쫓아가서야 말을 붙일 수 있었다.

"잠깐 뭐 좀 물어봐도 되니?"

그렉은 별로 내키지 않는 듯 어깨를 으쓱했다. 얼굴에 난 상처에는 검게 딱지가 내려앉았고, 손목에는 여전히 붕대를 감고 있었다.

"꼭 물어봐야 되는 거면."

"그…… 문제 말이야, 어떻게 됐니? 해결했니?"

그렉은 이맛살을 찌푸리더니 빙긋 웃었다. 닉의 표정에 모든 게 다 드러난 모양이다.

"너도 쫓겨났구나. 안됐다. 지난번에 그렇게 야박하게 굴더니 이젠 아쉬운 모양이지? 미안하지만 돌아가는 방법을 안다고 해도 너한텐 안 가르쳐 준다."

그렉은 그 말만 남기고 화장실 문을 탁 닫아 버렸다.

좋아, 이 방법은 너무 서툴렀어. 하필 그렉에게 물어보다니! 게임에서 쫓겨난 애가 또 누가 있지? 닉이 아는 애 중에 쫓겨난 게 확실한 건 그렉뿐이다. 요즘 혼자 떨어져서 우울한 얼굴로 다니는 애가 누구지? 순간 헬렌이 떠올랐다. 요즘 들어 멍하니 허공만 쳐다보고 말수도 부쩍 줄었다. 그래, 헬렌에게 물어보자. 헬렌이 닉을 딱히 좋아하는 것 같지는 않지만 어쩔 수 없다. 그리고 사실 헬렌이 좋아하는 사람은 별로 없다.

그냥 부딪혀 보는 수밖에 없다. 잘해 봐야 멍청해서 쫓겨났다는 소리나 듣고 묵사발이 되겠지. 뭐, 그 정도는 참을 수 있다. 시간이 없다. 사리우스를 다시 살리는 일은 시간이 지날수록 힘들어질 것이다. 아직 무덤도 안 만들었을지도 모른다. 그러면 그냥 다시 데려오기만 하면 된다. 중요한 건 전령을 설득시키는 일이다. 어떻게든 설득시켜야 한다.

닉은 쉬는 시간에 헬렌을 찾아 나섰다. 헬렌은 보리수나무 아래 앉아 하트 모양의 노란 나뭇잎을 만지작거리고 있었다. 그 모습이 너무 평화로워 보여서 방해하기가 미안할 정도였다. 괜찮아, 친절하게 대할 건데, 뭐. 닉은 헬렌이 앉아 있는 벤치에 가서 앉았다. 그러나 헬렌은 아무 반응도 없었다. 단지 귀찮은 생각이 머릿속을 스쳐 지나간다는 듯 입꼬리를 한쪽으로 치킬 뿐이었다.

"저기, 물어볼 게 하나 있는데. 너도 그 게임했었지?"

"꺼져."

"그냥 간단한 거야. 사실 문제가 좀 생겼거든. 내가 더 이상 게임에 접속이 안 돼서 그러는데, 좀 도와줄 수 없겠니?"

헬렌은 말없이 나뭇잎의 삐죽삐죽한 가장자리를 손가락으로 어루

만졌다.

"너도 나랑 똑같은 상황에 처하지 않았을까 하는 생각이 들었거든. 그래서 이렇게……."

닉은 표현을 골라 가며 조심스럽게 말을 이었다. 그때 문득 헬렌이 고개를 돌렸다. 눈 밑에 짙은 그늘이 지고 눈동자는 벌겋게 충혈 되었다. 밤새 게임을 했다는 증거다. 헬렌은 아직 게임 속에 있다. 하지만 처음부터 계속 있던 걸까, 아니면 다시 돌아간 걸까?

"끝난 건 끝난 거야. 귀찮게 하지 마."

헬렌은 그렇게 말하며 나뭇잎을 휙 던져 버렸다.

"하지만 도움이 필요하단 말이야."

헬렌에게는 그 말이 우습게 들린 듯했다.

"왜 내가 널 도와줄 거라고 생각해?"

항상 다른 애들보다 친절하게 대해 줬잖아.

"그냥. 안 되면 어쩔 수 없지, 뭐. 괜찮아."

사실은 전혀 괜찮지 않다. 몇 시간만 지나면 아레나 시합이 시작된다. 닉은 세상 모든 것과 바꿔서라도 그 자리에 있고 싶었다.

영어 시간에 닉은 최면을 걸듯 선생님 책상 위에 있는 보온병을 쳐다보았다. 왓슨 선생님은 닉을 놀리려는 듯 오늘따라 보온병을 가지고 수업에 들어왔다. 수업 도중 가끔씩 보온병에서 차를 따라 마셨는데, 그것을 보니 전에도 그랬다는 것이 어렴풋이 떠올랐다.

에밀리는 대각선 방향 앞에 앉아 있다. 오늘은 머리를 풀고 왔다. 닉은 에밀리가 여전히 예쁘다고 생각하면서도 한편으로는 딴생각을 했다. 에밀리는 아직 게임을 받은 적이 없다. 환상적인 모험의 세계로 가는 문이 열려 있고 그 모든 것을 경험할 수 있다.

에밀리는 닉의 시선을 느꼈는지 뒤돌아서 살짝 미소를 지었다. 닉은 그 미소에 답하는 게 여간 힘들지 않았다. 내가 게임에서 쫓겨났다는 걸 이미 알고 있을까? 오늘따라 제이미도 유난히 반가운 표정이다. 둘 다 아는 걸까? 어떻게 그걸 알 수 있지?

점심시간에 형 핀에게 전화를 걸었다. 핀은 신호가 열 번 가고 나서야 전화를 받았다.

"아, 니키. 무슨 일이니? 지금 손님이 있어서."

"형, 한 이삼 주 정도 노트북 좀 빌려 줄 수 있어?

"왜? 컴퓨터 고장 났니?"

"아니, 그건 아닌데. 노트북이 꼭 필요해서 그래. 부탁해."

"그래. 베카가 가끔 도안하는 데 쓰긴 하는데, 그래도 필요하면 갖다 써."

"고마워. 오늘 오후에 가지러 가도 돼?"

"아, 그건 좀 힘들 것 같은데. 오늘은 3시에 문 닫고 그린위치에 있는 친구 집에 갈 거거든. 내일 가져가면 안 돼?"

안 돼. 아레나 시합은 오늘이란 말이야.

"그래, 그럼 내일 갈게."

남은 시간 동안 닉은 시간이 지나가는 것을 아까워하며 궁리에 궁리를 거듭했다. 뭔가 수를 내야 한다. 어떻게든 방법을 찾아야 한다.

수업이 끝나고 집에 가는데, 자전거를 타고 가던 제이미가 닉 옆에 내려섰다.

"무슨 일 있냐? 얼굴이 죽을상이야. 무슨 안 좋은 일 있어? 아니면 에레보스와 관계된 거야?"

닉은 그렇게 말하는 제이미가 한 대 때리고 싶을 정도로 얄미웠다.

"갑자기 왜 걱정하는 척이야? 너 에레보스가 싫어서 전쟁까지 선포한 거 아니었어?"

제이미가 싸움 상대를 찾고 있었다면 제대로 찾은 거다. 아니, 억울한 마음이 목까지 차올라 급히 화풀이 대상이 필요했던 닉 앞에 때마침 제이미가 나타난 셈이다.

"그래, 그렇긴 하지만 게임의 부작용을 염려하는 거지 꼭 그 게임을 싫어하는 건 아니야."

제이미는 자전거를 끌고 닉과 함께 걸었다. 둘 사이에 건너지 못할 강이 존재하지 않던 옛날처럼.

"에릭은 어때?"

닉은 그렇게 물으며 아주 안 좋다는 대답이 나오기를 기대했다.

"그냥 그래. 아이샤와 대화하려고 노력 중인데 아이샤가 절대 안 하겠다고 버티고 있어. 심리 상담도 안 받겠다고 하고 아무것도 안 하겠대. 하지만 그 주장은 원래대로 고수하고 있어. 에릭에게는 쉽지 않은 상황이지."

제이미는 곁눈질로 닉을 힐끔 쳐다보았다.

"그래도 여자 친구가 철석같이 믿어 주니 다행이지. 저번에 잠깐 봤는데 참 괜찮아 보이더라. 경영학과 다닌대."

여자 친구? 대학생?

닉은 뜨거운 감자를 통째로 삼킨 것처럼 속이 뜨끔했다. 그냥 무시하려 해도 그 느낌은 쉽사리 가시질 않았다. 이미 여자 친구가 있으니까 전령이 그렇게 쉽게 약속했을 테다. 그렇다면 왜 굳이 아이샤 사건을 만든 거지? 확실히 하려고? 닉에게 자신의 영향력을 과시하려고? 아니면 에릭에게는 아이샤가 보온병에 넣어야 할 약이었나? 그런 생각을 하니 자신도 모르게 피식 웃음이 나왔다. 제이미는 그 웃음을 잘못 받아들이고 엉뚱한 소리를 했다.

"그래, 너도 좋아할 줄 알았어. 이름은 다나라고 하는데 그 게임과 관련해서 우리 일을 돕고 있어. 학부모용 알림장 만들고 뭐 그런 거. 이 얘기도 일찍부터 하려고 했는데 네가 언제 정상적으로 얘기를 들어 줘야 말이지."

닉은 비판을 곧이곧대로 받아들일 수 있는 상태가 전혀 아니었다.

"뭐? 정상? 지금 피해망상에 시달리는 게 누군데 나더러 정상이 아니래?"

그때 지하철 입구가 나타났다. 닉은 인사도 하지 않고 그대로 계단을 내려갔다.

학부모용 알림장이라니! 흥, 제이미 콕스, 내게만 얘기한 걸 다행으로 여겨라. 현재 활동 중인 게이머에게 그 얘기를 했다간 바로 전령 귀에 들어갔을 거라고.

밤 10시. 닉은 머리 뒤로 팔베개를 하고 침대에 누웠다. 게임에 들어가려고 두 시간이나 노력했지만 시간 낭비였다. CD를 두 번 굽고 세 번 새로 설치했다. 하지만 변한 것은 아무것도 없었다.

닉은 눈을 감았다. 지금쯤 종족별로 아레나 대기실에 모여 있겠지. 자이언트, 뱀파이어, 고양이인간, 다크엘프……. 그들은 곧 무대로 입장할 테고 관중은 환호를 아끼지 않겠지. 사회자는 첫 번째 선수를 호명하고, 하지만 거기에 사리우스의 이름은 없을 것이다. 드리즐은 정말 블랙스펠에게 도전할까? 둘 중 누가 이길까? 지난번 크소후처럼 죽어 나가는 종족도 있겠지? 이제 영영 알지 못할 일이다. 젠장. 크소후가 누군지 안다면 함께 얘기라도 했을 텐데.

닉은 태어나서 이렇게 외로움을 느낀 적이 없었다. 그날 닉은 잠을 설쳤다. 꿈속에서라도 사리우스가 되고 싶었지만, 그럴수록 잠은 멀리멀리 달아났다.

22

다음 날은 맑고 쾌청한 가을 날씨였다. 마치 가을이 모든 매력을 동원해 사람들을 꾀어내려고 하는 듯싶었다. 그러나 닉은 좋은 날씨에 오히려 짜증이 났다. 지금 기분에는 안개와 비가 더 어울릴 듯했다. 어둡다면 더 좋겠지.

오늘은 핀의 노트북을 빌려다 게임을 새로 설치할 생각이다. 경우에 따라서는 처음부터 다시 시작해야 할지도 모른다. 이번에는 뱀파이어나 자이언트가 돼 볼까?

닉은 하루 종일 수업을 듣는 둥 마는 둥 멍하니 시간을 보냈다. 금요일인 게 천만다행이다. 주말에는 새 캐릭터를 만들어서 부지런히 레벨을 올려야 한다. 적어도 레벨 4까지. 경험이 있으니 그렇게 어렵진 않을 것이다.

마지막 수업이 끝나자 닉은 서둘러 가방을 쌌다. 형 핀의 가게는 도시를 가로질러 가야 하는 먼 거리에 있다. 그리고 금요일에는 지하철이 더 밀린다.

막 밖으로 나가려는데 제이미가 닉을 붙잡았다.

"애들이 그러는데 너 쫓겨났다고 하더라. 사실이야?"

"누가 그래?"

"그건 알 거 없고."

"난 알아야겠어."

닉은 제이미가 기뻐하자 얼굴을 한 대 갈겨 주고 싶은 충동을 느꼈다. 물론 온당한 행동은 아니지만, 그렇다고 누가 닉에게 온당한 대우를 해 줬단 말인가? 닉은 자신이 이렇게도 불행한데, 제이미가 좋아한다는 사실이 너무너무…….

"누구에게 들었는지는 말하지 않기로 약속했어. 하지만 닉, 그게 사실이라면 난 정말 기뻐. 요 몇 주간 네가 얼마나 변했는지 넌 모를 거야. 내 말은 우린 여전히 둘도 없는 친구라는 거야. 안 그래?"

닉은 거짓말 하나 안 보태고 눈앞에 불이 튀었다.

"뭐? 우리가 뭐? 끊임없이 내 일에 간섭하더니 이제 내가 잘못되니까 좋아 죽겠냐? 그렇게 좋으면 춤이라도 추지 그래? 어디서 엉터리 같은 소리를 듣고 와서는!"

제이미는 뜻밖의 반응에 놀라 어리벙벙한 표정을 지었다.

"너 지금 내 말을 완전히 오해하고……."

"내가? 내가 뭘? 네가 아무 관심 없는 일에 나 혼자 열광하니까 삐친 거 아니었어? 내가 너더러 하지 말라고 했어?"

제이미의 얼굴에서 핏기가 싹 가셨다.

"닉, 말도 안 되는 소리 하지 마. 난 네가 그 게임에서 손을 떼서 잘됐다고 생각하는 것뿐이야. 그 게임 정말 심각하다고. 위험하기도 하고."

"그래, 제이미는 뭐든 다 잘 알지! 똑똑하니까. 제이미가 모르는 게 어디 있어? 닉이야 바보천치니까 그 깊은 뜻을 알 리가 없지! 됐어, 집어치워. 꼴 보기 싫으니까 내 눈앞에서 꺼져!"

가만히 듣고 있던 제이미는 말 한 마디 없이 홱 뒤돌아 자전거가 있는 곳으로 갔다. 닉은 분이 가시지 않은 얼굴로 숨을 씩씩거리며 그 뒷모습을 지켜보았다. 왠지 한없이 서글펐다. 왜 그랬을까? 제이미가 자기편이 아니라는 생각 때문이었을까?

닉은 심호흡을 한 다음 지하철을 향해 걷기 시작했다. 곁눈질로는 제이미가 어떻게 하는지 살폈다. 제이미는 무척 화가 난 듯 자전거 페달을 세게 몇 번 밟더니 쏜살같이 닉 옆을 지나쳐 도로를 내려갔다. 닉은 반대편으로 걸어가며 뒤도 돌아보지 않았다.

마음속에는 어서 노트북을 빌려서 문제를 해결해야 한다는 생각 뿐이었다. 그래서 쾅 하는 소리와 자동차 경적 소리가 났을 때도 무슨 소리인지 제대로 의식하지 못했다. 그러다 닉 옆에서 자동차가 멈춰서고 운전자가 내리는 것을 보고서야 뭔가 크게 잘못됐음을 깨달았다. 닉은 뒤를 돌아보았다. 학교 뒤 300미터 지점에 있는 교차로에서 닉이 서 있는 지하철역까지 길이 꽉 막혔다.

"사고가 났나?"

닉 옆에 멈춰선 운전자가 중얼거렸다.

순간, 닉은 어떻게 된 일인지 바로 알아챘다. 온몸이 얼어붙는 듯했다. 닉은 어느새 교차로를 향해 전속력으로 달리고 있었다. 가방이 어깨에서 미끄러져 길바닥에 떨어졌지만 상관하지 않았다. 마치 터널 속을 달리는 것처럼 도로와 교차로, 그 주변에 몰려든 사람들 말고는 아무것도 눈에 들어오지 않았다.

"……. 멈추지를 않더라고요."

"빨간불이었는데!"

"세상에 끔찍해라!"

"데비, 넌 보지 마."

닉은 버스 정류장에 서 있는 사람들 사이를 뚫고 달렸다. 갑자기 나타난 가로등에 어깨를 부딪쳤지만 멈추지 않았다. 자신의 거친 숨소리에 묻혀 뒤에서 사람들이 수군대는 소리도 구급차 사이렌 소리도 아련하게만 들려왔다.

드디어 교차로에 도착했다. 자전거가 보인다. 그리고 저기, 맙소사,

저건…….

"제이미!"

닉은 마구잡이로 사람들을 헤치고 제이미에게 달려갔다. 어서
이 벽을 뚫어야 해. 어서 제이미에게 가서 다리를 제대로 돌려놓아
야…….

"제이미!"

피바다. 닉은 갑자기 무릎에 힘이 빠지는 것을 느끼며 친구 옆에
주저앉았다. 제이미.

"얘야, 저리 비켜라. 구급차가 곧 도착할 거야."

"하지만……."

닉의 호흡은 돌연 거친 흐느낌으로 바뀌었다.

"하지만……."

"지금 네가 할 수 있는 건 아무것도 없어. 만지지 마! 이봐요, 누가
애 좀 데려가요!"

어깨에 와 닿는 손. 뿌리친다. 그를 일으켜 세우는 손길. 몸부림을
치며 마구잡이로 팔을 내두른다. 고함을 지른다. 구급차. 파란 경광등
불빛. 형광색 조끼.

"호흡이 약합니다."

들것이 들어온다.

"안 돼……. 안 돼, 절대 죽으면 안 돼!"

"이 아이도 좀 봐 주세요. 쇼크 상태인 것 같아요."

"제발……."

닉은 머릿속에서 다급한 사이렌 소리가 울려 퍼지는 것을 느끼며 온 내장을 토해 낼 듯 울부짖었다.

어깨를 붙잡는 손. 뿌리친다.

머리를 쓰다듬는 손. 고개를 든다.

에밀리.

구급 요원이 닉에게 물을 건넸다. 닉은 얌전히 받아 마셨다. 옆에는 에밀리가 앉아 있다. 물병을 받는 에밀리 손이 가늘게 떨렸다. 닉은 에밀리에게 뭔가 물어보려고 몇 번이나 입을 달싹거렸지만 목구멍에서는 마른 흐느낌만이 새어 나왔다. 닉은 몸을 웅크리고 서럽게 울었다. 에밀리의 손이 어깨를 쓰다듬었다. 에밀리는 아무 말 없이 닉을 가만히 안아 주었다.

사실을 안다면 이러지 않을 텐데.

닉이 정신을 차렸을 때는 이미 구경꾼이 흩어지고 난 뒤였다. 에밀리는 여전히 옆에 앉아 있다. 닉은 웃는 모습을 보이려고 안간힘을 썼다. 죄책감이 물밀듯이 밀려왔다. 제이미는 닉과 싸우고 너무 화가 나서 교차로에서 멈추지 않은 것이다. 닉은 자신이 미워 견딜 수가 없었다.

집에 가고 싶지는 않았다. 멍청히 앉아서 결과를 기다린다는 것은 생각만 해도 끔찍했다. 그렇다고 마냥 여기 앉아 있을 수도 없는 노릇이다. 닉은 벽에 머리를 처박고 싶은 충동을 느꼈다.

"여기, 형 가방이요. 없어진 물건이 없는지 모르겠네요."

아드리안이 지저분해진 가방을 내밀었다.

닉은 무슨 소리인지 모르겠다는 얼굴로 멍하니 아드리안을 쳐다보았다. 가방 따위는 받고 싶지 않다. 물도 마시고 싶지 않다. 닉이 원하는 것은 단 하나, 시간을 되돌리는 것이다. 시간을 되돌릴 수만 있다면 제이미와 다시 얘길 하고, 절대 자전거를 못 타게 할 테다. 그리고 그렇게 재수 없게 굴지도 않을 테다.

"고마워."

에밀리가 닉 대신 가방을 받았다.

"제이미 형 어떻게 된 거예요? 무슨 얘기 들은 거 있어요?"

아드리안이 속삭이듯 작은 소리로 물었다. 닉은 아무 말도 할 수 없었다. 에밀리가 말없이 고개를 저었다.

"저쪽에서 경찰이 목격자 진술 듣던데, 본 거 있으면 가서 얘기해 줘요."

"보진 못했어. 그냥 소리만 들었어. 그러고 나서……."

다시 쏟아지는 눈물에 닉은 말을 잇지 못했다. 아드리안은 심오한 표정으로 고개를 끄덕였다. 이해심이 깃든 표정이면서 어딘지 모르게 전문가의 느낌을 풍겼다. 마치 심리 상담사 같았다.

"나도 아무것도 못 봤어. 브린이 바로 옆에 있다가 다 본 것 같더라. 그런데 충격이 심해서 진정제 맞았어. 아직 진술은 못할 거야."

에밀리가 나지막이 말했다.

무서워. 무서워 죽겠어.

닉은 속으로 되뇌며 양손으로 얼굴을 감쌌다. 그러고는 손톱으로 머리를 짓눌렀다. 아픔이 느껴지니 그래도 견딜 만했다. 새로운 통증이 너무 버거운 통증을 잊게 해 주었다. 새 통증은 좋은 생각도 함께 가져왔다.

"제이미가 실려 간 병원이 어디야?"

"휘팅턴인 것 같던데. 누가 휘팅턴 얘기하는 거 들었어. 그런데 확실하지는 않아."

에밀리가 말했다.

닉은 그 말을 듣자마자 벌떡 일어났다. 눈앞이 새까매지며 다리가 살짝 휘청거렸다. 에밀리가 옆에서 얼른 부축했다. 닉의 입에서는 모기만 한 소리밖에 나오지 않았다.

"나 병원에 좀 가 볼게. 제이미가 어떤 상태인지 알아야겠어."

에밀리가 닉을 따라나섰다. 두 사람은 지하철을 타고 아치웨이까지 가서 내렸다. 닉은 으슬으슬 춥고 떨려서 병원으로 가는 길이 멀게만 느껴졌다. 에밀리는 아무것도 묻지도 다른 말도 하지 않았다. 한 발 한 발 걸음을 떼는 것조차 힘든 닉에게는 고마운 일이었다. 병원이 가까워질수록 닉의 두려움은 커졌다. 병원에 도착하면 제이미가 구급차에서 죽었다는 말을 듣게 될 것만 같았다. 닉은 갑자기 숨쉬기가 힘들어져서 통유리 건물 앞에서 걸음을 멈추었다. 머리가 어질어질해서 양손으로 무릎을 짚고 쉬어야 했다.

"아마 응급실로 데려갔을 거야. 응급실은 저 뒤쪽이야."

에밀리가 말했다.

"하지만 안내 데스크는 여기일 거야. 내가 가 보고 올게."

닉은 건물 안으로 들어가 안내 데스크를 찾았다. 그 길이 마치 처형장으로 향하는 길처럼 느껴졌다. 저기 앉은 금발의 비쩍 마른 여자가 앞으로의 내 인생을 결정한다. 그렇게 생각하니 창자가 꼬이는 듯했다.

"안녕하세요. 제이미 콕스라는 환자 여기로 실려 왔죠?"

"가족이세요?"

"제이미 콕스. 교통사고예요. 어떻게 됐는지 꼭 알아야 해요."

여자는 희미한 미소를 지었다.

"가족이 아니면 안내할 수 없게 돼 있어요. 제이미 콕스의 가족인가요?"

"친구예요."

가장 친한 친구.

"그럼 안 되겠네요."

닉은 들어갈 때보다 더 힘없는 걸음걸이로 다리를 질질 끌며 건물을 나왔다. 이로써 처형은 미뤄졌고 견뎌야 할 시간은 더 길어졌다. 이 불안을 어떻게 더 견디란 말인가?

에밀리는 닉을 병원 한쪽에 있는 잔디밭으로 데려갔다. 바닥은 차고 물기도 약간 있었다. 닉은 둘이 앉을 수 있도록 재킷을 벗어 바닥에 깔았다.

"제이미가 어떻게 됐는지 알기 전까지는 집에 못 갈 것 같아."

닉이 말했다.

그들은 그렇게 앉아 아무 말 없이 지나가는 차를 구경했다.

"학교에 전화해 볼까? 학교로 연락이 갔는지도 몰라."

"아니야. 학교는 안 돼. 제이미 부모님이 소식을 알까?"

닉은 다시 창자가 꼬이는 듯했다.

"당연하지. 경찰이 이미 연락했을 거야. 제이미가 죽지 않았다면."

에밀리는 무심코 풀을 뜯으며 굳은 표정으로 맞은편 버스 정류장을 응시했다.

"경찰이 직접 찾아오는 건 사람이 죽었을 때뿐이야. 꼭 두 명이 같이 다녀. 아마 그런 얘기를 혼자 하기 힘들어서겠지. 먼저 이름이 뭐냐고 물어봐. 그리고 이쪽에서 이름을 말하면 이런 말씀을 드리게 돼서 죄송하다고 하면서……."

닉은 에밀리의 옆모습을 찬찬히 쳐다보았다. 에밀리는 아픔에 일그러진 미소를 지었다.

"우리 오빠 때 그랬거든. 하지만 이미 오래된 일이야."

"그때도 사고였어?"

에밀리의 얼굴은 더욱 굳어졌다.

"응, 사고였어. 그때 경찰은 자살이라고 했지만 그건 뭘 모르고 하는 소리야."

에밀리는 손으로 다시 잔디 한 움큼을 뜯었다. 닉은 뭐라도 말해야 할지 침묵해야 할지 몰라 입술을 깨물었다. 이 상황에는 둘 다 어울리지 않으리라.

"오빠는 수영을 정말 잘했어. 자살할 생각이었다면 물에 뛰어들지 않았을 거야."

에밀리가 작은 소리로 말했다. 닉은 에밀리의 어깨에 손을 얹었다. 그러나 에밀리가 밀쳐 낼 수도 있다는 생각은 하지 않았다. 둘 중 누구도 상대를 밀쳐 낼 사람은 없었다. 그들은 서로를 껴안았다. 하지만 사랑하는 사람들의 포옹이 아니라 붙잡을 것이 필요한 이들의 포옹이었다.

막 병원에서 나오는 제이미의 아빠를 발견한 사람은 에밀리였다. 제이미의 아빠, 콕스 씨는 너무 경황없어 보여 닉은 말을 걸 엄두가 나지 않았다. 대신 에밀리가 얼른 뒤따라가 콕스 씨를 불러 세웠다. 둘이 얘기하는 모습이 보였지만, 무슨 말을 하는지는 들리지 않았다. 콕스 씨는 얘길 하면서 눈두덩을 문지르기도 하고 어쩔 줄 모르는 표정으로 손을 들어 올리기도 했다. 에밀리는 고개를 끄덕끄덕하며 듣다가 헤어지기 전 콕스 씨의 손을 오랫동안 잡아 주고 돌아왔다.

"살았어. 구급차에서 심장이 멈췄는데 심폐 소생술로 살려 냈대. 지금은 어느 정도 안정된 상태래."

심장이 멈췄다는 말을 듣자 닉은 자신의 심장도 멈추는 듯했다.

"안정된 상태라고? 잘됐다."

"잘됐다고 말하기는 일러. 부상이 너무 심해서 지금은 인위적 혼수상태로 만들어 놨대. 왼쪽 다리가 여러 번 부러졌고, 골반에도 골절이 있어. 그리고 뇌진탕이래. 살아난다고 해도 후유증이 남을 수 있대."

에밀리는 마지막 말을 하면서 닉의 시선을 피했다.

"후유증이라니? 그게 무슨 뜻이야?"

에밀리는 이마로 내려온 머리를 뒤로 넘겼다.

"장애가 생길 수도 있다는 뜻이야."

가슴 벅차게 차오르던 안도의 물결은 금세 썰물이 되어 빠져나갔다. 장애라니! 말도 안 된다. 절대 있을 수 없어. 닉은 생각을 멀리 떨쳐 버렸다. 그런 일이 일어나서는 안 된다. 절대 일어날 수 없는 일이니까.

"면회는 된대?"

"아니. 지금 중환자실에 있대. 의식이 없는 상태라 우리가 간다고 해도 알아보지 못할 거야. 지금으로서는 기다리는 수밖에 없어."

그 후 이틀은 닉에게 지옥과 같은 시간이었다. 밥도 먹고 숙제도 하고 다른 사람들과 얘기도 했지만 마음속에는 오직 제이미 걱정뿐이었다. 제이미가 의식을 차리고, 다시 건강해질 거라는 소식이 오기만을 손꼽아 기다렸다.

가끔은 게임 장면이 번개처럼 머리를 스치고 지나갔다. 아레나와 두꺼비눈이 떠오르기도 하고, 블러드워크의 거대한 도끼가 생각나기도 했다. 그중에서도 전령이 가장 자주 떠올랐다. 마지막으로 봤을 때, 노란 눈이 붉게 변하던 그 모습이 불쑥불쑥 떠올랐다.

닉은 괴로웠다. 제이미가 혼수상태로 누워 있는데, 그런 생각을 하다니! 하지만 계속해서 에레보스의 장면이 저절로 머릿속에 떠올랐다 사라졌다. 차라리 수업이 있었다면 그렇게까지 힘들지는 않았을 텐데 주말이라 학교도 쉬었다. 전화벨이 울릴 때마다 마음속에서는 두려움과 희망이 오락가락했다. "꼴 보기 싫으니까 내 눈앞에서 꺼져." 닉이 제이미에게 마지막으로 던진 말은 이거였다. 닉은 그 생각을 할 때마다 온몸이 오그라드는 듯했다. 제이미, 제발 꺼지지 마. 보고 싶으니까 어서 빨리 돌아와.

월요일 아침, 아이들 사이의 최대 화제는 역시 제이미의 사고였다. 모두 자신이 보거나 들은 얘기를 하려고 했다. 그러나 정작 바로 옆에서 사고를 목격한 애들은 굳은 얼굴로 입을 다물었다. 특히 화장 안 한 얼굴로 나타난 브린은 못 알아볼 정도였다. 아이들 말로는 그날 브린은 병원에 실려 갔고, 심리 치료를 받았다고 했다. 이제 에릭과 아이샤에 대해 말하는 애들은 아무도 없었다. 닉이 보기에는 에릭보다 아이샤가 그 사실에 더 안도하는 듯싶었다.

병원에서의 일 이후로도 닉과 에밀리 사이에 특별히 변한 것은 없었다. 겉으로 보기에는 예전과 똑같았다. 수업 시간에 옆자리에 앉지도 않았고, 한자리에서 밥을 먹지도 않았다.

하지만 분명히 달라진 것이 있었다. 닉은 잠깐씩 주고받는 눈길, 미소 짓는 시간이 길어진 것, 그리고 격려의 고갯짓 같은 것에서 에밀리의 변화를 느꼈다. 그리고 그것은 닉이 당면한 암울한 기다림의 시간에 유일하게 화사한 빛을 던져 주었다.

화요일에는 드디어 기다리던 소식이 왔다. 영어 시간에 왔슨 선생님이 제이미 소식을 전해 주었다.

"제이미 부모님에게 전화가 왔는데, 이제 제이미가 위험한 고비를 넘겼다는구나. 그래도 당분간은 인위적 혼수상태로 있어야 한단다.

언제까지가 될지는 의사도 아직 확답을 못한대. 그래도 이것만 해도 얼마나 기쁜 소식이냐. 선생님은 오늘 정말 기분 최고다."

모두 안도감에 탄성을 질렀다. 몇몇은 박수를 쳤고 콜린은 의자에서 벌떡 일어나 짧은 춤 동작을 선보였다. 닉은 에밀리를 와락 껴안고 싶었지만 길게 눈빛을 주고받는 것으로 만족했다. 그 눈빛에는 기쁨이 가득했지만 약간의 불안도 섞여 있었다. 선생님이 전한 내용 중에는 장애의 위험이 없어졌다는 말은 없었으니까.

23

닉은 자율 학습 시간에 학습실에서 화학 공식을 외웠다. 문이 열려 있어서 복도가 훤히 내다보였다. 닉은 가끔씩 고개를 들어 복도를 쳐다봤는데, 어느 순간 보니 콜린이 고양이처럼 살금살금 복도를 걸어가고 있었다. 닉은 순간적으로 호기심이 발동해 살그머니 의자를 밀고 일어나 콜린이 하는 양을 살폈다. 콜린은 조심조심 복도를 걸어가 왼쪽으로 꺾었다. 닉은 콜린의 뒤를 따라갔다. 비밀 모임이라도 있는 걸까?

콜린은 계단을 내려갔다. 옷 보관소 있는 쪽으로 가는 듯했다. 이 시간에 누군가와 몰래 만나기에는 나쁘지 않은 장소다. 닉은 멀찌감치 떨어져서 계속 콜린의 뒤를 쫓았다. 그러다 한 번은 놓칠 뻔했지만 곧 다시 찾아냈다. 콜린이 간 곳은 역시 옷 보관소였다. 콜린은 죽 걸려 있는 학생들의 외투 사이에서 뭔가 찾는 듯 서성거렸다.

거리가 멀어서 뭘 하는지 볼 수 없었지만, 들킬까 봐 가까이 갈 수도 없었다. 닉은 실눈을 뜨고 콜린의 행동을 지켜보았다. 아주 짧은 순간이었지만 녹색 천이 움직이는 걸 보았다. 그러고는 곧 콜린이 옷걸이 사이에서 나와 왔던 길로 되돌아갔다. 닉은 재빨리 가까운 화장실로 몸을 숨겼다. 그리고 50까지 세었다. 이제 콜린도 사라졌겠지.

닉은 아까 본 녹색 옷을 바로 찾아냈다. 여자용 트렌치코트였다. 콜린은 대체 그 옷을 가지고 뭘 한 걸까?

닉은 주위를 잘 살핀 후 코트 주머니에 손을 넣었다. 반듯하게 접은 종이가 들어 있다. 연애편지인가? 그렇다면 몰래 봐서는 안 된다. 하지만 메시지일 수도 있다. 어쨌든 너무 궁금해서 그냥 넘어갈 수가 없었다. 닉은 종이를 꺼내 펼쳐 보았다.

비석이 그려져 있었다.

달렌 펨버.
통찰력 부족으로 사망함.
고인의 명복을 빕니다.

그 쪽지를 본 순간 닉의 머릿속에서는 스위치가 하나 켜진 듯했다. 제이미도 이런 쪽지를 받은 적이 있다. 어쩌면……. 닉은 그 생각을 바로 떨쳐 내려 했지만, 의심은 꽉 눌린 풍선처럼 다시 위로 튕겨져 올라왔다.

어쩌면 제이미는 분노와 부주의 때문에 신호를 무시하고 교차로를 건넌 게 아닐지도 모른다. 제이미는 멈추려고 했는지도 모른다. 제이미도 비석이 그려진 쪽지를 받았다. 닉은 대수롭지 않은 장난으로 여겼지만 제이미는 심각했다. 그래서 지금…… 자전거 브레이크를 고장 내는 일이나 보온병 속에 디기탈리스를 섞는 일은 성격상 그렇게 다르지 않다.

콜린. 콜린이 죽음의 편지를 배달하는 장본인이다. 실제로 행동으로 옮기기도 했을까? 닉은 깊이 생각할 새 없이 계단을 뛰어 올라가 카페테리아로 가는 복도를 내달았다. 저 앞에 아무 일도 없다는 듯 콜린이 느릿느릿 걸어가고 있었다.

"야, 이 개자식아!"

닉은 다짜고짜 콜린에게 달려들었고, 두 사람은 비틀거리다가 함께 바닥으로 쓰러졌다.

"닉? 야, 너 미쳤어?"

닉은 대답 대신 쪽지를 콜린의 얼굴에 대고 세게 문질렀다.

"이거 뭔지 알지? 응? 본 적 있지?"

"아, 놔. 이 멍청아! 이게 뭔데 그래?"

"개자식!"

둘이 소란을 피우자 카페테리아에 있던 아이들이 속속 쏟아져 나왔다. 닉은 콜린을 놓아주고 일어섰다.

"이번엔 달렌 펨버냐? 걔도 곧 사고 나는 거야? 응?"

콜린은 쪽지를 알아보고 얼굴이 시뻘게졌다.

"이리 내놔!"

"왜?"

"그렇게 가져가면 안 돼. 난 그걸로 해야 할 일이……."

콜린은 쪽지를 뺏으려고 닉에게 달려들었다. 이런 상황을 미리 예상한 닉은 제때 공격을 피했다. 그러고는 종이를 잘게 찢어 콜린 손에 쥐어 주었다.

"자, 이거 가져다 달렌 코트 주머니에 넣어. 누가 준 건지는 내가 얘기할 테니까."

"너 그러기만 해 봐."

"왜? 겁나냐? 네 친구 노란 눈탱이가 별로 좋아하지는 않겠다. 그치?"

"조용히 해!"

"이 정도면 레벨 몇 단계는 금방 깎이지."

닉은 곁눈질로 뜨개질 자매가 다가오는 것을 보았다. 썩은 고기 냄새를 맡은 대머리독수리처럼 싸움이 있는 곳에 이끌린 듯했다. 댄은 얼굴 가득 비열한 미소를 띠었고, 알렉스는 불안한 표정이다.

"제이미도 네가 그런 거지? 어서 실토해. 네가 제이미에게 준 협박 편지 다 봤거든. 보상금이라도 제대로 챙겼냐? 멋있는 장화라도 한 켤레 받았어?"

콜린은 콧구멍을 벌름거리며 주먹을 꽉 쥐었다. 어찌나 꽉 쥐었는지 팔에 힘줄이 튀어나왔다.

"후회할 날이 곧 올 거다."

콜린은 그렇게 말하고 홱 뒤돌아 가 버렸다.

닉은 집에 오고 나서야 자신이 얼마나 큰 실수를 저질렀는지 깨달았다. 감정에 휩쓸려 공식적으로 에레보스의 적이라고 선포한 셈이다. 제이미가 당한 사고가 게임과 정말 연관이 있는지 증명할 수 있는 방법이 없는데도 말이다.

'교문 옆 벤치 밑에 있는 펜치를 꺼내 맨체스터 유나이티드 스티커가 붙은 남색 자전거의 브레이크 줄을 끊어라.'

어떻게 된 일인지 보지 않아도 눈에 선했다. 싹둑싹둑. 임무 완료. 레벨 업. 콜린이 직접 하지 않았을 가능성도 충분히 있다. 그리고 당사자는 누구 자전거인지도 모르고 그런 짓을 저질렀을지도 모른다.

그날 저녁 닉은 컴퓨터 앞에 앉아 이메일을 확인하면서 달렌 펨버에게 뭐라고 해야 할지 궁리했다. 그냥 아무 말 안 하는 게 나을까?

처음 화면으로 돌아온 닉은 붉은 'E' 자가 있던 자리를 마우스로 더듬었다. 어느 지하 동굴이나 불가에 앉아 있고 싶은 걸까? 그렇다. 아니다. 그렇다. 닉은 불가에서 나누던 대화가 그리웠다. 하지만 무엇보다 전령을 만나 뼛조각으로 해체해 버리고 싶은 욕구가 컸다.

수요일 자율 학습 시간에 도서실 앞에서 에밀리가 닉을 불렀다. 다른 아이들은 얼마 남지 않은 가을을 만끽하느라 대부분 밖으로 나가 닉과 에밀리 말고는 거의 사람이 없었다.

"새로운 소식이 있어."

"제이미 소식이야?"

"아니."

멀찌감치 떨어진 곳에 알렉스와 댄이 지나가는 게 보였다. 둘은 대화를 나눈다기보다는 순찰을 도는 듯했다. 알렉스는 닉을 알아보고 웃으며 손을 흔들었다. 그러나 댄은 아기돼지 같은 붉은 얼굴을 일그러뜨렸다. 닉은 도서실 맨 구석자리로 에밀리를 잡아끌었다. 에밀리는 생기가 넘쳤다.

"말해 봐. 뭔데 그래?"

에밀리는 생글생글 웃으며 가방에서 CD 한 장을 꺼냈다. 겉에 둥글둥글한 글씨체로 '에레보스'라고 씌어 있었다.

닉의 마음속에서는 거부감, 걱정, 욕심 등 여러 가지 감정이 한데 섞여 거칠게 소용돌이쳤다.

"정말 시작하려고?"

"응, 이제 때가 된 것 같아."

닉은 얼마 전까지만 해도 그렇게 갖고 싶던 물건을 의미심장하게 쳐다보았다. 에밀리는 곧 에레보스의 세계에 발을 들여놓을 것이다. 그 기괴하고 아름다운 풍경을 누비며 모험을 즐길 터이다. 그런 생각을 하니 가슴 속에서 뭔가 꿈틀대는 느낌이 들었다. 닉은 머리를 흔들어 그 생각을 떨쳤다.

"제이미 말이 맞았네. 너 더 이상 게임 안 하는구나. 그렇지?"

닉은 천천히 고개를 끄덕였다.

"응, 쫓겨났어."

"그럼, 게임 같이 못하겠네."

"응."

닉은 입술을 지그시 깨물었다. 차라리 잘됐다. 닉은 이게 옳다는 걸 알았다. 그 흥분과 긴장, 심장 떨리는 순간들……. 더 이상은 필요하지 않았다.

"그런데 왜 갑자기 생각이 바뀐 거야? 처음엔 별 관심 없었잖아."

"맞아. 그런데 너희 모두를 그렇게 사로잡는 게 뭔지 알고 싶어졌어."

에밀리는 CD를 만지작거리며 먼 곳을 바라보았다.

"제이미는 이 게임이 그냥 단순한 게임이 아니라고 했어. 제이미에게는 나름대로의 이론이 있었어. 이런 게임의 배후에는 뭔가 목적이 있다는 거지. 무슨 말인지 알겠어? 현실에서 일어나는 일이 왜 필요하겠어? 누군가에게 이득이 되니까 그런 거야. 안 그래? 하지만 그걸 알아내려면 직접 에레보스에 들어가 봐야 해. 그래서 여기저기에 게임에 관심 있다는 말을 흘리고 다닌 거야."

그러고 보니 닉도 전령에게 에밀리가 관심 있어 한다는 말을 전한 적이 있다. 그런 말을 전한 사람이 닉 말고도 여럿 될 것이다.

"내가 알기로 이 게임의 유일한 목적은 오톨란이라는 적을 없애는 거야. 현실에서 일어나는 일은 이 게임에 반대하는 이들로부터 에레보스를 지키는 거고."

"제이미 같은 애들 말이지? 그렇다면 우리가 막아야 해."

막아야 한다. 닉은 피가 흥건하던 사고 현장을 떠올렸다. 에밀리 말이 맞다. 다시는 백색도시를 쏘다닐 수 없고 아레나 시합에 참가할 수 없다고 해도 막아야 한다. 닉은 한숨을 푹 내쉬었다.

"난 사실 어떻게 막아야 하는지 모르겠어. 하지만 노력해 봐야지."

그때 도서실 문이 조용히 열렸다 닫혔다. 닉은 에밀리에게 조용히 하라는 손짓을 했다. 그러나 들어온 사람은 종교 담당인 볼튼 선생님 이다. 닉은 목소리를 낮췄다.

"하지만 진짜 조심해야 해. 만약 그 사실이 알려지면 정말 위험해 질 수도 있어. 이 게임은 엄청나게 지능적이야. 제이미가 당한 일이 정말 이 게임 때문인지는 모르겠지만, 왓슨 선생님에게 무슨 짓을 하 려고 했는지는 알아."

에밀리는 궁금한 듯 양 눈썹을 치켜 올렸다.

"그건 나중에 얘기해 줄게. 어쨌든 이 게임을 속여 넘기는 건 절대 쉬운 일이 아니야. 조금이라도 의심을 받거나 임무에 실패하면 바로 아웃이야."

닉은 돌덩어리 조각상이 날개를 펴는 모습이 떠올라 머리를 세차 게 흔들었다.

에밀리는 장난꾸러기 같은 표정을 지었다. 아직 한 번도 본 적 없 는 표정.

"알았어. 조심할게. 그리고……."

에밀리는 주위를 살피더니 목소리를 낮춰 속삭였다.

"게임하는 거 좀 도와줄 수 있어? 컴퓨터 게임 잘 못하거든. 난 아직도 윈도우즈 카드 게임 수준이야."

순간 닉은 규칙 2번을 떠올렸다.

'게임은 반드시 혼자서 하라.'

만약 둘이 함께 게임을 한다면 어떻게 될까? 게임이 그걸 눈치챌까? 닉은 크게 심호흡을 했다. 해 보면 알겠지.

"그래, 도와줄게. 내가 옆에서 힌트를 주면 진도가 훨씬 빠를 거야."

"좋았어. 그럼 오후에 우리 집으로 와. 한 5시 반쯤이면 괜찮을 것 같아. 알았지?"

에밀리가 환하게 웃으며 말했다.

닉은 정확하게 약속 시간 10분 전에 히스필드 가든에 있는 에밀리의 집 앞에 도착해 어느 창문이 에밀리 방인지 추측해 보았다.

여기까지 오는 길에도 주의를 소홀히 하지 않았다. 콜린과 싸운 이후 누군가 따라붙을 듯해 특별히 조심했지만 다행히 아무도 쫓아오지 않았다. 닉은 주위를 둘러보았다. 거리에는 개미 새끼 한 마리 보이지 않았다. 그리고 닉이 여기 있는 것을 아무도 알지 못한다.

너무 열의 넘치게 보일까 봐 아직 초인종을 누르기는 싫었다. 대신 깨끗하게 잘 가꿔진 동네를 한 바퀴 돌아보기로 했다. 그러고 보니 덜렁 빈손으로 왔다. 재치 있는 선물이라도 사 왔으면 유쾌하고 멋진 남자라는 인상을 줄 수 있을 텐데……. 하지만 오늘 멍청하게 굴지만 않는다면 다음에 또 기회가 있을지도 모른다.

닉은 5시 반 정각에 초인종을 눌렀다. 에밀리가 나와 문을 열어 주었다. 닉이 예상한 대로 에밀리의 방은 비스듬한 지붕 바로 아래였다. 그리고 분홍색 벽지에 침대 위에는 큰 인형이 나뒹굴고, 벽에는 연예인 포스터가 붙어 있는 그런 식상한 십 대의 방이 아니었다. 책장이 두 개에다 낮은 침대, 작은 소파와 탁자가 있는 방은 꽤 어른스러운 느낌을 풍겼다. 탁자 위에는 책이 쌓여 있고 비스듬한 지붕 아래에는 깔끔하게 정리된 책상이, 그 위에는 노트북이 펼쳐져 있었다. 만약 에밀리가 집에 놀러 온다면 닉은 아마 몇 날 며칠을 청소만 해야 할 것이다.

"조용히 해야 해. 엄마가 30분 전에 방에 들어가 누우셨거든. 오늘은 다시 방에서 안 나오실지도 몰라."

닉은 어른이 이른 저녁부터 잠자리에 드는 게 이상하게 느껴졌지만 자세히 묻지는 않았다. 게임하는 데에는 오히려 더 잘된 일이니까.

"시끄러울 것도 없어. 처음에는 조용하게 시작하거든. 나중에는 헤드폰을 사용하는 게 좋아. 소리를 제대로 듣지 않아서 죽은 애도 봤거든."

"헤드폰? 알았어. 그럼 시작할까?"

에밀리는 고개를 끄덕이고 CD를 꺼내 노트북에 넣었다.

"그냥 다른 프로그램처럼 프로그램 폴더에 설치하면 되는 거지? 설치할 때 특별히 주의해야 할 게 있어?"

"아니, 아직은 없어."

설치 화면이 나타났다. 무너져가는 성, 불타 버린 땅, 마른 땅에 꽃

흰 칼, 칼자루에 매달린 붉은 천. 모두 처음과 똑같다. 하늘에는 붉은 글씨로 '에레보스'라고 씌어 있다. 닉은 긴장감이 온몸에 퍼지는 것을 느끼며 땀이 난 손바닥을 바지에 문질렀다.

"설치할까?"

"응."

에밀리가 '설치'를 눌렀다. 진행 과정을 알려 주는 파란 막대기는 여전히 느리게 움직였다.

"설치하는 데 시간이 좀 걸려."

닉이 파란 막대기에서 눈을 떼지 않은 채 말했다. 처음에 어떻게 시작했더라? 아, 그래, 숲에서 시작했지. 이제 곧 낯익은 풍경이 나타나겠지. 고향으로 가는 열차가 움직이듯 파란 막대기는 조금씩, 조금씩 앞으로 나아갔다.

옆에 있던 에밀리가 닉을 빤히 쳐다보았다.

"긴장되니?"

"뭐? 아니! 그냥……. 네가 게임을 어떻게 생각할지 궁금해서."

"지금까지는 별 생각 없어. 좀 느린 것 같긴 해."

에밀리가 두 손으로 턱을 받치며 말했다.

두 사람은 한동안 말없이 기다렸다. 닉은 책상 위에 놓인 연필통, 노트북, 에밀리의 옆모습을 번갈아 보았다. 그러면서 방 안에 에밀리 그림이 하나라도 걸렸더라면 대화거리가 생겼을 텐데, 하고 아쉬워했다.

"너희 엄마는 항상 이렇게 일찍 주무시니?"

침묵이 너무 길어지자 닉이 불쑥 말을 꺼냈다. 그러나 괜한 질문을 한 듯해 바로 후회가 됐다. 하지만 이미 뱉은 말이라 주워 담을 수도 없었다.

"지금은 안 좋은 시기야. 이때가 되면 잠을 많이 주무시고 식사는 적게 하시고 말씀은 거의 안 하셔. 오빠가 죽고 나서부터 그래. 상태가 왔다 갔다 해. 난 이미 계절이 변하는 것처럼 익숙해졌어."

에밀리는 그렇게 말하며 노트북 화면을 더 뚫어져라 쳐다보았다.

"너희 아빠는?"

"재혼해서 아이가 둘이야. 데릭하고 로지. 새 가정에서 새 행복을 찾으신 거지."

에밀리는 마치 그렇게 하면 설치 속도가 빨라진다는 듯 마우스를 이리저리 움직였다.

"오해는 하지 마. 그땐 정말 견디기 힘들었고, 아빠는 그걸 견디지 못한 것뿐이야. 지금은 나도 데릭과 로지가 있어서 얼마나 좋은지 몰라. 아빠처럼 도망갈 수 있었다면 아마 나도 도망갔을 거야."

닉은 뭐라고 대꾸해야 할지 몰랐다.

"학교에서는 그런 말 한 번도 안 했잖아."

"응, 너한테는 한 번도 한 적 없어."

음, 하지만 에릭에게는 했겠지. 불현듯 에릭을 향한 질투심이 되살아났다. 그러나 지금 에밀리 곁에 있는 사람은 에릭이 아니라 닉이다.

"넌 형제가 어떻게 돼?"

"형 하나. 나보다 다섯 살 윈데, 이미 독립해서 나갔어."

"둘이 친해?"

"응, 마음이 잘 통해."

닉은 핀을 떠올리며 만약 사고로 핀이 죽는다면 어떨까 생각해 보았다. 그러나 도저히 상상이 되지 않았다. 에밀리는 오빠의 죽음을 어떻게 견뎠을까?

"그런데 형은 부모님이랑 사이가 안 좋아. 정확히 말하면 아빠랑. 아빠랑 말 안 한 지 꽤 됐어."

"왜?"

닉은 한숨을 쉬었다.

"우리 아빠는 어렸을 때부터 의사가 되는 게 꿈이었거든. 그런데 집이 가난해서 대학을 못 갔어. 지금은 프린스 그레이스 병원에서 간호조무사로 일하셔. 언젠가는 그 꿈을 완전히 접으시겠지. 어쨌든 그래서 형은 무조건 의대에 가야만 했는데……."

"그런데 가기 싫어했구나?"

"형도 처음엔 의대에 가려고 진짜 열심히 했어. 아마 성적도 꽤 나왔을걸. 그런데 베카를 사귀고 나서는 완전히 변해서 의대고 뭐고 다 집어치웠어."

에밀리는 곁눈질로 닉을 빤히 쳐다보았다.

"왜?"

"베카가 막 타투 스튜디오를 열었을 땐데 형이 거기 완전히 꽂혔거든. 그래서 학원을 몇 달 다니더니 지금은 문신하고 피어싱하는 게

384

거의 신들린 수준이야. 아빠는 형이랑 다시는 말을 섞지 않겠다고 선언했고."

에밀리의 얼굴에 살며시 떠오른 미소는 금세 사라졌다.

"그래서 이제 네가 의사가 되어야 하는 거야?"

헐, 아빠를 본 적도 없으면서 바로 꿰뚫어 보다니!

"응, 사실 그걸 원하셔. 나도 관심 있고."

에밀리는 그제야 고개를 완전히 돌려 닉을 쳐다보았다. 방금 한 말이 진심인지 아닌지 확인하려는 듯했다.

"너희 아빠 소원을 네가 대신 들어드려야 하는데, 형에게 화 안 나?"

닉은 대답 대신 에밀리에게 등을 돌리고 머리를 들어 목덜미를 보여 주었다.

"아니, 전혀."

볼 수는 없지만 닉은 형이 목덜미에 새겨 준 까마귀 두 마리가 어떻게 생겼는지 잘 알았다. 에밀리의 손길이 닿을 듯 말 듯 목덜미를 스쳤다. 닉은 마른 침을 꼴깍 삼켰다.

"그런데 왜 하필이면 까마귀야?"

"우리 둘 다 머리카락이 유난히 검어서 엄마가 우리를 까마귀 형제라고 부르거든. 그리고 형 말로는 까마귀가 행운을 가져온대. 행운의 마스코트이기도 하고, 뭐랄까…… 우리 형제가 하나라는 걸 보여 주는 상징이야."

에밀리는 곧 닉의 목덜미에서 손을 거두었다. 닉은 아쉬워하며 머리를 제자리로 내려뜨렸다.

"솜씨가 좋은데. 너희 형 그쪽에 감각 있나 봐."

설치 과정은 거의 끝나 가고 있었다. 에밀리는 부엌에 가서 진저에일을 가져왔다. 에밀리가 돌아오자 화면이 검게 변했다.

"원래 이런 거야?"

"응. 나도 처음엔 뭐가 잘못된 거 아닌가 했는데 원래 그래. 조금 있으면 없어져."

암흑이 한동안 계속되다가 이윽고 붉은 글씨가 나타나 맥박 뛰듯 움직였다.

들어오라. 아니면 돌아가라. 여긴 에레보스다.

"좋아, 어디 한번 들어가 볼까?"

에밀리는 혼잣말로 중얼거리며 '들어오라'를 클릭했다.

어두운 숲 속. 달빛. 숲 속 빈터에 웅크리고 앉아 있는 캐릭터. 에밀리의 이름 없는 자는 사리우스가 되기 전 닉의 캐릭터와 완전히 똑같았다. 닉은 에밀리가 조작법을 익히는 것을 보며 아련한 그리움에 빠져들었다.

"이동시키는 건 그렇게 어렵지 않은데. 다른 것도 할 줄 아나?"

"그럼! 기어오르고 싸우고, 다 할 수 있어! 지금은 필요 없지만 나중에는 특수 능력 단축키도 외워야 해."

에밀리는 이동 방향을 정하기 전에 캐릭터를 움직여 숲 속 빈터

386

주변을 꼼꼼히 살폈다.

"난 저기 나무가 가장 적은 곳으로 갈래. 괜히 힘든 길로 갈 필요는 없잖아."

발밑에서 마른 나뭇가지가 부러지는 소리가 났고, 높은 나무 꼭대기에서는 바람이 우우 소리를 내며 울었다. 닉은 후다닥 지나가야 할 곳에서 에밀리가 너무 오래 지체하는 듯해 답답했지만 꾹 참고 지켜보았다. 게다가 에밀리도 컴퓨터 게임 초보 치고는 꽤 능숙했다. 닉이 체력이 바닥날 때까지 이리저리 쏘다녔던 것과 달리 에밀리는 체력을 잘 안배하며 움직였다. 그렇게 한 20분쯤 지난 후 에밀리가 다시 닉을 쳐다보았다.

"무슨 목적 같은 게 있는 거야? 아니면 그냥 인내심 테스트하는 거야?"

"목적이 있어. 그 주변 어딘가에 모닥불이 있을 거야. 거기 가면 널 기다리는 사람이 있어."

닉이 나무 위에 올라가 방향을 잡았던 것과 달리 에밀리는 높은 절벽에 올라갔다. 올라가느라 체력이 많이 소진되기는 했지만 전망은 끝내줬다. 빙 둘러 숲이 바다처럼 펼쳐져 있고 오른쪽에는 큰 언덕이 보였다. 언덕 사이사이로 보이는 불빛은 그곳에 마을이 있음을 알려 주었다.

"저기! 저기로 가야 해!"

닉이 숲 사이로 희미하게 빛나는 노란 불빛을 발견하고 소리쳤다. 에밀리는 약간 놀란 듯 닉을 돌아보며 재미있다는 표정을 지었다. 닉은 자신이 너무 흥분했음을 깨닫고 머쓱해졌다.

"내 말은……. 저기 안쪽으로 가면 될 것 같다고."

모닥불을 찾아가는 길에는 역시 장애물이 있었다. 닉이 했을 때는 낭떠러지였는데, 이번에는 높은 담장이다. 에밀리가 기어오르려고 벽에 달라붙을 때마다 위에서 돌멩이와 흙이 와르르 무너져 내렸다.

"어쩌지?"

다섯 번 정도 시도해 보고 안 되자 에밀리가 닉에게 도움을 청했다.

"이런 문제를 해결하는 방법을 배워야 해. 계속해서 이런 문제가 나타날 거거든. 실제로 이런 일이 일어난다면 어떻게 할지 생각해 봐. 정말 이런 상황이 닥치면 어떻게 할 거야?"

닉은 선생 흉내를 내는 게 식상하게 느껴지기도 했지만, 에레보스가 얼마나 사실적이고 매력적인 게임인지 에밀리가 스스로 느끼기를 바랐다.

에밀리는 배우는 속도가 매우 빨랐다. 주위에서 바윗덩어리를 끌어다 쌓더니 문제없이 담을 넘었다. 그러는 동안 체력 게이지를 주시하며 중간중간 쉬어 주는 것도 잊지 않았다. 저만치 앞에 깜박이는 모닥불이 보였다. 불 앞에 앉은 검은 그림자가 보이자 닉은 가슴이 두근거리기 시작했다. 이제 에레보스가 얼마나 대단한지 에밀리도 알게 되겠지.

이름 없는 자가 모닥불 앞으로 다가갔는데도 남자는 꼼짝도 하지 않았다. 대신 화면 밑에 은빛으로 반짝이는 글자가 나타났다.

"이름 없는 자여, 어서 오너라. 기다리고 있었다."

닉이 할 때는 그런 말이 없었다. 빨리 왔다면서 영리하다고 칭찬했었다.

에밀리는 남자에게 다가가 얼굴을 들여다보려고 했다. 그러기 전에 남자가 먼저 고개를 들었다. 작은 입과 갸름한 얼굴. 처음에 한 번 나오고 그 뒤로는 나오지 않아서 닉은 그 얼굴을 거의 잊어버리고 있었다.

"호기심이 많구나, 이름 없는 자. 호기심은 도움이 될 수도 있지만 화를 불러올 수도 있다는 것을 명심해라."

에밀리는 불안한 듯 닉을 쳐다보았다.

"계속 가겠니? 미리 말해 두는데, 에레보스와 연합해야만 그와 대적할 수 있다."

에밀리는 여전히 불안한 얼굴로 노트북과 닉을 번갈아 쳐다보았다.

"대답을 기다리는 거야."

닉이 자판을 가리켰다.

"정말?"

"그래, 해 보면 알아."

에밀리는 자판 위에 손을 얹고 잠시 망설이다가 곧 자판을 두드리기 시작했다.

"에레보스와 연합한다는 게 무슨 뜻이죠?"

남자가 나뭇가지로 모닥불을 쑤시자 불똥이 튀며 공중으로 솟아올랐다.

"경계를 넘어서는 것, 경계를 극복하는 것. 결국 그것이 무엇을 의미하는지는 너 자신에게 달려 있다."

에밀리는 자판에서 손을 떼고 어리벙벙한 얼굴로 닉을 쳐다보았다.

"방금 게임이 내 질문에 답을 했어. 어떻게 이런 게 가능하지?"

"나도 몰라. 이게 바로 에레보스가 특별한 이유야."

닉은 에밀리의 놀란 표정을 보자 저절로 미소가 지어졌다.

그때 조용한 음악이 들려오기 시작했다. 바이올린과 플롯이 섞인 선율은 부드럽고 매혹적이었다. 놀라운 것은 닉이 게임을 하는 동안 이 음악을 단 한 번도 들어 본 적이 없다는 것이었다.

"에레보스와 연합하는 게 좋을까요? 제가 계속 가기를 원하세요?"

에밀리가 물었다. 남자는 오랫동안 에밀리를 응시했다.

"아니."

"왜요?"

"어둠 속에는 수많은 함정과 위험이 도사리고 있다. 한번 빠지면 다시는 헤어 나오지 못할 수도 있어."

에밀리는 닉의 존재를 잊어버린 듯 화면 속 남자에게 집중했다. 에밀리 손이 자판 위에서 움직이더니 닉이 했던 것과 똑같은 질문이 화면에 나타났다.

"누구세요?"

남자는 에밀리에게서 눈을 떼지 않은 채 고개를 갸웃했다.

"난 죽은 사람일 뿐이다."

에밀리는 크게 숨을 들이마셨다.

"죽은 사람이 여기서 뭐 하는 거죠?"

"기다리지. 감독도 하고. 계속 가겠니, 아니면 돌아가겠니?"

남자의 눈은 녹색이었다. 그 얼굴을 어디선가 본 듯한 착각이 들 정도로 사실적이었다. 정말 살아 있는 모습을 본 적이 있는 듯했다.

"계속 가겠어요. 그걸 바라지 않나요?"

에밀리가 자판을 두드렸다.

"모두 계속 간다고 하지. 여기서 왼쪽으로 돌아서 시내를 따라 죽 가라. 계곡이 하나 나올 거다. 계곡을 지나면 그다음엔……. 그때 가면 알게 된다."

닉은 그 말을 들은 기억이 났다. 저건 내게도 했던 말이야. 저것 말고 다른 말도 있었는데.

"노란 눈을 가진 전령이 있는지 잘 보거라."

닉은 사나운 두꺼비에게 당한 것을 기억해 내고 에밀리에게 조심하라고 일렀다. 그러나 계곡 가까이 갔을 때 공격해 온 것은 두꺼비가 아니라 박쥐 떼였다. 작지만 매서운 이빨을 가진 박쥐는 이름 없는 자를 마구 물어뜯었고, 목숨을 나타내는 빨간 막대기는 계속해서 줄어들었다.

"지팡이를 사용해! 왼쪽 마우스를 눌러! 이스케이프는 흔드는 거고, 스페이스 바는 도약이야."

닉은 에밀리의 손에서 마우스를 낚아채 직접 박쥐 떼를 섬멸하고 싶은 것을 가까스로 참았다. 시간이 한참 지나고 피를 엄청 흘렸지만 결국 에밀리는 박쥐 떼를 모두 해치웠다.

"시체를 챙겨. 나중에 도시에서 팔 수 있어."

에밀리는 어깨를 으쓱하며 박쥐 시체를 챙겼다.

"이제 어떡하지?"

에밀리가 물었다. 그러나 그 질문이 끝나기도 전에 말발굽 소리가 들려왔다. 닉은 자신도 모르게 몸을 웅크렸다. 내가 여기 있는 걸 보면 전령이 뭐라고 할까? 하지만 순간, 닉은 자신의 어리석음에 머리를 절레절레 흔들었다. 전령이 날 볼 수는 없어. 전령의 눈에 보이는 건 이름 없는 자뿐이야. 이런 바보 멍청이!

에밀리는 계곡을 따라 계속 걸어갔다. 중간에 동굴이 뚫린 절벽이 나타났다. 동굴 앞으로 툭 튀어나온 넓은 바위 위에 전령이 말을 타고 서 있었다.

"와, 너무 무섭게 생겼다."

에밀리가 작은 소리로 중얼거렸다. 전령은 이름 없는 자를 빤히 쳐다보았고 갑옷을 두른 말은 불안한 듯 뒷발로 땅을 차며 거센 입김을 내뿜었다.

"어서 와라, 이름 없는 자. 처음 치고는 아주 잘했다."

"감사합니다."

"하지만 앞으로 전투를 통해서 살아남는 법을 배워야 한다. 그렇지 않으면 오래 가지 못할 수도 있어."

"네, 알겠어요."

전령은 이름 없는 자에게서 에밀리에게로 눈길을 돌렸다. 에밀리는 자신도 모르게 의자에 앉은 채 쑥 미끄러졌다.

"자, 이제 첫 번째 의식을 치를 때가 됐다. 너도 이름이 있어야지."

"어떻게 하면 되죠?"

전령은 앙상한 손가락으로 뒤에 있는 동굴을 가리켰다.

"저리로 들어가거라. 들어가 보면 어떻게 해야 하는지 알게 된다. 행운을 빈다. 그리고 모쪼록 옳은 결정을 내리길 바란다. 또 보자."

전령은 말을 돌려 동굴 위쪽으로 나 있는 작은 오솔길로 사라졌다.

"이 계단으로 올라가면 되는 거지?"

"응, 그리 올라가서 동굴로 들어가면 돼."

이름 없는 자는 동굴의 그림자 속에 묻혔고, 노트북 화면은 검게 변했다.

"지금부터 또 시간이 걸리니까 차분하게 기다려."

에밀리는 마우스를 이리저리 움직여 보았지만, 마우스 표시는 어디에도 나타나지 않았다. 한참 동안 화면만 쳐다보던 에밀리가 불쑥 말했다.

"이거 정말 사실적이다. 아까 그 전령, 정말 날 쳐다보는 것 같더라. 마치 내 캐릭터가 아니라 캐릭터를 움직이는 내게 말한다는 걸 확실히 하려는 것 같았어."

"앞으로도 계속 그럴 거야."

닉과 에밀리는 노트북 화면에 비친 자신들의 모습을 쳐다보았다.

"첫 번째 의식은 어때? 아까 박쥐랑 싸운 것만큼 어려워?"

"아니, 완전히 달라. 곧 알게 될 거야."

투웅! 투웅!

"심장 소리 같은데. 이게 무슨 소리야?"

"게임이 계속된다는 뜻이야. 엔터를 눌러."

검은 화면에 붉은 글씨가 떠올랐다.

"여기는 에레보스다. 너는 누구냐?"

과연 에밀리는 진짜 이름을 댈까? 아니면 거짓말을 할까?

"에밀리."

"이름 전체를 말해라."

"에밀리 카버."

유령이 떼로 속삭이는 것 같은 소리가 났다.

"에밀리 카버, 에밀리, 에밀리, 카버, 에밀리 카버."

이 속삭임은 처음과 낭떠러지에서 떨어뜨릴 때 두 번 나는구나. 닉은 그런 생각을 하니 왠지 서글퍼졌다. 에밀리가 불안한 듯 다시 닉을 쳐다보았다. 닉은 걱정하지 말라는 뜻으로 미소를 지어 보였다.

이상할 거 없어. 원래 이래.

"안녕, 에밀리. 에레보스의 세계에 온 걸 환영한다. 게임을 시작하기 전에 규칙을 알려 주마. 규칙이 마음에 들지 않으면 아무 때나 게임을 중단할 수 있다. 알겠니?"

"이건 미처 생각 못했는데. 아무 때나 게임을 중단할 수 있다면 꽤 공정하잖아."

에밀리는 '예'라고 쳤다.

"좋아. 첫 번째 규칙을 말해 주마. 에레보스 게임은 딱 한 번만 할 수 있다. 게임을 잘 못하면 끝나는 거다. 네 캐릭터가 죽어도 끝나고,

규칙을 어겨도 끝난다. 알겠니?"

"예."

"자, 두 번째 규칙이다. 게임은 반드시 혼자 해야 한다. 게임 안에서는 절대로 네 진짜 이름을 말해선 안 돼. 그리고 게임을 안 할 때는 닉네임을 말해선 안 된다."

에밀리는 자판에서 손을 떼고 닉을 쳐다보았다.

"그럼 넌 여기 있으면 안 되는 거네?"

"그냥 '예'라고 해. 아직은 내가 옆에 있는 게 도움이 될 거야."

에밀리는 정말 날 쫓아낼 생각인 걸까? 닉은 아직은 떠나고 싶지 않았다. 적어도 첫 번째 의식은 지켜보고 싶었다. 아니, 첫 번째 전투에도 함께 있고 싶었다.

에밀리는 '예'라고 친 후 입술을 비죽 내밀며 미소를 지었다.

"자, 세 번째 규칙. 게임 내용은 비밀로 해야 한다. 다른 사람과 게임에 대해 얘기하면 안 돼. 특히 등록 안 한 사람에게는 절대 비밀이다. 게임하는 사람끼리는 게임 속에서 불을 피우고 정보를 주고받을 수 있다. 하지만 친구나 가족, 인터넷에 정보를 누설하는 것은 절대 안 된다."

"왜 애들이 그렇게 쉬쉬했는지 이제 좀 알겠다."

에밀리가 고개를 끄덕이며 혼잣말로 중얼거렸다.

"네 번째 규칙. 게임을 시작하려면 필요하니까, 에레보스 CD를 잘 보관해야 한다. 전령이 지시하기 전에는 절대 복사해서는 안 돼."

"예."

갑자기 밝은 햇빛이 쏟아졌다. 화면 밖으로도 쏟아져 나올 것처럼 환했다. 이름 없는 자는 숲 속 빈터에 웅크리고 앉아 있고, 배경으로 무너져 가는 성이 보였다. 첫 번째 의식을 치르게 될 장소다.

에밀리가 마우스를 갖다 대자마자 이름 없는 자는 벌떡 일어나 얼굴을 벗어 던지고 성을 향해 걸어갔다.

"이제부터 선택을 잘해야 해. 내가 도와줄 테니까 절대 서두르거나 대충 해선 안 돼."

닉이 말했다. 이름 없는 자는 첫 번째 구리판 앞에 섰다.

"성별을 고르시오."

"이건 그렇게 중요하지 않아. 물론 남자가 약간 더 강하긴 하지만……."

닉의 말이 끝나기도 전에 에밀리는 이미 '여자'를 선택했다. 이름 없는 자의 체형이 전체적으로 날씬하게 변했고, 가슴과 엉덩이에 굴곡이 생겼다.

"미안, 닉. 하지만 이건 내 캐릭터야."

"종족을 고르시오."

"알았어. 간섭 안 할게. 하지만 자이언트 정말 괜찮아. 엄청 세고 맷집도 좋고. 난 다시 할 수 있다면 자이언트……."

그러나 에밀리의 선택은 이미 끝났다.

인간? 닉은 실망한 표정으로 에밀리를 빤히 쳐다보았다. 왜 하필 인간을 고른 거지?

"나도 인간이니까 인간을 고른 거야. 같은 종족을 가장 잘 알잖아. 난 인간이 좋아."

에밀리는 뭘 묻고 싶은지 안다는 듯 묻지도 않은 말에 대답했다.

"외모를 고르시오."

에밀리는 자신이 선택한 인간 여자에게 위로 삐죽 솟은 빨간 커트 머리를 만들어 주었다. 그리고 장화, 바지, 셔츠, 재킷까지 온통 검정색 옷을 입혔다. 유일하게 허리띠만 빨간색이다. 그건 모두가 공통이다. 얼굴에는 더 공을 들였다. 얼굴 모양을 부드럽게 하고 밤색 눈에 갈매기 눈썹을 그려서 전체적으로 귀엽고 쾌활한 느낌을 주었다.

"직업을 고르시오."

"다 별로야. 가인을 선택하면 노래를 불러야 하는 건가?"

에밀리가 시큰둥하게 말했다. 닉도 답을 알지 못했다. 닉도 기사였지만 게임을 하면서 특별히 기사 역할을 한 적은 없다.

"직업이 뭐든 그건 그렇게 중요한 것 같지 않아."

닉의 말을 들은 에밀리는 가인을 선택했다.

순간 놈이 성 안으로 들어섰다. 닉은 첫 번째 의식에 찾아오는 그 불청객을 까맣게 잊고 있었다. 놈은 인사 대신 비웃기부터 했다.

"뭐, 인간? 세상에, 웃기지도 않아. 너 제정신이니?"

"당연하지."

"어머, 어머, 어머, 게다가 가인이야. 싸움은 안 하고 노래만 부를 생각인가 보네?"

에밀리는 놈을 무시하고 다음 구리판을 찾았다.

"능력을 고르시오."

"치유 능력은 쓸모없어. 그걸 사용하면 네 목숨이 닳아. 나도 그거 골랐다가 엄청 후회했어."

닉이 얼른 말했다.

에밀리는 수많은 능력 위로 마우스를 왔다 갔다 했다. 체력, 지구력, 죽음의 저주, 포복, 불을 만들어 내는 능력, 갑옷 피부, 기어오르기……. 에밀리가 생각하는 동안 놈은 인상을 험악하게 구기며 이리 뛰고 저리 뛰며 난리를 쳤다.

"그래도 치유 능력이 가장 괜찮아 보이는데. 다른 사람들이랑 함께 싸우는 거잖아. 내가 한번 치료해 주고 그다음엔 그 사람이 날 치료해 주고. 실용적이고 좋잖아."

에밀리가 궁리 끝에 말했다.

"그렇게 생각하면 안 돼! 가장 중요한 건 네 레벨이 올라가는 거야. 남을 치료하느라 몸이 약해지면 빨리 올라갈 수 없어."

닉이 답답한 듯 외쳤다. 그때 놈이 화면을 향해 고개를 홱 돌렸다.

"인간 여자, 너 혼자 있는 거 맞아? 두 번째 규칙 지키고 있어? 대답해!"

"당연하지. 그런 걸 왜 물어?"

에밀리가 자판을 쳤다. 에밀리는 순식간에 얼굴이 창백해졌고, 닉도 긴장했다. 놈이 왜 그런 걸 물었을까? 분명 보거나 들을 수는 없을 텐데. 그건 전령도 하지 못했는데.

"내가 너무 느려서 그런가 봐. 혼자라면 훨씬 빨리 결정할 텐데, 그렇지 않으니까 의심하는 거야."

에밀리가 중얼거렸다. 그때부터 에밀리는 속도를 높였고, 곧 치유 능력, 민첩성, 불 만드는 능력, 갑옷 피부, 도약력을 선택했다. 그리고 조금 있다가 멀리 보는 능력, 지구력, 물 위로 걷는 능력, 기어오르기, 포복을 첨가시켰다.

"인간 치고는 그렇게 나쁘지 않네. 그래도 넌 빨리 죽을 거야. 안됐어."

"운명이지, 뭐."

에밀리는 그렇게 치고 나서 무기를 고르는 데 열중했다. 에밀리는 무기 궤짝에서 손잡이에 에메랄드가 박히고 칼날이 휘어진 장검을 골라냈다. 거기에 구리로 만든 방패를 골랐다.

"예쁘긴 한데 장난감이야."

놈이 이죽거렸다.

이제 마지막 구리판만 남았다.

"이름을 고르시오."

"진짜 안 예쁜 이름이 나오겠군. 페트로닐라, 바틸디스, 알두사, 베르테군트? 어때? 정했어? 빨리 정해! 어떤 이름을 갖고 싶은지 생각 안 해 봤어?"

"사실 생각해 놓은 이름이 있어. 어디 뭐라고 하는지 보자."

에밀리는 그렇게 중얼거리고는 '헤메라'라고 쳤다.

닉은 그 이름이 그다지 마음에 들지 않았다. 어감이 별로 좋지 않은 게 꼭 주방 기구 이름 같았다. 반면 놈은 깊은 인상을 받은 듯 호

들갑을 떨었다.

"오, 머리 좀 썼네! 너 나중에 좀 크겠다, 헤메라! 하지만 우리 주인 님께 까불 생각은 하지 마."

놈은 다리를 절룩거리며 성을 나갔다. 닉은 놈이 나가기 전 다시 그 긴 녹색 혀를 빼물 것이라 예상했지만 그런 일은 일어나지 않았 다. 놈이 문을 쾅 닫고 나가자 벽에서 석회 가루가 우수수 떨어졌다.

"머리를 썼다니 그게 무슨 말이야?"

닉의 물음에 에밀리는 즐거운 표정을 지었다.

"그 정도는 직접 알아내 봐. 나도 이제 혼자서 알아낼게. 내일 학교 에서 보자. 이제부터는 나 혼자 해 볼래."

하지만 이제부터 진짜 재미있어지는데! 무거운 실망감이 닉의 가 슴을 눌렀다.

"너무 쉽게 생각하는 거 아냐? 내가 옆에서 도와주면 훨씬 빨리 할 수 있어. 부상도 덜 당할 거고. 다시 한 번 생각해 봐, 응?"

에밀리는 아이팟에서 헤드폰을 빼 노트북에 꽂았다.

"헤드폰 꺼야 한다면서. 이거 끼고 있으면 네 말은 들리지도 않을 거 아냐."

"그래도……."

"괜찮아, 닉. 아까 놈이 의심하는 거 봤잖아. 나 혼자도 할 수 있어. 다른 사람들처럼 규칙을 지키면서 혼자 한번 해 볼게."

결국 닉은 그러라고 할 수밖에 없었다.

"알았어. 만약 산딸기 따러 가게 되면 주위를 잘 살펴. 그리고 어떻게 해야 할지 모를 때, 아니면 도움이 필요할 때는 언제든지 전화해. 내가 대신 해 줄 수 있으니까. 알았지?"

"응, 알았어. 고마워, 닉."

집에 돌아와 위키피디아에서 찾아보니 헤메라는 에레보스의 딸로 에레보스와 완전히 반대되는 신, 즉 낮, 아침, 빛의 여신이라고 나왔다.

승자는 태어날 때부터 정해져 있다는 말이 있다. 이 말은 생각할수록 사실인 듯하다. 내가 그 선택받은 자들의 대열에 끼지 못한다는 것은 이미 오래전에 받아들인 사실이다. 하지만 또 한 번의 실패를 감당하기는 힘들 듯싶다. 종국에 가서 승리하게 될지라도 나는 그 자리에 없을 것이다. 숙고에 숙고를 거듭한 후 내린 결정이다. 그날 내가 그 자리에 꼭 있어야 할 필요는 없다. 다른 이들이 나를 대신해 온몸을 바쳐 그 목적을 이룰 테니까.

때가 가까워졌다. 나는 내 할 일을 끝내고 맘 편히 갈 수 있을 것이다. 결국 승자와 패자가 갈릴 터이다. 승자가 누구인지는 중요하지 않다. 중요한 것은 누가 패자가 되느냐이다. 일이 제대로 진행되기를 바랄 뿐이다.

24

다음 날 아침 자명종이 울렸을 때, 닉의 머릿속에 제일 먼저 아침의 여신이 떠올랐다. 헤메라. 게임이 어떻게 진행됐는지, 무슨 일을 겪었는지, 벌써 임무를 받았는지 어서 에밀리를 만나 얘기를 듣고 싶었다. 에밀리를 만나 도움말을 주고 게임하는 걸 구경할 수 있을지도 모른다. 게임에 완전히 몰입하지 않으면 게임 자체가 어떻게 돌아가는 건지 그 패턴을 알아내기도 더 쉽겠지. 닉은 휘파람을 불며 샤워를 하고 노래를 흥얼거리며 옷을 갈아입었다. 왠지 예감이 좋았다.

보통 에밀리는 여자 친구나 혹은 에릭과 함께 교문 근처에 서 있곤 했다. 그런데 오늘은 아무리 찾아도 보이지 않았다. 대신 11학년 여학생들과 수다를 떨고 있는 에릭이 눈에 들어왔다. 에릭은 아이샤 일로 받은 충격이 어느 정도 가신 듯 여유로운 표정이다. 에릭이 다시 한 번 에레보스에 반대하는 활동을 감행할까? 아마도 그러지는 않겠지. 지금쯤 더 이상 구설수에 오르지 않는 것을 다행으로 여기며 가슴을 쓸어내리지 않을까?

그때 에밀리가 나타났다. 에밀리는 걸음도 빠르고 무척 바빠 보였다. 에릭이 반갑게 손짓하며 불렀지만 에밀리는 고개만 까딱하고 그냥 지나쳤다. 닉은 막 교문으로 들어가는 에밀리를 불러 세웠다.

"안녕, 에밀리."

"안녕."

물론 이렇게 사람이 많은 데서 에레보스 얘기를 할 수는 없다. 하지만 눈짓 하나, 혹은 내막을 아는 사람들끼리의 미소 정도는 보여주지 않을까? 닉은 그런 신호를 기대했지만 에밀리의 얼굴은 하얀 벽지를 바른 벽처럼 아무 표정도 드러내지 않았다.

"4교시에 도서실에서 볼까?"

닉이 불안한 마음으로 물었다. 에밀리는 어깨를 으쓱하더니 짧게 대답했다.

"봐서."

그러고는 저만치 앞에 서 있는 라시드와 알렉스에게 가 버렸다. 닉은 알렉스 이야기에 심취해 있는 에밀리를 보며 믿기지 않는 표정을 지었다. 알렉스는 큰 손짓을 해 가며 대단한 것인 양 뭔가 떠들어 댔다. 적어도 게임 이야기를 저렇게 떠벌리진 않을 것이다. 닉은 뭐가 어떻게 된 건지 도저히 이해되지 않았다.

그날은 하루 종일 에밀리를 눈으로 쫓았다. 하지만 에밀리는 닉을 못 본 척하거나 한 번도 제대로 눈을 맞추지 않았다. 둘이 이야기할 수 있는 기회도 전혀 없었다.

관심이 온통 에밀리에게 가 있어서인지 닉은 오후가 돼서야 콜린이 따라붙은 사실을 알아챘다. 어디를 가든 콜린이 주변에 있었다. 자신을 관찰하고 있는지는 모르겠지만 어두운 그림자처럼 언제나 따라다녔다. 닉은 어제 싸운 것도 화해할 겸 콜린에게 말을 걸어 볼까, 생각도 해 보았다.

사실 둘은 친구였고, 그게 그렇게 오래된 일도 아니다. 하지만 콜린이 제이미에게 협박 편지를 보내고, 자전거 브레이크를 끊은 장본인일지도 모른다고 생각하니 차마 그럴 수가 없었다. 말 한 마디라도 잘못 튀어나오면 바로 주먹이 나갈 듯싶었다.

예감이 좋았던 하루가 저물어 갈수록 닉의 외로움은 커져만 갔다. 가장 친한 친구는 혼수상태에 빠졌고, 콜린과는 말을 걸기도 겁나는 사이가 되었고, 에밀리는 마치 닉이 존재하지 않는 듯 행동하고, 한때 친하게 지내던 제롬 같은 아이들은 닉을 적대적인 시선으로 바라보았다. 그렉처럼 게임에서 쫓겨난 아이들은 마치 투명 인간인 양 행동하며 누구와도 대화를 하려 들지 않았다.

오후에 학교 앞뜰을 지나는데 닉 앞으로 녹색 트렌치코트가 지나갔다. 그 옷을 입은 사람은 달렌 펨버일 테다. 닉과는 얼굴만 아는 사이지만 제이미가 데이트 상대로 찍어 놓은 아이라는 건 닉도 알고 있었다. 제이미에게는 갚아야 할 빚이 있다. 닉은 혹시 주위에 콜린이 있는지 살폈다. 콜린이 보는 앞에서라면 절대 달렌 펨버에게 말을 걸지 않겠지만 종일 따라다니던 콜린이 웬일로 보이지 않았다. 닉은 함께 얘기하던 여학생 둘과 헤어져 얼른 달렌에게 다가갔다.

"달렌, 어제 혹시 옷 주머니에서 쪽지 같은 거 발견하지 않았니? 아니면 다른 데서라도? 예를 들어 책갈피 사이 같은 데."

달렌은 호기심과 두려움이 섞인 눈으로 닉을 쳐다보았다.

"아니요, 왜요?"

"아, 그냥 물어보는 거야. 만약 그런 거 발견하면 잘 가지고 있다가 아무도 모르게 왓슨 선생님에게 보여 드려."

달렌은 아랫입술을 잘근잘근 깨물었다.

"모하메드랑 제레미가 받은 것 같은 쪽지요?"

모하메드와 제레미가 누구지?

"그건 어떤 거였는데?"

달렌은 어깨를 으쓱했다.

"자세히는 못 봤어요. 그런데 손으로 쓴 글씨가 아니라 컴퓨터로 복사한 거였어요. 모하메드는 그 쪽지를 받고 나서 아프다고 조퇴했어요. 그 뒤로 벌써 이틀째 학교에 안 나오고 있어요. 그게 무슨 내용인지 알아요?"

닉은 고개를 저었다.

"나도 자세히는 몰라. 이건 다른 얘긴데 뭐 하나 물어봐도 되니?"

달렌은 기대감에 부푼 얼굴로 고개를 끄덕였다. 닉은 그 기대가 자신을 향한 게 아니기를 바라며 주위를 잽싸게 둘러보았다.

"아직 하는 중이야? 아니면 아웃이야?"

달렌은 무슨 뜻인지 바로 알아듣지 못했다. 닉이 싸우는 동작을 몇 개 해 보였다.

"아, 그거요. 아웃이에요. 다시 게임을 구하려고요. 가게에도 가 봤고……."

"더 이상 하지 마. 마치 그런 게임이 없었다는 듯이 행동해."

"하지만……."

"나도 알아. 그래도 그만두는 게 좋아."

달렌은 커다란 눈으로 닉을 쳐다보았다. 닉은 달렌과 제이미가 함께 공원 벤치에 앉아 있는 모습, 영화를 보는 모습, 들판에 앉아 있는 모습을 머릿속에 그려 보았다. 잘 어울리는 한 쌍이 되겠지. 닉은 달렌이 제이미에 대해 물어보기를 바랐지만, 달렌은 아무것도 묻지 않았다.

저녁에 집에 돌아온 닉은 뭘 해야 할지 몰랐다. 분명한 것은 이렇게 불확실한 상태가 계속되어서는 안 된다는 것이다. 사실 잘 생각해 보면 에밀리가 닉을 아는 체하지 않은 것은 잘한 행동이다. 단…… 단, 게임이 닉의 비밀을 폭로하지 않았다면 말이다. 닉이 에밀리의 블로그를 몰래 봐 왔고 권총이 학교에 반입되는 과정을 도왔다는 것을 에밀리가 안다면 얘기는 달라진다. 전령이 에밀리를 앞에 앉혀 놓고 이런저런 얘기를 했을 수도 있다. 닉은 하루 종일 그 생각이 머릿속에서 떠나지 않았다. 게다가 브린과 함께 찍힌 사진도 있다. 만약 에밀리가 그걸 봤다면 닉은 이제 에밀리 앞에서 찍소리도 못하게 된다.

아니다. 이건 다 쓸데없는 걱정이다. 에밀리가 닉을 그렇게 냉정하게 대한 건 연기에 충실했기 때문이다. 그래, 전화해서 에밀리의 진심을 알아내는 거다. 지금 바로. 그러나 에밀리는 전화를 받지 않았다. 음성 사서함으로도 연결되지 않았다. 10분 후, 그리고 30분 후에 다시 전화를 걸어 보았지만 결과는 마찬가지였다.

아마 게임하고 있겠지. 게임할 때는 닉도 아예 전화를 받지 않았다. 집으로 찾아갈까? 그래, 집 앞에 가서 우울증에 걸린 에밀리 엄마가 깰 때까지 초인종을 신 나게 눌러? 에밀리는 헤드폰을 꼈으니까 분명히 초인종 소리를 듣지 못할 테지. 휴대 전화도 마찬가지다.

닉은 책상 앞에 앉아 곰곰이 생각하다가 인터넷에 들어갔다. 데비안트아트에 가 보았지만 에밀리의 블로그에는 '밤'이라는 시 이후로 새로운 글이 올라오지 않았다.

그날 저녁에는 엄마 아빠와 함께 텔레비전을 보았다. 얼마 만에 그런 시간을 가졌는지 기억도 나지 않았다. 아빠는 기분이 좋은지 "만날 공부만 하는 것도 건강에 안 좋지."라며 닉의 머리를 쓰다듬어 주었다.

그날 밤 닉은 에레보스의 공동묘지를 헤매는 꿈을 꾸었다. 사리우스의 비석을 찾아 발이 닳도록 돌아다녔는데 갑자기 비문의 글씨가 해독할 수 없는 이상한 글씨로 변해 버렸다.

다음 날 에밀리는 아예 학교에 나오지 않았다. 화학 시간에 닉은 멍하니 에밀리의 빈자리만 쳐다보았다. 에밀리마저도 게임 손아귀에 놓이게 되었다고 생각하니, 마냥 울어 버리고 싶었다. 에레보스에 발을 들여놓은 사람에게 나타나는 패턴이 에밀리에게 그대로 나타났다.

혼자 하게 놔두는 게 아니었어. 에밀리라고 해서 게임에 중독되지 말라는 법은 없는데. 하지만 이미 늦어 버렸다. 이제 에밀리는 닉과 말도 안 하고 옆에 오지도 못하게 하고 임무를 수행하는 데만 열중할 것이다. 게임에 대해 더 알려 줬어야 하는데. 아무것도 모르는 아이를 물가에 내놓은 격이다.

닉은 쉬는 시간에 에밀리에게 전화를 걸었지만, 역시 통화를 할 수는 없었다. 그렇다면 찾아가는 수밖에 없지.

그렇게 결심하고 나니 기분이 훨씬 나아졌다. 에밀리를 만나서 우리의 목적이 뭔지 상기시켜야지. 에레보스를 멈추게 하는 것, 그건 에밀리가 먼저 생각해 낸 것이 아닌가.

좋던 기분은 영어 시간이 시작되고 나서 바로 깨졌다. 영어책을 펼치는데 책갈피 사이에 쪽지 하나가 끼워져 있었다. 그런 쪽지를 끼워 둔 기억은 없다. 쪽지를 펼쳐 보니 삐뚤빼뚤한 인쇄체로 '제이미 침대 옆에 아직 자리 있다.'라고 씌어 있다.

닉은 큰 숨을 들이마셨다. 쪽지를 발견하고 놀란 티가 나지 말아야 할 텐데. 닉은 곁눈질로 혹시 자신을 관찰하는 사람이 있는지 살폈다. 그러나 눈에 띄는 행동을 하는 사람은 아무도 없었다. 헬렌은 하품을 하며 목을 긁적거렸고 콜린은 책을 보았고 댄과 알렉스는 둘이서 뭐라고 속닥거렸다. 저 두 놈인가? 알렉스는 요즘 들으란 듯이 친절하게 인사를 건네곤 한다. 그게 본색을 감추기 위한 연기였는지도 모른다.

닉은 쪽지를 접어 바지 주머니에 넣었다. 그래, 제이미 옆에 아직 침대가 비었다는 거지. 이 나쁜 놈들! 이로써 범인은 제이미의 사고가 계획된 것이며 자전거 브레이크를 일부러 끊었다는 것을 스스로 실토한 셈이다. 그 엄청난 일이 빌어먹을 게임 하나 때문에 일어났다니!

닉은 갑자기 그들이 너무 혐오스러웠다. 자리에서 벌떡 일어나 의자를 들어 공중으로 내동댕이치고 싶었다. 뇌진탕이란 게 얼마나 재미있는 건지 너희도 직접 느껴 보란 말이다! 닉은 콜린에게 시선을 던졌다. 콜린을 보고 있자니 멱살을 잡고 흔들고 싶은 충동을 도저히 누를 수가 없었다. 닉은 벌떡 일어났다.

"왜 그러니, 닉? 무슨 일 있니?"

왓슨 선생님이 물었다.

선생님, 저 미쳐 버릴 것 같아요.

"몸이 안 좋아요. 먹은 게 없었나 봐요."

왓슨 선생님의 표정을 보니 그 말의 이중적 의미를 알아들은 것 같았다. 하지만 아무것도 묻지는 않았다.

"그럼 조퇴하는 게 낫겠구나."

"네, 고맙습니다."

쪽지 때문에 겁을 먹어 도망가는 거라고 생각하는 애들이 있을 수도 있겠지만 그런 것은 중요하지 않다. 중요한 것은 에밀리다. 아직은 게임에 그렇게 깊이 빠지지 않았을 테니 상식적으로 말을 하면 통할 것이다.

닉은 에밀리에게 제이미 음모론을 얘기하고 쪽지를 보여 줄 생각이다. 어서 서둘러야 한다. 닉은 에밀리에게 다시 전화해 보려고 휴대 전화를 꺼냈다. 문자 메시지가 와 있다.

'절대 이메일 보내지 말고 MSN이나 스카이프로도 연락하지 마. 시간 있으면 4시에 블룸스버리 크로머 가 32번지로 와. 아무에게도 말하지 말고 뒤쫓는 사람 없는지 잘 살피고. 에밀리.'

닉은 마른침을 꼴깍 삼켰다. 그리고 재빨리 주위를 살핀 후 다시 휴대 전화를 들여다보았다. 이메일과 MSN을 하지 말라니 왜지? 뭔가 새로운 걸 알아낸 걸까? 닉은 심호흡을 하며 생각을 정리했다. 그리고 문자 메시지를 여러 번 반복해서 읽었다. 어쨌든 제대로 정신이 박힌 사람이 쓴 것 같아 보이니 다행이다. 그리고 닉이 와 주기를 바라고 있다. 4시까지는 아직 세 시간이나 남았는데, 그 긴 시간을 어떻게 참고 기다려야 할지 막막하기만 했다.

결국은 따라붙는 사람이 절대 없도록 하는 데 그 시간을 쓰기로 했다. 아마 런던 지하철이 생긴 이래 크로머 가까지 가는 데 그렇게 여러 번 열차를 갈아타고 그렇게 오랜 시간이 걸린 사람은 없을 것이다.

25
◆

32번지 앞에 가 보니 불타는 듯 빨간 수염과 빨간 머리를 땋아 내린 남자가 서 있었다. 남자는 닉을 기다리고 있었는지 닉을 보자마자 다가왔다.

"닉 맞지? 그 아가씨가 설명을 잘했네. 난 스피디야. 이쪽으로 와."

그는 좁은 계단을 올라가 닉을 3층으로 안내했다.

"들어와. 뭐 마실래? 콜라, 맥주, 생강우롱차? 빅토어 말로는 생강우롱차가 두뇌에 좋다더라. 자기는 정말 효과를 톡톡히 봤다나."

스피디가 녹색 문을 열고 들어서며 말했다. 이제까지 짤막한 인사 외에는 아무 말도 하지 않던 닉은 물을 한 잔 달라고 했다. 에밀리는 왜 닉을 여기로 오라고 한 걸까? 에밀리도 여기 있는 걸까?

그들은 물건으로 가득한 부엌을 지나 널찍한 방으로 들어갔다. 낮은 기계음으로 가득한 방에는 에밀리의 노트북을 빼고도 컴퓨터가 열두 대나 있었다. 에밀리는 창가 구석자리에 앉아 머리에 헤드폰을 쓴 채 컴퓨터를 하고 있었다.

"지금은 방해하지 않는 게 좋아. 저기 지금 난리 났거든. 이리 와, 빅토어에게 데려다 줄게."

거대한 기계 장비가 층층이 쌓인 곳으로 가니 그 뒤에 뚱뚱한 남자가 앉아 있었다. 검은 옷으로 쫙 빼입은 남자다. 그러나 닉의 관심은 바로 모니터에 쏠렸다. 적어도 22인치는 돼 보이는 모니터 속에 보라색으로 반짝이는 도마뱀인간이 벌레 모양의 괴물을 물리치고 있었다. 도마뱀인간은 칼을 다루는 솜씨가 훌륭하고 동작이 무척 빨랐다. 검은 옷을 입은 남자는 통통한 손가락으로 자판 위를 빠르게 넘나들었고 마우스를 마치 수술용 칼처럼 정교하게 움직였다. 거대한 벌레 괴물은 무시무시한 이빨을 가졌지만 도마뱀인간을 당해내지 못했다. 도마뱀인간이 내려친 칼 밑에서 벌레 괴물의 몸뚱이가 반으로 쩍 갈라졌다. 그런데도 이빨이 있는 앞부분은 머리가 잘릴 때까지 계속 살아서 싸웠다.

스피디가 뚱뚱한 남자의 헤드폰 하나를 들추고 말했다.

"닉이 왔어!"

"아, 시간 잘 맞춰서 왔네! 이제 네가 대신 좀 해라."

"알았어. 그런데 닉은 물만 마시겠대."

"그러면 쓰나?"

뚱뚱한 남자는 의자에서 일어나 기지개를 켰다. 키가 닉의 턱까지밖에 오지 않았다.

"내가 만든 차 맛있으니까 시음이라도 해 봐. 내 이름은 빅토어야."

"만나서 반갑습니다."

"우린 옆방으로 가자. 거기가 조용해."

빅토어는 스피디에게 헤드폰을 씌워 주고 그라피티가 휘갈겨진 문을 가리켰다. 스피디는 또 다른 적을 찾아 화면을 열심히 들여다보았다. 막 문손잡이를 돌리던 닉은 문득 생각난 듯 스피디에게 말했다.

"벌레를 되도록 잘게 토막 내 봐요. 속에서 뭔가 나올지도 몰라요!"

스피디는 엄지손가락을 치켜세우더니 엄청난 속도로 벌레의 몸뚱이를 자르기 시작했다.

"너무 빠르잖아. 내 속도에 맞춰야지. 갑자기 빨라지면 의심한다고."

빅토어 말에 스피디는 한숨을 푹 쉬더니 아까보다 속도를 줄였다. 하지만 여전히 스시 가게의 일본인 주방장처럼 빠르고 정확한 손놀림이었다.

"차 가져올 테니까 먼저 들어가 있어."

빅토어는 닉에게 말하고 부엌으로 갔다.

그라피티 문을 열고 들어가니 거대한 소파 세 개와 탁자 세 개가 있었다. 그러나 짝이 맞는 것이 없이 모두 제각각이었다. 원래 인테리어에 관심이 없는 닉도 살짝 머리가 어지러울 정도로 색상과 문양이 현란했다. 닉은 올리브색 바탕에 노란 장미꽃과 파란 돛단배가 그려진 가장 보기 싫은 소파에 앉았다. 거기 앉으면 적어도 그걸 보지 않아도 되니까. 잠시 후 빅토어가 차가 담긴 쟁반을 들고 들어왔다. 찻잔을 보니 이 믹스 스타일에도 시스템이 있음을 알 수 있었다.

"빅토리아풍 제비꽃 컵으로 할래? 아니면 심슨?"

"형 이름이 빅토어니까 빅토리아풍은 형에게 양보할게요."

닉은 심슨이 그려진 컵을 받았다. '시도는 실패로 가는 첫걸음이다.'라는 문구 위에 호머가 포즈를 취한 그림이다.

빅토어는 가운데가 불룩한 찻잔을 들고 지긋이 눈을 감은 채 차를 음미했다. 그러는 동안 닉은 빅토어를 관찰했다. 스물세 살이나 스물네 살 정도로 보이는데, 수염 때문인지 언뜻 보면 훨씬 더 나이 들어 보였다. 양쪽으로 가늘게 꼰 삼총사 콧수염과 뾰족한 삼각형의 턱수염을 길렀다. 귀에는 동전만 한 크기의 해골 귀걸이가, 열 손가락에는 적어도 은반지 하나씩은 끼워져 있다. 반지는 해골 모양이 과반이 넘고 뱀 모양이 그 뒤를 잇는다. 목걸이에는 천사가 매달려 있어서 그나마 균형이 맞았다.

"차 마셔 봐."

빅토어의 권유에 닉은 예의상 차를 한 모금 마셨다. 그런데 예상 외로 맛이 좋았다.

"에밀리가 정말 특이한 걸 물어 왔다니까. 내가 컴퓨터 게임을 모르는 사람이 아니거든. 그런데 이 에레보스처럼 특이한 건 처음 봤어."

빅토어가 차를 한 모금 더 마시고 말했다.

"에밀리가 CD를 그냥 주던가요?"

"아니. 세 번째 의식의 일환으로 규칙을 다 지키면서 줬지. 난 에밀리가 영입한 신참이야. 사실 생초보라고 할 수 있지. 오늘 오전에 시작했거든."

빅토어는 콧수염을 비비 꼬더니 갑자기 절을 하는 척했다.

"리자드맨 스콰마토올시다. 원래는 이름을 브로콜리로 지으려고 했거든. 그런데 성에 있는 못생긴 놈이 에레보스를 욕되게 하지 말라면서 생난리를 치더라고. 이 게임, 유머 부분이 영 약해."

빅토어는 찻잔을 탁자에 내려놓으며 덧붙였다.

"하지만 쌍방향 소통은 엄청 강하지! 대단해!"

"무슨 말인지 알아요. 질문하면 제대로 된 대답이 돌아오죠. 형은 그게 어떻게 가능한지 알았어요?"

"아니. 처음엔 누군가 한 사람이 중앙 단말기 앞에 앉아서 그 전령이나 죽은 사람을 흉내 내는 줄 알았어. 그런데 에밀리 말을 들어 보니까 이 게임하는 애들이 엄청 많다며? 네 생각엔 몇 명이나 될 것 같니?"

닉은 아레나 시합을 떠올렸다. 거기에 모든 게이머가 다 모이진 않았을 것이다.

"삼사 백 명 정도요. 더 될지도 몰라요."

"내 말이 그 말이야. 그 많은 사람에게 임무를 주고 그들 사이의 관계를 기억하려면 엄청나게 많은 전령이 필요할 거라고. 사실 그런 기능에서는 인간보다 컴퓨터가 훨씬 앞서거든. 그런데 컴퓨터는 그런 완벽한 대화를 하지 못해."

차를 다 마신 빅토어는 새로 차를 따르고 닉의 잔에도 더 부어 주었다.

"닉, 임무에 대해서 한번 말해 봐. 에밀리는 어제 호신용 스프레이를 사러 가는 열네 살짜리 여자애를 관찰했다는데, 에밀리도 그 애를 모르고 그 애도 에밀리를 모른대. 아마 다른 학교 애인 것 같아. 그런데 전령이 그 애 이름을 알려 주고 사진도 줬다는 거야. 그뿐이 아니야. 그 애가 몇 시에 가게에 갈 건지, 어디에 있는 가게인지 주소까지 알려 줬대. 진짜 환장할 노릇 아니냐? 네가 맡은 임무는 어땠니? 비슷한 패턴 같은 게 있었어?"

닉은 그런 게 있었는지 잘 생각해 보았다.

"아니요. 전 토터리지에서 돌리스 브룩 철교로 나무 상자를 옮기는 일을 했어요. 그 상자는 나중에 우리 학교에서 발견됐어요. 그 안에 권총이 들어 있었고요. 그다음에는 카메라로 어떤 남자와 그 사람 차를 찍었어요. 그리고⋯⋯. 어떤 애를 카페에 초대했어요."

빅토어는 재미있다는 듯 낮은 감탄사를 내뱉었다.

"흠, 그렇게 위험한 일은 아닌 것 같은데. 그 임무의 목적이 뭔지 조금이라도 알고 있니?"

"아니요. 마지막 임무만 빼고요. 우리 영어 선생님이 마시는 차에 디기탈리스를 타야 하는 임무였어요. 그 선생님은 에레보스를 위험하다고 생각해서 아이들이 게임을 못하게 하려고 했거든요. 한번은 전령의 심부름꾼인 놈이 적을 적으로 대해야 한다는 말을 했어요. 제 생각엔 그 말이 그 말이었던 것 같아요."

"차에 약을 타라고 했다고?"

빅토어는 상상할 수도 없는 부도덕한 일이라는 듯 인상을 찌푸렸다.

"네. 하지만 겁나서 못했어요. 그래서 게임에서 쫓겨났고요."

닉은 그 얘기를 터놓고 해 버리니 얼마나 마음이 편한지 몰랐다. 갑자기 모든 일이 덜 심각하게 느껴졌다.

"게임이 왜 그런 일을 시키는지 생각해 본 적 있니?"

빅토어는 잠시 말이 없다가 물었다.

아니, 그런 생각은 해 본 적이 없다. 진지하게 생각해 본 적은 없는 듯하다. 이상하다고 생각한 적은 몇 번 있다. 브린과 데이트를 해야 했을 때, 그리고 사진을 찍어 오라는 임무를 받았을 때도 그랬다. 그런 걸로 누가 무슨 이득을 본단 말인가?

그런 의심은 바로 뒷전으로 물러났다. 그건 그냥 임무였다. 레벨을 올리려면 넘어야 할 장애물이었다.

"전 게임을 더 재미있게 하려는 거라고만 생각했어요."

닉이 말했다. 그러나 막상 입 밖으로 뱉어 놓고 보니 스스로 생각해도 말이 안 되는 소리다.

"내 생각엔 이 게임이 너희를 거대한 기계의 부품처럼 다루고 있는 것 같아. 기름칠이 아주 잘된 기계지."

빅토어가 진지한 표정으로 말했다.

"하나는 어딘가에 물건을 숨기고 다른 하나는 그걸 다른 장소로 옮기고, 하나는 가게에서 물건을 사고 다른 하나는 그걸 관찰해서 전령에게 보고하고. 그런 식으로 해서 다음 계획을 세워 나가는 거지. 에밀리에게 들은 바로는 너희 모두 어떤 일에 관여하고 있는데, 아무도 그게 뭔지는 모르는 것 같아. 왜냐면 모두 아주 작은 부분만을 담당하고 있으니까. 거대한 모자이크의 조각인 셈이지. 하긴 나도 그 전체 그림의 한 부분이긴 하지만. 빌어먹을, 그래도 난 전체 그림을 보고 싶다고."

전체 그림이라……. 순간 닉의 뇌리를 스치는 것이 있었다. 알록달록한 색의 친숙한 그림. 그러나 그것은 의식 위로 떠오를 듯 말 듯하다가 사라져 버렸다.

"만약 다른 아이들이 어떤 임무를 받았는지 알아낸다면 그 퍼즐 조각을 모아 전체 그림을 맞출 수도 있지 않겠니? 또 모르지, 마지막에 가서 대박 날지! 하하."

빅토어는 기대에 가득 찬 눈빛으로 손바닥을 비볐다. 빅토어의 유쾌함에는 전염성이 있었다.

"게임에서 쫓겨난 애들한테 한번 물어볼게요. 하지만 말하는 애가 있을지는 모르겠어요. 게임에서 나갈 때 아무 말도 하지 말라는 지시를 받거든요."

"그래도 일단 한번 물어봐. 그동안 우린 여기다 우리만의 연구소를 차릴 테니까. 그런데 빨리 레벨이 올라가야 하는데 걱정이네. 나의 아름다운 스콰마토는 아직도 레벨 1이거든. 땅을 치고 통곡할 일이지."

"난관에 처해야 해요. 그러면 거의 죽기 직전에 전령이 와서 구해 줘요. 그리고 임무를 주는 거예요. 그 임무를 완수하면 레벨이 올라가는 거고요."

빅토어는 손바닥으로 이마를 탁 쳤다.

"아차, 그럼 난 너무 잘해서 레벨이 안 올라가는 거였네! 정말 미치겠네. 가만, 스피디에게 말해 줘야겠다."

빅토어는 급히 나갔다가 킥킥거리며 바로 다시 되돌아왔다.

"스피디가 지금 전봇대만 한 해골하고 싸우고 있는데 구경할래?"

닉은 그 말을 듣자 게임하던 때의 흥분이 되살아났다. 물론 보고 싶었다. 두말하면 잔소리지.

빅토어와 닉은 약간 거리를 두고 스피디 뒤에 가서 섰다. 스콰마토는 머리에 왕관을 쓴 해골 왕에게 조심성 없이 달려들었다. 헤드폰 때문에 (다행히) 부상 소음은 들리지 않았지만 스콰마토의 허리띠는 점점 회색으로 변해 갔다. 공격을 제대로 막아 내지 못한 스콰마토에게 다시 한 번 해골 왕의 펀치가 가해졌고……. 스콰마토는 그대로 바닥에 쓰러졌다. 스콰마토가 보일락 말락 한 마지막 생명의 빛을 안고 쓰러진 가운데 전투는 계속되었다.

닉은 손바닥에 손톱이 패이도록 주먹을 꽉 쥐었다. 싸우는 캐릭터들 중에 아는 얼굴은 하나도 없었다. 처음 보거나 아레나에서 잠깐 본 얼굴뿐이다. 잠깐! 저건 사푸야푸가 아닌가! 아직 살아 있구나. 다행이다. 그리고 저 뒤에서 싸우는 건 (별로 달갑지 않은) 렐란트다.

닉은 눈으로 화면 구석구석을 훑다가 자신이 사리우스를 찾고 있음을 깨달았다. 아직도 정신을 못 차렸다는 생각에 가슴이 뜨끔했다. 그러나 더 한심한 것은 한때 자신의 분신이던 캐릭터를 생각하면 지금도 가슴이 아파 온다는 사실이다.

잠시 후 전투가 끝나고 전령이 나타났다. 닉은 자신도 모르게 뒷걸음질 치다가 스스로를 나무라며 다시 스피디 뒤에 가서 섰다. 전령의 대사가 검은 화면에 은색으로 나타났다.

"렐란트, 영웅적으로 잘 싸웠다. 가장 큰 상을 주마."

전령은 렐란트에게 금화 한 주머니와 별처럼 빛나는 방패를 주었다. 약간의 부상을 입은 사푸야푸는 치유력이 있는 물약 세 병을 받았다. 꽤 많은 양이다. 닉은 사푸야푸가 잘돼서 기뻤다. 전령은 다른 참가자들에게 이런저런 상을 내린 후 쓰러져 있는 스콰마토에게 시선을 돌렸다.

"넌 처음엔 그렇게 잘하다가 갑자기 약해진 게 이상하구나."

"윽!"

빅토어가 신음 소리를 냈다.

"중간에 방해받았어요. 다시는 그런 일 없을 거예요."

스피디가 재빨리 자판을 두드렸다.

"너를 위해서도 그래야 할 거다. 넌 죽은 목숨이나 다름없다. 여기 그대로 있으면 곧 죽는다. 나를 따라오면 살려 주겠다. 어떻게 하겠느냐?"

"같이 갈게요."

"좋다."

전령은 스콰마토를 말에 태우고 그 자리를 떠났다. 닉은 말이 달릴 때 나는 음악 소리를 들을 수 없어 아쉬웠다.

다음 장면은 역시나 동굴이다. 전령은 임무를 완수하면 레벨 2로 올려 주겠다고 늘 그렇듯이 제안을 했다.

"오늘 저녁 7시에 하이드파크에 있는 기병 기념비 뒤로 가 보아라. 하얀 벤치가 죽 있는데 오른쪽에서 세 번째 벤치 밑에 보면 주소와 문구가 든 편지 봉투가 있을 거다. 그 주소를 찾아가서 차고 벽에 그 문구를 그라피티로 그려라. 그런 다음 네 작품을 사진으로 찍어 오면 된다. 그러면 에레보스는 너를 레벨 2로 받아들일 것이다."

"흠, 쉽진 않겠는데."

닉이 중얼거렸다. 스피디는 천연덕스럽게 놀라는 척을 하며 제대로 된 반응을 보였다.

"잘 이해가 안 되는데요. 그게 게임과 무슨 상관이죠?"

"스콰마토, 네가 생각하는 것보다 훨씬 상관이 많단다."

"그럼 진짜 하이드파크와 진짜 기병 기념비를 말하는 거예요?"

"그래."

"만약 벤치 밑에 아무것도 없으면요? 그럼 어떡하죠?"

"그럼 돌아와서 내게 말하면 된다. 하지만 거짓말할 생각은 하지 마라. 어차피 알게 돼 있으니까."

스피디는 빅토어와 시선을 주고받았다. 빅토어는 표정이 별로 좋지 않았다.

"그런데 그거 법에 걸리는 거 아닌가요? 만약 그러다 걸리면 어떡하죠?"

전령은 망토에 달린 모자를 푹 뒤집어썼다. 노란 눈이 어둠 속에서 유난히 빛났다.

"아직 한 번밖에 잡히지 않았잖니? 그렇게 징징거리지 말고 잘 알아서 해 봐. 그럼, 임무를 완수하고 나서 보자."

그 말이 떨어지자마자 어둠이 내렸다.

"뭐 이런 경우가 다 있냐?"

빅토어는 어이없다는 듯 중얼거리며 닉과 스피디에게 옆방으로 가자고 손짓했다. 에밀리는 어려운 구간을 지나고 있는지 마우스를 클릭하는 소리가 급하게 났다.

"한 번밖에 잡히지 않았다는 게 무슨 뜻이에요? 뭘 하다 잡혔다는 거예요?"

닉이 영문 모르는 표정으로 물었다.

"내가 몇 년 전에 그라피티 예술가로 이름을 좀 날렸거든. 그런데 노란 눈탱이가 그걸 어떻게 알아냈는지 모르겠네. 차라리 런던을 한 바퀴 돌더라도 나무 상자 같은 걸 옮기는 게 좋을 뻔했어. 기물 파손으로 걸리는 것보다는 그게 훨씬 나은데."

"그런데 그거 알겠어? 빅토어가 아니라 나였는데 전령이 눈치채지 못했어. 스콰마토가 갑자기 약해진 것만 이상하게 생각했잖아."

"그래, 그건 우리 생각대로 됐는데. 그래도 게임을 대신 하는 건 너무 위험해. 앞으로는 조심하는 게 좋겠어. 이 게임은 정말 징그럽게 지능적이야. 정보가 더 모이기 전에는 되도록 안전하게 가는 게 좋아. 내 신참은 네가 해 줄 거잖아, 그렇지?"

스피디는 빨간 머리를 쓸어 넘겼다.

"물론이지. 그럼, 그때 연락해. 난 이제 가 봐야겠다. 케이트가 기다릴 거야."

스피디가 가고 난 후 빅토어는 캐비닛을 뒤졌다. 아마 쓰고 남은 스프레이를 찾는 것 같았다.

한편, 에밀리는 게임에 열중한 채 여전히 구석자리를 지키고 있었다. 나도 가야 하나? 아니면 에밀리가 끝날 때까지 기다려야 하나? 닉은 결정을 내리지 못하고 탁자마다 쌓여 있는 컴퓨터 잡지를 뒤적였다. 닉은 빅토어가 어떤 사람인지 아직 판단이 서지 않았다. 여기가 집일까? 아니면 사무실? 아니면 둘 다? 도대체 직업이 뭘까?

지금은 질문하기에 좋은 시점이 아니다. 빅토어는 캐비닛 밖으로 쏟아지려고 하는 종이더미와 씨름하는 중이다.

에밀리는 뭐랑 저렇게 싸우는 거지?

닉은 에밀리를 방해하지 않으려고 조심스럽게 다가갔다. 어깨 너머로 노트북 화면을 보니 헤메라가 터널 비슷한 곳을 달리고 있었다. 레벨 3 치고는 가슴받이 갑옷도, 칼도 괜찮아 보인다. 헤메라 주위에 낯익은 얼굴이 많이 보인다. 드리즐도 있고, 페니엘과 누락스도 있다. 헤메라도 사리우스가 어울리던 그룹으로 흘러들어간 모양이다.

우당탕! 갑자기 서류철 몇 개가 바닥으로 떨어졌다. 빅토어가 캐비닛 안을 헤집어 놓자 아슬아슬하게 유지되던 균형이 깨지면서 내용물이 밖으로 튀어나왔다. 터질 듯 빵빵한 신발 상자가 밑으로 떨어지면서 안에 있던 빈 인쇄용 잉크가 빅토어 머리 위로 우르르 쏟아졌다.

에밀리는 시끄러운 소리에 잠깐 고개를 들었지만 바로 다시 게임에 몰입했다. 터널을 통과한 헤메라는 꼭대기가 황금빛으로 빛나는 커다란 나무 밑에 도달했다. 그 밑에는 모닥불이 활활 타고 있었다. 점차 대화가 무르익어 갔다.

그러나 딱히 새로울 것은 없었다. 대화는 위시크리스털을 찾는 것이 얼마나 어려운지를 두고 돌고 돌았다.

시계를 보니 6시가 다 되어 간다. 닉은 이제 떠날 때가 됐다는 생각이 들었다. 빅토어도 제 시간에 하이드파크에 가려면 이제 슬슬 출발해야 한다. 저무는 햇살에 에밀리의 머리카락이 빛났다. 닉은 이곳에 온 뒤로 아직 에밀리와 한 마디도 나누지 못했다는 데 생각이 미쳤다. 그러나 게임에 집중해야 하니 어쩔 수 없는 일이다. 석양빛을 받은 에밀리는 정말 예뻤다. 닉은 이 순간 에밀리에 대한 기억을 뭔가로 남기고 싶었다. 대화를 나눌 수 없다면 사진도 괜찮다. 닉은 바지 주머니에서 휴대 전화를 꺼내 노트북 앞에 앉아 있는 에밀리의 모습을 찍었지만, 에밀리는 눈치조차 채지 못했다. 닉은 보물이라도 되는 듯 휴대 전화를 조심스럽게 주머니에 도로 집어넣었다. 앞으로 에밀리는 항상 닉 곁에 있을 것이다.

드디어 스프레이를 발견한 빅토어는 걱정스러운 듯 중얼거리며 녹색 상표가 붙은 스프레이 통을 위아래로 흔들었다.

"다 말라 버리지 않았으면 좋겠는데."

"전 이제 갈게요."

닉이 말했다.

"그래, 가 봐. 그리고 나나 에밀리에게 메일 보내면 안 되는 거 알지? 장담은 못하겠지만 네 메일이라고 해서 안전하단 보장이 없거든. 우리가 주고받는 내용을 보면 무슨 말인지 다 안다고. 명심해."

닉은 알았다고 대답하고 밖으로 나왔다. 젠장! 그렇게 명심하라고 안 해도 그 생각이 머릿속에서 떠나지 않는걸. 전령이 정말 내 메일을 읽을까?

지하철을 타고 집으로 가는 동안 닉은 에밀리 사진을 오래도록 보았다. 당장이라도 휴대 전화에 입맞춤하고 싶었지만 혼자 있을 때까지 기다려야 했다.

26

"꿈 깨."

그렉이 딱 잘라 말했다. 에스컬레이터에서 굴러떨어진 지 2주나 지났지만, 얼굴에는 상처가 아직도 남아 있다. 닉은 재차 부탁했다.

"임무만 얘기해 주면 된다니까. 네가 누구였는지 그런 게 아니라 전령이 무슨 일을 시켰는지 그것만 알면 돼."

"그건 알아서 뭐 하게? 넌 이미 쫓겨났잖아. 네가 무슨 수를 쓰든 다시 돌아가는 건 불가능해."

정말 환장하겠네! 닉은 주초부터 게임에서 쫓겨난 아이들을 찾아 내 얘기를 들어 보려고 했다. 하지만 지금까지의 성과는 미미하다고 할 수준도 안 된다. 그렉 역시 막 도망치려는 걸 겨우 소매를 붙들어 잡았다.

"부탁이야! 보는 사람도 없잖아. 나도 내가 한 일을 얘기할게. 제발 좀 얘기해 줘."

"대놓고 자랑할 만한 것도 아니거든. 내가 너한테 그런 얘기를 해야 할 이유가 없어. 그러니까 이제 그만 나 좀 놔줘."

그렉은 손을 뿌리치더니 빈 교실로 들어가 버렸다. 닉이 혼자 화를 내며 돌아서는데 아드리안이 쏜살같이 도망치는 게 보였다. 얼굴에 죄책감이라고 씌어 있다. 닉은 재빨리 쫓아가 아드리안을 잡았다.

"야! 거기 서! 너 우리가 하는 얘기 엿들은 거야?"

아드리안은 마지못해 창백한 얼굴을 돌렸다.

"아니요, 아무것도 못 들었어요. 아까 그 형이 무슨 얘기를 안 하겠다고 한 건데요?"

닉은 아드리안에게 화풀이하는 게 잘못됐다는 걸 알았지만 당장 화풀이할 대상도 없었다.

"쥐새끼처럼 몰래 엿듣지 좀 마. 너 그러다 언제 크게 한번 혼난다."

"걔 그냥 놔줘."

등 뒤에서 깊은 저음의 목소리가 들렸다.

헬렌이다. 갑자기 헬렌까지 나타나니 어떻게 된 일인지 통 감이 잡히지 않는다.

"네가 무슨 상관이야?"

"그냥 놔주라고. 너 개 자꾸 협박하면 아구통이 돌아가서 다음 날 얼굴 못 알아보게 해 준다."

닉은 어안이 벙벙해서 헬렌과 아드리안을 번갈아 쳐다보다가 호되게 받아쳤다.

"협박은 누가 협박을 했다고 그래? 지금 협박하는 사람이 누군데? 너야말로 나한테 협박하고 있잖아!"

"잘 아네. 그럼, 어서 꺼져."

표정을 보니 갑자기 헬렌이 왜 끼어드는지 아드리안 역시 모르는 눈치다.

"괜찮아요, 누나. 형은 저한테 아무 짓도 안 했어요."

"그래. 그건 너도 알고 나도 아는데, 헬렌은 아마 너한테 유모가 필요하다고 생각하나 보다."

닉은 그 말만 남기고 둘을 세워 놓은 채 가 버렸다.

다음 수업은 영어다. 닉은 엘리자베스 왕조 연극에 대해 설명하는 왓슨 선생님을 빤히 쳐다보았다. 벌써 며칠째 제이미 소식을 듣지 못했다. 나쁜 소식이라서 전하지 않았을지도 모른다. 수업이 끝난 뒤 닉은 보란 듯이 왓슨 선생님 책상 앞으로 갔다. 숨길 게 아무것도 없다는 걸 보여 주기 위해서다.

"제이미 소식 들은 거 있으세요? 제이미네 부모님에게 물어볼까 했는데 전화하기가 좀 그래서요. 선생님이 아시면……."

닉은 입이 바싹바싹 탔다.

"여전히 혼수상태야. 하지만 다른 건 괜찮은 것 같아. 골반도 잘 낫고 있고. 문제는 두부 손상이야. 머리에 입은 상처는 후유증을 남길 수 있거든. 그건 너도 들어서 알지?"

역시 새로운 소식은 없었다. 닉은 왓슨 선생님에게 고맙다고 말하고 교실을 나갔다. 나가면서 에밀리에게 재빨리 시선을 던졌으나 에밀리는 닉을 외면하고 글로리아와 수다를 떨면서 콜린에게 손을 흔들었다. 에밀리와는 벌써 며칠째 한 마디도 나누지 못했다. 빅토어에게도 연락이 없다. 수시로 문자 메시지를 확인하며 크로머 가로 오라는 연락을 기다리고 있었지만 아직이다.

다음 시간은 자율 학습이다. 6학년이 되어서 가장 좋은 것 중 하나가 수업 사이에 낀 자율 학습인데, 이제는 그 시간이 와도 즐겁지가 않다. 그 시간을 같이 보낼 사람이 없으니까. 하지만 달리 생각해 보면 에레보스가 아니라도 할 얘기는 무궁무진하고 게임과 상관없이 누구와도 대화를 나눌 수 있다. 예를 들어, 저 앞에 앉아 레드불을 마시고 있는 제롬은 어떨까?

"안녕, 제롬. 별일 없나?"

"음."

"농구 갔었나? 난 안 갔는데. 그래도 이번엔 메일 보냈어. 안 그러면 베타니 또 미쳐 날뛸까 봐."

"잘했네."

제롬은 눈을 지그시 감고 레드불을 홀짝거렸다.

"넌 갔어?"

"응."

"어땠어?"

"그냥 그랬어."

닉은 바로 포기했다. 하필이면 제롬과 대화를 시도하다니! 제롬은 평소에도 말을 하면 돈이라도 든다는 듯 말에 인색한 녀석이다.

"그럼, 다음 연습 때 보자."

닉은 그렇게 말하고 자리를 떴다. 시간을 죽일 방법이 또 있겠지.

도서실로 가는데 에릭이 닉을 붙잡았다.

"잠깐 시간 있니?"

에릭의 모습을 보자마자 묵은 질투심이 되살아났다. 어쩌면 이렇게도 어른스럽고 의젓하고…….

"왜?"

"에밀리 때문에 걱정돼서. 혹시 에밀리도 그 게임하는 거니?"

에밀리는 에릭에게 아무 말도 하지 않은 모양이다. 닉은 속으로 기분이 좋았다.

"글쎄, 모르겠는데. 난 이제 게임 안 하거든."

"그래? 잘 생각했어."

에릭이 뜻밖이라는 듯 눈썹을 치켜 올리더니 특유의 의젓한 말투로 말했다. 순간 닉은 날카롭게 받아치고 싶은 충동을 느꼈다. 네가 무슨 상관이야? 하지만 에릭에게 정보를 빼낼 수도 있다는 생각에 꾹 참았다.

"응, 이젠 나도 그렇게 생각해. 그런데 문제가 하나 있어. 게임하다 그만둔 애들, 그러니까 같은 처지인 애들하고 얘기를 해 보고 싶은데 도무지 통로를 찾을 수가 없어."

에릭은 입술을 비죽 내밀었다.

"이상할 것도 없지. 걔네가 널 믿을 이유가 없잖아. 네가 에레보스를 떠났다는 걸 증명할 수 있어?"

그러고 보니 맞는 말이다. 그렇다면…….

"네가 잘 말해 주면 믿지 않을까?"

"그럴 수도 있겠지. 하지만 닉, 사실 난 널 잘 몰라. 그리고 제이미에게 들은 바로는 그동안 많이 변했다고도 하고. 미안하지만 잘 알지도 못하면서 무작정 보증을 서는 건 힘들어."

거절할 때조차 호감을 잃지 않다니 대단한 녀석이다. 닉은 마지막으로 한 번 더 시도해 보기로 했다.

"난 에레보스에 반대하는 사람들에게 도움 되는 일을 하고 싶어. 그 안에 있어 봤으니까 게임이 어떤 식으로 돌아가는지도 알아. 다는 아니어도 대충은 알거든. 그런데 그 배후에는 더 큰 게 숨겨져 있어. 그게 뭔지 알아내야 해. 그러기 위해서 정보가 더 필요한 거고."

에릭은 어깨를 으쓱하며 어쩔 수 없다는 표정을 지었다.

"그 마음은 잘 알겠어. 하지만 난 절대 말 안 하겠다고 약속했어. 그리고 그 약속을 지킬 생각이야. 이해할 수 있겠지?"

어느 편이든 조개처럼 입을 꾹 다물고 열지 않는군. 닉은 속으로 한숨을 쉬었다.

"알았어. 그럼 각자의 싸움을 하는 거지, 뭐."

빅토어에게 갈 때 아무 성과 없이 빈손으로 갈 생각을 하니 가슴이 답답했다. 또 얘기해 볼 사람이 누가 있을까? 달렌. 달렌도 게임에서 쫓겨났다. 그리고 지난번에 얘기할 때 협박 편지 받은 아이들, 모하메드와 제레미를 언급했다. 하지만 협박 편지를 받았다고 해서 게임에서 나왔다고 확신할 수는 없다. 아이샤도 그런 편지를 받았지만 아직 게임을 하는 듯하다. 그렉은 나온 게 분명하지만 말을 안 하고.

닉은 우선 달렌에게 희망을 걸어 보기로 했다. 달렌은 겁먹은 것 같지도, 그렇게 폐쇄적으로 보이지도 않았다. 여기저기 찾아다닌 끝에 카페테리아에서 달렌을 발견한 닉은 같이 있던 여학생들의 깔깔거리는 웃음소리를 뒤로 하고 달렌을 복도로 끌고 나왔다. 카페테리아보다는 복도가 더 조용하고 망을 보기에도 좋다. 콜린, 댄, 제롬, 아무도 보이지 않았다.

"또 오빠예요? 켈리와 테레자가 얼마나 부러워하는지 몰라요."

달렌이 씩 웃으며 말했다. 아무리 봐도 제이미와 잘 어울리는 짝이다. 닉은 조심스럽게 말을 꺼냈다.

"저기 달렌, 이제 게임 안 한다고 했지? 부탁이 하나 있는데, 게임할 때 겪은 일을 좀 말해 주면 안 될까?"

달렌은 불안한 표정을 지었다.

"하지만 지난번에 오빠가 그랬잖아요. 그런 게임이 없었다는 듯이

430

행동하라고.”

닉은 다시 한 번 주위를 살폈다.

“이번 한 번만, 나한테만 얘기해 줘.”

복도 저편에서 웅성거리는 소리가 났다. 닉은 달렌의 손을 잡고 빈 교실로 들어가 문을 닫았다. 그리고 문 앞에 기대고 섰다.

“무슨 얘기를 하라는 거예요?”

“예를 들면, 어떤 임무를 받았는지. 뭔가 특별한 게 있었니?”

달렌은 잠시 생각하더니 그런 얘기를 해도 될까 고민하는 듯 곁눈 질로 닉의 표정을 살폈다.

“노트북 도난당한 거 기억나요?”

“응.”

“그때 제가 망을 봤어요. 누가 오면 휴대 전화로 위험을 알리는 역할이었어요. 하지만 이거 아무한테도 말하면 안 돼요. 전 어차피 딱 잡아뗄 거예요.”

닉은 새로 얻은 정보를 머릿속에서 끼워 맞춰 보려고 노력했다.

“그 노트북으로 뭘 했는지도 아니?”

“아니요. 하지만 생각해 보면 뻔하잖아요. 자기 컴퓨터가 없어서 게임을 못하는 아이들에게 주려고 그런 거겠죠. 제 생각엔 아이샤 언니도 하나 받았어요.”

그럴 듯한 얘기다. 하지만 이게 빅토어의 퍼즐 맞추기에 큰 도움이 될까?

“그 밖에는?”

"정말 궁금한 것도 많네요."

달렌은 한숨을 푹 쉬었다.

"네, 퀜싱턴 가든에 있는 휴지통에서 서류를 꺼내다가 복사도 했어요. 하지만 내용이 뭔지는 묻지 말아요. 순 법률 용어만 나오는 걸로 한 묶음이나 됐어요. 전 봐도 무슨 소린지 하나도 모르겠더라고요."

닉은 그 법률 서류를 볼 수만 있다면 무슨 짓이든 할 수 있을 듯싶었다.

"그 밖에 또 무슨 일을 했니? 사람을 협박하거나 물건 부수는 일도 했니?"

그 말에 달렌은 시선을 돌렸다.

"아니요. 하지만 무슨 말인지는 알아요. 그런데 제가 한 일은 정말 대수롭지 않은 거였어요. 리포트를 대신 써 주거나, 전화 카드를 사서 어디에 맡겨 두거나 하는 거요."

"그럼 게임에서 쫓겨난 이유는 뭐야?"

"우리 엄마가 사흘간 인터넷 금지령을 내렸거든요. 전령이 넌 이제 필요 없다 그러더라고요. 정말 웃기지 않아요? 그 생각만 하면 지금도 너무너무 화가 나요! 엄마 탓이지 내가 잘못한 것도 아닌데!"

"그래, 알았어. 솔직하게 말해 줘서 고맙다. 이제 규칙 지킴이가 오기 전에 얼른 들어가 보는 게 좋겠다."

달렌은 고개를 끄덕였다.

"이런 일이 일어나다니 정말 재밌죠? 그런데 우리 게임 속에서 한

432

번쯤 만났을까요?"

그 말에 닉은 미소를 지었다.

"글쎄. 넌 누구였는데?"

달렌은 잠시 망설이더니 어깨를 으쓱했다.

"사미라요."

"어? 그럼 우리 정말 만났겠는데! 너 고양이인간이었지? 내가 게임을 처음 시작한 날 너를 봤어."

"정말요? 오빠는 누구였는데요?"

닉은 과거 자신의 분신을 생각하면 아직도 마음 한구석이 싸하게 아파 왔다.

"사리우스. 난 사리우스였어."

27
◆

· 드디어 주말이 왔다. 그리고 빅토어에게서 기다리던 연락도 왔다. 스튜디오에서 하룻밤 자고 가라는 초대다. 빅토어는 그 집을 스튜디오라고 불렀다.

"게임하고 수다 떨고 차 마시고 할 거야. 꼭 와라. 그동안 내가 재미있는 걸 많이 발견했거든!"

닉이 주말 계획을 말하자 엄마는 매우 긍정적인 반응을 보였다.

"그래, 친구들하고 어울리기도 하고 그래야지. 요즘 통 밖에도 안 나가고 책상 앞에만 앉아 있었잖니?"

닉은 침낭, 단열 매트, 군것질거리가 가득 든 배낭을 메고 길을 나섰다. 따라오는 사람이 있을까 봐 길모퉁이를 돌 때나 교차로를 지날 때 매번 주위를 두리번거려 아마 이상하게 보였을 테다. 이번에도 혹시 모른다는 생각에 지하철은 한참 에둘러 가는 길을 택했다.

"어서 와, 친구!"

빅토어가 문을 열고 닉의 짐을 받아 주었다.

"파자마 파티도 오랜만에 해 보네! 차 마실 거지? 에밀리에게 인사도 하고."

지난번과 같은 자리에 앉은 에밀리는 잠시 고개를 들어 미안하다는 표정으로 노트북을 가리키더니 다시 게임에 집중했다. 에밀리 뒤에는 빨간색 배낭이 놓여 있었다. 에밀리도 여기서 밤을 새는 걸까?

요란한 색깔의 소파가 있는 방에는 이미 스피디와 한 여자가 편한 자세로 널브러져 있었다. 여자는 머리를 새까맣게 염색했고, 한쪽 머리는 언밸런스로 시원하게 밀었다.

"이쪽은 케이트야. 내 여자 친구."

"반갑습니다."

닉이 인사하자 케이트가 활짝 웃었다. 송곳니에 박힌 가짜 보석이 반짝 빛났다.

"스피디, 네 차례야. 나대지 말고 천천히 하는 거 잊지 마."

"내가 바본 줄 아나?"

스피디는 그렇게 말하고 지난번과 다른 컴퓨터에 가서 앉았다.

"컴퓨터를 바꾸는 데는 다 이유가 있어."

궁금해하는 닉의 눈빛을 눈치챘는지 빅토어가 설명해 주었다.

"게임 프로그램이 맨 먼저 확인하는 건 분명 IP 주소일 거야. 게임이 그걸 안 순간 넌 첫 장면의 나무 한 그루도 못 보게 되는 거야."

그러고 보니 핀의 노트북을 빌리려던 것은 절대 잘못된 생각이 아니었다.

"그라피티 임무는 어떻게 됐어요?"

"잘됐어. 잘한 짓은 아니지만."

빅토어가 문어 모양의 컵을 탁자에 내려놓으며 말했다. 둥글게 튀어나온 문어 다리 두 개가 손잡이 역할을 했다.

"공원에 가서 쪽지를 찾았고, 쪽지에 적힌 주소로 갔어. 그리고 거기 나온 대로 스프레이를 뿌렸어. 들키지도 않았고."

빅토어는 컴퓨터 잡지 몇 권을 옆으로 밀고 사진 한 장을 꺼내 보여 주었다. 벽에 검정색과 파란색으로 '꿈을 훔치는 자는 우리의 목숨을 빼앗는 자다.'라고 씌어 있었다. 꽤 능숙한 솜씨다.

"공자가 한 말이야. 에레보스를 프로그래밍한 사람은 인용을 좋아하나 봐."

빅토어는 뜨악한 표정으로 계속 사진을 들여다보는 닉을 향해 씩 웃었다.

"에레보스가 자연적으로 생겨났다는 생각을 버려. 그것 역시 프로그램이고 누군가가 소스 코드를 쓴 거야. 물론 다른 것과 비교할 수 없을 정도로 훌륭한 프로그램이지. 정말 대단한 작품이야."

순간 닉은 빅토어의 눈가가 젖은 것처럼 느꼈다.

"인간처럼 말하고 생각하는 프로그램을 만들기 위해 개발자들이 얼마나 오랫동안 노력해 왔는지 아니? 그 가치가 얼마나 될 것 같아? 수백 만, 아니 수천만 파운드는 될걸! 그런데 우린 그걸 돈 한 푼 안 내고 공짜로 제공받고 있어. 콘플레이크 상자에 붙어 있는 사은품처럼 말이야! 그 이유가 뭐겠니?"

닉은 이런 관점에서는 생각해 본 적이 한 번도 없었다. 닉에게는 게임이 처음부터 살아 있는 존재로 느껴졌으니까, 그 가치를 돈으로 환산한다는 것은 생각할 수도 없었다.

"뭔가 목적이 있기 때문일까요?"

빅토어의 눈이 반짝 빛났다.

"그래, 맞아! 이건 어떤 목적을 이루기 위한 도구야. 세상에서 가장 비싸고 지능적인 도구! 만든 사람이 누군지는 모르겠지만 정말 무릎 꿇고 싶을 정도로 존경스러워."

빅토어는 그렇게 말하고 차를 한 모금 마셨다.

"그런 작품을 만든 사람이 의미 없는 암시를 할 리가 없어. 우리에게, 아니면 그 차고 주인에게 말하려는 게 도대체 뭘까?"

꿈을 훔치는 자는 우리의 목숨을 빼앗는 자다.

"차고 주인을 죽이겠다는 뜻일까요? 아니면 차고 주인이 죽이겠다고 협박한다는 뜻?"

"그래, 내 생각에도 이건 경고의 의미를 담고 있어. 아무 주소나 쓴

게 아니듯, 인용구도 아무 의미 없이 쓴 게 아니야."

빅토어가 쿠키를 먹는 동안 닉은 다음 말이 궁금해서 견딜 수가 없었다.

"그래서요? 거기 누가 사는데요?"

"아, 뭐 별로 특이한 건 없었어. 식료품 수출하는 회사의 경리 과장인데, 이혼남에 자식도 없고, 그저 그런 연봉에 특별할 게 없는 평범한 사람이야. 글쎄, 또 모르지. 그런 모습 뒤에 악마의 본성을 숨기고 있는지도."

경리 과장이라니, 솔직히 실망스럽긴 하다.

"넌 뭔가 퍼즐에 맞을 만한 걸 찾아냈니?"

"별로요. 게임한 애들 중에 입을 연 애는 딱 한 명뿐이에요."

닉은 달렌에게 들은 노트북 도난 사건, 서류 복사, 휴대 전화 카드에 대해 이야기했고 빅토어는 모든 것을 상세히 받아 적었다.

"언젠가는 모든 걸 꿰뚫어 보게 될지도 모르지. 자, 그럼 게임에 숨겨진 단서를 한번 훑어볼까? 거기서 뜻하지 않은 걸 발견할 수도 있거든. 미술사에 대해서 좀 아니?"

오, 이런! 닉은 고개를 저었다.

"미안하지만 전혀 몰라요."

"그래? 그렇다면 조류학부터 한번 파 볼까? 오톨란 하면 떠오르는 게 뭐니?"

"에레보스에서 물리쳐야 할 적의 이름이잖아요."

닉은 드디어 대답할 수 있는 질문이 나와서 기뻤다.

"음, 그렇지."

빅토어는 마치 모자 속에서 토끼를 끄집어내기 직전의 마술사 같은 표정을 지으며 콧수염을 비비 꼬았다.

"오톨란 그림 한번 볼까?"

오톨란의 그림이 있다고?

"네, 좋아요."

빅토어는 옆에 있는 노트북을 가져와 열었다.

"이 노트북은 에레보스와 전혀 접촉이 없었어. 즉, 우리가 인터넷에서 돌아다니는 걸 게임이 알 수도 없고 터치할 수도 없다는 뜻이지. 자, 오톨란을 검색해 봐."

닉은 구글에 들어가 오톨란을 쳤다. 첫 번째 결과는 위키피디아로 연결되었다. 닉은 링크를 클릭했다.

"에이, 이게 뭐예요?"

오톨란은 멧새를 부르는 다른 이름으로 프랑스와 이탈리아에서는 별미로 친다고 나왔다.

"완전 헷갈리지? 게임 개발자가 무슨 생각으로 오톨란이란 이름을 썼는지는 잘 모르겠어. 하지만 그 이름에도 무슨 의미가 있는 건 분명해. 그것 말고 내가 발견한 게 또 있어. 이건 아마 마음에 들 거야."

빅토어는 마치 생일 케이크를 앞에 둔 어린아이처럼 착 소리 나게 손바닥을 마주 댔다. 그러고는 해골 반지를 잔뜩 낀 손가락을 자판 위에 올렸다. 그러나 무슨 생각이 들었는지 다시 손을 거두었다.

"아, 그 전에 물어볼 게 있어. 너도 그 아레나 시합이라는 데 나가 봤니? 내일 밤에 그 시합이 있다는데 덩치 크고 무시무시한 애들까지도 완전히 흥분의 도가니에 빠졌어. 오줌 지리지 않는 게 이상할 정도라니까."

닉은 표현이 우스워서 빙그레 웃었다.

"네, 한 번 나가 봤어요. 두 번째도 나가고는 싶었는데 못 나갔어요. 굉장해요! 나가 보면 알아요."

"좋아. 그럼 너도 어딘가에 등록을 했겠네, 그렇지? 누구한테 등록했니?"

닉은 스무 고개 넘기 같은 질문이 싫지 않았다.

"두 번째는 아레나에서 직접 사회자한테 했고요. 첫 번째 때는 아트로포스 식당에서 어느 군인한테 했어요."

빅토어는 미소를 거두고 황당하면서도 재미있다는 표정을 지었다.

"방금 아트로포스라고 했니?"

"네, 왜요?"

"도대체 어쩌자는 건지! 요새 애들은 도대체 학교에서 뭘 배우는지 모르겠다니까. 그래도 그 사회자가 어땠는지, 무슨 특이한 점이 있었는지는 말할 수 있지?"

빅토어가 과장된 어조로 한탄하며 물었다.

"게임에 안 어울렸어요. 생긴 것도 다른 캐릭터랑 다르고……. 원래 거기 있으면 안 되는데 뭔가 잘못돼서 거기 있는 느낌이었어요. 눈도 툭 튀어나와서 전 두꺼비눈이라고 불렀어요."

빅토어는 그 말을 무척 재미있어 했다.

"그렇지! 딱 맞는 이름이네. 그런데 그 두꺼비눈 어디서 많이 본 듯하지 않았어?"

빅토어는 눈을 부리부리하게 뜨며 그 표정을 흉내 냈다.

"아니요."

"그럼 여길 봐."

빅토어가 주소창에 주소를 치자 바티칸 박물관 홈페이지가 열렸다. 빅토어는 두 번 클릭한 후 화면이 잘 보이도록 노트북을 돌려주었다.

"네가 말한 두꺼비눈이 여기 있어. 미켈란젤로의 붓 끝에서 탄생했지."

닉이 그림을 알아보는 데는 시간이 좀 걸렸다. 빅토어가 보여 준 그림은 수백 명이 여기저기 무리지어 있어 무척 거대했다. 그림 중심부에는 예수와 마리아가 있고, 그 주변을 둘러싸고 거의 벌거벗은 사람들이 구름 위에 앉거나 서 있었다. 더 밑에는 천사가 나팔을 불거나 인간을 하늘로 끌어 올렸다. 아랫부분에는 사람들이 진흙탕 속에 웅크리고 앉아 있고 거기서 약간 오른쪽에 두꺼비눈이 있었다. 허리에 천만 걸친 것도, 요상하게 나 있는 머리칼 한 줌도, 배에 탄 사람들에게 휘두르는 긴 지팡이도 에레보스에서 본 모습과 똑같았다.

"맞아요, 저 사람이에요!"

"그 사람 이름이 뭔지도 아니?"

"아니요."

빅토어는 몸을 일으키며 의미심장한 표정을 지었다.

"카론이야. 《그리스 신화》에서 저승의 강이라고 불리는 스틱스 강을 건너 사람들을 사후 세계로 안내하는 뱃사공이지."

닉은 그림을 더 자세히 들여다보았다. 계속 보고 있으니 자신도 모르게 몸서리가 쳐졌다. 카론은 사람들을 안내하기보다는 지팡이로 때려서 배에 태우는 듯했다.

"두꺼비눈의 부모에 대해서도 알아야 할 필요가 있지. 카론은 밤의 여신인 닉스와 에레보스 사이에 난 아들이야."

닉은 머리가 아팠다.

"그게 다 무슨 뜻이에요?"

"글쎄, 나도 잘 몰라. 어디 그럼 미켈란젤로의 위대한 작품 제목이 뭔지 한번 볼까? 그럼 더 분명해질지도 모르지. 자, 이걸 봐!"

빅토어가 마우스를 그림 밑에 있는 설명에 가져다 댔다.

'미켈란젤로 부오나로티, 최후의 심판, 식스틴 성당.'

"최후의 심판에서 신이 구원받은 자와 저주받은 자를 분류하는 모습이야. 보기 좋은 풍경은 아니지. 내 생각엔 게임에서도 그런 비슷한 일이 일어나고 있는 것 같아. 골라내는 거지. 아니면 왜 임무를 완수하지 못한 사람들을 그렇게 매정하게 내치겠어?"

"상상력이 너무 풍부한 거 아니에요?"

빅토어는 마우스를 클릭해 카론의 얼굴을 자세히 볼 수 있도록 그림을 확대시켰다.

"그럴 수도 있지. 그런데 아주 세세한 데까지 신경을 썼어. 너 아까 뭐라고 했니? 싸움 등록하러 간 곳이 아트로포스 식당이라고 했지?"

"네. 그런데 원래 이름은 '마지막 집'이에요."

"저런! 에구, 불쌍한 것, 네가 바로 눈 뜬 장님이로구나!"

빅토어는 과장된 어조로 말하며 검색 창에 뭔가를 쳤다.

"이것 봐. 아트로포스는 《그리스 신화》에서 인간의 운명을 결정하는 여신인 세 자매, 모이라이 중 하나야. 셋 중 첫째로 인간의 생명줄을 끊는 역할을 해. 그러니 거기가 마지막 집일 수밖에 없지."

빅토어는 한숨을 쉬며 노트북을 덮었다.

"개발자는 게임 곳곳에 분명한 단서를 심어 놨어. 《그리스 신화》를 잘 알고 좋아하는 사람이야. 그게 하나고. 다른 건 그 상징이 모두 죽음, 쇠락과 관련 있다는 거야. 상상하기 힘들 정도로 천재적인 데다 중독성까지 있으니, 거 참! 다이너마이트를 깔고 앉았다고 해도 이보다 불안하지는 않겠다."

말은 그렇게 했지만 빅토어는 전혀 불안해 보이지 않았다. 오히려 지극히 만족스러운 표정이었다. 빅토어는 컵에 차를 가득 따른 후 의자에 등을 기댔다.

"그런데 우리가 알아낸 걸 가지고 이제 뭘 하죠?"

한동안 말없이 앉아 있던 닉이 물었다.

"우리가 이렇게 똑똑하다는 사실을 즐기는 거지. 그리고 다른 단서를 더 찾다 보면 뭔가 쓸 만한 게 나오겠지."

그 후 30분간 닉은 스피디가 자이언트 퀵스를 만들어 내는 과정을 지켜보았다. 빅토어는 닉에게 공책과 볼펜을 쥐어 주면서 성에서 눈에 띄는 것을 상세히 적으라고 했다. 벽에 걸린 판이 구리로 된 것도 무슨 의미가 있는 걸까? 닉은 놈이 하는 말을 모두 받아 적으며 숨은 뜻이 있는지 살폈다. 케이트가 옆에서 도와주며 성벽에 금이 간 것을 가리켰다. 닉은 그것을 그대로 따라 그렸다. 그림이나 지도, 아니면 이름 같은 게 숨은 건 아닐까?

빅토어는 다시 컴퓨터 앞에 앉았고, 스콰마토는 칼을 휘두르며 거친 황야를 달려갔다. 몇 걸음 가지 않았는데 땅에서 살무사가 튀어나왔다. 살무사는 여기저기서 튀어나와 스콰마토를 물려고 했지만 스콰마토는 귀신같이 알고 피했다.

한편, 헤메라는 다른 전사 넷과 불가에 모여 아레나 시합에 대해 이야기했다. 그중에는 누락스도 있었는데, 누락스는 레벨을 두 단계 더 올릴 계획이라며 계획대로 잘되면 이너서클 자리를 노릴 수도 있다고 말했다.

에밀리는 닉이 어깨 너머로 보는 것이 불편한지 자꾸 몸을 뒤척거렸다. 닉은 옆방으로 가서 돛단배와 장미가 그려진 소파에 앉아 빅토어가 안전하다고 한 노트북을 켰다. 집에 있는 컴퓨터가 더 이상 안전하지 않다고 생각하니 영 찜찜했다. 그래서 에밀리도 절대 이메일을 보내지 말라고 한 걸까? 만약 이 컴퓨터가 에레보스의 감시를 받지 않고 있다면 에레보스를 검색했을 때 지난번과 다른 결과가 나올까?

닉은 구글에 들어가 '에레보스'라고 쳤다. '에레보스—게임'이라는 링크가 떴다. 지난번에 이 링크를 눌렀을 때는 경고가 떴었다. 닉은 링크를 클릭했다. 그런데 이번에는 완전히 다른 내용이 나왔다.

기쁘다, 신들의 찬란한 빛이여

낙원의 여인들이여

우리는 빛이 가득한 곳으로 간다

성스러운 신전으로!

현실이 갈라놓은 것은 신비로운 그대의 힘으로 다시 하나가 되네

그대의 부드러운 날개가 머무는 곳에서

인간은 모두 형제가 되네

닉은 머리를 절레절레 흔들며 사이트를 닫았다. 이게 베토벤 교향
곡 중 하나라는 건 알았다. 하지만 이게 게임과 무슨 상관이란 말인
가? 그냥 자리를 채우려고 아무거나 써 놨는지도 모른다. 어쨌든 이
건 아니다.

닉은 구글에 '구리판'이라고 쳤다. 검색 결과는 주로 동판 만드는
회사의 광고다. 그리고 고서의 판화 기술과도 관련이 있는 듯했으나
그건 너무 멀게 느껴졌다.

다음으로는 '그리스 신화'와 '뱀'을 함께 입력했다. 머리가 아홉 개
달린 히드라가 제일 먼저 나왔다. 그러나 빅토어의 뱀은 머리가 하나
였다. 그 밖에 아스클레피오스(《그리스 신화》에 등장하는 의학과 치료의 신-
옮긴이)의 지팡이를 감고 있는 뱀과 델피의 신탁을 지키는 뱀이 있었
지만 땅에서 튀어나오는 뱀은 없었다. 그렇다면 이것도 쓸모없다.

이제 뭘 하지? 닉은 반쯤 열린 문으로 밖을 내다보았다. 모두 게임
에 심취해 있는데 부엌에서 케이트가 혼자 중얼거리는 소리가 났다.

닉은 혹시 도울 일이 있을까 해서 부엌으로 갔다. 이미 피자 두 판이
오븐으로 들어간 뒤였다.

"빅토어의 성은 뭐예요?"

"랜스키."

케이트는 오븐의 다이얼을 돌려 온도를 살짝 올렸다.

"남의 집 오븐 쓰는 건 정말 힘들어. 피자가 덜 익거나 타 버리거나
한다니까. 양파도 많이 넣고 이탈리아 햄도 넣었는데, 좋아하는지 모
르겠다."

"아, 네. 그럼요. 맛있겠는데요."

닉은 소파가 있는 방으로 돌아와 구글에 '빅토어 랜스키'라고 쳤
다. 캐나다에 한 명, 런던에 한 명이 나왔다. 빙고! 빅토어는 컴퓨터
게임 업계에서는 꽤 잘 알려진 인물인 듯싶었다. 정기적으로 간행되
지는 않지만 평판이 좋은 컴퓨터 잡지도 발행하고 있었다. 아, 여기
또 뭔가가 있다. '조볼리노'라는 사람은 개인 홈페이지에서 악명도
높고 유명한 빅토어 랜스키가 자신의 친한 친구라고 소개했다.

'빅토어와 나는 한때 많은 시간을 함께 보냈다. 런던의 어떤 담벼
락과 지하철도 우리의 예술에서 자유롭지 못한 시기였다. 할 것인가
말 것인가는 절대 우리 고민이 아니었다. 우리는 그라피티 세계의 신
으로 통했고, 잡힌 적도 단 한 번뿐이었다. 그렇지 않았다면 아마 지
금도 런던을 화려한 색채로 물들이고 있을 것이다.'

닉은 그 문장을 여러 번 반복해서 읽었다. 빅토어가 한때 그라피티
에 빠졌었고, 잡힌 적이 있다는 내용이 분명히 나와 있다. 에레보스

는 게임에 등록하려는 사람에게 실명을 요구하고 그 이름으로 뒷조사를 했을 테다. 와우!

닉은 공책에 메모했다.

'에레보스는 인터넷에서 정보를 빼낸다. 미처 생각하지 못한 부분. 인터넷 전체? 그렇다면 하드드라이브도 무사하지 못할 것이다. 어쩌면 어느 사이트를 돌아다니는지도 다 알지 모른다. 그래서 게임이 모든 걸 다 아는 거다.'

만약 그렇다면 MSN에서 핀과 나눈 대화도 다 봤을 것이다. 그래서 '헬 프로즌 오버' 티셔츠도 알았던 거다.

닉은 빅토어와 상의하고 싶었다. 하지만 스콰마토는 아슬아슬하게 높은 담을 오르는 중이었다. 닉은 왠지 초조해져서 다 식어 버린 차를 두 잔이나 연거푸 들이켰다. 그리고 세 잔째를 따라 놓고 무심코 공책을 집으려다가 차를 탁자에 엎고 말았다.

"젠장!"

닉은 얼른 노트북을 치우고 5킬로그램은 됨 직한 컴퓨터 잡지를 옆으로 옮겼다. 공책이 가장 피해를 많이 봤다.

"어? 여기도 문제 생겼나 보네."

에밀리가 피곤한 듯 웃으며 문가에 서 있다. 눈이 빨갛다.

"응, 잘못해서 엎질렀어. 부엌에 가서 행주 가져올게."

닉은 얼른 부엌으로 뛰어가 주방 휴지를 가져왔다. 그동안 에밀리는 휴대용 티슈로 물이 바닥으로 떨어지지 못하게 막았다.

"헤메라는 어때?"

닉이 열심히 물기를 닦으며 물었다.

"배와 다리에 부상을 입었어. 헤드폰에서 들리는 비명 소리 정말 참기 힘들더라."

에밀리는 그 방에서 두 번째로 보기 싫은 소파에 앉아 하품을 했다.

"커피 한잔 마셔야 할 것 같은데 빅토어는 집에 커피를 사 놓지 않는단 말이지. 오늘 해야 하는 임무가 있거든. 어려운 건 아닌데 정말 하기 싫어."

에밀리는 다시 하품을 했다.

"내가 스타벅스에 가서 사 올게."

"아니야, 너무 멀어. 아니야. 같이 가자. 어차피 신선한 공기도 마셔야 하고, 공중전화도 찾아야 해."

에밀리는 마음이 바뀌었는지 바로 말을 바꾸었다.

"그 임무 때문에?"

에밀리가 고개를 끄덕였다.

"응, 공중전화면 다 돼. 적어도 런던을 가로질러 갈 필요는 없으니 다행이지."

닉은 혹시 잠복하는 사람이 있는지 창밖을 내다보고 문 앞에 나와서도 주위를 살폈다. 어둠 속에 수상한 사람은 보이지 않았다.

"여기 누군가 숨어 있다면 숨바꼭질의 달인일 거야."

그들은 크로머 가를 따라 걷다가 그레이스 인 로드로 들어섰다. 늦은 시간이라 사람이 많지 않았다. 에밀리는 또래 아이들이 무리 지어 지나갈 때마다 고개를 쑥 빼고 쳐다보았다. 불안한 마음에 발걸음은 점점 빨라졌다. 킹스 크로스 역에 이르자 공중전화 박스가 나타났고, 에밀리는 걸음을 멈추었다.

"나 못하겠어."

"뭘 해야 하는데?"

"협박 전화."

에밀리는 어떻게 좀 해 달라는 듯 절망스러운 눈길로 닉을 쳐다보았다.

"할 말이 정해져 있어서 친절하게 들리게 할 수도 없어."

"아, 정말 곤란하겠다."

닉 자신이 듣기에도 너무 힘없이 들리는 말이었다.

"연구를 위한 목적이라고 생각해 봐. 네 마음은 그렇지 않지만 에 레보스의 정체를 밝혀내려면 어쩔 수 없잖아."

"문제는 전화 받는 사람이 그걸 모른다는 거지."

"빅토어의 공자 인용구를 생각해 봐."

"내 텍스트는 공자가 한 말이 아니야. 공자가 아닌 건 확실해."

에밀리는 어두운 표정으로 공중전화를 향해 다가갔다. 그리고 가 방에서 동전, 아이팟, 쪽지를 꺼냈다.

"아이팟은 왜?"

"통화를 녹음해서 업로드하래. 휴, 이런 전화를 하는 것만으로도 끔찍한데."

에밀리는 자포자기 표정으로 전화번호를 누르고 아이팟을 수화기 옆에 갖다 댔다. 그러고는 신호가 가자 눈을 질끈 감았다. 상대가 전화 받는 소리가 들렸다.

"아직 끝나지 않았다. 맘 편히 살 수 있다는 착각은 버려라. 아직 다 기억하고 있고, 용서는 없을 것이다. 무사히 빠져나갈 생각은 마라."

에밀리가 음침한 목소리로 말하자 저쪽에서 한 남자가 고래고래 소리를 질렀다.

"너 누구야? 네가 누군지 반드시 알아내서 경찰에 넘길 테니까 기다려. 이 범죄자들아!"

그러더니 아무 소리도 들리지 않다가 "빌어먹을!"이라고 중얼거리는 소리가 났고 곧 뚜, 뚜, 뚜 하는 신호음이 들렸다. 에밀리는 떨리는 손으로 전화를 끊었다.

"아, 속이 안 좋아. 이게 대체 무슨 짓이람? 다시는 이런 짓 안 할래. 커피, 커피가 필요해."

두 사람은 펜톤빌 로드에 있는 스타벅스로 들어가 조용한 구석자리에 앉았다. 에밀리는 에스프레소 추가 샷을 넣은 더블 카푸치노를 주문했다. 닉도 똑같은 커피와 초코칩 머핀 두 개를 시켰다. 그리고 자기가 내겠다는 말에 에밀리가 순순히 동의하자 기뻐 어쩔 줄 몰랐다.

"빅토어 형은 어떻게 알게 됐어?"

머핀을 반쪽씩 먹은 후 아직도 너무 뜨거운 커피를 호호 불며 닉이 물었다.

"오빠 친구였어. 물론 빅토어 오빠는 지금도 오빠 친구라고 말하지. 익사 정도로 사나이들의 우정이 과거형이 될 수는 없다고."

닉은 자신이 무슨 짓을 하는지도 모르고 에밀리의 손을 잡았다. 에밀리는 그 손을 뿌리치지 않았다. 뿌리치기는커녕 손깍지까지 끼었다.

"그때 빅토어 오빠에게 도움을 많이 받았어. 여동생으로 입양도 해 줬고."

"정말 대단한 사람이야."

닉은 그 말만 겨우 입 밖에 냈다. 금방이라도 하늘로 둥실 떠오를 듯한 기분이다. 닉은 당황한 기색을 감추려고 어느 정도 식은 커피를 홀짝홀짝 마셨다.

"케이트가 잔소리하겠는데? 지금 피자 굽고 있을 텐데, 우리가 머핀으로 배를 다 채우잖아."

"난 머핀이랑 피자, 동시에 먹을 수 있어. 빅토어도 마찬가지고. 어쨌든 이제 돌아가야 할 것 같아. 여긴 밤에 다니기 좋은 동네는 아니거든. 그리고 내가 전화한 사람 번호를 검색해 봐야겠어."

밖으로 나온 다음 에밀리는 자연스럽게 닉의 손을 잡았다. 그 동네는 정말 로맨틱한 산책을 하기에 적당한 곳은 아니었다. 하지만 닉은 밤새도록 그렇게 걸을 수 있을 것 같았다.

빅토어 집에 돌아와 보니 피자 쪼가리만 몇 개 남아 있었다. 케이트는 미안한 듯 양팔을 들어 올렸다.

"빅토어가 천재는 많이 먹어야 한다면서……. 아직 절반 정도 남왔어. 아니면 파스타 만들어 줄까?"

닉과 에밀리는 괜찮다고 하고 남은 피자와 캔에 든 땅콩을 먹었다. 그 순간 돛단배와 장미가 그려진 소파는 이 세상에서 가장 행복한 장소였다. 닉은 노트북을 열고 에밀리가 불러 주는 전화번호를 구글 검색창에 쳤다.

"없는데."

"그럴 줄 알았어. 아마 비밀번호인 것 같아. 전화 받을 때 '여보세요.' 하지 말고 이름을 댔으면 좋았을 텐데."

닉은 '비밀'이라는 단어를 들으니 문득 떠오르는 게 있었다. 에밀리에게 고백할 것이 있다. 지금 당장 해야 한다. 제발 그 말을 듣고 에밀리 얼굴에서 미소가 싹 사라지는 일은 없었으면.

"나 고백할 게 있어. 사실 몇 달 전부터 데비안트아트에서 네 블로그를 보고 있어. 네 시도 읽었고. 정말 잘 쓰더라. 그림도 괜찮고."

에밀리는 놀란 얼굴로 숨을 헉 들이마셨다.

"거기 내 계정 있는 거 어떻게 알았어?"

"누군가 말하는 걸 들었어. 화내지 마. 정말이지 창피해할 일은 아니니까."

에밀리는 얼굴을 돌리며 가벼운 한숨을 토해 냈다.

"안타깝다."

"왜?"

"언젠가 내가 직접 보여 주려고 했거든."

에밀리는 하품을 하며 닉 어깨에 머리를 기댔다. 닉은 날아갈 듯 기분이 좋았다. 속으로 쾌재를 부르다가 문득 고개를 들어 보니 문가에 빅토어가 서 있었다.

"모두 모닥불 주위에 모여서 친목을 도모하고 있어서 너희는 뭐하나 하고 와 봤더니 여기도 친목을 도모하고 있네."

빅토어가 맞은편 소파에 털썩 주저앉으며 말했다.

"오빠, 나 생판 모르는 사람을 전화로 협박하고 왔어. 그 사람이 무슨 생각을 했을지 알 게 뭐야? 어쩌면 무슨 소린지 하나도 몰랐을 수도 있지만."

에밀리가 방금 마친 임무에 대해 이야기했다.

"뭐라고 협박했는데? 뭐라고 했는지 기억나?"

그 말에 에밀리는 말없이 쪽지를 내밀었다.

"아직 끝나지 않았다. 맘 편히 살 수 있다는 착각은 버려라. 아직 다 기억하고 있고 용서는 없을 것이다. 무사히 빠져나갈 생각은 마라."

쪽지를 읽은 빅토어는 흥분해서 어쩔 줄 몰랐다.

"이거 죽이는데! 자, 내가 한번 요약해 볼게. 어떤 사람이 있는데, 에밀리가 전화한 사람에게 무지 화가 나 있어. 아마 카론의 배에 태우거나 아트로포스에게 생명줄이 끊기기를 바라겠지."

에밀리는 무슨 소린지 몰라 어리둥절한 표정을 지었고, 빅토어에게는 넘치는 교양을 과시할 기회가 한 번 더 주어졌다.

"이 전화번호는 내가 스프레이로 칠한 차고 주인 것은 아니야. 만약 그렇다면 친절하게 경고했겠지."

빅토어는 찻주전자에 차가 없는 것을 보고 힘없이 입꼬리를 떨어 뜨렸다.

"이젠 분명히 알겠어. 에레보스의 목적은 단 하나야. 누군가에게 복수하는 것. 오툴란, 우리의 회색머리멧새 말이야."

"글쎄요, 협박 전화와 차고에 낙서하는 정도를 복수라고 할 수 있나요?"

"난 거기서 그칠 리가 없다고 생각해. 네가 저번에 시가 상자에 든 권총 얘기하지 않았었니?"

닉은 갑자기 얼굴이 화끈거리고 심장이 벌떡거렸다.

"그럼 에레보스가 사람을 총으로 쏘라고 시킨다는 거예요?"

"충분히 가능하지. 에레보스는 지금 특수 임무를 수행할 정예 부대를 키우고 있어. 이너서클에 든 아이가 누구누구인지 알아야 하는데 말이야……."

빅토어는 미소를 지었지만 정말 웃고 있지는 않았다.

그 후 30분간 닉 머릿속에서는 이너서클에 대한 생각이 불로 된 바퀴처럼 빙빙 돌았다. 정예 부대. 복수를 위해 만들어진 특수 부대. 과연 어떤 임무를 띠게 될까?

빅토어가 게임을 하러 다시 나간 다음 닉과 에밀리는 부엌에 가서 찻물을 얹었다.

"임무 끝났는데 바로 다시 시작할 거야?"

"아니, 내일 해도 충분해. 아레나 시합에 참가할 거거든. 거기 가면 뭔가 알아낼 수 있을지도 몰라. 누가 어느 캐릭터인지 알면 참 좋을 텐데."

그들은 빅토어의 비싼 찻잎에 뜨거운 물을 콸콸 부었다.

"참, 너처럼 생긴 애가 돌아다니더라."

"응, 나도 알아. 게임할 때도 엄청 신경 쓰였어. 하지만 뭘 어쩌겠어?"

에밀리는 씩 웃었다.

"난 걔 볼 때마다 반갑던데."

소파 방으로 돌아온 뒤 닉은 에밀리에게 사리우스에 대해 말해 주었다.

"정말 괜찮은 녀석이었어. 칼 쓰는 것도 진짜 빠르고 달리기도 잘하고. 레벨 5부터는 날 따라올 사람이 없었어."

"그런데 왜 쫓겨났어?"

"왓슨 선생님이랑 보온병 때문에."

닉은 그때 맡았던 임무와 그 임무를 거의 실행할 뻔했던 얘기를 했다.

"정말 큰일 날 뻔했지. 유혹이 정말 강했거든."

에밀리는 한기가 드는 듯 몸을 떨었다.

"이 게임은 적을 처리하는 데 있어서는 정말 최고야. 에릭과 아이샤 일도 그렇게 해서 생긴 걸까?"

닉은 에밀리의 표정을 찬찬히 살폈다. 그러나 정말 궁금한 것 말고 다른 뜻은 없는 듯했다.

"그럴 수 있지. 아니, 그럴 가능성이 크지."

"우리도 조심해야 해, 닉. 특히 너는 더. 저번에 콜린이 이상한 소리 하는 걸 들었어. '닉, 그 자식 숨통을 조여 줄 때가 됐어.' 그러던데. 그때가 언제냐면 너희 둘이 카페테리아 앞에서 싸우고 난 직후였어. 절대 허투루 듣고 넘길 일이 아니야."

그래, 맞아. 닉은 속으로 생각했다. 하지만 콜린은 원래 입만 벌리면 허풍인걸, 뭐.

닉은 빅토어의 컵에 차를 따라 컴퓨터 옆으로 가져다주었다. 스카마토는 베록사르와 함께 칼보다 도끼가 좋은 점에 대해 이야기하고 있었다.

베록사르. 닉은 종이와 볼펜을 집어 '베록사르는 이너서클에 있다가 블러드워크에게 져서 자리를 뺏겼어요.'라고 써서 빅토어에게 보여 주었다. 빅토어는 엄지손가락을 치켜 올렸다.

밤이 이슥해지자 에밀리는 배낭에서 침낭을 꺼내 그 속으로 기어 들어갔다. 둘은 학교 친구 얘기를 하며 누가 어느 캐릭터인지 맞혀 보려 했지만 대부분은 의견이 맞지 않았다.

자정이 막 지났을 무렵 빅토어가 비틀거리며 들어왔다.

"아, 오늘은 더 이상 못하겠다. 너무 피곤해. 먹을 거 있는 사람?"

에밀리가 배낭에서 누가 초콜릿을 꺼내 내밀었다. 빅토어는 미안한 표정을 지으며 반을 뚝 잘라 입안에 넣었다.

"낌새가 이상해. 곧 무슨 일이 일어날 것 같아. 놈이 끊임없이 튀어나와서 대전투니 검증의 시간이 닥쳤느니 하면서 떠들어 대고 있어."

빅토어가 우물거리며 말했다.

"아마 내일은 이너서클 자리를 놓고 치열한 경쟁이 벌어질 거예요. 저도 아웃당하지만 않았어도 지난번 시합에서 도전했을 거예요. 전령이 이너서클에서 가장 약한 게 누군지 귀뜀해 주겠다고 했거든요. 제가 그 일만, 그 임무만 완수했어도 말해 줬을 거예요."

닉의 말에 빅토어는 입안 가득 초콜릿을 씹으며 손가락을 치켜들었다.

"그렇지! 전령이 널 포섭하려고 분명히 그렇게 했을 거야. 그런데 여기서 문제는 왜 전령이 널 포섭하려 했는가 하는 거야. 답은 뭔지 알아? 그건 네가 에레보스를 위해서 살인도 마다 않겠다, 혹은 감옥행도 불사하겠다는 뜻을 행동으로 보여 줬을 거라는 판단 때문이야."

닉과 에밀리는 시선을 주고받았다. 누군가 제이미를 죽일 뻔했다. 그 사람도 내일 황금 무대 위에 올라가 있을까?

"사실 선생 하나 죽이는 거는 대단한 것도 아니야. 난 학교 다닐 때 전령이 사주하지 않았어도 그러고 싶은 적 많았거든."

빅토어는 그렇게 중얼거리며 남은 초콜릿에 손을 뻗었다. 그러다가 빅토어는 침실로 갔고 게임을 끝낸 스피디도 케이트와 함께 컴퓨터 방에 큰 에어매트리스를 펼쳤다. 닉과 에밀리는 큰 소파 두 개를 붙여 넓은 잠자리를 만들었다. 소파 등받이가 가리개 역할을 해서 세상과 뚝 떨어진 듯 아늑한 느낌이 들었다.

"잘 자."

에밀리는 닉에게 속삭이고 세상에서 가장 부드러운 입맞춤을 해 주었다. 그리고 손으로 뒷목을 어루만지며 말했다.

"까마귀들도 잘 자."

그러고는 닉의 어깨에 머리를 기대고 눈을 감았다.

닉은 에밀리의 머리카락이 목에 닿는 것을 느끼며 점점 깊어지는 숨소리에 귀를 기울였다. 모든 것이 이대로 계속된다면 얼마나 좋을까! 닉은 딱 지금 이대로 영원히 그렇게 누워 있고 싶었다. 시간을 멈출 수 있다면 그렇게 하고 싶었다.

28

토스트, 잼, 차. 다음 날 아침 빅토어는 아침 식사를 침대로 가져다주었다.

"큰 싸움을 하려면 든든히 먹어야지."

에밀리가 하품을 하며 고맙다고 말하는 동안 닉은 멍청한 표정으로 빅토어의 스누피 목욕 가운을 바라보았다. 그리고 이렇게 멍한 이유가 과연 팔이 저려서인지 아니면 빅토어의 가운 때문인지 생각했다.

아레나 시합을 볼 때는 마치 최면에 걸린 사람처럼 에밀리, 빅토어, 스피디의 자리를 오갔다. 셋 다 다른 종족이어서 대기실도 달랐다. 인간 대기실은 여전히 텅 비어 있었다. 에밀리는 헤메라가 로드닉과 한 방에서 기다리는 동안 의미심장한 얼굴로 닉을 돌아보았다.

자이언트 대기실은 덩치들로 차고 넘쳤다. 아직 레벨 1인 퀵스는 그중 가장 약해 보였지만 스피디 정도면 걱정할 필요는 없을 듯했다. 빅토어와 스콰마토도 마찬가지다. 레벨 3으로 아레나에 나가야 하지만 다시 나올 때는 아마 서너 레벨은 올라 있을 것이다.

이윽고 두꺼비눈이 등장했다. 캐릭터의 출처를 알고 나니 이 지하세계의 사신은 더욱 음산해 보였다. 그러나 닉은 이너서클을 가장 기다렸다. 드디어 이너서클을 태운 둥근 이동식 무대가 들어왔다.

전보다 훨씬 덩치가 커진 듯싶은 블러드워크와 다크엘프인 위르다나는 여전히 자리를 지켰다. 그 밖에 새로 들어온 하르쿨이라는 이름의 자이언트, 늑대인간 텔코릭, 그리고 드리즐! 드리즐이 이너서클에 들다니! 닉은 놀랐지만 전혀 예상치 못한 일은 아니라는 의미심장한 표정으로 드리즐의 목에 걸린 붉은 목걸이를 쳐다보았다.

사회자가 아레나 중앙으로 걸어 나왔다.

"이너서클의 용사를 봐라. 너희에겐 아직 저들을 쓰러뜨릴 기회가 있다. 자신의 능력을 검증받고 싶은 사람, 에레보스의 비밀을 함께하고 싶은 사람은 도전해라. 그중에는 승리의 달콤한 열매를 맛보는 사람도 있을 테고, 패배의 쓴맛을 보는 사람도 있을 테다. 자, 시합을 시작한다!"

지난번에는 시합이 이렇게 빨리 진행되는지 몰랐다. 한 명 한 명 이름이 불리고 싸움 상대를 지목하고 나니 시간이 무척 빠르게 지나갔다. 퀵스는 똑같이 레벨 1인 자이언트에게 지목당해 초반에 바로 무대로 불려 나왔다. 스피디는 거의 스치는가 싶더니 신속하고 정확한 손놀림으로 적을 쓰러뜨렸다. 헤메라는 늑대인간 여자와 싸워 이겼지만 부상을 입었다. 에밀리의 얼굴을 보니 헤드폰 속에서 들리는 소음에 무척 시달리는 듯했다.

스콰마토는 오래 기다리다가 불려 나왔는데 너무 벅찬 상대를 골라서 힘든 싸움을 해야 했다. 그러나 아슬아슬하게 승리로 끝낼 수 있었다.

닉은 싸움, 두꺼비눈의 말, 관중의 외모를 열심히 관찰하며 단서가 될 만한 것을 찾았지만 헛수고였다. 그림에서 찾아볼 만한 특이한 인물도 보이지 않았다. 아레나 시합은 그냥 피비린내 나는 싸움일 뿐 그 이상도 그 이하도 아니었다. 깨달음을 얻을 수 있는 대상은 더더욱 아니었다.

오후 늦게 시합이 끝나자 에밀리와 닉은 배낭을 챙겨 빅토어의 집을 나섰다. 헤메라는 레벨 6, 빅토어는 레벨 7까지 올랐다. 레벨 1이던 스피디는 세 단계를 뛰어올라 한 번도 임무를 받지 않은 상태에서 레벨 4가 되었다.

"너무 진전이 없다."

빅토어가 두 사람을 문가까지 배웅하며 말했다.

"게임은 상당히 잘하고 있지만 그 배후는 전혀 알아내지 못했어. 시간이 충분하면 이너서클까지 올라가 보겠지만 내 생각엔 그 대전투라는 게 조만간 벌어질 것 같아. 시간이 너무 촉박해."

지하철을 타고 집으로 가는 동안 닉은 에밀리에게서 눈을 떼지 않왔다.

"내일부터는 어떻게 되는 거야? 학교에서도 이렇게 지내는 거야? 점심도 같이 먹으러 가고? 아니면 아무 상관없는 사람들처럼 행동해?"

에밀리가 닉의 손을 잡았다.

"미안하지만 일이 끝날 때까지는 모르는 척하는 게 좋아. 그냥 연기하는 거라고 생각해. 알겠지?"

"알았어. 문자는 계속할 거지? 내 생각에 휴대 전화는 안전한 것 같아. 다른 사람 손에 들어가지만 않는다면."

"응, 문자로 연락할게. 그리고 수요일 오후에 빅토어 오빠네서 다시 만나자."

사전에 얘기가 됐고 각오도 했지만 막상 에밀리의 차가운 태도에 닉은 상처를 받았다. 특히 에밀리가 다른 아이들에게 친절하게 대해 더 그랬다. 에밀리는 콜린을 비롯해 알렉스, 댄, 아이샤, 헬렌에게까지 친한 척을 했다. 콜린과 포옹 인사를 했고, 쉬는 시간에는 아이샤와 붙어 다녔다. 닉은 그런 에밀리를 멀리서 지켜보며 서글픈 마음을 감출 길이 없었다. 한번은 에릭이 에밀리에게 말을 걸었다가 딱 두 마디 하고 퇴짜 맞는 것을 보았다. 닉은 에릭도 자신보다 나은 처지는 아니라는 생각으로 그나마 위안을 삼았다.

수학 시간이 끝나고 자율 학습 시간에 불쑥 나타난 브린은 닉의 우울한 마음을 제멋대로 헤집어 놓았다.

"잠깐 얘기 좀 해."

닉은 브린의 창백한 얼굴을 보며 속으로 긴 한숨을 쉬었다.

"뭔데?"

"나 그만뒀어."

뜻하지 않은 말에 닉은 적잖이 놀랐다.

"왜?"

"왜냐면……. 나쁘니까. 나쁜 것 같아. 그리고……. 밤이고 낮이고 날 따라다녀."

브린이 시선을 외면하며 말했다.

"너도 그만뒀지?"

닉은 브린과 그런 이야기를 한다는 것이 영 석연치 않았다.

"그만뒀든 아니든 다를 거 없잖아."

"많이 다르지. 우리 둘이 왓슨 선생님에게 가서 무슨 일이 있었는지 얘기하자. 그리고 반대 운동을 펼치는 거야."

오, 난 반댈세. 브린과 닉이 나머지 세상에 대항해서 싸운다고? 아니, 그런 일은 없을 거다.

"다른 사람 찾아봐. 그만둔 애들 많잖아."

곁눈질로 보니 댄이 점점 속도를 줄여 이쪽으로 걸어오고 있었다. 둘의 대화가 주위 시선을 끌었나 보다.

"왓슨 선생님에게 뭐라고 할 건데? 지금까지 일어난 일이 에레보스 때문이라는 건 이미 알고 계셔. 잘못을 저지른 사람 이름이 필요하겠지. 누군지 알면 네가 가서 말해. 하지만 난 제발 좀 빼 줘라."

그 말을 들은 브린은 허망한 표정으로 변했다.

"나 더 이상은 못 견디겠어."

"뭘 못 견뎌? 아웃은 아웃이야. 다 끝난 거라고."

댄은 이제 세 발짝도 떨어지지 않은 곳까지 왔다. 게시판에 붙은 발레 수업 공지를 읽는 척하지만 귀를 쫑긋 세우고 있는 게 다 보인다. 닉은 어서 그 자리를 벗어나고 싶었다. 더 이상 관찰 대상이 되고 싶지 않았다. 최대한 눈에 띄지 않는 것이 에레보스의 배후를 밝혀내려 애쓰는 팀을 위하는 길이라 생각했다.

브린은 닉의 거절을 순순히 받아들이지 않았다.

"니키, 너 그렇게 겁쟁이였니?"

브린이 큰 소리로 말했다. 댄은 물론이고 복도 끝에 서 있던 다른 아이들까지 고개를 돌릴 정도였다.

"네 맘대로 생각해."

닉은 그 말만 남기고 브린을 남겨 둔 채 발걸음을 돌렸다.

"그래, 알았어! 그럼 나 혼자라도 할 거야! 나 혼자도 할 수 있다고! 내가 너희 다 상대해 줄게!"

닉은 그러고 싶지 않았지만 브린에게 다시 돌아오지 않을 수 없었다.

"조용히 좀 해! 너 정말 힘들어지고 싶어?"

그 말에 브린은 깔깔대고 웃었다. 정말 소름끼치는 웃음이었다. 브린은 이미 미쳤거나 미치기 직전 같아 보였다.

"힘들어진다고? 니키, 넌 뭘 몰라. 아무것도 몰라. 이보다 더 힘들어질 순 없어. 지금이 최악이야."

그날 닉은 금방이라도 무슨 일이 일어날 듯한 예감에 목을 잔뜩 움츠리고 다녔다. 그러나 아무 일도 일어나지 않았고 오히려 다른 날보다 조용히 지나갔다. 무거운 피로감이 짙은 안개처럼 학교 전체를 감쌌다.

영어 시간에 들어온 왓슨 선생님은 새로운 소식을 전했다.

"제이미 상태가 좋아져서 곧 혼수상태에서 깨운다는구나. 의식이 돌아온 뒤에 상태가 어떨지는 의사도 모른다고 하니까 병문안은 좀 더 기다려야 할 것 같다."

그 소식에 교실 분위기는 잠시 활기를 띠었다. 그러나 닉은 이상하게도 왓슨 선생님의 말이 마음에 와 닿지 않았다. '장애'라는 말이 마음 한구석에 가시처럼 박혀서 다른 아이들처럼 기뻐할 수가 없었다. 제이미는 깨어나겠지만 바보가 될지도 모른다. 사람을 알아보지도 못하고 말도 못하고 다시는 농담도 못할 수도 있다.

닉은 얼굴이 뜨거워질 때까지 손바닥으로 얼굴을 문질렀다. 그런 일은 일어나지 않을 것이다. 절대로.

오후에 집에 돌아온 닉은 최면을 걸 듯 휴대 전화를 바라보며 문자가 오기를 기다렸다. 빅토어와 에밀리 둘 다 문자로 연락하겠다고 했는데 왜 이렇게 조용할까? 오늘 오후로 약속을 잡았어야 했는데. 수요일까지 어떻게 기다리지?

화요일. 월요일과 다를 바 없이 지루하고 우울한 날이 시작되었다.

닉은 시간이 멈춘 것처럼 생각되었다. 시간은 진득진득한 액체처럼 조금씩, 조금씩 더디게 흘렀다. 그러다 12시가 되기 몇 분 전 한 통의 문자가 왔고, 순식간에 모든 것이 바뀌었다.

'긴급 상황! 도움이 필요하니 되도록 빨리 와 줘. 빅토어.'

문자를 읽는 순간 오후 수업은 물 건너간 것이나 다름없었다. 되도록 빨리 와 달라고 했다. 닉은 점심도 안 먹고 출발할 생각이었다. 에밀리에게 연락해야 할까? 닉은 에밀리를 찾아 나섰다. 에밀리는 로비에서 휴대 전화를 이리저리 누르고 있었다. 웬일로 주위에 아무도 없었다. 닉은 재빨리 정보 교환을 시도했다.

"빅토어에게 문자 받았어?"

"응."

"무슨 일인지 알아?"

"아니."

"난 지금 바로 가려고."

"아, 그래."

"뒤따라올 거지?"

"아직은 잘 모르겠어."

문을 여는 빅토어 얼굴에서 평소의 쾌활함은 찾아볼 수 없었다. 빅토어는 심지어 차 권하는 것조차 잊어버렸다.

"지금부터 내가 뭘 보여 줄 건데 너무 놀라지 마. 물론 거짓말일 수도 있어. 그런데 스피디도 나도 어떻게 해야 할지를 모르겠어."

세 사람은 소파 방에 자리를 잡고 앉았다. 닉은 그 방에 들어서자 주말의 꿈같은 시간이 새록새록 떠올라 감회가 새로웠다.

"도대체 무슨 일이에요?"

"스피디가 임무를 받았는데, 오늘 밤에 너희 학교에 포스터를 붙이라는 거야. 적어도 열 장은 돼야 하고 되도록 크게 만들어야 한대."

여기까지 들으면 그렇게 큰일은 아닌 것 같다.

"그런데요?"

"문제는 포스터에 들어갈 내용이야. 그게……. 아, 나 참! 어쩌면 비방일 수도 있고, 차라리 비방이면 좋겠는데, 만약 그게 아니라면 경찰이 맡아야 할 일이야."

스피디가 쪽지 한 장을 내밀었다.

"거기 있는 말을 써서 붙이래. 그나마 난 그라피티는 안 그려도 되니 다행이지."

스피디가 멋쩍은 듯 웃으며 말했다. 닉은 종이쪽지를 펼쳤다. 대체 이게 무슨 소리란 말인가? 다시 읽어도 믿기지 않았다.

"어때? 그게 맞는 거 같니?"

빅토어가 초조한 얼굴로 물었다. 맞나? 아니, 그럴 리가? 아니, 그럴 수 있다. 충분히 그럴 수 있지. 닉은 하염없이 치솟는 분노를 느끼며 쪽지를 노려보았다.

'제이미 콕스의 자전거 브레이크를 고장 낸 사람은 브린 판햄이다.'

"그게 사실이고 아니고를 떠나서 그런 포스터가 학교 담벼락에 붙으면 그 브린 판햄이라는 애는 끝난 거야. 스피디랑 몇 시간 동안 머리를 맞대고 생각해 봤는데 어떻게 해야 할지를 모르겠어. 그 포스터가 붙지 않으면 스피디는 게임에서 쫓겨나잖아. 안 그래?"

닉은 마치 온몸이 마비된 듯싶었다. '네'라고 말하려고 했지만 입술도 떼어지지 않았다. 브린. 그래서 그렇게 정신 나간 사람처럼 웃었던 거다. 그래서 게임에서 나온 거다. 차라리 이 사실을 몰랐더라면! 이럴 때 에밀리가 옆에 있다면, 그래서 혼자 결정 내리지 않아도 된다면 얼마나 좋을까!

"제가 전화해 볼게요. 지금 학교에 있거든요."

닉은 휴대 전화를 꺼내 브린에게 문자를 보냈다.

'급한 일로 연락 바람.'

"아마 곧 전화가 올 거예요. 그동안 차 좀 마실 수 있을까요?"

빅토어는 서둘러 부엌으로 사라졌다.

"참, 케이트도 내 신참으로 합류했어. 잘하더라고. 옛날에 너처럼 다크엘프야."

스피디 말에 닉은 겨우 미소만 지었다. 대화는커녕 미소 짓는 것만으로도 힘들었다. 너무 많은 생각이 한꺼번에 쏟아져 나와 머릿속에서 마구 춤을 추었다. 만약 브린이 범인이라면 그런 벌을 받아도 싸다. 문제는 브린이 당장이라도 미쳐 버릴 것처럼 불안해 보인다는 거다. 학교 건물은 8층이다. 닉은 벌써부터 학교 옥상에서 떨어지는 브린의 모습이 눈앞에 선했다.

한편, 임무를 수행하지 않으면 스피디는 게임에서 쫓겨난다. 학교에는 증인이 수없이 많다. 그 많은 증인이 포스터 같은 건 보지 못했다고 말할 것이다. 퀵스냐 브린이냐, 브린이냐 퀵스냐? 그것이 문제로다. 닉은 괴로운 표정으로 턱을 괴었다. 혼자 결정해야 하는 상황이 너무 버거웠다. 왜 이럴 때 에밀리는 옆에 없는 걸까? 브린만 생각하면 가엾기도 했지만 제이미를 생각하면 브린에 대한 분노가 치밀었다. 이런 상태에서 어떻게 옳은 결정을 내릴 수 있단 말인가?

빅토어가 여러 가지 색깔의 컵과 찻주전자가 든 쟁반을 들고 왔다.

"어제는 정말 이상한 날이었어. 사원 그늘에 진을 치고 쉬는데 전령의 놈이 나타나서 오톨란의 요새에서 가까우니 조심하라고 끊임없이 경고를 하더라고. 그러고 나서 갑자기 덤불 속에서 오크, 좀비, 자이언트 할 것 없이 떼거지로 튀어나왔어. 그때 몇몇은 크게 다쳤지."

빅토어가 컵에 차를 따르자 온 방 안에 차 향기가 은은하게 퍼졌다.

"게임이 끝을 향해 가고 있는 것 같긴 한데 뭐가 어떻게 되는 건지는 여전히 파악이 안 돼. 미치고 환장할 노릇이지. 그래서 내일은……."

그때 닉의 휴대 전화가 울렸다. 닉은 발신인을 확인하며 크게 숨을 들이마셨다. 브린이다.

"닉, 생각이 바뀐 거니?"

"아니. 지금 어디야?"

왜 갑자기 입안에 침이 이렇게 많이 고이는 거지?

"학교 앞 공원."

"혼자야?"

"응."

"내가 뭔가 발견한 게 있는데 너랑 얘기를 좀 해야겠어."

"아, 그래?"

브린은 닉의 목소리에서 닥쳐오는 재앙을 감지한 걸까? 아니면 정말 아무 생각이 없는 걸까?

"제이미 일이야. 제이미가 당한 사고가 사실은 사고가 아니라는 게 확실해졌어. 그건 누군가 제이미의 자전거 브레이크를 끊어 놨기 때문이야. 브린, 솔직히 말해 봐. 네가 그랬니?"

브린은 숨소리만 낼 뿐 한참동안 아무 말도 하지 않았다.

"뭐? 왜…… 왜 나야?"

"그냥 했는지 안 했는지만 말해."

"안 했어! 어떻게 그런 말을 할 수가 있어? 난 아니야."

브린의 흔들리는 목소리를 들으며 닉은 뜨거운 분노가 치솟았다.

"거짓말! 거짓말인 게 다 느껴져."

"무슨 근거로 그렇게 말해? 내가 너한테 뭘 잘못했다고 이러는 거야?"

닉은 잠시 빅토어와 시선을 주고받았다. 빅토어는 우울한 테디베어 같은 표정을 지었다.

"오히려 반대야. 미리 경고해 주려는 거야. 내일 아침에 학교 곳곳에 포스터가 붙을지도 몰라. 네가 제이미의 자전거를 고장 냈고, 그래서 제이미가 사고를 당했다는 내용이야."

"뭐?"

브린은 감정을 절제하려고 무던히 애썼지만 새어 나오는 흐느낌을 막지는 못했다.

"하, 하지만 그건 사, 사실이 아니야."

"다 알고 있으니까 그냥 지금 실토해. 어차피 내일이면 모두 알게 돼."

닉은 확신에 찬 자신의 말투에 스스로도 놀랐다.

"아니야! 내가 한 게 아니야! 어디서……. 도대체 왜 나를 의심하는 거야?"

브린의 목소리에서 걸쭉한 공포가 느껴졌다.

"게임이 그렇게 말했어. 게임이 가장 잘 알 거 아냐? 게임은 모두에게 그 사실이 알려지기를 바라고 있어."

제이미를 그렇게 만든 사람의 덜미를 잡았다는 데서 오는 만족감이나 승리감은 느껴지지 않았다. 닉은 브린에 대한 동정심과 혐오감만 느낄 뿐이었다.

"하지만 난 그러려고 한 게 아니야! 난 그냥 넘어지거나 손목 삐는 것 정도를 생각했어. 절대 그 이상은 아니야! 설마 그런……."

브린은 감정이 격해져 울부짖다가 별안간 말을 끊었다. 아마도 닉과 똑같은 그림이 머릿속에 떠올랐을 테다. 사지가 꺾인 채 피 웅덩이 위에 누운 제이미의 모습 말이다.

"제이미는 너무 빨리 달렸어. 난 뒤에 대고 부르기까지 했어. 그런데 내 말을 듣지 못하고 계속 속도를 내더라고."

닉은 속으로 '그건 내 책임이야.'라고 말했다. 그리고 메마른 음성으로 브린에게 물었다.

"그런데 왜 그런 짓을 했어?"

"왜 했겠어? 당연히 전령이 하라고 했으니까 그런 거지. 어떤 자전거인지 말해 주고 브레이크 푸는 방법을 설명해 줬어. 그림까지 보여 줬다니까."

브린이 메마른 웃음소리를 냈다.

"내가 얼마나 시간을 되돌리고 싶은지 넌 모를 거야. 이제는 무서울 뿐이야. 밤이고 낮이고 무서워 죽겠어. 그러다 잠들면 제이미가 죽는 꿈을 꿔. 제이미가 유령이 돼서 날 데리러 온다고."

브린은 다시 높은 소리로 어린아이처럼 깔깔대고 웃었다. 그 소리를 들으니 닉은 등골에 소름이 쫙 끼쳤다.

"브린, 어쩌면 내가 포스터 붙는 걸 막을 수 있을지도 몰라."

닉이 빅토어와 스피디에게 시선을 주면서 말했다. 스피디는 고개를 끄덕였다.

"그래, 퀵스는 공동묘지에 좋은 자리를 얻게 될 거야. 영웅이라면 아가씨를 위해서 희생할 줄도 알아야지."

"이제부터 내 말 잘 들어, 브린. 경찰에 가서 자수해. 아니면 왓슨 선생님에게 가든가. 누구에게 갈 건지는 네가 알아서 정해. 그리고 제이미가 깨어나면 제이미에게도 실토하고. 그러면 너도 훨씬 덜 힘들 거야."

닉은 피곤한 듯 한 손으로 이마를 문질렀다. 브린은 한참동안 말이 없었다. 그러다 이윽고 들릴 듯 말 듯한 대답이 돌아왔다.

"잘 모르겠어. 생각 좀 해 봐야겠어."

"어쨌든 제이미에게는 내가 얘기할 거야."

제이미의 뇌가 멀쩡해서 그 말을 이해한다면 말이다.

"아, 그래야겠지."

브린의 목소리는 다시 정상으로 돌아온 듯했다.

"저 뒤에 애들이 와. 라시드와 알렉스인 것 같아. 그만 끊어야겠어.
아 참, 닉?"

"응?"

"너에게 게임을 줬을 때 이런 건 전혀 예상하지 못했어. 그냥 너도
좋아할 것 같아서 준 거야."

"알아."

"네가 누구였는지 말해 줄 수 있어? 게임 속에서 말이야."

"그건 왜?"

"그냥, 항상 궁금했거든."

"사리우스."

"정말? 그건 생각하지 못했는데."

브린은 흐느낌이 북받치는지 다시 한 번 훌쩍거렸다.

"난 오웬스차일드였어."

그로부터 두 시간 후 에밀리가 도착했다. 에밀리는 피곤해 보였지
만 닉이 어깨에 팔을 두르자 환하게 미소를 지었다. 닉은 오늘 있었
던 일을 모두 이야기했고, 에밀리가 잘했다고 하자 기분이 좋아졌다.

"다른 사람이 포스터 붙이는 임무를 맡을 수도 있겠지만 어쨌든 브린은 시간을 벌었으니까 잘된 거야. 정말 똑똑하다면 경찰에 자수하겠지. 그런데 왜 게임이 브린에게 그런 벌을 주는 거지?"

에밀리가 이상하다는 듯 물었다.

"에레보스에 대항해 싸우기로 결심했거든. 그런데 그걸 어제 애들이 다 있는 데서 대놓고 말했어."

"저런, 타이밍이 안 좋았네. 요즘 분위기가 심상치 않아. 애들은 계속 위대한 목적 운운하면서 쑥덕거리고. 특히 알렉스. 콜린은 무슨 대단한 비밀인 것처럼 쉬쉬하고. 요즘 같으면 정말 살기 힘들어."

에밀리와 반대로 닉은 요즘이야말로 정말 살 만하다고 생각했다. 에밀리가 옆에 있으니까. 둘은 게임에 열중한 빅토어를 한 시간 가량 지켜보았다.

"퀵스에게 작별 인사해. 쯧쯧, 좋은 녀석이었는데 이렇게 단명하다니."

스피디가 한숨을 폭 쉬었다.

"내일 여기서 다시 모이는 거죠?"

집에 가기 전에 닉이 빅토어에게 다짐을 받듯 물었다.

"학생으로서의 의무를 다하고 나서. 너희가 공부 안 해서 청소부 되는 거 난 책임지고 싶지 않거든."

29

다음 날 학교에는 포스터도 붙지 않았고, 브린도 나타나지 않았다. 닉은 집에 있는 걸 택한 브린을 쉽게 이해할 수 있었다. 설마 이상한 생각을 하진 않겠지? 닉은 브린에게 전화해 볼까 하다가 왓슨 선생님에게 미루기로 하고 쉬는 시간에 말을 걸었다.

"요즘 브린 판햄이 좀 이상해요. 선생님이 한번 얘기를 해 보시는 게 좋을 것 같아요."

"그러게 말이다."

왓슨 선생님은 마치 사실을 다 말하지 않은 걸 안다는 듯 약간 비난이 담긴 눈빛으로 닉을 쳐다보았다.

"오늘 아침에 브린 엄마가 전화를 하셔서 이번 주하고 다음 주 몽땅 병결 처리해 달라고 하시더라. 정신적으로 아주 불안한 상태래. 학교를 옮길 생각인가 보더라고."

그래, 그것도 하나의 가능성이다. 도망치기. 브린은 과연 엄마에게 진짜 이유를 말했을까?

에밀리는 어제보다 더 피곤하고 혼란스러워 보였다. 닉이 의문이 담긴 시선을 보냈지만 외면하더니 잠시 후 문자가 왔다.

'어제 새벽 3시까지 게임했어. 절대 불가능한 임무를 맡았어. 나도 곧 그만두게 될 것 같아. 이따 보자. 보고 싶어! 에밀리.'

닉은 마지막 네 글자를 읽고 또 읽었다. 에밀리가 나를 보고 싶어

한다!

그 문자를 받은 후 닉은 실성한 사람처럼 실실 쪼개고 다니지 않
으려고 무던히 애를 썼다. 곧 수업이 끝난다. 그럼 오후에는 빅토어
의 집에서 티타임이 있을 것이다. 몇 가지 새로운 추측이 나왔을지
도 모른다. 그리고 에밀리를 볼 수 있다. 가끔은 이렇게 살맛 날 때가
있다.

마지막 시간이 끝나자마자 닉은 지하철로 달려갔다. 오늘은 그렇
게 멀리 돌아가지 않을 테다. 두 정거장, 혹은 세 정거장 정도만 반대
방향으로 가다가 시티를 지나 킹스 크로스로 가야지.

모든 게 기름칠한 듯 딱딱 맞아떨어졌다. 뒤따라오는 사람이 있는
지 살폈지만 그런 사람은 보이지 않았고, 지하철도 바로바로 와서 오
래 기다릴 필요도 없었다.

이제 곧 도착한다. 닉은 사람으로 붐비는 옥스퍼드 서커스 역에 서
서 생각했다. 멀리서 기차 들어오는 소리가 들렸다. 이제 곧 도착한
다. 세 정거장만 가면 에밀리를 볼 수 있다. 그리고 빅토어의 아기자
기한 찻잔들…….

그때 갑자기 뒤에서 누군가 힘껏 치는 게 느껴졌다. 처음에는 무
슨 일이 일어났는지 실감이 나지 않았다. 반대편 벽에 그려진 동그란
지하철 표시가 별안간 눈앞으로 다가왔고, 주위 사람들의 비명 소리
가 들렸고, 발밑 땅이 사라지는 느낌이 들었다. 발이 승강장을 떠나
공중을 딛는 모습이 슬로 모션으로 보였고 곧이어 철로가 눈에 들어
왔다. 그제야 닉은 자신이 승강장 밑으로 떨어지고 있음을 깨달았다.

열차 소리는 점점 더 커졌다. 닉은 균형을 잡으려 애썼지만 팔을 허공에 대고 허우적거릴 뿐이었다. 터널에서 새어 나오는 열차의 불빛이 보였다. 사람들은 계속 비명을 질러 댔다.

"이제 곧⋯⋯."

조금 전까지 닉의 머릿속을 맴돌던 말이 완전히 다른 의미가 되어 불쑥 떠올랐다. 순간, 뭔가가 닉을 세게 쳤다. 열차인가? 아니다, 손이다. 닉은 그 힘에 의해 뒤로 내동댕이쳐졌다. 닉이 바닥에 쓰러져 있는 동안 열차가 굉음을 내며 선로로 들어왔다.

수많은 목소리가 닉을 둘러쌌다.

"누군가 뒤에서 밀었어요!"

"아니, 난 못 봤는데!"

"사람이 많아서 밀렸나 보네."

"아니에요, 일부러 그런 거예요! 방금 도망가는 거 봤어요!"

닉은 힘겹게 몸을 일으켰다. 청색 작업복을 입은 키 큰 남자가 도와주었다.

"어휴, 정말 큰일 날 뻔했다. 하늘이 도왔기에 망정이지. 나도 놓치는 줄만 알았어."

닉은 아무 말도 할 수가 없었다. 닉이 휘청거리자 남자가 옆에서 부축했다. 닉은 두 손으로 남자의 팔을 움켜잡았다. 청색 작업복에 튄 하얀색 페인트가 눈에 들어왔다.

열차는 다시 출발했고 대부분의 사람들도 사라졌다. 잠시 후 노란 안전 조끼를 입은 경찰관이 나타나 질문을 퍼부었다. 닉은 목소리를 쥐어 짜내 겨우 대답했다. 네, 누군가 뒤에서 미는 느낌이었어요. 아니요, 얼굴은 보지 못했어요. 네, 작업하는 아저씨가 구해 줬어요. 아니요, 병원에는 안 가도 될 것 같아요.

경찰관은 증인의 이름과 주소까지 모두 기록했다. 증인 중에는 모자를 폭 뒤집어쓰고 도망가는 학생을 본 사람도 한 명 있었다. 경찰관은 승강장에 설치된 방범 카메라를 확인하고 연락을 주겠다는 말도 했다.

닉은 다음다음 열차를 탔다. 발이 제대로 움직여지지 않아 한 발한 발 조심스럽게 내딛어야 했다. 지금은 아무 생각도 말자. 생각은 나중에. 지금은 숨을 들이마시고 내쉬는 데만 집중하자. 닉은 열차벽에 비스듬하게 붙은 노선도에 시선을 고정시켰다. 관심을 다른 곳으로 돌릴 수 있다는 것 자체가 고맙게 느껴졌다. 친숙한 지하철 노선도를 보니 마음이 안정되고 어릴 적에 아빠와 하던 놀이가 생각났다. 센트럴 라인? 빨강. 서클 라인? 노랑. 피카디리 라인? 진청. 빅토리아 라인? 하늘색. 햄머스미스&시티? 분홍.

닉은 심장 박동이 진정되고 호흡이 깊어지는 것을 느꼈다. 죽지도 않았고 혼수상태에 빠지지도 않았으니 다행 아닌가. 다른 모든 것에 대해서는 나중에 생각하자.

"누가 뭘 어쨌다고?"

빅토어는 닉을 소파가 있는 방으로 끌고 갔다. 닉은 바르르 떨리는 빅토어의 가느다란 수염을 보고 하마터면 웃음을 터뜨릴 뻔했다.

476

"난 괜찮아요."

닉은 에밀리의 창백한 얼굴을 보며 말했다.

"조금 어지러울 뿐이에요. 뭐 마실 것 좀 주세요. 찬 걸로요."

빅토어는 서둘러 부엌으로 달려갔고, 곧이어 그릇 깨지는 소리와 혼자 구시렁거리며 바닥을 쓰는 소리가 났다.

"같이 갈걸 그랬어."

에밀리는 옆에 바싹 다가앉으며 양팔로 닉을 껴안았다.

"아니야. 그럼 네가 위장한 것도 다 헛수고가 되잖아. 놈들이 널 의심하지 않으니 다행이야."

"내 위장 전술도 오래가진 않을 거야. 이번 임무는 못할 것 같아."

"뭔데?"

"지금 얘기할 만 한 건 아니야. 네 얘기가 너무 충격적이라……."

빅토어는 큰 주전자에 아이스티를 가득 가져왔다.

"민 사람이 누군지 봤어?"

"아니요. 아마 봤어도 누군지 몰랐을 거예요. 계속 살폈는데 우리 학교 애들이 쫓아오지는 않았거든요."

한참 동안 침묵이 흘렀다.

닉은 골똘히 생각에 빠진 빅토어를 보며 '난 괜찮아요. 아무 일도 없을 거예요.'라고 말해 주고 싶었다. 그러나 정말 그럴까?

닉은 사람들의 긴장을 풀어 주려고 자리에 없는 스피디의 소식을 물었다.

"잘 있어. 케이트에게 신참이 필요해질 때만 기다리고 있어. 그때 다시 게임에 들어가려고. 물론 그때는 다른 이름을 사용해야지."

빅토어는 반지 낀 손을 들어 컴퓨터 방을 가리켰다.

"나한테 인터넷용 가짜 신원이 여섯 개 있는데, 스피디는 그중 하나를 사용할 거야. 내 가상의 분신은 주소지까지 다 있거든. 아 참, 그러고 보니 너도 그걸 사용할 수 있겠다. 스피디 2도 신참이 필요할 테니까……."

과연 그러고 싶을까? 닉은 내면의 소리에 귀를 기울여 보았다. 대답은 분명한 '노'였다. 게임은 더 이상 닉을 자극하지 못했다. 오히려 반대로 그냥 외부 관찰자인 쪽이 편했다.

"아니에요. 그건 됐고, 게임이 어떻게 진행되고 있는지나 알려 줘요. 지금은 어때요?"

"정신없어. 내가 보기엔 극을 향해 치닫는 것 같아. 어젯밤엔 땅귀신하고 싸웠는데, 세상에 사람 머리로 대포를 쏘더라고. 거기서 심하게 다친 애들 많았어. 그건 곧 새로운 임무가 많아진다는 뜻이지."

"내가 딱 그런 경우야."

에밀리가 빅토어의 말을 받았다.

"하지만 난 대포 쏘는 데 있진 않았어. 강가에서 댐을 사수하느라 물귀신과 싸웠어."

땅귀신, 물귀신, 사람 머리로 쏘는 대포. 대포라……. 닉은 순간 관자놀이가 쑤시는 듯 아팠다. 뭔가 생각날 듯 머릿속이 근질근질한 느낌. 뭔가가 있는데……. 분명 그동안 생각하지 못한 뭔가가 있다. 최근에도 접한 적이 있고, 좀 다르긴 하지만 오늘도 어디선가…….

"게임하는 거 구경하고 싶은데 조금만 더 안 할래요?"

닉이 빅토어에게 물었다.

"에레보스에 조금이라는 건 없지. 일단 한번 시작하면 서너 시간은 기본인 거 알잖아. 그럼 한가하게 차 마시면서 쿠키 먹고 수다 떠는 건 잊어버려야지."

빅토어는 휘 한숨을 내쉬었지만 무슨 생각이 났는지 바로 눈빛이 초롱초롱해졌다.

"아니면 너희가 먹여 주든가! 그래, 그거 좋겠다. 게임하면서 먹여 주는 거 먹고. 그럼 천국이 따로 없지!"

에밀리와 닉은 빅토어에게 천국을 만들어 주기로 했다. 두 사람이 땅콩, 쿠키, 젤리, 차 한 주전자를 준비하는 동안 빅토어는 스콰마토를 깨웠다. 빅토어는 게임 시작을 그렇게 표현했다. 도마뱀인간인 스콰마토는 넓은 들판에 혼자 서 있었다. 풀은 다 시든 듯했고, 함께 싸우던 전사는 어디 있는지 보이지 않았다.

빅토어의 헤드폰에서 희미하게 음악 소리가 흘러나왔다. 닉은 그 소리에 정신을 집중했다. 그런데 사리우스가 듣던 음악과는 달랐다. 참으로 이상한 일이다. 스콰마토는 어느새 생울타리를 따라 걸었다. 울타리를 따라가는 것은 좋은 생각이다. 물줄기를 따라가는 것도 좋다. 그렇게 울타리나 시냇물을 따라가다 보면 흥미로운 장소에 도달하곤 했으니까.

그런데 이 울타리는 사리우스도 본 적이 있는 울타리다. 그리 오래되지 않은 일이다. 밤이었다. 어둠 속에서 나팔 모양의 노란 꽃이 빛을 발하고 있었다. 한쪽만 노란 꽃으로 뒤덮인 이상한 울타리였다. 여기도 똑같다. 닉은 뭔가 생각이 날 듯 말 듯해서 미간을 찡그렸다.

"젤리!"

느닷없는 소리에 닉은 생각이 끊겼다. 빅토어가 주문을 하고 입을 벌리고 있었다. 에밀리는 곰돌이 젤리를 몇 개 입안에 넣어 주었다.

스콰마토는 계속해서 걸었다. 저만치 앞에 크고 하얀 것이 꿈틀거리며 움직이고 있었다.

"나도 저기 갔었어요!"

닉이 외쳤다.

"저거 기념탑이에요. 뱀이 남자 세 명을 휘감아서 죽이는 동상인데, 꽤 유명해요."

그 말에 빅토어는 한심하다는 표정으로 닉을 흘겨보았다.

"라오콘 군상이잖아. 또 고대 그리스에 관계된 게 나왔군. 그나저나 정말 감각적인 작품이야."

기념비 주위에는 이번에도 전사들이 모여 있었다. 붉은 목걸이를 매단 블러드워크, 멀지 않은 곳에 누락스도 보였다.

"내 생각에 이건 일종의 경고야. 트로이의 사제 라오콘은 그리스에서 보낸 목마를 들이는 데 반대한 사람이야. 그 이야기는 알지?"

빅토어가 닉을 흘깃 쳐다보았다.

"그래서 포세이돈이 물뱀을 보내 라오콘과 그의 아들들까지 죽이게 했지. 내가 보기에 이 게임은 트로이 목마와 닮은 점이 많아."

닉은 잡힐 듯 말 듯 떠오르는 생각에 이마를 찡그렸고, 에밀리는 끊임없이 떠드는 빅토어의 입에 땅콩 한 줌을 집어넣었다.

전령이 한 말 중에 이와 관계된 게 있었다. 사리우스를 이 장소로 보내면서 한 말이다. 그때 전령은 꽤 재미있어 했고, 그의 노란 눈도 다른 때보다 밝게 빛났다. 전령이 그렇게 재미있어 한 이유가 트로이 목마에 대한 암시였을까?

닉은 다시 한 번 라오콘 군상을 자세히 보았다. 세 남자의 일그러진 얼굴, 뱀에서 벗어나려는 절망적인 몸부림, 그리고 그 뒤로 펼쳐진 울타리. 녹색과 노랑. 현실에서는 어느 정원사도 따라할 수 없을 정도로 반듯하게 줄지어 피어 있는 노란 꽃송이. 전령이 키득거리던 모습이 다시 머릿속에 떠올랐다.

닉은 순간적으로 눈앞이 새까매졌다. 그게 그럼…… 혹시…… 잠깐…….

"생각났어!"

닉이 별안간 의자에서 벌떡 일어나며 외쳤다. 목소리가 뒤집혔고 곧이어 의자도 바닥으로 넘어지며 뒤집혔다.

"생각났어. 바로 그거야."

눈이 둥그레진 빅토어가 헤드폰을 벗으며 닉을 쳐다보았다.

"뭐가 생각났다는 거야?"

"코드요! 여기가 어딘지 알아요! 이건 잘 봐 봐요. 노랑—녹색에 기념탑이 있잖아요!"

에밀리와 빅토어는 영문 모르는 표정으로 서로를 쳐다보았다.

"더 구체적으로 말해 봐."

에밀리가 부드럽게 말했다.

"여기가 어딘지 이제 알겠어. 내가 코드를 깼어. 노랑―녹색, 빨강―파랑."

그러나 에밀리와 빅토어는 여전히 어안이 벙벙한 표정이었다.

"이 색깔은 런던 지하철 노선을 의미하는 거야. 여긴 모뉴먼트(Monument 기념비, 기념탑이라는 뜻이 있음―옮긴이) 역이고. 모뉴먼트 역에는 서클, 디스트릭트 라인이 다녀. 노랑과 녹색, 울타리 색깔하고 똑같잖아. 이제 알겠어?"

빅토어는 눈을 가늘게 뜨고 닉과 컴퓨터 화면을 번갈아 보더니 중얼거렸다.

"그래, 맞아. 이럴 수가!"

그러더니 갑자기 한 손을 쑥 내밀며 닉에게 악수를 청했다.

"내가 이제까지 네 두뇌 용량에 대해 말한 거 다 취소한다. 너 진짜 천재야!"

닉과 에밀리가 지하철 노선도를 찾아 집 안의 모든 서랍을 뒤지는 동안 빅토어는 괴로워 어쩔 줄 몰랐다. 스콰마토 때문에 컴퓨터 앞에 붙어 있어야 했으니까.

"아우, 전투 시작하면 안 되는데! 얘들아, 지금은 아무 일도 없는데 잠깐 중단해도 될까? 완전 조용해! 이러다가 갑자기 놈이 나타나서 전투에 내보내면 두 시간은 매달려 있어야 하는데. 에라, 모르겠다. 전령이고 뭐고 알아서 하라고 해."

빅토어는 마우스를 몇 번 클릭하더니 의자에서 벌떡 일어났다.

그동안 지하철 노선도를 찾은 에밀리는 소파 방 탁자 위에 노선도를 펼쳤다. 그리고 닉의 손을 덥석 잡으며 흥분이 가시지 않은 목소리로 말했다.

"네 말이 맞아. 내가 처음으로 전투를 치른 곳은 붉은 강이 흐르는 곳이었어. 무너져 가는 풍차도 있었고. 처음에는 돈키호테가 생각났는데 그게 아니었어. 센트럴 라인의 홀란드 파크(Holland Park)야."

에밀리는 그렇게 말하고 노선도에서 그 주변을 살폈다. 붉은 강. 닉은 지하 세계에서 헤매던 일을 떠올렸다. 붉은 강을 따라가자 백색 도시가 나왔었다.

"화이트 시티(White City). 그다음에 분홍색 울타리를 따라갔어. 햄머스미스&시티 라인이야. 첫 번째 정거장이 셰퍼즈 부시(Shepherd's Bush) 역이야."

닉이 고개를 들고 말했다.

"그렇게 징그러운 양은 난생 처음 봤어. 양치기를 다 잡아먹었더라고."

닉은 손가락으로 라인을 계속 따라갔다.

"골드호크 로드(Goldhawk Road). 여기선 황금매에게 당할 뻔했어."

"분홍색 울타리. 나도 거기 갔었어. 커다란 나무 위에 왕관이 얹혀 있었어."

에밀리가 손가락으로 지도를 짚었다.

"로열 오크(Royal Oak). 와, 미치겠다!"

빅토어는 아무 말도 하지 않았지만 긴장과 흥분에 몸을 떨었다.

"어제, 아니 며칠 전부터 오톨란의 요새에 가까이 왔다. 결전의 날이 다가왔다면서 난리였거든."

빅토어가 손가락으로 서클, 디스트릭트 라인을 가리켰다.

"템플(Temple). 놈들이 가장 난리를 친 곳이 템플이야. 그런데 오늘은 모뉴먼트에 이르렀잖아. 허, 참. 그리고 이것 봐. 그다음은 바로 캐논 스트리트(Cannon Street)야. 왜 하필 사람 머리로 대포를 쐈는지는 모르겠지만 말이야."

셋은 머리를 맞대고 알록달록한 노선도를 들여다보았다.

나이츠브리지(Knightsbridge). 저기가 내 종착역이었어. 닉은 집채만 한 기사에게 떠밀려 다리 밑으로 떨어진 일을 떠올렸다. 아, 왜 여태까지 그 생각을 못했을까?

"즉, 템플 역 근처 어딘가에 오톨란의 요새가 있다는 뜻이야. 런던 시티 한가운데에."

빅토어가 혼잣말처럼 중얼거렸다.

"중세의 요새 같은 건 아닐 거야. 어떻게 하면 그 장소를 찾아낼 수 있을까?"

에밀리도 생각에 빠진 얼굴이다.

닉 역시 밤새도록 생각했다. 단 셋이 어떻게 네다섯 개의 지하철역 입구를 지킨단 말인가? 그리고 뭘 찾아야 하는 거지? 게다가 빅토어의 말대로라면 시간도 너무 촉박하다.

30

아침에 빅토어에게 문자가 왔다.

'놈들이 오톨란과 흑인 동생들 얘기를 하는 걸 보니 블랙프라이어스(Blackfriars) 역이 아주 틀린 것 같지는 않아.'

에밀리에게도 연락이 갔는지 곧 문자가 왔다.

'블랙프라이어스에 특별한 게 뭐가 있지?'

없다. 블랙프라이어스 다리, 극장, 큰 기차역이 있긴 하지만 특별하다고 할 만한 건 없다. 기차역을 요새라고 할 수 있나? 그 밖에는 빌딩, 레스토랑, 그리고…… . 주차장! 닉이 사진을 찍은 주차장이 있다. 물론 우연일 수도 있다. 하지만 아닐 수도 있다!

닉은 어떤 가능성이 있는지 재빨리 머릿속에 그려 보았다. 유일한 단서는 그 주차장과 재규어다. 아직 7시 반이다. 지금부터 그 주차장에 가서 매복하고 있으면…… .

미쳤구나, 미쳤어.

그런데 그것 말고는 다른 생각이 떠오르지 않는다는 게 더 문제였다. 닉은 에밀리에게 오늘 결석한다고 문자를 보내고 배낭을 집어 들었다.

닉이 주차장 앞에 도착한 시각은 8시 15분경이었다. 골목이나 구석이 없어서 숨기에는 최악의 장소였다. 그래서 되도록 눈에 띄지 않게 왔다 갔다 하며 주차장으로 들어가는 차를 주시했다. 주차장은 주변 회사에 다니는 직장인에게 인기가 많은 듯했다. 노란색과 검은색 줄무늬의 차단기 뒤로 차가 연달아 사라졌지만 재규어는 눈에 띄지 않았다.

이상할 것도 없지, 뭐. 닉은 스스로를 나무랐다. 바보 같은 생각이었다. 여기에 한번 주차했다고 해서 그 차가 오늘 다시 나타나라는 법은 없다. 하지만 그때 전령은 사진을 찍을 때까지 계속 이 주차장에 와서 기다리라고 했다. 전령이 아무것도 모르면서 한 말은 아닐 거다.

다시 주차장 앞을 서성인다. 포드 한 대, 도요타 한 대, 스즈키 한 대, 다시 도요타, 폭스바겐 골프…… 닉은 집중력이 산만해짐을 느꼈다. 안 돼, 딴생각을 해선 안 돼. 벤츠 한 대, 혼다 한 대, 또 혼다……. 그렇게 30분이 지나자 진이 다 빠지고 춥기까지 했다. 닉은 두꺼운 점퍼를 가져올걸 하고 후회했다. 그래도 한 시간 정도는 더 버틸 수 있겠지. 사나이 대장부가 칼을 뺐으면 무라도 잘라야지.

그때 은회색 재규어가 차단기 앞에 멈춰 섰다. 저 차가 맞나? 닉은 실눈을 뜨고 번호판을 확인했다. LP60HNR. 그 번호다. 차단기가 열리고 재규어가 안으로 미끄러져 들어갔다.

빅토어 말이 맞아. 난 천재야, 천재!

이제 재규어의 주인을 따라가기만 하면 된다. 그런데 출구가 어디지? 자동차 출구는 있는데, 사람이 다니는 출구는 어디 있지?

닉은 건물을 돌아 달리기 시작했다. 저쪽에서 사람들이 나오는 게 보였다. 출구가 여러 개 있는 건 아니겠지?

닉은 걸음을 멈추고 주위를 둘러보았다. 그때 그 남자가 눈에 들어왔다. 분명히 닉이 사진을 찍은 그 남자다. 남자는 뉴브리지 가 쪽으로 걸어가고 있었다. 좋았어, 이제 놓치지만 않으면 돼. 닉은 어느 정도 거리를 두고 남자의 뒤를 쫓았다. 그러나 금방이라도 남자가 사라질까 봐 눈도 깜박이지 못했다.

두 사람은 뉴브리지 가를 따라 내려갔다. 미행당하는 걸 눈치챈 걸까? 남자는 상당히 불안해 보였다. 몇 걸음 가다가 뒤를 돌아보더니 또 몇 걸음 가다가 주위를 두리번거리는 모양이 뭔가 두려운 듯싶었다. 닉은 놓칠까 봐 겁이 났지만 남자와의 간격을 넓혔다. 이제는 정말 정신 바짝 차려야 한다. 세인트폴 성당이 어딘지 물어보는 일본인 남녀에게 정신이 팔려서도 안 된다. 닉은 옳다고 생각되는 방향을 말없이 가리키고 계속 걸었다.

남자는 브라이드웰 플레이스에 이르러 어느 건물로 들어갔다. 리모델링 중인지 유리로 된 전면과 하얀 벽의 대부분은 건축용 구조물에 가려져 있었다. 닉은 결단을 내리지 못하고 건물 앞에서 걸음을 멈췄다. 처음에는 아무 생각 없이 따라 들어갈 뻔했지만 무엇보다도 눈에 띄지 않는 게 중요하다는 생각이 들었다. 남자는 경비원에게 인사를 하고 황동으로 장식된 엘리베이터 안으로 사라졌다.

그렇다면 높은 층에 사무실이 있다는 뜻이다. 고급 자동차에 고급 양복, 당연히 사무실도 고급일 테다. 경비원에게 물어볼까 하는 생각도 들었지만 그건 좋은 생각이 아닌 듯했다. 그러고 보니 출구 앞에 붙어 있는 회사 문패가 도움이 될 법도 하다.

컨설팅 자문 회사, 부동산 중개 회사. 외모로 봐서는 둘 다 어울린다. 그 밖에 제약 회사가 하나 있고, 또……. 닉은 숨을 꼴딱 삼켰다. 네 번째 회사 이름을 보니 이거다 싶었다.

'소프트 서스펜스. 컴퓨터 게임, 스마트폰 게임, 콘솔 게임. 당신의 즐거움을 위한 모든 것.'

닉은 만약의 경우를 대비해 휴대 전화로 문패 사진을 찍었다. 에밀리에게 전화해서 알려 줄까? 아니다, 에밀리는 아직 학교에 있다. 빅토어! 그렇지, 빅토어에게 알려야겠다. 그러나 빅토어는 전화를 받지 않았다. 그렇다면 찾아가야지.

닉은 다시 지하철 쪽으로 갔다. 그런데 아까 미행하면서 신경이 날카로워진 탓인지 건너편 길가에서 걸어가는 라시드 모습이 바로 눈에 띄었다.

라시드도 나를 봤을까? 그런 것 같지는 않다. 라시드는 평소와 똑같이 질질 끄는 걸음걸이로 고개를 움츠린 채 어디론가 가고 있었다. 앞만 보고 걷는 라시드는 품에 녹회색 봉투를 안고 있었다. 닉은 그 안에 뭐가 들어 있는지 궁금해서 미칠 지경이었다. 라시드가 멈춘 곳은 물론 그 건물 앞이었다. 닉은 다른 건물 입구 뒤에 몸을 숨겼다. 라시드는 건물을 올려다보더니 바지 주머니에서 카메라를 꺼내 건물을 찍기 시작했다. 가까이서도 찍고 멀리서도 찍고 여러 각도에서 찍었다.

닉이 그 남자의 자동차를 찍은 것처럼 라시드는 사무실을 찍는 것이다. 라시드는 건물 옆면도 찍으려는지 손에 카메라를 든 채 건물 왼쪽 모퉁이를 돌아 사라졌다.

닉은 라시드가 다시 나타나기를 기다렸지만 라시드의 모습은 보이지 않았다. 닉은 숨어 있던 건물에서 나왔다. 지금 라시드를 쫓아가면 둘이 마주칠 수도 있다. 그것만은 피하고 싶었다. 그래서 5분을 더 기다렸다. 그리고 그 5분이 지나자 자신을 바보 멍청이라고 욕하며 지하철로 갔다. 라시드를 놓치긴 했지만 오늘 아침에 올린 성과는 자랑할 만했다.

"꼭두새벽에 사람을 깨우다니 충분한 이유가 있겠지?"

빅토어는 눈이 반쯤 감긴 채 스누피 가운 차림으로 문을 열어 주었다.

"차 끓일게요. 그다음에 얘기해요."

"꼭 헤어진 내 여자 친구처럼 말하네."

빅토어는 잠에 취한 걸음걸이로 부엌으로 가서 냉장고에 기댔다.

"새벽 4시 반까지 싸웠어. 템플 주변에서. 이제 내 장비는 모두 금이야. 보라색 도마뱀 피부에 아주 잘 어울리지."

닉은 전기 주전자를 켜고 거름망에 찻잎을 넣었다.

"소프트 서스펜스라는 이름 들어 봤어요?"

"그럼. 당신의 즐거움을 위한 모든 것. 저주받은 자, 퍼스트샷, 매의 전설, 모두 그 회사에서 만든 거지. 다 괜찮은 게임이야."

빅토어가 하품을 하며 말했다.

"그 회사가 블랙프라이어스 역 근처에 있어요. 브라이드웰 플레이스에요."

"아, 그래? 그런데 그게 어쨌다는 거야? 무슨 말을 하려는 건지 잘 모르겠는데."

빅토어가 미간을 찌푸렸다. 닉은 재규어와 재규어의 주인을 기다렸다가 사진 찍은 얘기를 해 주었다.

"게임하는 동안 블랙프라이어스와 관계가 있던 건 그 임무 하나뿐이었어요. 그래서 오늘 아침에 그 주차장 앞에 가서 기다렸어요. 그랬더니 그 남자가 나타났고 전 뒤를 따라갔어요. 그 사람이 어디로 갔는지는 말 안 해도 알겠죠?"

"소프트 서스펜스 지사로 갔다는 거지?"

빅토어의 미간 주름은 더욱 깊어졌다.

"그런데 여전히 모르겠어. 소프트 서스펜스가 에레보스를 만들지는 않았어. 만약 그랬다면 무슨 얘기가 있었을 거야. 언론에서도 난리가 났을 테고. 업계 관계자들은 손가락을 쭉쭉 빨면서 그 게임 나오기만 기다렸을걸."

"그 회사에 대해 아는 거 더 없어요?"

"다른 건 없어. 사실 게임 말고는 잘 몰라. 물론 작은 소프트웨어 개발 회사를 몇 개 먹어치웠다는 건 알지만 그건 이쪽 분야에서는 항상 있는 일이고. 그 회사 잘나가는 회사야. 그게 다야."

닉은 생각에 잠긴 채 뜨거운 물을 찻잎 위에 부었다. 그리고 피어오르는 차 향기를 들이마셨다.

"그 회사와 에레보스 사이에 무슨 관계가 있는 게 분명해요. 우리 학교 애 하나가 카메라로 그 건물을 찍고 있었어요."

"그래? 그 애도 재규어 주인을 따라간 거야? 아, 뭐가 어떻게 된 건지 모르겠네. 도저히 머리가 안 돌아가. 잠이 더 필요해."

빅토어는 멍한 얼굴로 머리를 세차게 흔들었다.

"이제 겨우 단서를 찾았어요. 그 남자가 누군지 꼭 알아내야 해요."

"그래, 좋은 생각이야."

말은 그렇게 했지만 빅토어의 눈은 스르르 감겼다. 빅토어의 입에서 당장 쓸 만한 대답이 나올 것 같지는 않았다. 닉은 일단 빅토어를 소파에 앉히고 손에 찻잔을 쥐어 준 다음 마지막 남은 용돈으로 아침거리를 사러 나갔다. 그리고 빵집 앞에 줄을 서서 기다리면서 에밀리에게 문자를 보냈다.

'중요한 걸 알아냈어. 지금 크로머 가에 와 있어. 너도 여기 있다면 좋을 텐데.'

다시 집으로 돌아오자 빅토어가 여전히 얼굴색은 좋지 않지만 훨씬 말짱해진 얼굴로 기다리고 있었다.

"난 지금 아무것도 못 먹어."

"왜요?"

"네가 나가 있는 동안 구글에서 검색해 봤어. 이거 보면 너도 믿기지 않을걸."

빅토어는 닉이 손에 든 크루아상 봉지를 내려놓자마자 노트북 앞으로 잡아끌었다.

"자, 네가 직접 봐."

노트북 화면에는 소프트 서스펜스 홈페이지가 열려 있고 '신의 피'라는 새 게임 홍보가 나와 있었다. 하지만 거기 등장하는 신들은《그리스 신화》보다는 철갑로봇과 더 가까워 보였다. 즉, 그래픽만 봐서는 에레보스와 전혀 닮은 구석이 없었다.

"이게 어쨌다고요?"

"이건 그냥 첫 페이지야. 언론 보도로 들어가 봐."

빅토어가 닉의 어깨에 손을 올리며 말했다. 닉은 뉴스를 클릭했다.

소프트 서스펜스에서 개발한 「매의 전설」이 전설적인 판매 기록을 보이고 있다. 「매의 전설」은 시판 후 한 달이 지난 현재 60만 장이 팔리는 성과를 거두었다.

그 기사 밑에는 재규어 주인이 가죽 의자에 앉아 카메라를 향해 미소 짓는 사진이 실렸다. 그러면 그렇지! 역시 내 예감이 틀리지 않았어. 닉은 뿌듯함을 느끼며 사진 아래 달린 텍스트를 읽었다. 그리고 곧 믿기지 않는 얼굴로 빅토어를 쳐다보았다.

"설마요?"

"설마가 아니야. 네가 잭팟을 터뜨린 거야. 알라딘의 보물 창고를 발견했다고. 빌어먹을, 닉, 저 사람에게 어서 경고를 해 줘야 해."

"네, 맞아요."

닉은 사람 좋은 웃음을 짓는 사진 속 남자의 얼굴을 응시했다. 그러나 눈길은 자꾸만 사진 아래에 있는 텍스트로 향했다.

"우리는 「매의 전설」에 모든 역량과 창의력을 쏟아 부었습니다. 게임 시장에서 이렇게 좋은 반응을 얻으니 뿌듯합니다." 소프트 서스펜스 대표 앤드류 오톨란의 말이다.

오톨란은 멧새가 아니었다.

"좀 더 철저하게 검색했어야 했는데……. 그럼 더 일찍 알았을 거예요."

닉이 혼잣말처럼 중얼거렸다.

"아닐 수도 있어. 그런 이름을 가진 사람이 수억 될 텐데. 뭐, 수억은 아니어도 한둘은 아닐걸."

앤드류 오톨란은 사진 속에서 여전히 웃는 얼굴로 둘을 쳐다보았다.

에레보스는 정말 오직 이 남자를 없애려는 목적으로 만들어진 것일까? 하지만 어떤 이유에서? 오톨란에게 경고를 해야 한다면 어떤 식으로 해야 할까? 그리고 무엇을 조심하라고 한단 말인가?

"내가 알아서 할게."

빅토어가 회사 홈페이지에서 발견한 전화번호로 전화를 걸었다.

"여보세요? 오톨란 씨와 통화 좀 하려고 하는데요. 네, 연결해 주세요."

잠시 침묵.

"네, 전 빅토어 랜스키라고 합니다. 아니요, 약속은 안 했는데요."

빅토어가 다른 사람에게 말했다. 정확히 뭐라고 하는지는 들리지 않았지만 거절하는 듯한 고음의 여자 목소리가 났다.

"네, 그러시군요. 전 기자인데 오톨란 씨에게 긴히 전할 중요할 말이 있습니다."

빅토어는 쉽게 물러서지 않았다. 다시 날카로운 여자 목소리가 들렸다. 빠르게 내뱉는 여비서의 말투다.

"이봐요, 이건 정말 중요한 일이에요. 사장님이 꼭 듣고 싶어 할 정보라고요. 아니요, 전할 말은 없습니다. 네? 랜스키요, 엘, 에이, 엔, 에스, 케이, 와이. 네 전화 달라고 하십시오. 급한 일입니다. 서두르라고 하세요!"

빅토어는 전화를 끊고 한심한 듯 콧김을 내뿜었다.

"이 사람 나한테 전화 안 할 거야. 비선지 뭔지 그 딱딱거리는 여자, 내 전화번호도 안 물어봤어."

"발신 번호가 떴을 수도 있잖아요."

"아니야. 비밀번호라서 안 떠."

빅토어가 초콜릿 크루아상을 꺼내며 말했다. 닉은 잠시 고민하다가 아까 그 번호를 다시 눌렀다.

"안녕하세요. 오톨란 씨와 통화하고 싶은데요."

"사장님 비서실로 연결해 드릴게요."

색소폰 연주음이 나더니 다시 누군가가 전화를 받았다.

"네, 앤드류 오톨란 씨 사무실의 앤 위즈번입니다."

아까 그 딱딱거리던 여자다.

"저, 제 이름은 닉 던모어라고 하는데요. 오톨란 씨에게 꼭 해야 할 말이 있어요. 급해요! 생사가 달린 문제라고요."

"네?"

"생사가 달린 문제라니까요! 농담 아니에요!"

닉은 긴장감에 입이 바싹바싹 탔다. 오톨란에게 미친놈 취급을 받지 않으면서 이 상황을 전달할 방법이 뭐가 있을까?

그때 부스럭거리는 소리가 나더니 뒤에서 희미하게 사람 소리가 났다. 비서가 손으로 수화기를 막은 듯했다. 잠시 후 누가 수화기를 탁 채 가는 소리가 났고 남자 목소리가 들렸다. 남자는 전화기에 대고 고래고래 소리를 질렀다.

"내가 너희 도청해서 다 잡아낼 거야! 이건 전화 테러야, 이 나쁜 놈들아! 너희 다 잡아서 감옥에 처넣을 거라고! 이게 마지막 경고야!"

툭.

전화가 끊겼다. 닉은 100미터 달리기를 하고 난 것처럼 심장이 거칠게 뛰었다.

"내가 협박 전화한다고 생각했나 봐요."

"응, 나도 들었어. 그 정도면 밖에서도 들리겠더라."

"그동안 겁주는 전화를 많이 받은 거겠죠."

생각해 보면 쉽게 유추할 수 있는 일이다.

"응, 에밀리도 그런 전화를 했었지."

둘은 각자 생각에 골몰한 채 침묵 속에서 아침 식사를 했다. 닉은 지금 이 상황에서 할 수 있는 일이 뭔지 생각했다. 다시 블랙프라이어스로 가서 오톨란이 문을 열어 줄 때까지 사무실 문을 두드려?

하지만 먼저 에레보스가 오톨란을 그토록 미워하는 이유가 뭔지 알아야 한다.

"형은 컴퓨터 게임 업계에 대해서 좀 알죠?"

"잘 알지."

"오톨란과 에레보스 관계에 있어서 뭐 짚이는 거 없어요?"

"아니, 전혀 없어. 완전히 장님 코끼리 만지기야. 오톨란에 대해서 더 알아봐야 하지 않을까?"

에밀리는 예상보다 빨리 도착했다. 그러나 빅토어와 닉은 여전히 제자리걸음만 하고 있었다. 알아낸 것이라고는 오톨란이 윔블던 파크 골프 클럽 회원이라는 것, 가끔 유니세프를 위해 자선 디너파티를 연다는 것, 그리고 인터뷰를 자주 하지 않는다는 것 정도였다.

오톨란의 정체를 알고 신선한 충격에 사로잡힌 에밀리는 열정적으로 검색에 임했다.

"어쩌면 개인적인 원한이 아닌지도 몰라. 사람이 아니라 회사와 관계된 걸 수도 있어."

에밀리는 노트북을 자기 쪽으로 돌려놓고 구글 검색창에 '소프트 서스펜스'라고 쳤다.

"그건 사막에서 바늘 찾기야. 게임 평 다 읽고 이베이 경매까지 다 뒤지고 나면 크리스마스가 돼 있을걸."

"그건 그래."

에밀리는 눈을 가늘게 뜨고 생각하더니 '오톨란, 적'이라고 쳤다. 그랬더니 멧새를 잡아먹는 천적 매에 대해서 엄청나게 많은 결과가 나왔다.

"아이, 참! 그렇다면 다른 걸 쳐 보면 되겠지."

에밀리는 실망하지 않고 검색을 계속했다. '소프트 서스펜스'와 '희생자'를 함께 쳤더니 매의 전설에 대한 게임 설명이 주를 이루었고, 회사 이름에 '경쟁자'를 조합했더니 컴퓨터 게임 업계의 경영 정보 같은 것이 잔뜩 나왔다.

에밀리는 숙녀답지 않은 욕설을 내뱉었다.

"에이, 무슨 말인지 하나도 모르겠네. 만약 경쟁 회사가 소프트 서스펜스를 망하게 하려는 거라면 우린 그 배후에 누가 있는지 절대 못 찾을 거야."

수많은 회사 이름 앞에서 고민하던 에밀리는 다른 검색어를 치며 중얼거렸다.

"이 회사가 나쁜 짓을 했을지도 모르지."

'범죄, 소프트 서스펜스'라고 치자 이번에는 결과가 딱 네 개 나왔다. 첫 번째는 불법 복제는 범죄이고 소프트 서스펜스가 최근 게임 복제를 방지하는 장치를 개선했다는 내용이었다. 에밀리는 마우스를 움직여 다른 결과를 클릭하다가 2년 전 날짜의 기사에서 멈추었다.

······ 사기 및 절도 혐의로 유죄 판결을 받고 실형 6년에 처해졌다. 선도적인 신기술을 갖추었다고 하는 이 게임은 원래 게임 개발 업체 소

프트 서스펜스의······.

에밀리는 인디펜던트 신문의 기록물인 그 기사를 클릭했다. 몇 줄만 읽어도 무슨 내용인지 대충 짐작이 갔다. 하얀 종이에 검은 활자로 분명하게 씌어 있었다. 그러나 전체 기사 내용은 닉의 예상을 훨씬 뛰어넘었다.

게임개발자 유죄판결

컴퓨터 게임인 「신들의 빛」 저작권을 둘러싼 2년간의 법정 공방 끝에 드디어 판결이 내려졌다. 런던 소재의 소프트웨어 개발 회사 '배이 투파'의 대표 이사이자 소유주인 래리 맥배이는 사기 및 절도 혐의로 유죄 판결을 받고 실형 6년에 처해졌다. 선도적인 신기술을 갖추었다고 하는 이 게임은 원래 게임 개발 업체 소프트 서스펜스의 작품이라고 한다. 소프트 서스펜스 대표 앤드류 오톨란은 판결 결과에 반가움을 나타내며 "이 게임은 수년간의 노고와 수백만 파운드의 자본이 투입된 결과입니다. 그런 물건을 눈 뻔히 뜨고 앉아서 도둑맞을 수는 없죠."라고 말했다.

맥배이는 재판 초기부터 「신들의 빛」을 만든 사람은 자신이며 소프트 서스펜스에게 도둑맞았다고 주장해 왔다. 그러나 소프트 서스펜스 측이 절도, 뇌물수수, 협박, 속임수를 썼다고 주장했을 뿐 한 번도 제대로 된 증거를 내놓은 적은 없다. 오톨란은 "우리 소프트 서스펜스는 업계에서 명망이 있는 회사로 절대 범죄 집단이 아닙니다. 재판 결과

498

가 그 사실을 분명하게 보여 주고 있습니다. 맥배이 측의 주장은 증거도 없이 결과를 뒤엎으려는 우격다짐일 뿐입니다."라는 말로 비판을 일축했다.

이에 대해 맥배이는 결정에 승복할 수 없으며 모든 가능한 법적 수단을 동원하겠다는 입장을 밝혔다.

닉은 기가 막혀 아무 말도 나오지 않았다. 에밀리도 심각한 표정으로 입을 꾹 다물고 있었다.

반면 함께 기사를 읽은 빅토어는 무릎을 탁 치며 에밀리를 치켜세웠다.

"그렇지! 셜록 홈즈와 필립 말로를 합친 것보다 에밀리가 낫다. 대단해!"

닉은 머릿속이 혼란스러웠다. 과연 래리 맥배이가 아드리안의 아빠일까? 맥배이는 흔한 성은 아니다. 이것을 우연이라고 보기는 힘들었다.

"너희 왜 그래? 왜 아무 말이 없어? 이건 대단한 발견이야. 이 래리 맥배이라는 사람이 수수께끼를 풀어 줄 수도 있어. 오톨란과의 법정 싸움에서 졌으니까 분명 오톨란을 미워할 거라고. 어쩌면 이레보스를 알고 있을지도 몰라. 이 사람을 찾아내서 얘길 해 봐야겠어."

닉은 떨어지지 않는 입을 열어 겨우 말했다.

"그건 불가능해요. 그 사람 자살했어요."

에밀리와 닉은 빅토어에게 래리 맥배이가 아드리안의 아빠일 가능성이 있다는 것과 최근 아드리안의 행동이 이상했음을 알렸다.

"CD 내용이 뭔지 계속 궁금해했어요. 그리고 그게 게임이라는 걸 알고 나서는 제발 손 떼라면서 애원하다시피 했어요."

그 이유가 뭔지는 닉도 알지 못했다. 법정에서 문제가 된 것은 에레보스가 아니라 신들의 빛이었다. 신들의 찬란한 빛.

빅토어는 노트북을 끌어당겨 기사를 다시 한 번 읽었다.

"그래, 그러고 보니 이 사건 기억나. 그런데 이상한 게 하나 있었어. 양쪽 다 그 게임의 특이한 점은 밝히지 않았어. 그저 뼈다귀를 물고 놓지 않는 개들처럼 서로 으르렁거리기만 했지. 그 게임은 지금까지도 시장에 나오지 않았어."

빅토어가 계속 기사를 찾는 동안 에밀리와 닉은 앞으로 어떻게 할 것인지 의논했다. 에밀리가 한숨을 푹 쉬더니 말했다.

"아드리안을 만나야 해. 지난번에 꽤 오랫동안 얘기해 봤는데, 괜찮은 애야. 나이에 비해 엄청나게 성숙하고 생각도 깊어."

"그래, 만나 보자."

닉이 고개를 끄덕였다.

얼마 전 아드리안이 한 말이 떠올랐다. 그 CD를 받아서는 안 되지만 그 안에 뭐가 들어 있는지는 꼭 알아야겠다고 했다. 닉은 순간적으로 뭔가 분명해지는 느낌이 들었지만, 그게 뭔지는 알 수 없었다. 아드리안과 툭 터놓고 얘기를 해야 한다. 모든 것을 사실대로 말하고 그 대신…….

"세상에!"

빅토어가 놀라 외치는 소리에 에밀리와 닉은 동시에 뒤를 돌아보았다.

"젠장. 얘들아, 이거 점점 무서워진다."

"왜요?"

"'프로그램 개발자 자살. 9월 13일 저녁 런던 북부에 사는 소프트웨어 기업 대표 래리 맥배이가 자택 다락방에서 목을 매 숨진 채 발견됐다. 수사 결과, 타살의 흔적이 보이지 않는 점으로 미루어 보아 자살로 추측된다. 맥배이는 3주 전 재판에서 실형 6년을 선고받은 것을 비관해 스스로 목숨을 끊은 것으로 보인다.'"

"우린 이미 알고 있었어요."

닉이 말했다.

"래리 맥배이를 실제로도 알았니? 직접 만난 적 있어?"

"아니요. 아드리안은 아빠가 자살한 뒤에 우리 학교로 전학 왔어요."

"그럴 줄 알았어. 그럼 이제부터 놀랄 준비해라."

빅토어는 그렇게 말하고 노트북을 돌렸다. 에밀리는 화면을 보자마자 낮은 비명을 내지르며 닉의 손을 꽉 잡았다.

"저건…… 저건…….."

"맞아."

닉은 화면 속의 래리 맥배이를 응시했다. 눈, 갸름한 얼굴, 작은 입, 모두 낯이 익었다. 래리 맥배이는 게임 속의 사자였다.

31

♦

"도대체 누가 저 남자를 게임에 집어넣은 거지?"

빅토어가 컴퓨터를 끄며 힘 빠진 목소리로 말했다. 대답하는 사람은 아무도 없었다.

닉은 시계를 보았다. 막 1시가 지났다. 아드리안은 아직 학교에 있을 것이다. 그리고 두세 시간은 더 수업을 받아야 한다. 즉, 지금 학교에 가 봐야 소용없다는 뜻이다.

"오늘 안으로 아드리안을 만나야 해."

닉의 생각을 읽기라도 한 듯 에밀리가 말했다.

"맞아. 학교에 가서 쉬는 시간에 불러낼까? 아냐, 그건 안 돼. 우리가 아드리안과 접촉하는 걸 누가 보면 안 되잖아."

"왜 안 돼? 날 의심하는 사람은 없어. 모두 날 에레보스 중독으로 알고 있으니까."

그렇다. 그렇다면 조용한 곳으로 만날 장소만 정하면 된다.

"여기서 만나면 되잖아!"

빅토어가 말했다.

"안 돼, 너무 위험해. 누가 따라 붙기라도 하면 오빠가 노출되잖아. 그리고 오빠는 에레보스와 연결되는 유일한 끈인데, 그게 없어지면 우린 에레보스에서 무슨 일이 일어나는지 알 수 없게 돼."

"왜? 너도 살아 있잖아!"

"응, 아직은."

에밀리는 쓸쓸한 미소를 지으며 손목시계를 들여다보았다.

"앞으로 17분 후에 왓슨 선생님에게 가서 야릇한 상황을 만들어야 하는데, 난 그럴 생각이 전혀 없거든. 그러니까 이제 헤메라도 안녕이야."

"흠, 그렇구나. 그래도 나한테 모든 걸 맡기는 건 너무해. 만약 전령이 나한테 왓슨 선생님을 유혹하라고 하면 내가 마지막 연락책이니까 난 어쩔 수 없이 해야겠네?"

그 말에 모두 웃음을 터뜨렸다. 오랜만에 긴장을 풀어 주는 웃음이었다.

"만약 그렇게 되면 케이트 누나가 있잖아요. 하지만 케이트 누나는 형만큼 잘하질 못하니까 좀 불안하죠. 그나저나 이제 게임 계속해야 해요. 블랙프라이어스 근처까지 갔잖아요. 언제 전쟁이 시작될지 모른다고요. 때를 놓치면 안 돼요."

빅토어는 아랫입술을 쑥 내밀며 컴퓨터 방으로 갔다.

"그럼, 난 아드리안 맥배이가 무슨 말을 하는지 못 듣겠네."

"걱정 마. 비둘기 다리에 도청 장치 달아서 보낼 테니까."

에밀리가 웃음기 없는 농담을 던졌다.

"닉, 어디가 좋겠니? 카페는 좀 불안해. 공원이 괜찮지 않을까? 하이드파크에 가서 망보기 쉬운 곳으로 찾아볼까?"

"아니야. 공원은 사람이 너무 많아."

순간, 닉의 뇌리를 스치고 지나는 것이 있었다. 닉은 에밀리에게 주소 하나를 적어 주며 말했다.

"100퍼센트 안전한 곳이야. 거기서 기다릴게."

먼저 닉을 알아본 베카가 반갑게 인사를 했다. 그다음에는 핀이 닉을 얼싸안았다.

"연락도 없이 웬일이야? 커피 줄까? 노트북 때문에 온 거니?"

닉은 두 질문에 모두 고개를 저었다.

"조용한 장소가 필요해서 왔어. 말하자면 일종의 회의 같은 건데, 친구 두 명에게 이리로 오라고 했거든. 아마 곧 도착할 거야. 괜찮지?"

핀은 자신보다 키가 큰 닉의 어깨에 힘겹게 팔을 둘렀다.

"심각해 보이는데. 무슨 일 있는 거야? 그 회의라는 거 불법인 거니?"

"불법? 아니야! 오히려 반대지. 설명하기는 좀 복잡한데 절대 불법인 건 아니야."

닉이 크게 고개를 저으며 말했다.

"그럼 됐어."

핀은 닉을 방 세 개 중 하나로 데려갔다. 다양한 신체 부위에 새겨진 문신 사진이 벽을 가득 메웠다.

"여기면 괜찮겠어? 큰 방은 내가 써야 하고 베카도 피어싱 예약이 몇 건 있거든."

"응, 이 정도면 완벽하지."

"엄마 아빠는 잘 계시지?"

"응, 두 분 다 잘 계셔."

핀은 평소와 달리 말수가 적은 동생이 이상한지 눈썹을 쓱 치켜올렸다. 그새 양쪽 모두 여섯 개씩 피어싱을 했다. 핀은 방을 나갔다가 잠시 후 오렌지주스와 쿠키를 들고 돌아왔다.

"던모어 집안이 손님 접대에 인색하다는 말을 들어서는 안 되지."

"고마워, 형."

혼자 남겨진 닉은 벽에 붙은 사진을 구경하며 시간을 보냈다. 등에 새겨진 장미 넝쿨, 굵은 팔뚝을 장식한 알프스 풍경, 발목을 둘러싸고 입 맞추는 돌고래 두 마리도 있었다.

과연 에밀리가 아드리안을 설득할 수 있을까? 달리 생각해 보면 아드리안이 거절할 이유도 없다. 게임을 알고 싶어서 안달이 나 있지 않던가.

아, 왔다! 베카가 문 위에 달아 놓은 종이 울리는 소리가 났다. 손님일까, 아니면 에밀리일까?

"안녕하세요? 닉 던모어와 여기서 만나기로 했는데요."

에밀리다.

잠시 후, 핀이 에밀리와 아드리안을 방으로 데리고 왔다. 에밀리가 핀을 찬찬히 관찰하는 게 느껴졌다. 핀은 길이가 조금 짧게 빠졌을 뿐 닉과 붕어빵처럼 닮았다.

"안녕."

에밀리가 닉의 입술에 가볍게 입맞춤을 하자 닉은 잠시 공중에 붕

뜬 기분이었다.

아드리안은 뒤에서 그 모습을 지켜보며 미소 지었다. 가느다란 금발이 한쪽만 위로 올라가서 마치 동화 속 장난꾸러기 요정 같은 인상을 주었다.

"와, 이거 멋지네요. 나도 언제 한번 하고 싶었는데."

아드리안이 벽에 붙은 사진을 둘러보며 말했다. 핀은 그 말에 기분이 좋아져서 환하게 웃었다.

"여기로 와. 싸게 해 줄게. 자, 그럼 비밀회의 잘해라. 그리고 혹시 필요할 경우를 대비해서 말해 둘게. 부엌은 왼쪽 두 번째 방이고, 화장실은 부엌 바로 맞은편이야."

핀이 나간 뒤 아드리안은 핀이 시술대라고 부르는 의자에 앉았다.

"에밀리 누나가 그러는데 저랑 의논할 게 있다고요? 에레보스에 관한 건가요?"

아드리안이 조심스럽게 말을 꺼냈다.

"응, 그래. 먼저 얘기해 둘 건 에밀리도 나도 게임을 그만뒀다는 거야. 그러니까 뒷일을 걱정할 필요는 없어."

"알았어요."

곧 아드리안의 아픈 상처를 헤집고 들쑤셔야 한다고 생각하니 말을 꺼내는 것이 쉽지 않았다. 닉은 내려오지도 않은 머리카락을 넘기는 척하며 입을 열었다.

"에레보스는 너희 아빠와 관계있어."

그 말을 들은 아드리안의 눈이 휘둥그레졌다. 닉은 스스로 따귀를 때리고 싶은 심정이었다. 바보, 말을 정말 부드럽게도 한다.

"그걸 어떻게 알았어요? 난 아무한테도 얘기 안 했는데."

아드리안이 혼잣말처럼 중얼거렸다. 닉과 에밀리는 얼굴을 마주보며 눈빛을 교환했다.

"사실 난 네가 그걸 알고 있다는 게 더 놀라운데."

에밀리가 말했다.

"당연히 알고 있었죠. 그 안에 든 게 뭔지 몰랐을 뿐."

아드리안은 미안하다는 듯 미소를 지었다.

"물론 게임일 거라고 생각은 했어요. 아빠는 게임만 만들었으니까요. 하지만 완전히 확신할 수는 없었어요."

닉은 혼란스러웠다. 처음부터 천천히 정리해 볼 필요가 있었다.

"지난번에 나한테 와서 그랬잖아. CD를 받아서는 안 되지만 그 안에 뭐가 들었는지는 꼭 알아야 한다고. 왜 그런 거니?"

"아빠가 안 된다고 해서 받을 수 없던 거예요."

에밀리와 닉은 다시 얼굴을 마주보았다. 이번에는 에밀리가 말했다.

"이해가 안 되는데. 너희 아빠는 돌아가셨잖아."

"네, 맞아요."

아드리안은 에밀리에게 고개를 돌려 바닥으로 시선을 떨어뜨렸다.

"편지에 씌어 있었어요. 하나하나 자세히 다요."

"뭐가 씌어 있었는데?"

아드리안은 고개를 들지 않은 채 고개를 저었다.

"먼저 에레보스가 어떤 게임인지 말해 줘요."

닉은 자신도 모르게 한숨을 쉬었다.

"에레보스는 정말 근사한 게임이야. 한번 시작하면 멈출 수가 없을 정도로 재미있어."

아드리안은 바닥을 향한 채 미소를 지었다.

"그럴 거예요. 아빠가 만든 게임은 다 재미있으니까요."

"그 게임을 너희 아빠가 만드신 게 확실하니?"

에밀리의 말에 아드리안은 고개를 들었다. 그 눈빛에는 가벼운 원망이 담겼다.

"당연하죠. 그렇지 않았다면 '유물'이라고 표현하지 않았을 거예요."

"아빠가 그런 말씀을 하셨어?"

"편지에 씌어 있었어요. '이건 내 유물이다. 이걸 널리 퍼뜨려라.'"

아드리안은 에밀리와 닉을 번갈아 가며 보았다. 둘의 얼굴에는 무슨 말인지 이해하지 못하는 표정이 역력했다.

"아빠는 2년 전에 돌아가셨어요. 2주기 되던 날 공증인이 전화해서 아빠가 남긴 편지가 있다고 했어요. 봉투 안에는 편지와 CD 두 장이 들어 있었어요."

닉은 숨을 헉 들이마셨다.

"네가 학교에 그 게임을 퍼뜨린 거야?"

"퍼뜨렸냐고요? 뭐, 그렇다고도 할 수 있죠. 하나는 우리 반 애한테 주고 나머지 하나는 옛날에 알던 앤데, 다른 학교에 다니는 애한테 줬어요. 아빠는 CD가 각자 다른 곳으로 가길 원했거든요. 그리고 누구한테 줄 건지도 잘 생각하라고 했어요. 되도록 삶이 허무해 보이는 사람에게 주라고 했어요. 그리고 난 그 CD를 절대 봐서는 안 된다고 했어요. 이건 내 유물이지만 CD만큼은 네게 물려주는 게 아니라고요.”

닉은 마음 한구석이 싸하게 아파 오는 것을 느꼈다.

“그래서 그대로 했니?”

“물론이죠. 아빠의 마지막 뜻인걸요. 말이든 글이든 아빠가 남긴 말을 다시 듣게 되리라고는 생각도 못했는데……. 편지를 받고 정말 기뻤거든요!”

아드리안이 속삭이듯 말했다. 그리고 눈물을 보이지 않으려고 눈을 깜박였다.

사실, 아들을 이용했다고도 할 수 있는 일이었다.

“자, 이제 다시 게임에 대해 말해 봐요. 어떤 게임이죠?”

고맙게도 에밀리가 먼저 나서서 대답했다.

“어두운 세계가 배경인데, 겉으로 보기엔 그냥 주어진 임무를 수행하고 온갖 위험을 이겨 내는 게임이야. 그런데 그 임무가 게임 속 세상에 한정되는 게 아니라 현실까지 이어져. 예를 들면, 현실에서 누군가의 사진을 찍거나 숙제를 대신해 주는 거야.”

아드리안은 그리움이 담긴 표정으로 에밀리의 이야기를 들었다.

“아빠가 가장 좋아하던 프로젝트 신들의 빛이에요. 아빠는 게이머들이 현실 세계에서 서로 선물을 하거나 다른 방법으로 도움을 주고받길 원했어요. 그냥 컴퓨터 앞에만 앉아 있는 게 아니라 친구를 사귀고 우정을 쌓는 거죠. 아빠는 항상 그 얘기를 했어요. 그런데 그 사람들이…….”

아드리안의 시선이 다시 바닥으로 떨어졌다.

“그 사람들이 게임을 훔치려고 했어요. 혹시 그거 느꼈어요? 게임하는 사람에 따라서 게임이 조금씩 달라져요. 예를 들어, 음악은 그 사람 컴퓨터에 저장되어 있는 MP3 파일이 어떤 거냐에 따라서, 그리고 유튜브에서 어떤 음악을 즐겨 듣느냐에 따라서 달라져요. 게이머에 대해서 어느 정도 알고 나면 게임은 게이머가 좋아할 만한 퀘스트를 찾아내서 그리로 가도록 유도해요. 아빠는 게이머 개인에게 완전히 맞춘 심리적 소프트웨어를 개발해서 게임에 편입시켰어요.”

아드리안은 회상에 푹 젖은 표정이었다. 그러나 닉은 주변 물건을 다 부숴 버리고 싶을 정도로 래리 맥배이에게 화가 났다.

“그런데 말이야……. 혹시 너희 아빠가 게임을 바꾸셨을 수도 있지 않을까? 작은 변화 같은 걸 집어넣었을 수도 있잖아. 내 말은, 게임 이름도 신들의 빛이 아니라 에레보스잖아.”

“네? 아, 네. 그럴 수도 있죠.”

아드리안의 눈에서 반짝이던 빛이 사라졌다.

“그런데 그걸 알아야 해요. 그때 그 사람들이 신들의 빛을 훔치려고 했어요. 그리고 재판이 끝없이 이어졌고, 마지막 2년간 아빠는 많이 변했어요. 그때부터는 아빠랑 대화도 별로 없어서 잘 모르겠어요. 그때 뭔가 바뀌었을 수도 있죠. 어쨌든 아빠는 일을 엄청나게 많이 했어요. 일만 했다고 해도 과언이 아니죠. 지하 작업실에 틀어박혀서 잘 먹지도 잘 씻지도 않았어요."

아드리안은 미안한 듯 닉과 에밀리를 쳐다보았다.

"엄마 말로는 재판 시작 때부터 제정신이 아니었대요. 아빠는 사기, 절도 누명을 쓴 걸 감당할 수 없었던 거예요. 정작 도둑질 한 건 그 사람들이었는데……. 다 합쳐서 네 번이나 도둑이 들었어요. 집, 회사, 심지어 차까지 털렸어요."

아드리안의 말에 의하면 대충 이런 이야기였다. 소프트 서스펜스가 맥배이의 신기술에 대한 정보를 입수하고 소프트웨어를 빼돌리려고 했다. 그런데 잘되지 않았다. 어쨌든 만족스럽지는 않았다. 그래서 소프트 서스펜스는 맥배이를 고소했고 법정 싸움에서 이겼다. 정말 그런 일이 가능했던 걸까?

"내가 이제부터 에레보스의 목적이 뭔지 알려 줄 테니까 잘 들어."

닉이 입을 열었다. 에밀리의 걱정스러운 시선이 느껴졌지만 이제 와서 멈출 수도 없었다.

"이 게임의 목적은 괴물을 죽이는 거야. 그래서 강하고 무자비한 최고의 전사를 가려내. 그들이 하는 일은 에레보스를 파괴하려는 자를 막아 내고 최후의 결전을 준비하는 거야. 그 최후의 전투가 눈앞으로 다가왔어. 그런데 그 전투에서 없애야 할 괴물의 이름이 뭔지 아니?"

아드리안의 눈빛을 보니 어느 정도 짐작은 한 듯싶었다.

"그래, 맞아. 오톨란이야."

닉의 말에 아드리안은 한숨을 푹 쉬더니 헛웃음을 지었다. 그러나 곧 진지한 표정으로 돌아왔다.

"정말이에요?"

"정말이야."

아드리안의 얼굴에 복수심, 슬픔, 증오의 감정이 뒤섞인 표정이 어렸다.

"그러니까 형 말은 누군가 오톨란을 죽이려고 한다는 거예요?"

"아마도 그런 비슷한 일이 일어나지 않을까 싶어."

"나도 그런 생각을 한 적이 있어요. 아빠가 변했을 때, 그리고……. 그 이후에는 더 그랬고요."

아드리안은 다시 고개를 떨군 채 자조적인 미소를 지었다.

"CD를 나눠 주고 나서 갑자기 애들이 변하기 시작하는 걸 보고 뭔가 잘못됐구나 싶었어요. 그 게임이 사람을 망가뜨리는 게임이 아닐까 하는 생각이 든 거예요. 마지막에는 아빠 상태가……. 하여튼 심각했어요. 지금 애들이 변한 것과 똑같아요. 너무 똑같아서 겁이 나더라고요."

아드리안은 고개를 들어 닉과 에밀리를 똑바로 쳐다보았다.

"하지만 오톨란에게 복수하려고 한 거지 다른 사람을 해치려 한 건 아니에요."

에밀리는 매우 조심스럽고 부드러운 말투로 입을 열었다.

"아드리안, 그건 뜻대로 안 된 것 같아. 게임 때문에 아이들이 엄청나게 끔찍한 짓을 저지르고 있어. 제이미의 자전거 브레이크도 누군가가 일부러 고장 낸 거야."

그 말을 들은 아드리안은 깜짝 놀라 고개를 반짝 들었다.

"그게 사실이에요?"

"그래, 그건 사고가 아니었어. 그 밖에도 너희 아빠 복수 계획에 차질이 빚어지지 않게 상상도 못할 끔찍한 일이 자행되고 있어. 어제는 누군가 지하철에서 닉을 밀어서 열차에 치일 뻔했어."

아드리안은 창백해진 얼굴로 믿기지 않는 듯 머리를 흔들었다.

"만약 게임하는 애들 중 누군가가 오톨란을 죽인다면 그 애 인생도 망가지는 거야. 그건 너도 알잖아. 너희 아빠도 그걸 모르셨을 리없고."

아드리안은 에밀리의 시선을 외면한 채 물었다.

"혹시 게임이 말을 걸었나요? 대답이나 질문도 하고?"

"응."

"오톨란이 무슨 수를 써서든 손에 넣으려고 한 게 바로 그거예요. 우리 아빠가 개발한 AI, 인공지능이요."

닉이 잘 모르겠다는 표정을 짓자 아드리안이 설명을 이었다.

"아빠는 사람처럼 학습이 가능한 프로그램을 만들었어요. 언어도 배울 수 있어요. 아빠는 그게 완성되면 분명히 노벨상을 탈 거라고 했어요. 그 프로그램에 대한 자부심이 대단했고 절대 비밀로 하려고 조심, 또 조심했죠."

그 순간 아드리안의 얼굴에는 예의 그 보호 본능을 자극하는 표정이 떠올랐다.

"그런데 아빠 회사의 경리 하나가 오톨란에게 뇌물을 받고 정보를 빼돌렸어요. 오톨란은 항상 다른 회사의 기술을 빼내 오려고 정보망을 쳐 놓고 있었거든요. 아빠가 인공지능 개발에 큰 성과를 거뒀다는 걸 오톨란이 안 순간부터 우린 조용히 살 수가 없었어요."

바로 그 경리가 빅토어가 그라피티를 그린 차고 주인일 테다.

"처음에는 오톨란이 아빠에게 그 프로그램을 팔라고 했어요. 하지만 아빠는 아빠 회사에서 직접 개발하고 싶다며 거절했어요. 그때부터 테러가 시작된 거예요."

에밀리는 아드리안 옆으로 가서 앉았다.

"그랬구나. 정말 끔찍했겠다……. 뭐라고 말을 해야 할지 모르겠어. 하지만 그렇다고 해서 누군가가 살인자가 되어서는 안 되겠지?"

"맞아요. 그러면 안 되겠죠."

아드리안이 작은 소리로 대답했다.

"그래서 우린 그걸 막으려고 해."

"네. 제가 도울 일이 있나요?"

아드리안의 말은 부탁하는 것으로 들렸다.

닉은 그 심정을 충분히 이해할 수 있었다. 아드리안은 또 다시 구경꾼으로 전락하고 싶지 않은 것이리라. 닉이 힘 있게 대답했다.

"그럼! 넌 이 수수께끼의 열쇠나 마찬가지인걸."

닉은 지하철을 기다리면서 빅토어에게 전화를 걸었다. 빅토어는 기다렸다는 듯 바로 전화를 받았다.

"어떻게 됐니? 맥배이 아들이 뭐래?"

"오톨란 나쁜 자식이라고요."

"정말? 하긴 이 업계에도 그렇게 생각하는 사람 많아."

"네, 그런 듯싶어요. 아드리안 말로는 자기 아빠가 일종의 인공지능을 만들어서 게임에 편입시켰대요. 오톨란은 그 신기술을 차지하려고 수단과 방법을 가리지 않았고요."

"그럴 만도 하지. 그런 거 하나 있으면 그냥 돈을 긁어모으는 거거든."

인공지능. 집에 돌아온 닉은 핀의 노트북으로 인공지능에 대해 알아보았다. 보아하니 컴퓨터에게 인간의 복잡한 사고를 가르치려는 일군의 전문가가 있는 듯했다. 아드리안의 아빠는 그것을 이뤘다. 프로그램이 스스로 배우고 읽을 줄 알았고, 읽은 것을 평가할 줄도 알았다. 컴퓨터 사용자를 분석해서 마음속 깊은 곳에 있는 소망을 읽어 내고 그것을 이루어 주었다. 엄청난 일이 아닌가! 게임을 시작한 아이들이 에레보스에서 손을 떼지 못한 것은 당연한 일이다. 그런데 지금 그 게임은 자기 의지를 가진 무기가 되었다.

닉은 튜링 테스트, 뢰브너 상, 신경적 인공지능과 상징적 인공지능에 대해 읽었다. 그러나 두 시간 정도 읽고 나니 머리가 아파 그만두었다. 래리 맥배이가 거둔 엄청난 성과를 조금이라도 이해해 보려 했지만 그것마저도 쉽지 않았다.

32

닉은 한밤중에 울린 문자 메시지 알림 음을 듣고 잠에서 깼다. 방 안이 컴컴해서 휴대 전화 조명이 눈부시게 빛났다. 닉은 침대에서 벌떡 일어났다. 그러는 통에 어지러워서 책상을 짚어야 할 정도였다.

'1. 새 문자 메시지.'

닉은 편지봉투 아이콘을 눌렀다.

'드디어 오톨란의 제삿날이 온 듯싶다. 이너서클은 전투 준비를 모두 마쳤어. 횃불, 서약, 하얀색 옷 등등. 내 생각엔 오늘 칠 것 같아. 나머지는 요새를 포위하고 있어. P.S. 조금 전에 노란색 위시크리스털 발견함. 곧 다 끝날 텐데 모자에 장식으로 달고 다녀야 하나?'

빅토어가 문자를 보낸 시각은 3시 48분, 지금은 3시 50분이다. 닉은 휴대 전화를 들고 이불 속으로 다시 기어 들어가 빅토어에게 전화를 걸었다.

"요새를 포위했다니 무슨 뜻이에요?"

"아, 닉! 그냥 그 주변에 죽치고 있는 거야. 하얀 기둥 같은 건데 엄청나게 크고 밤에는 빛이 나. 그리고 거기서 피가 계속 흘러내려. 완전 징그러워."

닉은 갑자기 하품이 쏟아져서 대답을 할 수가 없었다.

"내가 깨웠구나. 미안하다. 그런데 진행 상황을 실시간으로 알려 주고 싶어서. 만약 네가⋯⋯. 아악, 다시 머리 대포를 쏘기 시작했어!"

곧이어 마우스 클릭하는 소리가 다급하게 이어졌다.

"아, 다 해치웠다. 아까 무슨 얘길 하려고 했냐면, 만약 네가 행동을 개시하고 싶다면 나한테 상황을 듣고 바로 할 수 있잖아."

"글쎄요, 뭘 해야 할지 알아야 말이죠. 이너서클에 무슨 명령이 떨어졌어요? 아니면 무슨 단서라도 찾았어요?"

"이너서클이 오톨란을 쓰러뜨리면 성이 무너질 거래. 그럼 우리 모두 큰 상을 받을 거고. 전령 말로는 그래. 그래서 다들 모여서 성이 언제 무너지나 그거만 쳐다보고 있어. 그런데 사실 이너서클이 떠난 지 몇 분 되지도 않았거든."

"당장 블랙프라이어스 역으로 갈까 봐요."

"아직, 지하철도 안 다녀. 지금은 야간 버스도 없을 테고. 그리고 지금 거기 가서 뭘할 건데? 그러지 말고 한숨 더 자."

빅토어는 농담처럼 말했지만 그 말이 옳았다. 아무런 계획도 없이 무작정 움직여서는 안 된다.

"첫차 타고 그리로 갈게요. 어떻게 해야 할지 같이 고민해 봐요."

"그래. 나도 영 기분이 이상해. 이젠 정말 사태가 심각해지는 것 같아."

"무슨 일 있으면 바로 전화하고요."

"알았어. 난 혼자 외로이 불침번을 서마. 물론 여기 삼백 명도 넘어 보이는 피곤한 전우들이 함께 있지만 말이야."

닉은 침대에 앉아 손목시계를 들여다보며 '시간아, 빨리 가라.' 하고 주문을 외웠다. 첫차 시간까지는 아직 한 시간도 더 남았다. 그동안 성이 무너져 버리면 어떡하지?

닉은 도저히 가만히 앉아 있을 수가 없어 벌떡 일어나 방 안을 서성이기 시작했다. 한밤중이라 그 소리에 누가 깰까 걱정이 되었다. 차라리 부엌에 가서 쪽지를 쓰는 게 나을 듯싶었다. 콜린과 함께 학교 앞에서 만나 조깅하기로 했다고 하면 되지 않을까? 당장은 그보다 더 좋은 생각은 떠오르지 않았다. 두 시간 반 뒤에 엄마 아빠가 일어나면 과연 그 말을 믿을까?

닉이 집을 나선 시각은 4시 45분이었다. 혹시 엄마 눈에 띄면 잔소리 들을까 봐 책가방을 메고 나왔지만 괜한 짐을 가져갈 필요는 없을 것 같아 자전거 창고에 던져두었다. 날은 아직 어두웠고 지나가는 사람도 없었다. 역에 도착하니 쇠창살이 아직 내려져 있었다. 닉은 외투 깃을 여미며 어서 시간이 가기를 기다렸다. 어떻게 해야 할까? 오톨란을 찾아내 강제로 말을 듣도록 시켜야 할까? 아니면 경찰에 신고할까?

'저기 말이죠. 컴퓨터 게임이 하나 있는데요. 아무리 봐도 오늘 못된 경영자 한 사람이 죽을 거 같아서요.'

그러면 참 잘도 믿어 주겠다.

한참 생각에 빠져 있는데 문자가 왔다.

'오늘이 거사 일이 분명해. 그런 임무를 받았어. 전화 연락 바람!'

닉은 바로 전화를 걸었다.

"누가 물으면 콜린 해리스라는 사람과 아침을 같이 먹었다고 하

518

래. 오늘 8시에서 10시 사이에."

닉은 무슨 말인지 바로 이해하지 못했다.

"왜 형이 콜린하고 아침을 먹어요?"

"알리바이를 만들어 주라는 거지. 물론 현장에서 잡히지 않을 경우에 말이야. 콜린 해리스를 아니?"

"네."

"어쨌든 이거 신경 엄청 쓰인다. 초조해 죽겠어."

"저 지금 그쪽으로 가고 있어요. 성은 어때요? 안 무너졌어요?"

"응, 아직. 여전히 반짝반짝 빛나고 있고, 피도 계속 흘려."

이윽고 쇠창살문이 올라가자 닉은 저승사자에게 쫓기는 사람처럼 급히 계단을 내려갔다. 이번에는 길도 돌아가지 않고 곧장 킹스 크로스로 향했다. 그리고 20여분 후 빅토어의 집에 도착했다.

"네가 직접 봐."

빅토어가 컴퓨터를 가리키며 말했다. 어둠 속에 허옇게 빛나는 것은 거대한 성이었다. 창문, 포구, 벽에 생긴 갈라진 틈에서 핏물이 뚝뚝 떨어졌고 그 주변에는 다양한 레벨의 전사들이 모여 앉아 있었다. 그 수가 수백은 되어 보였다. 닉은 그들이 얼마나 기대감에 차 있을지 짐작이 갔다. 그 자리에 있었다면 닉도 그랬을 것이다. 그러나 그 배후를 아는 지금으로서는 약간의 메스꺼움을 동반한 거부감이 일 뿐이었다.

"오톨란을 찾아가서 알려 줘야겠어요. 나쁜 놈이든 아니든 이대로 지켜보고만 있을 수는 없어요. 만약 내 말을 듣지 않으면 그땐 어쩔 수 없는 거고요."

"아니면 같이 그 건물에서 잠복하는 건 어때? 그래서 게임하는 애가 나타나면 일단 잡아 놓고 경찰을 부르는 거지."

그럴 듯한 계획이다. 실현 가능할 듯싶다.

"좋아요. 지금 이너서클이 누구누구예요?"

빅토어는 손가락을 꼽아 가며 이름을 댔다.

"위르다나, 블러드워크, 텔코릭, 드리즐, 그리고……. 잠깐만……. 그래, 우반가코. 자이언트인데 지난번 시합 때 이겨서 이너서클에 들어갔어. 실제 인물이 누군지 아니?"

"아니요. 하지만 콜린이 블러드워크일 거라는 생각은 많이 했어요."

그들이 출발한 시각은 6시가 막 지났을 때였다. 닉은 내키지 않았지만 아드리안에게 문자를 보냈다. 진행 상황을 그때그때 알려 주기로 약속했기 때문이다. 그러나 빅토어가 에밀리에게 문자를 보내려고 하자 펄쩍 뛰며 말렸다.

"미쳤어요? 위험해지면 어쩌려고요?"

그러나 빅토어는 방해에 굴하지 않고 '전송'을 눌렀다.

"약속했단 말이야. 연락 안 하면 날 가만두지 않을걸. 그리고 에밀리에게도 알 권리가 있어."

블랙프라이어스 역. 닉과 빅토어는 지하철에서 내려 브라이드웰 플레이스로 향했다. 에밀리와 아드리안도 거기서 만나기로 했다.

밖에는 안개비가 내리고 있었다. 닉은 빅토어 옆에서 말없이 걸으며 혹시 아는 얼굴이 있는지 주위를 살폈다. 머릿속에서는 똑같은 생각이 계속 맴돌았다. 만약 아무도 안 나타나면 어쩌지? 만약 잘못 짚은 거라면? 그 성이 브라이드웰 플레이스의 그 건물이 아니라 다른 건물일 수도 있지 않은가?

그들은 뉴브리지 가를 걸어 올라갔다. 닉은 다행히 모자 달린 옷을 입어서 긴 꽁지머리를 숨길 수 있었다. 큰 키는 숨길 수 없지만 꽁지머리라도 숨기면 눈에 덜 띄겠지. 게임하는 아이들에게 들키지 않으려면 최대한 눈에 띄지 말아야 한다.

똑같은 이유에서 건물 앞에 멍하니 서 있어서도 안 된다. 근처에 펍이 있지만 11시에야 문을 연다고 되어 있었다. 건물이 다 보이는 곳에 이르러 빅토어가 말했다.

"자, 일단 넌 여기 있어. 눈에 안 띄게 조심하고. 난 한 바퀴 돌아보고 올게. 내 얼굴을 아는 사람은 없잖아."

혼자 남은 닉은 회사 건물에서 눈을 떼지 않았다. 하지만 건축용 구조물에 가려서 안이 잘 보이지는 않았다. 젠장. 눈을 크게 뜨고 보아도 마찬가지다. 잠깐, 방금 누가 움직였나? 안에 누가 있나? 아니다. 그리고 누군가 있다고 해도 건물 수리하는 사람이겠지.

시계를 보니 7시 반이다. 언제까지 이러고 있어야 하지? 다시 건물을 올려다본 순간, 누군가 뒤에서 어깨를 툭 쳤다. 닉은 심장이 멎는 것만 같았다.

"어이, 닉 던모어 씨. 눈에 안 띄게 좀 하고 있으라니까. 등대는 못 알아봐도 넌 바로 알아보겠다.”

빅토어가 얼굴 가득 장난스러운 웃음을 담고 서 있었다.

“에이, 심장 떨어지는 줄 알았잖아요.”

“외로운 오타쿠 형에게 화내지 말고. 자, 가까이 가 보자.”

둘은 한동안 건물 입구를 노려보았지만 아는 얼굴은 나타나지 않았다. 그러다 갑자기 울린 휴대 전화 벨 소리에 닉은 깜짝 놀랐다.

“나 에밀리야. 지금 그 근처인데, 아드리안이랑 같이 샌드위치 사고 있거든. 너도 하나 사다 줄까?”

“샌드위치? 지금? 아니, 난 됐어.”

“난 긴장하면 뭘 먹어야 하거든. 지금 어디야?”

“소프트 서스펜스 건물 바로 앞이야. 빅토어 형도 같이 있어. 그런데 지금까지는 아무 일도 없어.”

“너무 눈에 띄지 않게 조심해. 좀 이따 보자!”

닉은 막 주차하는 중인 트럭 뒤로 빅토어를 끌어당겼다. 에밀리의 말이 옳다. 이러다 일을 망쳐서는 안 된다. 10분 뒤 에밀리와 아드리안이 도착했을 때에도 이상한 기미는 보이지 않았다. 건물로 들어가는 사람은 많았지만 학생으로 보이는 사람은 없었다.

“오늘이 틀림없어. 이너서클도 어디론가 보내졌고 하얀 성에서 피가 흐르는 것도 봤어.”

빅토어가 다시 한 번 강조했다. 그로부터 다시 10분이 흘렀다. 역시 아무 일도 일어나지 않았다. 닉은 트럭 뒤에서 구부리고 있느라 등이 아팠다. 막상 행동해야 할 때가 되자 이너서클이 갑자기 겁을 집어먹은 것일까?

"저기 오톨란이 와요"

아드리안이 말했다.

목소리는 차분했지만 긴장된 턱 근육과 꽉 쥔 주먹이 달라진 심리 상태를 보여 주었다.

이제 이너서클이 나타날 차례다. 지금이 아니면 언제 온단 말인가? 그러나 아무도 나타나지 않았다. 눈에 띌 정도로 오랫동안 같은 자리에 서 있는 사람은 아무도 없었다. 일 분 일 초가 지날수록 닉의 마음속에서는 의심이 커져 갔다. 너무 단순하게 생각한 걸까? 이 건물이 아닌가? 아니면 지금쯤 누군가 오톨란의 재규어 밑에 폭탄을 설치하고 있을까?

막 그런 생각을 하고 있는데, 쨍하는 소리가 났다. 오톨란의 사무실이 있는 높은 층이다. 창문 깨지는 소리였나?

닉은 목을 길게 빼고 위를 올려다보았다. 그러나 건물을 둘러싼 구조물 때문에 아무것도 알아볼 수 없었다. 그때……. 다시 쨍그렁 소리가 났다. 그냥 창문 깨지는 소리가 아니라 더 큰 충격을 가하는 소리였다.

"우리 모두 완전 멍청한 거 알아요? 걔네 이미 안에 들어가 있어요."

쨍그렁! 그리 크지는 않았지만 거리의 소음을 뚫고 들릴 만한 소리였다.

그들은 서로 얼굴을 쳐다보더니 누가 명령이라도 내린 것처럼 건물 쪽으로 뛰어갔다. 도로를 건너 건물 앞에 이르자 빅토어가 모두를 제지했다.

"지금부터는 천천히. 안 그러면 들여보내 주지 않을지도 몰라. 엘리베이터 타지 말고 계단을 이용해."

회색 대리석, 기둥, 통유리로 이루어진 건물 한가운데 안내 데스크가 있고 미소 짓는 여직원이 보였다. 그리고 라시드가 있었다. 로비 구석에 있는 검은 가죽 소파에 거의 몸을 숨기다시피 하고 눈에 띄지 않게 앉아 있었다.

"소프트 서스펜스를 찾아왔는데요."

빅토어가 기자 신분증을 보이며 말했다.

"네, 6층입니다. 잠깐만요, 제가 전화 넣어 드릴게요."

라시드는 불안한 눈빛으로 닉을 쳐다보았다. 누군가 나타나 방해할 거라고는 예상하지 못한 듯했다. 그러더니 결심한 듯 벌떡 일어나 닉에게 다가왔다.

"고맙지만 그러실 필요는 없겠네요."

빅토어가 여직원에게 말했다.

그들은 뒤편에 있는 계단을 향해 달리기 시작했다. 여직원이 뒤에서 뭐라고 하는지는 들리지도 않았다. 닉의 머릿속에는 과연 라시드에게 권총이 있을까 하는 생각뿐이었다.

2층. 아직 아무런 이상도 발견되지 않았다. 겁에 질려 뛰쳐나오는 사람도 없고 소동도 없다. 하긴 2층에는 부동산 중개 회사뿐이다.

3층. 라시드는 어디로 간 거지? 뒤를 돌아보지만 아무도 보이지 않는다. 그렇다고 안심이 되는 것은 아니다.

4층과 5층에도 평범한 사무실이 이어졌다. 닉은 잠깐이지만 모든 게 착각이었고, 아무 일도 일어나지 않을 거라는 희망을 품었다. 그리고 6층으로 올라가는 동안 그 희망에 매달렸다. 6층에 도착하자마자 라시드가 앞을 막아섰다.

"거기 서. 상관없는 일에 끼어들지 마."

라시드의 손에는 권총은 아니지만 스프레이 한 통이 들려 있었다. 호신용 스프레이다. 스프레이를 든 손도 목소리도 떨렸다.

"거기 서라니까. 난 그 누구도 해칠 생각이 없어. 서란 말이야! 아니, 돌아가. 그럼 아무 일도 없을 거야."

에밀리가 차분한 목소리로 라시드를 달랬다.

"라시드, 이럴 필요 전혀 없어. 그냥 저 계단을 내려가서 건물 밖으로 나가면 돼. 그래도 널 해치는 사람은 아무도 없어. 우린 아무 짓도 하지 않을 거야. 전령도 다른 아이들도 마찬가지야. 정말이야. 내 말 믿어."

라시드의 얼굴 근육이 실룩거렸다.

"시끄러. 잘 알지도 못하면서. 어서 여기서 나가."

에밀리는 다시 설득하기 시작했다.

"지금 서두르면 경찰이 오기 전에 나갈 수 있어. 곧 경찰이 도착해. 그러면 정말 곤란한 지경에 빠질 거야."

스프레이를 든 라시드의 손이 움찔거렸다. 닉은 에밀리를 뒤로 끌어당기고 얼른 말했다.

"우린 널 협박하는 게 아니야. 오히려 반대야. 도우려는 거라고. 어서 도망가!"

"하지만 그러면……."

"게임에서 쫓겨난다고? 내 생각엔 오늘 이후로 그 게임은 이 세상에 없을 거야."

스프레이를 든 라시드의 손이 약간 밑으로 처졌다.

"전령이 날 가만두지 않을 거야."

"여기 어디에 전령이 보이니? 오크나 트롤이 있어? 여긴 현실이야. 그리고 이러고 있으면 살인 공범으로 진짜 감옥에 가게 돼!"

라시드 손이 밑으로 툭 떨어졌다. 닉은 라시드에게 달려들어 스프레이를 뺏을까 했지만, 그럴 필요까진 없을 듯했다.

"경찰한테 내 얘기 안 할 거야?"

"당연하지. 그런 걱정은 마."

라시드는 마지막으로 불안한 눈빛을 던지더니 그 길로 계단을 내려가기 시작했다. 처음에는 천천히 걷다가 점점 빨라졌다.

"라시드! 안에 몇 명이나 있어?"

닉이 라시드 등 뒤에 대고 물었다.

"나도 몰라. 밖에서 망보는 애는 둘이었는데, 아마 돌아갔을 거야. 어쨌든 이너서클 다섯 명은 저 안에 있어."

그 뒤로는 계단을 두 개씩 건너뛰는 듯한 무거운 발자국 소리가 들렸다.

"다섯 명에 무기까지 있는 거야? 저 녀석이 가지고 있던 스프레이라도 빼앗아 놓을걸 그랬지."

빅토어가 한숨을 내쉬었다. 닉도 같은 생각이었지만 때는 이미 늦었다. 닉은 복도로 이어지는 무거운 유리문을 열었다. 안내 데스크가 있었지만 자리를 지키는 직원은 없었다. 복도는 텅 비었고 문도 모두 닫혀 있었다.

"왜 아무도 없지?"

닉은 조심스럽게 문 하나를 열어 보았다. 책상 두 개가 있었는데, 사람은 보이지 않았다. 다음 방일까? 그러나 다음 방도 마찬가지로 비어 있었다. 닉은 문 뒤에 시체가 널브러져 있는 상상을 하며 문을 차례로 열었다.

"다들 휴가라도 갔나?"

빅토어가 중얼거렸다.

"저기서 무슨 소리가 나요."

아드리안이 복도 맨 끝 방을 가리켰다.

황동 장식이 된 나무문으로 현대적인 다른 문과는 달랐다. 그들은 문 앞으로 가 귀를 기울였다. 역시 그곳에서 소리가 났다. 퍽 하는 소리가 나더니 낮게 부르짖는 소리가 이어졌다.

"좋아. 이제 어디 있는지는 알았어. 들어갈까? 아니면 경찰을 부를까?"

빅토어가 물었다. 닉은 지체 없이 결정을 내렸다.

"아드리안, 아무 방에나 들어가서 경찰에 신고해. 우린 여기서 지키고 있을게."

아드리안은 잠시 망설이다가 닉의 말에 따랐고, 빅토어와 에밀리는 문 앞에 버티고 섰다.

"지금 쳐들어가면 기습 효과를 노릴 수도 있어."

빅토어 말에 닉은 고개를 저었다.

"총 가진 사람을 기습하고 싶진 않은데요."

닉은 문에 바짝 귀를 갖다 댔다. 안에서 사람 목소리가 났지만, 무슨 말인지 알아들을 수는 없었다.

"이너서클이 누구누구인지 라시드에게 물어볼걸 그랬어. 그럼 훨씬……."

에밀리가 말하는 도중에 문이 벌컥 열리더니 위아래로 검정색 옷을 입은 사람이 나왔다. 얼굴에는 영화 〈스크림〉에 나오는 하얀색 가면을 썼다.

"물 가져올게."

하얀색 가면은 뒤에 대고 그렇게 말하다가 닉, 에밀리, 빅토어를 발견하고 문득 걸음을 멈추었다.

"너희는……. 애들아! 에이, 이것들이 갑자기 어디서 나타난 거지?"

하얀색 가면은 열려 있는 사무실로 황급히 뛰어 들어갔다.

"모두 침착해."

닉이 말했다.

일이 잘못되고 있었다. 가면 쓰고 총 든 사람이 하나, 둘……. 아니 세 명이나 되고 총구 두 개가 닉 일행을 향하고 있었다. 네 번째는 배를 움켜쥐고 바닥에 누워 신음했다. 악마 가면을 썼지만 분명 콜린이다. 옆에 야구 방망이가 놓여 있는 것으로 보아 그걸로 몇 대 얻어맞은 듯했다. 유리창 두 개에 크게 금이 가는 등 여기저기 싸움 흔적이 보였다. 방금 물을 가지러 나가던 다섯 번째한테는 무기가 없었지만, 그 사실이 크게 위안을 주지는 못했다.

"닉, 너 이 자식……."

해골 가면 밑에서 둔탁한 목소리가 새어 나왔다. 닉은 그 목소리를 알아듣고 뒤로 한 걸음 물러섰다. 뚱뚱한 체구도 낯설지 않았다. 오톨란에게 총을 겨눈 사람은……. 다름 아닌 헬렌이었다. 꽁꽁 묶인 채 회전의자에 앉은 오톨란은 포박된 손을 책상 위에 올려놓은 상태였고, 그 옆으로 여자 둘과 남자 셋이 뒤로 손이 묶인 채 바닥에 엎드려 있었다. 그중 여자 한 명이 낮게 흐느끼는 소리를 냈다.

이윽고 오톨란이 문 쪽을 쳐다보더니 경멸 섞인 말투로 말했다.

"저건 또 뭐야? 지원군이라도 온 거냐?"

오톨란의 이마에 피가 난 상처가 보였다.

"시끄러! 입 다물고 어서 내가 시키는 대로 해. 아니면 다리를 쏴버릴 테니까!"

헬렌이 윽박질렀다. 그러나 오톨란은 다리가 책상 뒤에 있다는 데 안심했는지 희미하게 웃었다. 헬렌을 얕잡아 봐선 안 되는데……. 닉은 속으로 불안했다. 헬렌은 정말 총을 쏠지도 모른다. 제정신이 아닌 듯싶었다.

"하라는 대로 하는 게 좋을 거예요."

닉이 조심스럽게 말했다.

"너도 입 다물어! 그리고 물 가져오라는데 왜 가져오는 사람이 없어?"

헬렌의 호통 소리에 스크림 가면을 쓴 아이가 닉을 툭 치면서 복도로 달려 나갔다. 닉은 아드리안이 눈치를 채고 몸을 숨겼기를 바랐다.

이제 사무실에는 여자의 흐느끼는 소리 말고는 아무런 소리도 나지 않았다. 닉의 목덜미에서는 식은땀이 흘렀다. 잠시 후 악마 가면 밑에서 콜린의 신음 소리가 새어 나왔다.

"아까보다는 좀 나아진 것 같아."

콜린 옆에 쭈그리고 앉은 여자아이가 말했다. 골룸 가면을 썼지만 분명 여자였다.

나머지 한 명은 키가 무척 크고 덩치가 좋은 남잔데, 얼굴에는 에일리언 가면을 쓰고 손에는 엽총을 잘라 만든 것 같은 총을 들었다. 그럼에도 불구하고 헬렌이 대장 역을 맡은 듯했다. 우선은 헬렌을 제압해야 한다.

닉은 그제야 헬렌의 목에 걸린 목걸이를 발견했다. 이너서클의 상징인 붉은 목걸이다. 가운데가 삐죽 튀어나온 것도 똑같다. 헬렌 목에만 걸린 걸로 봐서 굵은 철사로 직접 만든 듯했다. 그때 하얀색 가면을 쓴 애가 물을 가지고 돌아왔다. 아무 말 없이 콜린 옆에 있는 여자아이에게 컵을 건네는 것으로 보아 아드리안을 본 것 같지는 않았다.

콜린은 닉을 외면하며 가면을 살짝 벗었다. 그리고 몸을 반쯤 일으키고 물을 마시더니 콜록거렸다.

"괜찮아?"

헬렌이 물었다.

"응, 이제 괜찮아졌어."

"좋아, 그럼 대본대로 계속 간다. 오톨란, 일어나."

오톨란의 얼굴에는 달가워하지 않는 기색이 역력했다. 그다지 두려워하는 빛도 없었다. 닉이 전에 오톨란을 관찰했을 때는 두 번 다 무척 겁먹었다는 인상을 받았다. 정체를 알 수 없지만 자신의 주변에서 뭔가 심상치 않은 일이 일어나고 있음을 감지했을 테니까. 그런데 이제 그 일이 실제로 일어나 버렸으니까 긴장감이 사라진 것이리라.

"이제부터 네 죄를 응징할 것이다. 탐욕, 무자비함, 거짓말에 대한 대가다."

헬렌이 말했다.

대본에 있는 말을 그대로 하는 것 같았다. 헬렌이 손짓하자 에일리언 가면을 쓴 덩치가 튀어나와 창문을 열었다. 아래로는 브라이드웰 플레이스가 내려다보이고 바로 앞에 건물 보수용 구조물의 발판이 보였다. 오톨란은 무슨 뜻인지 알아채고 서둘러 변명을 늘어놓았다.

"난 대가를 치를 만큼 치렀어. 게다가 탐욕스럽지도 무자비하지도 않고 거짓말도 하지 않았어. 너희가 날 얼마나 괴롭혔는지는 너희 스스로 잘 알 거 아니냐? 그걸로 충분해, 충분하다고."

그러나 오톨란도 닉도 가면 뒤에 숨겨진 표정을 읽기는 힘들었다.

"밖으로 나가."

헬렌이 창문을 가리키며 말했다. 목소리도 차분하고 권총을 든 손도 떨리지 않았다.

그때 빅토어가 끼어들었다.

"얘들아, 잠깐 내 말 좀 들어 봐. 처음 보는 사람이 갑자기 이런 말을 하면 이상하게 들릴 수도 있겠지만 너희 지금 큰 실수하고 있는 거야. 그 남자가 창문에서 떨어져서 너희가 좋을 게 뭐니? 그러면 감옥에 가는 거야! 그 남자 놔두고 어서 집에 가!"

"오톨란 친구예요? 아니면 공범?"

골룸 가면이 물었다.

"에이, 그게 무슨 귀신 씻나락 까먹는 소리야? 전혀 모르는 사이라고. 하지만 에레보스는 잘 알아. 전령이 지금 너희가 하는 짓에 대해서 뭘 약속했는지는 모르겠지만, 그런 보상은 없을 거야. 그러니 어서 그만두고 집에 가."

"이제까지는 모든 약속을 지켰어요. 한 번도 어긴 일이 없었다고요. 잘 알지도 못하면서 끼어들지 말아요."

스크림 가면을 쓴 아이가 말했다.

"그래, 맞아. 우린 이너서클이야. 떨거지들하곤 달라. 오톨란, 어서 나가."

에일리언 가면을 쓴 덩치가 오톨란을 윽박질렀다. 오톨란의 눈에는 깊이를 파악하기 힘든 두려움이 떠올랐다.

"못해."

"그럼 나도 어쩔 수 없어."

헬렌이 말하더니 권총을 들고 방아쇠를 당겼다. 오톨란을 가까스로 비껴간 총알은 뒤에 있는 벽에 가서 박혔다.

"알았어, 알았어! 하면 되잖아. 하라는 대로 할 테니까 쏘지 마. 제발 총만 쏘지 마!"

오톨란이 부르짖었다.

바닥에 엎드린 여자의 흐느낌도 점점 커졌다. 닉은 여자의 울음소리가 이너서클을 더 자극할까 봐 걱정됐다. 닉은 신경이 극도로 곤두서서 눈앞이 핑핑 돌 지경이었다. 총소리가 났으니 분명 누군가가 이상하게 여기고 들여다볼 테다. 그러면 상황은 더 나빠질지도 모른다.

앤드류 오톨란은 창틀 위로 올라섰다. 창문은 꽤 높았지만 오톨란은 키가 커서 몸을 잔뜩 구부려야 했고 손이 묶여 창틀을 붙잡기도 힘들었다. 오톨란이 사무실 안으로 애원의 눈길을 보냈다.

"어서!"

헬렌이 명령했다.

"제발 그것만은……."

그러자 헬렌이 총을 치켜들었다. 에일리언도 헬렌을 따라 오톨란에게 총구를 겨누었다.

"여기선 완벽하게 맞힐 필요도 없어. 스치기만 해도 떨어지게 돼있어."

에일리언이 거칠고 굵은 목소리로 말했다.

오톨란은 창틀 위에서 몸을 일으킨 후 창틀보다 약간 높은 곳에

위치한 구조물 발판에 왼발을 올려놓았다.

그리로 올라가요. 그리고 발판을 따라 밑으로 죽 내려가면 도로가 나와요. 정신만 똑바로 차리면 돼요.

닉은 속으로 오톨란을 응원했다. 그러나 오톨란의 다리는 심하게 떨렸고 손은 창틀을 꽉 부여잡고 놓을 줄 몰랐다. 얼른 구조물로 옮겨 가야 한다는 것을 알고는 있지만 용기가 없어 실행하지 못하는 듯했다.

"소릴 질렀다간 한방에 날아갈 테니까 허튼 수작 부리지 마."

에일리언이 옥박질렀다.

오톨란은 게 앞발처럼 묶인 두 손으로 구조물 기둥을 붙잡았다. 그리고 허옇게 질린 얼굴로 덜덜 떨며 구조물 위로 올라갔다. 닉은 그 모습을 지켜보는 것만으로도 힘이 들었다.

구조물 위로 옮겨 간 오톨란이 어느 정도 안정된 자세로 무릎을 꿇었을 때, 아드리안이 사무실로 들어오며 이목을 집중시켰다.

"아니, 네가?"

깜짝 놀란 오톨란은 하마터면 균형을 잃을 뻔했다.

역시 놀란 헬렌은 잠시 총을 거두었다.

"너 여기서 뭐 해? 어서 꺼져."

"왜 걔를 풀어 줘? 너 미쳤어?"

악마 가면 뒤에서 콜린이 말했다. 그러자 헬렌의 총부리는 콜린을 향했다.

"시끄러. 쟤는 건드리면 안 돼."

"누가 그래?"

"누구긴 누구야? 전령이지!"

닉은 그들이 싸우는 것을 보고 에밀리, 빅토어, 아드리안과 함께 도망칠 궁리를 했다. 그리고 아드리안에게 작은 소리로 물었다.

"경찰 불렀어?"

그러나 아드리안의 관심은 온통 구조물 위의 남자에게 쏠려 있었다.

"안녕하세요, 오툴란 씨."

아드리안을 본 오툴란은 구조물 기둥을 더욱 꽉 움켜잡았다.

"이거 다 네가 조종한 거지?"

"아니요."

아드리안은 창문 앞으로 가서 아래를 내려다보았다.

"꽤 높네요."

그 말에 오툴란은 새삼 화가 치미는지 언성을 높였다.

"어서 저 가면 쓴 멍청이들에게 날 풀어 주라고 해!"

"저 사람들이 왜 제 말을 듣겠어요?"

"내가 바본 줄 아니? 네가 배후 조종자잖아. 흥, 저 여자애가 목에 건 걸 보면 바로 알 수 있지!"

그 말에 아드리안은 겁 없이 헬렌에게 다가가 이너서클의 상징물을 만졌다.

"왜 이걸 목에 걸고 있어요?"

"꺼져! 넌 몰라도 돼."

아드리안 때문에 헬렌은 오툴란을 제대로 겨눌 수가 없었다.

"직접 만든 거죠? 이걸 왜 만들었어요?"

"난 이너서클이고 이건 이너서클의 상징이니까."

헬렌이 아드리안을 밀치며 말했다.

거의 미안한 느낌의 몸짓이었지만 미는 힘이 강해서 아드리안은 뒤로 한참 밀려 나갔다. 바닥에 나자빠질 뻔한 아드리안을 에밀리가 잡아 주었다.

"원래 그건 우리 아빠 회사 '베이 투 파'의 로고예요."

"그래, 그렇다니까."

오톨란은 아드리안의 말에 맞장구를 치다가 비명을 꽥 내질렀다. 세찬 바람이 불어와 오톨란이 붙잡고 있던 구조물을 흔들었기 때문이다. 바람은 다른 소리도 함께 실어 왔다. 멀리서 사이렌 소리가 들렸다. 경찰차일까? 소리는 점점 가까워지고, 오톨란의 얼굴에는 안도의 빛이 떠올랐다.

"뛰어내려."

헬렌이 말했다.

"뭐라고?"

"뛰어내리라고."

헬렌은 창가로 가서 총을 오톨란 가슴에 겨누었다.

"뛰어내려. 아니면 내가 쏴서 떨어뜨릴 테니까."

사이렌 소리가 더 커졌다. 에일리언과 골룸은 급히 시선을 교환했다.

"여기서 나가야 해. 누가 경찰을 불렀나 봐. 어서 서둘러, 빨리!"

골룸 가면이 말했다.

"에이 씨, 어서 뛰어내리란 말이야!"

해골 가면 밑에서 헬렌 목소리가 흘러나왔다. 그 장면은 마치 저승 사자가 말하는 것처럼 으스스한 느낌을 주었고, 그대로 닉의 뇌리에 각인되었다.

"네 친구들 말이 맞아. 지금 경찰이 오고 있어."

오톨란은 목숨을 걸고 헬렌을 설득했다. 공포에 질려 새된 목소리가 나왔다.

"넌 현장에서 살인범으로 체포될 거야. 그걸 알고 이러는 거니? 살인죄로 평생 감옥에서 썩고 싶어?"

오톨란은 헬렌의 총구에서 한시도 눈을 떼지 못했다. 헬렌이 바로 앞에 있었기 때문에 만약 쏜다면 백발백중이다. 그리고 이 상태에서는 살아서든 죽어서든 추락하게 돼 있다.

오톨란의 말은 복면한 다섯 명 중 한 명에게서 이미 효과를 나타냈다. 스크림 가면을 쓴 아이가 문 쪽으로 슬금슬금 뒷걸음질 치더니 냅다 도망쳤다. 에일리언과 골룸도 그 뒤를 따르고 싶은 눈치였다. 하지만 차마 그러지 못하고 바닥에 엎드린 사람들과 닉 일행을 계속 감시하는 척했다.

그걸 눈치 챈 빅토어가 그 둘을 달랬다.

"너희도 어서 가. 그리고 내가 비밀 하나 얘기해 줄까? 게임은 이제 끝났어. 너희가 뭘 하든 보상 같은 건 없어. 계속 이러고 있다간 법정에서 벌을 받게 돼. 이제 에레보스는 없어. 그건……."

"입 닥쳐! 알지도 못하면서 함부로 지껄이지 마!"

헬렌이 소리치며 빅토어에게 총구를 겨누었다. 그러나 곧 정신을 차리고 다시 오톨란을 향했다.

"뛰어내려!"

헬렌이 부르짖더니 오톨란에게 성큼 다가섰다. 오톨란은 마치 헬렌의 명령을 따르려는 듯 구조물 아래를 내려다보았다. 이 높이에서 떨어져서 살아남을 가망이 있는지, 아니면 기어 내려갈 수 있는지 살피는 듯했다. 순간, 아드리안이 창문과 헬렌 사이에 가서 섰다. 빅토어와 닉은 아드리안을 쫓아가다가 거의 동시에 걸음을 멈추었다. 헬렌을 자극해서는 안 되었다. 절대 총을 쏘게 해서는 안 된다.

"아드리안, 저리 비켜."

닉이 말했다. 그러나 아드리안은 그 자리에서 꿈쩍도 하지 않았다. 헬렌은 점점 초조한 기색을 드러냈다. 오톨란을 겨냥하려고 좌우로 무게 중심을 바꾸며 움직였지만 총을 거두지는 않았다.

"아드리안을 쏘진 않을 거지? 상황이 이렇게 된 건 절대 아드리안의 잘못이 아니야."

닉의 말은 사이렌 소리에 중단되었다.

순간, 에일리언과 골룸이 이제야 상황의 심각성을 깨달은 듯 후다닥 튀어나갔다.

"안 돼! 날 두고 가면 어떡해? 이 배신자들!"

콜린은 소리를 지르며 일어나려다가 통증에 다시 고꾸라졌다. 악마 가면이 조금 벗겨지고 콜린의 검은 피부가 드러났다.

"오톨란 씨, 우리 아빠에게서 신들의 빛을 훔치려고 한 거 맞죠? 이 자리에서 솔직하게 시인하세요. 아니면 한 걸음 옆으로 물러서겠어요."

"왜 저 정신병자한테 총을 빼앗지 않는 거야? 그렇게 어려운 일도 아닐 텐데!"

오톨란이 고래고래 소리를 질렀다. 차바퀴 미끄러지는 소리가 나고 맞은편 건물 벽에 푸른 경광등 불빛이 번뜩였다.

"여기예요! 살려 줘요!"

오톨란이 아래를 내려다보며 외쳤다. 그러고는 다시 사무실을 향했다.

"다시 들어갈 테다. 미친 짓은 이걸로 됐어!"

아드리안이 한 걸음 옆으로 비켜서자 헬렌의 총구가 오톨란의 머리를 직통으로 겨누었다.

"안 돼! 쏘지 마!"

오톨란은 구조물 위에 엎드리다가 균형을 잃고 비틀거렸다. 그러나 꽥 소리를 지르고는 다시 균형을 되찾았다.

"시인하세요."

아드리안이 말했다.

"시인하면? 난 지금 총으로 위협받고 있어. 세상의 어느 법정에서 이런 자백을 유효하다고 하겠니?"

"그런 건 상관없어요. 시인해요. 우리 둘 다 그게 사실이라는 걸 알잖아요."

건물 앞이 소란스러웠다. 누군가 명령조로 소리를 질렀고, 뒤이어 차문 닫히는 소리가 연달아 났다. 바닥에 엎드린 직원도 초조한 듯 몸을 뒤척였다. 닉은 섣부른 돌발 행동이 나오지 않기를 간절히 바랐다. 헬렌의 인내심이 극에 달한 듯했기 때문이다.

헬렌의 해골 가면 밑으로 땀이 비 오듯 흘러내리는 것을 보며 닉은 마치 헬렌의 입장이 된 듯 솟구치는 분노를 느꼈다.

아드리안은 다시 오톨란 앞에 서서 그를 뚫어지게 쳐다보았다.

"네 아빠는 세상에 다시없는 천재였지만 사업에 대해서는 아무것도 몰랐어. 나와 동업을 했으면 업계에 혁명이 일어났을 거야. 하지만 제 고집대로만 하려고 했지."

"아빠가 만든 프로그램을 훔쳤나요?"

"그래! 빌어먹을, 내가 훔쳤다! 내가 한 행동은 옳았어."

"우리 아빠를 협박하고 집과 회사에 나쁜 사람을 보내고 우리 가족을 못살게 굴었죠?"

"그래, 네가 그렇게 표현하고 싶다면. 하지만 성과는 없었어. 됐냐? 어디에도 신들의 빛 풀 버전은 없었어. 내가 찾아낸 걸로는 뭘 어떻게 해 볼 수도 없었어. 그러니 이제 그만 진정해라."

아드리안은 뒤돌아서더니 헬렌에게 말했다.

"저 남자 풀어 줘요."

"안 돼. 뛰어내리게 해야 해! 넌 저리 비켜."

아드리안은 꿈쩍도 하지 않았다. 그러자 헬렌이 해골 가면을 옆으로 약간 밀며 아드리안에게 다가갔다.

"미안."

그러고는 주먹을 퍽 날리자 아드리안은 맞은편 벽까지 날아갔다. 그 순간 닉과 빅토어가 동시에 몸을 날려 뒤에서 헬렌을 덮쳤다. 빅토어가 몸무게로 헬렌을 눌러 움직이지 못하게 하는 사이 닉은 헬렌 손에서 권총을 빼내려고 안간힘을 썼다. 헬렌은 거세게 몸부림치며 저항했다.

"이거 놔! 난 전투를 승리로 이끌어야 할 마지막 전사야!"

"전투는 없어. 전령도 없고 임무도 없어. 정신 차려, 헬렌!"

닉이 거친 호흡으로 말했다.

"배신자!"

헬렌이 소리쳤다.

순간, 닉 바로 옆에서 우렁찬 총성이 울렸다. 닉은 자신이 총에 맞은 줄로만 알고 이제 죽었구나 했다. 그러나 이내 총알이 맞은편 벽에 가 박힌 것을 깨닫고는 순간적으로 놀라서 손에 힘을 늦추었다. 헬렌은 그 틈을 타 몸을 돌렸고, 막 창문으로 들어오려고 하는 오톨란을 향해 권총을 발사했다.

총알은 오톨란의 옆구리를 맞혔다. 오톨란은 한 발은 사무실 안에, 한 발은 창밖에 있는 상태로 얼어붙은 듯 동작을 멈추었다. 그리고 천천히 뒤로 넘어가기 시작했다. 그때 시커먼 그림자가 획 달려들어 오톨란의 팔을 붙잡았다. 빅토어였다. 빅토어는 오톨란을 창틀 너머로 끌어 올려 바닥에 눕혔다. 붉은 피가 오톨란의 셔츠를 적셨다.

"임무 완료. 드디어 해냈어."

해골 가면 뒤에서 헬렌이 거친 숨을 몰아쉬며 말했다.

닉은 총소리 충격에서 깨어났다. 하지만 몸을 제대로 움직이기까지는 약간의 시간이 걸렸다. 이윽고 정신이 든 닉은 헬렌의 손에서 권총을 빼앗아 빅토어에게 건넸다.

"어떡하죠? 저 피 좀 봐요. 구급차 불러야겠어요."

그때 묶여 있던 남자 중 한 명이 손을 들어 신호를 했다.

"이 테이프 좀 잘라 줘요. 내가 부상자를 돌볼 테니까. 어서!"

닉은 그 남자가 시키는 대로 했다. 왠지 기분이 이상하고 금방이라도 쓰러질 것처럼 어지러웠다.

"구급차 불러요."

닉은 같은 말을 반복했다. 그러고는 서둘러 앉을 곳을 찾았다. 눈앞이 흑백으로 변하며 핑핑 돌았다. 검은 반점이 점점 시야를 채웠다. 닉은 손으로 더듬어 옆에 있는 의자에 앉았다. 그리고 상체를 구부린 채 어지럼증이 가시기를 기다렸다.

한참 있다 다시 고개를 드니 헬렌이 옆에 앉아 있었다. 헬렌은 다소곳이 앉아 자기 손만 내려다보았다. 도망가지 못하게 해야 하는데……. 닉은 그 생각이 먼저 들었다. 그러나 헬렌은 도망갈 생각이 전혀 없어 보였다.

계단을 올라오는 발소리가 나고 엘리베이터가 도착하는 소리도 들렸다. 곧 구조의 손길이 도착할 것이다. 물론 구조되는 사람만 있는 건 아니다. 그렇지 않은 사람도 있다.

"헬렌?"

해골 가면을 벗기자 땀에 젖은 헬렌의 넓죽한 얼굴이 나타났다. 그 얼굴에는 흡족한 미소가 가득했다.

"그렇게 부르지 마. 내 이름은 블러드워크야."

사무실은 금세 경찰, 의사, 구조대원으로 가득 차 아수라장이 되었다. 제일 먼저 오톨란이 들것에 실려 나갔고, 그다음에는 갈비뼈가 부러지고 비장 파열이 우려되는 콜린이 응급 처치를 받았다.

사무실 직원은 오톨란이 콜린의 야구 방망이를 빼앗아 콜린의 배를 여러 차례 가격했다고 증언했다. 헬렌은 그때 오톨란을 쏠 수도 있었을 텐데 왜 쏘지 않았을까? 아마 평소 콜린을 싫어했기 때문일 것이다.

들것에 실려 나가기 전 콜린이 닉을 불렀다. 그러더니 닉이 가까이 오자 손을 부여잡았다.

"증언 잘해 줄 거지? 경찰은 날 헬렌과 같은 급으로 취급할 거야. 하지만 난 절대 총 같은 건 쏠 생각이 없었어. 그래서 일부러 야구 방망이를 택한 거야. 부탁이야, 닉."

닉은 도저히 콜린의 손을 오래 잡고 있을 수가 없었다.

"아직……. 그건 아직 이르잖아. 알았어, 생각해 볼게. 손 좀 놔줘."

"제이미 일 그거 내가 그런 거 아니야. 정말이야!"

"알아."

콜린은 구급차로 옮겨졌고, 닉은 진술하기 위해 경찰을 따라갔다.

일단 한번 손을 떼고 나면 포기는 어렵지 않다. 생각할수록 우습다. 곧 이 모든 것이 과거가 되고 나 또한 하나의 기억으로 남을 터이니! 어떤 사람에게는 아픈 기억일 테고 어떤 사람에게는 부끄러운 기억일 테지.

이제 내가 할 일은 끝났다. 앞으로 무슨 일이 일어날지 나는 알지 못한다. 어쩌면 잘된 일이다. 간섭하고 통제하고 싶은 유혹에서 자유로울 테니까.

미래에 현실이 될 수많은 가능성이 잠자고 있다. 그러나 나는 더 이상 궁금하지 않다. 궁금하다면 머물 텐가? 모르겠다. 피로할 뿐이다. 그래서 포기가 더욱 쉬운가 보다.

33

가는 빗줄기 사이로 보이는 휘팅턴 병원은 마치 회갈색의 돌덩어리처럼 보였다. 닉은 우비의 모자를 이마까지 푹 뒤집어썼지만 빗물은 사정없이 얼굴을 때렸다. 제이미가 좋아하는 초콜릿은 우비 안주머니에 잘 숨겨 두었다.

병실은 4층이다. 병실 앞에 이르자 그냥 돌아가고 싶은 마음이 들었다. 왓슨 선생님은 그저 "제이미가 깨어났다. 하지만 아직 다 낫지는 않았어."라고만 했다. 자세히 질문하는 사람은 아무도 없었다.

닉은 병실 문을 두드렸다. 한 번 더 두드렸다. 아무런 소리가 없다. 닉은 불안한 마음을 안고 조심스레 문을 열었다. 침대가 두 개. 하나는 비어 있고, 다른 하나에는 제이미가 누워 있다. 제이미는 정말 작아 보인다. 어린아이처럼 연약해 보인다. 닉은 크게 심호흡을 했다.

"안녕, 제이미. 나야, 닉. 깨어났다는 말 듣고 왔어."

제이미는 벽을 향해 누운 채 꼼짝도 하지 않았다. 머리의 반절 정도를 밀었다. 케이트랑 비슷하지만 제이미의 경우는 민머리인 부분에 길게 꿰맨 자국이 있다.

"너 주려고 선물 가져왔어."

닉은 초콜릿 상자를 꺼내 들고 천천히 침대로 다가갔다. 가까이 가보니 제이미는 입을 벌린 채 벽을 응시하고 있었다.

결국은……. 닉은 목구멍에 뜨거운 것이 치미는 것을 느끼며 얼른 시선을 돌렸다.

"에밀리가 안부 전해 달래. 아마 곧 병문안 올 거야. 그동안 사건이 많았어."

제이미의 시선은 여전히 벽을 향했다. 얼굴이 잠시 실룩거리는가 싶었지만 아마 착각이었을 테다.

"제이미, 좀 어떠니? 너랑 옛날처럼 얘기할 수 있으면 좋겠다. 그리고 그날 내가 그렇게 재수 없게 군 거 정말 미안해. 수천 번도 더 후회했어. 하지만 이제 게임은 끝났어. 아마 너도 기뻐하겠지. 나뿐 아니라 모두를 위해서 잘된 일이야."

제이미가 방금 웃었나? 아니다.

"제이미, 내 말 들리니? 내가 하는 말 한 마디라도 이해하겠거든 뭐든 좋으니까 신호를 보내. 눈을 깜박이든 발가락을 움직이든 상관없으니까 제발!"

제이미가 보내는 신호인가? 정말 내 말에 반응하는 걸까?

제이미는 아주 천천히 오른손을 뻗어 손가락을 펼쳤고……. 닉은 가슴을 두근거리며 그 모습을 지켜보았다.

"잘했어, 제이미. 이제 금방 다 나을 거야."

닉은 감격에 겨워 중얼거렸다. 제이미는 손을 공중으로 들어 올리더니 천천히 손가락을 하나씩 접기 시작했다. 결국 가운뎃손가락 하나만 남았다. 그러고는 고개를 돌려 씩 웃었다.

"야, 이 또라이 자식! 깜짝 놀랐잖아!"

닉은 주먹으로 제이미의 옆구리를 치거나 덥석 목을 껴안지 않으려고 애썼다.

"이제 괜찮은 거야? 야, 정말 다행이다. 난 네가 진짜 정신줄 놓은 줄 알고……."

"괜찮다니? 내가 괜찮은 것 같아? 너 이 두통이 얼마나 견디기 힘든지 알아? 게다가 골반 골절이 어떤 느낌인지 상상도 못할걸. 하지만 약 하나는 괜찮아. 효과가 죽여주거든. 그것 때문에라도 한번 해볼 만해."

제이미는 웃으면서도 고통에 눈을 찡그렸다.

"야, 난 너 도로에 누워 있는 거 보고 정말 죽은 줄로만 알았어. 그 장면이 사진처럼 남아서 지금도 머릿속에서 지워지질 않아."

"그럼 한 장 현상해서 보여 줘."

제이미가 특유의 미소를 지었다. 제이미는 사고 전 이틀만 빼고 모든 것을 기억했다. 게임에 대한 분노와 증오도 여전했다.

"게임은 이제 안 된대. 마지막 전투가 끝난 순간 동시에 모든 화면이 시커멓게 변했대. 그게 끝이었어. 진짜 끝. 근데 아직도 정신 못 차린 애들 많아."

"어떻게 그렇게 됐어? 누가 서버를 꺼 버린 건가?"

"아니."

닉은 제이미가 에레보스가 어떤 게임인지, 그 게임에서 무엇이 가능했는지 모른다는 사실을 떠올렸다.

"에레보스는 아주 특별한 게임이었어. 정보를 읽고 읽은 내용을 이해할 줄 알았어. 내 생각엔 마지막 전투가 벌어지는 동안 끊임없이 인터넷을 뒤져서 적이 죽었다는 소식을 찾아 헤맸던 듯싶어. 그런데 그 소식은 없고 다른 소식이 들리니까 스스로 프로그램을 종료해 버린 거야."

제이미는 놀란 듯했다.

"엄청난데!"

"응."

제이미의 창백한 얼굴에 심각한 빛이 돌았다. 제이미에게 모든 사실을 알리기에는 너무 이른 걸까? 아니다, 빨리 정리하고 잊어버리는 것이 좋다.

"있지, 그 사고 말이야. 사실은 사고가 아니었어. 누군가 네 자전거 브레이크를 고장 냈어. 그래서 그렇게 빠른 속도로 도로를 질주한 거야."

닉은 잠시 말을 끊고 큰 숨을 들이마셨다.

"누구 짓인지도 알아. 원한다면 말해 줄게."

제이미는 믿기지 않는 표정으로 입술을 달싹였지만 아무 말도 없이 다시 다물었다. 그러고는 다시 벽을 향해 누웠다.

"사고는 기억 안 나. 그 전에 무슨 일이 있었는지도 모르겠고. 그 사고가 게임과 상관있는 거야?"

제이미가 머리의 상처를 어루만지며 물었다.

"응, 맞아."

"아, 그래? 그럼 생각해 볼게. 근데 지금은 별로 알고 싶지 않은 것 같아."

제이미는 다시 얼굴을 돌리고 씩 웃었다.

"그런데 궁금한 게 하나 있어. 학교에서 우연히 그 애를 만나서 샌드위치를 나눠 먹을 가능성도 있는 거야?"

"아니, 그럴 일은 없어."

닉은 고개를 저었다. 브린은 정말 전학을 택했다. 그리고 닉이 아는 바로는 경찰에 자수하지도 않았다.

"언제까지 병원에 있어야 하는 거야?"

"좀 걸릴 거야. 그다음엔 재활치료도 해야 하고. 골반 부러진 할머니들하고 사교 활동 좀 하는 거지. 할머니들이 내 헤어스타일을 좋아할지 모르겠네."

제이미의 두뇌는 멀쩡했다. 유머를 담당하는 기관까지 다 포함해서 말이다. 닉은 속으로 콧노래를 불렀다.

"다시 건강해지면 소개해 주고 싶은 사람이 있어. 둘이 잘 맞을 거야."

"여자야?"

"음, 여자는 아냐. 하지만 농담 좋아하는 건 너랑 비슷해. 그런데 너보다 차를 더 즐겨 마셔."

그로부터 이틀 후 다른 만남이 있었다. 일은 제대로 끝내야 한다는 에밀리의 뜻에 따라 준비된 모임이다.

"게임이 너무 갑작스럽게 끝나서 힘들어하는 사람이 많아. 갑자기 커다란 구멍이 생겨 버린 거야."

에밀리가 말했다.

그 커다란 구멍을 경험해 본 닉으로서는 그 말에 동의하지 않을 수 없었다. 그리고 게임했던 사람들과 함께 나눌 수 있는 다른 계획도 있었다. 그들은 먼저 왔슨 선생님의 도움으로 청소년 회관 강당을 빌렸다. 그리고 게임이 돌았던, 혹은 돌았을 거라고 추정되는 학교마다 쪽지를 붙였다.

그러나 그렇게 많은 인파가 모이리라고는 그 누구도 생각하지 못했다. 강당에 들어서니 의자는 이미 꽉 찼고 바닥에 앉은 사람도 많았다. 닉은 몇 명이나 모였는지 세어 보다가 절반도 못 세고 포기했다. 적어도 150명은 되는 듯했다. 사람이 너무 많아서 11월 저녁의 추운 날씨에도 불구하고 질식하지 않으려면 창문을 열어야 했다.

닉은 앞으로 나가 잡담이 멈추고 조용해지기를 기다렸다.

"안녕. 난 닉 던모어라고 해. 학교에서 날 본 사람도 많을 거야. 나도 너희처럼 에레보스를 했던 사람이야. 그리고 그 게임을 정말 진심으로 좋아했고. 하지만 믿기 싫은 사람도 있겠지만 에레보스가 끝난 건 정말 잘된 일이야. 지금부터 에레보스의 배후에 어떤 이야기가 있는지 얘기할 건데, 그 전에 먼저 제대로 자기소개를 해야겠지? 규칙은 이제 통하지 않는다는 걸 명심하고. 에레보스에서 난 다크엘프, 사리우스였어. 레벨 8로 쫓겨났지."

몇몇 아이들이 웃음을 터뜨렸다.

"사리우스? 정말? 네가 사리우스였어?"

곧 자신의 이야기와 경험을 늘어놓으려는 애들이 여기저기서 속출했고 닉은 그들을 제지하느라 애를 썼다.

"잠깐! 그 전에 해야 할 중요한 얘기가 있어. 잘 들어. 모두 신문에서 봐서 알겠지만, 오톨란은 괴물이 아니라 실존하는 인물이야. 좋은 사람은 아니지만 사람인 건 맞아. 며칠 있으면 병원에서 퇴원할 거야. 그리고 예전처럼 살아가겠지."

모두 닉의 말에 귀를 기울였다. 행사는 잘 진행되고 있었다.

"에레보스의 목적은 하나였어. 오톨란에게 복수하는 것. 물론 그 복수가 성공적이지는 않았어. 그건 어떻게 보면 잘된 일이지만 다른 한편으로는 그렇게 그냥 넘길 일이 아니야."

몇몇은 수긍하며 고개를 끄덕였고 몇몇은 무슨 소린지 몰라 멍한 표정을 지었다.

"이제부터 하는 얘기가 중요하니까 잘 들어. 너희 모두 게임할 때 임무 받았지? 지금부터 그걸 모을 거야. 학교 애들하고 관계된 거는 빼고 '도대체 이런 걸 왜 해야 하지? 누구한테 득이 되는 거지?'라고 생각한 임무를 쪽지에 적어서 나한테 줘. 사진, 스캔한 거, 아니면 복사본 있는 사람들은 그것도 내고."

아이들은 미심쩍은 표정을 지었다.

"그걸로 무슨 트집을 잡거나 하는 일은 절대 없을 테니까 걱정하지 마. 대신 그걸로 오톨란에게 씌울 올가미를 만들 거야. 만약 오톨란에게 구린 데가 있다면 말이야. 난 그러리라고 굳게 믿고 있어. 그럼, 일주일 후에 여기서 다시 만나자. 그리고 이제부터 게임 속에서 누구였는지 자기소개를 해 보자."

마치 봇물 터지듯 말이 쏟아져 나왔다. 닉은 순서대로 손을 들고 얘기하라고 반복해서 말했지만 어느 순간 보니 모두 한꺼번에 왁자하게 떠들고 있었다. 모두 자신이 겪은 일을 이야기하며 게임 속에서 친분이 있던 캐릭터가 누군지 궁금해했다. 닉은 사회 보는 것을 포기하고 아이들 속으로 섞여 들어갔다.

아이들은 삼삼오오 짝을 지어 이야기꽃을 피웠다. 하지만 더러는 혼자인 아이도 있었다. 이너서클이 다 잡혀 가고도 잡히지 않은 라시드는 불편한 심기를 감추지 못했다. 누군가 이름을 불까 봐 노심초사하는 것 같았다. 닉은 빙긋 웃으며 라시드에게 다가갔다.

"네가 누군지 오래전부터 궁금했어. 블랙스펠이었니?"

라시드는 어깨를 으쓱했다.

"캐릭터 얘기하는 거 난 아직도 어색해. 하면 안 되는 짓을 하는 것 같아."

그러더니 라시드의 입가에도 작은 미소가 스쳤다.

"틀렸어. 난 누락스였어."

"늑대인간 누락스! 와, 그건 생각도 못했는데. 늑대인간으로 게임 하는 건 어땠어? 재미있었어?"

둘은 각 종족의 장단점을 늘어놓다가 함께, 그리고 각자 겪은 전투에 대해 이야기꽃을 피웠다. 어느새 다른 아이들이 대화에 합류했고, 강당은 거대한 수다방으로 변했다. 닉은 사람들 사이를 누비고 다니며 게임 속에서 알고 지냈던 캐릭터를 찾았다. 사푸야푸와 크소후가 누군지는 꼭 알고 싶었다. 그리고 상자에 씌어 있던 이름, 갈라리스도 만나고 싶었다. 어느 순간 아이샤가 뒤에서 어깨를 툭 쳤다.

"안녕, 사리우스. 네가 사리우스일 거라고는 정말 생각도 못했어. 난 로드닉이 넌 줄 알았거든. 아마 다들 그렇게 생각했을걸."

닉은 한숨을 푹 쉬었다.

"나도 알아. 대체 누가 무슨 생각으로 그랬는지 모르겠어. 누군지 알게 되면 얘기 좀 해 줘."

아이샤는 자존심 상한 얼굴로 닉을 쳐다보았다.

"내가 누구였는지는 알고 싶지 않아?"

왜 없겠어? 에릭에게 성폭행 누명 씌운 사건을 어떻게 할 건지도 매우 궁금하다고.

"물론 알고 싶지. 우리 만난 적 있어?"

아이샤는 생긋 웃었다.

"그럼, 있고말고! 하지만 서로 못 잡아먹어서 안달이었어. 네가 아레나에서 내 레벨을 두 단계나 깎아 먹었잖아."

"페니엘?"

"맞아."

그렇게 두 시간 정도 지나자 실제 인물과 게임 캐릭터 사이의 긴 리스트가 만들어졌다. 이번에는 모두 맞아떨어졌다. 블랙스펠은 제롬이었고, 역시 뱀파이어인 라코르 뒤에는 말없는 그렉이 숨어 있었다. 크소후는 마르틴 가리발디라는 아이로, 크소후가 죽은 다음 날 친구에게 애걸복걸하던 그 녀석으로 밝혀졌다. 닉은 실망감을 감출 수 없었다. 크소후라면 현실 세계에서도 좋은 친구로 지낼 수 있을 것 같았는데.

한참 돌아다니다 보니 사푸야푸도 찾아낼 수 있었다. 실제 인물은 키가 크고 마른 체형으로 드워프인 사푸야푸와는 전혀 닮은 구석이 없었다. 엘리어트라는 이름의 졸업반 남학생인데, 곧 영문과에 진학할 예정이라고 했다. 닉은 엘리어트와 전화번호를 주고받은 다음 영화와 음악에 대한 이야기를 나누었다. 음악 얘기를 하다 보니 엘리어트도 '헬 프로즌 오버'의 팬이라는 사실을 알 수 있었다.

"그런데 헬 프로즌 오버 티셔츠는 에레보스 레벨과 바꿨어. 전령이 그걸 어디다 쓰려고 가져갔는지 정말 알 수가 없다니까."

엘리어트가 한숨을 쉬며 말했다. 닉은 웃음보가 터져 한참 웃고 나서야 엘리어트에게 진상을 말해 주었다.

"이거 안 되겠는데. 나중에 술 한잔하면서 도끼 좀 갈아야겠어."

엘리어트는 그렇게 농을 하더니 닉이 로드닉과 무척 닮았다고 말했다.

"네, 알아요. 정말 누가 내 허락도 없이 얼굴을 가져다 썼는지 알기만 하면 그냥!"

그때 누군가 뒤에서 헛기침을 했다.

"그건 내가 도와줄 수 있을 것 같은데."

뒤돌아보니 뜨개질소녀 1호 댄이 서 있었다.

"그래? 누군데?"

댄은 약간 민망한 듯 바닥을 내려다보았다.

"아무한테도 말하면 안 돼. 알았지? 내 생각엔 분명 알렉스야. 벌써 한참 됐는데, 알렉스는 언제부턴가 널 부러워했어. 한때는 네 흉내를 내고 다니기도 했어. 그거 몰랐니? 몰랐구나. 난 알았거든."

댄은 엉덩이를 긁적거렸다.

"내가 알렉스에게 CD를 주고 난 다음 날 닉 던모어 클론이 등장했으니까, 바로 눈치챌 수 있었지."

닉은 그런 말을 하는 댄이 미심쩍었다. 그게 댄 자신의 이야기가 아니라고 누가 장담한단 말인가?

"왜 나한테 그런 얘기를 하는 건데?"

댄은 긴장한 듯 엉덩이를 벅벅 긁었다.

"그건⋯⋯. 알렉스는 가장 친한 친구거든. 그런데 네가 만날 뜨개질소녀라고 놀리니까 무척 힘들어했어. 알렉스가 널 좋아한다는 걸 알면 네가 알렉스에게 좀 친절하게 대하지 않을까 해서 하는 말이야.

알렉스는 창피하다고 안 왔어. 아마 그것 때문일 거야."

댄의 설명을 듣고 나니 참 이상한 기분이 들었다. 로드닉의 존재에 대해 별의별 상상을 다 해 봤지만 부러워서일 거라고는 생각도 하지 못했다.

"그럼 넌? 넌 누구였어?"

닉의 물음에 댄은 히죽 웃었다.

"흠, 별로 반가운 인물은 아닐 거야. 난 렐란트였어. 위시크리스털은 미안하게 됐어. 하지만 이제는 돌려줄 수도 없잖아."

많은 궁금증이 풀렸지만 풀리지 않은 의문도 남아 있었다. 미로에서 전갈에 물려 죽은 고양이인간 오로라가 누구인지는 끝내 알 수 없었다. 한편, 갈라리스는 창백한 얼굴에 안경을 쓰고 비쩍 마른 7학년 여학생으로 밝혀졌다. 갈라리스 역시 상자 속 물건의 정체는 알지 못했고 한 장소에서 다른 장소로 옮기기만 했다고 한다. 초미니스커트를 입은 자이언트인 티라니아는 수줍음을 잘 타는 미쉘이었다. 닉이 왓슨 선생님을 독살해야 했던 약병은 미쉘이 조달했다. 미쉘은 그 약병을 아빠의 약 상자에서 몰래 빼돌렸다. 미쉘의 아빠는 비상시를 대비해 약을 두 병씩 준비해 두었기 때문에 걸리지는 않았다고 했다. 닉의 신참이던 헨리 스코트는 자신이 도마뱀인간인 브라코였다고 밝혔다.

"이너서클은 누구였어?"

다른 아이들이 돌아갈 무렵 얼굴이 동그란 동양인 여자아이가 물었다.

"헬렌이 블러드워크였어. 아마 지금 게임 때문에 헬렌이 가장 힘들어 하고 있을 거야. 왓슨 선생님 말로는 정신 병원에 있대."

"위르다나와 드리즐은?"

위르다나의 실제 이름은 닉도 알지 못했다. 닉 머릿속에서 위르다나는 항상 골룸 가면이었으니까. 스크림, 에일리언과 마찬가지로 다른 학교 학생이겠지. 지하철에서 닉을 민 사람도 스크림과 에일리언 둘 중 하나일 것이다. 그러나 닉은 그게 누구인지 알고 싶지 않았다. 제이미의 자전거 사고와 같은 경우일 뿐이니까.

"드리즐은 아마 콜린일 거야. 누군지 알지? 키 크고 피부 검은 애. 농구부야."

닉이 말했다. 그리고 혼자 속으로 생각했다. 한때 내 친구였지.

34

오랜만에 주말다운 주말이 찾아왔다. 닉은 아무것도 안 하고 잠이나 자고 에밀리와 영화나 보러 갈 생각이었다. 그런데 빅토어에게서 전화가 왔다. 잠은 죽으면 실컷 자는 거라며 자신이 세운 계획을 들려주는데, 도저히 마음을 돌리지 않을 듯했다. 닉은 빅토어와 전화로 30분가량 싸웠다.

"말도 안 돼요."

"말이 안 되긴? 이거야말로 가치 있는 일이야!"

"아드리안을 힘들게 할 뿐이에요."

"아니, 전혀 그렇지 않아."

닉은 답답해하면서도 주장을 굽히지 않았다.

"그리고 되지도 않을걸요."

"무슨 소리? 이미 테스트했어. 잘되니까 걱정 마."

"그럼, 맘대로 해요. 난 안 갈 테니까."

빅토어는 예상치 못한 반응에 살짝 당황하는 듯했으나, 곧 회유 작전을 썼다.

"야, 의리 없이 그러면 안 되지. 이건 우리가 아드리안에게 꼭 해줘야 할 일이야. 에밀리도 온다고 했어."

닉은 결국 가겠다고 했다. 에밀리가 간다니 어쩔 수 없었다. 그러나 마음은 영 편치 않았다.

빅토어는 다양한 찻주전자에 세 가지 종류의 차를 내놓고 쿠키와 피자도 준비해 두었다. 모두 소파 방에 모여 먹고 마시며 수다를 떨었다. 에밀리는 병원에 가서 콜린을 만나고 온 얘기를 했다. 헬렌을 위시한 다른 이너서클 멤버들과 마찬가지로 콜린도 곧 법정에 서게 될 것이다.

"어쩌면 우리도 증인으로 불려 나갈지 몰라. 문제는 게임이 더 이상 안 돌아간다는 거지. 아마 판사도 실제로 어떤 일이 있었는지 상상하기 힘들걸."

에밀리의 말에 닉이 반론을 폈다.

"하지만 게임한 사람들은 다 알잖아. 보고 들은 사람이 수백 명도 넘어."

"나만 빼고."

아드리안이 힘없이 말했다. 빅토어에게는 말을 꺼낼 더없이 좋은 기회였다.

"그렇지. 멀티 플레이어 타임은 끝났어. 하지만 그게 꼭 좋은 건 아니야. 내가 너를 위해서 특별한 걸 준비했거든. 이리 와 봐."

빅토어는 아드리안을 일으켜 컴퓨터 방으로 데려갔다. 그리고 가장 큰 모니터 앞에 가장 좋은 회전의자를 갖다 놓고 거기에 아드리안을 앉혔다.

"자, 앉아."

아드리안은 영문을 모르는 표정으로 빅토어가 시키는 대로 했다.

"시작은 아직 문제없이 되더라고."

빅토어가 등받이 없는 의자를 끌어다 아드리안 옆에 앉으며 말했다. 에밀리와 닉도 의자를 가져다 앉았다. 그러고 보니 아드리안을 둘러싸고 보호막 같은 작은 반원이 만들어졌다. 빅토어가 모니터를 켰다.

숲 속 빈터. 희미한 달빛. 한가운데 이름 없는 자가 쭈그리고 앉아 있다.

아드리안은 마치 최면에 걸린 사람처럼 마우스를 움직여 주변을 살폈다.

"여기 어딘지 알아요. 와이 강 계곡 근처예요. 저기 바닥에서부터

V 자로 갈라진 나무 보이죠? 소풍 가면 항상 저기다 배낭을 끼워 놓곤 했어요."

아드리안은 이름 없는 자를 그쪽으로 데리고 가더니 바닥에서 뭔가를 주워 올렸다. 작은 나뭇조각처럼 보이는데 파란색으로 반짝였다. 아드리안의 눈에서 눈물방울이 또르르 굴러 떨어졌다.

"그게 뭐니?"

"주머니칼이요. 여덟 살 때 거기서 잃어버리고 하루 종일 울었어요."

에밀리와 닉은 얼굴을 서로 마주보았다. 예상보다 힘들어질 듯한 생각이 들었다. 에밀리가 아드리안의 어깨를 토닥였다. 이름 없는 자는 숲 속 빈터를 떠나 작은 오솔길로 들어섰다. 나무가 우거진 숲길을 뚫고 가는 아드리안을 보며 닉은 이미 길을 알고 있으리라 생각했다. 그도 그럴 것이 체력을 아끼느라 쉬기는 했지만 방향을 잡느라 멈추는 일은 거의 없었다. 이름 없는 자는 잠시 후 작은 시냇가에 이르러 걸음을 멈추었다.

"그때 여기서……. 아, 저기 있다!"

아드리안이 속삭이듯 말했다. 처음에는 뭘 말하는지 몰랐지만 자세히 보니 어둠 속에 반짝이는 눈 두 개가 보였다. 그리고 곧 여우 한 마리가 모습을 드러냈다.

"여기서 여우를 본 거야?"

아드리안은 고개를 끄덕였다.

여우는 곧 덤불 속으로 사라졌고 이름 없는 자는 다시 걷기 시작했다. 시내를 따라 걷다가 돌덩이 세 개가 놓인 곳이 나오자 그 징검다리를 건너 하류 쪽으로 방향을 잡았다. 일렁이는 모닥불 불빛이 보이기 시작하자 닉은 아드리안을 의자에서 끌어내리고 싶은 심정이었다. 사자는 이번에는 모닥불 앞에 앉지 않고 똑바로 서서 이름 없는 자를 기다렸다.

"아드리안?"

"아빠?"

아드리안은 작은 소리로 속삭이며 마우스를 움켜쥐었다. 이름 없는 자는 잠시 휘청거리다가 똑바로 섰다.

"넌 다른 사람은 모르는 우리의 비밀 길로 왔다. 아드리안 맞니?"

아드리안은 자판 위에 손을 올리고 대답을 쳤다.

"네, 맞아요."

사자의 얼굴에 미소가 번졌다.

"잘 왔다. 모든 게 끝나면 네가 와 주기를 기다리고 있었다."

"우린 나가 있을까?"

닉이 물었다.

아드리안은 고개를 저었다. 하고 싶은 말이 많은데 어떻게 시작해야 할지 모르는 눈치였다.

"잘 지내요?"

"내 계획이 무산됐다. 아마 살아서 그 꼴을 봐야 했다면 화가 많이 났을 거야."

아드리안은 웃음 같기도 하고 한숨 같기도 한 소리를 냈다.

"저도 화가 나요. 아빠한테 화가 나요. 왜 그랬어요?"

"뭘?"

아드리안의 손이 자판 위에서 빠르게 움직였다.

"뭐긴 뭐예요? 말도 없이 그냥 가 버렸잖아요! 그게 얼마나 끔찍한 건지 알아요? 엄마는 아빠를 발견한 후 며칠간 진정제에 의지해 살았어요. 어떻게 편지 한 장 없이 그렇게 갈 수가 있어요? 도대체 왜 그랬어요?"

사자는 잠시 당황한 듯했으나 곧 화면에 대답이 떴다.

"뭐라고 써야 할지를 몰랐다. 완성된 에레보스는 정말 완벽했어. 너도 직접 봤으니 알 거다. 그러나 그 뒤에 올 것은 싸움, 재판, 감옥, 망가진 삶뿐이지. 에레보스는 완벽했지만 난 그렇지 못했어. 에레보스 밖의 세계에는 정을 붙일 수가 없었다."

"하지만 에레보스 밖에 뭐가 있는지 알기나 했어요? 2년간이나 밖에 나가지 않았잖아요."

아드리안의 뺨에 눈물이 하염없이 흘렀다. 그러나 아드리안은 눈물을 닦을 생각도 하지 않았다.

"그래, 난 세상을 더 이상 견딜 수가 없었다. 내게는 우연과 불확정성으로만 다가왔기 때문에 세상을 등진 거야. 하지만 난 에레보스를 남겼다. 내가 이제까지 만든 것 중 최고의 작품이지."

"최고로 잔인한 작품이죠. 아는 형 하나는 그것 때문에 죽을 뻔했어요. 지금 병원에 누워 있다고요. 그리고 다른 사람들 몇 명은 오톨란을 죽이려다가 감옥에 가게 생겼어요. 아빠는 그런 일이 벌어질 거라는 걸 알았죠? 그렇죠?"

"난 모든 가능성을 열어 두었다."

"어떻게 그런 일을 할 수가 있어요? 모두 제 또래들이에요. 그리고 아빠의 복수와 아무 상관도 없는 사람들이라고요."

사자는 모닥불 옆 바위에 앉았다.

"에레보스는 내가 공중에 던진 동전과도 같다. 동전이 아직 공중에서 돌고 있을 때 나는 떠났지. 게이머들은 선택할 수 있었다. 언제든 게임을 중단할 수도 있었고. 처음에 시작할 때 모두 나를 지나쳐 가지. 그때 모두에게 경고했다. 한 사람도 빼놓지 않고."

모닥불에서 튀어 오른 불똥이 래리 맥배이의 녹색 눈동자에 비쳤다. 아들과 똑같은 눈이다.

"동정심을 간직한 사람들은 무사했다. 난 그 나머지를 이용했지. 하지만 그들도 선택의 기회를 가진 건 똑같았어. 기회는 모두에게 공정했다."

닉은 왓슨 선생님을 독살하기 직전까지 간 일, 헬렌의 땀에 젖은 얼굴에 나타난 흡족한 미소를 떠올리고는 울어 버리고 싶은 심정이 되었다.

"공정한 건 하나도 없었어요. 아빠는 게이머에게 나쁜 영향을 끼쳤어요. 게이머는 모두 이상해졌고, 아빠는 그들을 복수하는 데 이용했어요. 아빠에게는 이미 소용없어진 복수를 위해서 말이에요."

사자는 천천히 고개를 저었다.

"난 미리 경고했다."

"사람들이 그걸 믿을 만큼 충분하지는 않았어요."

"난 경고했어."

아드리안은 천천히 자판에서 손을 거두었다.

바람 한줄기가 불어와 사자의 모자를 벗겼다. 숱이 적은 금발은 금세 바람에 헝클어졌다. 잠시 침묵이 이어졌다. 그러나 아드리안은 화면 속 아빠에게서 한시도 눈을 떼지 않았다. 둘은 마치 다른 사람들은 들을 수 없는 무언의 대화를 나누는 듯했다. 아드리안은 갑자기 뭔가 생각난 듯 진저리를 쳤다.

"혹시나 해서 말해 두는데, 날 위한 일이었다고는 하지 말아요. 어떻게 나한테 그걸 퍼뜨리라고 시킬 수가 있어요?"

래리 맥배이의 입가에 미소가 떠올랐다.

"네 잘못은 없다. 괜한 죄의식 갖지 마."

"죄의식 같은 거 없어요! 아빠야말로 죄의식이 안 느껴져요? 난 아빠에게 게임 캐릭터나 마찬가지였던 거잖아요."

사자는 고개를 돌려 모닥불을 바라보았다.

"난 널 지키려고 했다."

아드리안은 메마른 소리로 웃었다.

"날 지키려고 했다면서 죽어요? 날 지켜 주려면 죽지 말았어야죠. 아빠가 얼마나 비겁한지 알아요? 정말 비겁해요!"

"미안하다. 하지만 이젠 어쩔 수 없다."

"당연하죠. 그리고 내 마음의 상처도 어쩔 수 없어요."

"그래, 안다."

아드리안의 손 하나가 화면 앞으로 올라가더니 사자의 이마가 있는 곳에서 잠시 머물렀다. 마치 아빠의 얼굴을 만지려는 듯했다. 그러나 아드리안은 곧 동작을 멈추고 손을 내렸다.

"아빠."

"응?"

"지금 하는 얘기 제가 올 때를 대비해서 생각해 놓은 거죠? 게임이 어떻게 끝나느냐에 따라서 제가 무슨 질문을 할지 생각해서 대답을 미리 준비한 거죠?"

"그래."

"언제요?"

"그게 며칠이었냐고 묻는 거니?"

"네."

"9월 12일 새벽 1시 46분이었다."

아드리안은 큰 소리로 울먹이며 손으로 얼굴을 가렸고 에밀리는 그런 아드리안을 꽉 안아 주었다. 그렇게 한참 있는 동안 사자는 다정한 얼굴로 화면 밖을 응시했다. 맥배이는 9월 13일에 목을 맸다. 즉, 죽기 바로 전이었다.

"그때라면 다 바꿀 수 있었어요. 그 시간이면 다 바꿀 수 있었다고요."

아드리안이 속삭였다. 그리고 화면 속 아빠에게서 눈을 떼지 않은 채 빅토어가 내민 휴지로 코를 풀었다. 아드리안의 손이 다시 자판 위로 올라갔다.

"아빠에게는 가족보다 게임이, 그리고 오톨란이 더 중요했던 거예요."

"미안하다."

"아빠, 왜 작별 인사도 없이 갔어요? 전 그게 가장 힘들었어요. 편지 한 장 없이 가 버렸잖아요."

"미안하다."

"아빠가 정말 그리웠어요. 이미 그 2년 전부터요."

"미안하다."

사자는 이제 할 말을 다한 듯싶었다. 아드리안은 알았다는 듯 고개를 끄덕였다. 그리고 부자는 다시 한참 동안 말없이 서로를 바라보았다. 둘 중 정말 바라보는 사람은 하나뿐이었지만, 그렇다고 해서 보는 사람의 마음도 편하지는 않았다. 모닥불이 타닥타닥 소리를 내며 타고 나무 꼭대기에서는 바람이 우우 소리를 내며 울었다. 언젠가 부자가 함께 여우를 본 그 숲이었다.

"잘 가요, 아빠."

"가는 거니?"

"네, 이제 가야겠어요."

"잘 있어라, 내 아들. 항상 건강하고."

사자는 미소 짓는 얼굴로 손을 흔들었다. 아드리안도 손을 흔들었다. 그러고는 컴퓨터를 끈 다음 그대로 에밀리 어깨에 기대어 울다가 잠이 들었다.

크리스마스 시즌이 되자 런던은 번쩍이는 장식으로 뒤덮였다. 상가는 크리스마스트리와 눈송이, 촛불, 별로 휘황찬란하게 빛났고, 어느 가게에 들어가도 '징글벨'과 '라스트 크리스마스' 노래가 제일 먼저 손님을 맞았다.

닉과 에밀리는 코벤트가든에 있는 머핀스키에서 만나기로 약속했다. 닉이 도착해 보니 에밀리는 벌써 와서 기다리고 있었다. 둘은 말없이 부드러운 입맞춤을 나누었다. 닉은 아직도 에밀리가 자신의 여자 친구라는 사실이 믿기지 않을 때가 많았고, 입을 맞출 때마다 구름 위로 둥실 뜬 기분이었다.

"좋은 소식이 있어."

닉이 에밀리의 머리카락을 이마 뒤로 넘기며 말했다.

"어제 게임한 애들한테 새 자료를 받았는데, 오톨란과 톰 가르쉬라는 남자가 통화한 기록이 나왔어. 톰 가르쉬가 경쟁 회사에서 몰래 정보를 빼내도록 오톨란에게 지시받는 내용이 꽤 분명하게 나와."

"잘됐네."

"게다가 오톨란과 가르쉬가 함께 찍힌 사진도 있어. 그리고 빅토어 형이 알아본 바로는 이 가르쉬라는 사람이 절도 때문에 세 번이나 감옥살이를 했대."

"그게 증거가 되진 않잖아."

"그래도 맞아떨어지는 부분이 있잖아."

둘은 커피와 머핀을 주문했다. 주디 갈란트가 부르는 '해브 유어셀프 어 메리 리틀 크리스마스'가 흘러나왔다.

"그런데 그때 주차장에서 사진 찍은 거 말이야, 무슨 목적이었는지 알아냈어?"

"내 생각엔 그때 같이 있던 여자가 부인이 아니라는 걸 보여 주기 위해서지 않을까 싶어. 하지만 이제는 그 사진이 소용없게 됐어. 오톨란은 이미 부인과 헤어졌거든. 에레보스의 복수가 완전히 실패한 건 아닌 것 같아."

"그래. 하지만 오톨란은 아직 살아 있잖아."

"그렇긴 하지."

밖으로 나오자 조금씩 눈이 내리기 시작했다. 그들은 팔짱을 끼고 골목길을 걷다가 가끔씩 멈춰 서서 입을 맞추고 마주보고 웃다가 다시 걷곤 했다.

"아직 빅토어 오빠 선물을 못 샀어."

만화 관련 상품을 파는 가게 앞에서 에밀리가 걸음을 멈추고 말했다. 쇼윈도에는 만화책과 피규어 인형 외에 머그컵도 진열되어 있었다.

"저 뒤에 있는 컵 어때?"

에밀리가 치즈 모양으로 움푹 들어간 노란색 머그컵을 가리켰다.

"그래, 형이 좋아할 것 같아."

에밀리는 거금 5파운드를 내고 그 괴상한 머그컵을 샀다.

"너도 저런 거 하나 사 줄까? 아니면 미용실 커트 이용권?"

닉은 에밀리의 어깨를 잡고 흔드는 시늉을 했다.

"난 선물 이미 받았어."

가게 밖으로 나온 다음 닉이 말했다.

"어? 아닐 텐데."

닉은 에밀리의 머리 밑으로 손을 넣어 목덜미를 만졌다. 물론 손으로 만져지지는 않았지만 느낄 수 있었다.

"내겐 이게 가장 큰 선물이야. 최고의 선물이지. 반지 같은 것보다 훨씬 나아."

에밀리는 닉을 보며 환하게 웃었다.

"그래. 반지처럼 잃어버릴 염려도 없고."

"내 말이 그 말이야."

닉은 에밀리의 머리를 옆으로 치우고 목덜미에 새겨진 까마귀에 입을 맞추었다.

작가의 말

감사드릴 분이 참 많습니다

먼저 루트 뢰프너에게 감사합니다. 이 책이 태어나는 과정을 지켜 봐 주었고, 진정한 친구이기도 하고, 하늘이 내린 선물이라고밖에 달 리 표현할 말이 없네요. 루트 뢰프너가 없었다면 《에레보스》는 여기 까지 오지 못했을 겁니다. 아니, 아직 끝내지도 못했을 겁니다. 집필 과정을 함께해 주고 격려해 주고 꼭 필요한 시점에서 "그만!"이라고 외쳐 준 친구입니다. 뢰프너만의 뢰프너 상을 받아야 할 사람입니다. 인공 지능은 아니지만 그 밖의 다른 모든 지능을 갖추었거든요.

두 번째로는 불프 도른에게 감사드립니다. 제 인생에 찾아온 두 번 째 행운이라고 해야 할 겁니다. 사고의 주파수가 맞는 말이 통하는 오랜 친구로서 끊임없이 용기를 북돋워 주고 꼼꼼하게 원고를 읽어 주고 '무자비한' 지적도 아끼지 않았습니다. 그 우정에 깊이 감사드 립니다.

세 번째로 감사드릴 분은 에이전트인 로만 호케 씨와 AVA 인터내 셔널의 우베 노이마르 씨입니다. 크나큰 후원과 관심에 고개 숙여 감사드립니다.

네 번째로 감사드릴 분은 편집자 수잔네 베르텔스 씨와 루트 니콜라이 씨입니다. 날카로운 지적과 《에레보스》에 쏟아 주신 무한한 사랑, 감사합니다.

다섯 번째로는 인터넷 상의 둥지인 몽세귀르 작가 포럼 회원님들께 감사드립니다. 소중한 조언과 정보를 아낌없이 나눠 주셨습니다.

마지막으로 부모님께 감사드리고 싶습니다. 많은 것을 주셨지만 무엇보다 책으로 둘러싸인 어린 시절을 보내게 해 주셔서 정말 감사합니다.

그리고 한국의 독자 여러분 반갑습니다!

《에레보스》가 지구를 반 바퀴나 돌아 한국에 상륙했다고 생각하니 기쁘고 자랑스럽습니다. 닉과 함께 가상의 세계로 여행을 떠나시는 모든 분에게 즐거운 시간이 되길 바랍니다!

우르술라 포츠난스키

이 책은 재미있다.

처음에 읽을 때도 재미있었고 마지막 교정을 할 때도 재미있었고 심지어 번역할 때도 재미있었다. 이런 책은 정말 드물다.

이 책은 두껍다.

웬만한 사전 두께라 들고 읽기에 버거울 정도다. 하지만 책을 읽다 보면 그 무게감을 전혀 느낄 수 없다. 두껍다 보니 읽는 데도 시간이 걸린다. 그러나 4분짜리 유튜브 동영상에 익숙한 사람도 이 책에 집중해 있는 시간이 깃털처럼 가볍게 느껴질 것이다. 그리고 독서가 주는 뜻밖의 즐거움에 묵직한 감동을 느낄 것이다.

이 책은 독일어권 도서를 다루는 일이 직업인 역자가 모두에게 자신 있게 권할 수 있는 책이다. 딱딱하기만 한 독일어가 얼마나 쾌활한지, 그 독일어를 한국어로 옮기는 일이 얼마나 재미있는지 다시 한 번 느끼게 해 준 책이다. 내용에 대해서는 말하지 않겠다. 한 줄, 한 줄을 즐겨라. 아니면 폭풍 흡입해도 좋다. 아니, 폭풍 흡입하게 될 것이다.

독일청소년문학상을 탔지만 청소년 도서라는 선입견은 버리기 바란다. 왜냐면 그 선입견은 어른이 뽑은 청소년 도서에서 비롯되었을 것이기 때문이다. 이 책은 독일 전역에 퍼져 있는 청소년 독서 클럽에서 청소년들이 직접 뽑은 책이다. 어른이 뽑은 우수 청소년 도서와 청소년이 뽑은 우수 청소년 도서, 그게 어떻게 다른지는 읽어 보면 안다.

나는 특히 자녀가 게임 중독이라고 생각하는 부모가 이 책을 읽었으면 좋겠다. 사랑하는 아이와 다시 소통할 수 있다는 희망이 생길지도 모른다. 하지만 누구보다도 청소년 당사자들이 이 책을 사랑하게 될 것이다. 왜냐면 이 책은 재미있고 두꺼울 뿐 아니라 꽤 쿨하기 때문이다.

김진아

에레보스

초판 1쇄 2013년 8월   6일
초판 2쇄 2014년 7월 18일

지은이 우르술라 포츠난스키
옮긴이 김진아

책임 편집 신정선
편집장 윤정현
편집주간 하지혜
마케팅 강백산, 이은영
표지 디자인 정은경디자인, 본문 디자인 공존
독자 모니터 권현희, 김동석, 김지훈, 문서연, 방정문,
　　　　　신종수, 오현승, 이은민, 전희은, 최영훈

펴낸이 이재일
펴낸곳 토토북
주소 121-210 서울시 마포구 양화로11길 18 원오빌딩 3층
전화 02-332-6255 | 팩스 02-332-6286
홈페이지 www.totobook.com | 전자우편 totobook@korea.com
출판등록 2002년 5월 30일 제10-2394호
ISBN 978-89-6496-150-6 43850